BASTEI LÜBBE

Von Ralf Isau ist bei Bastei-Lübbe Taschenbücher erschienen:

Der Kreis der Dämmerung
15 318 Teil 1: Das Jahrhundertkind
15 319 Teil 2: Der Wahrheitsfinder
15 320 Teil 3: Der weiße Wanderer
15 321 Teil 4: Der unsichtbare Freund

15 234 Der Silberne Sinn
15 412 Pala

Über den Autor:

Ralf Isau wurde 1956 in Berlin geboren. Er arbeitete zunächst als Organisationsprogrammierer, Computer-Verkäufer, Systemanalytiker, Niederlassungsleiter eines Software-Hauses, Projektmanager und seit 1996 als selbständiger EDV-Berater. Zu dieser Zeit hatte er bereits ein Kinderbuch und drei Romane veröffentlicht.

Zum Schreiben ist er 1988 gekommen, als er mit der Arbeit an der inzwischen legendären »Neschan«-Trilogie begann. 1992 überreichte er Michael Ende anlässlich einer Lesung ein kleines, selbstgebundenes Märchenbuch, das er für seine Tochter geschrieben hatte. Ende empfahl ihn dem Thienemann Verlag, wo Ralf Isau über ein Dutzend Romane für jüngere und ältere Leser veröffentlichte, die in zwölf Sprachen übersetzt und mit mehreren Preisen ausgezeichnet worden sind. Mit Romanen wie »Der silberne Sinn« (2003), »Der Herr der Unruhe« (2004) und » Die Galerie der Lügen« (2005) gelang Ralf Isau der Schritt über das Jugendbuch hinaus in die Erwachsenenliteratur.

RALF ISAU

DER KREIS DER DÄMMERUNG

Roman

Teil 2: Der Wahrheitsfinder

BASTEI LÜBBE

BASTEI LÜBBE TASCHENBUCH
Band 15 319

1. Auflage: Juni 2005
2. Auflage: Januar 2006

Vollständige Taschenbuchausgabe
Bastei Lübbe Taschenbücher in der Verlagsgruppe Lübbe

Lizenzausgabe: Verlagsgruppe Lübbe GmbH & Co.KG,
Bergisch Gladbach
Titelbild: Peter Gric
Umschlaggestaltung: Bianca Sebastian
Satz: KCS GmbH, Buchholz/Hamburg
Druck und Verarbeitung: Nørhaven Paperback A. S., Viborg
Printed in Denmark
ISBN-13: 978-3-404-15319-0 (ab 01.01.2007)
ISBN-10: 3-404-15319-7

Der Wind weht, wo er will, und du hörst sein Geräusch, aber du weißt nicht, woher er kommt und wohin er geht. So ist jeder, der aus dem Geist geboren worden ist.

Jesus Christus

Viertes Buch
Jahre der Finsternis

Es ist das Los des Menschen, dass die Wahrheit keiner hat;
sie haben sie alle, aber verteilt, und wer nur bei einem lernt,
der vernimmt nie, was die andern wissen.

Johann Heinrich Pestalozzi

Schattenbotschaft

Das Meer war zu einem lebendigen Wesen geworden. Zu einer riesigen Kreatur, die furchtbare Schmerzen litt. Wie sonst hätte man ihr stetes Sichaufbäumen erklären können? Doch keine Schaumkämme konnte David im hellen Mondlicht erkennen, keine Brecher, die gierigen Klauen gleich nach dem kleinen Fischerboot schlugen, vielmehr glich die See einer endlosen Wasserwüste, einer höchst ungestümen allerdings: Unablässig hoben und senkten sich ihre gewaltigen Dünen wie in Geburtswehen. Welches Unheil würde der sich windende Leib wohl gebären?

Davids Hände umklammerten die Reling am Bug der *Taifun*. Mal blickte er in schier bodenlose Täler hinab, dann wieder zu hohen Gipfeln empor. Kapitän Wangs Schiff war nicht mehr als ein kleiner Käfer, der sich auf der glänzenden schwarzgrauen Haut des Seeungetüms festklammerte, sich mit ihr hob und senkte, in einem Moment emporgerissen wurde, um gleich darauf wieder in die Tiefe zu stürzen. Niemand außer David schien diesen wahnsinnigen Ritt zu verfolgen. Abgesehen von ihm war das Oberdeck des Fischkutters menschenleer. Und dennoch spürte er eine bedrohliche Gegenwart. Jemand – oder etwas – war da draußen.

Mit gerecktem Hals, breitbeinig um festen Stand bemüht, suchte David die nähere Umgebung ab. Die nächtlichen Himmelslichter spiegelten sich auf der bewegten See. Doch keiner dieser flimmernden Punkte ließ sich in der gewaltigen Dünung fixieren. Hin und wieder schienen silbrige Gestalten über die Meeresoberfläche zu tanzen, aber die unbeständigen Feenleiber waren nur Trugbilder, Wasserschleier, mit denen der Wind sich die Zeit vertrieb. Meist lösten sie sich schon auf, bevor noch ein neuer Wasserberg David die Sicht nahm. Aber dann entdeckte er die Ursache für seine Unruhe.

Von achtern her näherte sich dem Schiff eine dunkle Gestalt. Sie lief *tatsächlich* über das Wasser wie über festen Grund. Trotz des Seegangs beugte sich David weit über die Reling, um den Weg des Wellenwanderers zu verfolgen. Die Gestalt war in schwarzes Tuch gekleidet. Der wallende Umhang schien sie zu einem dunklen Bruder jener rastlosen Meeresfeen zu machen. Und doch glaubte David die Kopfbedeckung des Schemens zu erkennen: ein Hut mit auffällig breiter Krempe.

Negromanus! David erschauerte. Es musste Negromanus sein! Kein anderer konnte einen solchen Eiseshauch verströmen. Und niemand bewegte sich so merkwürdig fließend, schwebte förmlich über dem Grund. Unweigerlich kam David ein ähnliches Erlebnis in den Sinn, das er vor beinahe einem Dutzend Jahren gehabt hatte. Der Schemen war damals durch die Morgennebel an der Westfront bei Ypres geglitten. Einige Stunden später fiel Davids Freund, Nicolas J. Seymour.

Die erneute Begegnung mit seinem unheimlichen Gegner ließ ihn erstarren. Negromanus kam näher. Ohne Eile, aber zielstrebig. David starrte auf die schwarze Gestalt, ihren wallenden Umhang, den Armstumpf – und konnte sich nicht bewegen.

Der Schemen wanderte durch ein Tal, das sich wie ein Wadi durch die Wasserwüste zog. Und die *Taifun* schien in dieser Rinne festzustecken, wie gestrandet. Während sich die Dünen ringsum weiter hoben und senkten, herrschte hier eine fast gespenstische Stille. Das Schiff war Negromanus hilflos ausgeliefert. Entsetzen befiel David. Er hatte nicht einmal seine Schwerter dabei.

Noch immer starr vor Schrecken sah er, wie der Schemen das Boot einholte. Sollte das wirklich das Ende sein? David musste an seine Eltern denken, an die vielen Freunde, die mit grässlich verkrümmtem Rücken tot aufgefunden worden waren – alle Opfer dieses in jeder Hinsicht unmenschlichen Wesens. Würde der Urian nun auch ihn niederstrecken?

Atemlos verfolgte David jeden von Negromanus' Schritten längsseits des Schiffes. Das fahle Antlitz des Schemen hatte schon seinem Vater das Fürchten gelehrt – jetzt blickte es nur stur geradeaus. War dieses merkwürdige Verhalten vielleicht Teil von Negromanus' grausamem Spiel?

Mit Schaudern erinnerte sich David an die phosphoreszierenden Augen des Schemens, in die er damals, auf *Blair Castle*, gesehen hatte. War es vielleicht dieser Blick, der die Menschen tötete? Bald würde Negromanus gleichauf mit dem Bug der *Taifun* sein. Und dann? Wenn David jetzt starb, konnte niemand mehr den Kreis der Dämmerung aufhalten. Der Geheimbund würde seinen Jahrhundertplan in die Tat umsetzen und die Menschheit schon bald in den Untergang treiben. Alles in David bäumte sich gegen diese furchtbare Erkenntnis auf, doch sein Körper blieb an die Reling gebannt stehen wie gefesselt mit gefrorener Gischt, mit einem Leichentuch aus Eis, das Negromanus für ihn gewoben hatte.

Als der Schemen sich auf gleicher Höhe befand, wollte David schreien. Seine Brust verkrampfte sich, er konnte weder Luft holen noch einen einzigen Laut hervorbringen.

Jeden Augenblick musste Negromanus sich umwenden. David machte sich auf das Unvermeidliche gefasst …

Doch das Schattenwesen ging vorüber.

Ungläubig blickte David ihm nach. Und allmählich löste sich die Erstarrung, schwand langsam auch die Kälte aus seinen Gliedern. In gierigen Zügen atmete er die laue Nachtluft ein. Endlich brach die ganze Furcht und Verzweiflung aus ihm heraus und er schrie …

»… hörst du mich? Du sollst endlich aufwachen!«

David öffnete blinzelnd die Augen. Für einen Moment sah er nur den Mond und die funkelnden Sterne, aber dann erschien ein engelsgleiches Gesicht vor seinen Augen.

»Rebekka! W-was …? Wo …?«

»Du hast einen bösen Traum gehabt und wie am Spieß geschrien. Aber jetzt ist alles gut.«

David setzte sich ruckartig auf. Sein Kopf hatte in Rebekkas Schoß gelegen. Er erinnerte sich wieder an das Gespräch, das sie hier oben, an Deck der *Taifun*, über die gemeinsame Zukunft geführt hatten. Erst vor wenigen Stunden waren sie den Flammen in Toyamas Felsenpalast entkommen. Mit ihm hatte der Kreis der Dämmerung einen seiner mächtigsten Bundesgenossen verloren. Der Großmeister des Geheimzirkels, Lord Belial, würde bittere Tränen vergießen – wenn er zu solch einer menschlichen

Regung überhaupt fähig war.

»Dein Traum muss furchtbar gewesen sein«, begann Rebekka nun, weil David noch benommen schwieg. »Du hast dich im Schlaf aufgebäumt wie … Ich hatte schreckliche Angst um dich.«

»Aufgebäumt?«, fragte David.

»Ja, gekrümmt hast du dich. Richtig zum Fürchten war das.« Rebekka schüttelte sich.

David bedachte sie mit einem argwöhnischen Blick, erwiderte jedoch nichts. Stattdessen wandte er sich dem Bug der *Taifun* zu. Der Fischkutter lief schon seit Stunden auf Nordkurs. In dieser Himmelsrichtung war auch Negromanus entschwunden. Alles nur ein Traum, sagte sich David. Ein Alptraum zwar, aber nicht mehr. Und dennoch: Vielleicht wollten die Bilder aus seinem Unterbewusstsein ihm etwas sagen? Warum hatte der Wellenwanderer nicht innegehalten und seinen Feind mit einem Blick getötet? Was trieb Negromanus zu solcher Eile an? Davids Hand wanderte zu dem Ring an seiner Halskette.

Rebekka deutete die Geste auf ihre Weise. Sie legte den Arm um David, schmiegte sich an ihn und fragte: »Hast du von Negromanus geträumt?«

Er nickte langsam, ohne den Blick vom Bug des Kutters zu nehmen. »Er kam über das Meer. Ich war wie gelähmt, dachte, er würde auch mich töten wie Vater, Mutter und all die anderen, aber er hat die *Taifun* nicht einmal angesehen. Negromanus ist einfach an ihr vorübergegangen.«

»Am besten denkst du nicht mehr daran.« Rebekka klang nun bestimmt. »Die Jagd auf den Kreis der Dämmerung hat dir in letzter Zeit keine Ruhe gelassen. Und dann der Anblick Toyamas inmitten der Flammen! Kein Wunder, dass du schlechte Träume hast.«

David wandte sich wieder ihr zu. Er blickte eine Zeit lang schweigend in ihre jettschwarzen Augen, dann begann er langsam den Kopf zu schütteln. »Damals, als meine Eltern von Negromanus ermordet wurden, hatte ich auch von ihm geträumt. Ich glaube, dieser Alptraum eben war eine Warnung.«

Wie zum Widerspruch öffnete Rebekka rasch den Mund und holte tief Luft – brachte aber keinen Laut hervor.

David spürte, wie erregt sie war. Gerade erst hatten sie über eine friedlichere Zeit gesprochen, über Kinder, die Rebekka sich so sehr wünschte. Wie nur sollte er ihr beibringen, dass an Sicherheit noch lange nicht zu denken war? Er wollte sie beruhigen. Doch mit dem, was er ihr sagen musste, würde er eher das Gegenteil erreichen.

»Ich glaube, Negromanus ist uns nach Tokyo vorausgeeilt. Er weiß, dass wir dort noch etwas zu erledigen haben.«

»Du meinst …?«

David nickte bedeutungsvoll. »Yoshis Trauerfeier. Er war mein ältester Freund. Toyama muss davon gewusst und es auch Negromanus, vielleicht sogar Belial mitgeteilt haben. Jetzt wird während Yoshis Beisetzung irgendwo ein todbringender Schatten auf uns lauern. Ich glaube, dir ist klar, was das bedeutet.«

Rebekka zögerte. Als sie dann endlich antwortete, klang sie betroffen: »Willst du damit sagen, dass wir an Yoshiharus Trauerfeier nicht teilnehmen können?«

David schüttelte langsam den Kopf. »*Du* wirst in einem sicheren Versteck bleiben. *Ich* gehe allein hin.« Sein Blick wanderte wieder nach Nordosten, bevor er leise hinzufügte: »Nicht ganz allein: Ich werde mein Schwert bei mir haben.«

Anfangs hatte Rebekka noch wie ein Rohrspatz geschimpft. Die Nähe dieses gefährlichen Meuchelmörders auch noch zu *suchen* sei beispielloser Leichtsinn. Was würde aus ihr werden, wenn David erst mit abartig verformtem Rücken im Grab lag? Als dann Momoko, von dem Lärm angelockt, auf dem Oberdeck erschien und sich höflich erkundigte, ob das Paar irgendetwas benötige, brach Rebekkas Empörung wie ein Kartenhaus in sich zusammen. Sie begann haltlos zu weinen.

Nachdem David die Enkelin des alten Ohei Ozaki wieder in ihre Koje geschickt hatte, machte er sich an die schwierige Aufgabe, seine verzweifelte Ehefrau zu trösten. So behutsam wie möglich erinnerte er sie an seine Bestimmung. Er sei nun einmal das *Jahrhundertkind*. Nur ihm seien die Gaben geschenkt, mit denen der Kreis der Dämmerung zerschlagen werden konnte. Spätestens seit dem Tag, da er ihr in London auf der Victoria Station einen Heiratsantrag gemacht habe, wisse sie von dieser schweren Bürde.

Natürlich erzählte er Rebekka damit nichts Neues. Während sie in seinen Armen lag und nur noch leise schluchzte, kämpfte sie gegen die Enttäuschung an, die der eigentliche Grund für ihren Ausbruch war. Sie wünschte sich so sehr ein Kind von ihm! Es sollte ohne die Furcht aufwachsen, die schon immer ihr Begleiter gewesen war – erst im Großen Krieg und nun an Davids Seite. Aber dieser Traum würde sich wohl nie erfüllen.

Als Davids Lippen die ihren fanden, kehrte auch neuer Mut in sie zurück. Rebekka war stärker, als man von ihrem zierlichen Äußeren her vermuten konnte.

»Ich werde auf dich warten, wo immer du auch bist«, sagte sie leise.

Er nickte und schenkte ihr ein trauriges Lächeln. »Ich habe nicht vergessen, was du mir damals auf dem Schiff versprochen hast, während wir in den Hafen von Yokohama einliefen. Und dafür liebe ich dich, Bekka. Für alle Zeit!« *Und über den Tod hinaus*, fügte er in Gedanken hinzu.

Gegen Mittag legte die *Taifun* an einer Mole in Sodegaura an. David hatte sich kurzfristig für eine Änderung des ursprünglichen Reiseplans entschieden. Er rechnete zwar nicht damit, dass Negromanus ihm schon im Hafen von Yokohama auflauerte, aber wer konnte schon wissen, was im Kopf eines Schattens vorging?

Sodegaura lag in der Bucht von Tokyo, direkt gegenüber der japanischen Hauptstadt. Mit einer Fähre konnten er und Rebekka fast bis ins Herz der riesigen Metropole gelangen. David kannte das Gebiet rund um den Kaiserpalast wie seine Westentasche. Ihn und Rebekka hier aufzuspüren, würde wohl selbst für Negromanus so gut wie unmöglich sein.

Der Abschied von der fünfköpfigen Mannschaft des Fischkutters fiel kurz, aber herzlich aus. Nachdem David den Kapitän und dessen Männer ausbezahlt hatte, überschüttete Wang das Ehepaar mit einer Vielzahl teils bizarrer Glücks- und Segenswünsche, deren Einlösung sämtliche chinesischen Götter mindestens eine Woche lang in Atem halten würde. Während die Fischer dann schon ihren Kutter für die Rückreise nach Kochi vorbereiteten, verabschiedete sich das englische Paar noch von den Ozakis.

»Willst du weiter als Ryutaro Kawamura in Iyo-Saijo leben?«, fragte David den fast neunzigjährigen Greis.

Ohei machte ein angewidertes Gesicht. »Bin ich denn von allen guten Geistern verlassen? Ich werde wieder meinen richtigen Namen annehmen. Und wenn mich noch einer Ryutaro nennt, schneide ich ihm die Zunge ab.«

Rebekka sah betroffen in das finstere Gesicht des rüstigen Alten.

David konnte sich ein Schmunzeln nicht verkneifen. Er legte seiner Frau beruhigend die Hand auf den Arm und sagte: »Ryutaro bedeutet ›Drachensohn‹. Das mag ja zutreffend gewesen sein, als Ohei noch Leibkoch Toyamas war, aber die Gesellschaft des Schwarzen Drachen wird ohne ihren Kopf wohl bald der Vergangenheit angehören.«

»Das will ich meinen«, pflichtete ihm Ohei bei. »Ich will mit diesem stinkenden Wurm nichts mehr zu tun haben.«

Momoko war in dieser Angelegenheit weniger zuversichtlich als ihr Großvater. »Trotzdem sollten wir überlegen, ob es nicht für dich sicherer wäre, mit einem ganz neuen Namen irgendwo anders …«

»Papperlapapp!«, fiel Ohei seiner Enkelin ins Wort. »Hast du vergessen, wie alt ich bin, Momo? Ich wäre längst verrottet, bevor ihr ein sicheres Versteck für mich gefunden hättet. Nein, ich habe dem Tenno einen großen Dienst erwiesen, als ich David-*kun* zu Toyama führte. Jetzt kann ich in Ruhe sterben.«

»Gewiss, Großvater«, antwortete Momoko und verbeugte sich ehrerbietig, aber David konnte aus ihren Augen etwas anderes lesen: Darüber unterhalten wir uns noch ein andermal, alter Mann.

Wiederum wurden Glücks- und Segenswünsche ausgetauscht. David bat Ohei gut auf sich aufzupassen und der Greis wünschte dem Paar ein Haus voller Kinder. Als

David und Rebekka dann endlich zur Anlegestelle der Fähre aufbrachen, war es ihnen schwer ums Herz. Vermutlich würden sie den kratzbürstigen Greis und seine geduldige Enkelin niemals wieder sehen.

Etwa zwei Stunden später betraten sie ein hölzernes Haus im Tokyoter Stadtteil Shinagawa-ku, das wiederum in einem Viertel lag, das genauso hieß wie Toyamas einstiger Koch: Ozaki. Bei der gedanklichen Suche nach einem sicheren Unterschlupf hatte diese Übereinstimmung Davids Augenmerk auf den Wohnort eines alten Bekannten gelenkt, der ihm noch einen Gefallen schuldete.

Graf Takeo Yonai gehörte zu Kidos Geheimdienst, der David bei der Suche nach Toyamas Verstecken wertvolle Dienste geleistet hatte. Bei mehreren Besprechungen hatte David den jungen Offizier der kaiserlichen Leibwache kennen und schätzen gelernt. Yonai stammte aus einer angesehenen Familie und war finanziell unabhängig. Den schmalen Sold nahm er nur deshalb an, weil es für ihn einer Beleidigung gleichgekommen wäre, eine Gabe des Tennos zurückzuweisen. Yonai diente dem Gottkaiser allein um der Ehre willen.

Und gerade diese Einstellung hatte ihn vor gut einem Jahr in ernste Schwierigkeiten gebracht. Takeo Yonai war damals verlobt. Seine Braut hatte ihn wegen des plötzlichen Todes ihres Vaters um einen außerplanmäßigen Besuch gebeten. Zur selben Zeit sollte der Offizier aber auf Befehl des Kaisers eines von Toyamas Häusern observieren. (In Wirklichkeit stammte die Anweisung aber nur von Kido.) Natürlich hatte für Yonai die Order des Tennos Vorrang, dennoch stattete er aus Mitgefühl der trauernden Braut wenigstens einen *kurzen* Besuch ab. Der gespendete Trost kostete ihn dann allerdings fast das Leben.

Als er mit geringer Verspätung beim Beobachtungsposten eintraf, begrüßte ihn sein Untergebener, ein gewisser Matsudaira, mit bleichem Gesicht: Gerade eben habe Toyama in Begleitung seiner Leibwache das Haus verlassen. Den unerfahrenen Hilfsspion Matsudaira hatte diese wichtige Entdeckung regelrecht überwältigt. Von Angst gepackt, irgendetwas falsch zu machen, tat er einfach *nichts*. Bis Takeo Yonai kam.

Tags darauf erstattete der Offizier seinem Vorgesetzten ordnungsgemäß Bericht und versprach alsbald die Konsequenzen aus seiner schändlichen Pflichtverletzung zu ziehen. Glücklicherweise war David bei der Lagebesprechung anwesend und verstand Yonais Ansinnen nur zu genau. Dieser wollte sich im rituellen *seppuku* den Bauch aufschlitzen. Während Kido die Selbstentleibung seines Untergebenen zwar mit Bedauern, aber gleichwohl verständnisvoll akzeptiert hätte, setzte David alle Hebel in Bewegung, um das Leben des jungen Mannes zu retten. Als er Hirohito persönlich von dem Missgeschick Yonais berichtete und meinte, dessen Verlobte habe nun bald neben dem Vater auch den Bräutigam zu betrauern, trat der Kaiser höchstselbst auf den Plan. In einer Privataudienz gelang es dem Tenno, seinem Untertan glaubhaft zu versichern, dass er sich von diesem im Stich gelassen fühlen werde, sollte sich Yonai seiner wichtigen Aufgabe durch *seppuku* entziehen. Damit war Takeo Yonai gerettet.

Nach seiner Rehabilitation verehrte Yonai den ihm nur als Francis J. Murray bekannten Kaiservertrauten wie einen alten Weisen. Tatsächlich betrug der Altersvorsprung Davids gerade einmal fünf Jahre.

Als David nun am Nachmittag dieses 30. Juli 1929 an die Tür von Yonais Haus klopfte und um vorübergehende Unterbringung bat, willigte der Offizier sofort ein. Er war hocherfreut, sich endlich für die ihm einst erwiesene Wohltat revanchieren zu können.

Inzwischen hatten Takeo Yonai und seine Braut Yachiyoko längst geheiratet. Die zwei passten gut zueinander. Beide waren lebhaft, gertenschlank und reichten David gerade bis zur Brust. Gemeinsam überschütteten sie den unverhofften Besuch geradezu mit ihrer Gastfreundschaft. Man werde den Murrays selbstredend das Haus zur Verfügung stellen, solange sie es benötigten, wiederholte Takeo Yonai beinahe jede Viertelstunde. Er und Yachiyoko würden mit ihrem Personal währenddessen in das Anwesen des Schwagers ziehen, der ganz in der Nähe wohne. Alles kein Problem. Zunächst einmal wolle man am Abend aber einen Festschmaus einnehmen. Yonai kenne da ein gemütliches Restaurant …

An dieser Stelle unterbrach David seinen Gastgeber.

Im Land der aufgehenden Sonne war es unüblich, Gäste in den eigenen vier Wänden zu bewirten. Oftmals fehlte hierzu schlicht der Platz. In jedem Fall zählte das Zuhause zu den intimsten Rückzugsgebieten eines Japaners. Deshalb kam er seiner Gastgeberrolle lieber in einem Restaurant nach. David war sich dieses Brauchs durchaus bewusst, aber da Takeo Yonai ihn ohnehin schon in sein Haus aufgenommen hatte, wagte er darüber hinaus noch die Bitte um ein stilles Abendessen in der Verschwiegenheit ihrer Unterkunft.

»Aber ich verdanke Ihnen mein Leben, Murray-*san*!«, protestierte Yonai.

»Ich glaube«, erwiderte David müde, »Ihr Leben ist mehr wert als eine Mahlzeit aus rohem Fisch.«

Yonai gab sich gekränkt. »Bei einer einzigen Beköstigung hätte ich es auch nicht belassen.«

»Ich weiß das sehr zu schätzen, mein Freund, aber ich habe heute noch eine Menge zu tun. Ich will gleich nach Koji-machi fahren und mein Postfach leeren. Außerdem steckt mir der plötzliche Tod von Yoshiharu Ito noch in den Knochen. Ich muss unbedingt herausfinden, ob die feierliche Verbrennung des Leichnams bereits erfolgt ist und wann die Urnenbeisetzung stattfinden wird. Mir fehlt einfach die Muße …«

Yonai wusste um die enge Freundschaft zwischen Francis Murray – also David – und dem Grafen Ito. Daher änderte er nun seine Taktik. »Dann werde ich dafür sorgen, dass Sie heute Abend im Haus speisen können, und wenn Sie möchten, fahre ich für Sie nach Koji-machi und hole Ihre Post ab. Für die anderen Erkundigungen steht Ihnen selbstverständlich mein Telefon zur Verfügung.«

David seufzte. Er würde Yonai beleidigen, wenn er sich jetzt quer stellte. Während früherer Reisen Davids hatte immer Yoshi sein Postfach gelehrt. Vielleicht war es sogar besser, nicht ausgerechnet jetzt persönlich in dem kleinen Postamt aufzukreuzen. Die Spione der Amur-Gesellschaft würden es vielleicht unter Beobachtung halten.

»Also gut«, willigte David ein. »Sie kümmern sich um meine Post und ich telefoniere mit Yoshis Verwandtschaft.« In knappen Worten fasste er für Yonai den Stand der Dinge zusammen: Er habe nun doch Toyamas Schlupfwinkel aufgespürt und den Kopf des Schwarzen Drachen zur Strecke gebracht; dennoch müsse er um seine und um Rebekkas Sicherheit fürchten; Yonai solle auf keinen Fall das Postamt in Koji-machi betreten, wenn er nur den leisesten Verdacht hege, dass es observiert werde.

Yonai nickte diensteifrig. In Kidos Geheimdienst habe er gelernt, wie man derartige Situationen meistere. Er werde sich vorsehen.

»Noch etwas: Sollten Sie eine schwarz gekleidete Gestalt mit Schlapphut sehen, dann rufen Sie mich bitte sofort an.«

Yonai stutzte. »Sie denken an jemand Bestimmten? Einen Japaner oder einen Europäer?«

»Weder noch, Yonai-*san*. Eher an ein Ungeheuer.«

Obwohl die Yonais ein eigenes Telefon besaßen, suchte David ein Postamt in der Nähe des Hauses auf. Er hatte zwar keine Ahnung, ob Toyamas Leute oder gar Negromanus einen Anruf zurückverfolgen konnten, aber er wollte kein Risiko eingehen. Zu viele Menschen, die ihm einmal geholfen hatten, waren allein deshalb ermordet worden. Lord Belial duldete keine Gegenspieler.

Die Neuigkeiten aus dem Ito-Clan waren deprimierend. Die Polizei habe den Leichnam Yoshis schon nach einem Tag zur Bestattung freigegeben, berichtete ein Cousin des Hingeschiedenen am Telefon. Für sie handele es sich bei dem Fall eindeutig um Selbstmord zur Ehrenrettung. Welche unehrenhafte Tat Yoshi allerdings begangen haben sollte, wusste niemand. Jedenfalls hatte man die sterblichen Überreste von Davids Freund nach der traditionellen fünfzigstündigen Totenwache eingeäschert.

David schloss die Augen und kämpfte gegen die Tränen an. Nicht einmal diesen letzten Dienst hatte er seinem besten Freund erweisen können. Er lehnte an der Rückwand einer stickigen Kabine, die von der Schalterhalle durch eine Glastür abgetrennt war. Am liebsten hätte er den Hörer fallen lassen und wäre ins Freie gestürmt – Yoshis tragischer Tod schnürte ihm die Kehle zu, er konnte kaum noch atmen. Die Augen geschlossen und den Kopf gesenkt hörte er eine Zeit lang kaum, was Saionji, der Vetter seines verblichenen Freundes, ihm erzählte. Als David endlich wieder aufblickte, sah er einen kleinen schwarzhaarigen Jungen, der gerade seine Nase an der Glastür der Telefonkabine platt drückte. Bei jeder anderen Gelegenheit hätte David den Zwerg angelächelt. Jetzt drehte er sich einfach nur weg.

»Und die Urnenbeisetzung?«, fragte er mit brüchiger Stimme. »Wann wird die sein, Saionji-*kun*?«

»Morgen um drei«, antwortete Yoshis Cousin.

»Schon so bald ...?« David hielt den Atem an. Er musste unweigerlich wieder an den finsteren Schemen denken.

»Wirst du Yoshiharu die letzte Ehre erweisen, David-*kun*?«

Der schluckte. »Natürlich. Es könnte allerdings sein, dass ich erst spät komme. Aber ich werde da sein.«

Als David in das Haus der Yonais zurückkehrte, war nur Rebekka da. Sie begrüßte ihn mit sichtlicher Erleichterung.

»David, endlich bist du wieder zurück! Ich habe die ganze Zeit wie auf glühenden Kohlen gesessen.«

»Ich war doch kaum eine halbe Stunde fort.«

»Zeit genug für dieses Scheusal, dir etwas anzutun.«

David bemerkte den fast schon hysterischen Unterton in Rebekkas Stimme. Er nahm sie in den Arm und streichelte ihr beruhigend den Rücken. »Jetzt bin ich ja wieder bei dir, Liebes. So schnell wird Negromanus uns hier nicht aufspüren. Wo sind denn Yachiyoko und die Dienstboten?«

»Sie wollte mit ihrer Köchin noch ein paar Zutaten für das Abendessen besorgen, der Kammerdiener scheint ganz Tokyo auf den Kopf zu stellen, um ein Trauergewand für einen Riesen aufzutreiben, und Takeo ist auch noch nicht zurück.« Rebekkas Augen füllten sich mit Tränen. »Ich habe mich gefürchtet, David, so ganz allein in diesem fremden Haus!«

»Das brauchst du nicht, Schatz.« *Hoffentlich*, fügte er in Gedanken hinzu.

»Was hast du über Yoshis Beisetzung erfahren?«

»Wie ich es mir gedacht hatte, sind wir zu spät gekommen. Man hat Yoshis Leichnam bereits gestern verbrannt.« David spürte, wie Rebekkas Leib in seinen Armen erzitterte. »Was ist?«

Sie legte ihr Ohr an seine Brust, um ihr Gesicht vor ihm zu verbergen. »Schon gut. Es ist nichts.«

»Komm schon, Bekka! Du weißt doch: Dem Jahrhundertkind kann man nichts vormachen. Also, warum bist du so durcheinander?«

»Ich musste gerade an Toyamas Feuertod denken. Hätte man in Yoshis Fall nicht besser eine andere Art der Bestattung gewählt? Irgendwie finde ich es unpassend, wenn dem Opfer dasselbe widerfährt wie seinem Mörder.«

»Ich kann verstehen, dass dein Gefühl dagegen rebelliert, aber die Einäscherung ist in Japan nun einmal die gebräuchliche Methode, einen Verstorbenen auf seine letzte Ruhe vorzubereiten. Komm mit mir nach oben in unser Zimmer, dann erkläre ich dir alles. Je mehr du von diesem Volk weißt, desto leichter wird es dir fallen, seine Bräuche zu verstehen.«

Die beiden stiegen zum ersten Stock des Hauses hinauf. Das den Gästen vorbehaltene Tatami-Zimmer war traditionell karg eingerichtet – außer einem flachen Tisch gab es keine Möbel. David betrat die Reisstrohmatten auf Strümpfen. Auch Rebekka hatte ihre Hausschuhe ausgezogen und nahm nun barfüßig neben ihm Platz.

David fasste kurz zusammen, was er in dem Telefonat mit Saionji erfahren hatte, und kam zum Schluss noch einmal auf die landesüblichen Bestattungsriten zu sprechen. »In Japan werden neun von zehn Hingeschiedenen nach buddhistischem Brauch verbrannt. Diese Tradition ist mehr als zwölfhundert Jahre alt. Um Epidemien vorzubeugen, wurde Ende des letzten Jahrhunderts sogar ein entsprechendes Gesetz erlassen. Ich glaube allerdings kaum, dass irgendjemand mit Toyamas Knochen derart liebevoll umgehen wird, wie es Yoshis Verwandte ohne Frage mit den seinen getan haben.«

Rebekka sah ihn verblüfft an. »Sie behandeln Totengebeine *liebevoll?* Was meinst du damit?«

»Nun, ›rücksichtsvoll‹ oder ›ehrerbietig‹ wäre vielleicht passender. Im Anschluss an die Verbrennung werden die Knochen des Verstorbenen nach einer streng festgelegten Reihenfolge in der Urne abgelegt: Man beginnt bei den Beinen und arbeitet sich dann langsam bis zum Schädel hoch. Die Knochen werden aus einem Gefühl der Achtung heraus nicht mit den bloßen Händen, sondern mit zwei unterschiedlichen Stäbchen umgebettet, eines besteht aus Holz und das andere aus Bambus.«

»Stäbchen? Etwa dieselben wie beim Essen?«

»Nicht ganz.« David musste schmunzeln. »Dazu fällt

mir aber eine amüsante Begebenheit aus meiner Kindheit ein. Vater hatte mich zu einem besonderen Empfang mitgenommen, der vom japanischen Außenministerium veranstaltet wurde. Dazu gehörte auch ein pompöses Diner im japanischen Stil. Ein ahnungsloser amerikanischer Möchtegerndiplomat, der gerade erst aus Texas eingetroffen war, wollte seine Geschicklichkeit im Umgang mit den Essstäbchen vorführen und hielt dabei die Speisen auf dieselbe Art wie die Japaner die Knochen ihrer Verstorbenen anlässlich der Totenfeier. In dem Bankettsaal herrschte betretenes Schweigen. Ich erinnere mich noch, wie Vater mir zuraunte, ja nicht laut zu kichern. Die Japaner fühlten sich brüskiert. ›Ein Fauxpas sondergleichen!‹, beschwerte sich später einer der Gastgeber beim amerikanischen Botschafter. Soweit ich weiß, hat man den texanischen Neuzugang dann später nie mehr zu Gesicht bekommen.«

Rebekka schüttelte ungläubig den Kopf und meinte verschmitzt: »Hätte ich von Anfang an gewusst, in wie viele Fettnäpfchen man hier in Japan treten kann, wäre ich vermutlich in New York geblieben.«

David freute sich, sie endlich wieder lächeln zu sehen. Die Lage war zwar zu ernst für ausgelassenes Scherzen und Necken, wie es Rebekka sonst so liebte, doch hatte die Unterhaltung immerhin für einige kostbare Minuten Kurs in ruhigeres Fahrwasser genommen. Sie würde schon noch früh genug fragen, wie er sich seine Rolle bei Yoshis Urnenbeisetzung am nächsten Tag vorstellte.

Bald darauf kehrte Yachiyoko mit ihrer Haushälterin vom Einkauf zurück. Eine halbe Stunde später traf auch der Hausherr ein.

»Keine Spione«, berichtete er aufgeregt. »Dafür habe

ich eine Nachricht für Sie, Murray-*san*.« Seine Hände zitterten vor Aufregung, als er David einen länglichen Umschlag reichte.

Auf der Briefhülle prangte der Stempel der japanischen Post. Es handelte sich um ein Telegramm.

Stirnrunzelnd blickte David von dem Kuvert zu Takeo Yonai. Die Augen des jungen Grafen klebten wie gebannt an der Nachricht.

»Würden Sie mich bitte für einen Moment mit meiner Gemahlin allein lassen, Yonai-*san*?«

Der Graf zuckte zusammen wie ein Junge, den man beim Naschen ertappt hatte. »Entschuldigen Sie, Murray-*san*. Selbstverständlich lasse ich Sie allein. Sie brauchen nur zu rufen, wenn Sie irgendetwas benötigen.«

»Vielen Dank, Yonai-*san*.«

Widerwillig entfernte sich der Gastgeber. Endlich ungestört, öffnete David den Umschlag.

»Das Telegramm kommt aus New York.«

Rebekka bemerkte sofort den Ernst in seiner Stimme. »Ist es von Brit?«

David schüttelte den Kopf. »Von Henry. Er schreibt, sein Partner sei ernstlich an einer Infektion erkrankt. Weil er wisse, wie eng das Verhältnis zwischen Brit und uns sei, legt er uns nahe, umgehend in die Vereinigten Staaten zurückzukommen.«

Rebekka stieß einen kleinen Schrei aus. »Soll das etwa heißen …?«

Auch David war wie benommen.

Wollen denn diese Hiobsbotschaften überhaupt kein Ende mehr nehmen? Um Rebekka nicht unnötig zu beunruhigen, rang er sich einen zuversichtlichen Ton ab, als er erwiderte: »Das muss nicht unbedingt das Schlimmste bedeuten. Überleg doch einmal: Läge Brit wirklich schon im Sterben, bräuchten wir uns gar nicht erst auf den weiten Weg zu machen. Vielleicht ist er einfach nur schwer mitgenommen und Henry möchte, dass ich ihn aufmuntere.«

Rebekka nahm Davids Hand und drückte sie an ihre Brust. »Du bist lieb, weißt du das? Ich kenne dich gut genug, um zu wissen, welche Sorgen du dir machst, und trotzdem versuchst du noch mich zu trösten. Eigentlich bin ich ganz froh, von hier für eine Weile wegzukommen. Je eher, desto besser.«

David schenkte ihr ein ziemlich misslungenes Lächeln. Vor der Abreise musste er noch etwas erledigen. Der Gedanke daran duldete keinen anderen neben sich. *Er wird mich erwarten. Morgen. Während der Beisetzungsfeier. Aber wenn ich nicht hingehe, wird er mir an irgendeinem anderen Ort auflauern, und genau dann, wenn ich es am allerwenigsten erwarte. Ich muss einfach hingehen und mich Negromanus stellen.*

David fand in dieser Nacht wenig Schlaf. Als Bettstatt diente den beiden eine baumwollgefütterte Matratze, die so durchgelegen war, dass er glaubte, selbst die Struktur der darunter liegenden Tatami-Matte noch erfühlen zu können. Unbegreiflicherweise schlummerte Rebekka neben ihm tief und fest.

Natürlich war es das bevorstehende Zusammentreffen mit dem todbringenden Schemen, das David keine Ruhe finden ließ. Immer wieder zogen die Bilder des Alptraumes auf der *Taifun* an ihm vorüber. Warum hatte ihn Negromanus nicht angeblickt? Weshalb zog er einfach an ihm vorbei? War dieses ganze Traumerlebnis nur ein Mummenschanz seines geplagten Geistes? Oder steckte doch mehr dahinter?

Während er sich auf seinem *futon* hin und her warf, feilte er am Schlachtplan für den nächsten Tag. Er durfte die Zeremonie nicht mit dem Anblick eines Langschwertes stören. Abgesehen davon war das Tragen eines solchen in der Öffentlichkeit ohnehin verboten. Das *katana* musste also zu Hause bleiben. David gedachte, der Feier in einem weißen Kimono beizuwohnen, wie es der Tradition entsprach. Takeo Yonais Kammerdiener hatte einige Mühe gehabt, ein für den unjapanisch großen Murray-*san* passendes Trauergewand zu finden. Eine solche Bekleidung war ungewöhnlich für einen Europäer, aber Yoshis Familie wusste um Davids enge Bindung an Japan. Man würde seine Ausstattung als Geste der Ehrerbietung gegenüber einem alten Freund begreifen. Dass sich ein rasiermesserscharfes *wakizashi* samt Lackscheide trefflich unter dem weiten Gewand verbergen ließ, hielt David für einen nützlichen Nebeneffekt.

Nur mit dem Kurzschwert gegen einen so mächtigen Gegner wie Negromanus antreten zu müssen, war eine nicht eben angenehme Vorstellung. Doch zuletzt würde wohl weniger die größere Reichweite über den Erfolg oder Misserfolg des Jahrhundertkinds entscheiden als vielmehr dessen außergewöhnliche Gaben. Mit dieser Erklärung machte sich David wieder Mut. Er war ein Sekundenprophet, konnte sich bewegende Gegenstände oder Lebewesen durch eine Dehnung der Zeit verlangsamen oder ihnen einfach eine neue Farbe geben. Ein Gefühl des Zweifels den praktischen Nutzen seiner Begabungen betreffend versuchte David wohlweislich zu ignorieren.

Die Trauerfeier sollte am Nachmittag um drei Uhr beginnen. Der dafür vorgesehene Tempel befand sich im Stadtteil Taito-ku. David machte sich bereits um zwölf auf den Weg. Er wollte der erste der Trauergäste sein.

Abgesehen von einem gemeinsamen Morgenmahl mit den Yonais waren David und Rebekka den ganzen Vormittag über für sich geblieben. David brauchte die Zeit, um seiner besorgten Frau Zuversicht und Mut einzuflößen. Nicht einmal vor dem Betreten von Toyamas Felsenpalast hatte sie solche Angst um ihn gehabt wie an diesem Morgen. Je näher die Stunde des Abschieds rückte, desto fester schien Rebekka an ihm zu hängen. Nur unter massivem Einsatz von Küssen und guten Worten konnte er sich schließlich von ihr lösen.

Der Weg zum Tempel führte quer durch die Stadt. Yonais Kammerdiener hatte auf Davids Bitte hin ein ungewöhnliches Verkehrsmittel besorgt: ein Schiff. So würde Negromanus nicht ohne weiteres die Spur bis zu Rebekka zurückverfolgen können. Diese Vorsichtsmaßnahme fußte auf einem unbestimmten Gefühl. Jedenfalls wollte David kein Risiko eingehen.

Der *Seedrache* erwartete ihn an einer der Brücken, die zum Kita-Shinagawa-Viertel hinüberführten. Die zweiköpfige Besatzung des Kajütbootes kam David wie die asiatische Antwort auf das Komikerpaar Stan und Ollie vor. Allerdings führte hier der »Doofe« eindeutig das Kommando, während dem »Dicken« die Knochenarbeit oblag.

Das Schiff tuckerte einen schmalen Kanal hinab, der in den Hafen von Tokyo mündete. Hier schlug der *Seedrache* zunächst einen nördlichen Kurs ein, bis er die Mündung des Sumida erreichte. Auf dem Fluss ging es dann weiter in nordöstlicher Richtung. Im Viertel Tobu-Asakusa gab es eine Anlegestelle der öffentlichen Fährlinie, die in unmittelbarer Nähe zum Tempel lag. David beglich den Fahrpreis und bat den Kapitän, ihn gegen fünf Uhr wieder aufzunehmen. Mit einem kleinen Vorschuss überzeugte er ihn zudem, notfalls bis sechs zu warten. Sei er dann noch nicht gekommen, könnten die Männer mit der Anzahlung tun, was immer ihnen beliebte. Während das ungleiche Paar wortreich über die Verwendung des Geldes zu debattieren begann, machte sich David auf den Weg zum Tempel.

Das Areal des Heiligtums betrat man durch ein rotes *torii*. Neben diesem schlichten Holztor standen zwei Tempelwächter, Furcht erregende Statuen, deren Anblick böse Geister abschrecken sollte, aber auch so manch ängstliches Kleinkind in die Arme der Mutter fliehen ließ. David schritt langsam über einen mit quadratischen Steinen ausgelegten Pfad. Der Park bot ein friedliches Bild – kiesbestreute Plätze, liebevoll gepflegte Bäume –, aber David traute dem schönen Schein nicht. Er wusste, dass er sich auf ein gefährliches Spiel eingelassen hatte. Irgendwo in den Schatten zwischen den Gebäuden, Büschen und Bäumen lauerte ein Jäger. Und er, David, war das Wild.

Natürlich hoffte er, Lord Belials Henkersknecht würde sich noch versteckt halten. Die Beisetzungsfeier sollte erst in gut anderthalb Stunden beginnen. Für eine so auffällige Gestalt wie Negromanus konnte es nur verräterisch sein, einfach hier herumzuspazieren. Diese große finstere, ja, geradezu bedrohliche Erscheinung musste jedem unwillkürlich ins Auge springen. David setzte auf die Vorsicht des Schemens, während er nun selbst nach einem passenden Versteck Ausschau hielt.

Sein Plan war denkbar einfach. Er wollte heimlich den

Eingang der Knochenhalle beobachten, in dem die Zeremonie stattfand. Irgendwann *musste* sich Negromanus zeigen, wenn er gegen ihn vorgehen wollte. Dann würde er die Klinge des *wakizashi* zu spüren bekommen. David hatte sich fest vorgenommen, diesmal abzuwarten und seinen Feind nicht vorschnell zu attackieren wie auf dem schottischen Schloss Blair, als er ihm nur eine Hand abschlagen konnte.

Die Knochenhalle war ein lang gestrecktes Gebäude hinter dem Tempel. Fachwerkrahmen aus dicken braunen Holzbohlen, deren Zwischenräume mit weiß gestrichenem Füllmaterial verschlossen waren, bildeten die Wände. Oben glitzerten die graublau glasierten Ziegel des weich geschwungenen Spitzdaches in der Mittagssonne. Über einen gut einsehbaren Kiesplatz gelangte man zum Haupteingang an der Stirnseite der Halle. Trotz oder gerade wegen seiner Schlichtheit betonte das Tor die Bedeutung des Baus. Die Sockel der dunklen Holzpfosten waren in ziseliertes Goldblech gefasst. Über dem Sturz konnte David Schnitzwerk erkennen.

Ohne der anmutigen Architektur weiter Beachtung zu schenken, entschloss er sich zunächst zu einer Erkundung des Terrains. Eine genaue Kenntnis der Örtlichkeiten konnte für ihn lebenswichtig sein. Er steuerte auf einen schmalen Weg zu, der an der Längsseite des Gebäudes entlangführte.

Je weiter er sich vom Haupteingang der Knochenhalle entfernte, desto stiller wurde es. Anscheinend verlief sich nur selten ein Besucher in diesen versteckten Winkel des Tempelgeländes. Bald hörte David nur noch das Zwitschern von Vögeln, das gelegentliche Summen eines vorüberfliegenden Insekts und das Rascheln von Blättern im Wind. Der schmale Plattenweg neben dem Gebäude war von Schilfstauden, japanischen Kirschbäumen, strauchförmigen Bunge- oder Tempelkiefern und anderen Gewächsen umsäumt. Hier wucherte nichts. Das hätte dem japanischen, auf Weglassung alles Überflüssigen beruhenden Harmonieverständnis widersprochen. Aber trotzdem entdeckte Davids wachsames Auge noch genügend Dickichte, die ihn zu größter Vorsicht mahnten. Seine Hand tastete unwillkürlich zum Griff des Kurzschwertes, das er an seiner linken Seite unter dem weiten Kimono trug. Mehr noch als auf die Geräusche der Umgebung lauschte er in sein Inneres. Aber die Gabe der Sekundenprophetie meldete sich nicht. Plötzlich raschelte das Schilfgras zu seiner Rechten. David schreckte zusammen. Sein Schwert sprang förmlich aus der Scheide. Im nächsten Moment sah er eine Bewegung …

Er musste lächeln, als er das fliehende Eichhörnchen entdeckte. In seinem Maul trug es einen eiförmigen, gelbpurpurnen Zapfen einer Tanyosho Nana, einer japanischen Rotkiefer. Er entspannte sich wieder. Kein Wunder, dass die Sekundenprophetie ihn nicht gewarnt hatte. Er war ganz auf mögliche Gefahren fixiert und eine solche ging von dem pelzigen Zapfensammler nun wirklich nicht aus.

Erleichtert, aber unvermindert wachsam setzte David seine Erkundung fort. An der Rückseite der Knochenhalle entdeckte er einen unscheinbaren Hintereingang. Er überprüfte die hölzerne Tür. Sie war unverschlossen. Ein Blick in das Gebäude zeigte ihm ein Nebenzimmer, von dem aus man unmittelbar in den großen Hauptsaal gelangte. Leise trat er ein. Der Raum war nicht sehr groß. Man konnte ihn mit vier Schritten durchmessen. In die gegenüberliegende Tür war ein Holzgitter eingelassen, durch das David die eigentliche Knochenhalle sehen konnte.

Kurz entschlossen änderte er seinen Plan. Dieser Ort war wie geschaffen zum unauffälligen Beobachten der Zeremonie. Und für einen hinterhältigen Angriff. Sollte Negromanus ihn wirklich in der Halle stellen wollen, würde er kaum durch den Haupteingang spazieren. Von hier jedoch konnte er überraschend zuschlagen und anschließend auch wieder unauffällig verschwinden. Wenn man ihn ließ.

Das zu verhindern war Davids vordringlichstes Ziel.

Zunächst unterzog er den Raum einer genauen Untersuchung. In einer Ecke stapelten sich mehrere kleinere Kisten. David hob einen Deckel an und erblickte gebündelte Räucherstäbchen. Da es ansonsten nur wenige andere Gegenstände gab, war die Erkundung schnell erledigt.

Hinter einer weiteren Tür entdeckte er eine kleine Rumpelkammer. Hier lagerten Spaten, Harken, eine Trommel, Weihrauchgefäße, eingestaubte Meditationskissen und sogar einige Urnen. Während sich David mit gezücktem Kurzschwert zwischen Geräten und Gerümpel hindurchschlängelte, hatte er Mühe, seinen weißen Seidenkimono nicht zu beschmutzen. Sein Kontrollgang war eine reine Vorsichtsmaßnahme. Er glaubte nicht wirklich, Negromanus hier aufzustöbern – dessen Gegenwart hätte er zweifellos längst gefühlt.

Und genau das war auch der Punkt, der ihm Kopfzerbrechen bereitete. Auf dem Schloss seines Adoptivvaters, des Duke of Atholl, hatte David das Nahen des Schemens schon früh gespürt. Aber hier empfand er nichts dergleichen. In seinem Geist stieg einmal mehr das Bild aus seinem Alptraum auf: Negromanus war an ihm vorübergezogen, ohne ihn eines Blickes zu würdigen. Dafür musste es irgendeinen tieferen Grund geben, aber er kam einfach nicht dahinter, welchen. David wurde immer unruhiger. Ihn beschlich das Gefühl, gerade einen schweren Fehler zu machen.

Voll unguter Ahnung bezog er Stellung hinter dem Türgitter, das ihm einen freien Blick in die Knochenhalle gewährte, während er zugleich den Ausgang im Auge behalten konnte.

David wartete. Ab und zu kamen Besucher zu den Nischen, in denen die Urnen ihrer verblichenen Angehörigen untergebracht waren. Manche brachten den Ahnen auch ein Schälchen Reis mit, andere sprachen mit ihnen. Der Tod zwang eine »abgeschiedene Seele« zur Ruhelosigkeit. Folglich musste diese nach shintoistischem Glauben einen Prozess der Läuterung erfahren, der sie von jedem Willen zur boshaften Einmischung in das Leben der Hinterbliebenen befreite, bis nur noch ein friedlicher, wohlwollender Charakter verblieb. Eine derart gereinigte Ahnenseele konnte dann als Beschützer der Familie fungieren. Kein Wunder, dass die Hinterbliebenen regelmäßig nach dem Wohlbefinden ihrer Ahnen »sahen«, sie über aktuelle Entwicklungen der Sippe auf dem Laufenden hielten und gelegentlich um Hilfe und Beistand baten.

Allmählich trafen die ersten Trauergäste ein. Der Zweig des Ito-Clans, dem Yoshi angehört hatte, verfügte in der Knochenhalle über ein eigenes Wandsegment, das als Familiengrabstätte diente. In pietätvollem Schweigen gruppierte man sich um die offene Nische, die Yoshis Asche aufnehmen sollte.

Weil die Itos eine sehr traditionsbewusste Familie waren, kamen die meisten Gäste in Weiß. Yoshiharu Ito hatte im Auswärtigen Amt eine wichtige Position innegehabt, weswegen auch einige ausländische Diplomaten erschienen. Unter den schwarz gekleideten Besuchern war jedoch niemand, der Negromanus auch nur annähernd glich: auffallend groß, gehüllt in einen wallenden Umhang, das fahle Gesicht unter einer breiten Hutkrempe verborgen und eine beinahe körperlich spürbare Kälte ausstrahlend.

David blickte zwischen Gitter und Hinterausgang hin und her. Bisher hatte keiner seiner außergewöhnlichen Sinne Alarm geschlagen. Wo blieb Negromanus nur?

Ein Priester betrat nun die Halle, gefolgt von zwei Helfern, welche die Urne auf einer Art Tablett hinter ihm hertrugen. Kurz darauf begann der Beisetzungsritus. David bemerkte, wie Saionji unter dem Singsang des Priesters immer wieder den Hals reckte und zum Eingang der Halle blickte. Er konnte sich denken, wen der Vetter Yoshis erwartete. David hatte ihm ja versprochen, dem Verstorbenen die letzte Ehre zu erweisen, auch wenn er sich möglicherweise verspätete.

Während die Zeremonie ihren Lauf nahm, wurde David immer unruhiger. Etwas stimmte nicht. Negromanus war nicht hier. Er konnte zwar nicht sagen, woher er diese Gewissheit nahm, aber sein Gefühl hatte ihn noch nie im Stich gelassen. In der Westminster Abbey, beim Tod seiner Eltern, auf dem Schlachtfeld in Frankreich, in der Hochzeitsnacht auf *Blair Castle* – jedes Mal hatte es David gespürt, wenn Negromanus seinen Weg kreuzte …

Er erschrak, ein furchtbarer Verdacht keimte in ihm. Er

warf einen letzten Blick auf den Hinterausgang, dann schlich er sich in die Knochenhalle.

Die Zeremonie erreichte gerade ihren Höhepunkt – im wahrsten Sinne des Wortes. Die beiden Helfer des Priesters hatten das Tablett mit der Urne hoch über ihre Köpfe gehoben. Alle Trauergäste konnten den silbernen Behälter mit Yoshis Asche sehen. Gleich würde dieser in einer der Nischen verschwinden, die hier zu hunderten die Wände perforierten. Mit einem Mal geschah das Unfassbare: Einer der Urnenträger stolperte.

Der Behälter rutschte zur Seite, kippte über den Rand der Platte und stürzte zu Boden. Dutzende von entsetzten Augenpaaren verfolgten den merkwürdig trägen Fall der Urne. Sie schlug kopfüber auf. Mit lautem Scheppern sprang der Deckel zur Seite. Ein vielstimmiges Stöhnen hallte durch den Saal.

Verzeih mir diesen Frevel, Yoshi. David öffnete wieder die Augen. Er hatte den Schritt eines der Träger verzögert, ebenso wie den Sturz der Urne, sich dann aber doch den Anblick seiner Tat ersparen wollen. Jetzt jedoch wurden seine schlimmsten Befürchtungen sogar noch übertroffen. Mehr als das Fehlen der Asche schockierte die Trauergemeinde ein aus der Urne geschleuderter Gegenstand: Auf dem steinernen Fußboden lag eine mattschwarze Hand.

»Negromanus!«, hauchte David entsetzt. Erst in diesem Moment war ihm die eigentliche Bedeutung des Namens richtig bewusst geworden: »schwarze Hand«. Die Nachbildung einer auf den ersten Blick menschlich anmutenden Hand war allerdings nur etwa halb so groß, wie es ihr wahres Vorbild gewesen sein mochte. Zwischen den Fingern steckte ein graues Kärtchen. Es handelte sich um eine linke Hand – David erschauerte –, wie jene, die er Negromanus in Schottland abgeschlagen hatte. Weil der makabre Scherzartikel unmittelbar vor seinen Füßen liegen geblieben war, bückte er sich danach und hob ihn auf.

Die künstliche Hand bestand aus einem schwarzen Material, das sich kalt und hart anfühlte, vielleicht Lavagestein. Mit Unbehagen registrierte David die ungewöhnliche Haltung der *sechs* schmalen Finger: Alle, auch der Daumen, waren so stark gestreckt, dass sie sich weit über den Handrücken zurückbogen. Davids Gedanken arbeiteten fieberhaft. *Genauso wie das Rückgrat der vielen Menschen, die von der schwarzen Hand getötet wurden. Was hat das zu bedeuten?*

Er sah kurz zu den umstehenden Trauergästen auf. In den blassen Gesichtern lag ein erwartungsvoller Ausdruck, als könne er ihnen jeden Moment die Lösung dieses beklemmenden Mysteriums verkünden. Aber David senkte nur wieder den Blick und betrachtete erneut die zurückgebogenen Finger. *Ob Negromanus mit dieser beschwörenden Geste seine Opfer tötete?*

Er drehte die Steinhand langsam herum, bis er die lateinischen Buchstaben auf dem Kärtchen entziffern konnte. Da stand nur ein einziges Wort: *Verpasst!*

Ein Scheppern durchschnitt das gespannte Schweigen in der Knochenhalle. David hatte die Hand zu Boden geschmettert, wo sie in tausend Splitter zerborsten war.

»Verdammt soll er sein!«, schrie er voller Zorn. Saionji, der ganz in Davids Nähe stand, riss entsetzt die Augen auf. Einige Gäste stießen sogar leise Schreie aus. »Nicht Yoshiharu«, rief David, als er schon zum Ausgang stürzte. »Sein Mörder hat uns alle reingelegt …«

Während nun in der Knochenhalle eine lebhafte Diskussion darüber entbrannte, was all diese bizarren Geschehnisse wohl zu bedeuten hätten, fegte der europäische Trauergast wie *kamikaze*, der »göttliche Sturm«, durch den Tempelpark. Die andächtig gestimmten Besucher des Areals blickten ihm entgeistert nach.

Die Erkenntnis war auf David mit der brutalen Heftigkeit eines Henkerbeils niedergefahren. Erst die hämische Botschaft des Schattens hatte ihm die Augen geöffnet. *Verpasst!*

David schrie vor Verzweiflung und Zorn über die eigene Dummheit. Negromanus' Anschlag galt gar nicht ihm. Er wollte Rebekka haben.

Verwirrspiel

Noch nie hatte David im Stadtgebiet Tokyos eine so weite Strecke in so kurzer Zeit zurückgelegt. Vor seinem geistigen Auge sah er Rebekka bereits ermordet im Tatami-Zimmer liegen – der Blick gebrochen, der Rücken auf groteske Weise verkrümmt. Immer wieder schrie er verzweifelt auf. Der Rikschaläufer vor ihm zuckte jedes Mal zusammen und mobilisierte weitere Reserven.

Als David ein Taxi entdeckte, sprang er aus dem zweirädrigen Wagen, steckte dem verängstigen Mann an den Griffstangen einen Geldschein in die Tasche und warf sich vor die Droschke. Mit quietschenden Rädern kam der Wagen unmittelbar vor ihm zum Stillstand.

»Sind Sie verrückt?«, rief der schwitzende Fahrer aus dem heruntergekurbelten Fenster.

»Ja, bringen Sie mich sofort nach Ozaki!«

»Einen Dreck werde ich tun. Ihr *Gaijin* glaubt wohl, ihr könnt euch alles erlauben.«

»Ich kaufe Ihr Taxi.«

»Es gehört mir nicht.«

»Nennen Sie mich ›Barbar‹ oder wie immer Sie wollen, aber *bitte* bringen Sie mich nach Ozaki. Es geht um Leben und Tod.«

»Das sagen die Langnasen immer.«

David sprang unvermittelt auf das Trittbrett des Wagens und hielt dem Fahrer sein *wakizashi* unter die Nase. »Hören Sie, ich habe keine Zeit, mit Ihnen über den Preis zu verhandeln. Fahren Sie mich einfach, wohin ich möchte, anstatt sich unnötig Ihr langes, glückliches Leben zu verkürzen.«

Der beinahe kahle Japaner lächelte eingeschüchtert. »Warum haben Sie das nicht gleich gesagt? Steigen Sie ein.«

In halsbrecherischem Tempo raste das Taxi durch Tokyos Straßen. David tat es Leid, dem Fahrer einen solchen Schrecken eingejagt zu haben, aber er hatte sich einfach nicht anders zu helfen gewusst. Während er dem Mann das Ziel genau beschrieb – der Stadt fehlten immer noch die Straßennamen –, entschuldigte er sich vielmals für sein aufbrausendes Wesen. Es handele sich wirklich um einen ernsten Notfall, das müsse der Fahrer ihm glauben.

Er glaubte es nicht. Immerhin zeigte er sich einsichtig, als David ihm beim Aussteigen ein Bündel Geldscheine in die Hand drückte.

»Betrachten Sie das als kleine Entschädigung für die Aufregung, die ich Ihnen zugemutet habe. Auf Wiedersehen. Und danke!«

Mit der stattlichen Summe in der Tasche würde der Taxifahrer vermutlich auf eine Anzeige verzichten, hoffte

David. Er verschwendete keinen weiteren Gedanken an den Mann. Alles, was ihn jetzt interessierte, war Rebekka. Sie lebte noch. Wäre es anders, hätte er es gespürt, so wie damals bei seinen Eltern. Oder war er einfach zu aufgeregt, um seine innere Stimme wahrzunehmen? Machte er sich nur etwas vor?

David stürzte ins Haus der Yonais. Die beiden befanden sich zufällig im Eingangsbereich und sahen den gehetzten Mann entgeistert an.

»Wo ist sie?«, stieß er hervor.

Zwei Paar Augen wandten sich der Treppe zum oberen Stockwerk zu. David rannte hinauf, ohne sich die Schuhe auszuziehen, ein Sakrileg, das die ahnungslosen Yonais vor Entsetzen erstarren ließ.

Vor dem Tatami-Zimmer stand ein Paar Hausschuhe. David riss die Schiebetür auf.

»Rebekka!«

Seine Frau blickte von ihrem Buch auf. Sie wirkte überrascht und besorgt zugleich. »David! Gott sei Dank! Du bist zurück.«

Er lief zu ihr. Sie erhob sich von ihrem Sitzkissen. Beide fielen sich in die Arme.

»Du bist ja völlig aufgelöst«, meinte Rebekka. Sie schob ihren Mann auf Armeslänge von sich, um in seine Augen zu blicken. »Was ist denn geschehen? Hast du Negromanus …?«

David schüttelte den Kopf. »Nicht jetzt, Bekka. Lass uns zuerst das Haus verlassen.«

»Aber …«

»Später, Liebes. Komm!«

David zog seine Frau eilig hinter sich her. Sie hatte nicht einmal Gelegenheit in ihre Hausschuhe zu schlüpfen. Im Entree warteten die verstörten Gastgeber und hefteten ihre Blicke auf seine Füße.

»Schnell, rufen Sie Ihr Personal zusammen. Wir müssen alle das Haus verlassen«, drängte David, noch während er die Treppe hinunterstürzte.

Takeo und Yachiyoko sahen sich verwundert an, machten sonst aber keine Anstalten, der Aufforderung ihres Gastes nachzukommen. In aller Kürze setzte David den Hausherrn über den Ernst der Lage in Kenntnis: Er habe berechtigten Grund zu der Annahme, dass jeden Moment ein skrupelloser Mörder hier aufkreuzen und sie alle umbringen könne. Daher halte er es für ratsam, das Anwesen umgehend zu evakuieren.

Diese ebenso kurze wie eindrucksvolle Mitteilung brachte die Gastgeber endlich zum Handeln. Eilig rief Takeo seinen Kammerdiener und Yachiyoko ihre Köchin und gemeinsam verließ man das Haus, um sich zu sechst in die Limousine der Herrschaften zu zwängen und in Richtung Kita-Shinagawa aufzubrechen. Hier, bei nahen Verwandten der Yonais, sei man fürs Erste in Sicherheit.

David rief gleich nach der Ankunft den Vorgesetzten des jungen Grafen an und bat um Hilfe. Kido zeigte sich überrascht, den Vertrauten des Kaisers wieder in Japan zu wissen. Nach Davids spektakulärem Auftritt während der Krönungszeremonie waren die Murrays Hals über Kopf in die Vereinigten Staaten abgereist.

»Ich werde sofort ein paar Männer zu Yonais Haus senden, Murray-*san*«, versprach der Sekretär des kaiserlichen Geheimsiegelbewahrers.

Es vergingen Stunden bangen Wartens.

Bei nächstbester Gelegenheit erzählte David seiner

Frau unter vier Augen, was in der Knochenhalle vorgefallen war.

»Verpasst?«, wiederholte Rebekka die Botschaft des Schattens.

»Ich habe völlig den Kopf verloren«, gestand David. »Mir war mit einem Mal klar, dass er nur sein Spiel mit mir treiben wollte. In Wirklichkeit ging es ihm darum, ungestört über dich herfallen zu können.«

»Aber das hat er doch gar nicht getan!«, widersprach Rebekka. »Bis jetzt haben Kidos Männer auch noch nichts Verdächtiges entdeckt, sonst hättest du es bestimmt schon erfahren.«

David sah sie verwirrt an. »Du hast Recht.«

»Außerdem, wieso sollte Negromanus mich töten, wenn er in der Knochenhalle doch dich, seinen größten Feind, hätte stellen können?«

»Was glaubst du, wie oft ich mir in den letzten Stunden diese Frage gestellt habe! Im Traum ist der Schemen einfach achtlos an mir vorübergegangen, als ob ... Ach, ich weiß auch nicht, was das zu bedeuten hat.«

»Vielleicht *kann* er dir gar nichts antun.«

Davids Augen wurden groß. »Wie meinst du das?«

Obwohl die Lage alles andere als entspannt war, musste Rebekka beim Anblick ihres dümmlich glotzenden Gemahls lächeln. »Na, bist du nun das *seiki no ko* oder bist du es nicht? Du hast dich immer gefragt, was dir deine sonderbaren Gaben im Kampf gegen den Kreis der Dämmerung nützen sollen, aber vielleicht hast du dabei deinen wichtigsten Vorteil ganz übersehen.«

»Du meinst ...?«

Rebekka nickte mit Nachdruck. »Es wäre immerhin möglich, dass Negromanus dir gar nichts anhaben *kann*. Überleg doch einmal: Du hast ihm eine Hand abgetrennt. Und was macht er? Er flieht. Der Schemen hat deine Eltern umgebracht, deinen Großonkel, viele deiner Freunde; er ist um dich herumgeschlichen wie eine Katze um den heißen Brei ... Aber er hat dich nie *persönlich* angegriffen.«

»Das stimmt«, flüsterte David. »Vielleicht hast du wirklich Recht. Wenn ich ihm tatsächlich ebenbürtig oder sogar überlegen bin, dann könnte ich meine anderen Gaben viel wirkungsvoller gegen ihn einsetzen.«

»Und mit Lord Belial mag es sich ähnlich verhalten. Ich habe selbst gelesen, was im schriftlichen Vermächtnis deines Vaters über die beiden steht: Getrennt sind sie kaum mehr als gewöhnliche Menschen. Nur wenn sie ihre Wesen wieder vereinten, könnten sie unbesiegbar sein. Seit Belial den Siegelring von seinem Finger gezogen hat, versuchen er und sein Schatten vergeblich diese Macht zu erlangen ...«

»Weil mein Vater ihnen den Ring gestohlen hat«, murmelte David.

»Und du ihn nun am Hals trägst«, fügte Rebekka hinzu.

»Vielleicht ist es ja auch der Ring, der mir Negromanus vom Leibe hält. Ich weiß noch, wie bestürzt er mich ansah, als er ihn auf *Blair Castle* an meinem Hals entdeckte.«

David lächelte still in sich hinein. Es war eine verlockende Vorstellung, endlich eine Waffe gegen seine mächtigen Gegner in der Hand zu halten. Aber da wich auch schon der erregende Gedanke einer anderen bestürzenden Erkenntnis.

»*Deshalb* will er dich umbringen, Bekka! Jetzt wird mir seine Taktik klar. Nach dem Tod meiner Eltern wollte auch ich nicht mehr leben. Als Nick fiel, ging es mir ähnlich. Und jetzt du. Negromanus muss wissen, dass mir deine Rettung damals neuen Mut eingeflößt hat. Du bist für mich der wichtigste Mensch im Leben. Wenn er dir etwas antäte …« Davids Stimme erstarb.

Rebekka küsste ihn zärtlich auf den Mund, bevor sie mit sanfter Stimme sagte: »Wir haben uns einmal geschworen, unsere Liebe würde selbst der Tod nicht bezwingen. Was immer auch geschieht, bleib deiner Berufung treu. Sollte der Kreis der Dämmerung mir jemals etwas antun, dann darfst du nicht aufgeben, hörst du, David? Das bist du nicht nur deiner Bestimmung schuldig, sondern auch mir. Vergiss das bitte nie, hast du verstanden?«

David schluckte einen dicken Kloß hinunter. Er zwang sich zu einem Lächeln, nahm Rebekkas Gesicht in beide Hände und erwiderte ihren Kuss. Dann nickte er und versprach mit fester Stimme: »Ich lasse mich nicht unterkriegen. Und außerdem wird dir Negromanus nichts tun. Beim nächsten Mal schneide ich ihm nämlich ein paar *lebenswichtige* Körperteile ab.«

Zwischen zehn und elf Uhr nachts kehrten David und Rebekka ins Haus der Yonais zurück. Kidos Geheimdienstleute hatten das Anwesen des Grafen gründlich untersucht und auch die nähere Umgebung durchkämmt. Von einem lebendigen Schatten gab es weit und breit keine Spur.

»Entschuldigen Sie meinen etwas hysterischen Auftritt von vorhin«, bat David den Hausherrn. Rebekka drückte seine Hand, sagte jedoch nichts. Yachiyoko blickte verlegen zu Boden.

Takeo Yonai dagegen lächelte befreit. Er schien richtig

glücklich zu sein, dass er seinem Gast einen Dienst hatte erweisen können – und wenn es auch nur ein unbedeutender gewesen war. »Es ist nicht der Rede wert, Murray-*san*. Sie haben immerhin Ihren besten Freund verloren. Außerdem war, wie der heutige Vorfall in der Knochenhalle zeigt, Ihre Sorge ja auch nicht ganz unberechtigt. Eine Sorge, wie ich dankbar anmerken muss, die ja auch *meine* Hausgemeinschaft mit einschloss. So gesehen stehe ich eigentlich in Ihrer Schuld, Murray-*san*.«

David schüttelte lächelnd den Kopf. »Obwohl ich in diesem Land geboren bin, sind mir die Kinder Nippons in mancher Hinsicht bis heute ein Rätsel geblieben. Wie auch immer, als der Ältere von uns beiden möchte ich Sie und Yachiyoko bitten, Rebekka und mich mit Vornamen anzureden.«

Takeo Yonai erschrak. »Wieso, Murray-*san*? Habe ich Sie etwa beleidigt?«

David machte eine beschwichtigende Geste. Selbst im engsten Familienkreis sprachen sich Japaner nicht mit Vornamen an, sondern verwendeten Titel wie »Großmutter«, »Vater« oder »kleine Schwester«.

»Verstehen Sie mich bitte nicht falsch«, sagte er rasch. »Für mich wäre es eine große Ehre, auf diese Weise meine Verbundenheit zu Ihnen und Ihrer Frau ausdrücken zu dürfen.«

Der Hausherr schien noch mit sich zu kämpfen. Vielleicht hatte er seinen Gast ja doch irgendwie brüskiert. Aber der lachte nur und fügte kopfschüttelnd hinzu: »Anscheinend sind wir Engländer in dieser Hinsicht manchmal etwas zu freizügig. Verzeihen Sie mir bitte, Yonai-*san*. Ich will es Ihnen überlassen, wie Sie mich und Rebekka nennen möchten. Was im Übrigen Ihren Chef betrifft, brauchen Sie sich nicht zu sorgen – er wird von unserer etwaigen Vertraulichkeit nichts erfahren.«

Ein verschwörerisches Lächeln stahl sich auf Takeos Gesicht. Davids letzte Äußerung schien ihm zu gefallen. Er legte seinen Arm um Yachiyokos Schulter und nickte entschlossen. »Also gut, David-*kun*. Unser Respekt euch gegenüber wird nicht darunter leiden.«

»Dessen bin ich mir sicher, Takeo-*kun*.«

Zu viert nahm man ein spätes Nachtmahl ein, das in beinahe schon lockerer Atmosphäre stattfand. Wehmütig erinnerte sich David an einen Abend Anfang des Jahres 1913. Er war mit seinen Eltern bei den Itos zu Gast gewesen. Damals hatte er sein *katana* geschenkt bekommen.

David erzählte, dass er und Rebekka Japan schon bald verlassen würden. Ein kranker Freund in New York erwarte ihren Besuch. Das kleine Paar reagierte auf diese Ankündigung mit echtem Bedauern. Einen Vertrauten des Tennos zu beherbergen sei für sie eine außerordentliche Ehre. Ihr Haus stünde den Murrays jederzeit offen. Gegen zwei Uhr morgens ging man dann endlich zu Bett.

Die Luft im Schlafzimmer war unangenehm stickig. Obgleich zutiefst erschöpft, fand David keinen Schlaf. Rebekka schien dieses Problem überhaupt nicht zu kennen. Ihr Kopf ruhte auf seinem Oberarm und sie atmete tief und gleichmäßig. David spürte die Finger taub werden, veränderte aber seine Haltung nicht, er blieb ruhig auf der Schlafmatte liegen und starrte in die Dunkelheit.

Die Ereignisse des vergangenen Tages ließen ihn nicht los. Negromanus hatte sein Spiel mit ihm getrieben – aber zu welchem Zweck?

David spürte, dass Rebekkas Vermutungen in die richtige Richtung zielten. Doch warum hatte der Schemen nicht einmal versucht sie anzugreifen? In der Zeit, die David von der Knochenhalle nach Hause gebraucht hatte, hätte er doch längst …

Wie vom Katapult geschnellt fuhr David vom *futon* hoch. Dadurch wurde auch Rebekka auf unsanfte Weise geweckt.

»Was ist denn los?«, brummte sie unwillig.

»Ich bin ein Narr!« David versuchte verzweifelt Leben in seinen tauben Arm zu bekommen.

»Was?«

»Ein Hohlkopf, ein Dämlack, ein Rhinozeros, ein …«

»David, hörst du wohl auf! Was ist denn mit einem Mal in dich gefahren?«

»Ich habe ihn erst zu dir geführt.«

»Wen?«

»Na, wen schon? *Negromanus!* Wir haben uns hier versteckt, weil wir uns sicher fühlten. *Das waren wir auch!* Bis ich heute Nachmittag ohne jede Vorsicht zu dir zurückgestürmt bin. Ich verdammter …« Endlich begann es im Arm zu kribbeln. David massierte weiter.

Rebekka legte beruhigend ihre Hand auf seine Brust. »Deine Nerven liegen blank, Liebster. Du bildest dir das alles bestimmt nur ein. Wenn wir erst …«

»Still!«

Etwas in Davids Stimme alarmierte sie. Erschrocken zog sie die Hand zurück. Ihre Frage war nur mehr ein Hauch: »Was ist?«

»Ich habe so ein ungutes Gefühl.«

»Aber ich kann gar nichts hören.«

»Das ist es ja, was mich beunruhigt. Ich höre auch nichts.«

»Ich habe Angst, David.«

»Bleib ganz dicht bei mir. So bist du am sichersten.«

David erhob sich schnell von der Matratze und lief zu der Reisetasche, in der er seine beiden Schwerter aufbewahrte. Als er wieder bei Rebekka war, flüsterte er: »Halt dich an meinem Hosenbund fest. Nur wenn ich kämpfen muss, gibst du mir Raum, ansonsten lässt du keinesfalls los, verstanden?«

Sie nickte hinter ihm.

»Rebekka?«

»Ich habe verstanden.«

»Dann komm.«

Wie sie waren – er nur mit einer kurzen Pyjamahose, sie mit einem Nachthemd bekleidet –, schlichen sie sich auf den Flur hinaus. Das alles erinnerte David fatal an die Nacht in *Blair Castle*. Damals hatte Negromanus zwei Unschuldige getötet.

»Wir müssen zum Schlafzimmer von Takeo und Yachiyoko«, raunte er.

»Du denkst an die armen Smails?«

Er antwortete nicht.

Barfüßig schlichen die beiden durch das Haus. Der Mond schüttete sein Licht in die umliegenden Räume und ließ die verschiebbaren Reispapierwände matt erglühen. Die Gastgeber schliefen auf demselben Stockwerk, ganz am Ende des Flurs. Der Durchgang zu ihrem Zimmer stand offen. Das konnte nichts Gutes bedeuten. David überprüfte noch einmal den Sitz seiner *Wakizashi*-Scheide. Notfalls konnte er das Kurzschwert in einer einzigen Bewegung herausschnellen lassen. Die Klinge des Langschwerts hielt er aufrecht vor sich. Als er über die Schwelle des Schlafzimmers trat, stellten sich seine

Nackenhaare auf. Was er sah, war noch grauenvoller als befürchtet.

Am Boden krümmten sich Takeo und Yachiyoko Yonai auf ihren Schlafmatten. Vor ihnen stand ein dunkler Schemen mit hoch erhobenen Armen. Im Mondlicht konnte David deutlich den Stumpf am linken Arm erkennen. Die Finger der rechten Hand waren aneinander gepresst und wie ein Bogen gespannt. Auf Gesichtshöhe der Gestalt glommen zwei phosphoreszierende Punkte.

»Halt ein, Negromanus!«, schrie David aus vollem Hals. »Lass diese Menschen in Frieden. Dein Feind steht hier.«

Mit diesen Worten wollte er sich auf den Schemen stürzen, um das seiner Frau am Nachmittag gegebene Versprechen einzulösen. Doch etwas hinderte ihn daran. Er hörte eine Naht platzen.

»Lass meinen Hosenbund los, Bekka, schnell!«

Er konnte nicht mit dem Schemen kämpfen, wenn er keine Bewegungsfreiheit hatte. Schon wandte sich Negromanus ihm zu. Wieder hob er die Arme, die er bei Davids Aufschrei hatte sinken lassen. In seinen Augen loderte kaltes grünes Feuer, das Davids Willen zu verzehren drohte. Oder galt Negromanus' Aufmerksamkeit nun doch Rebekka?

Mit aller Kraft riss sich David von seiner Frau los und stolperte vorwärts. »Komm, gib mir deine andere Hand«, forderte er den Schemen auf, der nun respektvoll zurückwich, »und dann kümmern wir uns um deinen Kopf.«

Negromanus stieß ein helles vibrierendes Lachen aus. »Du fühlst dich sehr stark, David Camden. Aber glaube mir, du wirst noch meine wahre Macht zu spüren bekommen.«

David hob das *katana* zum tödlichen Schlag. »Warum nicht gleich jetzt?«, zischte er beim Vorwärtsspringen.

Der geschmiedete Stahl glitt durch das Mondlicht – und zerschnitt nichts als Luft. Negromanus hatte sich rückwärts durch das Gitterfenster fallen lassen. Zusammen mit Holz- und Glassplittern stürzte er in die Tiefe. Vorsichtig beugte sich David in den Garten hinaus. Gerade noch rechtzeitig, um einen Blick auf den fliehenden Schatten zu erhaschen. Dann kehrte Stille ein.

Davids Enttäuschung war schier grenzenlos. Nach Toyamas Ausschaltung hätte er dem Kreis der Dämmerung hier eine weitere, noch größere Niederlage bereiten können. Negromanus war immerhin ein Teil des Schattenlords. Doch anstatt Belial entscheidend zu schwächen, hatte er ihn auf seine und Rebekkas Fährte gelockt. Bei diesem Gedanken fielen ihm wieder die Yonais ein. Er hörte hinter sich ein Röcheln und leises Wimmern.

Rasch drehte sich David vom Fenster weg und wandte sich seinen Freunden zu. Takeo saß auf seinem *futon* und rang nach Luft. Yachiyoko lag auf dem Rücken, hatte die Hände vor das Gesicht geschlagen und weinte.

David kehrte an das Bett der Freunde zurück. »Seid ihr verletzt?«

Takeo machte eine beruhigende Geste und schüttelte den Kopf. »Nichts Ernstes«, krächzte er. »Die Krämpfe hörten in dem Augenblick auf, als du in das Zimmer kamst, und langsam bekomme ich auch wieder Luft.«

Yachiyoko wischte sich die Tränen von den Wangen, sah David von unten bis oben an und zwang sich zu einem schüchternen Lächeln. »Mir geht es gut, David-*kun*.«

In diesem Moment spürte David eine sanfte Berührung auf der Schulter. Er drehte sich um und blickte in Rebekkas Gesicht. Sie lächelte ihn merkwürdigerweise verlegen an. Dann hob sie einen Stofffetzen vor seine Augen und sagte: »Entschuldige, David, dass ich deine Pyjamahose zerrissen habe.«

Treibjagd

Die Japaner hatten ein wesentlich unkomplizierteres Verhältnis zu ihrem Körper als die prüden Europäer oder gar die puritanischen Amerikaner. Davids Auftritt als nackter antiker Ringkämpfer sorgte bei den Yonais daher für erheblich weniger Aufsehen, als es eine ähnliche Szene im Schlafzimmer eines englischen Earls oder eines amerikanischen Senators hervorgerufen hätte.

»Wir werden heute noch abreisen«, sagte David, nachdem sich Gäste und Gastgeber angekleidet und im Esszimmer versammelt hatten. Das Personal war von Negromanus' Angriff verschont geblieben und trug gerade ein leichtes Frühstück auf. Draußen ging soeben der Mond unter. Die große Dunkelheit vor dem Morgengrauen setzte ein.

»Aber wo willst du denn hin, David-*kun*?«

»Wir nehmen das nächstbeste Schiff in die Staaten. Bis zur Abreise werden wir irgendwo in einer schlichten Pension wohnen. Vielleicht sogar außerhalb der Stadt. Wir können euch beide unmöglich noch länger der Gefahr unserer Anwesenheit aussetzen. Ehrlich gesagt wäre es mir sogar lieber, wenn auch ihr für eine Weile von der Bildfläche verschwändet. Ich könnte es mir nicht verzeihen, wenn dieser Meuchler euch am Ende doch noch etwas antäte.«

»Mein Onkel hat ein Haus bei Hamatombetsu.«

»Wo?«

»Das liegt im Nordosten von Hokkaido.«

»Klingt gut. Das dürfte weit genug weg sein.«

»Ich fürchte nur …« Takeo zögerte.

David erriet seine Gedanken. »Kido würde dir nicht frei geben?«

»Es wäre respektlos gegenüber dem Tenno, mich für eine längere Zeit beurlauben zu lassen.«

»Das lass nur meine Sorge sein. Ich kümmere mich darum.«

»Wir stehen hoch in deiner Schuld, David-*kun*«, sagte Yachiyoko und verbeugte sich ehrfürchtig.

»Ich habe schließlich durch meine Anwesenheit hier euer Leben in Gefahr gebracht. Das ist das Mindeste, was ich für euch tun kann.«

Kurz nach Sonnenaufgang brachen die Murrays in Richtung Hafen auf. Um mögliche Verfolger abzuschütteln, nahm David nicht den direkten Weg, betrat mit Rebekka Gebäude, die sie durch die Hintertür wieder verließen, und wechselte mehrmals die Beförderungsmittel. Er fühlte sich keinesfalls sicher, jetzt, nachdem er Negromanus in die Flucht geschlagen hatte. Dafür klangen ihm die letzten Worte des Schemens noch zu deutlich in den Ohren. *Du wirst noch meine wahre Macht zu spüren bekommen.* Was hatte Negromanus damit nur gemeint?

David erkundigte sich in den Büros der Schifffahrtslinien nach der schnellstmöglichen Passage in die Vereinigten Staaten. Zu seiner großen Freude gelang es ihm tatsächlich, eine Erste-Klasse-Kabine auf der *Misogi* für den nächsten Montag zu bekommen.

Bis dahin waren es noch drei Tage, zweiundsiebzig Stunden, in denen Belials Bluthund an ihren Fersen klebte. Sie mussten unbedingt für das Wochenende von der Bildfläche verschwinden. Das Paar machte sich umgehend auf die Suche nach einer geeigneten Unterkunft. Einmal mehr hatte Rebekka die zündende Idee.

»Warum fahren wir nicht wieder über die Bucht und bleiben bis Montag früh in Sodegaura oder in Kisarazu?«

»Richtig, Schatz. Dort wird uns so schnell niemand aufspüren, selbst Negromanus nicht.«

Wenig später setzten sie mit der Fähre über die Bucht von Tokyo und suchten sich in Sodegaura eine kleine Pension. David musste etliche Passanten ansprechen, um schließlich ein unauffälliges Häuschen im Osten der Stadt zu finden, aber sein fließendes Japanisch, gepaart mit der ihm eigenen natürlichen Überzeugungskraft, leisteten ihm hierbei unschätzbare Dienste.

Bei den Wirtsleuten handelte es sich um ein älteres Ehepaar, das aus der Vermietung dreier Gästezimmer sein bescheidenes Einkommen bestritt. Die Okadas hatten sich noch nicht von jener Fremdenfeindlichkeit anstecken lassen, die im Zuge des erstarkenden Militarismus vielerorts wie eine Epidemie um sich griff. Außerdem standen zurzeit alle Zimmer leer, weil jeder, der es sich leisten konnte, die Sommertage an den weniger schwülen Berghängen im Hinterland verbrachte.

Allein kehrte David dann noch einmal ins Ozaki-Viertel zurück, um das Gepäck abzuholen. Von den Yonais aus telefonierte er mit Dr. Hirotaro Hattori, dem kaiserlichen Biologielehrer, der ihm nach wie vor als Mittelsmann diente, wenn es galt, verschwiegene Treffen mit Hirohito zu arrangieren.

Noch während der Diener das Gepäck zum Wagen hinaustrug und David sich von seinen Freunden verabschiedete, klingelte das Telefon.

Takeo Yonai ging selbst an den Apparat. David konnte sehen, wie zuerst alle Farbe aus seinem Gesicht verschwand, sich dann sein Rücken versteifte und er mehrere Verbeugungen machte.

Kein Geringerer als Graf Makino, der Geheimsiegelbewahrer des Tennos, war am anderen Ende der Leitung. Doch damit nicht genug. Einer göttlichen Weisung gleich kam für Takeo die Bitte Makinos, David ans Telefon zu rufen, weil der Tenno mit ihm reden wolle. Takeos Augen waren groß wie reife Zwetschgen, sein Gesicht von Ehrfurcht gezeichnet. Vorsichtig überreichte er den Hörer seinem Gast.

»Hallo? … Hito-*kun*! Ich freue mich, nach so langer Zeit wieder deine Stimme zu hören. Du bist ja schneller als die Feuerwehr.«

»Auch ich bin hocherfreut, David-*kun*. Dr. Hattori meinte, deine Stimme hätte sehr drängend geklungen. Außerdem habe ich schon von Graf Makino erfahren, was dir und deiner Frau in den letzten Stunden widerfahren ist. Geht es euch gut?«

»Danke, wir sind alle wohlauf. Allerdings sind meine Gastgeber mittlerweile etwas blass geworden.« David lächelte Takeo und Yachiyoko zu, die ihn anstarrten wie einen sprechenden Salamander. In knappen Worten schilderte er dann Hito, was sich seit der Beisetzung Yoshiharus zugetragen hatte. Dabei versäumte er auch nicht, sich für Takeo Yonais Beurlaubung einzusetzen. Alles Weitere wolle er Hirohito lieber persönlich berichten – vielleicht würde das Telefon ja abgehört. Die beiden vereinbarten ein Treffen für den kommenden Sonntag und verabschiedeten sich voneinander.

Als David seinem Freund den Hörer reichte, blickte der ihn sekundenlang nur ehrfurchtsvoll an. Die Stimme des göttlichen Tennos hatte durch diesen schwarzen Bakelitknochen gesprochen! Konnte Takeo es wagen, ihn zu berühren? Vielleicht würde ja ein Blitz den Frevler erschlagen.

»Der Kaiser hat versprochen dir so viel Urlaub zu gewähren, wie für deine Sicherheit vonnöten ist«, sagte David und legte den Hörer schließlich selbst auf die Gabel zurück.

Während der folgenden Verabschiedung standen die Yonais noch ganz im Bann des eben geführten Telefonats. Ihre Dankesbekundungen wechselten mit der wiederholten Versicherung, immer für David da zu sein, wenn er sie brauche. Schließlich verließen David und der Diener das Haus des Grafen. Unter dem Winken der Yonais fuhren sie davon. Wenig später ließ sich David samt Gepäck vor einem Hotel absetzen, in dem er zum Schein ein Zimmer anmietete.

Am späten Nachmittag traf er schließlich wieder in der Pension der Okadas ein. Für den Rest des Tages ließ ihn dann seine Frau nicht mehr los.

Weil David es für zu riskant hielt, in der Stadt herumzulaufen, blieben er und Rebekka von Freitag bis Montag überwiegend in ihrem kleinen Zimmer. Es verfügte über zwei *futons*, die man tagsüber zusammenrollte, einige Regalbretter in einer Art Wandschrank und eine Tuschezeichnung neben dem Fenster. Ab und zu unterhielt sich das Paar auch mit den Wirtsleuten, die jede Gelegenheit nutzten, ihre außergewöhnlichen Gäste in ein Gespräch zu verwickeln – noch nie zuvor hatten die Okadas Europäer beherbergt.

Am Sonntag fuhren David und Rebekka nochmals ins Zentrum von Tokyo. Hirohito hatte sie auf elf Uhr bestellt. Während sie einmal mehr den Hintereingang des kaiserlichen Gartens passierten und in einer schwarzen Limousine durch die zauberhaften Anlagen rollten, fragte sich David, ob er wohl jemals hierher zurückkehren werde. Die Welt war groß und er hatte erst ein Mitglied des Kreises der Dämmerung gestellt. Wenn er seinen Kampf nicht forcierte, würde er in den ihm noch verbleibenden siebzig Lebensjahren kaum alle zwölf Logenbrüder aufspüren und den Geheimzirkel zerschlagen können.

Während Rebekka der Kaiserin in ihrem Palast einen Besuch abstattete, unterhielten sich die beiden Männer in einem schlichten Tatami-Zimmer. Zum Abschied überreichte der Tenno David ein kleines Geschenk. Es handelte sich dabei um ein zum Quadrat gefaltetes Blatt Papier aus handgeschöpftem Bütten, zusammengehalten durch eine Seidenschnur und gerade halb so groß wie eine Postkarte. Obenauf prangte in kräftigem Rot der kaiserliche Stempel.

»Was ist das?«, fragte David.

»Ein Schlüssel«, antwortete Hito mit geheimnisvollem Lächeln.

David runzelte verwundert die Stirn.

»In Gestalt eines kaiserlichen Empfehlungsschreibens«, präzisierte Hito, dem Davids Ratlosigkeit Vergnügen zu bereiten schien. »Wenn du es irgendeinem meiner ›Söhne‹ zeigst, wird ihn nichts glücklicher machen, als dir zu Diensten zu sein.«

Mit einem gemurmelten Dank ließ David den Freibrief

des Tennos in seiner Brusttasche verschwinden. Wegen des Geschenkes hatte er gemischte Gefühle. Jede Form der Menschenverherrlichung erregte seinen Widerwillen. Aber es war ein Gebot der Höflichkeit, dies dem Freund nicht gerade jetzt zu sagen. Zumal ihnen kaum genug Zeit blieb, um mit gebührendem Anstand voneinander Abschied zu nehmen. Hitos Geheimsiegelbewahrer hatte die Audienz auf eine Stunde begrenzt. Selbst diese kurze Frist war schon ein großes Zugeständnis an des Kaisers alten Freund. Sollte es je einer wagen, dem Volk zu verraten, wie wenig der Tenno über sein eigenes Leben bestimmen dürfe, würden die aufgebrachten Massen den Ärmsten vermutlich massakrieren, bemerkte Hito entschuldigend.

David kannte das enge Korsett, das die weisen Staatsmänner und vor allem die Militärs dem Tenno angelegt hatten. Im Hinblick auf den immer bedrohlicher werdenden Nationalismus im Land riet er dem Freund, diese Fesseln notfalls zu sprengen. Man habe ihn zwar zu einem Gott gemacht, um das gemeine Volk zu widerspruchslosem Gehorsam zu erziehen, aber irgendwann werde Hirohito vielleicht auf seine »göttliche Autorität« pochen müssen, um großes Unheil abzuwenden.

»Ich habe mich nie wie ein Gott gefühlt, David-*kun*«, sagte Hito. In seinen Augen lag ein melancholischer Ausdruck.

»Das ist gut«, antwortete David. »Gut für *dich*, mein Freund. Es könnte der Tag kommen, da du deiner Göttlichkeit abschwören musst, damit die radikalen Kräfte dieses schöne Land nicht in deinem Namen restlos ruinieren.«

Am Montag, dem 5. August 1929, legte die *Misogi* vom

Yamashita-Pier in Yokohama ab. David und Rebekka waren am frühen Morgen mit dem Zug nach Kisarazu gefahren und hatten dort eine Fähre bestiegen, die sie in unmittelbarer Nähe ihres Hochseedampfers absetzte. Erst als die Küstenlinie von Honshu am westlichen Horizont versank, gönnte sich David ein verhaltenes Aufatmen. Fürs Erste durften sich er und Rebekka sicher fühlen. Zwar litt er noch unter Yoshis Verlust, aber seine Gedanken fanden allmählich wieder Raum, sich auf ein anderes Problem zu konzentrieren.

»Ich mache mir Sorgen um Brit.«

Er stand mit aufgestützten Unterarmen an der Reling. Rebekka hatte sich bei ihm eingehakt und ihren Kopf an seine Schulter gelegt. Gemeinsam blickten sie nach Westen.

»Schick doch einfach ein Telegramm nach New York und erkundige dich bei Henry nach dem neuesten Stand der Dinge«, schlug sie vor.

»Gute Idee.«

»Danke. Wie man sieht, sind Frauen auch zu etwas nütze.«

David zog Rebekka zu sich heran und küsste sie lang und innig. »Du bist ein Teil von mir – mein kostbarster Schatz. Ich wünschte nur, ich könnte dir ein besseres Leben bieten. Ständig hetzen wir durch die Welt, sind immer auf der Flucht. Ich …«

»Schschsch!«, machte Rebekka und legte ihm ihren Finger auf den Mund. »Sag jetzt nichts. Wir beide sind hier *zusammen* auf diesem Schiff und können dem Stillen Ozean lauschen. Es gibt vermutlich wenige Frauen, die mit ihrem Mann solche Augenblicke erleben dürfen. Das entschädigt mich für vieles, Liebster.«

Nach einer langen schweigenden Umarmung warf sie den Kopf in den Nacken, legte das Kinn gegen Davids Brust und sagte: »Kannst du diesen Augenblick nicht einfach anhalten? Du bist doch ein Verzögerer.«

Er musste lächeln und küsste ihre keck vorgestreckte Nasenspitze. »Wenn ich alle Kraft zusammennähme, ließe sich das vielleicht bewerkstelligen – für etwa eine Minute.«

Sie seufzte vernehmlich. »Schade. Ich glaube, das lohnt die Anstrengung nicht.«

David gab sich empört. »Was redest du da? Jede Sekunde mit dir ist mehr wert als alle Juwelen der Welt. Warte, ich halte das Schiff sofort an …«

»Untersteh dich!«, fuhr ihm Rebekka in die Parade. »Ich denke, wir wollen unseren kranken Freund besuchen?«

David atmete demonstrativ aus. Rebekka hatte es tatsächlich geschafft, ihn wieder aufzuheitern. »Du hast Recht, Schatz. Das mit dem Schiff probieren wir ein andermal. Ehrlich gesagt wäre es mir um Brits willen nicht unlieb, wenn dieser Dampfer etwas schneller fahren könnte. Ich wünschte, wir wären jetzt auf der *Bremen*.«

»Was ist das? Ein neues Schiff?«

David nickte. »Ich hab von ihr auf unserer Herreise nach Japan gelesen. Die *Bremen* ist ein deutscher Schnelldampfer und hat das Blaue Band gewonnen. Für die Strecke von Cherbourg nach New York hat sie nur gut viereinhalb Tage benötigt. Stell dir das einmal vor! Auf diesem Superschiff wären wir schon nach gut einer Woche in San Francisco.«

»Mir machen solche Technikmonster Angst.«

»Du wirst dich eben an den Gedanken gewöhnen müssen, dass sich in deinem Leben noch vieles ändert. Wer weiß, vielleicht fliegen wir ja schon bald von Kontinent zu Kontinent.«

»Nun mach aber mal 'nen Punkt, David!«

»Ich habe gerade vorhin am Pier eine Schlagzeile gelesen – einer der Wartenden hat mir seine Zeitung direkt unter die Nase gehalten. ›Jules Vernes Reise um die Welt kein Traum‹ hieß es da. Aus der Einleitung ging hervor, dass die Deutschen in ein paar Tagen eine Erdumrundung in einem Zeppelin versuchen wollen.«

»Du meinst, mit einer dieser fliegenden Zigarren? Das ist doch absurd, David!«

»Eine Frau soll auch mit dabei sein. Übrigens eine Reporterkollegin von mir. Lady Drummond-Hay, wenn ich mich recht entsinne.«

»Dann klappt das Unternehmen bestimmt.«

David beäugte seine Frau wie eine gänzlich Unbekannte. Schließlich warf er in gespielter Empörung die Arme in die Luft. »Das gibt's ja nicht! Ich habe eine Frauenrechtlerin geheiratet.«

Beide fingen an zu lachen. Ein in der Nähe stehender Passagier schüttelte entrüstet den Kopf und suchte sich einen ruhigeren Relingplatz am Heck der *Misogi*.

Wie von Rebekka geraten, telegrafierte David noch am Nachmittag ihrer Abreise nach New York. Die Antwort kam am nächsten Tag: Briton Haddens Gesundheitszustand war unverändert ernst. Aber er lebte. Der Mitherausgeber des *Time*-Magazins war für David mehr als nur ein wohlgesinnter Förderer. Er gehörte zu den wenigen Menschen, die Davids Vertrauen besaßen, sogar seine Lebensgeschichte kannten (wenigstens den größten Teil davon).

Letzteres bereitete David Sorgen. Nicht weil er Brit misstraute. Ganz im Gegenteil. Er fürchtete, seinem Freund könne es ebenso ergehen wie Yoshi. Dessen Tod hatte bewiesen, dass die Opfer des Geheimzirkels nicht immer an einem verkrümmten Rücken zu erkennen waren. Warum sollte sich der Kreis der Dämmerung für Brit nicht eine heimtückische Krankheit ausgesucht haben?

Mit solchen Gedanken im Kopf fiel es David schwer, Geduld zu bewahren und die Reise zu genießen. Er wünschte, an Bord eines dieser neuen Flugboote zu sein, die über zweihundert Stundenkilometer schnell durch die Luft schossen. Leider musste er sich mit einem nur mäßig flotten Dampfer begnügen, dessen Name noch dazu an einen beschaulichen shintoistischen Reinigungsritus erinnerte.

Um sich abzulenken, vertiefte David sich einmal mehr in die Lektüre des väterlichen Diariums. Manchmal – wenn Rebekka ihm dazu Gelegenheit gab – saß er auch einfach nur in der Kabine und ließ Bilder der Erinnerung an sich vorüberziehen. Wenn ihn dann irgendein Ereignis in die Wirklichkeit zurückholte, hielt er manchmal den Abschiedsbrief von Johannes Nogielsky in der Hand, ohne zu wissen, wie der Umschlag dort hingekommen war. David las die Zeilen nicht mehr, die der junge Mann einstmals an seine Mutter geschrieben hatte. Zu viele Schmerzen bereitete ihm diese Erinnerung. Hoffentlich konnte er irgendwann das Versprechen einlösen, das er dem sterbenden Soldaten gegeben hatte.

Nach sechs Tagen gingen die Murrays in Honolulu von Bord. Die Schönheiten Hawaiis blieben ihnen jedoch verwehrt. Sie verbrachten nur eine Nacht im Hotel und setzten schon am kommenden Morgen ihre Reise fort. Die

Maid of the Mist war ein stattlicher Dampfer von immerhin dreißigtausend Tonnen. Es gab weitaus größere Schiffe, aber David war dennoch dankbar dafür, dass der amerikanische Liner einige Knoten mehr machte als die gemächliche *Misogi*.

Im Gegensatz zu ihm selbst schien Rebekka die Seereise beinahe zu genießen. Auf David machte sie einen geradezu provozierend ausgeglichenen Eindruck. Bezug nehmend auf den Namen des Schiffes meinte sie irgendwo mitten im Pazifischen Ozean, das »Nebelmädchen« werde von seinem Fahrplan nicht um ein Jota abweichen, auch wenn er noch so oft das Promenadendeck hinauf- und wieder hinunterliefe. »Schließlich ist das kein Tretboot hier.«

David hatte in der Tat schon drei- oder viermal die besagte Distanz absolviert, als sie diese Bemerkung von ihrem Liegestuhl aus machte. Er blieb abrupt stehen und sah sie verdutzt an – zunächst wegen ihrer zweideutigen Anspielung und dann auch wegen des Buches, das sie in der Hand hielt.

»Was liest du denn da?«

»*Die Biene Maja* von Waldemar Bonsels. Wirklich niedlich, das Buch!«

»Aber …« David stockte. »Ist das nicht eine *Kinder*geschichte?«

»Das hast du fein bemerkt, Liebster.«

»Und warum …? Ich meine … Du könntest doch …«

»Irgendwie machst du mir einen etwas konsternierten Eindruck, David. Es gibt nicht viele Kinderbücher, die in so viele Sprachen übersetzt wurden wie *Die Biene Maja*, und da ich nicht wissen kann, in welchem Land unser Kind geboren werden wird, hielt ich es für eine passende Wahl.«

»Soll das etwa heißen …? Du willst mir damit doch nicht sagen, dass …?«

Erst zog Rebekka den Kopf zwischen die Schultern und grinste, dann schenkte sie ihrem Mann ein glückliches Strahlen.

David fiel vor ihr auf die Knie, was in der näheren Umgebung für einiges Aufsehen sorgte. »Das ist unglaublich. Ich werde Vater!«

»Also *so* unbegreiflich finde ich das gar nicht«, trällerte Rebekka. »Immerhin haben wir uns alle Mühe gegeben, seit wir damals in der Badewanne …« Sie verstummte jäh. Mit einem Mal waren ihr die vielen gespitzten Ohren in der Nachbarschaft bewusst geworden. Leiser fügte sie hinzu: »Schade nur, dass ich es Nagako noch nicht sagen konnte. Sie ist gerade zum dritten Mal schwanger.«

David nickte. »Der arme Hito fürchtet, seine Berater werden ihm wieder irgendwelche Konkubinen aufzuschwatzen versuchen, wenn die Prinzessin nicht endlich einen Thronerben zur Welt bringt. Mir ist es völlig gleich, ob wir zuerst einen Jungen oder ein Mädchen bekommen. Weißt du schon, wann es so weit ist?«

»Nicht genau.« Rebekka senkte wieder ihre Stimme. »Wir waren ja auf unserer letzten Seereise nach Japan sehr fleißig.«

»Das heißt, wir könnten im April nächsten Jahres schon Eltern sein!« David ließ sich benommen neben Rebekka auf das Hinterteil sinken. Eine mitfühlende Dame mittleren Alters wollte ihm ihren Stuhl anbieten, aber er schüttelte nur den Kopf. Erst musste er die Tragweite der überraschenden Nachricht begreifen: Endlich erfüllte sich Rebekkas Wunsch nach einem eigenen Kind.

Und zugleich würde er fortan um zwei Schätze bangen müssen.

Am Nachmittag des 13. August passierte die *Maid of the Mist* das Golden Gate, die Einfahrt zur Bucht von San Francisco. David hatte bereits telegrafisch ein Schlafwagenabteil nach New York gebucht. Noch am Dienstagabend setzte das Paar seine Reise fort. Rebekka verbat sich jede Verzögerung. Ihr Mann müsse sie nicht wie ein rohes Ei behandeln, hatte sie sich beschwert. Das sei entwürdigend.

Die Rolle des werdenden Vaters war für David vollkommen ungewohnt. Den Protest seiner Frau nahm er daher widerspruchslos hin. Außerdem ließ sich die Angst um den schwer kranken Freund in New York nicht wie eine Glühlampe einfach abschalten. David befand sich in einer echten Zwickmühle: Einerseits plagte ihn die Sorge um Mutter und Kind, andererseits fieberte er dem Wiedersehen mit Brit entgegen.

»Ich wünschte mir so sehr, bald diesen Belial zu stellen«, gestand er Rebekka, während sie im viel zu engen Bett des Abteils in seinen Armen lag. »Dann könnte unsere kleine Familie ein paar schöne Jahre in Cornwall verbringen.«

Rebekka hob den Kopf von seiner Brust. »Wieso ausgerechnet in Cornwall?«

»Du weißt doch, dass mir aus der Hinterlassenschaft meines Vaters noch eine Hand voll Anwesen geblieben sind – unser Notgroschen gewissermaßen. Eines davon muss ein wunderschönes Landgut im äußersten Südwesten Englands sein. Es liegt auf den Klippen westlich von St. Ives, nicht ganz fünfzehn Meilen nördlich von Land's End.

Mein Vater hat dort in seiner Jugendzeit drei oder vier Sommer verlebt, von denen er mir immer vorschwärmte. Ich selbst kenne das Cottage nur von Fotografien. Ich könnte dort vielleicht ein Buch schreiben und alle zusammen würden wir uns den milden Wind um die Nase blasen lassen, mit den Kindern und den Schäferhunden Wollknäuel über die Weiden jagen …«

Rebekka legte ihr Ohr wieder auf Davids Herz, und während sie dem kräftigen Pochen lauschte, seufzte sie: »Das wäre schön! Lass uns diesen Belial möglichst bald dorthin zurückschicken, wo er hergekommen ist, ja?«

Seine Hand vergrub sich in ihrem üppigen schwarzen Haar. »Ich werde mein Bestes tun. Das verspreche ich dir.«

Die Durchquerung des nordamerikanischen Kontinents, einschließlich dreier außerplanmäßiger Zwischenstopps, beanspruchte Davids Geduld um weitere zweiundsechzig Stunden. Als sie am Morgen des 16. August in der Grand Central Station den Zug verließen, fühlte er sich trotz Schlafabteil wie gerädert. Vielleicht war es auch die Sorge um Brit, die ihm so zusetzte. Rebekka hatte die Strapazen erstaunlich gut verkraftet.

Noch vom Bahnhof aus rief David in der *Time*-Redaktion an. Henry Luce freute sich, Davids Stimme zu hören, wurde jedoch schnell sehr ernst. David habe Glück ihn zu erreichen, weil er zurzeit mehr im Krankenhaus arbeite als im Büro. Eine Infektion habe Brits Körper sehr geschwächt. Die Ärzte sagten, man müsse mit dem Schlimmsten rechnen. Henry gab David die Adresse des St. Vincent's Hospital und riet, die beiden sollten sich direkt dorthin begeben. Er selbst wolle so bald wie möglich nachkommen.

David und Rebekka nahmen sich ein Taxi und ließen sich samt Gepäck zur Seventh Avenue chauffieren. An der Ecke zur Elften Straße stiegen sie aus und brachten wenige Augenblicke später einen schnauzbärtigen Pförtner fortgeschrittenen Alters gegen sich auf, weil sie samt Koffer und Reisetaschen in sein steriles Reich eindringen wollten. David vergeudete kostbare Minuten mit den verzweifelten Beteuerungen, er wolle in den Taschen weder Krankheitskeime einschleppen noch strebe er eine längere Belagerung des Krankenhauses an. Er selbst sei kerngesund, käme aber gerade aus Japan und habe schlichtweg noch nicht die Zeit gefunden, sein Gepäck irgendwo zur Aufbewahrung zu geben.

Der Pförtner hielt die Reisestory für drittklassig und drohte mit den kräftigen Pflegern aus der psychiatrischen Abteilung.

»Guter Mann!«, ereiferte sich David, mühsam um Beherrschung kämpfend. »Machen Sie meinetwegen mit den Koffern, was Sie wollen. Mein Freund ist sterbenskrank! Ich muss jetzt zu Briton Hadden. Komm, Rebekka.«

Die beiden eilten in das Hospital und nahmen den nächstbesten Quergang, um zunächst dem strengen Blick des Pförtners zu entkommen.

Nach einigen überraschenden Richtungswechseln, die jeden etwaigen Verfolger abgeschüttelt hätten, blieb David schließlich ratlos stehen. »Ich glaube, wir haben uns verlaufen.«

Rebekka blickte den Gang entlang. Auf dem Fußboden schimmerte braunes Linoleum. Die Wände glänzten von blassgelber Ölfarbe. An der Decke reihten sich leuchtende Rosetten mit Glühlampen. In der Nähe standen zwei rollbare Betten mit schneeweißen Laken. »Hat Henry dir nicht erzählt, wo wir hinmüssen?«

»Ehrlich gesagt, nein. Er hat wohl angenommen, dass wir etwas besser mit dem Wachposten zurechtkommen.«

»Nicht wir, *du*, Liebster! Ich bin gänzlich unschuldig an deinem Scharmützel. Aber so, wie's hier aussieht, ist das ein Krankenhaus wie jedes andere.«

»Hört, hört, die Tochter einer Medizinpionierin spricht! Und was soll das heißen?«

»Dass es hier Ärzte und Krankenschwestern gibt.«

Noch bevor David diese schlichte Weisheit ganz verarbeitet hatte, ging Rebekka schon einem leisen Summen nach, das aus einem Seitengang kam. Sie blieb an der Einmündung des Flurs stehen, David konnte also nicht erkennen, wem sie sich da zuwandte, er hörte sie nur fragen: »Entschuldigen Sie, Schwester, ist Ihnen vielleicht zufällig bekannt, in welchem Zimmer wir Mr Briton Hadden finden können? Wir sind Freunde und wollen ihn gerne besuchen.«

»Mr Hadden?«, antwortete eine ungewöhnlich tiefe Frauenstimme, in der ein betroffener Ton mitschwang. »Ganz St. Vincent's weiß, wo der arme Mann liegt. Kommt schließlich nicht oft vor, dass sich so prominente Leute in unser Hospital verirren. Sie finden Mr Hadden in Zimmer 623, im sechsten Stock.«

»Danke«, antwortete Rebekka und wollte schon zu David zurückkehren, aber da ertönte noch einmal die tiefe Stimme.

»Nehmen Sie das Treppenhaus auf dieser Seite. Das ist kürzer.«

»Vielen Dank, Schwester. Und einen schönen Tag noch.«

»Gott beschütze Sie – und vor allem den armen Mr Hadden.«

»Hier entlang«, sagte Rebekka und wies mit dem Kopf in die betreffende Richtung.

Nach wenigen Schritten stießen sie auf die Tür zum Treppenhaus. Sie überwanden vier Stockwerke und gelangten schließlich auf die Abteilung, in der Hadden lag. Schnell hatte Rebekka das besagte Zimmer gefunden. An der Tür erlahmte jedoch ihr Eifer. Unsicher blickte sie in Davids Augen.

Der klopfte vorsichtig an die Tür und öffnete, ohne eine Antwort abzuwarten. Gemeinsam betraten sie das Krankenzimmer.

Dem Raum war anzusehen, dass hier ein besonderer Patient logierte. Die Fenster besaßen frisch gestärkte Vorhänge. Es gab eine kleine Sitzgarnitur mit einem runden Tischchen. Und in der Mitte stand ein einzelnes Bett.

David erschrak. Britons Aussehen übertraf alle seine Befürchtungen. Während der Seereise hatte er ausreichend Gelegenheit gehabt, sich die schlimmsten Szenarien auszumalen. Aber auf diesen abgemagerten, hinfälligen Menschen war er nicht gefasst gewesen. Briton Hadden war erst einunddreißig, aber der Mann dort im Bett hätte ebenso gut einundneunzig sein können.

»Brit, hörst du mich?« David nahm die knöchern wirkende Hand seines Freundes und drückte sie behutsam. Mit Schaudern blickte er in das eingefallene Gesicht. Es zeigte keinerlei Reaktion.

Rebekka näherte sich dem Bett von der anderen Seite und küsste Briton auf die Wange. »Wenn du schon mit Francis nicht reden willst, dann doch wohl wenigstens mit mir«, sagte sie mit gespielter Fröhlichkeit. »Oder kennst du deine kleine Freundin Rahel nicht mehr?«

Mit einem Mal bewegte sich Britons Mund. Fast, als wolle er einen seltenen Wein kosten. Endlich schlug er die Augen auf und blickte müde in Rebekkas Gesicht. Er brachte sogar ein Lächeln zustande, aber man sah, wie schwer ihm dies fiel. »Wie machst du das nur, immer schöner zu werden, während ich mit jeder Minute älter aussehe?«

Rebekka nahm seine andere Hand, doch wollte ihr keine passende Antwort einfallen.

David spürte ihren Kummer. Sie hatte diesen einst so lebenslustigen Mann genauso gemocht wie er. Wie nur konnte er sich so verändert haben? Einst hatte er drahtig gewirkt, jetzt war er nur noch hager, früher stets energiegeladen, erschien er nun gänzlich ausgebrannt; er hatte einmal volles braunes Haar gehabt, von dem nur mehr eine dünne, am Kopf klebende Masse verblieben war; seine vorher lebendig funkelnden dunklen Augen glommen schwach.

Als sich David wieder einigermaßen gefasst hatte, fragte er: »Was ist mit dir geschehen?«

Briton schmatzte, antwortete jedoch nicht.

»Möchtest du etwas trinken?«

Erst kam keine Reaktion, aber dann nickte Briton und sagte mit schwacher Stimme: »Helft mir, mich aufzurichten.«

David hob vorsichtig den Oberkörper des Freundes an und Rebekka ließ das Kopfteil des Bettes in einer höheren Position einrasten. Nachdem sie das Kopfkissen aufgeschüttelt hatte, ließ David den Kranken nach hinten sinken. Danach hielt er ihm ein Glas mit Wasser an die Lippen. Während Briton in kleinen Schlucken trank, kämpfte David gegen Bilder aus der Vergangenheit an. Genauso hatte er auf dem Schlachtfeld verletzten Kameraden beigestanden. Nicht die Schwere der Verwundung, sondern der Wille zum Weiterleben hatte damals oft über Leben und Tod entschieden.

Nach einer Weile schien sich der Patient besser zu fühlen, denn er lächelte schwach und sagte: »Die Ärzte behaupten, es sei eine Infektion, aber sie wissen weder genau, woher sie kommt, noch was sie dagegen unternehmen sollen.«

»Du darfst die Hoffnung nicht aufgeben«, antwortete David.

»Wir wollten dich eigentlich zum Patenonkel unseres Erstgeborenen machen«, bemerkte Rebekka, die wohl Davids Gedanken erriet.

Briton sah sie überrascht an. »Heißt das etwa, du wirst …?«

Rebekka nickte lächelnd. »Ja, wir bekommen ein Kind.«

»Das freut mich für euch.« Briton atmete schwer. Das Sprechen schien ihn viel Kraft zu kosten. Nach einer Weile wandte er sich wieder David zu. Wie unter großen Schmerzen verzog er das Gesicht und zwang sich zu den Worten: »Ich hatte Henry gebeten, dir zu telegrafieren. Es gibt etwas, was ich dir sagen muss, bevor …« Wieder erstarb die Stimme des Kranken. Aus seinem Mund war nur noch ein Röcheln zu hören.

»Er bekommt keine Luft«, stieß Rebekka hervor. »Sieh dir seine Lippen an. Sie sind ganz blau.«

Verzweifelt versuchte David den Freund in eine bessere Position zu bringen. »Schnell, Bekka. Lauf hinaus und such einen Arzt.«

Rebekka stürzte aus dem Raum. David bemühte sich währenddessen weiter um den Patienten. Es schien ihm auch tatsächlich zu gelingen, Briton Erleichterung zu verschaffen.

»Es geht mit mir zu Ende, mein Freund.«

»Red keinen Unsinn, Brit. Du hast doch gehört, dass unser erster Spross einen Patenonkel braucht. Er …«

Unter großer Anstrengung legte Briton seine Linke auf Davids Hand. »Keine Zeit!«, keuchte er. »Ich muss dir noch … muss noch …«

David hielt nun verzweifelt beide Hände des Freundes fest, als wolle er ihn am Fortgehen hindern. *Verlass mich nicht, Brit! Wo bleibt denn nur der Arzt? Du darfst nicht einschlafen, alter Freund!* »Was willst du mir sagen, Brit? Ich habe dich nicht verstanden. Geht es um den Kreis der Dämmerung. Hat der Zirkel …?«

Briton riss unerwartet die Augen auf, was David zusammenzucken ließ. Vor Schreck entglitten ihm die Hände des Freundes. Ein angstvoller Ausdruck trat auf das Gesicht des todkranken Mannes. »Du hattest Recht«, hauchte er schließlich.

David konnte kaum fassen, was er da hörte. »Du hast etwas über den Geheimbund herausgefunden?«

Sein Freund bewegte die Lippen, aber David konnte nur ein leises Ächzen vernehmen. Schnell schob er sein Ohr an Britons Mund.

»… *Washington Post* und andere Blätter. Er ist …«

»Ich habe dich nicht richtig verstanden«, keuchte David verzweifelt. *Wann kommt denn endlich dieser verflixte Arzt?* »Sag es noch einmal, Brit. *Bitte*!«

»Der Klan ist nur …« Brits Augen stierten an David vorbei, als sähen sie etwas Bedrohliches jenseits der Zimmerdecke. Plötzlich bäumte er sich wie unter Schmerzen auf und zog röchelnd die Luft ein. David versuchte den erregten Freund zu stützen, der nun voller Entsetzen schrie: »Das Kreuz, es brennt … der Leuchtende … Du musst … P-Palatin- … *Kelippoth*!«

David spürte, wie der hagere Körper in seinen Armen jäh erschlaffte. *Nicht auch noch du, Brit!* Etwas in ihm sträubte sich dagegen zu akzeptieren, was sein Verstand längst registriert hatte: Briton Hadden war tot.

Behutsam, als könne er ihm wehtun, ließ David den Oberkörper des Freundes zurück in das Kissen sinken. Dann schloss er ihm die Augen, nahm seine Hände und begann zu weinen.

Nur wenige Augenblicke, nachdem Rebekka den protestierenden Arzt in Britons Zimmer gezerrt hatte, traf Henry Luce ein, der Partner des Verstorbenen.

»Was ist geschehen?«

»Brit hat's nicht mehr geschafft«, antwortete David müde. Rebekka stand an seiner Seite und streichelte ihm tröstend den Rücken.

Henry schloss die Augen und schüttelte langsam den Kopf. »Wäre ich nur nicht ins Büro gefahren!«

»Mr Haddens Körper war von der Infektion zu sehr geschwächt«, mischte sich der Arzt ein. »Sie dürfen sich keine Vorwürfe machen, Mr Luce.«

Henry nickte niedergeschlagen. »Könnten Sie uns mit Brit einen Moment allein lassen, Doktor?«

»Selbstverständlich. Ich werde später alles Nötige veranlassen.« Augenscheinlich erleichtert verließ der Arzt den Raum.

David berichtete kurz, wie Brit gestorben war. Er erwähnte auch dessen verworrene letzte Worte und seine fast panische Erregung. Danach schwiegen alle für eine lange Zeit. David und Rebekka hielten die abgemagerten Hände des Freundes, so wie sie es auch schon getan hatten, als er noch lebte. Henry saß auf einem Stuhl neben dem Bett.

Warum nur hatte Briton Hadden sterben müssen? Ein gerade erst einunddreißigjähriger Mann! Als Mitbegründer von *Time* war er hoch geschätzt. Zumindest bei den meisten. David quälte ein Verdacht und er fürchtete, demselben Wahnsinn anheim zu fallen, der früher seinen Vater hinter allen möglichen Todesfällen Verschwörungen hatte sehen lassen. Seine Gefühle durften ihn nicht ablenken, er musste klar denken. Die letzten Worte des Freundes wollten ihm nicht aus dem Kopf gehen.

»Hat Brit dir in letzter Zeit irgendetwas über die *Washington Post* erzählt, Henry?«

Der Angesprochene antwortete nach einer kurzen Pause geistesabwesend: »Was?«

»Du kennst ja meine Geschichte. Brit wollte Erkundigungen einziehen, damit ich endlich gegen diese Verschwörergruppe vorgehen kann, die Rebekka und mir nach dem Leben trachtet.«

Henry sah mit großen Augen zu dem Toten hinüber, dann wieder zu David. »Du glaubst doch nicht etwa …?«

»Ich halte es zumindest für möglich.«

»Francis, schlag dir das aus dem Kopf. Die Ärzte haben alle übereinstimmend von einer heimtückischen Infektion gesprochen. Es gibt keinerlei Hinweise auf Fremdeinwirkung …«

»Dabei wollen wir es auch belassen«, unterbrach David den aufgeregten Mann. »Wenn man je die Geschichte eures Magazins niederschreiben wird, dann soll unser Freund ein tragisches, viel zu frühes Ende gefunden haben. Die Verwicklung in ein Gewaltverbrechen – und wenn auch nur als Opfer – könnte Anlass zu irrigen Spekulationen geben.« David ließ Britons Hand los und erhob sich. Nervös begann er im Raum auf- und abzuschreiten. »Trotzdem muss ich die Wahrheit herausfinden. Sagt dir das Wort *Kelippoth* etwas?«

Henry dachte einen Moment lang nach, dann zuckte er mit den Schultern. »Es kommt mir zwar bekannt vor, aber offen gestanden fällt mir gerade nichts dazu ein.«

»*Kelippoth* ist ein Begriff aus der Lurianischen Kabbala. In dieser Geheimlehre versteht man darunter die Scherben des Bösen, in denen die Funken des göttlichen Lichts gefangen sind. Aber vielleicht hatte das Wort für Brit ja noch eine andere Bedeutung. Könntest du – ich meine, sobald du wieder einen klaren Kopf hast – noch einmal darüber nachdenken?«

»Das mache ich. Wenn an Brits Tod irgendetwas faul ist, will ich es genauso wissen wie du. Allerdings – sei mir nicht böse – ich habe an deiner Theorie so meine Zweifel.«

»Was ich vollauf verstehen kann. Wenn nicht schon so viele meiner Vertrauten auf mysteriöse Weise umgekommen wären, würde ich die Geschichte ja selbst als aberwitzig abtun. Sei bitte vorsichtig, Henry. Ich möchte auf keinen Fall, dass du Brits Nachforschungen wieder aufnimmst. Es genügt, wenn du dich für mich erinnerst. Ihr habt euch vermutlich fast täglich gesehen. Seine letzten Worte kennst du jetzt. Hat er Ähnliches schon irgendwann einmal erwähnt? Ist dir vielleicht eine Notiz oder ein Schriftstück auf seinem Schreibtisch aufgefallen? Egal was dir dazu in den Sinn kommt, es könnte wichtig für mich sein.«

Henry nickte mit geschlossenen Augen. »Schon gut. Ich habe dich verstanden, David. Wenn mir etwas einfällt, gebe ich dir Bescheid.«

Nachdem die drei von dem Verstorbenen noch einmal Abschied genommen hatten, verließen sie gemeinsam das Krankenhaus. Beim Eingang fand David sein Gepäck wieder. Koffer für Koffer war säuberlich hintereinander aufgereiht. Daneben stand der Pförtner aufmerksam wie ein scharfer Wachhund. Als er das junge Ehepaar in Begleitung Luces sah, schüttete er über sie einen Schwall von Entschuldigungen aus. Er habe ja nicht gewusst, dass die jungen Leute zu Mr Hadden gehörten. Wäre sein Name nur einmal erwähnt worden, hätte er sich selbstverständlich sogleich erboten, auf die Koffer und Taschen aufzupassen. Wenn die Herrschaften das nächste Mal kämen, könnten sie so viel Gepäck mitbringen, wie sie wollten.

David, der sich seine Siebensachen schon wieder aufgeladen hatte, sah den schnauzbärtigen Mann nur traurig an. »Ich kann Sie beruhigen, Mister. Wir werden Ihnen nicht mehr zur Last fallen. Briton Hadden ist soeben verstorben.«

Die Graue Eminenz

Henry hatte seinem langjährigen Japankorrespondenten angeboten, wieder offiziell für das Magazin zu arbeiten, aber David hatte abgelehnt. Er wollte nicht auch noch ihn, Luce, in Gefahr bringen. Und außerdem würden Rebekka und er ohnehin nicht lange in New York bleiben.

Zu Rebekkas großer Freude waren im *Abingdon Guest House* zwei Zimmer frei. Die kleine Pension in Greenwich Village erinnerte sie an eine glücklichere Zeit. Seit 1924 hatte sich im liebevoll möblierten Reihenhaus kaum etwas verändert. Damals waren sie gerade frisch verheiratet gewesen. David beauftragte eine Spedition in Chicago mit der Überstellung ihrer Habseligkeiten, die sie vor der überstürzten Abreise nach Japan dort hatten einlagern lassen. Mit dem Inhalt der Kisten und Koffer verwandelte Rebekka die zwei kleinen Räume bald in ein behagliches Nest.

Ab und zu ließ sich David in der *Time*-Redaktion blicken. Charlotte, die Sekretärin des Herausgebers, hatte den Umzug nach Cleveland und wieder zurück nach New York in ausgezeichnetem Zustand überstanden – sie hatte zwar etwas zugelegt, aber ihre Fledermausohren funktionierten noch genauso gut wie vor fünf Jahren. Die Haare trug sie jetzt schwarz.

David machte Bekanntschaft mit etlichen neuen Kollegen, aber auch einige alte Gesichter freuten sich ihn wieder zu sehen. Gleichwohl kam kein Übermut auf. Britons viel zu früher Tod steckte allen tief in den Knochen.

Weil Henry Luce sah, wie sehr auch David unter den jüngsten Ereignissen litt, drängte er ihn zum Schreiben. Die Arbeit würde ihm helfen, seine Gedanken zu ordnen. Obgleich David nicht der Sinn danach stand, ließ er sich schließlich doch überreden und verfasste einen Artikel über die Kämpfe der sowjetischen und chinesischen Truppen an der Grenze zur Mandschurei.

Abgesehen von den gelegentlichen Stippvisiten in der Redaktion arbeitete David ausschließlich zu Hause. Hier konnte er sich mit der gebotenen Aufmerksamkeit seiner schwangeren Frau widmen. Rebekka entwickelte nämlich in der letzten Zeit merkwürdige Verhaltensmuster, war manchmal reizbar wie eine Löwenmutter, dann wieder liebebedürftig wie ein junges Kätzchen. Mit Befremden beobachtete David ihre überraschenden Fressanfälle, die sie im massenhaften Konsum von absonderlich zusammengestellten Nahrungsmitteln auslebte.

Mitte September kreuzte Henry Luce in Greenwich Village auf. Es war bereits spät am Abend, David fühlte sich zerschlagen. Rebekka hatte sich in den letzten Stunden vor Übelkeit mehrmals übergeben und er sie auf dem wiederholten Weg zur Toilette fürsorglich gestützt. Henry überbrachte aufregende Neuigkeiten.

»Ich glaube, wir haben etwas gefunden, Francis.«

David war sofort hellwach. »Etwa über Kelippoth, die Scherben des Bösen …?«

»Von wegen Scherben, Kelippoth ist ein *Mensch*!«

»Wie bitte?«

Henry nickte begeistert. »Weißt du noch, wie du mich an Brits Sterbebett nach der *Washington Post* fragtest?«

»Natürlich. Brit hatte sie ›und andere Blätter‹ erwähnt.«

»Beim Ausmisten von Brits Büro ist mir seine *Ilias* in die Hände gefallen.«

»Du meinst das Buch, in dem er alle seine Lieblingswörter notiert und angestrichen hat?«

»Genau. Fast kommt es mir so vor, als wollte er, dass wir den Zettel dort finden. Er war genau an der Stelle eingelegt, wo Homer den Tod des Achilles beschreibt.«

Des beinahe unverwundbaren Göttersohnes, fügte David in Gedanken hinzu. Er musste an seine eigene Lebensgeschichte und an eine steinerne Schildkröte in Tokyo denken. »Was für ein Zettel denn, Henry? Nun mach's doch nicht so spannend!«

»Es ist nur eine Notiz. Hier, lies selbst.« Henry nahm ein zusammengefaltetes Blatt Papier aus der Brusttasche, auf dem in Brits unverkennbarer Handschrift nur wenige Worte standen.

Lucius Kelippoth: Graue Eminenz. Wie groß ist sein Einfluss auf die Post und all die anderen Blätter?

»Lucius Kelippoth?«, wiederholte David leise den Namen und gab Henry den Zettel zurück. »Ich könnte wetten, er heißt in Wirklichkeit anders. Kennst du diesen Mann?«

»Es gibt da gewisse Gerüchte. Brit erwähnt hier die *Post* – nach seinen letzten Worten nehme ich an, er meinte damit die *Washington Post*. Es wird gemunkelt, eine bestimmte Person versuche im großen Stil Beteiligungen an wichtigen Zeitungen des Landes zu erwerben. Wir selbst sind von solchen Angeboten bisher verschont geblieben, aber Ochs von der *New York Times* hat mir erzählt, jemand habe ihm ein Jahr lang die Tür eingerannt, um sich ein nennenswertes Stück des Renommierblattes zu sichern. Ochs hat ihn zum Teufel gejagt.«

Geh nicht so leichtfertig mit diesem Wort um, Henry! »Hieß dieser Jemand zufällig Lucius Kelippoth?«

»Nein, daran müsste ich mich erinnern. Der Name lautete anders …«

»Denk nach, Luce! Es ist wichtig!«

»Das mag ja sein, aber ich komme im Moment trotzdem nicht darauf. Am besten rufe ich Ochs an. Der wird ihn mir stante pede ins Ohr jammern.«

David nickte. Hinter seiner ernsten Miene arbeiteten fieberhaft die Gedanken. War dies endlich jene heiße Spur, nach der er schon so lange Jahre gefahndet hatte?

»Hast du zufällig auch einen Bekannten bei der *Post?*«

»Du meinst jemanden wie Ochs?«

»Wenn das Blatt wirklich einen stillen Teilhaber hat, dann dürfte sich der Herausgeber in dieser Frage wohl bedeckt halten. Ich dachte eher an eine Person aus dem zweiten Glied, jemand, der die Entwicklungen seines Blattes kritisch verfolgt.«

»Wie wär's mit dem Chefredakteur für die Innenpolitik?«

»Klingt gut.«

»Warte, lass mich nur erst mein schlaues Büchlein zücken. Ich schreibe dir seinen Namen und die Telefonnummer auf.«

David beobachtete gespannt, wie Henry ein kleines schwarzes, in Leder gebundenes Notizbuch aus der Brusttasche zog und einige flinke Zeichen auf die Rückseite von Brits letzter Botschaft kritzelte. Anschließend reichte er ihm das Blatt.

»Ich hoffe, der Mann kann dir helfen, Francis. Wenn dieser Kelippoth oder sonst wer hinter Brits Tod steckt, dann muss er zur Rechenschaft gezogen werden.«

»Mir geht es genauso wie dir. Danke, Henry.« David wedelte mit der Notiz vor dem Gesicht seines Gönners herum. »Ich fahre umgehend nach Washington. Sollte dieser Mann irgendetwas wissen, dann wird er es mir verraten.«

Zwei Tage später saßen David und Rebekka im Zug nach Washington, D. C. In umgekehrter Richtung hatten sie die Strecke schon einmal zurückgelegt – auf ihrer Hochzeitsreise.

»Ich frage mich, ob Brit den Ku-Klux-Klan gemeint

hat«, grübelte David laut. Der Zug war nicht sehr voll. Er und Rebekka hatten ein Abteil ganz für sich allein.

»Als er den ›Klan‹ erwähnte, meinst du? Mir ist so, als hättest du mal gesagt, das sei nur ein Haufen verblendeter Rassisten.«

»*Nur* ist gut! Ich glaube, meine Formulierung lautete damals etwas anders. Es war im August '25, wenn ich mich recht entsinne. Angeblich zählte der KKK damals fünf Millionen Mitglieder.«

»Bei ihren Fememorden sollen sie auch Juden gelyncht haben.«

David wusste, wie sehr solche Nachrichten seine Frau schon in Kindestagen beunruhigt hatten. Die Zunahme antisemitischer Tendenzen in Deutschland, Italien, Amerika und in anderen Ländern war für sie, selbst Jüdin, alles andere als nebensächlich. »Keine Angst, Schatz. Es ist nicht gerade so, dass die Klanbrüder in Washington durch die Straßen ziehen und wehrlose Juden, Schwarze und Katholiken abschlachten. Außerdem bin ich ja auch noch da.«

»Willst du etwa den ganzen Klan mit dem Schwert umbringen?«

»Du machst wohl Witze! Welcher Wahnsinnige würde schon fünf Millionen Menschen umbringen wollen? Nein, wir werden heimlich nach Washington hinein- und ebenso unauffällig wieder herausschlüpfen.«

Es sollte sich allerdings schnell zeigen, dass Davids Ermittlungen unerwartet zäh verliefen. Als er mit Rebekka direkt vom Bahnhof zur *Washington Post* in die Fünfzehnte Straße Nordwest fuhr, war Henry McMillan nicht da. Der für innenpolitische Themen zuständige Chefredakteur hatte kurzfristig nach New York reisen müssen.

»Das gibt's doch nicht«, knurrte David vor dem Schreibtisch der Sekretärin.

»Sir?«

»Nichts, entschuldigen Sie bitte. Meine Frau und ich kommen nur gerade aus New York, und es ist einigermaßen ärgerlich, dass wir irgendwann heute Morgen an Mr McMillan vorbeigerauscht sein müssen. Wann wird er denn wieder zurück sein?«

»Das stand bei seiner Abreise noch nicht genau fest. Aber er meinte, spätestens am kommenden Montag.«

»Das wäre der 23. September«, murmelte David, »in vier Tagen.«

»Vielleicht aber auch schon früher. Darf ich Mr McMillan eine Nachricht von Ihnen hinterlassen?«

David warf einige Zeilen auf ein Blatt Papier und versprach, sich noch einmal zu melden, sobald er in Washington eine Unterkunft gefunden hätte. Unverrichteter Dinge zogen er und Rebekka wieder ab.

Zwei Stunden später betraten sie eine Pension am Chesapeake & Ohio Canal in Georgetown. Das Viertel hatte schon bessere Tage gesehen. Die meisten Häuser machten einen verwahrlosten Eindruck. Unauffälliger konnte man gar nicht wohnen, dachte David zufrieden, als er Lisa Mangelkramer, einer der beiden Vermieterinnen, die Miete für eine Woche im Voraus in die Hand zählte und sie bat, niemandem etwas von ihren neuen Gästen zu verraten.

Lisa und Karla Mangelkramer waren ledig, klein, mollig, etwa Mitte fünfzig und Zwillinge – vom ondulierten Scheitel bis zum Saum ihrer Schürzen sahen sie völlig gleich aus. Die beiden lebhaften Frauen stammten aus Regensburg in Deutschland, was sie David mit leiser, aber durchdringender Fistelstimme bei erstbester Gelegenheit wissen ließen. Als er sie daraufhin mit Wiener Akzent in Deutsch ansprach, waren sie ganz aus dem Häuschen. David hatte zwei Freundinnen fürs Leben gewonnen.

Am darauf folgenden Tag telefonierte er mit der Redaktion der *Post*. Mr McMillan werde erst spät am Sonntag zurückerwartet, erklärte die Sekretärin höflich, er bitte den Kollegen vielmals um Entschuldigung und werde ihm am Montagmorgen um neun in der Redaktion zur Verfügung stehen. David bedankte sich und legte auf. Er hatte McMillan ausrichten lassen, dass er für das *Time*-Magazin arbeite und Schützenhilfe in einer dringenden Angelegenheit benötige.

Rebekka nahm die Wartezeit mit großer Gelassenheit auf, eine Gelassenheit, die bereits seit einigen Wochen von ihr ausging. Mit der Schwangerschaft schien eine Last von ihr abgefallen zu sein. Und damit wurde sie für David zu einer Quelle der Kraft, aus der er in Zeiten der Niedergeschlagenheit schöpfen konnte. Ganz nebenbei war ihm noch etwas aufgefallen: In ihrem jetzigen Zustand strahlte sie eine ganz neue Art von Schönheit aus, eine, die von innen zu kommen schien. Er liebte Rebekka mehr denn je und er freute sich schon auf den Tag, da er das strampelnde Kind in ihrem Leib spüren würde.

»Warst du schon einmal in der Kongressbibliothek?«

Rebekka sah überrascht aus. »Du willst doch nicht schon wieder Bücher wälzen?«

»Wir haben schließlich drei Tage lang nichts zu tun.«

Sie lächelte ihn verschmitzt an. »Ich wüsste da schon was.«

Er streichelte ihre Wange. »Alles zu seiner Zeit, mein Schatz. Die Kongressbibliothek ist wahrscheinlich der größte Bücherschatz der Welt. Lass mich heute dort ein wenig herumschnuppern und morgen tun wir, was dir gefällt. Einverstanden?«

Nörgelnd gab Rebekka nach und meinte, dann werde sie eben bei den Mangelkramer-Zwillingen bleiben und mit ihnen Kuchen backen. David antwortete, es wäre ihm lieber, wenn sie ihn begleite.

Bald darauf saßen sie im Herzen des *Jefferson Building*, dem großen, achteckigen Lesesaal der Kongressbibliothek, und blätterten in Enzyklopädien, historischen Standardwerken und verschiedenen nationalen und internationalen Ausgaben von *Who's Who*. Vor David lag ein weißes Blatt Papier, auf dem einige wenige Stichworte standen:

Washington Post
Ku-Klux-Klan
(brennendes) Kreuz
der Leuchtende
Palatin?
(Lucius) Kelippoth

»Wie ich mir gedacht habe. Es gibt keinen Lucius Kelippoth.« David seufzte und klappte hörbar das letzte der biographischen Nachschlagewerke zu. »Wenn Kelippoth wirklich Zeitungen kaufen kann wie andere Leute Zuckerschnecken, dann müsste er in einem dieser Bücher stehen. Aber da ist gar nichts. Nicht mal in dieser alten Schwarte.« Er schob verächtlich das dickleibige Buch mit dem roten Einband über den Tisch.

Rebekka klappte den Deckel auf und las den sperrigen Titel. *Who's Who in America: A Biographical Dictionary of*

Notable Living Men and Women. »Aber das ist ja dreißig Jahre alt. Wenn du etwas über einen aggressiven Zeitungsmogul erfahren willst, müsstest du dann nicht in einem neueren Verzeichnis nachschlagen?«

»Nicht unbedingt. Denke nur an Teruzo Toyama, der 1882 in Kent war, als Belial den Jahrhundertplan aus der Taufe hob. Später nannte er sich Mitsuru Toyama, aber wir wissen, dass es sich bei ihm um ein und denselben Mann handelte.«

»Dann glaubst du, dieser Lucius Kelippoth gehört zum allerengsten Kreis?«

»Zum Kreis der Dämmerung«, bestätigte David nickend. Gleich darauf verzog er das Gesicht zu einem schiefen Lächeln. »Na ja, es ist mehr so ein Gefühl, aber wenn es bisher um den Geheimzirkel ging, konnte ich mich meistens auf mein Gespür verlassen.«

Rebekka blickte benommen auf Davids Notizen. Mit einem Mal fragte sie: »Warum ist hinter dem Wort ›Palatin‹ ein Fragezeichen?«

David blinzelte ob des abrupten Themenwechsels. Rebekkas Impulsivität schien in letzter Zeit sogar noch zugenommen zu haben. Er angelte sich ein in der Nähe liegendes Lexikon. Beim Durchblättern der Seiten sagte er: »Brit war kurz vor seinem Tod nur noch schlecht zu verstehen. Die letzte Silbe dieses Namens hat er regelrecht verschluckt. Er … Da! Ich glaube, das ist es.«

»Wie? Hast du etwas gefunden?«

»Sieht ganz so aus. Hör mal, was hier steht.« David überflog schnell einige Zeilen und nickte. »Der *Palatin* ist einer der sieben Hügel Roms. Der Sage nach hat Romulus dort die nach ihm benannte Stadt begründet.« Er fuhr mit dem Finger die Zeilen eines bestimmten Absatzes nach.

»Da heißt es noch, im dritten und zweiten Jahrhundert vor Christus seien auf dem Palatin mehrere Tempel errichtet worden und wenig später auch Villen vornehmer Römer. Seit Augustus residierten dann die römischen Kaiser auf dem Palatin.« David fuhr sich mit der Hand durch sein braun gefärbtes Haar und nickte zufrieden. »Ich finde, das passt sehr gut.«

Rebekka legte die Stirn in Falten. »Ich verstehe kein Wort.«

»Überleg doch einmal: Kein anderes Reich hat so lange die Welt beherrscht wie Rom. Der Palatin ist ein Symbol der Macht. In Jesaja, Daniel und in anderen Büchern der Bibel werden Berge ebenfalls mit Königreichen gleichgesetzt. Und was will der Kreis der Dämmerung?«

»Die unumschränkte Weltherrschaft«, flüsterte Rebekka. »Du hast Recht, das passt wirklich.«

David nickte mit leuchtenden Augen. »Ich glaube, wir werden demnächst eine kleine Schiffsreise nach Italien unternehmen.«

»Ist das nicht ein bisschen vorschnell? Mir wäre es lieber, wir würden uns zunächst nach einem Ort umsehen, wo ich unser Kind zur Welt bringen kann.«

David blickte seine Frau betroffen an. In seinem Jagdeifer hatte er Rebekkas Bedürfnisse vorübergehend ganz aus den Augen verloren. Zerknirscht schlug er das Buch zu, nicht ahnend, dass er damit einen anderen Hinweis auf derselben Seite unbeachtet ließ. Für dieses Versäumnis sollte er einen hohen Preis zahlen.

Den Samstag verbrachten David und Rebekka in einigen Museen der Smithsonian Institution. In der Neuen Welt gehörte diese wissenschaftliche Einrichtung, die sich der Vermehrung und Verbreitung von Wissen verschrieben hatte, zu den ältesten ihrer Art. Sie war gewissermaßen aus elf Kisten, randvoll mit Goldmünzen, erwachsen. Allerdings handelte es sich hierbei nicht, wie man ja vielleicht denken könnte, um einen Piratenschatz, sondern um den Nachlass eines britischen Chemikers namens James Smithson, der bis zu seinem Ableben im Jahre 1829 eine besondere Sympathie für die Vereinigten Staaten von Amerika gehegt hatte. Als Kunstliebhaberin interessierte sich Rebekka besonders für die Freer Gallery. Auch den legendären Hope-Diamanten im Nationalmuseum für Naturgeschichte musste sie unbedingt sehen. Die sterblichen Überreste des Stifters in der Krypta von *Smithsonian Castle* dagegen reizten sie weniger.

Der Sonntag wurde im Wesentlichen durch ausgedehnte Spaziergänge am Potomac River und längere Unterhaltungen mit den Mangelkramer-Zwillingen bestritten. Nachdem Lisa und Karla erst einmal erfahren hatten, dass sich Rebekka in anderen Umständen befand, umsorgten sie die werdende Mutter wie eine eigene Tochter. Diese Pflege schloss insbesondere die Verköstigung mit größeren Mengen von Zwetschkenröster, Schweinebraten mit Knödeln und Blaukraut sowie Windbeuteln ein. Mit Erschrecken registrierte David die Bereitwilligkeit, mit der sich seine Frau den beiden Fräuleins einen ganzen Tag lang auslieferte.

Am Montag früh fuhr das Paar von der Canal Road – wohlgenährt und ausgeruht – erneut zum Stammhaus der *Washington Post*. Die Dame am Empfang war äußerst freundlich und merkte lächelnd an, sie sei von Henry »Hank« McMillan bereits vorgewarnt worden. David war sichtlich aufgeregt, als sie Augenblicke später in das Büro des Chefredakteurs vorgelassen wurden.

McMillan war ein gedrungener Mann Ende dreißig, der aussah, als habe er sich während seiner Studentenzeit gelegentlich als Preisboxer verdingt. Gleichwohl strahlte sein breites Gesicht eine gewisse Gutmütigkeit aus. Mit den kurz geschorenen roten Haaren erinnerte er David entfernt an Vater Bucklemaker, den als Geistlichen getarnten Feldwebel der Westminster School.

»Freut mich, Sie kennen zu lernen, Mr Murray«, begrüßte McMillan lautstark seinen Gast.

»Die Freude ist ganz auf meiner Seite, Mr McMillan.«

»Oh, sagen Sie doch bitte Hank zu mir. Wir gehören ja schließlich beide der gleichen Kaste an.« Er zwinkerte Rebekka verschwörerisch zu.

»Gerne, Hank. Ich bin übrigens Francis.«

»Was führt Sie zu mir, Francis?«

»Es geht«, David blickte sich unwillkürlich nach der geschlossenen Tür um, »es geht um eine ziemlich delikate Angelegenheit.«

»Wir sind zwar nicht die *New York Daily News*, aber delikate Angelegenheiten interessieren mich immer.«

»Gut. Was würden Sie also davon halten, wenn ein einzelner Mann oder eine kleine Interessengemeinschaft alle wichtigen Blätter dieses Landes unter seine oder ihre Kontrolle brächte?«

McMillan wurde ernst. Zögernd antwortete er: »Nun, eine Zeitung zu machen ist zunächst einmal ein Geschäft wie jedes andere. Sollte ein Blatt nicht rentabel wirtschaften, dann muss es Konkurs anmelden. Wenn ein Verleger dagegen Möglichkeiten sieht, wirtschaftlicher zu produzieren, dann ist es wohl nur legitim, sich …«

»Entschuldigen Sie, wenn ich Sie unterbreche, Hank. Ich spreche hier weder von einem klassischen Verleger noch von Kosteneinsparungen durch Syndikate, freie Mitarbeiter oder gemeinsame Nutzung von Druckereien. Mir liegt an Ihrer Meinung zur Frage der totalen Kontrolle aller wichtigen Nachrichtenblätter. Nehmen wir einmal an, nicht jemand, dem die Pressefreiheit am Herzen liegt, hat sich in diese vorteilhafte Position manövriert, sondern eine oder mehrere Personen, die ausschließlich eigene Interessen verfolgen.«

»Nur eigene Interessen?« McMillan rieb sich den Hals. Dabei musterte er David mit halb zusammengekniffenen Augen. »Worauf wollen Sie *wirklich* hinaus, Francis?«

»Ich glaube, Sie wissen es bereits. Haben Sie schon einmal den Namen Lucius Kelippoth gehört?«

McMillan zögerte.

Seit Beginn der Unterredung hatte David bewusst seine Gabe der Wahrheitsfindung wirken lassen, nun aber legte er seine ganze Überzeugungskraft in die alles entscheidenden Worte. »Hank, sind Sie nicht auch der Ansicht, eine derartige Konzentration könnte die freie Meinungsäußerung erheblich einschränken? Ja, ich gehe sogar noch einen Schritt weiter: Halten Sie es nicht ebenfalls für möglich, dass ein solches Konglomerat dazu benutzt werden könnte, neue Meinungen überhaupt erst zu *schaffen*, vielleicht Überzeugungen zu etablieren, die einigen wenigen Vorteile verschaffen, aber viele ins Verderben treiben?«

Jetzt war es McMillan, der sich nach der Tür umschaute.

Er nickte ein-, zweimal schnell hintereinander. »Da muss ich Ihnen voll und ganz beipflichten, Francis. Wie sind Sie dahinter gekommen?«

David versuchte sich seine Überraschung nicht anmerken zu lassen. »Ich bin Kelippoth und seinen Hintermännern schon eine ganze Weile auf der Spur.« Und dann wagte er einen Schuss ins Blaue. »Was wissen Sie eigentlich über Kelippoths Verbindungen zum Ku-Klux-Klan?«

»Nicht viel. Wie es aussieht, erlaubt ihm sein Anteil an der *Post*, auf die Richtung des Blattes Einfluss zu nehmen. Ansonsten kann ich nur sehr wenig über diesen Schattenmann sagen. Er ...«

»Wie haben Sie ihn gerade genannt?«

»Na ja, er scheint mir die Graue Eminenz hinter allem zu sein. Als ich, eher zufällig, von den Übernahmegerüchten hier im Haus gehört habe, war ich natürlich alarmiert. Ich habe auf eigene Kappe ein paar Nachforschungen angestellt. Anscheinend stammt Kelippoth aus Pulaski, Tennessee. Das ist auch der Ort, in dem eine Gruppe von Veteranen der konföderierten Armee im vorigen Jahrhundert den ersten Klan gegründet hat.«

»Entschuldigen Sie, Hank, ich bin Engländer und nicht so vertraut mit den Feinheiten der amerikanischen Geschichte«, untertrieb David. »Könnte der heutige Ku-Klux-Klan nicht doch irgendwie mit dem alten zusammenhängen?«

McMillan zuckte mit den Schultern. »Schwer zu sagen. Der erste Klan wurde 1866 von einem Kavalleriegeneral der Konföderierten, einem gewissen Nathan B. Forrest, gegründet, der spätere 1915 von einem Prediger namens William J. Simmons. Das sind ziemlich konträre Berufsgruppen, wenn Sie mich fragen.«

»Wirklich? Ich bin mir da gar nicht so sicher. Im letzten Krieg haben Geistliche aller großen Konfessionen die

Waffen der Krieg führenden Parteien gesegnet. Ich kann das aus eigener Erfahrung bezeugen.«

»Sie waren im Krieg, Francis?«

David musste lächeln. Es war immer die gleiche Verwunderung, die seine Gesprächspartner angesichts seines jugendlichen Äußeren zeigten. Er nickte. »Zwei Jahre, von 1916 bis 1918 ... Sie sehen also keine Verbindung zwischen den beiden Klans?«

»Nun, gewisse Ähnlichkeiten in den Anschauungen gibt es schon. Die Vorläuferorganisation war – wie die ›Ritter der Weißen Kamelie‹ – gegen alle aufmüpfigen Schwarzen. Nachdem ihr Ziel, die Wiederherstellung der weißen Vorherrschaft im Süden, so gut wie erreicht war, wurde es ruhig um sie. Als der Oberste Gerichtshof den Klan 1882 für verfassungswidrig erklärte, verschwand er sozusagen in der Versenkung und ...«

»Entschuldigung, Hank, *wann* war das genau?«

»Im Jahr 1882. Wieso?«

»Ach nichts, ich musste nur an ein anderes Ereignis aus diesem Jahr denken.« *An die Ausrufung des Jahrhundertplans. Das kann doch kein Zufall sein! Brauchte der Kreis der Dämmerung für sein Vorhaben etwa ein mächtigeres Werkzeug als den alten Ku-Klux-Klan?* »Wie ging's danach weiter?«

McMillan zuckte mit den Schultern. »Wie gesagt, 1915 wurde dann der neue Klan gegründet, der nicht nur eine Abneigung gegen Neger, sondern auch gegen Gewerkschafter, Juden, Katholiken, Bolschewiken und gegen Fremde ganz allgemein pflegt. Man kann ihn fast schon als einen protestantisch-nostalgischen Patriotenverein bezeichnen. Der ruhmvolle alte Süden wird beschworen, man hat Spaß am Tragen weißer Kapuzenmäntel und verbrennt in der Freizeit Kreuze.«

Brits letzte Worte: Das Kreuz, es brennt ...! »Der Patriotismus ist ein Moloch, der Menschenopfer frisst – das ist meine Meinung, Hank. Ich habe viele Jahre in Japan zugebracht und kann ein Lied davon singen. Bei Ihnen hört sich das alles recht harmlos an. Aber ist es denn nebensächlich, wenn fünf Millionen Klanmitglieder Hass gegen Andersartige schüren?«

»So habe ich's ja auch gar nicht gemeint. Scheint wohl ein Reizthema bei Ihnen zu sein, diese Patriotenmasche. Mir ist nur nicht klar, was der alte Klan mit Kelippoth zu tun haben soll. Nach allem, was man hört, kann dieser Mann höchstens Mitte vierzig sein. Wir sollten uns lieber darum kümmern, welche Ansichten er persönlich vertritt. Wenn er wirklich die Kontrolle über die amerikanische Presse erlangen will und zugleich ein engstirniger Reaktionär ist, dann reicht dies doch als Grund für eine eingehende Beschäftigung, oder?«

»Ich denke genauso.« *Und trotzdem: Könnte dieser Kelippoth wie Toyama bereits im letzten Jahrhundert aktiv gewesen sein? Vielleicht hat er damals schon den Klan unterstützt, ja, ihn womöglich sogar angeführt.* »Aber was ließe sich gegen den Mann unternehmen?«

»Sie meinen, was *Sie* und *ich* tun könnten?« McMillan lachte freudlos auf. »Wir bräuchten schon die Unterstützung der Regierung, um den Klan unschädlich zu machen, aber dazu fehlt es uns beiden wohl am nötigen Einfluss. Außerdem dürfte selbst der Präsident der Vereinigten Staaten kaum etwas gegen diese Geheimorganisation ausrichten können. Vielleicht löst sich das Problem ja von selbst. Anscheinend stagnieren die Mitgliederzahlen des Kreises seit letztem Jahr.«

»Möglicherweise gibt es mächtigere Institutionen als

das Weiße Haus. Ich könnte mir vorstellen, dass …«

David stockte. Mit großen Augen blickte er auf den rothaarigen Chefredakteur. »*Was* haben Sie eben gesagt?«

»Ich hörte, der Kreis hat Nachwuchsprobleme.«

»Sie haben vom *Kreis* gesprochen. Warum mit einem Mal vom Kreis und nicht vom Klan?«

McMillan, der die plötzliche Aufregung seines Gastes nicht verstand, breitete in einer beschwichtigenden Geste die Hände aus und antwortete: »Das ist doch nur ein anderes Wort für ihn. Einer meiner Redakteure hat einmal einen Artikel darüber verfasst: Ku-Klux ist eine Verballhornung des griechischen *kyklos* oder *kirkos* …«

»Was wiederum ›Kreis‹ bedeutet«, murmelte David mit starrem Blick. Er erinnerte sich an ein Gespräch mit einem gewissen J. R. R. Tolkien, das schon etliche Jahre zurücklag.

McMillan musterte David wie einen Angetrunkenen, der schon zum dritten Mal ein allerletztes Glas verlangt. »Offenbar haben Sie eine humanistische Ausbildung genossen. Nathan Forrest hat sich vielleicht ja nur gedacht, dass drei Ks hintereinander besser klingen als zwei und noch das Wort ›Klan‹ hinzugefügt.«

David bewegte zwar die Lippen, aber sprach nur in Gedanken. *Kelippoth beginnt auch mit K.*

»Warum sind Sie eigentlich so aufgeregt, Francis?«

Weil ich gerade eine unglaubliche Entdeckung gemacht habe. Warum ist mir das nicht schon vor vier Jahren aufgefallen? Ich muss unbedingt noch einmal mein Schattenarchiv durchgehen.

»Francis?« Rebekka berührte seine Hand. David blinzelte benommen. »Entschuldigen Sie, Hank. Mir sind nur gerade einige Zusammenhänge klar geworden. Ich glaube, wir sollten alles daransetzen, die Machenschaften Kelippoths zu durchkreuzen.«

»Und wie wollen Sie das bewerkstelligen?«

»Durch Aufklärung. Meinetwegen auch durch ein paar geschickt gestreute Gerüchte. Ich bin der festen Überzeugung, Kelippoth ist nur ein Tarnname, dahinter versteckt sich in Wirklichkeit eine ganz andere Persönlichkeit. Sonst hätten wir beide wesentlich mehr über ihn herausfinden müssen. Er arbeitet im Verschwiegenen, Hank, weil er nur so seine Ziele erreichen kann. Überlegen Sie doch einmal: Er kann möglicherweise über fünf Millionen Anhänger verfügen. Wie viele Einwohner haben die Vereinigten Staaten?«

»Warten Sie … Das müssten so zwischen einhundertzwanzig und einhundertfünfundzwanzig Millionen sein.«

»Einhundertfünfundzwanzig Millionen? Gut. Ziehen wir dreißig Prozent ab, die zu jung sind, um schon wählen zu dürfen, und es verbleiben ungefähr … neunzig Millionen. Davon ziehen wir noch einmal vierzig Prozent ab, die nicht wählen *wollen*. Dem Rest von … warten Sie … gut fünfzig stehen also unsere fünf Millionen KKK-Anhänger gegenüber. Das sind *zehn* Prozent der tatsächlichen Wähler, Hank! Vielleicht ist Ihnen jetzt klar, warum einige böswillige Zeitgenossen sagen, Demokratie sei das Diktat von Minderheiten. Aber abgesehen davon, wissen Sie, was diese kleine Rechenaufgabe noch bedeutet?«

David hatte einfache Wahrheiten auf eine für McMillan bedrückende Weise ausgesprochen. Der Chefredakteur sah betroffen aus. »Das hieße im schlimmsten Fall, dieser Kelippoth könnte maßgeblich die Politik einer Weltmacht beeinflussen!«

David nickte bedeutungsschwer. »Und damit vielleicht

sogar den Lauf der ganzen Welt. Er könnte zu dem Steuermann werden, dessen kleines Ruder den Kurs eines riesigen Schiffes bestimmt. Aber wenn wir sein Treiben rechtzeitig an die Öffentlichkeit zerren und die Herausgeber aller gefährdeten Blätter informieren, ziehen wir ihm damit den Boden unter den Füßen weg.«

»Hört sich einfach an. Aber wie wollen wir das schaffen? Wenn ich morgen eine Titelstory in die *Post* bringe, in der ich einen Eigner des Blattes als reaktionären Rassisten bloßstelle, bin ich übermorgen im Falle eines Irrtums gefeuert. Und ansonsten tot.«

David blickte lange in McMillans ernstes Gesicht. Er spürte, dass dieser Mann ihm im Grunde helfen *wollte*, wie schon so viele Menschen vorher. Er zwang sich zu einem aufmunternden Lächeln und antwortete: »Das *Time*-Magazin wird auch einen Artikel bringen. Mit der *Washington Post* wären das dann schon zwei der angesehensten Blätter des Landes. Ich denke, Henry Luce könnte auch den Herausgeber der *New York Times* zu einem ähnlichen Beitrag überreden. Vielleicht lösen wir damit einen Erdrutsch aus (wir beide wissen, wie gerne unsere Kollegen aus Renommierblättern abschreiben). Angenommen, ich würde dafür sorgen, dass Sie notfalls in New York einen neuen Job bekämen – helfen Sie mir dann?«

Eine prickelnde Erregung hatte von David Besitz ergriffen. Während sich das Taxi mit ihm und Rebekka durch den Washingtoner Verkehr arbeitete, war er so zuversichtlich wie lange nicht mehr.

»Das wird unser zweiter Streich, Bekka. Mein Gefühl sagt mir, dass dieser Kelippoth zum Kreis der Dämmerung gehört und wir ihm wirklich wehtun werden.«

»Hauptsache, du verbrennst ihn nicht wie diesen Toyama.«

»Der hatte sich sein Ende selbst zuzuschreiben, aber du kannst beruhigt sein, Schatz: Meine Bemerkung zu Kelippoth war nur bildlich gemeint. Ich möchte keine Menschen töten. Mir genügt es, ihre bösartigen Pläne zu durchkreuzen. Vor allem Belials Jahrhundertplan! Allem Anschein nach wollte Kelippoth dem Geheimzirkel mithilfe des Ku-Klux-Klans Macht und Einfluss verschaffen. Mein Vater schreibt ja in seinem Vermächtnis, dass der Kreis der Dämmerung schon vor seiner Sitzung im Jahr 1882 Menschen manipuliert hat, aber offenbar reichten die alten Machtstrukturen nicht aus, um den wesentlich weiter gehenden Jahrhundertplan zu verwirklichen. Deshalb ließ Kelippoth den Ku-Klux-Klan in der Versenkung verschwinden, bis er dann 1915 wie der Phönix aus der Asche wieder auftauchte.«

»Und zwar größer und mächtiger als je zuvor.«

»Wenn das, was ich vorhabe, funktioniert, werden wir diesem giftigen Gewächs die Wurzeln abschneiden. Der Klan wird austrocknen, bis er zerfällt. Wir müssen so schnell wie möglich nach New York zurück und alles mit Henry besprechen.«

»Glaubst du, er wird dir helfen?«

David nickte überzeugt. »Henry Luce ist ein Pragmatiker. Ich weiß, dass er meiner Jahrhundertkindgeschichte skeptisch gegenübersteht, aber Kelippoth ist ein Mann, der Henrys Lebensnerv bedroht: das *Time*-Magazin, ja, die Unabhängigkeit der gesamten amerikanischen Presse. Du wirst sehen, er unterstützt meinen Feldzug bestimmt.«

An der Union Station reservierte David ein Schlafwagenabteil für den Nachtzug nach New York. Vom Bahnhof, unweit des Capitols, ließ sich das Paar dann nach Georgetown zurückchauffieren. Weil der Taxifahrer seinen auswärtigen Fahrgästen etwas bieten wollte, nahm er nicht den kürzeren Weg über die Massachusetts Avenue, sondern fuhr zunächst die Louisiana und anschließend die Constitution Avenue entlang. Nach Museen und Ministerien ging es am Washington Monument und dem Weißen Haus vorbei, dann rechts in die Virginia Avenue und auf dieser nach Nordwesten Richtung Georgetown.

Unterwegs schlug David vor, in einem gepflegten Restaurant zu Abend zu essen, bevor das Taxi sie zum Bahnhof brachte. Auf diese Weise ließ sich die strapaziöse Gesellschaft der Mangelkramer-Zwillinge auf ein Minimum begrenzen. So nett die Geschwister auch waren, konnten ihre ständig präsenten hohen Stimmen und ihre fast aufdringliche Fürsorglichkeit gegenüber seiner Frau auf die Dauer ziemlich anstrengend sein.

»Bist du etwa eifersüchtig?«, neckte ihn Rebekka.

David sah den aufmerksamen Blick des Taxifahrers in dem kleinen Rückspiegel. »Vielleicht«, gab er vieldeutig zurück und flüsterte ihr ins Ohr: »Ich möchte eben gerne die Mutter meiner zukünftigen Kinder ganz allein verwöhnen.«

»Ach, und deshalb lässt du einen fremden Koch für mich den Löffel schwingen?«

Rebekkas Antwort verunsicherte ihn für einen Augenblick, aber dann sah er das Zucken ihrer Mundwinkel und das Leuchten in ihren dunklen Augen. Er lächelte und beugte sich unvermittelt zum Fahrer vor. »Sagen Sie, guter Mann, wo kann man hier in Georgetown ein ordentliches Dinner bekommen?«

Der Chauffeur, ein kahlköpfiger, kräftig gebauter Mittdreißiger, zuckte zusammen, als fühlte er sich ertappt. »Äh ... Ordentliches Dinner, Sir?«

David verkniff sich ein Lachen. »Muss nichts Luxuriöses sein. Hauptsache, man fühlt sich wohl und das Essen schmeckt.«

»Also ... das *Dumbarton's Inn* wird von den Leuten aus dem Viertel gern besucht. Die Küche is' wie bei Muttern daheim.«

»Hört sich gut an. Könnten Sie dort vorbeifahren? Ich würde gerne für heute um sieben einen Tisch reservieren.«

»Heute is' Montag, Sir. So früh am Abend kriegen Sie dort immer einen Platz.«

»Also gut. Werden Sie um diese Zeit noch auf Achse sein? Dann könnten Sie sich eine zweite Tour verdienen.«

Der Fahrer nickte erfreut. »Kein Problem, Sir. Ich schlafe sozusagen in meiner Droschke. Bin um kurz vor sieben bei Ihnen. Und wenn Sie wollen, fahre ich Sie später auch noch zum Bahnhof.«

Lisa und Karla Mangelkramer waren untröstlich, als sie von der bevorstehenden Abreise des jungen Paares erfuhren. Sie überredeten ihre Gäste, wenigstens noch den Tee mit ihnen zu nehmen, es gebe frischen Apfelstrudel.

Rebekka sagte begeistert zu.

Und David hörte sich einmal mehr die Geschichten der beiden Schwestern an. Sie erzählten von ihrer Kindheit in Bayern. Von ihrem Vater, einem Lehrer am Domgymnasium. Von dem missratenen Onkel, der zuerst bei den Regensburger Domspatzen und später bei der Polizei gesungen hatte. Und nicht zuletzt von der großen Reise ins »gelobte Land«, mit der man der Schmach entfliehen wollte, die das schwarze Schaf über die Familie gebracht hatte.

Zuletzt musste David energisch werden, um seine Frau den Fängen der Mangelkramer-Zwillinge zu entreißen. Die Zeit war schon weit fortgeschritten. Unter Lisas und Karlas fachkundiger Anleitung wurden die Habseligkeiten der beiden schnell in einen kleinen Koffer gepackt. Die Standuhr im Salon schlug bereits Viertel vor sieben. Jeden Moment konnte das Taxi kommen.

»Wollen Sie nicht doch noch die Nacht hier bleiben?«, fragte Lisa (oder war es Karla?). Ein letzter verzweifelter Versuch.

Rebekka lächelte die Zwillingsschwestern an. Leider sei das unmöglich. Dringende Geschäfte in New York.

Während die eine Wirtin noch traurig nickte, drang das Blubbern eines hubraumstarken Motors durchs Fenster herein.

»Das wird der Fahrer sein«, sagte David erleichtert.

Rebekka lächelte verschmitzt. »Bring du nur schon den Koffer hinunter. Ich schau mich noch einmal um, ob wir auch nichts vergessen haben.«

David griff nach dem Lederkoffer und trug ihn die Treppe hinab. Die Mangelkramer-Pension war ein mittelgroßes Haus im georgianischen Stil. David öffnete die Eingangstür. Sie wurde von einem säulengetragenen Vordach beschirmt. Über eine Treppe gelangte er in den winzigen Vorgarten und von dort durch eine schmiedeeiserne Pforte auf die Straße.

»Ich bin pünktlich, Sir!«, sagte der Fahrer, als spräche er von einem seltenen Naturschauspiel.

»Schön, Sie wieder zu sehen«, antwortete David gut gelaunt. »Könnten Sie bitte den Koffer im Wagen verstauen? Meine Frau und ich wollen uns nur noch von den Wirtsleuten verabschieden. Es kann sich also nur noch um Stunden handeln.«

»Ja, ja, die Mangelkramers lassen einen so schnell nicht los«, sagte der Chauffeur lachend. »Bin selbst hier aus der Gegend und kenne die redseligen Schwestern ziemlich gut. Nur nicht hetzen, Sir. Ich warte.«

»Danke.« David lief wieder ins Haus zurück. Rebekka war noch nicht einmal im Erdgeschoss. Mit großen Schritten, immer zwei Stufen auf einmal nehmend, eilte er nach oben.

Seine Frau hatte den Mantel über dem Arm und redete, wie erwartet, mit den Mangelkramers.

»Schatz, das Taxi ist bereit. Können wir?«

Rebekka nickte. Doch ehe Sie noch etwas erwidern konnte, ertönte die Haustürglocke.

Alle sahen sich an.

»Vermutlich der Fahrer«, sagte David.

Eine der beiden Schwestern (unmöglich zu sagen, welche) ging zum Fenster, schob die Gardine zur Seite und blickte nach unten. »Da steht ein komischer Geselle im Vorgarten und schaut zu mir herauf. Er sieht aus wie Douglas Fairbanks in *Das Zeichen des Zorro*.«

David fühlte einen kalten Schauer auf dem Rücken. »Was sagen Sie da?« Rasch trat er selbst ans Fenster und spähte unauffällig über die Schulter der Wirtin. »Negromanus!«, hauchte er.

Rebekka stieß einen kleinen Schrei aus.

»Was ist das für ein Mann?«, fragte die Schwester, die bei der verschreckten jungen Frau stand und deren Hand tätschelte.

David gesellte sich dazu. »Ich hatte Ihnen doch bei

unserer Ankunft erzählt, dass wir ungestört sein wollten. Dabei habe ich in erster Linie an diesen Mann da unten gedacht. Er ist ein Wahnsinniger, der uns nachstellt. Gibt es in Ihrem Haus einen Hinterausgang, Miss Mangelkramer?«

»Von der Küche aus kommt man in den Garten. Wenn Lisa und ich diesen Fairbanks-Verschnitt aufhalten, könnten Sie beide dort hinausschleichen, das Haus umrunden und mit dem Taxi zu Anton fahren. Da wären Sie fürs Erste sicher.«

»Zu wem bitte?«

»Anton Freudenhammer ist unser Schwager. Er wohnt in der Olive Street, nahe bei der Synagoge. Wir können uns später dort treffen und alles Weitere besprechen.«

Von unten hörte man erneut den drängenden Klang der Glocke. Eine Sekunde sahen sich David und Rebekka an. Die Zwillinge schienen alles fest im Griff zu haben. Er nickte entschlossen. »Also gut. Dann nichts wie los.«

Karlas Augen leuchteten. Sie schien das Ganze für eine amüsante Abwechslung zu halten. An ihre Schwester gewandt sagte sie: »Lisa! Plan ›Doppelspiel‹?«

Diese nickte nur und machte sich am Fenster zu schaffen.

»Kommen Sie«, sagte Karla und ergriff Davids und Rebekkas Arm, um das Paar dann vor sich her zu schieben. Die drei verließen eilig das Zimmer und stiegen auf Zehenspitzen die Treppe hinab.

Lisa hatte währenddessen oben das Schiebefenster geöffnet und brüllte in den Vorgarten hinab: »Was machen Sie da für einen Radau?«

Karla erreichte mit ihren Schützlingen gerade das Erdgeschoss. Durch den Milchglaseinsatz in der Haustür sah

David einen großen Schemen, der ihn unweigerlich erschauern ließ. Von draußen erklang dumpf die Antwort des Besuchers.

»Mein Name ist Blackhand. Ich habe eine Nachricht für ein Ehepaar Murray. Kann ich die beiden kurz sprechen, Mrs Mangelkramer?«

Blackhand? Ha! David kannte diese hohe Stimme nur zu gut. Er fühlte eine unangenehme Kälte seinen Rücken hinaufkriechen.

Karla musste es ähnlich gehen, denn sie flüsterte drängend und mit einem nervösen Unterton: »Wollen Sie hier Wurzeln schlagen? Die Küche liegt da drüben.«

Die drei schlichen über verräterisch knarrende Dielen den Flur entlang in das Frühstückszimmer und von dort in die Küche. Schnell öffnete Karla die Hintertür. »Jetzt nichts wie raus mit euch beiden.«

David ergriff ihre Hand und flüsterte: »Danke, Miss Mangelkramer.«

»Sparen Sie sich das für später auf. Wir treffen uns in der Olive Street.«

»Seien Sie bitte vorsichtig. Mit diesem finsteren Gesellen ist nicht zu spaßen.«

David fiel ein Stein vom Herzen, als Lisa und Karla endlich im Licht der Straßenlaternen auftauchten. Er und Rebekka hatten fast eine Stunde lang am Fenster gesessen und auf das winzige Sträßlein am Rock Creek hinausgeblickt. Jetzt hielt sie nichts mehr auf ihren Stühlen. Erleichtert sprangen sie auf und stürzten aus dem Haus der Freudenhammers, dicht gefolgt von ihren Gastgebern.

»Bin ich froh, Sie unbeschadet wieder zu sehen!«, begrüßte David die Geschwister.

Die beiden grinsten verschmitzt und eine antwortete: »Plan ›Doppelspiel‹ hat uns noch nie im Stich gelassen.«

»Du vergisst die Tracht Prügel, die Mutter uns damals verpasst hat«, schränkte die andere ein.

»Das zählt nicht«, antwortete die Erste wirsch.

»Plan ›Doppelspiel‹?«, wiederholte David. »Ich habe mich schon vorhin gefragt, was Sie damit wohl meinen.«

»Kennen Sie das Märchen vom Hasen und Igel?«

»Ist das nicht eine von diesen Verwechslungsgeschichten?«

»Ganz genau, Mr Murray. Hat uns schon als Kinder zu hübschen Streichen inspiriert und manchen ganz schön wirr gemacht, wenn er uns kurz hintereinander an verschiedenen Orten entdecken musste. Dieser drittklassige Zorro vorhin konnte ja nicht ahnen, dass es *zwei* von unserer Sorte gibt. Lisa hat ihn erst ins Obergeschoss der Pension gelockt, frei nach der Devise: Überzeugen Sie sich ruhig selbst, dass die Murrays längst abgereist sind, ich warte derweil auf dem Flur …«

»Ein ziemlich misstrauischer Bursche«, fuhr Lisa fort. »Sagte, ich solle mich nicht rühren und ja bei der Treppe auf ihn warten. Wie er mich so aus seinen glühenden Augen anblickte, glaubte ich, mein Rückgrat würde zu Eis erstarren. Aber als er dann allein die Zimmer durchstöberte, hat Karla plötzlich von der Straße her dienstbeflissen zu dem Dunkelmann hinaufgerufen, von den jungen Leute fehle auch draußen jede Spur. Mr Blackhand muss sich ziemlich gewundert haben, ausgerechnet *mich* mit einem Mal auf der Straße zu sehen. In Wirklichkeit bin ich, während er noch aus dem Fenster glotzte, hinunter und aus dem Haus geschlichen.«

Karla kicherte vergnügt. »Aus einem sicheren Versteck

konnten wir dann bald darauf beobachten, wie dieser Mr Blackhand aus dem Haus gestürmt ist. Seinem forschen Schritt nach zu urteilen, muss es ihn ziemlich gewurmt haben, dass Sie ihm entwischt sind, Mr Murray.«

David rang sich ein Lächeln ab. Wenn die Mangelkramer-Zwillinge geahnt hätten, wie gefährlich Belials rechte Hand wirklich war, wären sie jetzt vermutlich nicht so guter Laune. Glücklicherweise hatte er sich in der Einschätzung seines Gegners nicht getäuscht: Die Ermordung der Schwestern hätte nur eine Schar von Polizisten auf den Plan gerufen. Negromanus mochte zwar skrupellos sein, aber er war weder leichtfertig noch dumm.

»Meine Frau und ich sind Ihnen für Ihren mutigen Beistand sehr zu Dank verpflichtet. Auch Ihrem Schwager, weil er uns gleich so bereitwillig Unterschlupf gewährt hat.«

Anton Freudenhammer wiederholte, was er schon bei der Ankunft seiner Überraschungsgäste gesagt hatte: Diese Hilfeleistung sei eine Selbstverständlichkeit, kein Grund sie besonders herauszustellen. Der grobschlächtig wirkende Deutschamerikaner sprach mit hörbar stärkerem Akzent als seine Schwägerinnen und seine Frau. Er bekleide zwar einen Posten von nationaler Wichtigkeit, erklärte er mit einem Augenzwinkern (Freudenhammer war Gärtner beim Vizepräsidenten), doch das damit zu verdienende Gehalt sei nicht so üppig, dass ihm ein paar Dollar extra nicht jederzeit willkommen wären. Deshalb sei sein kleines Reihenhaus auch eine Art Auffangbecken bei zu großem Andrang auf die Pension seiner Schwägerinnen. Wenn dort einmal die Betten knapp würden, helfe er gerne mit einem eigenen kleinen Gästezimmer aus.

David gelobte feierlich, für die Unterkunft einen guten Preis zu bezahlen.

Als sie endlich im Bett lagen, sprachen sie noch lange über die Ereignisse des vergangenen Tages. Rebekka hatte sich eng an David gekuschelt, das zweite Bett im Raum interessierte sie überhaupt nicht. Keiner von beiden konnte im Augenblick Schlaf finden.

»Ich habe einen Entschluss gefasst«, sagte David, nachdem sie das neuerliche Auftauchen des Schemens sorgenvoll besprochen hatten. »Ohne einen radikalen Schnitt können wir Negromanus unmöglich abschütteln. Es wird wieder mal Zeit für eine Luftveränderung.«

»Oh nein! Das heißt, wir fangen wieder ganz von vorne an?« Rebekka schmiegte sich noch enger an ihn.

David streichelte über ihren Leib. Noch war von dem neuen Leben, das in ihr wuchs, nichts zu spüren. »Wir schulden es unserem Kind, Bekka. Sobald wir zurück in New York sind, werde ich alles Notwendige in Angriff nehmen: eine neue Unterkunft für den Übergang, eine Schiffspassage für die Überfahrt und einen anderen Namen für das Überleben.«

»Eine Passage? Willst du etwa wieder nach Japan zurück?«

David küsste Rebekkas Wange. »Ich hatte eher an die entgegengesetzte Himmelsrichtung gedacht. Was würdest du davon halten, unser Kind in Paris zur Welt zu bringen?«

»Paris?«, quietschte Rebekka aufgeregt. Im Nu war sie Davids Armen entglitten und saß rittlings auf seinem Bauch. »Du meinst, wir werden meine Mutter besuchen?«

»Na, sie kennt mich doch nur als Soldaten. Als leibhaftigen Schwiegersohn hat sie mich noch nie zu Gesicht bekommen – einmal abgesehen von dem einen Foto, das du ihr geschickt hast. Und auf ihre Tochter musste sie auch schon seit über sechs Jahren verzichten. Findest du nicht, wir haben da einiges nachzuholen?«

»Du bist ein Schatz«, jubilierte Rebekka so laut, dass David hochfuhr, um sie mit einigen wohl gezielten Küssen auf den Mund zu beruhigen.

Mit Rebekka auf dem Schoß und ihren warmen Lippen auf Hals und Gesicht, fiel es ihm schwer, die praktischen Seiten seines Vorschlags herauszustellen. »Niemand könnte dir besser bei der Geburt deines Kindes helfen als die angesehenste Frauenärztin von Paris«, versuchte er sachlich zu argumentieren, doch ihre Nähe versetzte sein Inneres in Aufruhr. »Wo … Wo schon sämtliche Ministerfrauen und Industriellengattinnen die Skepsis ihrer Männer ignorieren, weil … weil sie für viel Geld nur von Marie Rosenbaum behandelt werden möchten. Und du kannst sogar umsonst … Was tust du da?«

»Ich könnte dich nie ignorieren, Liebster«, hauchte Rebekka in sein Ohr. »Das ist völlig unmöglich.«

»Und es macht Ihnen wirklich nichts aus, uns bis nach New York zu fahren, Mr Freudenhammer?«

Der hoch gewachsene aschblonde Gärtner schüttelte sein kantiges Haupt. »Der Vizepräsident vertraut seine Rosen sowieso nicht mir allein an. Für drei oder vier Tage wird er mich schon entbehren können. Und sollte mir die Fehlzeit vom Lohn abgezogen werden, macht das Ihr großzügiges Angebot allemal wieder wett.«

»Also gut. Wann, denken Sie, haben Sie mit Ihrem Arbeitgeber alles geregelt?«

»Geben Sie mir zwei Stunden Zeit. Dann können wir aufbrechen.«

Während der Abwesenheit Anton Freudenhammers telefonierte David vom nächsten Postamt aus mit einem Lokal in New York. Henry pflegte dort zu frühstücken, was David hin und wieder ausnutzte, wenn er den *Time*-Herausgeber dringend sprechen musste. Jetzt gab es noch einen anderen Grund, gerade *diesen* Anschluss zu wählen. Zum zweiten Mal innerhalb kurzer Zeit war Negromanus ihnen sehr nahe gekommen. Vielleicht hörte er inzwischen sogar alle Telefone in der Redaktion ab. Aber diesen Apparat würde er wohl noch nicht überwachen.

»Henry? Ich bin's. Francis.«

»Wie geht's dir?«

»Der Tipp mit McMillan war goldrichtig. Ich habe aufregende Neuigkeiten für dich. Nicht nur von Hank. Der Killer ist uns nämlich wieder auf den Fersen. Gestern Abend ist er in der Pension aufgekreuzt, in der Rebekka und ich abgestiegen waren.«

»Das gibt's doch nicht! Wie seid ihr ihm entwischt?«

»Später, Henry. Wir kommen nach New York. Vermutlich morgen. Aber das *Abingdon Guest House* müssen wir meiden. Zu gefährlich! Kannst du mir einen Gefallen tun?«

Es entstand eine kurze Pause, dann sagte eine entschlossene Stimme: »Natürlich, Francis, worum geht's?«

»Nun, eigentlich möchte ich dich sogar um mehrere Gefälligkeiten bitten. Du hast Brit doch hin und wieder in einen der illegalen Pubs begleitet?«

»Willst du mit mir über das Alkoholverbot der Regierung diskutieren?«

David musste lächeln. Er wechselte den Hörer von einem Ohr zum anderen und erwiderte: »Nein, ich interessiere mich eher für die Leute, die in den illegalen Schuppen verkehren.«

»Jetzt machst du mich aber neugierig.«

»Du kennst nicht zufällig jemanden, der für meine Frau und mich einen Satz neuer Papiere besorgen könnte?«

Wieder trat eine Pause ein. »Habt ihr schon eure neuen Namen ausgesucht?«

Zwei Stunden später saßen David und Rebekka neben Anton Freudenhammer auf der Vorderbank eines Kleinlasters, der sich Richtung Baltimore stadtauswärts bewegte. Das A in der Typenbezeichnung des Fords schien für »Arbeitstier« zu stehen. Die Fahrt in dem Wagen war alles andere als komfortabel, aber mit Ausnahme einer Reifenpanne und gelegentlicher Reinigungsarbeiten an den Zündkerzen lief alles hervorragend.

Am späten Nachmittag des darauf folgenden Tages traf der Ford A in New York ein. David entschied sich für ein kleines Hotel in den Columbia Heights, nahe der Brooklyn Bridge. Hier konnte er ein geräumiges Zimmer mieten, das sogar über einen kleinen Schreibtisch verfügte. Durch das Fenster war ein Teil der gewaltigen Hängebrücke zu sehen, die majestätisch den East River überspannte. Um acht Uhr abends trafen er, Rebekka und Henry Luce sich im Harlemer *Cotton Club*.

»Die Öffentlichkeit ist manchmal die beste Tarnung. Hier wird uns so schnell niemand vermuten«, begründete Henry seine ausgefallene Wahl.

David nickte. »Für ein konspiratives Treffen ist der Club wie geschaffen: Die ganze Prominenz der Stadt kommt hierher, um die besten Jazzmusiker zu hören.«

Henry grinste verschlagen. »Letztens ist Duke Ellington

hier aufgetreten. Jeder im *Cotton Club* hält sich selbst für den Größten – das ideale Etablissement, um in der Masse unterzutauchen.«

Dennoch wäre David mit einem verschwiegeneren Ort glücklicher gewesen. Und mit einem ruhigeren allemal. Unter den Klängen von Trompeten und Posaunen war es nicht so einfach, ein geheimes Kommandounternehmen zu besprechen.

Dennoch gelang es David im Laufe des Abends, seine zwei Hauptanliegen vorzubringen: erstens die Aufdeckung von Kelippoths Machenschaften im Zeitungswesen und zweitens seine Fluchtpläne nach Europa. Was die Beschaffung »neuer« Papiere betraf, zeigte sich Henry zuversichtlich. In ein paar Tagen sei die Angelegenheit vom Tisch. Gleichsam als Bestätigung legte er David einen Presseausweis vor, der ihn unter dem Namen François Cournot als Mitarbeiter des *Time*-Magazins bestätigte. Eine solche Legitimation konnte mehr Türen öffnen als der beste Pass.

»Ich habe mir erlaubt auch schon ein Ticket nach Frankreich für euch zu reservieren«, sagte Henry lächelnd. »Morgen in einer Woche könnt ihr den Vereinigten Staaten Lebewohl sagen.«

»Danke, Henry. Ich hoffe nur, bis dahin kommt die Kampagne gegen den Ku-Klux-Klan in Gang.«

»Schreib du nur deinen Artikel für *Time*. Ich kümmere mich um Ochs, Hank McMillan und ein paar andere Bekannte. Wenn sie erst alle wissen, was da im Busch ist, machen sie bestimmt mit. In einem Monat kriegt Kelippoth keinen Fuß mehr auf den Boden.«

»Du ahnst gar nicht, wie mich das beruhigt. Noch mal: vielen Dank.«

Wenn Henry Recht hatte, würde bald eine Flut kritischer Artikel das Land überschwemmen, jeder mit einer deutlichen Warnung vor einer Bedrohung der Pressefreiheit. Empörung über heimliche Übernahmen von Zeitungen und verdeckte Beteiligungen an renommierten Pressehäusern spräche aus den Beiträgen und auffällig oft würde dabei der Name eines gewissen Lucius Kelippoth genannt werden, zum Beispiel mit dem Hinweis, Kelippoth bekleide einen hohen Rang im Ku-Klux-Klan. Wollten denn die amerikanischen Bürger wirklich, dass eine Gruppe von Kapuzenmännern die Meinungsbildung im ganzen Land kontrollierte? David kannte die Tricks seiner Berufskollegen nur zu genau. Hier eine indirekte Rede – »Aus gewöhnlich gut unterrichteten Kreisen ist zu hören, Kelippoth habe …« –, dort eine offiziöse Verlautbarung – »Ein Mitarbeiter des Weißen Hauses hat gegenüber unserem Reporter geäußert …« – und gelegentlich auch ein gut positioniertes Dementi – »Ein Sprecher des Ku-Klux-Klans sagte, jegliche Anschuldigungen geheime Übernahmeverhandlungen betreffend seien vollständig aus der Luft gegriffen« –: Mit einer solchen Kampagne ließ sich schnell ein Gegner ruinieren, ohne dass man die Presse dafür verantwortlich machen konnte, rein formaljuristisch gesehen.

Normalerweise verabscheute David diese Art von Journalismus, aber hier sah er sich einem mächtigen Feind gegenüber, dem nur mit List beizukommen war. Er musste Kelippoth und mit ihm dem Kreis der Dämmerung einen Schlag versetzen, von dem sich die Organisation nicht so schnell erholen würde. Natürlich war sich David über eines im Klaren: Irgendwann würde er in die Vereinigten Staaten zurückkehren, diesen Kelippoth aufspüren und ihm endgültig das Handwerk legen müssen – auf welche Weise auch immer.

Zunächst stand für ihn jedoch die Sicherheit seiner Familie im Vordergrund. In Washington hatte Negromanus ihn beinahe überrascht. Nur dank des mutigen Einsatzes der Mangelkramer-Zwillinge war David mit seiner Frau entkommen. Hoffentlich würde sich der gewissenlose Schemen dafür nicht früher oder später an den Schwestern rächen. Auf jeden Fall – die unangenehme Erkenntnis ließ sich nicht leugnen – brachte auch diese Flucht nur einen Aufschub. Noch immer schlich der dunkle Jäger da draußen herum. Eines Tages musste es zu einer Auseinandersetzung kommen, aus der nur einer lebend hervorgehen konnte.

Konfrontation

David saß wie die Spinne im Netz. Eine Woche lang zog er von dem kleinen Zimmer in Brooklyn aus unsichtbare Fäden. Er vollendete seinen Artikel über den Ku-Klux-Klan. Nach Art des *Time*-Magazins verwob er dabei Fakten mit kritischen Fragestellungen, die jedem aufmerksamen Leser eine klare Stellungnahme abverlangten – zumindest für sich persönlich. Die *New York Times* brachte einen großen Aufmacher über die Bedrohung der Demokratie durch homogene Wählergruppen wie den Klan. Und die *Washington Post* titelte: »Angriff auf die Pressefreiheit – Ku-Klux-Klan baut Zeitungsimperium auf«.

Nachdem die »Leithammel« auf der amerikanischen Pressewiese erst einmal lautstark zu blöken begonnen hatten, stimmte auch die restliche Zeitungsherde in den Lärm ein. Sogar etliche Radiostationen sendeten Berichte über das verwerfliche Treiben des Klans im Allgemeinen und Lucius Kelippoths im Besonderen.

David konnte zufrieden sein. Während er in Columbia Heights am Fenster saß und zur Brooklyn Bridge hinüberblickte, entwarf er Folgeartikel für seine Anti-Kelippoth-Kampagne, brachte sein Schattenarchiv auf den neuesten Stand und schmiedete Zukunftspläne. Obwohl die Woche vor der Abreise nach Europa mit Arbeit angefüllt war, kam sie David doch fast wie Urlaub vor. Er war mit Rebekka zusammen, ihr Versteck schien sicher zu sein und sogar das spätsommerliche Wetter spielte mit. Hin und wieder unternahmen sie Spaziergänge am East River und beobachteten den Malermeister Herbst beim Umfärben der Blätter. Manchmal lehnte David sich auch einfach nur am Schreibtisch zurück, blickte aus dem Fenster und ließ die Atmosphäre des Viertels auf sich wirken.

Auf der anderen Seite des East River lag Manhattan, ein brodelnder Kessel, der vierundzwanzig Stunden am Tag unter Druck zu stehen schien. In Brooklyn war es ruhiger, fast beschaulich. Natürlich wusste David, dass dieser Stadtteil auch eine andere Seite hatte. Hier war Al Capone aufgewachsen, jener berüchtigte Mafiaboss, den alle nur *Scarface* nannten. Das »Narbengesicht« hatte sich hier seine ersten »Meriten« in der Bandenszene erworben, hatte eine zweifelhafte Karriere begonnen, auf deren Höhepunkt er in Chicago zum mächtigsten Mann der Unterwelt aufgestiegen war. Erst vor wenigen Monaten, am vergangenen Valentinstag, hatte Scarface dort unter »Bugs« Morans Gang ein Massaker angerichtet und sich damit die Vorherrschaft unter den Familien gesichert.

Brooklyn hatte viele Gesichter. Hier gediehen Gangster ebenso wie Heilige – immer um die Mittagszeit konnte David vom Fenster aus die Bibelforscher beobachten, wie sie geschniegelt und gestriegelt ihrer Cafeteria entgegenströmten. Gleich in der Nachbarschaft befand sich das Hauptbüro ihrer People's Pulpit Association. Wenn diese bibelfesten Männer und Frauen unter den goldgelben Blättern der Bäume entlangwanderten, lachten und scherzten sie, als hätte Gott längst alle Scarfaces von der Erde verbannt.

Am 2. Oktober 1929 war es dann so weit: David und Rebekka nahmen Abschied von Brooklyn mit Ziel Paris. David hatte nicht schlecht gestaunt, als Henry ihm die Schiffsfahrkarten überreichte: Sie würden auf der *Bremen* reisen!

Nie zuvor hatte er einen solchen Ozeanriesen gesehen. Als er mit Rebekka an der Hand den Pier achtundachtzig auf Manhattan erreichte, stand er minutenlang einfach nur da und starrte auf den gewaltigen schwarzen Schiffskörper. Über der Wasserlinie zog sich ein feurig rotes Farbband rings um den Rumpf, als glühte das Schiff noch von der rasanten Herfahrt. Die schneeweißen Aufbauten des Schnelldampfers leuchteten in der Sonne.

»Macht dir das Schiff immer noch Angst?«, fragte David ergriffen.

Rebekka erinnerte sich an ihr Gespräch während der Seereise nach Hawaii. »Ich fand die *Misogi* gemütlicher«, antwortete sie ausweichend.

»Vielleicht änderst du deine Meinung, wenn wir erst an Bord sind. Komm!«

Über ein breites Fallreep gelangte das Paar in den »Bauch des Riesen«, wie Rebekka sich auszudrücken pflegte. Ein Steward wies ihnen ihre Erste-Klasse-Kabine zu. Das sechsundvierzigtausend Tonnen mächtige Superschiff war mit allem erdenklichen Luxus ausgestattet. Wer die Restaurants, Läden, Schwimmbäder oder Fitnessräume besuchte, dachte kaum daran, dass er sich in einem, wenn auch gewaltigen Transportmittel befand. Die *Bremen* war ein schwimmender Hochgeschwindigkeitspalast.

Für die Strecke New York – Cherbourg benötigte der Schnelldampfer gut fünf Tage. Das Blaue Band hatte die *Bremen* bereits gewonnen, sie musste also nicht pausenlos unter Volldampf fahren. Als David und Rebekka am 7. Oktober gegen Mittag in der französischen Hafenstadt Cherbourg an Land gingen, fühlten sie sich auf eine Weise frei wie schon lange nicht mehr.

Wohlweislich verdrängte David die Erinnerung an eine andere Stippvisite in diesem Ort. Damals, vor mehr als dreizehn Jahren, war Nicolas Jeremiah Seymour an seiner Seite gewesen, der Schulfreund, der den Großen Krieg nicht überleben sollte. Die Welt hatte sich seitdem verändert. Heute ging Rebekka neben ihm, eine werdende Mutter, für David die Verkörperung einer glücklicheren Zukunft.

Mit dem Zug fuhren sie knapp zwei Stunden später nach Paris weiter. Als sie dann am Abend vor dem Haus Nummer vierzehn am Quai d'Orléans aus dem Taxi stiegen, erreichte Rebekkas Begeisterung ihren Höhepunkt. Endlich zu Hause!

Noch bevor das umfangreiche Gepäck ausgeladen war, kam schon Marie Rosenbaum aus dem Haus gestürzt. Sie hatte sich kaum verändert. Obwohl Rebekkas Mutter bereits auf die fünfzig zuging, glänzten nur wenige silberne Strähnen in ihrem hochgesteckten dunklen Haar. Sie war noch immer eine sehr attraktive Frau.

»Als ich euer Schiffstelegramm bekommen habe, war ich ganz aus dem Häuschen«, gestand sie mit Tränen in den Augen. Sie küsste erst ihre Tochter, dann nahm sie Davids Gesicht in die Hände und musterte es wie eine antike Büste. »Du siehst irgendwie verändert aus, David.«

Der musste lächeln. »Vielleicht liegt das an meiner Haarfarbe.«

»Stimmt! Damals waren deine Haare weiß und jetzt sind sie braun – du bist *jünger* geworden!«

»Mama«, beschwerte sich Rebekka. »Kaum hier, machst du dich schon wieder über meinen Mann lustig.«

Marie lachte glockenhell – ganz Rebekkas Mutter. »Was heißt hier ›wieder‹. Damals war David nur ein Kandidat unter vielen – wenn ich auch gestehen muss, ein ziemlich aussichtsreicher –, aber heute ist er mein Sohn.«

»Wenn das eine Aufforderung sein soll, Mama zu dir zu sagen, dann nehme ich sie gerne an«, meinte David lächelnd. Er freute sich über das glückliche Strahlen in den Augen der beiden Frauen.

»Oh!« Marie musste laut auflachen. »Ich werde zum zweiten Mal Mutter! Mit sechsundvierzig!« Sie zog rasch den Kopf zwischen die Schultern und hielt die Hand vor den Mund. »Das hätte ich wohl jetzt nicht verraten dürfen.«

»Viel wichtiger ist, dass du bald Großmutter sein wirst«, sagte Rebekka.

Maries dunkle Augen wurden riesengroß. »Was? Soll das etwa heißen …?«

Rebekka strahlte wie ein Honigkuchenpferd und David nickte mit dem Stolz des werdenden Vaters.

Inzwischen waren an den Fenstern der reich verzierten Fassade mehrere Gesichter erschienen. Das Jauchzen und Lachen auf der Straße hatte Aufmerksamkeit erregt. David überredete den Taxifahrer durch ein dickes Trinkgeld dazu, die Koffer und Taschen ins Haus zu schaffen. Weiteres Gepäck würde später noch folgen.

Marie Rosenbaum bewohnte die unteren beiden Etagen eines noblen Pariser Stadthauses, das sich auf einer Insel der Seine im Schatten von Notre Dame befand. Die gewaltige Kathedrale stand auf der größeren Nachbarinsel, die sich über eine kleine Brücke erreichen ließ. Rebekka hatte ihre Jugendtage in Paris an der Place d'Aligre, unweit des Hôpital St. Antoine verlebt. Das jetzige Domizil von Dr. Marie Rosenbaum war dagegen ungleich vornehmer. Sie konnte es sich leisten. Auch in den ausgehenden Zwanzigerjahren war es nämlich keineswegs normal, dass eine *Frau* als Ärztin ihren Mann stand, noch dazu mit einer eigenen Praxis.

Nach dem Krieg war Marie es leid gewesen, abgerissene Gliedmaßen und aufgeschlitzte Leiber zusammenzuflicken. Deshalb hatte sie sich auf die Gynäkologie spezialisiert. Damals ahnte sie noch nicht, wie sehr viele ihrer Geschlechtsgenossinnen diesen Entschluss einmal begrüßen würden. Denen war nämlich wegen der verbreiteten Prüderie oftmals jede ärztliche Hilfe schlichtweg versagt geblieben. Wenn selbst der eigene Mann nur im Dunkeln und unter der Bettdecke den Intimbereich seiner Frau erforschen durfte, dann gehörten derartige Einblicke für Fremde – ob Arzt oder nicht – zu den absoluten Tabus. Einer Frau dagegen vertrauten sich die schamhaften Patientinnen schon eher an. Gerade die Damen der gehobenen Gesellschaft setzten sich zunehmend selbstbewusst gegen ihre echauffierten Gatten durch und konsultierten standhaft »ihre« Frau Dr. Rosenbaum – und das nicht nur in medizinischen Fragen.

Auf diese Weise war Rebekkas Mutter in den letzten Jahren zu Ansehen und Wohlstand gelangt. Am deutlichsten konnte man dies an ihrer großzügigen Praxis im Erdgeschoss des noblen Stadthauses auf der Seine-Insel erkennen. Doch abgesehen von diesen Äußerlichkeiten hatte sie sich für David kaum verändert. Er wusste aus Briefen, dass sie Frauen aller gesellschaftlichen Schichten behandelte, nicht wenige sogar kostenlos. Mme. Rosenbaum war noch immer jene resolute und zugleich einfühlsame Frau, die dem Schützen David Milton einmal das Leben gerettet hatte. Demselben Mann also, den sie nun ihren »Sohn« nannte.

Marie bestand darauf, dass die Kinder drei Zimmer im ersten Stock ihres »Utopia« bezogen, so nannte sie ihr Reich, in dem soziale Schranken nichts und die Menschen alles galten.

Nach einigen Tagen versuchte David ihr schonend beizubringen, dass er so schnell wie möglich wieder auf eigenen Füßen stehen wollte. Er war jetzt François Cournot, ein aus Québec ins Land der Väter zurückgekehrter Kanadier mit seiner Frau Minette. Aus Paris würde er für *Time*, vielleicht auch für andere Blätter berichten. Unter dem Deckmantel dieser Legende wollte er seinem Kind einen sicheren Start ins Leben ermöglichen. Vielleicht würden dies für Jahrzehnte seine einzigen friedlichen Tage sein.

Während der Kriegsjahre in der Picardie und in Flandern hatte sich David einen französischen Grundwortschatz angeeignet, den er später mit Rebekkas Hilfe vervollständigen konnte. Er war noch weit davon entfernt, die Sprache fließend zu beherrschen, aber mit seiner schnellen Auffassungsgabe lernte er täglich hinzu.

Marie und Rebekka verbrachten viel Zeit miteinander. Manchmal schien es David, als wollten sie die Jahre der Trennung durch umso intensiveren Kontakt innerhalb weniger Tage wieder wettmachen. Nicht selten hallte ihr Lachen durch das Haus oder sie alberten wie zwei Schwestern herum. Kaum einer wäre auf die Idee gekommen, in den beiden Mutter und Tochter zu sehen.

David verstand sie sehr gut. Wenn doch nur seine eigenen Eltern noch lebten! Rebekkas Ablenkung gab ihm Gelegenheit zu neuen Nachforschungen. Briton Haddens letzte Worte waren wie ein geheimnisvolles Orakel, das viele Deutungen zuließ. Aber welche davon entsprach der Wahrheit?

Um Ruhe zum Nachdenken und Lesen zu finden, zog sich David gelegentlich in ein kleines Café zurück, das in dem Gassengewirr am südlichen Seine-Ufer unterhalb von Notre-Dame lag. Zwar herrschte auch hier keine wirkliche Stille, aber die Gespräche der Gäste störten ihn nicht. Mit Ausnahme des Obers, eines kleinen dunkelhaarigen schnauzbärtigen Mannes mit fleckiger Schürze, sprach ihn niemand an.

Aus New York kamen gute Nachrichten. Die Kampagne gegen Lucius Kelippoths Übernahmeaktion war zu einem Selbstläufer geworden. Landauf, landab diskutierte man über diese graue Eminenz und seine mögliche Verbindung zum Ku-Klux-Klan. Auch in Europa musste Lord Belial seine willfährigen Helfer haben. Diese zu finden war nun Davids nächstes Ziel.

Zunächst konzentrierte er sich auf den Palatin, jenen

geschichtsträchtigen Hügel Roms, den Brit auf dem Sterbebett erwähnt hatte. Er wälzte Bücher über römische Geschichte, sprach mit katholischen Würdenträgern und besuchte Sammlungen wie den Louvre und die Archives Nationales. Manchmal türmten sich in »seinem Café« die Bücher auf dem runden Tischchen und benachbarten Stühlen und der Wirt beschwerte sich temperamentvoll, weil er nirgends einen Platz für die bestellte Mokkatasse finden konnte.

So verstrichen die Tage und alle Anstrengungen blieben erfolglos. David entdeckte keinen einzigen brauchbaren Hinweis. Zwischen dem Palatin und dem Kreis der Dämmerung schien es nicht die geringste Verbindung zu geben.

Dann, am 25. Oktober 1929, geschah das Unfassbare. An der New Yorker Börse brachen die Kurse ein wie nie zuvor. Schnell machte das Wort vom *Schwarzen Freitag* die Runde. In Europa erreichte die beunruhigende Nachricht viele erst am Wochenende. Als die Börse am Montag ihre Pforten wieder öffnete, setzte sich der rapide Kursverfall fort. Innerhalb von sechs Tagen schien die Welt in den wirtschaftlichen Ruin gerutscht zu sein.

Die Wirtschaft hatte sich durch eine ausufernde Kreditaufnahme und den damit finanzierten Aktienboom überhitzt. Auf mahnende Stimmen hatte – wie so oft in der Geschichte – niemand hören wollen. Sie passten nicht zu der allgemeinen Aufbruchsstimmung. Doch nun drängten sich die Massen vor verschlossenen Banken. Keiner wollte wahrhaben, was längst Gewissheit war: Die Ersparnisse von vielen Jahren waren verloren.

Täglich gingen nun Firmen zugrunde, andere konnten sich nur durch Radikalkuren retten, die darin gipfelten, dass tausende auf die Straße gesetzt wurden. Bald zählte die Welt dreißig Millionen Arbeitslose.

Die »schwarzen Tage der Wallstreet« verschonten auch David und Rebekka nicht. Das einstige Camden-Vermögen, zusammen mit dem Nachlass von William H. Rifkind, bestand größtenteils aus Wertpapieren. Seinerzeit hatte David diese Anlageform bewusst gewählt, weil er unter wechselnden Namen jederzeit schnell und unkompliziert über seine Mittel verfügen wollte. Das wurde ihm nun beinahe zum Verhängnis. Praktisch alle Beteiligungspapiere hatten ihren Wert verloren.

Er hatte sich nie viel für Wirtschaftsfragen interessiert. Wenn er Geld brauchte, dann war es einfach da gewesen. Nicht zuletzt für den Kampf gegen den Kreis der Dämmerung hatte er in seinem finanziellen Rückhalt eine starke Stütze gesehen. Doch nun war diese über Nacht weggebrochen.

Marie bot den Kindern großzügig ihre Hilfe an. Sie machte sich weniger als die meisten anderen Sorgen um ihre Zukunft: Kranke würde es immer geben und auch Patienten, die einen Arzt für seine Dienste entlohnten. Einige Tage lang war David so deprimiert, dass er jeden Versuch aufgab, eine Wohnung für sich und Rebekka zu finden. Wenigstens stand er nicht völlig mittellos da. Er besaß noch immer einige Immobilien. In der Schweiz verfügte er zudem über ein kleines Golddepot. Doch mit diesem Vermögen würde er fortan haushalten müssen. Schließlich stand ihm noch ein siebzigjähriges Leben bevor, siebzig Jahre Suche nach dem mächtigen Kreis der Dämmerung. Und schon seit langem gehörte die Großwildjagd eher zum Zeitvertreib der betuchteren Leute.

»In den Staaten sollen sich viele das Leben genommen

haben«, sagte Rebekka mit halb vollem Mund an einem Morgen im November. Die Seine sah an diesem wolkenverhangenen Mittwoch grau aus. Am gegenüberliegenden Ufer bannte nicht ein einziger Maler die Silhouette von Notre-Dame auf seinen Zeichenblock.

»So ist es, wenn man sein ganzes Vertrauen auf Geld setzt«, antwortete Marie, bevor sie sich an David wandte. »Noch eine Tasse Tee, mein Sohn?«

»Danke, nein. Seit einigen Tagen fehlt mir irgendwie der Appetit.«

»Du scheinst wirklich noch dünner geworden zu sein, als du es ohnehin schon warst. Macht euch nicht solche Sorgen um das verlorene Geld, Kinder. Ihr habt immer noch einander und Gott als Dritten in eurem Bunde. Das sollte euch ein wenig mehr Zuversicht geben.«

David drückte Maries Hand und lächelte sie an. Sie kannte inzwischen einen Großteil seiner Lebensgeschichte. Deshalb konnte er offen sprechen. »Der Verlust meines Vermögens macht mir gar nicht so sehr zu schaffen. Solange ich arbeiten kann, werden wir auch nicht hungern. Selbst ohne feste Beschäftigung könnte ich uns für die nächsten Jahre noch ein einfaches Auskommen sichern. Was mir Sorgen bereitet, ist meine Aufgabe, meine *Bestimmung*. Die erfordert erheblich größere Finanzmittel. Wie soll ich nur den Kreis der Dämmerung über den Globus jagen, wenn ich bald nicht einmal das Geld für eine Dritte-Klasse-Fahrkarte habe?«

»Das sagte ich doch bereits, David: mit ein wenig mehr Gottvertrauen.«

»Eigentlich hat Mutter Recht«, schlug nun auch Rebekka in dieselbe Kerbe. »Überleg doch einmal, David: Du warst nie allein. Immer hat uns jemand geholfen.

Zuletzt waren es Hank McMillan, Henry Luce und Mama.«

»Es wundert mich, dass du so schnell zu deinem Glauben zurückgefunden hast«, sagte David und entzog Marie die Hand. Seine Stimme klang abweisender als beabsichtigt. Er fühlte sich irgendwie betrogen. Gerade noch hatte er diesen grandiosen Streich gegen Kelippoth geführt und nun das! Die Weltwirtschaftskrise kam ihm wie eine zynische Erwiderung Lord Belials vor. Was hatte ihm Negromanus zum Abschied im Haus der Yonais zugerufen? *Glaube mir, du wirst noch meine wahre Macht zu spüren bekommen*. War der Zirkel mächtig genug, um eine solche Katastrophe auszulösen? *Destabilisierung ist das Zauberwort!* Mit dieser knappen Formel hatte der Schattenlord einmal den Weg zur Verwirklichung des Jahrhundertplans umrissen. Wer wollte bezweifeln, dass die Welt gerade mit jedem Tag mehr aus den Fugen geriet?

David seufzte. All das konnte er weder Rebekka noch Marie anlasten. »Entschuldige, Schatz. Meine Nerven! Ich wollte deine Gefühle nicht verletzen. Zwar verachte ich die religiösen Führer, die ihren heiligen Schriften zuwiderhandeln und ihre Gläubigen in Armut und Tod treiben, aber ich respektiere jeden, der seinen Glauben ernst nimmt. Manchmal frage ich mich ja selbst, warum ich all diese sonderbaren Gaben besitze. Bin ich Teil eines größeren Plans? Ich wünschte nur, Gott würde sich mir gegenüber einmal etwas deutlicher offenbaren.«

Nun war es Marie, die Davids Arm drückte und weise erwiderte: »Vielleicht liegt es daran, dass du ihm vorzuschreiben versuchst, *wie* er sich zu äußern hat. Kennst du nicht die Worte Jesajas: ›Soll denn der Töpfer dem Tone gleich geachtet werden? Sollte das Werk von seinem

Meister sprechen: »Er hat mich nicht gemacht!«? Und spricht das Gebilde von seinem Bildner: »Er versteht es nicht!«?‹?«

David blickte seine Schwiegermutter verblüfft an. Sie hatte Recht! Was nützte es, wenn er verlorenem Geld nachtrauerte und darüber seine Bestimmung vergaß? Dem Kreis der Dämmerung würde das doch nur nützen! Nein, er musste weiterkämpfen. Rebekka hatte es schon ganz richtig auf den Punkt gebracht: *Du warst nie allein. Immer hat uns jemand geholfen.*

Er lächelte, wenn auch etwas unsicher. »Ich bin froh, dass ich Menschen wie euch habe. Die Wahrheit ist manchmal eine bittere Medizin …«

Marie lachte. »… und macht am Ende doch gesund. Ich habe eine Idee, Kinder. Etwas, was euch ein wenig aufmuntern könnte. Eine meiner Patientinnen ist Schauspielerin. Sie hat mir Karten für die Uraufführung von Jean Giraudoux' ›Amphitryon 38‹ angeboten. Die Premiere findet am achten statt, also übermorgen. Wie wär's? Ich lade euch ein.«

David hätte an diesem Tag lieber an der Feierstunde anlässlich der Verleihung der Ehrendoktorwürde an Albert Einstein teilgenommen. Aber selbst wenn ihnen sein *Time*-Ausweis das Tor der Sorbonne öffnete, zweifelte er doch daran, dass Rebekka diesem Ereignis den gleichen Stellenwert einräumen würde wie einem Giraudoux-Drama. Wenn sich Einstein vielleicht überreden ließe, auf seiner Violine ein Ständchen zu geben, aber so …

Er nickte ergeben. »Gute Idee. Das wird uns ablenken.«

Am Abend des 8. November erduldete David einmal mehr einen Kunstgenuss, dem seine Frau ergriffen ihre ganze Aufmerksamkeit schenkte. Wenigstens durfte er während der Aufführung Rebekkas vor Aufregung feuchte Hand halten.

Marie lud anschließend ins *Belle Époque*, einem netten Restaurant in der Nähe des Theaters. Die Entenbrust dort entschädigte David ein wenig für das erlittene Ungemach. Kurz vor Mitternacht kehrten sie dann zum Quai d'Orléans zurück.

Müde verabschiedete man sich in die Nacht. Sogar David war auf eine schwer zu beschreibende Weise zufrieden. Marie hatte Ablenkung versprochen, und die war ihm nicht verwehrt geblieben.

Aneinander gekuschelt dämmerten David und Rebekka dem Schlaf entgegen. Sie nickte ein wenig früher ein als er. Plötzlich glaubte er eine Bewegung in ihrem Leib zu spüren. Das Kind! Davids Herz schlug unwillkürlich schneller. Rebekka befand sich jetzt im fünften Monat. Laut Marie waren solche Lebenszeichen von nun an täglich zu erwarten. Sanft tastete David nach Rebekkas Bauch. Da! Wieder dieses leise Klopfen unter dem seidenen Nachthemd, als wollte der Winzling ihm zurufen: Hier bin ich, Papa, warte nur, bis ich komme!

Vielleicht ist der oder die Kleine ja ein Theaterliebhaber, grübelte David. Er atmete den betörenden Duft von Rebekkas vollem Haar. *Zumindest scheint der Stöpsel mich zu mögen. Warum sonst meldet er sich ausgerechnet jetzt, wo Bekka schläft und nur ich ihn bemerken kann?*

David erwachte von einem Geräusch. Im Zimmer war es dunkel. Nur durch einen Spalt im Vorhang fiel ein schmaler Streifen Mondlicht herein, der auf einen Spiegel im Kleiderschrank traf und sich von dort wie ein schimmernder Nebel im Raum verbreitete. David fuhr sich mit den Fingern durch das Haar. Hatte er nur geträumt?

Er lauschte, aber nichts war zu hören, nur Rebekkas leises Atmen zu seiner Linken. David verspürte starken Durst. Die Entenbrust war gut gewürzt gewesen. Vorsichtig schlüpfte er unter der Bettdecke hervor. Im Zimmer war es empfindlich kühl. Vielleicht würde der kommende Winter genauso hart werden wie der letzte. David stocherte im Dunkeln nach seinen Hausschuhen und machte sich auf den Weg zur Küche.

Maries Wohnung besaß einen Flur, der eher einem rechteckigen großen Raum glich, von dem die eigentlichen Zimmer abgingen. David überquerte die Diele und öffnete die Küchentür.

Hier wie auch in der angrenzenden Speisekammer gab es keine Vorhänge, seine an die Dunkelheit gewöhnten Augen fanden also genügend Licht zur Orientierung. Inzwischen kannte er sich in Maries Utopia gut genug aus, um gleich den irdenen Krug zu finden, in den Antoinette, das Hausmädchen, jeden Morgen die frisch gekaufte Milch füllte. Ein Rest davon war noch da, ein halber Liter vielleicht. David setzte den Krug kurzerhand an die Lippen und nahm mehrere tiefe Züge – da hörte er plötzlich ein Geräusch.

Er setzte sofort das Gefäß ab und lauschte. Wieder vernahm er das Klicken. Nein – endlich begriff er, dass seine Sekundenprophetie ihn vorgewarnt hatte –, dies erst war das *echte* Geräusch, aber, schlaftrunken wie David war, hatte sein Verstand noch nicht recht funktioniert. Unvermittelt stieg aus den Tiefen des Bewusstseins ein Gefühl der Unruhe auf, das sich rasch in Panik verwandelte. Davids Augen weiteten sich. »Oh mein Gott!« Er kannte diese besondere Art der Furcht nur zu genau, wusste, was sie bedeutete.

»Neiiinnnn!« Davids verzweifelter Schrei übertönte noch das Krachen des am Boden zerberstenden Milchkruges. Er stürzte zur Küchentür. Aber die war verschlossen! Daher also das Klicken! Er hämmerte gegen die Tür, was die allerdings wenig beeindruckte. Hinter dieser Mauer aus massivem Eichenholz musste sich Negromanus befinden. Es konnte nur einen Grund geben, weshalb dieser seinen Rivalen eingeschlossen hatte.

David versuchte trotzdem die Tür einzuschlagen. Aus dem Schlafzimmer hörte er einen schrillen Schrei. Dann noch einen. »Rebekka!«, brüllte er. Negromanus wusste, wie er ihn vernichten konnte. Erneut warf sich David gegen die massive Tür. Ein stechender Schmerz fuhr ihm in die linke Schulter. Tränen schossen ihm in die Augen. Durch das Holz drangen neue Schreie. »Rebekka!« *Oh Gott, hilf mir! Ich muss zu ihr.* Er blickte sich verzweifelt um, sah das Fenster. Selbst wenn er hinaussprang und den Sturz unbeschadet überstand, würde es viel zu lange dauern, bis er das Haus umrundet und wieder in den ersten Stock zurückgelangt wäre. Er musste einen anderen Weg finden …

Die Lösung erschien wie eine Vision in seinem Geist, wie ein Blitz aus heiterem Himmel. Schwer atmend taumelte David zwei Schritte in den Raum zurück. Er ignorierte den stechenden Schmerz in der Schulter, konzentrierte sich ganz auf die Tür. Erneut drangen Schreie durch sie hindurch. David hörte seinen Namen. Voller Panik versuchte er sich zu erinnern: Wo war Osten, wo Westen? Er kam nicht darauf. Sicherheitshalber trat er einen Schritt zur Seite und konzentrierte sich.

Plötzlich wurde die Tür von einer gigantischen Kraft gepackt und aus den Angeln gerissen. Schneller, als das Auge ihr folgen konnte, raste sie an David vorbei, und obwohl sie seinem sechsten Sinn längst entglitten war, schoss sie noch durch das Küchenfenster hindurch, zog einen Schweif im Mond glitzernder Glas- und Holzsplitter hinter sich her und landete schließlich in der Seine.

David taumelte in die Diele. Der Einsatz seiner Gabe hatte ihm viel Kraft geraubt. Was er jetzt im Flur sah, war entsetzlich. Marie und Antoinette krümmten sich auf dem Boden. Die Tür zum Schlafzimmer stand weit offen. David sprang über das Dienstmädchen und dicht vor der Tür über seine Schwiegermutter hinweg in den Raum.

Der Anblick dort ließ ihn entsetzt zurückprallen. Rebekka lag, schreiend und sich windend, im Bett. Und davor, mitten in einem Kreis von Scherben, ragte ein dunkler Schemen auf, die Arme weit erhoben. Ein schmaler Streif Mondlicht fiel genau auf das wie feucht glänzende Gesicht des Eindringlings.

»Negromanus!«, keuchte David. Mit dem Überwinden der Türschwelle hatte ihn eine unsichtbare Faust gepackt und schien ihm die Luft abzuschnüren. Wenigstens lenkte sein Erscheinen die Aufmerksamkeit des Schemens von Rebekka ab. Negromanus wandte sich nun David zu und der erkannte, was da im Gesicht des Gegners glitzerte. Es war Blut. Vermutlich hellblaues wie damals auf *Blair Castle*. Rebekka musste ihm die Blumenvase von ihrem Nachtschränkchen gegen den Kopf geschleudert haben.

Der Schemen lachte. Die Verletzung schien ihn nicht sonderlich zu beeindrucken. »So schnell hättest du mich wohl nicht erwartet, nachdem du mir in Amerika entwischt bist. Habe ich Recht, David Camden? Ich bin gekommen, um das einzulösen, was ich dir im Haus der Yonais versprochen habe.«

David spürte einen ziehenden Schmerz im Rücken, noch stärker als das Stechen in der Schulter. Ein Stahlseil schien seinen Kopf mit unnachgiebiger Gewalt nach hinten zu ziehen. Obwohl die Schmerzen kaum zu ertragen waren, stieß er hervor: »Lass ab von ihr, Negromanus! Warum sollen Unschuldige leiden? Dir geht es doch nur um mich. Also komm, hol dir, was du haben willst.«

Nur mit Mühe gelang es David, sich an dem Kleiderschrank aufrecht zu halten, der neben der Tür stand und auf dem seine Schwerter lagen. Er konnte sogar das Heft des *katana* sehen, aber Negromanus' unsichtbarer Griff ließ nicht nach. Wieder ertönte das grässlich hohe Lachen des Schemens. »Ich verstehe gar nicht, was du willst, Camden. Ich habe den beiden alten Jungfern in Washington doch kein Haar gekrümmt. Aber hier liegt die Sache etwas anders. In Tokyo hatte ich dich gewarnt, du würdest meine wahre Macht zu spüren bekommen. Doch anstatt dich in ein Loch zu verkriechen, hast du weiterhin gegen den Bund Belials intrigiert. Nun wirst du dafür bezahlen. Du, dein Weib und alle anderen hier.«

Eine neuerliche Woge des Schmerzes durchflutete Davids Körper. Sein Schrei ging im widerlichen Lachen des Schemens unter. David sank in die Knie. Er konnte der furchtbaren Gewalt dieses Wesens nicht länger standhalten. Verzweifelt blickte er auf seine sich windende Frau. Rebekka hielt sich den Leib … Eine entsetzliche Erkenntnis drang in Davids Bewusstsein: Ihr ungeborenes Kind – sie würde es verlieren, wenn diese Qual nicht augenblicklich ein Ende fand!

Stärker aber als der Schmerz war der Zorn, der David nun erfasste. Warum musste Negromanus auch noch dieses unschuldige Kind töten? Er schrie, ein Laut purer Verzweiflung. Es war *sein* Kind! Er kippte steif zur Seite. Der Schmerz im Rücken war unbeschreiblich. Dennoch wollte er den Kampf noch nicht aufgeben. Warum hatte ihn Negromanus nicht schon im Haus von Takeo und Yachiyoko vernichtet? Er war damals sogar geflohen.

Wenigstens eine meiner Gaben muss für Negromanus eine Gefahr bedeuten. Davids Atem ging schnell und flach. Einen Moment lang versuchte er das Kunststück mit der Küchentür an seinem Gegner zu wiederholen, aber es fehlte ihm einfach die Kraft dazu. Vor seinen Augen tanzten Sterne. *Welche Gabe fürchtest du?* Verzweifelt klammerte er sich an diese Frage. Seine letzte Chance. War es etwa doch nur die schiere Gewalt seines Schwertes? *Dann ist alles verloren. Er wird mir nicht die Gelegenheit geben, aufzustehen und es aus der Scheide zu ziehen.*

Eine dunkle Wolke schob sich vor Davids Augen. Sein Kopf drohte zu zerplatzen. Mit letzter Anstrengung riss er seinen Geist noch einmal aus den Klauen der Besinnungslosigkeit. Das sich im Spiegel reflektierende Mondlicht ließ den Schemen mit seinen erhobenen Armen über ihn wie einen Todesengel aufragen. David bemerkte, wie ein dicker Blutstropfen von Negromanus' Gesicht auf den Teppich fiel …

Plötzlich kam ihm die Erleuchtung.

In den Adern dieses Wesens floss hellblaues Blut. Nein, die Farbe hieß *Cyan*, verbesserte er sich. Rebekka hatte dieses Phänomen nach Yoshis Tod einmal zu erklären versucht: Mit Sicherheit besitze Belial wie jeder normale Mensch rotes Blut, aber wenn sich der Schatten und sein

Herr jemals wieder vereinten, entstünde aus dieser Mischung Schwarz.

Wieder senkte sich eine dunkle Wolke auf Davids Geist. Er wollte Negromanus etwas zurufen, aber aus seiner Kehle kam nur mehr ein Röcheln. Krampfhaft starrte er den Schemen an. Er war der Lösung ganz nah! Wie jeder andere Schatten auch konnte Negromanus ohne seinen Besitzer nicht existieren. *Wenn man beide Töne mit dem Pinsel mischt, dann kommt Schwarz heraus*. Was wollte ihm Rebekka damit sagen? Wie nur hatte damals Davids eigene Antwort gelautet? Schwarz könne auch für das Nichts stehen. Richtig! *Kein* Blut also, weil Belial kein menschliches Wesen sei ... Im Augenblick steckte er jedoch in einem menschenähnlichen Körper. *Und ein solcher kann ohne Blut nicht existieren!*

Das war die Lösung! Zumindest hoffte David es. Selbst wenn es ihn deutlich weniger Kraft kostete, Farben anstatt den Lauf der Zeit zu verändern, würde er nach diesem Versuch zu schwach für einen weiteren sein.

Negromanus hob beide Arme vor David in die Luft. »Jetzt bringen wir es zu Ende«, geiferte er und brach erneut in ein grässliches Lachen aus.

David spürte sofort einen explodierenden Schmerz im Rücken, aber er konnte nicht schreien. Wie in dem Traum auf der *Taifun* schien er zur Bewegungslosigkeit verdammt. *Bitte*, flehte er in Gedanken, *lass mich nur noch diese Tat vollbringen!* Mit übermenschlicher Anstrengung gelang es ihm, noch einmal seine Kräfte zu bündeln. Die Stimme versagte ihm zwar den Dienst, aber seine Lippen formten die Worte: »Ich gebe der Farbe deines Blutes *Rot* hinzu, auf dass es zu *nichts* werde.«

Der Schemen hörte augenblicklich auf zu lachen.

Gleichzeitig verschwand auch Davids ziehender Schmerz. Ächzend kämpfte er sich auf die Knie hoch. Auf allen vieren, mit hängender Zunge stierte er auf die vor ihm aufragende dunkle Gestalt. Es war eine schreckliche Szene. Negromanus stand da wie versteinert, Rebekka und die beiden anderen Frauen stöhnten und David wagte nicht sich zu rühren – vermutlich konnte er es nicht einmal.

Aber dann sanken die Arme des Schemens schlaff herab und er begann zu wanken. David atmete erleichtert auf. Was immer diesen schattenhaften Organismus noch auf den Beinen hielt, ohne Blut, seine Lebenskraft, war er bereits so gut wie tot.

Ein Schmerzenslaut Rebekkas brach endgültig den Bann, der David gefangen hielt. Er blickte zum Bett hinüber. Ihr Körper krümmte sich erneut wie unter Krämpfen. Sie brauchte dringend Hilfe. Noch einmal sah er zu dem taumelnden Schemen hin. Der musste jeden Augenblick zusammensinken …

Mit einem Mal schien Davids Geist von einem Blitz erhellt zu werden. Für die Dauer eines Wimpernschlages sah er ein schreckliches Bild. Negromanus wollte auch noch den letzten Funken eigenen Lebens dem Bösen opfern. Er würde beide mit sich in den Tod reißen – Rebekka und das Kind.

Das grüne Glimmen in den Augen des Schemens nahm wieder zu. Erneut schrie Rebekka vor Schmerz auf. Und David stimmte in den Schrei mit ein. Er presste die letzten Reserven aus seinem Körper und schnellte vom Boden hoch. Seine Rechte bekam den *Katana*-Griff über dem Schrank zu fassen und riss das Schwert in einem horizontalen Bogen durch die Luft, so schnell, dass die Lackscheide einfach an Ort und Stelle liegen blieb.

Negromanus zeigte keinerlei Reaktion. Er wankte immer stärker und es sah aus, als verblasse sein Körper zu einer grauen Wolke. David taumelte mit dem Schwert voran. Noch nie war er dem Schemen so nahe gewesen. Er glaubte in den glosenden Augen Furcht zu erkennen.

»Wenn du jetzt den Knecht tötest, dann wirst du den Herren gegen dich aufbringen«, flüsterte Negromanus drohend.

David schnappte nach Luft. Seine Beine drohten unter ihm nachzugeben, doch auf sein Gesicht trat ein grimmiges Lächeln. Er holte weit mit dem Langschwert aus und sagte ohne Mitleid: »Ich werde es auf einen Versuch ankommen lassen.« Dann schlug er zu.

Für einen Moment schien es, als habe das *katana* sein Ziel verfehlt. Aber dann fielen Negromanus und sein Kopf auf getrennten Wegen zu Boden.

David sackte auf die Knie. Mühsam stützte er sich auf sein Schwert. »Für mein Kind«, ächzte er. »Und für euch, Vater, Mutter und all ihr Freunde, die er zu Tode gequält hat.« Während er auf Negromanus' blutleeren Torso blickte, wurde ihm erneut schwarz vor Augen. Vom Hals her aufwärts erfasste ihn eine warme kribbelnde Woge, dann sank er besinnungslos in sich zusammen.

Bitterkeit

Au!« Mit einem Zischen schreckte David hoch, was seine Schulter nur noch mehr schmerzen ließ. Über sich sah er die Gesichter von Marie und dem Hausmädchen, das etwa in Rebekkas Alter war.

»Ganz eindeutig. Es ist gebrochen«, sagte die Ärztin

geschäftsmäßig und drückte ihren Patienten wieder sanft auf die Liege zurück.

»Was …?«, stöhnte David.

»Dein Schlüsselbein«, diagnostizierte Marie.

»Nein – au! Mich interessieren meine Knochen nicht. Was mit Rebekka ist, will ich wissen!«

Ein dunkler Schatten schob sich vor Maries Gesicht.

»Sie ist doch nicht …?«

»Nein, nein«, antwortete die Ärztin schnell. »Es geht Rebekka gut – den Umständen entsprechend.« Sie wechselte einen raschen Blick mit Antoinette.

Eine furchtbare Ahnung überkam David. »Das Kind! Was ist mit ihm?«

Marie legte ihm ihre Hand auf die Stirn und fuhr dann über sein Haar. »Rebekka ist stark, David. Sie kann noch viele Kinder haben.«

David schüttelte ungläubig den Kopf. Seine Augen begannen sich mit Tränen zu füllen. »Nein! Das darf nicht sein!«

»Euer Kind war noch viel zu winzig, um lebensfähig zu sein. Es tut mir so Leid, mein Junge!«

»Ich habe seine Bewegungen gespürt«, hauchte David mit glasigem Blick. »Heute Nacht, in Rebekkas Leib.« *Als ob es mich vor dem Urian hätte warnen wollen!* »Ich bin schuld …«

»David!«, unterbrach ihn Marie streng. »Schlag dir diesen Gedanken aus dem Kopf. Du und Bekka seid die *Opfer* dieses Scheusals. *Er* hat das Kind auf dem Gewissen und niemand sonst.«

Aber es ging ihm nur um mich! Wäre ich im Leben allein geblieben, hätte er mir nie diesen Schmerz zufügen können. »Es war auch dein Enkelkind, Marie.«

Das Dienstmädchen zog ein Tuch aus der Tasche ihres Nachthemdes und schnäuzte hinein.

»Das weiß ich«, antwortete die Ärztin mit ausdruckslosem Gesicht. »Und glaube nicht, es würde mir nichts ausmachen. Für uns Juden sind Kinder Geschenke Gottes. Es gibt kaum eine verwerflichere Tat, als ein solches zu stehlen.«

»Ist es … Ich meine, konnte man schon erkennen, was es einmal werden würde?«

»Es war ein Junge, David. Schon ein richtiger kleiner Mensch.«

»Kann ich ihn sehen?«

Marie zögerte. »Ich weiß nicht. Du bist noch sehr geschwächt. Vielleicht solltest du deiner wunden Seele diesen Anblick ersparen.«

»Sie hat schon so viel Leid ertragen müssen, Marie! Ich möchte meinen Sohn wenigstens ein einziges Mal anschauen. *Bitte!*«

»Na gut. Der Kleine befindet sich unten, in meiner Praxis. Rebekka liegt momentan auch noch dort. Lass mich nur schnell deinen Arm ruhig stellen, dann können wir hinuntergehen.«

Nachdem Davids Bruch gerichtet und seine Schulter eingebunden war, begab er sich in Begleitung Maries in das Erdgeschoss. Rebekka schlief tief und fest. Antoinette wachte jetzt an ihrem Bett. David streichelte die blasse Wange seiner Frau, schluckte schwer und flüsterte heiser: »Ich bin gleich wieder bei dir, Schatz. Lass mich nur kurz unser Kind besuchen gehen.«

Der Fötus lag auf einem Tisch, eingewickelt in ein weißes Leinentuch. Behutsam schlug David den Stoff zur Seite. Als er den winzigen Körper erblickte, brach er fast zusammen. Sein Gesicht war von Gram verzerrt, der Kopf hing schwer herab, er zitterte. Wieder musste er weinen. Es kostete ihn viel Kraft, nicht einfach laut loszuschreien. Nur ein erstickter Laut entrang sich seiner Kehle. David zwang sich, das Kind noch einmal anzuschauen.

Die Haut des Knaben wirkte fast durchsichtig, der Kopf unverhältnismäßig groß, aber da lag unverkennbar ein fertiger kleiner Mensch. David wischte sich mit dem Ärmel seines Morgenrockes die Tränen aus dem Gesicht und mit einem Mal lächelte er. Vor ein paar Stunden hatte dieses faszinierende kleine Wesen noch mit ihm gesprochen, zwar nur durch »Klopfzeichen«, aber von unbändiger Lebenskraft beseelt.

»Aus dir wäre einmal ein prächtiger Mensch geworden«, sagte David zärtlich zu dem reglosen Kind. »Ich weiß nicht, ob es dich tröstet, aber derjenige, der dir das angetan hat, lebt nicht mehr. Ich wünschte, wir könnten die Uhr noch einmal um vier Stunden zurückdrehen, mein Kleiner, dann …«

»David! Er kann dich nicht hören.«

Marie hatte ihre Hand auf seine Schulter gelegt. Als er sich umwandte, sah er ihre Tränen. Vor ihm stand nicht mehr die Ärztin, die eine Krankheit behandelte, sondern die Mutter und Großmutter, die mit den Ihren litt. David drückte sie vorsichtig mit dem gesunden Arm an sich und für eine lange Zeit spendeten sie sich gegenseitig Trost, allein durch ihre Nähe.

»Jetzt wird es Zeit, dass wir uns um die Lebenden kümmern«, sagte David entschlossen, als Marie endlich aufgehört hatte zu weinen.

Gemeinsam gingen sie in das Nebenzimmer, in dem Rebekka auf einem rollbaren Krankenbett lag und schlief.

Antoinette saß neben ihr auf einem Stuhl und schlief ebenfalls. Ihr Oberkörper war halb über Rebekkas Beine gerutscht.

Marie weckte das Dienstmädchen sanft auf und schickte es hinaus. David nahm den Platz neben dem Bett ein und ergriff Rebekkas Hand. Sie fühlte sich warm an, *lebendig*. Erst jetzt ließ die furchtbare Anspannung ein wenig nach. Der Mörder seiner Eltern und vieler anderer hatte endlich die verdiente Strafe bekommen. Ob dem Kreis der Dämmerung dadurch womöglich eine schwere Wunde zugefügt worden war, interessierte David im Augenblick wenig. Rebekka lebte! Sicher, der Tod des Kindes war ein weiterer furchtbarer Verlust für ihn, aber den wertvollsten Menschen in seinem Leben hatte Negromanus ihm nicht rauben können.

Die stille Erleichterung über Rebekkas Rettung begann in den kommenden Tagen einer neuen Unruhe zu weichen. David empfand keine Freude über das Ableben seines mächtigen Feindes. Einerseits war der Preis, den er für diesen Sieg hatte zahlen müssen, viel zu hoch gewesen und andererseits schwelte da ein Gefühl der Verunsicherung in ihm. Die letzten Worte des Schemens mochten vielleicht nur eine leere Drohung gewesen sein, aber sie konnten genauso gut auch eine noch viel gnadenlosere Jagd durch den Kopf des Geheimzirkels ankündigen, durch Lord Belial selbst.

Es hatte David wenig überrascht, dass Negromanus' sterbliche Überreste noch vor Sonnenaufgang ganz verblasst waren. Aufgrund der Erfahrungen von *Blair Castle* war er darauf vorbereitet gewesen, hatte sich sogar gezwungen, die letzte Phase der Verwandlung mit anzusehen. Auch

Marie war Zeugin dieses unheimlichen Vorgangs: Negromanus' Kopf und Torso wurden erst grau wie verwittertes Kalkgestein und dann lösten sie sich einfach auf.

Davids Schwiegermutter litt unter der Schwäche vieler Naturwissenschaftler: Phänomene, die mit den bekannten Naturgesetzen nicht zu fassen waren, verunsicherten sie zutiefst. Nach der Erfahrung mit dem sich verflüchtigenden Leichnam mochte sie daher auch lange nicht Davids Erklärungen zum Verbleib ihrer Küchentür akzeptieren.

»Du hast *was* gemacht?«

»Ich kann Gegenstände oder Lebewesen gewissermaßen aus ihrer Zeit reißen, sie bewegen sich dann langsamer als die Umgebung. Die Erdkugel rast mit über einhunderttausend Stundenkilometern um die Sonne. Ich habe einfach deine Küchentür für einen winzigen Moment im Weltraum *angehalten*.«

»Einfach!«, japste Marie. »Aber wie kannst du denn eine durch den Kosmos rasende Tür *einfach* stillstehen lassen?«

»Nun, genau genommen habe ich sie nur abgebremst. Wären wir gestern Nacht zu Einsteins Feierstunde gegangen, hätte er uns vielleicht erklären können, dass auch der scheinbare Stillstand nur eine Form der Bewegung ist. Das Sonnensystem …« David stockte. Seine Gedanken waren einfach noch zu durcheinander. »Möglicherweise würde unser Kind noch leben, wenn wir nicht im Theater gewesen wären.«

Marie schüttelte ärgerlich den Kopf. »Der weise Salomon sagte einmal: ›Zeit und unvorhergesehenes Geschehen trifft sie alle.‹ Gib also bitte nicht dem Theater, Albert Einstein oder gar *dir* die Schuld an diesem Unglück. Wenn hier jemand an den Pranger gestellt werden kann, dann einzig und allein dieser gasförmige Robenträger.« Sie schüttelte sich. »Ich mag gar nicht daran denken, was in der Nacht hier vorgefallen ist! Niemand würde mir nur ein Wort davon glauben.«

»Ich möchte dich auch bitten, darüber Stillschweigen zu bewahren. Negromanus scheint mir ein Einzelgänger gewesen zu sein. Im günstigsten Fall weiß nicht einmal Belial, wo genau ihm sein Schatten abhanden gekommen ist. Je weniger Personen also von den Vorgängen der letzten Nacht wissen, desto sicherer werden wir alle vor weiteren Anschlägen sein. Es wäre gut, wenn du das auch dem Hausmädchen begreiflich machen könntest.«

Marie nickte ernst. »Ich werde gleich mit ihr sprechen. Antoinette ist manchmal etwas einfältig, aber ich bin sicher, *das* wird sie verstehen.«

Die nächsten Tage verbrachte David fast pausenlos an Rebekkas Bett. Obwohl ihn die fürsorgliche Pflege seiner Frau erhebliche Kraft kostete, half sie ihm zugleich die eigene Niedergeschlagenheit aus der Seele zu spülen. Seine neu knospende Zuversicht investierte er sogleich wieder in den liebsten Menschen, den er besaß.

Die Fehlgeburt und die durch Negromanus erlittenen Verletzungen hatten Rebekka sehr geschwächt. Doch sie sei stark, betonte ihre Mutter, und werde mit Davids Beistand bald wieder auf die Beine kommen. Erstaunlicherweise erholte sie sich sogar schneller, als man das von Davids Schulter behaupten konnte. Körperlich gesehen. Psychisch war der Schaden ungleich größer. Bis diese Wunden geheilt seien, könnten noch Jahre vergehen, sagte Marie voller Mitleid. Vielleicht würde Rebekka die Folgen des traumatischen Erlebnisses in jener furchtbaren Nacht niemals ganz abschütteln können.

Allein dieser Umstand erfüllte David mit großer Bitterkeit. In dem Maße, wie er die schrecklichen Erlebnisse verarbeitete, wuchs in ihm auch der Wille nun umso entschlossener und härter gegen den Kreis der Dämmerung vorzugehen.

Bereits zwei Tage nach dem tragischen Vorfall, am 11. November 1929, mietete er eine möblierte Wohnung in der Rue de Bièvre an. Angesichts von Negromanus' letzter Drohung hätte er viel lieber gleich das Land verlassen, aber Rebekkas Verfassung ließ das nicht zu. Wie lange würden sie noch am Leben bleiben, wenn Lord Belial persönlich die Jagd fortsetzte? Beinahe wäre David an der Bezwingung des lebenden Schattens gescheitert. Wie nur sollte er da gegen dessen Herrn bestehen?

Von der neuen Wohnung nahe beim Boulevard St. Germain waren es nur wenige Gehminuten bis zu Maries Utopia. Daher konnte Rebekkas Mutter ihre Patienten fast täglich besuchen. Die erfahrene Ärztin kannte die Seelennot von Frauen, die ein Kind verloren hatten, und sie wusste mit diesem Problem umzugehen. Oft fühlte sich David dann bei den Zwiegesprächen der beiden deplatziert.

Da also Rebekkas Genesung Fortschritte machte, gab er endlich einem inneren Rufen nach, das ihn auf die Straße lockte. Nicht nach Zerstreuung in seinem Café stand ihm dabei der Sinn – obwohl er sich auch diesen Luxus gelegentlich gönnte –, nein, die ungelösten Rätsel trieben ihn hinaus.

Obwohl von untergeordneter Bedeutung, gab es da eine Frage, die ihn seit langem peinigte wie ein alter, im Körper verbliebener Granatsplitter: Wo befand sich die Familie von Johannes Nogielsky? Der junge Soldat war bei

Hazebrouck gestorben, also in Frankreich. Doch selbst hier in Paris, wo sich die Zentrale des französischen Verwaltungsapparates befand und alle Informationen zusammenliefen, konnte David nichts über den jungen Deutschen in Erfahrung bringen. Irgendwann, tröstete er sich, würde er vielleicht im Heimatland der Nogielskys endlich diese alte Schuld begleichen können.

Hauptsächlich konzentrierte sich David wieder auf sein vorrangiges Ziel. Er suchte zunächst die Sorbonne auf, genauer gesagt die umfangreiche Bibliothek der ehrwürdigen Pariser Universität. Ausgestattet mit einem glaubhaften journalistischen Anliegen und dem *Time*-Ausweis öffneten sich ihm die umfangreichen Sammlungen.

Dank Maries Fürsprache wurde ihm außerdem jede nur erdenkliche Unterstützung zuteil. Eine freundliche Bibliothekarin hatte ihre Bestimmung darin entdeckt, ihm jeden Wunsch von den Augen abzulesen. Sie trug einen Pagenschnitt, war brünett und etwas pummelig, aber dennoch ungemein emsig – insgeheim gab ihr David den Namen »Hummelchen«. Er musste nur einen Autor, den Titel eines Werkes oder den Namen eines Fachgebietes nennen und schon wurde er förmlich mit Hummelchens Hilfsbereitschaft überschüttet.

Palatin. Der Begriff raubte ihm noch den letzten Nerv. Weder der Besuch in der Washingtoner Kongressbibliothek noch die Nachforschungen in Paris hatten diesen Quälgeist besänftigen können. Ein Hügel in der Stadt am Tiber. Na gut. Ein Symbol der Macht, ein Zeichen vielleicht sogar für die Weltherrschaft. Der Kreis der Dämmerung wollte ja genau diese erlangen. Aber wohin sollte er den nächsten Schritt lenken, um dem Plan des Geheimbundes auf die Schliche zu kommen? Nach Rom? Er neigte schon dazu – schlicht aus Mangel an Alternativen –, dieser Antwort den Vorzug zu geben, als er in der Lektüre zur Ewigen Stadt auf den Namen des Baron de Montesquieu stieß. Davids Wohltäterin, die mollige Bibliothekarin, hatte ihm dessen Werk *Considérations sur les causes de la grandeur et de la décadence des Romains* verordnet. Der »Vater der Gewaltenteilung« befasse sich darin, wie der Titel ja schon sage, mit den Ursachen für Aufstieg und Niedergang der Römer, dozierte Hummelchen.

David hing mit glasigen Augen an ihren Lippen. Der Niedergang einer Weltmacht! Wer mochte ihn bewirkt haben? Etwa der Kreis der Dämmerung? Ein gewagter Gedanke, der David gleichwohl neuen Auftrieb gab. Er riskierte eine weitere Bitte. Hummelchen flog durch die Regalreihen, ließ sich auf der einen oder anderen Werkblüte eines großen Mannes nieder und lud wenig später ihre Pollen auf Davids Lesetisch ab.

Auf diese Weise lernte er den Marchese de Bonesana kennen, einen italienischen Kriminologen des achtzehnten Jahrhunderts, der den besagten Montesquieu anhimmelte und mit bürgerlichem Namen Cesare Beccaria hieß. Beachtenswert war für David nur ein winziges Detail aus Beccarias Lebensgeschichte: Er hatte von 1768 bis 1770 eine Professur für öffentliches Recht an der Universität Palatina in Mailand inne …

Palatin-*a?* Davids Herz machte einen Sprung. Brit hatte die letzte Silbe des Wortes verschluckt. Warum sollte er nicht von einer Palatin*a* gesprochen haben! Einer Universität. Einem Hort des Wissens. Das war allemal besser als ein staubiger Ruinenhügel in Rom. Konnte Briton Hadden dort, in Mailand, auf einen entscheidenden Hinweis gestoßen sein? Hochschulen und Bibliotheken – häufig ohnehin eng miteinander verwoben – hatten ihn auf seiner Suche schon oft vorangebracht. Je länger David diesen Gedanken in seinem Hirn hin und her wälzte, desto gewichtiger erschien er ihm.

Rebekka reagierte auf Davids Mitteilung, sie würden so bald wie möglich nach Italien reisen, erstaunlich gelassen. Vielleicht war sie auch einfach noch nicht wieder imstande, starke Gefühle zu zeigen. Im Moment jedoch fühlten sich beide viel zu schwach, um die Strapazen der Reise auf sich nehmen zu können.

Als Davids Schulter von Marie das Attest »vorläufig geheilt« bekommen hatte, nahm er seine Schwertübungen wieder auf. Er musste sich regelrecht dazu zwingen. Vermutlich hätte er seinem Sohn in Zukunft sogar verboten, die Schwerter überhaupt anzurühren. Erstaunlich, wie sehr seine Meinung in diesem Punkt mittlerweile der seiner Mutter glich: *Denn alle, die zum Schwert greifen, werden durch das Schwert umkommen.* Allerdings lag diese Überzeugung im steten Widerstreit mit dem Vermächtnis seines Vaters, der sich immer einen wehrhaften Sohn gewünscht hatte. Und solange nicht feststand, ob mit Negromanus' Ende auch die unmittelbare Bedrohung durch den Kreis der Dämmerung abgewendet war, musste er sich auf das Schlimmste gefasst machen: einen Frontalangriff Lord Belials.

Während der Herbst in den Winter überging, nutzte David die Zeit der Genesung für seine Nachforschungen. Außerdem feilte er weiter an seinem Französisch, vervollständigte sein Schattenarchiv und durchforstete die Presse nach verräterischen Hinweisen auf den Kreis der Dämmerung.

Ende November wurde Davids Aufmerksamkeit geweckt, als *Le Monde* über die Räumung der zweiten Rheinlandzone durch das alliierte Militär berichtete. Ungeachtet dessen blieb der deutsche Protest gegen den in Paris ausgehandelten »Young-Plan«, der die Reparationszahlungen bis ins Jahr 1988 festschrieb, ergebnislos. Das heißt, nicht ganz. Hitlers NSDAP, die zu einem Volksbegehren dagegen getrommelt hatte, bekam in Deutschland nun immer größeren Zulauf.

Auch aus Japan vernahm David alarmierende Nachrichten. Hirohito sah sich den immer radikaler werdenden Militärs ausgeliefert. Wie befürchtet, war nach dem Sieg über Toyama auch Bewegung in die verschiedenen Geheimgesellschaften gekommen. Mehrere Gruppierungen hatten einen »Dachverein« gegründet, den sie *Nikkyo* nannten. Diese »Gesamtjapanische Patriotengesellschaft« hatte sich den *kodo* auf die Fahnen geschrieben, den »Weg des Kaisers«. Dem Verband oblagen in der Hauptsache umfassende Säuberungsaktionen. Schädliche Elemente wurden nachhaltig entfernt. Dazu gehörten Premierminister, Financiers, Industrielle – eben jeder, dem nach Ansicht der Nikkyo-Gesellschaft das nötige Verständnis für die Größe und Erhabenheit Nippons fehlte.

Diese Entwicklungen, weit außerhalb seines Einflussbereiches, machten David seine Ohnmacht schmerzlich bewusst. Er wünschte nur, die Pariser Zeitungen würden etwas häufiger und ausführlicher über das Land der aufgehenden Sonne berichten. Da war es schon beachtlich, dass sie Nagakos letzter Entbindung überhaupt einige Zeilen widmeten. Hitos zierliche Prinzessin hatte zum vierten Mal eine Tochter zur Welt gebracht. Vermutlich würde der arme Tenno nun wieder wochenlang gebärfreudige Konkubinen zurückweisen müssen.

Der Anbruch eines neuen Jahrzehnts wurde in der französischen Hauptstadt wie überall auf der Welt mit zwiespältigen Gefühlen zelebriert. Die Weltwirtschaftskrise ließ die Arbeitslosenzahlen immer noch ansteigen. Aber irgendwann musste es ja auch wieder besser werden. Hoffnung und Herausforderung spielten daher die Musik zur Geburt der Dreißigerjahre.

David war schon ganz auf sein nächstes Ziel fixiert. Am 6. Januar 1930 brach er mit Rebekka nach Mailand auf. Marie hätte ihre Lieben gerne noch etwas länger bei sich gewusst, aber den Schwiegersohn konnte nichts mehr in jener Stadt halten, die seinem Erstgeborenen zum Grab und ihm selbst zu einem Sinnbild der Furcht geworden war. David ermahnte sich, bei klarem Verstand zu bleiben und nicht dem gleichen Wahn zu verfallen, der einst den Vater gelähmt hatte, doch in seiner Einbildung war der Eiffelturm längst zu einem Nistplatz des Bösen geworden, auf dem in luftiger Höhe finstere Geschöpfe thronten und jeden seiner Schritte beobachteten. Kein Wunder, dass er so schnell wie möglich fliehen wollte.

Über Straßburg ging es mit dem Zug auf deutscher Seite das Rheintal hinab bis nach Basel, von dort über Luzern und Lugano zur italienischen Grenze und von hier aus war es nur noch ein Katzensprung bis nach Mailand.

Das Paar schlug sein Quartier an der Piazza Leonardo da Vinci auf, einem ruhigen Platz außerhalb des Stadtkerns. Sie wohnten bei Professore Leopardi, einem alten Förderer von Rebekkas Mutter aus deren Sorbonner Studienzeit. Bei Kriegsbeginn war der Medizinprofessor nach Mailand zurückgekehrt. Jetzt genoss er in seiner Geburtsstadt den Ruhestand. David war zunächst skeptisch gewesen, ob der angesehene Mediziner sie überhaupt aufnehmen würde, aber Marie hatte ihn beruhigt.

Giovanni Leopardi war eine schillernde Persönlichkeit: schlank, mittelgroß, gezwirbelter Schnurrbart, an die siebzig Jahre alt, mal schrullig, dann wieder weltgewandt und gelinde gesagt ziemlich unkonventionell. Seine graue Haartracht schien er von Beethoven, die nonchalante Kleidung eher von dem futuristischen Bildhauer Umberto Boccioni entliehen zu haben. Markenzeichen des Professors war ein knallrotes Halstuch, das er meist über einem weißen, viel zu großen Leinenhemd trug. Dazu kam dann noch eine schwarze wollene Pumphose. Dieser starke Farbkontrast wurde auf Taillenhöhe noch durch eine knallgrüne Bauchbinde bereichert. Professore Leopardis Füße steckten gewöhnlich in jener Art schwarzer mediterraner Stoffschuhe, wie sie auch die sardischen Fischer bei der Ausübung ihres Berufes trugen. Auf Socken verzichtete der Alte allerdings völlig. David konnte sich diesen witzigen und zugleich nachdenklichen Menschen beim besten Willen nicht als sezierenden Weißkittel vorstellen, aber vielleicht war ja gerade das der Grund, weshalb Leopardi zu Beginn des Jahrhunderts einer Frau in den Ärztestand verholfen hatte.

»Ich freue mich immer, wenn ich junge Menschen um mich habe«, erklärte der Professor mit heiterer Miene gleich nach der Ankunft seiner Gäste. Er sprach ein fast akzentfreies Französisch. »Deshalb bin ich ja Lehrer geworden. Ab und zu wohnen Studenten bei mir, denen ich mich besonders widme. Nicht ganz so wie Leonardo da Vinci«, er kicherte bedeutungsvoll und zwinkerte Rebekka zu, »aber Ihre Mutter kennt diese Marotte von mir und hat mich wohl deshalb um diese kleine Gefälligkeit gebeten. Sie gehörte übrigens zu meinen besten Schülern, Mme. Cournot!« Jetzt lachte er eher still in sich hinein. »Schüler*innen*, müsste ich wohl sagen, aber bei den wenigen jungen Damen, die ich unterrichten durfte, würde ich Maries Leistungen damit nur schmälern. Sie hat damals auch die meisten ihrer männlichen Kommilitonen mit Leichtigkeit überflügelt. Später verfolgte ich ihren Werdegang mit Interesse und Genugtuung. Ihre Mutter und ich haben uns nach dem Krieg noch einige Male gesehen. Es ist schön, heute endlich auch ihre Tochter kennen lernen zu dürfen.«

»Sie sind sehr freundlich«, antwortete Rebekka etwas schüchtern. »Auch wegen des Zimmers, das Sie an uns abtreten wollen.«

»Keine falsche Bescheidenheit. Bei mir logiert sowieso gerade niemand und meine Haushälterin ist eine alte Schachtel, die seit zwanzig Jahren kommt und geht, wie es ihr beliebt. Zurzeit interessiert sie die Hochzeit Umbertos mehr als meine schmutzigen Töpfe und Tassen.«

»Umberto? Ist das ihr Enkel?«

Wieder lachte der Professor. »Entschuldigen Sie, Madame, ich lache Sie nicht aus. Sie sind ja gerade erst aus Paris angereist, dort beschäftigt man sich vielleicht nicht so sehr mit der italienischen Aristokratie. Nein, ich rede von unserem Kronprinzen. Umberto wird morgen Maria José von Belgien ehelichen. Und Caterina ist dann vermutlich für den Rest der Woche arbeitsuntauglich.«

»Caterina? Ich denke, dabei handelt es sich jetzt *nicht* um die Königin.«

»In meiner Wohnung benimmt sie sich zwar manchmal so, aber eigentlich ist sie nur meine Haushälterin.«

Jetzt mussten alle lachen.

Giovanni Leopardi erwies sich in den nächsten Wochen als hingebungsvoller Gastgeber. Natürlich konnte er auch seine italienische Wesensart nicht verbergen: Er war temperamentvoll, liebte das Schöne und verstand es, jedwede Arbeit auf die Frauen abzuschieben. Rebekka war sogar dankbar dafür, dass sie hin und wieder der wortgewaltigen Caterina Cecchetti helfen konnte. David hingegen ging in seinen Nachforschungen auf. Wenn Leopardis schwergewichtige Haushälterin gegen den Staub kämpfte, tat jeder Mann in der Wohnung gut daran, ihr nicht in die Quere zu kommen.

In den folgenden beiden Wochen lief David – meist allein, manchmal in Begleitung Rebekkas – mehr oder weniger planlos durch die von Kunstschätzen nur so überquellende Stadt. Dabei musste er bestürzt feststellen, dass die Italiener, respektive ihre lateinisch sprechenden Vorfahren, das Attribut *palatina* mit geradezu sträflicher Leichtfertigkeit an alle möglichen und unmöglichen Bauwerke und Objekte vergeben hatten. Abgesehen von den ihm schon bekannten Lokalitäten gab es eine Porta Palatina in Turin, eine Cappella Palatina in Palermo, eine Bibliotheca Palatina in Mailand sowie eine weitere in Parma, ein antikes Werk namens *Antologia Palatina*, das von dem griechischen Lyriker Anakreon stammte …

Er hätte sich die Haare raufen können. Wie sollte er sich in diesem Wust von Informationen jemals zurechtfinden?

Oftmals kehrte er am Abend mürrisch in Professor Leopardis Wohnung zurück. Seine gereizte Stimmung wurde dann auch nicht besser durch Caterina Cecchettis Wortergüsse, die sie ausgiebig, und als gebe es nichts Wichtigeres auf der Welt, über Rebekka ausschüttete. Diese Haushälterin! Eine immerfort ratternde Wortmaschine. Am liebsten erzählte sie von ihrem berühmten Onkel, einem Ballettmeister namens Enrico Cecchetti, der in Sankt Petersburg Triumphe gefeiert und bis zu seinem kürzlichen Tode die Ballettschule der Mailänder Scala geleitet hatte. Über diesem Thema konnte sie ihre einhundert Kilo Lebendgewicht völlig vergessen und mit Töpfen und Kochlöffeln in den Händen auf Zehenspitzen anmutig durch die Küche tänzeln. Ihr in solchen schwerelosen Momenten zuschauen zu dürfen wäre schon ein ansehnliches Eintrittsgeld wert gewesen, doch David hatte für sie kein Auge. Weder Caterinas Tanz noch ihre Worte konnten ihn fesseln. Das alles kam ihm so bedeutungslos vor, wo er doch ausgezogen war, um die Welt zu retten.

Zum Glück gab es da noch den alten Professor, der die bewunderungswürdige Gabe besaß, seinen Gast aus düsteren Gedanken aufzuscheuchen und schnell wieder auf den Boden der Tatsachen zurückzuholen. Bei einer Flasche Rotwein diskutierten er und der Professor manchmal bis in die frühen Morgenstunden hinein. Zum Glück sprach Leopardi fließend Französisch und Englisch, was David die Konversation sehr erleichterte. Ansonsten wäre ihnen nur noch Latein als gemeinsame Gesprächsbasis geblieben.

Die zwei so unterschiedlichen Männer entwickelten bald eine tiefe Wertschätzung füreinander. Der betagte Mediziner war ein ungemein belesener Mann. Zudem besaß er einen Scharfsinn, dem Davids aus Andeutungen und Halbwahrheiten errichtete Kulisse zum Schutz seines Geheimnisses nur kurze Zeit standhalten konnte. Zuletzt vertraute er sich dem Professor in der gleichen Weise an, wie er es in früheren Jahren schon bei dem gewitzten Lieutenant Hastings oder bei Henry Luce getan hatte: Er habe Kenntnis von einer großen Verschwörung, deren Hintermänner beinahe seine gesamte Familie auf dem Gewissen hätten. Dieser Kreis der Dämmerung verfolge den Plan, die Menschheit in den Untergang zu treiben.

Nachdem sich David dem Professor erst einmal offenbart hatte, wunderte er sich, wie wenig der sich an dem zweifellos phantastischen Bericht störte. Anstatt daran herumzukritteln, zwirbelte er nur eine Weile nachdenklich den Schnurrbart zwischen Daumen und Zeigefinger, schmunzelte und sagte: »Ich glaube, Sie machen einen grundsätzlichen Fehler, François – oder darf ich Sie David nennen?«

Der zuckte mit den Schultern. »Solange Sie es nicht in der Öffentlichkeit tun, Professore. Was für einen Fehler meinen Sie?«

»Sie suchen nun bald seit vierzehn Jahren nach diesem Geheimbund und sind erst wenig vorangekommen. Ihr Adoptivvater, der Herzog von Atholl, hat Ihnen geraten, den Drachen beim Schwanz zu packen. Dadurch ist es Ihnen gelungen, diesen Ohei Ozaki zu finden und den japanischen Kopf der Amur-Gesellschaft. Auch haben Sie auf den Rat von Menschen gehört, die Ihnen wohlgesinnt waren – ich kann mir die vielen Namen nicht merken. Nicht zuletzt konnten Sie eine Menge nützliches Wissen sammeln. Und doch werden Sie diese vielen Hilfestellungen nicht zum Ziel führen, David.«

»Worauf wollen Sie hinaus, Professore Leopardi?«

»Mitarbeiter.«

»Wie?«

»Jede große Jagd benötigt eine Schar von Treibern.

Ergo brauchen Sie einen Stab von Helfern. Nicht nur Gelegenheitsarbeiter, wie bei der Hatz auf den Ku-Klux-Klan. Das war sicher ganz nett …«

»Ich bitte Sie! Die Pressekampagne hat den Boden aufgeweicht, auf dem der Klan fest zu stehen glaubte, und die Weltwirtschaftskrise hat ihn nun zu Fall gebracht. Seit den schwarzen Tagen der Wall Street verliert er jeden Tag hunderte von Mitgliedern. Bald wird er nur noch ein armseliges Häuflein von …«

»Beruhigen Sie sich, David«, unterbrach der Professor den aufgebrachten Kreis-Jäger. »Ich will Ihre Leistung ja nicht schmälern. Aber überlegen Sie doch einmal: Dieser Geheimbund korrumpiert Menschen bis in höchste Regierungsämter hinein, er bedient sich dabei internationaler Verbindungen und selbst der innerste Kreis verfügt noch über zwölf Köpfe. Sie sind *allein*.«

»Es sind keine zwölf mehr.«

»Warum weigern Sie sich eigentlich, den Tatsachen ins Auge zu sehen, David?«

Der blickte zu Boden. Leise sagte er dann: »Weil schon zu viele, die mir geholfen haben, dafür sterben mussten.«

»Ich glaube, Sie verkennen die Lage, David.« Leopardis Zeigefinger hatte sich im Schnurrbart verfangen. Trotz heftigen Ziehens bekam der Professor ihn nicht gleich frei, was weniger seine Ausführungen als Davids Konzentration störte. »Ich rede gar nicht von so engen Vertrauten wie Familienmitgliedern oder ermordeten Freunden. Vielmehr rate ich Ihnen ein weites Netz zu knüpfen, wie eine Spinne. Selbst wenn dann einer Ihrer Fäden reißt, nimmt das ganze Geflecht dadurch keinen Schaden. Auch der Großmeister des Geheimzirkels, dieser Lord Belial, wird das erkennen müssen. Denken Sie an die beiden Zwillingsschwestern, die Ihnen in Washington geholfen haben. Sind sie etwa von Negromanus getötet worden?«

»Nein, weil er nicht alle umbringen kann, die mir helfen.« David nickte verstehend. »Sie haben Recht, Professore. Hinterließe der Kreis bei seiner Arbeit eine Spur von Leichen, würde man ihm früher oder später auf die Schliche kommen. Und Geheimhaltung ist sein oberstes Prinzip.«

Leopardi klatschte vergnügt in die Hände. »*Corretto*, jetzt tanzen wir im Takt, *amico mio!* Und deshalb hat der Zirkel auch immer nur die Menschen getötet, die Ihnen, David, sehr nahe standen, hat also in Wirklichkeit Sie persönlich angegriffen. Manchmal ließ er auch Personen ermorden, die sich so weit vorgewagt hatten, dass sie eine unmittelbare Gefahr für ihn darstellten.«

Oder beides. Armer Yoshi. »Aber wie soll ich das machen? Ein solch großes Agentennetz aufzubauen, meine ich. Durch den Börsenkrach habe ich einen Großteil meines Vermögens verloren. Der klägliche Rest davon mag ja meine Frau und mich noch eine Weile über Wasser halten, aber es reicht bei weitem nicht, um ein Heer von Schnüfflern zu bezahlen.«

»Sie sind im Besitz von etwas, was mehr wert ist als alles Gold der Welt, mein Freund, und das ist die Wahrheit. Ich habe noch nie einen Menschen so überzeugend reden hören wie Sie. *Mich* haben Sie bereits überzeugt. *Ich* werde Ihnen helfen. Und glauben Sie mir: Ich werde nicht der Letzte sein. Verraten Sie den Menschen nichts, was deren Leben gefährden könnte, aber sagen Sie ihnen immer die *Wahrheit*. Das wird Ihnen ihre Herzen öffnen.«

Allmählich begann sich David mit dem Gedanken anzufreunden. Wenn er ehrlich zu sich selbst war, dann hatte der Professor Recht. Der Mediziner musste wirklich einmal ein fähiger Lehrer gewesen sein. Ach was! Er war es immer noch.

Leopardis Rat führte David nun zu Menschen anstatt zu alten Folianten, Manuskripten und Inkunabeln. Er suchte nach Gleichgesinnten. Ja, so konnte man sie wohl nennen. In gewisser Hinsicht waren es Jünger, die er an sich zog, Lernende, Menschen von verwandter Gesinnung. Für diese richtete er in seinem Schattenarchiv eine neue Sektion ein, die sowohl männlichen wie auch weiblichen Namen offen stand, was sich aus dem etwas irreführenden Oberbegriff »Bruderschaft« nicht unmittelbar ableiten ließ – sollte er je eine Aktivistin aus der Frauenbewegung für sich gewinnen, würde er die in Geheimschrift abgefasste Dossiersammlung wohl in »Geschwisterkartei« umbenennen müssen.

Wen wundert's, dass der erste »Bruder« dann auch eine »Schwester« war. Sie hieß Francesca Alessandro, sprach Französisch und arbeitete als Bibliothekarin in der *Bibliotheca Ambrosiana*. Die vollschlanke, annähernd dreißigjährige Signorina erinnerte in vielem an das emsige Hummelchen aus der Sorbonne. Francesca hütete Zeichnungen und Notizen des großen Leonardo da Vinci, die Schriften Vergils sowie viele andere Schätze uralten Wissens.

Wie schon so oft, wenn er bei anderen ein bestimmtes Ziel verfolgt hatte, begann David mit Francesca Alessandro zunächst ein unverfängliches Gespräch über ihre Arbeit zu führen. Er lobte ihren unschätzbaren Beitrag für den Dienst an der Wahrheit. Ganz vorsichtig, stets auf ihre Antworten und die Körpersprache achtend, ließ er danach einige besorgte Bemerkungen fallen, über die Missachtung der menschlichen Würde etwa, den zunehmenden Verfall der Sitten und die wachsende Reglementierung des Denkens. Gehorsam werde durch neue Bibeln erzwungen: Marx und Engels schrieben sich ihr *Kommunistisches Manifest*, Hitler verfasste *Mein Kampf* und Darwin *Die Entstehung der Arten*. Francesca nickte verständnisvoll, was David dazu ermutigte, endlich auf das verborgene Wirken des Geheimzirkels einzugehen. Damit war das Fundament für eine dauerhafte Beziehung gelegt, die in den nächsten Tagen mit Rebekkas Hilfe noch vertieft wurde.

Die Gewinnung der Bibliothekarin für den Kampf gegen den Kreis der Dämmerung schien David regelrecht zu beflügeln und allmählich gewann er immer größere Sicherheit bei der Suche nach neuen »Brüdern« und »Schwestern«. Bis vor einigen Jahren hatte er den Wert seiner ungewöhnlichen Gaben nicht besonders hoch eingeschätzt und deshalb nur in geringerem Maße von ihnen Gebrauch gemacht, doch nun setzte er sie im Sinne seiner Bestimmung produktiv ein. Wenn er auf Menschen traf, die an wichtigen Knotenpunkten arbeiteten, wo Informationen zusammenliefen oder gesammelt wurden, dann ließ er, wie bei Francesca Alessandro, die *Wahrheit* zu ihnen sprechen. Ohne sie mit der gefährlichen Bürde sämtlicher Fakten zu belasten, vermittelte er ihnen ein wirklichkeitsgetreues Bild der Bedrohung, die von den geheimen Drahtziehern im Hintergrund, den Mitgliedern des Kreises der Dämmerung, ausging.

Gelegentlich begleitete ihn auch Rebekka auf seinen Streifzügen durch die Stadt. Ihr einnehmendes Wesen machte ihm so manchen Sturkopf gewogen, bevor noch seine Gabe ihre Wirkung voll entfalten konnte. Die Ergebnisse waren beachtlich. Als der Februar zu Ende ging, hatten sie bereits ein knappes Dutzend Gleichgesinnter gefunden. Da gab es den Geschichtslehrer Enrico Mazzini, die Krankenschwester Grazia Goldoni, den Uhrmacher Ignazio Pizzoferrato, sogar einen *maresciallo* der Carabinieri, einen Polizeiwachtmeister also, mit Namen Mario Abbado und noch etliche mehr. David wurde in Universitäten, Ämtern, in einem Zeitungsverlag, im Dom und sogar auf dem Cimitero Monumentale, dem – wie der Name schon sagt – monumentalen Friedhof der Stadt fündig.

Ohne die Gaben der Wahrhaftigkeit und Wahrheitsfindung wäre sein Unterfangen wohl schon bald gescheitert. Er musste das Interesse der Kandidaten mit wenigen Worten gewinnen, eine gemeinsame Handlungsbasis schaffen und durfte sich bei der Beurteilung ihrer Aufrichtigkeit keinen Fehler erlauben. Wenn er nur einem einzigen Denunzianten auf den Leim ging, war es um ihn geschehen – der Kreis der Dämmerung hatte überall seine Spione und Italien war ein von einem Diktator beherrschtes Land.

Benito Mussolini, der *Duce del Fascismo* – der »Führer des Faschismus« –, protzte gerne mit der ihm gegebenen Körperkraft. Mit Vorliebe ließ er sich beim Verbiegen von Hufeisen oder ähnlich widerspenstigen Gerätschaften fotografieren (sein Vater war übrigens Schmied). Ähnlich rücksichtslos ging er auch mit seinen Gegnern um. Schon vor dem »Marsch auf Rom«, der ihn 1922 an die Macht brachte, hatten seine berüchtigten Terrortruppen in Oberitalien für Angst und Schrecken gesorgt. Nun kam die O.V.R.A., die Geheimpolizei, hinzu. David glaubte nicht wirklich, dass ein an so exponierter Stelle agierender Mann wie Mussolini dem Kreis der Dämmerung angehörte – das hatten ihn die Erfahrungen der Vergangenheit gelehrt –, aber zumindest fragte er sich, welche gesellschaftlichen Mechanismen den Höhenflug dieses größenwahnsinnigen Volksschullehrers bedingt haben mochten.

Natürlich diskutierte er diesen Punkt auch mit Professor Leopardi und der gab wieder einmal eine verblüffende Antwort.

»Die Kirche steckt dahinter.«

»Ist das nicht etwas überzogen?«, fragte David. »Mag ja sein, dass auch hohe kirchliche Würdenträger den Duce anfangs gestützt haben, aber kann man dafür gleich den Vatikan als Ganzes verantwortlich machen? Schließlich hat Pius XI. mit seiner Neujahrsenzyklika *Casti connubii* sich doch jegliche Übergriffe des Staates auf die Erziehung der Jugend verbeten. Sicher hat er dabei an die Propaganda gedacht, mit der die Faschisten gerade junge Menschen zu ködern versuchen.«

Leopardi arbeitete seinen Zeigefinger in den Schnurrbart hinein, während er gleichzeitig den Kopf hin und her wiegte. »Alles gut und schön. Aber was ist mit den Lateranverträgen? Vor einem Jahr hat Kardinalstaatssekretär Gasparri für seinen obersten Dienstherrn den großen Coup gelandet. Jedenfalls scheint Ratti – der Papst – dieser Ansicht zu sein: Der Vatikan wurde ein souveräner Staat, er dessen weltliches Oberhaupt und dafür hat er sich mit dem Stiernacken Benito ausgesöhnt. Nicht wenige haben in diesem Akt einen Segen des Pontifex für die Machtambitionen des Duce gesehen. Ich frage mich nur, ob die heilige Mutter Kirche sich Burschen wie Mussolini gar so bereitwillig an den Hals werfen sollte – man könnte sie ja glattweg für ein leichtes Mädchen halten.«

David blickte skeptisch in die kämpferisch funkelnden Augen des Professors. Leopardis Anwürfe gegen den Papst kamen ihm wie das Donnerwetter eines braven italienischen Sozialisten vor, der am nächsten Morgen dann doch wieder zur Messe in die Kirche geht. Andererseits stimmte ihn einiges, was der Professor gesagt hatte, nachdenklich. »Glauben Sie nicht, der Heilige Stuhl würde klar Stellung beziehen, wenn Diktatoren wie Mussolini den Bogen überspannen?«

Leopardi zögerte nur einen Moment, dann schüttelte er überzeugt den Kopf und entgegnete: »Ich halte eher das Gegenteil für wahrscheinlich.«

»Wie meinen Sie das?«

»Die Kurie wird noch weiteren Mussolinis in die Steigbügel helfen.«

»Zum Beispiel?«

»Hitler.«

»Nun machen Sie aber einen Punkt, Professore! Nach allem, was man hört, sind die deutschen Nationalsozialisten nun wirklich keine Chorknaben.«

»Das waren Benitos Terrorkommandos auch nicht. Wenn mir beim Zeitunglesen in letzter Zeit nicht etwas Wesentliches entgangen ist, dann zieht Hitlers NSDAP in immer mehr Landesparlamente des Deutschen Reiches ein. Währenddessen hat die katholische Kirche in mehreren Ländern ihre Stellung durch Konkordate gefestigt: 1924 in Bayern und letztes Jahr in Preußen. Der Mann, dem diese diplomatischen Schachzüge gelungen sind, ist ein gewiefter Taktiker. Sie sollten seinen Namen in Ihrer Kartei vermerken.«

»Sie meinen im Schattenarchiv?«

»Wie auch immer. Ich rede vom frisch gebackenen Kardinal Eugenio Pacelli. Er hat zwölf Jahre lang in Deutschland als Nuntius des Heiligen Stuhls gedient, gewissermaßen als Botschafter, wenn Sie so wollen. Pacelli steht den Deutschen sehr freundlich gegenüber. Er ist weniger ein Priester als ein mit allen Wassern gewaschener Diplomat und als solcher leidet er an der Krankheit seines Standes.«

»Sie werden lachen, ich habe bereits ein Dossier über Pacelli … Von was für einer Krankheit sprechen Sie überhaupt?«

»Der Kardinal scheut den offenen Konflikt. Ich rede nicht von Kampf, sondern von klaren Worten. Manchmal ist so ein reinigendes Gewitter zwar nicht diplomatisch, aber es klärt die Fronten. Bei Pacelli fürchte ich allerdings, er würde selbst einen Reichskanzler Hitler tolerieren, wenn er dadurch die Interessen der Kirche schützen könnte.«

Schon von Anfang an barg Davids in einer von ihm selbst entwickelten Geheimschrift verfasstes Schattenarchiv neben den Dossiers möglicher Unterstützer des Kreises auch die Namen jener, die zu dessen Opfern werden konnten, weil sie an den Schaltstellen der Macht saßen. Täter oder Opfer – nicht jeder war einer Rolle klar zuzuordnen.

Der Große Krieg hatte das Gottesgnadentum und die großen Monarchien zersprengt. Aber nicht Sicherheit und Frieden hatten sich eingestellt, sondern es war zu einem manchmal brutal geführten Kampf um Einfluss innerhalb der politischen Systeme gekommen. Neben Demokraten, Faschisten und Sozialisten bolschewistischer Couleur rangelten auch Militärs und Wirtschaftskapitäne um ein Stück vom großen Kuchen der Macht. Neue Diktaturen liefen zur Höchstform auf. Und mitten in diesem unübersichtlichen Schlachtfeld verteidigten die Religionen eifersüchtig ihre letzten Fluchtburgen.

Die Zeit, da die katholische Kirche selbstherrlich das Handeln von Kaisern und Königen diktiert hatte, schien spätestens seit 1870 abgelaufen. Damals hatte die italienische Regierung das *Patrimonium Petri*, das »Erbteil des Petrus«, aufgelöst. Doch ausgerechnet Mussolini, ein brutaler Diktator, hatte die Zügel wieder gelockert und den Päpsten die Souveränität über ihren Kirchenstaat zurückgegeben – wenn dieser auch auf die zwergenhafte Vatikanstadt zusammengeschrumpft war. Angesichts dieser Faktenlage fragte sich David, welche Rolle der Heilige Stuhl in Zukunft spielen würde. Wer machte hier eigentlich wen zum Instrument? Der Einfluss der katholischen Kirche war nicht immer erkennbar, aber fast überall wirksam.

Die letzte Unterhaltung mit Professor Leopardi hatte David nachdenklich gestimmt. Sie ließ in seinem Unterbewusstsein einen Entschluss reifen, der jedoch erst durch den Schock geboren werden sollte, den ein schreckliches Ereignis bei ihm auslösen würde. Der Vorfall trug sich am 8. Februar 1930 zu, David besuchte gerade mit Rebekka den großen Markt zu Füßen des Mailänder Doms.

Rebekka liebte das lebendige und bunte Treiben zwischen den Marktständen. Wenn man die Auslagen betrachtete und einem die Rufe der Marktschreier in den Ohren gellten, konnte man fast vergessen, dass die Welt sich in einer Wirtschaftskrise befand. Zwar gab es um diese Jahreszeit keine frischen Früchte, aber der Geruch von Gewürzen, Nüssen, Glühwein und Gebratenem war verlockend genug, um dann und wann einige Lire locker zu machen. Manchmal wurde verbissen gefeilscht, meist einfach nur temperamentvoll geschwatzt, beides schon aus der Ferne erkennbar an den lebhaften Wölkchen, die den Mündern der Marktbesucher entstiegen.

David freute sich mit seiner Frau. Wenn sie lachte und dabei ihre dunkle Lockenpracht schüttelte, vergaß er für einen Moment die bitteren Gedanken, die seit den tragischen Ereignissen um die Fehlgeburt in ihm wohnten. Ein roter Wollschal hatte Rebekka etwas zugerufen. Jedenfalls behauptete sie das.

»Komm, *chéri*«, rollengerecht sprach sie ihn auf Französisch an, »der Schal da drüben will mir etwas sagen.«

»Ist mir völlig neu, dass Kleidungsstücke auch sprechen können«, brummte David. Während eines Einkaufsbummels wurde er immer schnell müde. Gleichwohl ließ er sich von Rebekka widerspruchslos zu den Auslagen des betreffenden Händlers schleppen.

Sie deutete auf das geschwätzige Stück, und nachdem der Verkäufer, ein stämmiger Mann mit aschblondem Haar, ihr den Schal ausgehändigt hatte, schlang sie ihn sich sogleich um den Hals. Der Standbesitzer brach in wahre Begeisterungsstürme aus. Noch nie habe eine derart hinreißende Schalträgerin seinen Stand geziert. Rebekka lächelte geheimnisvoll und riskierte einen prüfenden Blick in den Spiegel des Schmeichlers. Was sie dort sah, schien auch ihre Zustimmung zu finden. Aufgeregt drehte sie sich zu David um.

»Steht er mir nicht ausgezeichnet, *chéri*?«

Ihr dunkelgrauer Mantel, das rabenschwarze Haar und der rote Schal – sie sah phantastisch aus. Aber David mimte den Überkritischen. Unberührt durch das Sperrfeuer der Komplimente von der anderen Seite des Tisches musterte er Rebekka mit zusammengekniffenen Augen. »Na ja, ist schon ganz nett.«

»Nur *nett*?«

David musste lächeln. »Kein noch so kostbarer Schal kann dich schmücken, *chéri*, du allein bist es, die allem Glanz verleiht.«

Rebekka überlegte noch. Einen Moment lang beäugte sie ihren Gemahl zweifelnd, dann endlich zog sie die Nase kraus und lachte. »Du bist wirklich ein Schlawiner, aber einer von der süßen Sorte, weißt du das?«

Bevor er antworten konnte, hatte sie ihn schon auf den Mund geküsst.

Der Wollhändler räusperte sich nun vernehmlich. »Möchten Sie gerne den Schal kaufen oder kann ich Ihnen noch etwas anderes zeigen, Signora?«

Rebekka konnte sich nur mit Mühe von ihrem Schlawiner lösen. Nach einem herausfordernden Blick auf ihren Gatten wandte sie sich dem Verkäufer zu.

»Mein Mann ist nicht ganz überzeugt von dem Stück. Ich würde gerne noch Ihre anderen Waren sehen.«

David stöhnte leise. Er konnte Rebekka stundenlang in den Armen halten, aber wenn er ihr beim Einkaufen zusehen musste, erschöpfte sich seine Ausdauer meist schon nach wenigen Minuten.

Während Mme. Cournot dem Spiegel nun in allen erdenklichen Posen weitere Schals vorführte, ließ David seinen Blick über den Markt schweifen. Was für ein friedliches Bild! In der Nähe feilschten eine alte Frau und ein Bauer mit hochrotem Kopf wortreich um den Preis einer Flasche Grappa. An einem anderen Stand war ein ernstes kleines Mädchen darin vertieft, sich das Gesicht mit dunkelblauer Marmelade anzumalen, während gleich daneben eine lauthals lachende Kundin – vermutlich die Mutter der jungen Künstlerin – mit der Verkäuferin Anekdoten auszutauschen schien. Auf der anderen Seite erblickte David einen Schuljungen im Wettlauf mit einem dickleibigen Standbesitzer. Der Knabe hielt einen Apfel in der Hand und hatte bereits einen beachtlichen Vorsprung. Dann sah David den Spion …

Zunächst war er von der Entdeckung völlig überrascht. Atemlos starrte er auf den Mönch. Ja, es war ein Jesuit, der da, kaum zwanzig Meter entfernt, zwischen hängenden Würsten und geräuchertem Schinken zu ihm herüberschaute. Geschaut hatte, denn in dem Moment, als ihre Blicke sich kreuzten, war er hastig in der Menge untergetaucht. Es musste schon dem Zufall hoch angerechnet werden, dass David es überhaupt in dem Wald aus Räucherwaren entdeckt hatte, dieses angespannte harte Gesicht mit der auffälligen Narbe, welche die linke Augenbraue in zwei Hälften teilte. Natürlich ließ sich nicht mit Sicherheit sagen, ob der Mann in der schwarzen Robe tatsächlich ein Mönch war, doch David zweifelte nicht im Geringsten daran, wem das augenfällige Interesse des hageren Mannes gegolten hatte.

»Wir nehmen den roten«, sagte David auf Italienisch zu dem Wollhändler. Sein drängender Ton ließ sowohl den Verkäufer als auch Rebekka stutzen.

»Was ist …?«, wollte sie fragen.

Doch David unterbrach sie. »Nicht jetzt, Bekka.« Er reichte dem Standbesitzer eine Banknote, nahm seine Frau bei der Hand und zog sie in die Menschenmenge. »Wir werden beobachtet«, raunte er.

»Von wem?« Sie blickte sich demonstrativ um.

»Nicht, Rebekka!«, zischte David. »Benimm dich unauffällig. Wir müssen fort von hier. Fort von Mailand.«

Der Dogmatiker

Die Rückkehr in Professor Leopardis Wohnung entwickelte sich zu einer komplizierten Übung. David fuhr mit Rebekka kreuz und quer durch die Stadt. Er wollte die oder den Verfolger abschütteln. Sofern ihm das nicht schon gelungen war. Er wusste es einfach nicht. Seit Paris hatte ihn ein vages Gefühl des Beobachtetseins gequält. Nun besaß er Gewissheit und fühlte sich noch elender. Wenn er sie doch wenigstens sehen könnte! Wer immer *sie* waren.

Möglicherweise wussten sie ja längst, wo er und Rebekka ihr Quartier bezogen hatten, was dieses ganze Katz-und-Maus-Spiel zu einer einzigen Farce machte. Und wenn es nicht so war? Nein, David wollte kein Risiko eingehen. Rebekka durfte nie wieder zum Spielball dunkler Mächte werden.

Wenn er nur wüsste, wer ihm da nachstellte! Gehörte der vermeintliche Mönch vom Marktplatz zur O.V. R.A., der gefürchteten Geheimpolizei der Faschisten, oder war er gar ein Spion des Kreises? Doch mit einer Sicherheit, die durch keine Vernunftgründe zu belegen war, wusste er, wen der heimliche Beobachter ins Visier genommen hatte.

Während das Paar im Bus durch Quarto Cagnino, einem von ihrer Wohnung weit entfernten Bezirk Mailands, fuhr, gab sich Rebekka die Schuld an der ganzen Aufregung. »Als ich die Schals anprobiert habe, wollte ich dich ein wenig aus der Reserve locken – der Kuss war so schön gewesen! Deshalb diese alberne Koketterie vor dem Spiegel. Bestimmt war der Mönch nur ein Voyeur.«

David küsste sie flüchtig auf die Wange. »Ich wünschte, es wäre so, Bekka.«

»Der Zölibat muss doch für einige unerträglich grausam sein. Unter der Kutte sind Mönche auch nur Männer.«

»Er hat *mich* beobachtet, Bekka. Unsere Blicke haben sich für kurze Zeit getroffen, was ihn ziemlich aus der Fassung brachte.«

Sie antwortete nicht sogleich. Aufgrund einschlägiger Erfahrungen waren ihr die Konsequenzen des Vorfalls natürlich ebenso klar wie David. Den Blick aus dem Busfenster gerichtet, sagte sie schließlich: »Und wohin werden wir diesmal fliehen?«

»Nach Rom.«

Davids Antwort war auffällig schnell gekommen. Rebekka drehte sich zu ihm. »Rom? Ich denke, du hast den Palatin abgeschrieben.«

»Vielleicht hat Brit auf dem Sterbebett in Wirklichkeit die Ewige Stadt gemeint, als er den Namen des Hügels erwähnte. Man spricht ja auch vom Bosporus, wenn man auf Konstantinopel anspielen will. Aber es ist auch kein Hügel, der mich nach Rom zieht: Ich will versuchen mit Kardinal Pacelli zu sprechen, wenn möglich sogar mit Pius XI.«

Rebekka blickte David erstaunt an. »Du willst eine Audienz beim *Papst*?«

»Ich habe ein Interview mit dem Präsidenten der Vereinigten Staaten von Amerika geführt. Warum sollte mir das Gleiche nicht auch beim Präsidenten des Vatikans gelingen?«

»Pius ist kein Präsident.«

»Das weiß ich, Bekka. Es war nur ein Vergleich.«

»Und Eugenio Pacelli kein Kardinal.«

»Da irrst du, Liebes. Seit gestern ist er es. Ab Montag soll er sogar Pietro Gasparris Nachfolge antreten.«

»War das nicht letztes Jahr der Verhandlungsführer des Heiligen Stuhls bei der Klärung der römischen Frage?«

»So ist es. Mit den Lateranverträgen hat Gasparri seine Laufbahn besiegelt. Nun beerbt ihn Pacelli. Der Mann scheint auf dem Weg nach ganz oben zu sein.«

»Du glaubst doch nicht …?«

»Dass er zum Kreis der Dämmerung gehört?« David zuckte mit den Schultern. »Lass es mich einmal so ausdrücken: Eugenio Pacelli könnte im Jahrhundertplan eine wichtige Schlüsselrolle spielen – im Guten wie im Bösen. Deshalb muss ich ihn unbedingt sprechen.«

Rebekka wollte etwas erwidern, doch David legte ihr die Hand auf den Arm. »Warte! Dort drüben stehen ein paar Taxis. Lass uns aussteigen und noch einmal die Pferde wechseln.«

Die »Pferde« stammten aus der Fabbrica Italiana Automobili Torino und schnauften, als wären sie am Verdursten. Das FIAT-Taxi fuhr dann auf einem nur schwer nachvollziehbaren Kurs zur Piazza Leonardo da Vinci zurück. David hatte dem Fahrer in gebrochenem Italienisch erklärt, er wolle die Stadt sehen. Gelegentlich verlangte er abrupte Richtungswechsel, was dem kleinwüchsigen Mann am Volant einiges an Geduld abverlangte. Als sie schließlich vor Professor Leopardis Wohnung hielten, freute sich der Chauffeur über den hohen Fahrpreis und seine Kunden über ein vages Sicherheitsgefühl.

Giovanni Leopardi zeigte sich enttäuscht, als er von den plötzlichen Reiseplänen seiner Gäste erfuhr. Schon am nächsten Morgen wollten sie Mailand verlassen. Seine Wohnung war für David und Rebekka einen Monat lang Versteck, Stützpunkt und Ort der Erholung gewesen. In dieser Zeit hatte sich eine echte Freundschaft zwischen den dreien entwickelt.

Auch Caterina Cecchetti bedauerte den Entschluss des Paars. »Jemand stellt Ihnen nach?«, empörte sie sich am Abend mit finsterer Miene. Sie musste an der Tür des Salons gelauscht haben.

»Das war eigentlich nicht für Ihre Ohren bestimmt, Caterina«, rügte sie der Professor scharf.

Die Haushälterin schwang ein Hackmesser, das sie aus der Küche mitgebracht hatte, drohend in der Luft. »In was für Zeiten leben wir eigentlich, wenn unbescholtene Leute wie Signor Cournot und seine liebenswürdige Gemahlin bespitzelt und verfolgt werden? Ich sage sofort meinem Vetter Bescheid.«

»Das werden Sie hübsch bleiben lassen, Caterina«, versetzte Leopardi streng.

»Von Ihnen lass ich mir gar nichts befehlen, Professore.«

Der grauhaarige Mann hob die Augen zur Decke und stöhnte. »Es war auch weniger als Befehl denn als dringende Mahnung gemeint.«

Caterina stemmte die Fäuste in die Hüften, wobei das breite Hackmesser wie die von der Radnabe abstehende Klinge eines römischen Streitwagens wehrhaft ihre Taille schmückte. »Meine Mutter durfte mich ermahnen, *Sie* nicht.«

»Immerhin stehen Sie bei mir in Lohn und Brot.«

»Aber nur weil Sie nicht kochen können und schon bei der bloßen Berührung eines Staublappens ein Extrem bekommen.«

»Es heißt *Ekzem*«, brummte Leopardi und in Davids Richtung raunte er hinter vorgehaltener Hand. »Sie hat ja Recht. Ich bin ihr ausgeliefert.«

David räusperte sich. »Signora Cecchetti, ich möchte Ihnen für Ihr freundliches Angebot danken, aber ich selbst halte es auch nicht für ratsam, wenn Sie Ihrem Vetter mit diesem Messer dort auf die Suche nach unseren Verfolgern schicken und er dabei womöglich noch jemanden verletzt. Eine Vendetta wäre das Letzte, was meine Frau und ich im Augenblick gebrauchen könnten.«

Caterina Cecchetti stand mit ihrer blitzenden Klinge sekundenlang bewegungslos unter der Tür. Man hätte sie für die marmorne Statue einer längst vergessenen Küchengöttin halten können. Plötzlich begann sie dröhnend zu lachen. Der Professor zuckte zusammen. David und Rebekka tauschten ratlose Blicke.

»Aber Signore, *sooo* war das doch nicht gemeint. Ich habe gar nicht von Silvios Messer gesprochen, sondern von seinem Auto.«

»Er bringt Leute mit dem *Auto* um?«, fragte Leopardi ungläubig.

Die Küchengöttin schleuderte dem alten Mann einen wahren italienischen Wortblitz entgegen, der für David zwar vollkommen unverständlich war, den Professor aber gleichwohl zum Schweigen brachte. Mit einem lammfrommen Lächeln in Richtung des immer noch ratlosen Paars erklärte sie dann: »Silvio fährt Schweine aus.«

David ahnte, worauf sie hinauswollte, und nickte ihr aufmunternd zu.

Caterina ließ das Hackmesser sinken. »Er könnte Sie und Ihre reizende Gemahlin nach Rom mitnehmen.«

Rebekka kicherte. »Frischfleisch für das Forum Romanum.«

»Wenn Ihnen wirklich jemand auf den Fersen ist, wird

er die Bahnhöfe der Stadt beobachten lassen«, fuhr Caterina unbeirrt fort. »Mit einem Fleischtransporter können Sie Mailand unauffällig verlassen.«

»Und Sie meinen, Ihr Vetter würde das wirklich für uns tun?«

»Dafür sorge ich schon.«

David betrachtete nachdenklich die Ehrfurcht gebietende Italienerin. Langsam begann er zu nicken. »Das könnte funktionieren. Natürlich würde ich Silvio die Unkosten großzügig erstatten.«

»Bestimmt wird ihm das die Entscheidung erleichtern, Signore.«

»Ich nehme an, er ist auch ein Cecchetti wie Sie und Ihr tanzender Onkel?«

Caterina ließ das Lachen eines schüchternen Schulmädchens erklingen. »Natürlich, die Cecchettis sind eine ziemlich große Sippe.« Dann tänzelte sie mit ihrem Beil aus dem Zimmer.

Silvio Cecchetti hatte beinahe zehn Jahre lang in Deutschland als Trompeter in einem Orchester gespielt. Als dann der Große Krieg begann, zwang ihn Italiens Ausscheren aus dem Dreierbund zu einer überstürzten Heimkehr. Nun bildete die Sprache des einstigen Gastlandes die Grundlage für den Gedankenaustausch zwischen ihm und seinen Fahrgästen. Silvio war etwa Mitte vierzig, schlank, ungefähr einen Meter fünfundsechzig groß, verfügte über einen buschigen Schnurrbart sowie Reste einer ehemals schwarzen Kopfbehaarung. Darüber hinaus erfreute er sich einer unverwüstlich guten Laune und konnte zu allem Übel auch noch reden wie ein Wasserfall.

»Scheint eine Erbkrankheit zu sein«, flüsterte David

auf Englisch in Rebekkas Ohr. Gerade hatten sie Genua hinter sich gelassen und in seinem Kopf machte sich ein stechender Schmerz breit.

Sie lächelte, als wollte sie sagen: Sind nicht alle Italiener so?

Außerdem war Silvio ein begnadeter Dichter.

»Drückt der Fahrer auf die Tube, kommt er schneller in die Grube.«

David stöhnte.

Silvio reagierte mit einem lauten Lacher und riss das Lenkrad herum, was den Fahrgästen einmal mehr das Leben rettete. »Ist er aber gar zu langsam, kommt sein Karren nie am Ziel an.«

»Silvio!«, flehte David. »Kannst du nicht eine Minute den Mund halten? Mir dröhnt der Schädel.«

Der lebhafte Italiener lachte erneut auf. »Ihr Mitteleuropäer seid unsere Küstenstraßen eben nicht gewohnt. Das gibt sich bald. Wir könnten einen Abstecher nach Portofino machen.«

»Bitte nicht!«, flehte David. »Fahren Sie uns einfach auf direktem Wege nach Rom.«

»Musst du im Leben immer hasten, darfst erst im Grabe müßig rasten.«

David schloss die Augen und ließ sich von Rebekka trösten. Seltsamerweise kam sie mit dem dichtenden Fleischfahrer sehr gut zurecht. Sie verwickelte Silvio in ein Gespräch, das Davids strapazierte Nerven ein wenig entlastete – jetzt konnte er wenigstens ab und zu eine andere Stimme hören.

Es war ein frühlingshafter Februartag, viel zu warm für die Jahreszeit. In Silvios Laster herrschte beinahe ein subtropisches Regenwaldklima, hervorgerufen durch die gnadenlos einfallende Sonne und die Schweißabsonderung der Insassen. Dieser Umstand verschlimmerte noch zusätzlich Davids desolaten Zustand.

Wie die meisten Fahrzeuge in diesem Land, war auch der Fleischtransporter ein FIAT. Er bestand aus einem gegen Wärme isolierten, geschlossenen Ladeabteil, in dem normalerweise das Fleisch auf Eis lag, und aus einer Fahrerkabine mit einer einzigen durchgehenden Sitzbank. Wenn der Transporter die Serpentinen hinabfegte, dann mussten die Passagiere fest zupacken, um nicht hin und her zu rutschen. David hatte die Weltmeere in großen und kleinen Schiffen befahren und noch nie unter Seekrankheit gelitten – bis er an diesem Tag in Silvio Cecchettis Wagen gestiegen war.

Der ließ sich von dem mangelnden Frohsinn seines Beifahrers nicht entmutigen. Bis zum Einbruch der Dämmerung jagte er seine »Schweinekutsche« erbarmungslos die gewundene Küstenstraße entlang.

Am Abend stieg David mit grünem Gesicht vor einem kleinen Hotel namens *Corona Grossa* aus. Er hoffte, Pisa werde die einzige Zwischenstation auf ihrer Reise bleiben. Der Anblick des schiefen Turms im unverschämt geraden Fensterrahmen ließ Rebekka verzückt aufseufzen, bei David bewirkte er eher das Gegenteil. Dementsprechend unbehaglich gestaltete sich für ihn die Nacht.

Am nächsten Morgen fühlte er sich wie gerädert, was Rebekka nicht daran hinderte, ihn auch noch der Folter ihrer strahlenden Laune auszusetzen. Silvio scheuchte seine Passagiere erneut auf die Sitzbank. Über Livorno und Grosseto ging es immer weiter nach Süden, vorbei an Civitavecchia, bis sie endlich zu später Stunde die Ewige Stadt erreichten.

Die weitläufige Cecchetti-Sippe verfügte auch über einen Repräsentanten in der römischen Via dei Giubbonari. Silvio erklärte, es handele sich hierbei um einen Vetter zweiten Grades, der an der Gregoriana, der päpstlichen Universität, Forschungen über theologische Dogmatik betreibe. Vetter Giancarlo habe sich spontan bereit erklärt Caterinas Schutzbefohlene vorübergehend aufzunehmen.

Wie sich schnell herausstellte, war der Doktor ein überraschend stiller Mensch, was eine gewisse verwandtschaftliche Distanz zwischen seinem und Silvios Zweig der Familie dokumentierte. Wie sein dichtender Vetter war Giancarlo Guicciardini nicht sehr groß, dafür jedoch deutlich fülliger. Er besaß auch keinen Bart, dafür aber eine Nickelbrille. Im Vergleich zu Caterina und Ballettmeister Enrico bewegte er sich weniger anmutig, er litt unter Plattfüßen. Sein zurückhaltendes Wesen mochte den Schluss nahe legen, er sei mit Begriffsstutzigkeit geschlagen, was angesichts seines Berufes aber kaum denkbar schien. Zu erwähnen wäre noch, dass der Doktor zum Schwitzen neigte und selten einen Satz ohne die Wendung »So Gott will« zum Abschluss brachte.

Die vorübergehende Einquartierung der beiden – wie man glaubte – frankokanadischen Gäste forderte dem Theologen nicht unerhebliche Zugeständnisse ab. Er lebte seit Jahren allein und war es nicht gewohnt, in den eigenen vier Wänden Rücksicht auf jemand anderen als seinen sprechenden Graupapagei zu nehmen.

»Unsere Familie hält in guten wie in schlechten Zeiten zusammen«, begründete Guicciardini seinen bewundernswerten Opfergeist in französischer Sprache.

»So Gott will«, knarrte der Papagei von der Stange, ganz im Sinne seines Herren, jedoch auf Italienisch.

Rebekka schritt mit staunenden Augen durch den großen Salon, dessen stuckverzierte Decke mindestens drei Meter über ihr schwebte. Der ehrwürdige rote Ziegelbau in der Via dei Giubbonari war bereits seit Generationen die Adresse hoher kirchlicher Würdenträger und angesehener Akademiker der päpstlichen Universitäten. Guicciardinis Salon spiegelte die denkwürdige Geschichte des fünfstöckigen Gebäudes eindrucksvoll wider. Der Raum beherbergte ein wahres Sammelsurium an antiken Möbeln und pausbäckigen Porzellanfigürchen, Letztere vorwiegend unbekleidet.

Der Doktor verfolgte Rebekkas neugierigen Erkundungsgang mit den misstrauischen Augen eines Museumswächters, während David sagte: »Ich bin Ihnen für Ihre Gastfreundschaft wirklich zu großem Dank verpflichtet. Wir wollen Ihnen nicht länger zur Last fallen als unbedingt nötig, Dottore. Gleich morgen werde ich mich nach einem geeigneten Quartier umsehen.«

Guicciardini riss sich von Rebekkas Anblick los. Er wirkte erleichtert. »Rom ist eine große Stadt. So Gott will, werden Sie schon bald etwas Passendes finden. Darf ich fragen, was Sie an den Tiber verschlagen hat?«

»Ich recherchiere.«

»So, so.« Guicciardini hievte erwartungsvoll die Augenbrauen über den Rand seiner Brille.

»Das *Time*-Magazin wird Ihnen sicher ein Begriff sein.«

Das runde Gesicht des Doktors begann zu strahlen. »Oh sicher!«, antwortete er (überraschenderweise nun in Englisch). »Sie schreiben für *Time*. Ich darf von mir sagen, auch hin und wieder einen Beitrag im *Osservatore Romano* veröffentlicht zu haben. Es wäre mir eine große Freude, wenn wir uns einmal austauschen könnten.«

»Das Vergnügen wird ganz auf meiner Seite sein.«

»Sie sind gewiss an Kunstgeschichte interessiert?«

»Das ist eher die Domäne meiner Gemahlin. Mein Augenmerk gilt mehr dem Vatikan.«

Guicciardinis Augen leuchteten vor stillem Glück. »Oh, wie prachtvoll! Dann kann ich vielleicht sogar einem Kollegen behilflich sein.«

Manchmal war sich David wirklich nicht sicher, ob Glück oder eine höhere Fügung ihm immer wieder den Weg bahnte. Er lächelte fast schüchtern. »Sie sind überaus freundlich, Dottore. Ich nehme Ihr Angebot gerne an. Es gibt da einige Würdenträger in der Kurie, die mich besonders interessieren. Mit Ihrer Hilfe könnte ich sie vielleicht kennen lernen.«

Der Papagei wippte auf seiner Stange und krähte: »So Gott will.«

Rebekka schwelgte geradezu in den Sehenswürdigkeiten der Ewigen Stadt. Vor allem im Zentrum stieß man an jeder Straßenecke auf neue An-, Ein- und Ausblicke. Da gab es Triumphbögen, Brunnen, Villen, unzählige Obelisken und Figuren, Gärten und Piazze, Aquädukte und Bäder, Kirchen und Paläste – und immer wieder *San Pietro in Vaticano*. Von beinahe jedem Punkt Roms aus war die Peterskirche zu sehen, schien über die Häuser zu wachen wie eine Glucke über ihre Küken.

Davids Interesse galt vor allem dieser gewaltigen Anlage westlich des Tibers. Seine Ankunft in Rom traf genau mit dem Amtsantritt des neuen Kardinalstaatssekretärs Eugenio Pacelli zusammen. Doch bis er schließlich überhaupt in die Nähe des hohen Würdenträgers gelangte, sollte noch einige Zeit vergehen.

Silvio Cecchetti brauste mit seiner »Schweinekutsche« schon am nächsten Morgen wieder Richtung Mailand ab. In dessen Vetter, Dr. Guicciardini, fand David bald jedoch einen neuen unermüdlichen Helfer. Nachdem er sich mit Rebekka zwei Tage lang vergeblich um eine Wohnung bemüht hatte, begann der Doktor das Paar sogar zum Bleiben zu drängen. Offenbar ging dem unverheirateten Theologen erst jetzt auf, wie viel anregender doch das Zusammenleben mit Menschen im Gegensatz zur eher eintönigen Gesellschaft eines Papageis sein konnte. Vielleicht hatte ihm anfangs aber auch eine übertriebene Vorsicht Zurückhaltung auferlegt, die er nun als unbegründet ansah. Davids ungewöhnliche Gabe, Menschen für sich zu gewinnen, beruhte auf einer Aura der Wahrhaftigkeit, einer Vertrauen erweckenden Ausstrahlung, der sich kaum jemand entziehen konnte.

Gleichwohl war das Verhältnis zu dem Theologen nicht mit jenem zu Professor Leopardi zu vergleichen. Guicciardini erwies sich als ein vielschichtiger Mann und David wagte nicht ihn tiefer in die Geheimnisse seiner Nachforschungen einzuweihen. Bei dem stämmigen Dottore schien die Eitelkeit der Wahrheitsliebe das Licht zu nehmen, weshalb Letztere ein wenig verkümmert war. Welche Motivation Guicciardini auch immer antrieb, er unterstützte David jedenfalls mit ganzer Kraft.

Noch im Februar verfassten sie gemeinsam einen Artikel für das *Time*-Magazin. Er war Pietro Gasparri gewidmet und zog ein vorläufiges Resümee einer fünfzigjährigen Laufbahn im Dienste der Kirche, die mit einer Professur am Institut Catholique in Paris begonnen hatte und mit dem Abschluss der Lateranverträge sicher noch nicht zu Ende war. Davids Interesse galt natürlich eher dem neuen als dem soeben verabschiedeten Kardinalstaatssekretär, der als Vorsitzender der Kardinalskommission zur Kodifikation des Ostkirchenrechts schon nicht mehr zum inneren Zirkel der Macht gehörte. Aber jeder Kontakt zur Kurie konnte für David nützlich sein. Pacelli schließlich sollte ihm als Sprungbrett dienen für sein eigentliches Ziel, den Papst. Als er daher für die dritte Februarwoche ein Interview mit Gasparri vereinbaren konnte, verbuchte er diesen Erfolg als einen wichtigen Etappensieg.

Das annähernd zweistündige Gespräch mit dem fast siebzigjährigen Kardinal brachte im Hinblick auf den Kreis der Dämmerung wenig neue Erkenntnisse. David fühlte sich nur einmal mehr in der Ansicht bestätigt, dass hinter der frommen Kulisse des Vatikans sehr weltliche Ziele verfolgt wurden. Gasparri sprach auffällig oft von den Interessen der Kirche und merkwürdig selten von denen seines himmlischen Herrn. Während Katholiken weltweit im Vaterunser das Kommen des Reiches Gottes beschworen, schien die Politik der Kurie eher auf den Erhalt und die Vergrößerung ihrer irdischen Macht ausgelegt zu sein. Ob beabsichtigt oder nicht – spielte der »Heilige Stuhl« damit Lord Belial nicht genau in die Hände?

Wenigstens einen handfesten Erfolg konnte David nach dem Interview verbuchen: Er hatte Dr. Giancarlo Guicciardini nun mit Haut und Haaren für sich gewonnen. Im März kam nämlich mit der Post aus New York die neueste *Time*-Ausgabe in die Via dei Giubbonari geflattert. Der Doktor war ganz aufgeregt, zumal sich das Titelblatt völlig über den Gasparri-Artikel ausschwieg. Dafür wurde da ein Bericht über Mahatma Gandhis »Salzmarsch« zum Arabischen Meer angekündigt. Bei Jalalpur gedachte der Freiheitskämpfer Salzkristalle aufzulesen, was die Briten zweifellos als offene Auflehnung gegen ihr Salzmonopol deuten würden. Dieser gewaltlose »Feldzug der Gehorsamsverweigerung« rangierte auf der Werteskala des Theologen eher unter »ferner liefen«.

»Ein halb nackter Heide scheint die Amerikaner mehr zu interessieren als die rechte Hand des Stellvertreters Gottes«, wetterte er und wühlte sich mit fahrigen Händen durch die Seiten des Magazins, bis er ihn endlich fand: *seinen* Artikel (der Text stammte im Wesentlichen von David). Als Guicciardini endlich seinen Namen las, verzieh er Gandhi sofort. Jetzt wäre er sogar bereit gewesen, David zu einem Interview in die Hölle zu begleiten.

Sie schienen alle in Sackgassen zu münden, die nächsten Schritte des *Time*-Reporters François Cournot alias Francis Murray alias David Camden alias ... Er hatte Eugenio Pacelli falsch eingeschätzt. Wenn ein so angesehenes Magazin wie *Time* mit einer Titelstory winkt, kann niemand widerstehen, hatte David gedacht. Der neue Kardinalstaatssekretär schien da anderer Ansicht zu sein.

Woche um Woche ging ins Land. David machte sich zunehmend Sorgen, seine heimlichen Beobachter könnten ihn erneut aufspüren. Obwohl Dr. Guicciardini auf der Klaviatur seiner Beziehungen sowohl die weißen wie auch die schwarzen Tasten virtuos anspielte, wollte die verlockende Melodie offenbar niemand so recht würdigen – offizielle wie inoffizielle Kanäle blieben stumm. David war inzwischen zum Stammgast geworden in der vierundvierzig Hektar kleinen *Città del Vaticano*, der Vatikanstadt, und er verfügte sogar schon über einige ermutigende Kontakte zu dem einen oder anderen Ordenshaus, selbst zu einem Kurienamt.

Bei seinen Sondierungen erstaunte ihn immer wieder, wie weit verbreitet doch die Sünde der Eitelkeit hinter den ehrwürdigen Mauern des Vatikans war. In den endlosen Gängen, hinter absurd hohen Türen arbeitete eine große Anzahl Menschen, von denen jeder einzelne das Himmelreich ohne Zögern gegen eine namentliche Nennung im *Time*-Magazin eingetauscht hätte. Henry Luce in New York beschwerte sich schon über die vielen Beiträge, die ihm David über völlig uninteressante Personen schickte.

Der Vatikanstaat zählte rund ein halbes Tausend Einwohner, jedoch zehnmal so viele Bedienstete. Man kann sich vorstellen, wie mühselig da selbst für den Wahrheitsfinder David die Suche nach verborgenen Hinweisen und wohlgesonnenen Menschen war. Die »Licht- und Frohbotschaft des Christus«, wie Pius sie zu nennen beliebte, schien sich noch nicht bis in die Büros der Kurienämter ausgebreitet zu haben. Nur allzu oft stieß David hier auf bitterernste Mienen, verschlossene Ohren und abweisende Gesten.

So brachte der März für David keine nennenswerten Fortschritte. Ohne Rebekka wäre er vermutlich in Depressionen verfallen. Die Italiener freuten sich über einen 2:0-Sieg im Fußballländerspiel gegen Deutschland – er fühlte sich wie der ewige Verlierer. Am 4. April erklärte General Yen Hsi-schan, der Befehlshaber der chinesischen Nordtruppen, der Nankingregierung Tschiang Kaischeks den Krieg. Ein neues Feuer auf dem Erdball, das neue Opfer fordern würde – und David war in seinem Kampf gegen den Kreis der Dämmerung noch immer kaum vorangekommen.

Am Abend desselben Tages diskutierte er mit Dr. Guicciardini über die bedrückende Wahrheit, dass die meisten großen Katastrophen auf der Welt von leider nur allzu fehlerbehafteten Einzelpersonen ausgelöst wurden. Manchmal mochte die Tagesform eines Kochs über Krieg und Frieden entscheiden. Bei dieser Feststellung hatte er einen Geistesblitz.

»Wer kocht eigentlich für Eugenio Pacelli?«

Guicciardini runzelte die schweißbedeckte Stirn. »Was weiß ich ... Nein, warten Sie. Ich glaube, Pacelli hat seine Haushälterin aus Deutschland mitgebracht – wie so viele seiner engsten Mitarbeiter. Die Ordensschwester hat einen italienischen Vor-, aber einen deutschen Familiennamen ... *Lehnert*! Jetzt hab ich's: Pascalina Lehnert. Ja, so heißt sie.«

»Haben Sie eine Ahnung, wo ich sie treffen könnte, Dottore?«

»Sie machen mir Spaß, François. Natürlich wohnt der Kardinal im Vatikan und seine Hausgehilfin mit ihm.«

»Das ist mir schon klar, aber Sie wissen so gut wie ich, dass die Hellebarden der Schweizergarde es so gut wie unmöglich machen, mal eben bei Pacelli hereinzuschneien.«

»Wenn sie eine gute Köchin ist, wird sie es sich nicht nehmen lassen, persönlich frische Lebensmittel einzukaufen«, sagte Rebekka unvermittelt. Bisher war sie der Unterhaltung schweigend gefolgt.

David sah seine Frau nachdenklich an. Dann lächelte er. »Du hast Recht, Schatz. Jetzt fehlen uns nur noch eine halbwegs brauchbare Beschreibung von Schwester Pascalina und ein bisschen Glück.«

Für die Identifizierung von Pascalina Lehnert sorgte Dr. Guicciardini. Er spielte auf einigen seiner schwarzen Tasten und präsentierte am nächsten Tag stolz die Resultate: Schwester Pascalina trage die Ordenstracht einer Nonne. Ihr Gesicht strahle Entschlossenheit aus, manche nannten es auch Verbissenheit. Angeblich habe sie lichtempfindliche Augen, weshalb sie bei Sonnenschein fast immer eine Brille mit stark getönten Gläsern trage. Die fromme Frau aufzuspüren sei damit jetzt nur mehr ein Kinderspiel, so Gott wolle.

Davids Begeisterung hielt sich in Grenzen. In Rom lebten vermutlich eine Million Nonnen, auf die Dr. Guicciardinis Beschreibung zutraf. Zu seinem Erstaunen und mit Rebekkas Hilfe gelang es ihm aber schon am nächsten Tag, Pascalina Lehnert auf einem Markt südlich des Vatikans zu entdecken. Wieder einmal war Davids besondere Überredungskunst gefragt, um die couragierte Haushälterin zur Mithilfe zu bewegen. Die Audienz bei Pacelli sei von enormer Wichtigkeit, nicht nur für die Kirche, sondern sogar die ganze Welt.

Die Nonne musterte zuerst nachdenklich Davids Gesicht, dann blickte sie zum Himmel, als erwarte sie von dort einen zweckdienlichen Hinweis, wie sie mit der ungewöhnlichen Bitte dieses jungen Mannes und seiner reizenden Gattin zu verfahren habe. Sie saßen zu dritt auf einer Bank am Rande einer kleinen Piazza bei der Villa Sciara. Wie Schafe, die vor der Mittagssonne Schutz suchten, hatten sich unter schirmförmige Pinien einige Marktstände geflüchtet. Die grünen Baumkronen hoben sich wie eingraviert von dem blauen Morgenhimmel ab.

Es war noch sehr früh. Ein warmer Apriltag kündigte sich an.

Während Pascalina Lehnert mit versteinertem Gesicht über Davids Ansinnen nachdachte, ließ der beklommen den Blick über das Areal streifen. Die Erinnerung an den heimlichen Beobachter in Mailand saß noch immer wie ein dunkler Vogel am Rande seines Bewusstseins. Diese Bedrohung stand zwar nicht mehr im Vordergrund seiner Gedanken, war aber dennoch ein stets präsenter schwarzer Schatten. In den letzten Wochen hatte er sich in größeren Menschenansammlungen nie ungezwungen bewegen können und sie, wann immer möglich, gemieden. Nun war er selbst wieder auf der Jagd und hatte seine Deckung verlassen müssen. Das gefiel ihm nicht. Aber es war notwendig …

»Ich darf mich nicht in die Angelegenheiten des Kardinals einmischen.«

David zuckte zusammen. Blinzelnd sah er wieder in das ernste Gesicht der Nonne. Sie trug eine dunkle Sonnenbrille, wodurch dem Wahrheitsfinder der Blick auf den Grund ihrer Seele erschwert wurde.

Sein anhaltendes Schweigen ließ sie den Kopf schütteln und bedauernd hinzufügen: »Wenn ich Kardinal Pacelli empfehlen würde Sie zu empfangen, und er wäre nachher aus irgendeinem Grunde unzufrieden über das Gespräch, dann könnte mich das meine Stellung als Vertraute kosten.«

David, innerlich aufgeschreckt, lächelte gewinnend. *Anscheinend hat die übertriebene Vorsicht Ihrer Exzellenz schon auf Sie abgefärbt, liebe Pascalina.* »Sind es nicht gerade die Vertrauten, von denen man noch am ehesten unangenehme Wahrheiten annimmt?«

Die Ordensschwester schien über diesen Einwurf nachzudenken. Plötzlich erhellte sich ihre Miene. »Ich habe eine Idee. Wenn Sie Robert Leiber überzeugen können, dann wird er beim Kardinal Fürsprache für Sie einlegen.«

»Leiber?« Davids Augenbrauen zogen sich zusammen. Bei den vielen deutschen Namen, die der italienische Kardinal um sich versammelt hatte, kam er immer wieder durcheinander.

»Exzellenz Pacellis Sekretär. Er kommt manchmal zu mir und stiehlt meine Wurstbrote – wenn Gretchen ihm nicht zuvorkommt.«

»Sie haben noch eine Gehilfin?«, fragte Rebekka verwirrt.

Schwester Pascalina lachte mit tiefer Stimme. »Gretchen ist eine Perserkatze. Wir haben eine Menge Haustiere aus Berlin mitgebracht – Gretchen, Peter, Mieze –, Exzellenz sind den Deutschen wirklich sehr zugetan.«

»Den Eindruck habe ich allerdings auch«, sagte David kopfschüttelnd und murmelte: »Mieze ... Peter ... und *Gretchen*!«

Die Gretchenfrage war natürlich, ob Robert Leiber für Davids Werben empfänglich sein würde. Am Ende erwies sich jedoch auch diese Hürde als weniger hoch denn erwartet. Der deutsche Sekretär des Kardinals offenbarte sich als ein umgänglicher Mann, zumal er auf Davids Vorsprechen ausreichend vorbereitet worden war.

»Schwester Pascalina hat mir gedroht die Küche abzusperren und mich nicht mehr an ihre Brote zu lassen«, begründete der Geistliche seine Kooperationsbereitschaft lächelnd.

David legte seine ganze Überzeugungskraft in das nun

folgende Gespräch. Er zeigte Leiber auch den *Time*-Artikel über Kardinal Gasparri, den er mit Dr. Guicciardinis Unterstützung verfasst hatte. Robert Leiber war sichtlich beeindruckt.

»Ich werde sehen, was ich für Sie tun kann, M. Cournot.«

»Danke, Herr Leiber, mehr wollte ich gar nicht.«

Dem viel versprechenden Gespräch mit Pacellis Sekretär folgte eine mehrtägige Geduldsprobe. Das warme, angenehme Frühlingswetter wich derweil einem launischen Wechselspiel von Sonne, Wind und Regen. Der April wurde seinem Ruf voll und ganz gerecht.

David nutzte die Wartezeit zur Verbesserung seiner Italienischkenntnisse und natürlich für die Spurensuche nach dem Kreis der Dämmerung. Er schrieb eine ganze Reihe von Briefen, unter anderem an Professor Leopardi, der sich immer mehr zu einem äußerst rührigen Mittler in Davids mailändischem »Agentennetz« entwickelte. Leider hatten sich im Hinblick auf den Geheimzirkel noch keine neuen Erkenntnisse ergeben. Außerdem sandte er nach langer Zeit wieder einmal über seinen Adoptivvater, den Herzog von Atholl, ein Lebenszeichen nach Tokyo.

Nach wie vor beschäftigte David auch das rätselhafte Vermächtnis Briton Haddens. *Palatin*, *Palatina* – ein Wort mit vielen Gesichtern. Unter den sieben Hügeln der Ewigen Stadt nahm der Palatin vielleicht die bedeutendste Stellung ein. Von der Via dei Giubbonari konnte man ihn bequem zu Fuß erreichen. Weil Rebekka die Spaziergänge durch die von dunkelroten Gebäuden gesäumten Straßen im historischen Stadtzentrum so liebte, unternahm das Paar häufiger Ausflüge zum Forum Romanum, zu den Thermen des Caracalla und zu anderen Plätzen im

Umfeld des Palatin. David wusste selbst nicht so genau, was er eigentlich suchte. Vielleicht ein Mosaik oder ein Fresko, auf dem das Symbol des Geheimzirkels abgebildet war? Oder eine Inschrift, auf der in Latein stand: Zur Zerschlagung des Kreises der Dämmerung warte man die nächste Sonnenfinsternis ab, nehme einige fein zerriebene Mäusezähne …? Lächerlich! Ohne feste Anhaltspunkte würde er wohl selbst in zweihundert Jahren noch nicht weiter sein. Während sich diese entscheidende Spur ihm weiter versagte, wurde seine Entschlossenheit auszuharren eines Morgens durch ein schockierendes Erlebnis neu bestärkt.

David und Rebekka hatten die Via dei Giubbonari schon sehr früh verlassen, um einen weiteren Erkundungsgang durch die Ewige Stadt zu unternehmen. Kaum fünf Minuten unterwegs, hörten sie aus einer Querstraße ein lautes Zetern, Jammern und Schreien. Unwillkürlich blieben sie stehen.

»Was hat das zu bedeuten?«, raunte Rebekka, die Augen furchtvoll geweitet.

»Keine Ahnung«, antwortete David leise. »Klingt wie eine Frau, die ziemlich verzweifelt ist. Ich werde mal nachsehen.«

»Sei vorsichtig!«

»Ja, ja, schon gut.«

David drückte sich eng an die Hauswand und ging bis zur Straßenecke vor. Das hysterische Schreien der Frau vermischte sich nun mit dem Weinen von Kindern. Als er um die Ecke spähte, entdeckte er auf dem Kopfsteinpflaster eine nachtfarbene Limousine mit ausladenden Kotflügeln. Vor dem Wagen stand ein Mann mit finsterer Miene und grauschwarzem Anzug. Seine Aufmerksamkeit galt dem Hauseingang, aus dem in diesem Augenblick zwei weitere dunkelgraue Männer kamen. Sie führten einen dritten zwischen sich, dunkelhaarig, unrasiert, im Vergleich zu ihnen Mitleid erregend klein. Der Verhaftete war mit halb offener Hose und Unterhemd nur dürftig bekleidet.

Aus einem geöffneten Fenster im ersten Stock lehnte die – so war zu vermuten – Ehefrau des Abgeführten und überschüttete die grauen Männer mit italienischen Verwünschungen, von denen David keine einzige verstand. Ihr raues Stakkato wurde vom an- und abschwellenden Jammern kleiner Kinder begleitet. Ein Schauer lief ihm über den Rücken. Er hatte bereits von derartigen Vorfällen gehört, aber noch nie einen solchen miterlebt.

Die O.V. R.A., Mussolinis faschistische Geheimpolizei, hatte eine Vorliebe für die frühen Morgenstunden. Ihre »Kundschaft« war, sofern nicht vorgewarnt, um diese Tageszeit fast immer zu Hause. Die grauen Männer hämmerten an die Tür, zerrten ihr Opfer in einen Wagen und waren im nächsten Moment schon wieder fort. Die Anwohner mochten den Vorfall gar nicht bemerken, wenn nicht, wie in diesem Fall, ein Angehöriger laut Alarm schlug. Der Nachbar war dann einfach verschwunden. Und tauchte oft nie wieder auf.

David bemerkte einige Schatten hinter den Fenstern auf der gegenüberliegenden Straßenseite. Hier und da wurden hölzerne Läden bewegt. Der Lärm hatte Zuschauer angelockt. Man wollte nicht entdeckt werden – und dennoch möglichst nichts versäumen. Aber keiner schritt ein. Niemand öffnete das Fenster, um wenigstens seinen Unmut kundzutun.

Ein bedrohlicher Sturm braute sich in Davids Eingeweiden zusammen, doch da verspürte er plötzlich eine Berührung. Er zuckte zusammen. Rebekka hatte ihre Arme um seine Taille geschlungen.

»Was ist?«, raunte er über die Schulter.

»Du gehst da *nicht* rüber!«

»Wie kommst du auf die Idee, dass ich …«

»Erzähl mir nichts, David. Ich kenne dich.«

»Allein kann ich gegen die drei sowieso nichts ausrichten«, knurrte er voll ohnmächtiger Wut.

Die grauen Männer hatten den Familienvater inzwischen in ihr Fahrzeug verfrachtet. Türen klappten. Der Motor heulte auf. Der Wagen brauste los. Mit quietschenden Reifen umrundete er die Ecke, an der David und Rebekka standen. Niemand bemerkte das Paar. Nach etwa einhundert Metern veränderte sich mit einem Mal das Motorengeräusch. Es klang sonderbar tief. Dann ertönte ein metallisches Scheppern. Der Wagen hielt abrupt an. Aus der Motorhaube und dem Wageninneren quoll dichter Rauch hervor. Der Fahrer und seine Begleiter rissen die Türen auf und stolperten hustend auf die Straße.

In diesem Moment konnten David und Rebekka einen Blitz auf Beinen sehen, der aus dem Qualm hervor- und die Straße hinabschoss. Seine Bewacher reagierten ungewöhnlich langsam. Einer förderte sogar eine Pistole zutage und gab drei Schüsse auf den Fliehenden ab. Auch sie klangen merkwürdig tief. Alle Kugeln verfehlten ihr Ziel.

»Komm!«, sagte David und zog Rebekka mit sich. »Besser, wir verschwinden hier.«

Als das qualmende und zuletzt auch in Brand geratene Fahrzeug außer Sichtweite war, verlangsamte David endlich das Tempo.

»Bist du das gewesen?«, fragte Rebekka ernst.

»Was?«

»Tu nicht so, als könntest du kein Wässerchen trüben, David. Hast du das Automobil der Männer kaputtgemacht?«

»Ich habe mir nur vorgestellt, wie die Zylinder im Motor und noch ein paar andere Dinge aus dem Takt geraten könnten. Irgendwas muss dann wohl passiert sein.«

»Und als sie auf den Flüchtenden schossen …«

»… befiel die Projektile plötzlich Frühjahrsmüdigkeit«, vervollständigte David den Satz und grinste verstohlen.

Der Ernst wich aus Rebekkas Gesicht. Auch sie musste jetzt lächeln. Sie schlang David die Arme um den Hals und küsste ihn. »Du bist ein Schatz, dass du dich so für den Mann eingesetzt hast.«

David wurde wieder ernst. »Hoffentlich habe ich ihm und seiner Familie damit wirklich einen Dienst erwiesen. Die Geheimpolizei wird ihn jagen und jetzt möglicherweise seine Frau und die Kinder drangsalieren. Aber was hätte ich denn tun sollen, Bekka? Etwa tatenlos zusehen, so wie die Leute hinter den Fensterläden? Die Kinder brauchen doch ihren Vater. Was soll aus den Kleinen und ihrer Mutter werden, wenn sie ihn vor eines dieser berüchtigten Sondergerichte zerren und dann für Jahre einsperren? Oder ihn womöglich umbringen, wie es …«

»Es ist schon gut«, beruhigte Rebekka ihren erregten Mann. Sie küsste ihn abermals und sagte sanft: »Du hast getan, was du tun konntest.«

David schüttelte verzweifelt, ja zornig den Kopf. »Und trotzdem war es nur ein Tropfen auf den heißen Stein, Bekka. Wenn jeder nur zuschaut und sich hinter seiner Angst verbarrikadiert, wird das Unrecht weiterwachsen wie ein tödliches Geschwür …«

»Pscht!« Rebekka hatte ihm den Finger auf den Mund gelegt, bis David sie fest in die Arme nahm und seine Wange auf ihr Haar bettete.

»Ach Schatz, ich kann einfach nicht so sein wie diese gesichtslosen Schatten in den Fenstern. Wir beide wissen, wem das alles nützt. Ich werde keine Ruhe finden, bevor nicht der Kreis der Dämmerung vernichtet ist.«

Die dramatischen Ereignisse jenes bewussten Morgens beschäftigten David noch lange. Und als die Antwort von Kardinal Pacellis Sekretär weiter auf sich warten ließ, begann er zur Ablenkung – aber auch aus einem tiefen inneren Bedürfnis heraus – mit der Arbeit an einem Artikel über Tringali Casanova. Dieser Mann, so dachte er sich, dürfte eher nach Henry Luces Geschmack sein als die farblosen Bürohengste in den vatikanischen Amtsstuben.

Entgegen anders lautenden Gerüchten war *dieser* Casanova weniger ein leidenschaftlicher Verführer schöner Frauen (was ihm gewiss den Zorn der Kurie eingetragen hätte) als vielmehr ein allseits gefürchteter Richter mit dem Spezialgebiet »Todesurteile« (wofür er sonderbarerweise bis in den Vatikan hinein geachtet wurde). Wenn ein Ehemann seinen Nebenbuhler *in flagranti* ertappte und ihn stehenden Fußes mit einer Schrotflinte durchsiebte, dann konnte er nach zwei Jahren schon wieder auf freiem Fuß sein. Sollte aber jemand wegen seiner gar zu kritischen Haltung gegenüber den Faschisten vor Casanovas *Tribunale speciale fascista* geladen werden, dann war sein Leben keinen Pfifferling mehr wert.

Dieser für nicht italienische Ohren beinahe wohlklingende Name stand für die faschistischen Sondergerichte, vor die Mussolini jeden zu stellen versuchte, den er für gefährlich hielt. Obwohl die Zeitungen stets betonten, der Diktator habe eigentlich nur Freunde, wollte ihm einer davon 1926 in Bologna dennoch unbedingt den Garaus machen. Mussolini nahm diese widersinnige Tat zum Anlass, seine »Spezialtribunale« ins Leben zu rufen und durch sie etliche Gegner zum Tode zu verurteilen.

Einen *Time*-Artikel ausgerechnet über den Kopf dieser Sondergerichte zu verfassen, gehörte per se zu jenen so genannten antifaschistischen Umtrieben, welche Mussolinis Geheimpolizei dienstbeflissen zu unterbinden suchte. Aber war die O.V. R.A. auch eine *Gedanken*polizei, dass sie Davids Einstellung zu Männern wie Mussolini kannte? Natürlich war das eine absurde Idee. Dennoch hatte ihn jemand in Mailand beobachtet. Seit jenem Februartag war ihm aber niemand mehr aufgefallen, weder der schwarze Mönch noch irgendein anderer Spion. Aber konnte er wirklich sicher sein, die Verfolger abgeschüttelt zu haben?

David war sich also durchaus der Gefahr bewusst, sich selbst eines Tages in der *Aula IV*, dem nüchternen Gerichtssaal im römischen Justizpalast, vor Richter Tringali Casanova verantworten zu müssen – wofür auch immer. Der Kreis der Dämmerung würde keine Mühe haben, ihn mithilfe falscher Zeugen anzuklagen, und wenn auch nur wegen des Artikels über Casanova.

Tag für Tag schlich dahin und David verspürte einen immer stärkeren Drang Italien zu verlassen, egal wohin. Während die Wirtschaft der Welt noch immer krankte, raffte man in China das letzte Geld zusammen, um Krieg zu führen. Aus dem indischen Chittagong meldeten die Zeitungen schwere Ausschreitungen. Währenddessen stritten in London die Großmächte auf einer Konferenz über die zukünftige Stärke ihrer Flotten. Auch Japans Premierminister Hamaguchi nahm an dem Treffen teil. *Sie rüsten zum Kampf, sie prügeln und beschießen sich, als hätte es den Großen Krieg nie gegeben.* Die Menschlichkeit schien an allen Fronten dem Zynismus zu weichen. War der Jahrhundertplan überhaupt noch zu erschüttern, die Macht des Kreises der Dämmerung zu brechen? Wenn er wenigstens wüsste, welche Rolle der Vatikan in dem globalen Machtgerangel spielte!

Am Abend von Mahatma Gandhis abermaliger Festnahme, dem 5. Mai 1930, kam endlich die für David erlösende Nachricht. Dr. Guicciardini flog mit wehenden Rockschößen und einem Briefumschlag in der Hand zur Haustür herein. David hatte gegenüber Robert Leiber die Vermittlerrolle des Gelehrten hervorgehoben, vordergründig, um diesen zu protegieren, hauptsächlich jedoch aus eigenem Sicherheitsbedürfnis.

»Das Schreiben stammt aus dem Büro des Kardinalstaatssekretärs Pacelli. Wir haben einen Termin für übermorgen früh!«, jubilierte der schwitzende Doktor.

»Wir?«, erwiderte David.

»Ja, wollen Sie mich denn nicht zu dem Interview begleiten?«

»Wenn ich mich recht erinnere, war es doch so, dass meine Frau und *ich* die Haushälterin des Kardinals gesucht, gefunden und zur Mitarbeit überredet haben.«

Guicciardini war die Betroffenheit in persona. »Heißt das, Sie wollen mich im Stich lassen, Monsieur?«

David schloss die Augen und schüttelte den Kopf. Vor diesem Moment hatte er sich während der verstrichenen Tage und Wochen fast am meisten gefürchtet. Schonend brachte er dem Doktor bei, dass seine Übersetzerqualitäten bei dem Gespräch mit Pacelli nicht gefordert seien, da der Kardinal ja fließend Deutsch spreche. Aber er, Dr. Guicciardini, müsse sich keine Sorgen machen. Wenn er, François Cournot, den Bericht für *Time* verfasse, dann werde er ihn, den hilfreichen Doktor, ganz bestimmt namentlich erwähnen.

Dieses tröstliche Versprechen half Giancarlo Guicciardini ungemein, die Hiobsbotschaft mit Fassung zu tragen.

David hatte alle erdenklichen Sicherheitsmaßnahmen ergriffen. Die Koffer waren gepackt und am Hauptbahnhof in einem Schließfach deponiert. Rebekka würde in einem Café im Garten der Villa Borghese auf ihn warten. Wenn er sich bis fünf Uhr nachmittags nicht bei ihr einfand, sollte sie auf Umwegen nach Mailand zurückreisen und Professor Leopardi um Hilfe bitten.

Sich Eugenio Pacelli, einen hohen kirchlichen Würdenträger, als Mitglied des Kreises der Dämmerung vorzustellen war selbst für David ein fast schon akrobatischer Gedankenakt. Gleichwohl konnte er diese Möglichkeit nicht ausschließen. Für den besagten Fall musste er deshalb mit dem Schlimmsten rechnen.

Gegen halb zehn überquerte er eilig die weitläufige Piazza di San Pietro. Der stramme Marsch vom Monte Pincio zum Vatikan hatte ihn erhitzt. Die dunkelblauen Schöße seines offenen Rocks flatterten wie Wimpel in der auffrischenden Frühjahrsbrise. Eine Novizin deutete kichernd auf die karminrote Krawatte, die David wie eine zu lang geratene Zunge über der Schulter hing. All dem schenkte er kaum Beachtung. Die Zeit drängte.

Mit langen Schritten durchmaß er das vertraute Terrain. Wenn der Papst hier zu Weihnachten seinen Segen *urbi et orbi*, also der Stadt und dem Erdkreis, erteilte, versammelten sich manchmal zehntausende auf dem Petersplatz. Jetzt waren es immerhin mehrere hundert, die neugierig zu seinem Palast hinüberblickten. Wollte sich das Kirchenoberhaupt an diesem Morgen seinen Gläubigen zeigen? David hatte nichts dergleichen gehört.

Wenige Minuten später sprach er bei einem gestrengen Pförtner vor, dessen griesgrämiges zerknittertes Gesicht jeden Menschen, der nicht reinen Herzens war, unweigerlich in die Flucht schlagen musste. Der betagte Mann vermittelte den Eindruck, schon beim Bau der Peterskirche dabei gewesen zu sein. Geduldig beantwortete David alle Fragen. Erst der Name dessen, dem der Besuch galt, brachte Bewegung in das Faltenantlitz des Pförtners. Erstaunen machte sich darauf breit. Aber der Greis war unbestechlich und setzte seine Befragung fort.

Nach dem langwierigen Einlasszeremoniell erschien das weitere Procedere weniger zeitaufwändig und unkompliziert. Schon nach kurzer Zeit wurde David von Robert Leiber abgeholt, an dessen Seite er dann durch das Gängelabyrinth hastete, in dem sich der Kardinal versteckt hielt.

»Auf Sie muss dieser Palast eher verwirrend wirken«, erklärte Pacellis Sekretär frohgemut. Er bewegte sich zügig, aber dennoch würdevoll, ganz in Harmonie mit der Achtung gebietenden Umgebung.

»Das ist ziemlich untertrieben«, antwortete David. »Ich glaube, in diesen Gängen könnte man einen Drachen steigen lassen, so hoch sind sie.«

»Wenn es da nicht zwei grundlegende Hindernisse gäbe: Ad eins ist es hier zwar zugig, aber nicht windig genug, um solch ein Fluggerät in die Luft zu befördern. Ad zwei leben im Vatikan so gut wie keine Kinder.«

»Das ist traurig.«

»Sie würden hier ohnehin nur stören.«

»Jesus hat die Kinder zu sich gerufen, als seine Jünger sie verjagen wollten.«

»Unser Heiland musste sich auch nicht mit Fragen der Kirchenverwaltung und Bergen von Akten herumplagen.«

Bald wichen die weiß getünchten Gänge anderen, von edlen Hölzern und opulenten Gemälden dominierten Fluren. Während David dem Sekretär nachjagte, blieben seine Augen an einem bald vier Meter hohen Bild hängen, das einen gepanzerten Ritter – vermutlich den heiligen Georg – beim Aufspießen eines Lindwurmes zeigte. Der Vatikan besaß Kunstschätze von kaum zu ermessendem Wert. Michelangelo, Raffael, Tizian, alles, was in der Malerei und Bildhauerei Rang und Namen hatte, war irgendwann einmal von den Päpsten verpflichtet worden. Vielleicht stammte dieser Drachentöter sogar von Carracci? Rebekka hätte es bestimmt gewusst. David musste zusehen, dass er den Anschluss an Leiber nicht verpasste.

Nach einem beachtlichen Fußmarsch sagte der Geistliche unvermittelt: »So, da wären wir.«

Sie befanden sich nun in einem vergleichsweise kurzen Gang mit nur vier Türen. Aber was für welchen! Leiber wandte sich einem Exemplar zu, aus dem man gut und gerne vier Normalausführungen hätte herausschneiden können. Der forsche Sekretär öffnete schwungvoll die Tür und nickte lächelnd einer älteren Ordensschwester zu, die gerade Papierstapel umschichtete.

»Eminenz Pacelli erwartet Sie bereits«, flötete die Nonne.

Nun änderte sich Leibers zuvor noch recht selbstbewusstes Verhalten. Behutsam, fast zaghaft klopfte er an eine weitere Tür, hinter der sich vermutlich sein Vorgesetzter befand. David vernahm eine dumpfe Stimme, die offenbar Bereitschaft zum Empfang des Gastes signalisierte, denn der Sekretär öffnete ohne Umschweife und bedeutete ihm einzutreten.

David war noch aufgeregter als bei seinem Interview mit Präsident Coolidge. Was für einen Menschen würde er hinter dieser Tür treffen? Ohne Frage jemanden, der dem Kreis der Dämmerung nützlich sein konnte. Aber war Pacelli möglicherweise mehr als das? Ein willfähriger Helfer? Oder gar ein Logenbruder Lord Belials?

Sollte Letzteres der Fall sein, dann würde ihn der Siegelring des Geheimbundes schnell verraten. Und wenn es nicht so einfach ging? Erkannte Pacelli seinen Besucher, musste David mit seinem feinen Gespür für die Gefühle anderer Menschen unweigerlich eine verräterische Reaktion bemerken. Gewiss hatte Negromanus schon lange vor seinem Tod die Logenbrüder vor ihrem gefährlichsten Gegner gewarnt, sie vielleicht sogar mit Bildern versorgt.

Langsam, doch mit sicherem Schritt passierte David den Türsteher Leiber, der noch immer einladend in Pacellis Amtszimmer deutete. Der Sekretär lächelte David aufmunternd zu.

Eugenio Pacellis geräumiges Arbeitszimmer hätte einem Landedelmann aus Latium nicht schlecht zu Gesicht gestanden. Die Wände waren mit dunklem Holz getäfelt, der Boden mit dicken Teppichen ausgelegt. An den hohen Fenstern hingen dünne Tüllgardinen und darüber schwere Samtvorhänge, die im Sommer zur Abwehr der Sonne dienen mochten. Jetzt flutete das Licht ungehindert in den

Raum. Ein Fenster stand eine Handbreit offen, mit einem Haken arretiert, und die Gardine bauschte sich vor jeder hereinstürmenden Windbö.

Kardinal Pacelli wartete geduldig, bis David etwa die halbe Distanz bis zu dem monumentalen Schreibtisch bewältigt hatte. Erst dann erhob er sich, verbarg die Hände hinter dem Rücken, bevor sie noch über der Tischplatte auftauchen konnten, und kam dem Gast gemessenen Schrittes entgegen. Die ganze Zeit über behielten sich beide Männer fest im Blick.

Der Kardinalstaatssekretär war auffällig schlank, ja hager. Er trug einen schwarzen Talar mit unzähligen goldfarbenen Metallknöpfen, die sich über einer purpurrot eingefassten Knopfleiste von der Brust bis dicht über den Boden hin fortsetzten. Auch seine Bauchbinde leuchtete im Kardinalspurpur. Von seinem Hals herab hing ein mit Halbedelsteinen verziertes Kreuz an einer Kette aus Holzperlen. Das Haupt des Vierundfünfzigjährigen war unbedeckt, sein kurzes Haar noch erstaunlich dunkel, jedoch wohl schon seit längerer Zeit auf dem Rückzug vor der Stirn. Hinter einer runden Nickelbrille funkelten zwei wache dunkle Augen.

Hat er mich erkannt? Wenn ja, dann stand eines fest: Pacelli gehörte zum Kreis der Dämmerung. Für David schienen Minuten zu verstreichen, als er die dunklen Augen des Kardinals zu ergründen suchte, aber in Wirklichkeit vergingen nur wenige Sekunden.

Er konnte nicht die geringste Regung entdecken, die auf ein Erkennen hindeutete. Entweder stimmte, was man sich über Pacellis schauspielerische Qualitäten erzählte, oder er sah Davids Gesicht wirklich zum ersten Mal.

»Herzlich willkommen«, sagte der Kardinal endlich auf

Deutsch und streckte seinem Besucher die linke Hand entgegen.

David zuckte unwillkürlich zusammen, starrte auf die auffällig tief gehaltenen Finger. Pacelli trug, ganz unüblich für einen Geistlichen, weiße Baumwollhandschuhe, und da prangte tatsächlich ein dicker goldener Ring am Mittelfinger des Kardinals. Eine heiße Welle durchflutete Davids Körper, doch dann bemerkte er den Unterschied: Es war keiner von Lord Belials zwölf Siegelringen, der da aufblitzte, sondern ein ganz normaler schwerer Fingerreif, den im Kniefall zu küssen der hohe kirchliche Würdenträger nun von seinem Besucher erwartete.

Verstohlen schielte David nach Pacellis *rechter* locker herabhängender Hand. Gab es da nicht eine verräterische Wölbung unter dem weißen Stoff? Trug der Kardinal etwa noch einen weiteren Ring, den er verbergen wollte, wie es einst auch Toyama getan hatte?

Um sich dem Ringkuss zu entziehen, sagte David nach einer wohl dosierten Verneigung: »Verzeiht, Eminenz, ich bin kein Katholik. Dennoch möchte ich Ihnen Gottes Frieden und seinen Segen wünschen, damit Ihre Entscheidungen stets von seiner Weisheit getragen werden.«

Pacelli zog die verschmähte Hand wieder zurück. Sein Lächeln wirkte ein wenig unterkühlt, aber seine Stimme klang keineswegs herablassend, sondern nach wie vor freundlich, als er antwortete: »Was für ein außergewöhnlicher Segen! Ich danke Ihnen, M. Cournot. Bitte sehen Sie mir meine seltsamen Handschuhe nach. Ich leide unter einem Ekzem. Möglicherweise vertrage ich ja den vatikanischen Amtsstubenstaub nicht.«

David honorierte den zur Auflockerung gedachten Scherz mit einem höflichen Lächeln, aber seine Gedanken waren noch immer bei Pacellis wulstigem Ringfinger. *Irgendwie muss ich ihn dazu bringen, den rechten Handschuh auszuziehen.*

»Mein Sekretär hat mich ausführlich über den Zweck Ihres Besuchs informiert«, fuhr der Kardinal fort, als David nichts erwiderte. »Deshalb spreche ich auch deutsch mit Ihnen. Ich muss Ihnen für Ihren Artikel über Kardinal Gasparri in *Time* ein Lob aussprechen – der Text stammt doch in Wirklichkeit von Ihnen und nicht von Dr. Guicciardini, nicht wahr?«

»Ohne den Dottore wäre das Interview mit dem Kardinal vermutlich nie zustande gekommen.«

Pacelli lächelte verhalten. »Seine Eminenz hat mir von dem Gespräch berichtet. Sie müssen wissen, dass mich Gasparri 1904 – damals noch als Erzbischof – in seinen Mitarbeiterstab berief, dem ich dreizehn Jahre lang angehören durfte. Der Kardinal war sehr angetan von Ihrer außergewöhnlichen Art mit Menschen umzugehen, M. Cournot.«

»Vielen Dank, Eminenz. Sie sind zu freundlich.«

»Wollen Sie sich nicht setzen?« Pacelli deutete zu einem länglichen Tisch, der vor einem marmorgefassten Kamin stand. Auf der makellos blitzenden Holzplatte standen ein rundes Tablett mit einer Karaffe und mehreren Gläsern sowie ein goldenes Glöckchen, ein goldenes Tintenfass, ein goldener Federhalter und eine goldene Wippe mit Löschpapier. Die Formgebung der Schreibutensilien war auffällig schlicht.

Nachdem David sich gesetzt und eine Erfrischung ausgeschlagen hatte, begann er mit seiner Befragung. Ganz Journalist, kam er zunächst auf den Lebenslauf des Kardinals zu sprechen. In Pacellis Biographie schien es keine dunklen Riffe zu geben, die er zu umschiffen suchte. Er antwortete präzise und unbefangen.

Eugenio Pacelli wurde am 2. März 1876 in Rom geboren. Der scharfsinnige Umgang mit Worten war ihm gewissermaßen schon in die Wiege gelegt: Sein Vater Filippo hatte dem vatikanischen Anwaltskollegium lange als Dekan vorgestanden. Viele Politiker seien gelernte Juristen, merkte der Kardinal lächelnd an. Als er sich entschlossen habe, Priester zu werden, sei eine spätere diplomatische Laufbahn noch nicht absehbar gewesen. Nach mehreren Lehraufträgen für kanonisches Recht sei er im Jahre 1901 schließlich in das päpstliche Staatssekretariat berufen worden. Unter Gasparri habe er bis 1917 an der Neukodifizierung des kanonischen Rechtes mitwirken dürfen und sei im Anschluss daran nach Bayern geschickt worden. Als Nuntius habe er den Vatikan zunächst in München und seit 1920 auch in Berlin vertreten. Die insgesamt zwölf Jahre auf deutschem Boden hätten sein Leben sehr bereichert.

David folgte aufmerksam den Ausführungen des Kardinals, wobei er immer wieder auf die bedeutungsvoll gestikulierenden weißen Hände starren musste. Es hieß, auf dem diplomatischen Parkett habe sich Pacelli als listiger Taktiker einen Namen gemacht, als begnadeter Schauspieler, dessen faszinierende Pastor-angelicus-Bewegungen ihm zur zweiten Natur geworden seien – seine salbungsvollen Gesten vermittelten stets den Eindruck, er zelebriere gerade eine Messe. Aber was steckte hinter dieser Fassade? Und was unter diesem verflixten Handschuh?

Davids Taktik beschränkte sich im Moment aufs Hinhalten. Er ließ Pacelli reden. Gelegentlich stellte er Zwischenfragen und warf immer wieder eilige Notizen auf einen Block. Im Wesentlichen kannte er Pacellis Biographie bereits. Anders als Lucius Kelippoth verfügte der Kardinal über eine lückenlose Legende, die sowohl schriftlich als auch durch zahlreiche Zeugen belegt werden konnte. Während David nickte, lächelte und notierte, zerbrach er sich den Kopf darüber, wie er dem Gespräch eine neue Wendung geben konnte. Welche Rolle spielte der Kardinal im Räderwerk der Macht?

»Ihr Deutsch ist ausgezeichnet, Eminenz.«

Pacelli schien sich über das Kompliment ehrlich zu freuen. »Das war nicht immer so. Als ich 1917 als päpstlicher Gesandter in die Brienner Straße zog, war mein Akzent noch unüberhörbar. Ich habe damals öfter vom ›eiligen Stuhl‹ als vom Heiligen gesprochen.«

Die Atmosphäre hatte sich gelockert. David konnte den nächsten Schritt wagen. »Es heißt, Sie beherrschen sogar vier Sprachen.«

»Der Herr hat mir einen ordentlich funktionierenden Geist geschenkt. Dafür bin ich ihm sehr dankbar.«

»Sie untertreiben, Eminenz. Ich recherchiere immer sehr gründlich, bevor ich eine so wichtige Persönlichkeit wie Sie befrage. Man erzählte mir, Ihr Gedächtnis sei sogar *außergewöhnlich!* Erinnern Sie sich noch an das Jahr 1923, als sie einen Tadel von der Kurie bekamen? Was war eigentlich der Grund dafür?«

»Sie sind wirklich gut informiert«, antwortete der schmalgesichtige Kardinal mit einem Anflug von Unbehagen. »Im November des von Ihnen genannten Jahres war ich nervlich sehr angespannt. Seit mehr als vier Jahren hatte ich im Auftrag des Heiligen Stuhls mit der bayerischen Regierung um den Abschluss eines Konkordats gerungen, das die Rechte der Kirche im Lande neu regeln sollte. Als Hitler und Ludendorff Anfang November ihren Putschversuch unternahmen, steckte ich bis über beide Ohren in den abschließenden Arbeiten für das Vertragswerk. Die Putschisten sind auf ihrem Weg zur Feldherrenhalle nur wenige hundert Meter an der Nuntiatur vorbeimarschiert und ich habe es nicht einmal bemerkt. Als ich am nächsten Tag die Schlagzeilen der Zeitungen las, war ich ziemlich überrascht. Natürlich erstattete ich Rom unverzüglich Bericht – aber eben doch *einen* Tag zu spät. Das hat mir die von Ihnen angesprochene Rüge eingetragen.«

David lächelte verständnisvoll. »Wenn Sie nicht möchten, dass ich über diese lässliche Sünde berichte, dann werde ich es auch nicht tun, Eminenz.«

Der Kardinal machte ein etwas unglückliches Gesicht.

Demonstrativ riss David das oberste Notizblatt vom Block, zerknüllte es und ließ es vor Pacelli über die polierte Tischplatte kullern. Erleichterung zeigte sich auf dem Antlitz des Geistlichen.

Jetzt kann ich es wagen. »Eminenz«, begann David wie aus tiefer Nachdenklichkeit erwachend, »man hört, dass Hitlers Nationalsozialisten in Deutschland immer größeren Zulauf haben. Was halten Sie davon?«

»Hitler ist ein geltungssüchtiger Dilettant. Ich hoffe, dem deutschen Volk wird das noch rechtzeitig bewusst werden.«

»Inwiefern *rechtzeitig*?«

»Bevor es diesen Mann zum Reichskanzler macht.«

David atmete innerlich auf. »Und wenn er es doch würde?«

»Worauf wollen Sie hinaus, M. Cournot?«

»Wie würde die Kirche reagieren?«

»In einer solchen Situation wären Vorsicht und ein kühler Kopf oberstes Gebot. Natürlich müsste sich der Heilige Stuhl mit den Nationalsozialisten auf die eine oder andere Weise arrangieren.«

David stockte der Atem. »Sie wollen mit Hitler *gemeinsame Sache* machen?«

»Davon kann überhaupt nicht die Rede sein. Kommen Sie nur nicht auf die Idee etwas Derartiges zu schreiben! Aber in Deutschland gibt es vierzig Millionen Katholiken. Der Heilige Stuhl muss die Glaubensrechte all dieser Menschen verteidigen. Der einzige Weg, dieses Ziel zu erreichen, besteht in der Anwendung einer vorsichtigen Diplomatie.«

Unter den misstrauischen Blicken des Kardinals zog David einige Bogen Papier aus seiner Aktenmappe und ließ die Augen über das oberste Blatt wandern. Dann schenkte er Pacelli ein argloses Lächeln. »Das hier ist das Fünfundzwanzig-Punkte-Programm der Nationalsozialistischen Deutschen Arbeiterpartei vom 24. Februar 1920. Es gibt darin einige bemerkenswerte Absichtserklärungen, zu denen ich Ihnen gerne ein paar Fragen stellen würde. Zum Beispiel hier, im Punkt vier, heißt es: ›Staatsbürger kann nur sein, wer *Volksgenosse* ist. Volksgenosse kann nur sein, wer deutschen Blutes ist, ohne Rücksichtnahme auf die Konfession. Kein *Jude* kann daher Volksgenosse sein.‹ Wie denken Sie darüber, Eminenz? Könnten Sie sich damit – wie nannten Sie es doch gleich? – *arrangieren*?«

Pacelli nahm einen Schluck Wasser aus seinem Glas. »Die Kirche sollte sich nicht in die inneren Angelegenheiten eines Staates einmischen. Außerdem sind wir nicht berechtigt, für die Angehörigen des jüdischen Glaubens zu sprechen.«

David nickte. »Ich verstehe. Der Punkt sieben des NSDAP-Programms besagt übrigens, ich zitiere: ›Wenn es nicht möglich ist, die Gesamtbevölkerung des Staates zu ernähren, so sind die Angehörigen fremder Nationen (Nichtstaatsbürger) aus dem Reiche auszuweisen.‹ Im Sinne von Punkt vier bedeutet das doch wohl den Hinauswurf aller Juden aus Deutschland im Falle einer wirtschaftlich schwierigen Situation.« David beugte den Oberkörper vor und fixierte Pacelli. »Momentan befinden wir uns allerdings in einer *Weltwirtschaftskrise*, Eminenz. Kämen die Nationalsozialisten an die Macht, könnte dieses Szenario sehr schnell Wirklichkeit werden. Würde die Kirche dazu schweigen?«

»Ich kenne das Fünfundzwanzig-Punkte-Programm der NSDAP, M. Cournot, aber Ihre Fragen sind mir zu hypothetisch. Tatsache ist doch, dass schon manches Parteiprogramm sehr schnell Makulatur war, sobald seine lautesten Propagandisten in der Regierung saßen.«

David holte tief Luft. *Warum haben Sie nicht einfach mit Nein geantwortet, Eminenz?* Sein Gefühl sträubte sich dagegen, den Kardinal unter die Bundesgenossen Belials zu rechnen. Wenn nur dieser vermaledeite Handschuh ihm nicht buchstäblich den Durchblick nehmen würde! Das Ding musste endlich weg. Nur eine Enthüllung würde Klarheit bringen.

Langsam lehnte David sich wieder nach hinten. Sein Blick haftete noch auf dem Blatt. »Also offen gestanden erfüllt mich dieses Papier mit tiefer Sorge, Eminenz. Es ist regelrecht gespickt mit alarmierenden Absichtserklärungen. Hier, an achtzehnter Stelle, ist das Programm ganz unmissverständlich: ›Gemeine Volksverbrecher, Wucherer, Schieber usw. sind mit dem Tode zu bestrafen, ohne Rücksichtnahme auf Konfession und Rasse.‹ Und so geht es immer weiter: In Punkt dreiundzwanzig wird die Presse ausgeschaltet, Nichtvolksgenossen sind aus den Zeitungsredaktionen zu entfernen, und in Punkt vierundzwanzig verpflichtet sich die Partei den ›jüdisch-materialistischen Geist‹ zu ›bekämpfen‹ – was immer das heißen soll. Ich …«

»Monsieur!«, warf Pacelli ein. »Es widerstrebt mir, Sie zu unterbrechen, aber meine Zeit ist zu kostbar, um mir Ihre Tiraden gegen die Nationalsozialisten anzuhören. Ich dachte eigentlich, Sie wollten *meine* Meinung erfahren, um einen Bericht darüber zu verfassen.«

David ließ die Blätter auf den Tisch fallen und schloss die Augen. *Beruhige dich! Du bist zu weit gegangen.* Erst nach einer längeren Pause sah er den Kardinal wieder an und sagte: »Entschuldigen Sie, Eminenz. Ich bin kein Diplomat wie Sie, der die betreffenden Zusammenhänge emotionslos abzuwägen vermag. Ich hege einfach die Befürchtung, in einem von Hitler regierten Deutschland könnten sich Pogrome wiederholen, wie sie um die Jahrhundertwende in Russland gang und gäbe waren. Das macht mir offen gestanden Angst.«

»Ich kann Ihre Sorge verstehen und bis zu einem gewissen Grad sogar teilen, M. Cournot. Andererseits vertrete ich den Heiligen Stuhl, und der hat schon im Dritten und Vierten Lateranischen Konzil eindeutig zu den Juden Stellung bezogen. Damals mussten sie noch Schandzeichen tragen, weil sie es gewesen waren, die den Heiland ans Kreuz genagelt hatten.«

David horchte auf. »Ich dachte immer, Jesus hätte die religiösen Führer als wirkliche Anstifter entlarvt.«

»Was wollen Sie nun wieder damit andeuten, M. Cournot?«, knurrte Pacelli. Vermutlich hätte er seine letzte Bemerkung gerne zurückgenommen. Er fühlte sich offenbar in die Enge getrieben. Sekundenlang blickte er seinem Gegenüber ins Gesicht, bis er endlich hauchte: »Wer sind Sie wirklich, M. Cournot?«

Ein Schauer überlief Davids Rücken. War seine Maske nun doch gefallen? Bevor er diesen Raum verließ, musste er sich Klarheit über Pacellis mögliche Beziehungen zum Kreis der Dämmerung verschaffen. Wieder blickte David auf die Wölbung des verhüllten Kardinalsfingers und antwortete ruhig: »Ein Mensch, der die Wahrheit sucht.«

»Die *Wahrheit?*«, wiederholte Pacelli, als spräche David vom Heiligen Gral. »Sie stammen doch aus der Neuen Welt, Monsieur. Dann haben Sie vermutlich William Penn gelesen. Er war kein Katholik, sondern Quäker, aber eines hat er trotzdem erkannt: ›Wahrheit leidet oft mehr durch den Übereifer ihrer Verteidiger als durch die Argumente ihrer Gegner.‹ Nehmen Sie es mir nicht übel, aber ich kann mich des Eindrucks nicht erwehren, einem solchen Eiferer gegenüberzusitzen. Vielleicht lassen sich die Leser Ihres Magazins ja gerne von apokalyptischen Visionen und spektakulären Hypothesen mitreißen, ich jedoch bin Diplomat und habe die Wirklichkeit kennen gelernt.«

»Sind Wahrheit und Wirklichkeit nicht miteinander verwandt?«

»Da irren Sie sich gewaltig, Monsieur. Ob Monarch, Diktator oder gewählter Volksvertreter – alle sind sie Menschen, die ihre eigenen Wirklichkeiten erschaffen. Akzeptiert man diese, kann man ihnen vielleicht einen Vertrag abtrotzen und später auf dessen Einhaltung pochen. Weist man die Scheinwirklichkeit jedoch als solche zurück, dann machen sie einem nur umso größere Scherereien. Nein, der Heilige Vater wusste schon, wem er das Amt des Staatssekretärs anvertraute. Bei mir weiß er diesen Schlüssel in guten Händen.«

»›Was nützt ein goldener Schlüssel, wenn er die Tür zur Wahrheit nicht öffnet?‹«

»Sie sind ein Träumer, M. Cournot, oder wenn es Ihnen lieber ist, heiße ich Sie einen Idealisten. Mit Ihrer Einstellung können Sie die Welt niemals ändern.«

»Der Träumer, von dem meine letzten Worte stammten, war Aurelius Augustinus, vielleicht der von den Katholiken am meisten verehrte Kirchenvater. Aber ich will Sie nicht brüskieren, Eminenz. Ich wollte nur Ihren Blick für einige beunruhigende Entwicklungen schärfen, die Ihnen zweifelsohne auch selbst schon aufgefallen sind.«

In Pacellis dunklen Augen funkelte ein gefährliches Feuer, aber sein Gesicht blieb unbewegt, als er antwortete: »Vielen Dank für die Lektion, M. Cournot, aber Sie erzählen mir da tatsächlich nichts Neues. Leider muss ich mich nun wieder meinen anderen Aufgaben zuwenden. Lassen Sie mich unserem anregenden Disput nur noch einen letzten Sinnspruch hinzufügen. Claudius schrieb in seiner *Apologie des Sokrates:* ›Alle Menschen haben eine Ahnung und Idee der Wahrheit in sich.‹ Ich denke, ich werde auch zukünftig mein Amt mit Vorsicht und Besonnenheit ganz gut ohne Ihre Hilfe wahrnehmen können.«

Der Kardinal nahm das goldene Glöckchen in die rechte Hand – die jäh erstarrte, noch ehe sie nach dem Sekretär hatte läuten können. Diese Lähmung trat infolge eines entsetzten Ausrufes ein, den ein ausgesprochen betroffen wirkender M. Cournot von sich gegeben hatte.

»Was ist denn mit Ihrer Hand passiert, Eminenz? Sie bluten ja!«

Pacelli blickte auf den weißen Handschuh und zeigte sich bestürzt. An den Fingern der Rechten breitete sich schnell ein blutroter Fleck aus. Erschrocken ließ er das Glöckchen auf den Tisch klimpern und begann hektisch an den Baumwollfingern herumzuzupfen. Vor lauter Aufregung bekam er den rot durchtränkten Handschuh nicht herunter. Schließlich konnte er sich doch in Panik der lästig gewordenen zweiten Haut entledigen. Fieberhaft drehte er die Hand, suchte nach einer klaffenden blutenden Wunde, fand aber nichts.

David starrte ebenfalls auf Pacellis Finger, aber aus einem anderen Grund. Da war *kein* Siegelring, kein verräterisches Zeichen, das auf eine Verbindung zum Kreis der Dämmerung hingewiesen hätte! Alles, was er an der Hand des Kardinals sah, war rote, nässende Haut und eine eitrige Schwellung des Ringfingers.

Also hatte ihm sein Gefühl die Wahrheit gesagt: Pacelli gehörte nicht zu Lord Belials Logenbrüdern. Wenigstens das hatte der kleine Farbentrick verraten.

Der Kardinal gewann erstaunlich schnell seine Fassung zurück und läutete heftig mit dem Goldglöckchen.

David gab sich zerknirscht. »Sollte ich Sie erschreckt haben, bitte ich vielmals um Entschuldigung, Eminenz.«

»Schon gut«, knurrte Pacelli ungeduldig. Er schien sich nach Beistand zu sehnen. Prompt öffnete sich die Tür zum Nebenzimmer und Robert Leiber erschien. »M. Cournot hat soeben sein Interview beendet«, sagte Pacelli, jetzt wieder ganz Kirchenfürst.

David empfand es als wohltuend, einem weiteren Angebot zum Ringkuss zu entkommen. Er deutete eine

Verneigung an und sagte ganz ohne Häme: »Was den guten Claudius betrifft, wie übrigens jeden anderen Denker, sollte man ihn nicht nur korrekt, sondern auch vollständig zitieren, Eminenz. Er sagte nämlich noch: ›Ich denke, die Wahrheit muss durch alle Menschen nicht gewinnen können, aber ein *jeder Mensch* durch die Wahrheit.‹ Gewinnen kann nur, wer bereit ist, von anderen zu empfangen. Auch ich danke Ihnen für das anregende Gespräch und möchte meinen eingangs erwähnten Segen in Erinnerung bringen. Leben Sie wohl.«

Kaum war die Tür zu Pacellis Arbeitszimmer geschlossen, da fragte Robert Leiber auch schon: »Ist es nicht so gelaufen, wie Sie es sich erhofft hatten?«

»Wie kommen Sie darauf?«

»M. Cournot, ich arbeite seit Jahren mit Seiner Eminenz zusammen und kenne sein Mienenspiel.«

David dachte kurz über die Frage nach. Er war sich selbst nicht ganz im Klaren, was er von dem Gespräch halten sollte. Hätte Pacelli einen von Lord Belials Siegelringen getragen, wüsste er nun, woran er war. Er hätte die weitere Karriere des Mannes sabotieren können, wie es ihm bei Lucius Kelippoth gelungen war. Aber nun? Der Kardinal hatte wenig Bereitschaft erkennen lassen, solchen beunruhigenden Entwicklungen, wie sie sich in Italien und auch in Deutschland abzeichneten, mit dem ganzen Einfluss der Kirche entgegenzutreten. Mit dieser Haltung würde er, ob nun arglos oder nicht, Lord Belials Zwecken dienen – eine bittere Erkenntnis für David.

Er zuckte müde mit den Schultern. »Ich glaube, es hätte besser laufen können.«

Leiber ahnte natürlich nicht, was hinter der dicken Tür

zu Pacellis Arbeitszimmer wirklich vorgegangen war. Er tippte wohl auf eine dem stürmischen Wetter entsprechende Stimmungslage seines Vorgesetzten und legte David tröstend die Hand auf die Schulter.

»Seine Eminenz arbeitet sehr viel. Normalerweise scheut der Kardinal Reporter wie der Teufel das Weihwasser. Ich hatte mich eh schon gewundert, dass er Sie überhaupt empfängt. Wenn er also weniger entgegenkommend war als von Ihnen erwartet, zeigen Sie sich in Ihrem Artikel bitte trotzdem nachsichtig mit ihm.«

David zwang sich zu einem Lächeln. »Keine Sorge, ich werde mich eng an die Fakten halten.«

»Gut. Dann kommen Sie. Ich bringe Sie wieder aus diesem Labyrinth hinaus.«

Leiber öffnete die exorbitante Tür zum Flur und ließ David den Vortritt. Als der auf den Gang hinaustrat, sah er zu seiner Rechten eine Bewegung. Unwillkürlich wandte er den Kopf. Vor der benachbarten Tür, die unmittelbar in Pacellis Arbeitszimmer führen musste, stand ein Mann in taubengrauem Anzug. Unter dem Arm hielt er eine Akte. Als Davids Blick auf die Hand des Fremden fiel, erstarrte er.

In diesem Moment öffnete sich die Tür des Arbeitszimmers und für einen winzigen Moment sahen sich David und der Kardinal in die Augen. Pacelli wirkte erschrocken. Schnell dirigierte er den Besucher in sein Zimmer und schloss wieder die Tür.

»M. Cournot?« Die Stimme Leibers drang wie aus der Ferne zu David.

»Was?«

»Wir müssen hier entlang, bitte kommen Sie.«

David setzte sich langsam in Bewegung, sein Blick hing

noch an der Tür des Arbeitszimmers. »Wer war dieser Mann, den Seine Eminenz da eben empfangen hat?«

Leiber lächelte verschmitzt. »Bedaure, M. Cournot, aber *das* darf ich Ihnen wirklich nicht verraten.«

Der verwirrende Bau aus Gängen, Treppen und Hallen begann vor Davids Augen zu verschwimmen. Er folgte nur noch dem Geräusch von Leibers schnellen Schritten, während sein Sinn fieberhaft die eben erlebte Szene zu rekapitulieren versuchte. Alles war so schnell gegangen. Der Fremde vor dem Arbeitszimmer des Kardinals war schlank und mittelgroß gewesen – auf jeden Fall kleiner als Pacelli. Sein graues, streng nach hinten gekämmtes Haar hatte nur noch wenige dunkle Stellen aufgewiesen. Am Nacken war es anrasiert gewesen. Die gerade Haltung und die etwas steifen Bewegungen hatten an einen Soldaten erinnert. Beim Eintreten des älteren Mannes in Pacellis Zimmer hatte David sogar kurz dessen Profil sehen können – mit einer langen Nase und einem schmalen Oberlippenbart –, aber trotzdem würde es so gut wie unmöglich sein, jemanden anhand dieser wenigen Anhaltspunkte wieder zu erkennen. Während Davids Schritte durch die Gänge hallten, versuchte er sich das klarzumachen, aber sein Gefühl weigerte sich, der Vernunft das Feld zu räumen. Vielleicht fiel es ihm auch so schwer, die flüchtige Begegnung zu vergessen, weil er die Hand des Mannes gesehen hatte. Und den Ring an seinem Mittelfinger.

Als David endlich wieder allein war, lehnte er minutenlang mit geschlossenen Augen an einer Säule und ordnete seine Gedanken. Er befand sich unter den Kolonnaden, am Rande der Piazza di San Pietro. Noch immer tummelten sich hunderte von Schaulustigen auf dem Petersplatz und erschwerten ihm mit ihrem Lärm das Nachdenken.

Er schüttelte verzweifelt den Kopf. Die Bilder aus seinem Gedächtnis waren einfach zu unscharf! Je länger er sich das Hirn zermarterte, desto mehr schien die Gestalt des Fremden zu verschwimmen. Nur das Bild der Hand blieb klar. Aus etwa drei Metern Entfernung hatte David einen schweren Ring erkennen können. Der Anblick des Schmuckstückes hatte ihm einen regelrechten Stromschlag versetzt. Er hätte schwören können, einen von Lord Belials zwölf Siegelringen zu sehen. Später, auf dem Weg hinaus, war er sich dann schon nicht mehr so sicher gewesen. Eine knappe Stunde zuvor, als der Kardinal ihm die Hand zum Kuss gereicht hatte, war er ja einem ähnlich unsinnigen Verdacht erlegen.

Offenbar lagen seine Nerven blank und gaukelten ihm Trugbilder vor. Kein Wunder, Pacellis erschreckende Kommentarlosigkeit gegenüber den menschenverachtenden Zielen der Nationalsozialisten hatte ihn innerlich aufgewühlt. Trotz seines zerrütteten Verhältnisses zur Kirche war diese für ihn bisher, zumindest vom Anspruch her, eine moralische Institution gewesen. Enttäuscht musste er sich nun eingestehen, dass der Vatikan in diplomatischer Hinsicht auch nur mit Wasser kochte. Wie jeder anderen Regierung ging es ihm vor allem um den Erhalt der eigenen Macht. Da konnte eine mutige Verteidigung der Wahrheit nur unliebsame Reaktionen vonseiten anderer Mächtiger provozieren. Die oberste Tugend des Kardinals schien seine *Vorsicht* zu sein. Immer wieder hatte er dieses Wort gebraucht.

David fühlte etwas Hartes in seinen Fingern. Erst jetzt bemerkte er, dass seine Hand wie von selbst zu dem Ring gewandert war, den er stets an einer Goldkette um den Hals trug. Er öffnete die Augen und blickte an sich herab, zu der Stelle hin, wo sich der Ring unter dem Hemd verbarg. Nein, es war wohl doch kein Zwilling dieses Schmuckstückes gewesen, den er da am Finger des geheimnisvollen Fremden hatte funkeln sehen. David ließ die Hand wieder sinken. Als er seine Aufmerksamkeit dem Treiben auf dem Petersplatz zuwandte, bemerkte er ganz in der Nähe eine dunkle Gestalt. Zum zweiten Mal innerhalb kurzer Zeit überkam ihn ein furchtbarer Schrecken.

Es war der Mönch aus Mailand.

Statuen und andere Heilige

Obwohl sich das harte ausdruckslose Gesicht sogleich hinter eine Säule zurückgezogen hatte, gab es keinen Zweifel: Jenes Antlitz gehörte demselben Jesuiten, der Rebekka und ihm vor einem Vierteljahr nachspioniert hatte. Die breite Narbe über der linken Augenbraue ließ keine andere Deutung zu. Wie damals war die dunkle Kutte auch jetzt sofort wieder verschwunden. Sollte David den Mönch – oder was auch immer dieser Beobachter wirklich war – verfolgen, ihn zur Rede stellen?

Sekundenlang wog er seine Chancen ab, den Spion überhaupt noch zu fassen. Ein Wettrennen über den Petersplatz, womöglich sogar eine handfeste Rauferei – nein, das konnte er wirklich nicht gebrauchen. Außerdem war der Mann womöglich bewaffnet. Auf der Piazza wimmelte es nur so von Menschen. Unschuldige könnten verletzt werden.

David entschied sich gegen eine Verfolgung des

Mönchs und lief stattdessen genau auf das Portal der Peterskirche zu. Er nutzte die Statue des heiligen Paulus als Deckung, um sich noch einmal umzusehen. Unter den zahlreichen Touristen, die erwartungsvoll zum Papstpalast emporschauten, befanden sich auch Priester, Mönche und Nonnen. Aber der Jesuit war wie vom Erdboden verschluckt.

Gerade näherte sich eine Besuchergruppe der Treppe, die zum Dom hinaufführte. Eine vollschlanke Frau in schwarzem Kleid führte die bunte Schar an. Sie verweilte eine Zeit lang vor dem steinernen Paulus und beschrieb mit durchdringender Stimme die Vorzüge des Standbildes, als stünde dieses zum Verkauf. Nachdem sie auch den heiligen Petrus auf der anderen Seite der Treppe angepriesen hatte, setzte sich der Tross wieder in Bewegung. David reihte sich unauffällig ein.

Kurz bevor die lautstarke Führerin die Kirche betrat, blieb sie unvermittelt stehen, wirbelte herum und deutete auf den großen Obelisken, der im Zentrum des ovalen Petersplatzes wie der Zeiger einer gigantischen Sonnenuhr anmutete. David hielt den Atem an. Hier oben, gleich neben dem Mittelportal der Kirche, kam er sich wie auf einem Präsentierteller vor. Langsam arbeitete er sich weiter ins Zentrum der Gruppe vor. Das Ausbreiten des enzyklopädischen Wissens der Führerin über Kaiser Caligulas monumentales Mitbringsel aus Ägypten beanspruchte einige nervenaufreibende Minuten. Als sie endlich herumschwenkte und zu Davids Erleichterung den Petersdom in Angriff nahm, kam er sich selbst wie versteinert vor.

Im Inneren des Doms bedeckte die belesene Signora ihr Haupt mit einem nachtfarbenen Spitzentuch und dirigierte die Schar ihrer Jünger den nächsten Attraktionen entgegen. Für eine Weile nutzte David noch die Deckung der Reisegruppe, dann ließ er sich unauffällig zurückfallen.

Was sollte er jetzt tun? Einfach wieder hinausgehen, damit sich der Mönch erneut an seine Fersen heften konnte?

Nach außen vermittelte David ein Bild stiller Ergriffenheit, doch seine Gedanken arbeiteten fieberhaft an einem Fluchtplan. Rebekka wartete auf ihn, und wenn er nicht rechtzeitig zu ihr zurückkehrte, würde sie ohne ihn Rom verlassen. Zwar blieben bis dahin noch fast sechs Stunden, aber er kannte seine Frau – Rebekkas Furcht würde mit jeder Minute des Wartens zunehmen. Er musste schnell einen Ausweg finden.

Mit einem Mal stand David unter der riesigen Kuppel der Kirche und blickte zu den Mosaiken und goldenen Verzierungen hinauf. Schon in der Westminster Abbey war er sich klein vorgekommen, aber hier, unter dem fast einhundertzwanzig Meter über ihm schwebenden Runddach schien er zu einem winzigen Punkt zu schrumpfen. Der Anblick erfüllte ihn mit einer seltsamen Unruhe – wie sollte er hier einen klaren Gedanken fassen? – und ließ ihn fluchtartig einen weniger einschüchternden Winkel aufsuchen.

Nachdenklich blieb er vor einer dunklen Bronzestatue stehen, ein sitzender Mann mit Heiligenschein, der einen auffallend blanken rechten Fuß vorstreckte. Gleich darauf klärte sich das Rätsel des spiegelnden Körperteils. Ein Gläubiger näherte sich ehrfürchtig der Statue, küsste die exponierten Zehen, bekreuzigte sich und zog sich wieder zurück. Jetzt fiel es David wieder ein. Die Bronzestatue stellte den heiligen Petrus dar.

»Ein merkwürdiger Brauch, nicht wahr?«

David zuckte zusammen. Der seltsame Akt der Zehenpolitur hatte ihn nur einen Augenblick lang abgelenkt und ausgerechnet in diesem Moment war er überrascht worden. Sein Herz schien stillzustehen, als er sich mit steifem Hals zu der dunklen Gestalt am Rand seines Gesichtskreises umdrehte.

Erleichtert atmete er auf. Es war nur ein junger Mönch in brauner Kutte, der da an seiner Seite das Treiben der Zehenversessenen verfolgte.

Der Ordensbruder machte ein besorgtes Gesicht. »Entschuldigen Sie, habe ich Sie etwa erschreckt?«

David lächelte gequält und antwortete auf Italienisch: »Nicht der Rede wert. Ich war nur gerade in Gedanken.«

»Den Gläubigen bedeutet dieser Brauch sehr viel«, sagte der Mönch mit einem ironischen Unterton in der Stimme. »Seit Pius IX. Mitte des letzten Jahrhunderts jedem Küsser einen fünfzigtägigen Ablass garantierte, muss der heilige Petrus sich nie mehr die Füße waschen.«

»Weiß der Papst eigentlich, wie ...«, angestrengt suchte David nach den passenden Worten, »respektlos Sie über die Inneneinrichtung seiner Hauptkirche reden?«

Der Ordensbruder lächelte geheimnisvoll. »Der Heilige Vater hat seine Ohren überall. Möglich wäre es.«

»Ich habe einmal irgendwo gelesen, die Bronze für diese Statue soll von einem Jupiter-Standbild genommen worden sein. Wenn das stimmt, kann ich Ihr distanziertes Verhältnis zu dem Heiligenbild verstehen.«

»Das ist wohl nur eine Legende«, antwortete der Mönch lachend. Er war in etwa von Davids Statur, ein wenig kleiner vielleicht, besaß dichtes schwarzes Haar und wirkte jetzt wie ein großer Junge nach einem gelungenen Streich. »Neuerdings glaubt man, die Bronzestatue stamme erst aus dem dreizehnten Jahrhundert. Sie sind wohl kein Katholik?«

»Wie haben Sie das so schnell erkannt?«

»War nur so eine Vermutung. Aus welchem Land kommen Sie, wenn ich fragen darf?«

»Das ist schwer zu beantworten. Ich bin Reporter, reise durch die ganze Welt und schreibe für *Time*.«

»Das amerikanische Magazin!« Der Mönch schob die Unterlippe vor und nickte anerkennend. »Alle Achtung! Dann sind Sie wohl ein Mann mit einem Auge für das Wesentliche.«

»Wie man's nimmt. Ich versuche der Wahrheit zu ihrem Recht zu verhelfen.«

In den Augen des Italieners entstand ein Leuchten. Nur zu gut kannte David dieses Phänomen, das man leicht mit Bewunderung verwechseln konnte. Unbewusst hatte er die Wahrhaftigkeit aus seiner Stimme sprechen lassen und dieser junge Mann schien offenbar für sie sehr empfänglich zu sein. David hatte eine Idee.

»Sagen Sie, gibt es in dieser Kirche auch einen Hinterausgang?«

Die Frage schien den Ordensbruder zu belustigen. »An diesem Gotteshaus wurde einhundertzwanzig Jahre lang gebaut. Es wäre doch sehr verwunderlich, wenn man in dieser Zeit bloß eine einzige Tür zustande gebracht hätte. Sie sind nicht zufällig ein Kunstdieb auf der Flucht?«

»Keine Sorge. Es gibt nur da draußen auf dem Petersplatz einen Mann, dem ich ungern begegnen möchte.«

»Mafia?«

»Jesuit.«

»Gott bewahre! Manche behaupten, das wäre noch viel schlimmer. *Omnia ad maiorem Dei gloriam*, versteht sich.«

David stutzte. »Ich fürchte, mein Latein ist etwas eingerostet.«

»Alles zur größeren Ehre Gottes«, übersetzte der Mönch augenzwinkernd. »Das Motto der Jesuiten. Und nun kommen Sie. Ich werde Sie hier herausbringen.«

Der Ordensbruder mit den merkwürdigen Ansichten führte David zu einem vergleichsweise kleinen Portal im südlichen Teil des Doms. Mit einem Fausthieb überredete er das klemmende Schloss zum Nachgeben. Nun ließ sich die Tür mühelos öffnen.

»Sie scheinen sich ja hier gut auszukennen«, meinte David staunend.

»Nun ja«, antwortete der Mönch lächelnd. »Eigentlich sollte sich jeder von uns Fratres in der Grabeskirche des heiligen Petrus auskennen. Ich wünsche Ihnen ein gutes Entkommen, Signore …?«

»Cournot. François Cournot.«

»Und mein Name ist Lorenzo Di Marco. Es war schön, mit Ihnen zu reden. Gott segne Sie, Signor Cournot.«

Es widerstrebte David, den jungen Ordensmann mit »Vater« oder »Bruder« anzusprechen, daher erwiderte er einfach: »Herzlichen Dank für Ihre Hilfe und leben Sie wohl.«

Wieder unter freiem Himmel, suchte sich David entlang der Südfront des Doms einen Weg zum Petersplatz zurück. Hätte er die Kirche unter dem Säulenvorbau am erhöhten Osteingang verlassen, wäre er wachsamen Augen unweigerlich aufgefallen. Aber falls der andere Mönch noch irgendwo auf dem Platz lauerte, konnte David jetzt den Spieß umdrehen.

Während er bedächtigen Schrittes in die Schatten des Säulengangs eintauchte, der die Piazza di San Pietro umfing, ließ er den Blick über das weite Rund schweifen. Über seinem Kopf murmelten Stimmen – nur das Hadern des Frühjahrssturms über die verfängliche Architektur der Kolonnaden. Dennoch fröstelte ihn. Sein Anzug war besseres Wetter gewohnt. Vom schwarzen Mönch fehlte jede Spur. Aber was hieß das schon? Der in Viererreihen gestaffelte Säulengang machte es David unmöglich, jeden Winkel zu überblicken. Um Gewissheit zu erlangen, bewegte er sich entgegen dem Uhrzeigersinn unter den Kolonnaden entlang. Jederzeit bereit – ja, zu was eigentlich?

Er würde den Mönch beobachten. Vielleicht ließen sich aus dem Verhalten des Jesuiten irgendwelche Rückschlüsse ziehen. Und sollten sich ihre Blicke noch einmal kreuzen, dann würde David die offene Konfrontation suchen. Endlich hatte er einen Entschluss gefasst. Dieses Versteckspiel dauerte schon viel zu lange.

Als er das Ende des Platzes fast erreicht und noch immer nichts entdeckt hatte, trat David langsam aus den Schatten heraus. Die Kolonnaden glichen zwei Halbkreisen, die selbst hier, am östlichen Punkt ihrer größten Annäherung, noch weit auseinander standen. Um den gegenüberliegenden Säulengang zu erreichen, musste er ins Freie treten und die Straße überqueren. Nur wenige Meter von ihm entfernt stand eine Familie: Vater, Mutter und drei Kinder, die mit ausgestreckten Armen quer über den Platz deuteten. Die nervösen Zeigefinger zielten auf ein Gebäude jenseits der nordwestlichen Begrenzung des Platzes. Aufgeregte Kommentare in italienischer Sprache – für David nur unverständliche, nicht enden wollende Bandwurmsätze – verliehen der Szenerie eine geradezu ansteckende Dramatik.

Für einen kurzen Moment ließ sich David ablenken. Er lehnte sich gegen eine Säule, beschirmte die Augen mit der Hand und blickte zu dem fünf- oder sechsstöckigen Haus hinüber. Soweit ihm bekannt, bewohnte Pius XI. dieses Gebäude. Tatsächlich glaubte er für Sekunden in einem Fenster der obersten Reihe, ganz rechts, eine Bewegung zu sehen. Schon erstaunlich, welche Begeisterung selbst minimale Lebenszeichen dort oben unter den Menschen hier unten auslösen konnten.

David ließ wieder von dem Fenster ab und konzentrierte sich auf seine nähere Umgebung. Zum Glück hatte er seine Sinne gerade noch rechtzeitig geschärft, um ein schreckliches Unglück vorauszusehen.

»*Attenzione!*«, schrie er und stürzte vorwärts. Ein Teil seiner Aufmerksamkeit galt der vom Kolonnadendach herabstürzenden Steinfigur, die andere einem kleinen Jungen. David machte einen gewaltigen Hechtsprung, riss das Kind an sich und noch im Fallen drehte er sich auf den Rücken. Der Aufprall war schmerzhaft.

Im selben Moment krachte die Statue auf das Pflaster und zerbarst in weißgraue Splitter – an genau derselben Stelle, an der eben noch der Knabe gestanden hatte.

Jetzt lag das vielleicht fünfjährige Bürschlein stumm auf Davids Brust und starrte ihn aus großen Augen an.

»Geht es dir gut, Kleiner?«

Der Junge fing an zu brüllen.

Endlich hatte der Vater des Geretteten seine Erstarrung abgeschüttelt und nahm den Knaben aus Davids Armen. Auch die Mutter gesellte sich nun hinzu. Nach Einbeziehung der übrigen Familienangehörigen erklang bald ein lautstarker Choral aus Trostworten für das Kind und Danksagungen an Gott.

David ließ stöhnend den Hinterkopf auf das Pflaster sinken und schloss die Augen. An weitere »unauffällige« Unternehmungen war jetzt nicht mehr zu denken. Hoffentlich hatte wenigstens niemand den zuletzt wie *verlangsamt* wirkenden Sturz des Standbildes bemerkt. Keuchend setzte er sich wieder auf und klopfte den Staub von seinen Ärmeln. Dabei musterte er fast bedauernd die Trümmer der Figur. Früher am Tag hatte er einen Fremdenführer sagen hören, dass insgesamt zwei mal siebzig Heiligen- und Märtyrerstatuen die Kolonnaden krönten. Jetzt waren es nur noch einhundertneununddreißig.

Als er sich mit schmerzverzerrtem Gesicht auf die Beine hievte, verlagerte sich die Begeisterung der Familie endlich auf das »Werkzeug des Herrn«.

In den nächsten Minuten wurde er mit Dankesworten überschüttet, die einen Guiseppe Verdi – so er denn noch lebte – wohl umgehend zu einer neuen Oper animiert hätten. David lächelte, so gut es ging, nickte, ließ sich umarmen und schüttelte Hände. Nebenbei blickte er sich unauffällig um. Ungefähr zweihundert Menschen verfolgten den Schlussakt des Dramas, dessen Beginn nur eine Hand voll mitbekommen hatte.

David musste versprechen die Familie Sbalchiero bei nächster Gelegenheit in Ánzio zu besuchen. Erst danach durfte er sich langsam entfernen. Humpelnd – sein rechtes Knie war aufgeschlagen – machte er sich in Richtung Engelsburg davon. Der Blick auf die Armbanduhr war beruhigend: erst Mittag. Rebekka würde noch nicht allzu besorgt sein …

»Einen Moment bitte!«

David blickte von seiner Uhr auf und blieb abrupt stehen.

Zwei Männer versperrten ihm den Weg. Hätte er den Aufzug der beiden in diesem Moment zum ersten Mal zu Gesicht bekommen, wären die absonderlich Gewandeten ihm wohl wie aus einem Theater entlaufene Possenreißer vorgekommen – einmal abgesehen von den Spießen.

Die Kleidung der zwei hoch gewachsenen Posten der Schweizergarde war längs gestreift. Sie beglückte das Auge des Betrachters mit fröhlichem Rot, Gelb und Blau. Das breite Streifenmuster zierte sowohl die lustigen Pumphosen als auch die engen Gamaschen. Dazu trugen sie einen vergleichsweise faden Hut – er war schwarz und erinnerte in seiner Form an die Kopfbedeckungen spanischer Konquistadoren.

»Ja?«, fragte David ungehalten. Sein schmerzendes Knie erlaubte keinen freundlicheren Ton.

Der große Gardist blickte ernst auf ihn herab. »Wir müssen Sie bitten mitzukommen.«

»Und wenn ich nicht möchte?«

»Es handelt sich um einen Befehl. Notfalls müssten wir Ihrem Entschluss ein wenig nachhelfen.«

»Das glaube ich nicht.«

»Aber Signore, warum sollte ich mir das ausdenken?«

»*Wer* will mich sprechen?«

»Seine Heiligkeit, Signore.«

»Nein.«

»Doch.«

»Ach was! Irgendjemand hat Ihnen einen Floh ins Ohr gesetzt.«

»Seine Heiligkeit beliebt keine Scherze zu machen.«

»Das mag ja sein, aber jetzt lassen Sie mich bitte gehen.«

Zwei gekreuzte Lanzen versperrten David den Weg. »Der Anruf kam soeben aus dem Palast. Vermutlich ist Ihre heldenmütige Aktion auf der Piazza Seiner Heiligkeit nicht entgangen und nun möchte sie Ihnen danken.«

»Macht er so etwas öfter?«

»Während meiner ganzen Dienstzeit hat es keinen ähnlichen Vorfall gegeben. Würden Sie uns jetzt bitte begleiten, Signore?«

David überlegte einen Augenblick, ob er den Gardisten irgendetwas Farbiges antun oder ihre Lanzen aus der Sonnenumlaufbahn ausklinken sollte oder … Ach, er wusste ja selbst nicht, was er von dieser grotesken Situation halten sollte. Wochenlang hatte er um einen Interviewtermin bei Kardinal Pacelli gekämpft und nun wurde er vom Papst persönlich zu einer Privataudienz geladen. Er seufzte.

»Also gut. Ich komme mit.«

Die Gardisten wirkten erleichtert und wollten sich schon zur Eskortierung des Gastes in Bewegung setzen, als dieser unvermittelt »Halt!« rief.

Die Lanzenträger waren auf militärisch kurze Kommandos gedrillt, sie blieben sofort stehen und sahen David fragend an.

Der lächelte schief. »Bitte keine Gewaltmärsche, ich habe mir das Knie aufgeschrammt.«

Gemessenen Schrittes wanderte David nun ein zweites Mal an diesem Tag durch vatikanische Gänge, Treppenhäuser und Hallen. Der eigentliche Papstpalast unterschied sich auffällig von den Amtsräumen des Staatssekretariats. Neben den ausladenden Ölgemälden großer

Meister sah David Fresken von atemberaubender Qualität, Marmor in allen erdenklichen Farben, unglaubliche Mengen Gold und kostbare Hölzer in meisterhafter Verarbeitung.

Auf dem Weg durch die imposanten Räumlichkeiten gelangte David zu der Überzeugung, diese überraschende Wendung könnte sich für ihn in zweifacher Hinsicht als nützlich erweisen. Ihm lag viel daran, die Rolle der Kirche in Belials Jahrhundertplan zu ergründen, aber ganz nebenbei ließ sich vielleicht auch noch in Erfahrung bringen, wer dieser geheimnisvolle Besucher mit dem Goldring war, den Kardinal Pacelli so eilig in sein Arbeitszimmer geschleust hatte.

Endlich öffnete sich vor David die Tür zu einem großen Zimmer, das ganz mit roter Samttapete ausgeschlagen war. Durch die gegenüberliegenden Fenster konnte man undeutlich den Petersplatz erkennen. Rechts befand sich ein wuchtiger Kamin aus weißem Marmor. Und in der Mitte – flankiert von zwei Ordensbrüdern – saß der Papst.

Pius XI. strahlte wie ein Großvater beim Besuch seines Enkels. Da dem Oberhaupt der katholischen Kirche solche Freuden nicht vergönnt waren, besaß es gewissermaßen einen Überschuss an unverbrauchten Gefühlen, von denen David nun eine volle Breitseite abbekam.

»Herein, herein!«, rief Pius XI., der mit bürgerlichem Namen Ambrogio Damiano Achille Ratti hieß. Der wohlbeleibte Papst trug einen weißen Talar und eine Kappe derselben Farbe. Er wedelte mit den Händen, als könne er es nicht erwarten, seinen Besucher persönlich zu begrüßen.

Mehr noch als die rätselhafte Ungeduld des Papstes irritierte David der braun gewandete Mann links neben dem

Pontifex Maximus. Es handelte sich dabei um den jungen Mönch aus der Peterskirche. Als David näher humpelte, flüsterte der Ordensbruder seinem Heiligen Vater etwas ins Ohr.

»Spare Er sich den Kniefall«, sagte Pius, als David vor ihm zum Stehen gekommen war. Er lächelte listig und fügte hinzu: »Wir wollen ausnahmsweise darauf verzichten, um Sein verletztes Bein zu schonen.« Dann neigte er sich nach links und sagte zu dem älteren der beiden Ordensbrüder: »Frater Angelico, bitte rufe Er einen Arzt, damit dieser sich um den jungen Mann kümmere.«

Pius wartete, bis der Mönch den Raum verlassen hatte. Hierauf flüsterte er: »Frater Lorenzo hat Uns schon verraten, dass Er der ewigen Verdammnis ausgeliefert ist.«

David blinzelte verwirrt. »Ich fürchte, mir ist nicht ganz klar …«

»Schon gut«, unterbrach ihn Pius und lachte schallend. »Prinzipiell erwarten die Höllenqualen jeden, der nicht im Schoße der heiligen Mutter Kirche ruht, aber Wir haben Ihn nicht zu Uns gerufen, um mit Ihm einen Disput über Glaubensfragen zu führen. Das überlassen wir lieber den Fratres des Heiligen Offiziums.«

Den Brüdern der katholischen Inquisition!, übersetzte David für sich und schluckte. Der Wolf unter den kirchlichen Institutionen hatte sich im Jahre 1908 den Schafspelz eines neuen Namens übergestreift. »Und warum habt Ihr mich dann gerufen?«

»Weil Wir Ihn unbedingt kennen lernen wollten. Wir haben Ihn beobachtet, da draußen.« Pius deutete zum Fenster. »Er hat Sein eigenes Leben aufs Spiel gesetzt, um dieses Kind zu retten. Das war nicht nur tapfer von Ihm, sondern es verrät auch Seine Großherzigkeit – zwei Eigenschaften, die man heute nur noch selten findet. Wir sind der Meinung, Er hat sich dafür einen Orden verdient.«

David schlug die Augen nieder. *Oh nein, nicht schon wieder!* »Ihr seid zu gütig, Exzellenz, aber das war keine große Sache für mich. Ehrlich gesagt habe ich in dem Augenblick nicht lange nachgedacht. Es kam einfach so über mich …«

»Was umso mehr ein beredtes Zeugnis für Seine selbstlose Nächstenliebe ist, die Unsere Anerkennung und Unseren tief empfundenen Dank verdient. Frater Lorenzo hat Uns schon verraten, was für ein bemerkenswerter Mensch Er ist. Abgesehen von dem Orden, den wir Ihm hiermit avisieren wollen, ist das noch ein weiterer guter Grund für Uns mit Ihm bekannt zu werden.«

David blickte ungläubig in das geheimnisvoll lächelnde Gesicht des jungen Mannes. Allmählich dämmerte ihm, dass manche dahingeworfene Bemerkung des Ordensbruders in der Peterskirche wohl doch einen tieferen Sinn gehabt hatte. »Bei allem Respekt, aber wie kann Pater Di Marco so etwas sagen? Wir haben uns doch höchstens zehn Minuten lang gesprochen.«

Pius erlaubte seinem Vertrauten für sich selbst zu antworten.

»Bei manchen Menschen genügen schon wenige Worte, um ihre wahre Natur zu erkennen, Signor Cournot. Bei Ihnen bin ich mir sicher, dass Sie ein gutes Herz haben …«

»Obwohl Er kein Katholik ist«, platzte Pius dazwischen. »Was hält Er davon, wenn wir unsere Unterhaltung auf dem Dach fortsetzen?«

Dieser frohgemute Mann gab David immer neue Rätsel auf. »Auf dem *Dach?*«

»Wir haben da einen netten Garten. Nicht so pompös wie die Anlagen hinter dem Dom, aber dafür erheblich verschwiegener. Wir wollen ein wenig plaudern, solange der Arzt Seine Wunde versorgt.«

Der Dachgarten des Papstes mochte der Ungeduld eines seiner Vorgänger hinsichtlich der Erlangung des himmlischen Paradieses entsprungen sein. Den Wolken ganz nahe, konnte man auf ihm das viereckige Wohngebäude des weitläufigen Palastes einmal ganz umrunden. Pius stand jedoch nicht der Sinn nach Spaziergängen im Grünen, er wollte einfach das Brausen des Windes im Gesicht spüren, diese unbändige Kraft, die eben noch auf dem Petersplatz fast eine Katastrophe ausgelöst hätte.

Ein Reihe von Quermauern unterteilte den päpstlichen Dachgarten in mehrere Lauben, von denen jede für sich dem Wind erstaunlich gut Paroli bot. Nur hin und wieder zupfte der Sturm mit seinen Fingerspitzen am Käppi des Papstes.

Die Privataudienz in luftiger Höhe setzte sich ebenso ungezwungen fort, wie sie kurz zuvor ein Stockwerk tiefer begonnen hatte. Während Pius' Leibarzt persönlich das verletzte Knie des Lebensretters säuberte, desinfizierte und verband, plauderte das geistliche Oberhaupt von fast einer Milliarde Menschen wie der besagte Großvater mit dem Enkel.

David, dem in diesem Spiel die Rolle des Kindeskinds zugedacht war, brauchte eine Weile, bis er sich auf die neue Situation eingestellt hatte. Anfangs bestand sein Beitrag zu dem Gespräch hauptsächlich in verständigem Nicken.

Aber dann erinnerte er sich der eigenen Erwartungen an diese Begegnung und wurde mutiger. Er erzählte aus seinem aufregenden Reporterleben, tat offen seine Meinung kund und stellte sogar Fragen.

Nach einer gewissen Zeit erkundigte sich der Papst nach dem Anlass von Davids Besuch im Vatikan. War er als Tourist gekommen, um die Kunstschätze zu bewundern?

Nein, antwortete der Gefragte und lenkte das Gespräch geschickt auf die mit Kardinal Pacelli besprochenen Fragen. David wollte hören, wie Pius XI. darüber dachte.

»Ich kann Seine Beunruhigung verstehen. Uns ergeht es ähnlich«, sagte der Papst, Bezug nehmend auf die von David angesprochenen politischen Entwicklungen in Deutschland und Italien. Er rieb sich mit der Hand das Kinn und blickte nachdenklich nickend auf einen vom Gärtner übersehenen Löwenzahn.

»Dennoch habt Ihr, Exzellenz, ausgerechnet den Faschisten erlaubt die römische Frage durch ein Abkommen zu klären. Viele Menschen sind beunruhigt durch die moralische Aufwertung, die Mussolini dadurch erfahren hat.«

»Leider verstehen nur wenige die größeren Zusammenhänge, die Uns zum Abschluss der Lateranverträge bewogen haben.«

»Ich frage mich, ob der Zweck wirklich jedes Mittel heiligt.«

Ein unwilliger Ausdruck erschien auf Pius' Gesicht. »Er ist recht mutig, Uns Derartiges an den Kopf zu werfen.«

David lächelte gewinnend. »Ich weiß. Früher hätte mich die Inquisition dafür auf dem Scheiterhaufen verbrannt.«

»Was würde *Er* denn tun, wenn Er an Unserer Stelle auf dem Stuhle Petri säße?«

Die Frage verblüffte David. Er musste sein Bild von diesem mächtigen Mann wohl gründlich revidieren. Nachdenklich wiegte er den Kopf hin und her. »Ich würde die Menschen den Geist der Bergpredigt lehren, damit sie selbst, jeder für sich, ihre Schlüsse ziehen können. Und mir läge viel daran, in persona, durch den Klerus und als Kirche insgesamt ein nachahmenswertes Beispiel zu geben.«

Pius sah seinen Gast aus finsterer Miene an. David fürchtete schon den Bogen überspannt zu haben und bereitete sich auf ein infernalisches Wortgewitter vor, aber dann antwortete der Papst nachdenklich: »Seinen Worten entnehmen Wir, dass Er dieses Vorbild vermisst.«

»Mir ist zu Ohren gekommen – nur um ein Beispiel zu nennen –, dass der Vatikan Beteiligungen an *Munitionsfabriken* hält. Es heißt, König Viktor Emanuel III. habe noch immer nicht die Niederlage verwunden, die Francesco Crispi, der Premier seines Vorgängers, gegen Ende des letzten Jahrhunderts in Abessinien erleiden musste. Wenn Italien wirklich ein neues Blutvergießen in Ostafrika anrichten will, würdet Ihr dem Duce dann die Granaten dafür liefern?«

Betroffen wandte sich der Papst dem Benediktinermönch Di Marco zu, der auf einem geflochtenen Gartenstuhl neben ihm saß. »Stimmt das mit den Munitionsfabriken, Lorenzo?«

Der Mönch breitete die Hände aus und nickte. »Ich fürchte ja, Eure Heiligkeit.«

»Mache Er sich eine Notiz. Wir möchten das Thema bei nächster Gelegenheit erörtern.« Pius zwang sich zu einem Lächeln und versicherte seinem Gast: »Leider können Wir uns nicht um jede einzelne Beteiligung persönlich kümmern. Das pastorale Werk verschlingt Unmengen von Geld. Mussolini glaubt, er sei mit seiner in der *Convenzione finanziaria* zugesicherten Entschädigungszahlung enorm großzügig gewesen, aber der Verlust des *Patrimonium Petri* lässt sich damit bei weitem nicht aufwiegen. Manchmal ist es nicht leicht, die nötigen Finanzmittel aufzutreiben.«

David starrte den Papst sekundenlang ungläubig an. *Die katholische Kirche muss darben – unfassbar!* Erst das unerfreuliche Gespräch mit Pacelli und nun das! Die ganze Kurie, einschließlich ihres Souveräns, schien sich da in etwas verrannt zu haben, was mit christlichen Grundprinzipien wenig oder gar nichts mehr zu tun hatte.

»Die Finanzsituation des Vatikans wage ich nicht zu beurteilen«, antwortete David zurückhaltend, um desto leidenschaftlicher hinzuzufügen: »Allerdings denke ich, die Wahrheit muss auch nicht in Palästen wohnen, um zu erstrahlen. Mit brennender Sorge erfüllt mich eher der Verlust an Menschlichkeit, die allerorten festzustellen ist.« *Selbst und gerade hier.* David deutete zur Peterskirche hinüber. »Dort drüben wird das Grab des Mannes verehrt, der einmal sagte: ›Mit ihrer Zügellosigkeit werden sie viele Anhänger finden, und ihretwegen wird man den Weg der Wahrheit lästern.‹ Ich wünschte, die Menschen könnten ihre kleinlichen Eifersüchteleien vergessen und einmal die Welt aus der göttlichen Perspektive betrachten.«

Nach diesen deutlichen Worten erhob sich David, um dem erwarteten Hinauswurf zuvorzukommen. Die Frage nach Pacellis Besucher würde wohl ungestellt bleiben müssen.

Zu seinem Erstaunen fiel die erwartete Schimpftirade

jedoch aus. Stattdessen wurde er mit Dankesworten bedacht, was ihn nun vollends aus dem Konzept brachte.

»Gemach, gemach«, beruhigte ihn der Papst. »Er hat Uns offen Seine tiefsten Empfindungen anvertraut – mit Ausnahme von Frater Lorenzo wagt das kaum einer hier – und dafür sind Wir Ihm zu Dank verpflichtet. Es hat Uns sehr beeindruckt, dass es ausgerechnet Ihn ›mit brennender Sorge erfüllt‹, was in der Welt vor sich geht, wo Er doch einem Berufsstand angehört, der sich gewöhnlich der Oberflächlichkeit verschrieben hat. Das Gespräch war für Uns sehr bereichernd. Nochmals: Habe Er Dank dafür.«

David stand da wie ein begossener Pudel. Er hatte Prügel erwartet und Lob bekommen. »Es freut mich, dass Ihr so denkt. Ich muss Euch für die Audienz danken. Sie hat mir einige wichtige Steinchen für mein Weltmosaik geliefert.«

»Fragt sich nur, ob es die helleren oder eher die düsteren waren.« Pius lachte schon wieder. Nachtragend schien er jedenfalls nicht zu sein. »Können Wir Ihm noch einen Wunsch erfüllen?«

»Palatin«, murmelte David wie benommen. Das freundliche Hilfsangebot hatte ihn völlig überrumpelt.

»Was hat Er gesagt?«

»Äh, ich glaube, ich muss da noch etwas vorausschicken. Ich bin auf der Suche nach einem verschollenen Wissen. Es geht um … eine Verschwörergruppe aus alter Zeit. In diesem Zusammenhang erhielt ich einen Hinweis, der nur aus einem einzigen Wort besteht. Es lautet Palatin oder Palatina. Fällt Euch dazu irgendetwas ein?«

»Sehr viel sogar.«

David winkte ab. »Natürlich. Ich weiß schon. All die Bauwerke in Italien, die sich mit diesem Attribut schmücken – die Cappella Palatina in Palermo, die Porta Palatina in Turin …«

»Und die Bibliotheca Palatina«, fiel Pius ihm ins Wort.

»Meint Ihr die in Mailand oder die in Parma oder …?«

»Wir reden von der, die sich hier im Vatikan befindet.«

»Im *Vatikan?*« Davids Unterkiefer rutschte herab und ließ sich sekundenlang nicht wieder heben.

Es schien dem fast Fünfundsiebzigjährigen zu gefallen, dass er das junge Heißblut aus der Fassung gebracht hatte. Schmunzelnd sagte der Papst: »Wir haben während der Kriegsjahre der Vatikanischen Bibliothek als Präfekt vorgestanden. Aus dieser Zeit besitzen Wir nützliche Kenntnisse über die umfangreichen Bestände dort. Die von Uns erwähnte Sammlung hat ihren Ursprung allerdings nicht in Italien. Dennoch ist sie *die* Bibliotheca Palatina schlechthin.«

»Und warum befindet sie sich dann *hier?*« Soeben war die Tür zu etwas Wichtigem aufgestoßen worden, David spürte es ganz deutlich.

Pius lachte und deutete zum Petersplatz hinab. »Warum steht der Obelisk dort unten auf der Piazza? Weil ihn jemand geklaut hat.«

Die Wortwahl des Kirchenoberhauptes ließ selbst Lorenzo Di Marco die Stirn runzeln.

»Ihr meint«, fragte David, »die Sammlung sei gestohlen worden?«

»Genau genommen war sie Kriegsbeute. Die Bibliotheca Palatina verdankt ihre Entstehung eigentlich Kurfürst Ottheinrich. Er wohnte in Heidelberg während der Mitte des sechzehnten Jahrhunderts und war ein leidenschaftlicher Büchersammler. In seinem Testament verfügte er die Zusammenführung mehrerer getrennter

Bestände in der Heiliggeistkirche. Damit legte er den Grundstein zu einer der bedeutendsten Bibliotheken nördlich der Alpen. Die Palatina umfasste damals nicht weniger als dreitausendfünfhundert Hand- und dreizehntausend Druckschriften. Diese Zahl mag Ihm angesichts der immensen Größe heutiger Bibliotheken gering erscheinen, doch der eigentliche Wert der Palatina lag auch weniger in der Menge ihrer Werke als vielmehr in deren Qualität. So manches Unikat befand sich in der Sammlung, außerdem kostbare Stücke wie der *Codex Manesse*, die ›Große Heidelberger Liederhandschrift‹, und andere bedeutende deutsche, lateinische und griechische Werke. Aber dann zettelten die Protestanten diesen unsäglichen Dreißigjährigen Krieg an, Tilly eroberte Heidelberg und der siegreiche bayerische Herzog Maximilian schenkte die Palatina später Papst Gregor XV.«

David nickte. »Und so kam die Bibliothek nach Rom.«

»In einhundertsechsundneunzig Kisten, um genau zu sein. Mich hat ihre Geschichte immer fasziniert. Seit 1623 gehört die Bibliothek hier zur Sammlung der *Stampati Palatini*. Jedenfalls das meiste davon.«

David hob fragend die Augenbrauen.

»Teile der Palatina sind später auch an andere Orte verbracht worden, unter anderem nach Paris. Zu Beginn des letzten Jahrhunderts gab Pius VII. dem Drängen der Heidelberger Universität nach und so gelangten etwa achthundertfünfzig deutschsprachige Handschriften wieder zurück an den Neckar. Es sollen sich inzwischen auch lateinische und griechische Werke aus dem Pariser Bestand wieder in Heidelberg befinden.« Pius lächelte zufrieden, wohl wie in alten Zeiten, wenn er seinen Studenten in Mailand einen besonders schwierigen Sachverhalt näher gebracht hatte. »Ist Seine Frage damit beantwortet?«

»Ja, danke.« Tausende weiterer Bücher und Handschriften! Wie ein Goldsucher hatte David schon in vielen Bibliotheken den Wissensstand von Jahrhunderten gewaschen und bisher nur wenige Krümel Gold gefunden. Aber wenn Briton Hadden auf dem Sterbebett wirklich von der Bibliotheca Palatina gesprochen hatte, dann *durfte* er diesen Hinweis nicht ignorieren. Er blickte den Papst aus seinen strahlend blauen Augen an und fragte: »Ist die Sammlung für Außenstehende zugänglich?«

»Will Er damit fragen, ob sie *Ihm* offen stehen würde?«

»Nun, eigentlich schon.«

Pius lachte. »Ja, meint Er denn, der Vatikan sei eine öffentliche Leihbibliothek? Gleichwohl, mit Unserer Erlaubnis darf Er wie andere Gelehrte auch in den Sammlungen forschen – natürlich nicht uneingeschränkt, wie Er sich denken kann. Die Archive des Vatikans enthalten vielleicht die kostbarsten, aber auch die *geheimsten* Schriften, die je von Menschenhand erstellt wurden. So ziemlich das Einzige, was uns hier noch fehlt, sind Moses' Steintafeln mit den Zehn Geboten.«

»Irgendwann bekommen wir die auch noch«, sagte Lorenzo Di Marco, ohne eine Miene zu verziehen.

Pius warf ihm einen irritierten Seitenblick zu, dann wandte er sich wieder an David. »Frater Lorenzo wird alles Erforderliche veranlassen, damit Er Zutritt zu den Vatikanischen Archiven bekommt, sollte Er es wünschen. Wir freuen Uns, Unserem Dank für Seine mutige Tat und für das geistvolle Gespräch auf diese Weise Ausdruck verleihen zu können. Den Orden werdet Ihr demnächst erhalten, wenn die notwendigen Formalitäten erledigt sind.«

Jetzt, da sich die Audienz mit Riesenschritten ihrem Ende näherte, fiel David siedend heiß sein Versäumnis ein. Er lächelte bescheiden und sagte rasch: »Ihr seid zu gütig, Eminenz, aber darf ich Euch trotzdem noch mit einer letzten Frage belästigen?«

»Er ist uns keine Last. Frage Er nur«, antwortete der Papst.

»Als ich vorhin Kardinal Pacellis Arbeitszimmer verließ, sah ich zufällig seinen nächsten Besucher: schlank, mittelgroß, militärisch stramme Haltung, grau meliertes kurzes Haar, Schnurrbart und lange Nase. An der rechten Hand trug er übrigens einen massiven Goldring. Habt Ihr eine Ahnung, um wen es sich dabei handeln könnte?«

»Unser Kardinalstaatssekretär ist ein Mann so fleißig wie die vom weisen Salomon gelobte Ameise. Es ist Uns unmöglich, seinen Terminkalender zu überblicken«, antwortete der Papst ausweichend, wobei er Lorenzo Di Marco einen verschwörerischen Blick zuwarf.

David überspielte seine Enttäuschung mit einer respektvollen Verbeugung. »Verzeiht meine Neugierde.«

»Er wäre ein armseliger Reporter, würde Er nicht mit wachen Augen durchs Leben gehen«, antwortete Pius XI. geheimnisvoll lächelnd.

Der junge Mönch geleitete David hinaus. Der Abschied vom Papst lag erst vier Türen zurück.

»Würden Sie mir einen Gefallen tun?«, fragte David.

»Wie könnte ich Ihnen etwas abschlagen, wo doch der Heilige Vater Ihnen kaum zu widerstehen vermochte?«

»Ich hatte ja schon von dem Jesuiten erzählt. Könnten Sie mir noch einmal einen Hinterausgang zeigen?«

Der Mönch lachte. »Unsere Fratres von der Gesellschaft Jesu müssen Ihnen ja einen gehörigen Schrecken eingejagt haben. Was halten Sie von einem kleinen Rundgang durch die vatikanischen Gärten?«

»Wenn es da wie im Dom eine stille Pforte nach draußen gibt – warum nicht?«

»Dann kommen Sie.«

Eine Weile ging David schweigend an der Seite des Ordensmannes her. Sie arbeiteten sich im Palast des Papstes nach unten, traten auf einen größeren Innenhof hinaus und durchquerten ein weiteres Gebäude, möglicherweise auch mehrere, David konnte das nicht so genau feststellen. Er nahm seine Umgebung ohnehin kaum wahr.

Hatte Brit etwas über eine Schriftensammlung gewusst, die nur wenigen Gelehrten zugänglich war? Pius hatte erwähnt, dass sich ein kleinerer Teil der Palatina in der Heidelberger Universität befand. Selbst wenn man kostbare Handschriften auch dort sicher nicht jedem zugänglich machte, war doch eine Hochschule per se wesentlich offener als die Vatikanischen Archive. Außerdem wurde Rom für ihn, jetzt, da der Jesuit wieder aufgetaucht war, zu einem heißen Pflaster. Verstohlen blickte David auf den jungen Mann, der da still in sich hineinlächelnd neben ihm herging. Ja, das wäre eine Möglichkeit. David glaubte das Wagnis eingehen zu können.

»Was erheitert Sie eigentlich so?«

Den Mönch schien diese Frage nur noch mehr zu amüsieren. »Ich habe mich gerade gefragt, wann Sie endlich damit herausrücken.«

»Womit?«

»Ihnen liegt doch etwas auf der Seele.«

»Kann man das so deutlich sehen?«

»Ich bin darauf trainiert. Nicht umsonst nennt man die Angehörigen unserer Zunft *Seelen*hirten.«

»Sie sind ein seltsamer Mann, wissen Sie das? Gar nicht wie die Geistlichen, die man sonst so trifft.«

»Ich habe diesen Lebensweg aus Überzeugung gewählt, aus dem Wunsch heraus, Menschen zu helfen – was man leider nicht vom ganzen Klerus behaupten kann.«

»Es erstaunt mich, ausgerechnet Sie, einen Angehörigen ebendieses Standes, derartig offen über ihn reden zu hören. Wenn ich über die Geschichte der katholischen Kirche nachdenke – die Kreuzzüge, die zigtausend Opfer der Inquisition, all den Prunk inmitten von so viel Armut –, dann mag das ja noch angehen, aber Sie repräsentieren diese Institution doch.«

Soeben waren sie auf einen kiesbestreuten Weg hinausgetreten. Lorenzo blieb unter einer hohen Palme stehen und rieb sich nachdenklich das Kinn. »Habgier«, murmelte er.

»Ich fürchte, ich kann Ihnen nicht folgen.«

»Sie haben zuletzt gegenüber dem Heiligen Vater den zweiten Petrusbrief zitiert, Kapitel zwei, Vers zwei. Der Text geht folgendermaßen weiter: ›In ihrer *Habgier* werden sie euch mit verlogenen Worten zu kaufen versuchen; aber das Gericht über sie ist schon lange am Werk und ihr Verderben schläft nicht.‹ Haben Sie diesen Teil mit Absicht weggelassen, Signor Cournot?«

David zögerte. Er wollte diesen Menschen gewissermaßen im Schnellverfahren für sich gewinnen. Wie er selbst schien Lorenzo Di Marco die Wahrheit wirklich zu lieben, aber er hatte auch seine Prägung in einem System erfahren, das diese nicht unbedingt zu den kostbarsten Gütern zählte. Ach, warum eigentlich nicht? David hatte keine Zeit mehr sich mit Bedenken aufzuhalten.

»Offen gestanden ist mir die Bibelstelle gerade *wegen* dieser unausgesprochenen Passage in den Sinn gekommen. Pius erweckte mir fast den Anschein, als müsse er um jeden Preis Geld auftreiben. Im heiligen Petrus sieht er sein Vorbild, den ersten Papst. Da dachte ich mir, dessen Worte könnten ihn etwas zum Nachdenken bringen.«

»Ich versichere Ihnen, das haben sie auch getan.«

»Gut, gut.« David kickte ein Steinchen über den Kiesweg. »Wie kommt es eigentlich, dass ein junger und zudem noch ziemlich kritischer Mönch wie Sie offenbar zu den engsten Beratern des Papstes gehört?«

»Das ist schnell erklärt. Meine Familie stammt aus Desio, dem Geburtsort des Heiligen Vaters im Norden von Mailand. Achille Ratti, der Papst, ist mit meinem Großvater zur Schule gegangen. Die beiden verbindet eine lebenslange Freundschaft. Als ich mich für den Weg Gottes entschied, hat mich der Heilige Vater unter seine Fittiche genommen.«

David nickte verstehend. »Mir scheint, wir haben einiges gemeinsam. Sie sprechen vom ›Weg Gottes‹, ich nenne ihn den ›Weg der Wahrheit‹. In gewisser Weise stellen wir beide unser Leben ganz in den Dienst dieser Bestimmung. Manchmal kommt mir der Kampf dafür allerdings aussichtslos vor, als seien die Kräfte des Bösen durch nichts und niemanden mehr aufzuhalten …«

»Aber Sie können sich trotzdem nicht damit abfinden.«

Erstaunt blickte David in Di Marcos offenes Gesicht. »Woher wissen Sie das?«

Der Mönch lächelte. »Weil es mir genauso ergeht wie

Ihnen. Was glauben Sie, warum ich der heiligen Mutter Kirche noch nicht den Rücken gekehrt habe? So heilig ist sie nun wirklich nicht! Bonaventura hat sie im dreizehnten Jahrhundert sogar einmal mit der großen Hure aus der Apokalypse verglichen. Obwohl der Kardinal ein Franziskaner war, sich also im besonderen Maße der Armut verpflichtet hatte, kann ich den Abscheu nachempfinden, der ihn angesichts der Zustände am Hof des Papstes erfüllt haben muss – der Pomp, die im Klerus verbreitete Simonie und vor allem die ungehemmte Fleischeslust. Mir ist da zum Beispiel einmal ein interessanter Brief in die Hand gefallen, den Kardinal Hugo im Namen von Innozenz IV. aufgesetzt hat.«

David sah den Mönch neugierig an, der mit der Hand zu einer tiefer in den Garten hinabführenden Treppe zeigte und geradezu belustigt erklärte: »Es handelt sich dabei um ein bemerkenswertes Dankesschreiben und um eines der *Geheimnisse*, die Seine Heiligkeit gern in den Vatikanischen Archiven verschlossen wissen will. Die Kurie habe der Lyoner Bevölkerung ›liebreich beigestanden‹, formulierte Hugo vieldeutig, um sich dann unverblümt zu rühmen, bei Einzug des Papstes in die Stadt gerade drei oder vier ›käufliche Schwestern der Liebe‹ vorgefunden zu haben, während beim Abschied sozusagen ›ein einziges Bordell‹ zurückgeblieben sei, ›das sich vom Westtor zum Osttor erstreckt‹.«

»Wie können Sie nur so offen darüber sprechen …«

»Lorenzo«, fiel dieser David ins Wort. »Als Benediktiner fühle ich mich wohler, wenn man mich bei meinem Vornamen nennt.«

»Wäre ich an Ihrer Stelle, Lorenzo, dann hätte ich meiner Kirche wohl längst entrüstet den Rücken gekehrt.«

Lorenzo Di Marco wich einem steinernen Blumenkübel aus. »Ich sagte Ihnen ja bereits, weshalb ich mich für diesen Lebensweg entschieden habe. Ich leugne nicht, dass die Kirche mit einer dicken Kruste aus Blut und allerlei Unrat bedeckt ist, aber mein Bestreben bleibt, diesen Panzer zu sprengen, damit das göttliche Licht wieder ungehindert strahlen kann.«

Die Worte des Benediktiners erinnerten David an etwas. Einen Moment lang überlegte er angestrengt, kam aber nicht darauf. Stattdessen sagte er: »Als ich den Papst vorhin nach Kardinal Pacellis Besucher fragte, wechselte er einen Blick mit Ihnen. Es sah fast wie eine stille Absprache aus. Gibt es dafür einen besonderen Grund?«

Wieder lächelte der Mönch. »Ich habe mich schon gefragt, wann Sie endlich darauf zu sprechen kommen. Ihre Beobachtungsgabe hat Sie nicht getrogen, Signor Cournot! Der Heilige Vater und ich verstehen uns auch ohne Worte. Er hat mich beauftragt, Ihnen die Identität des Besuchers zu offenbaren.«

»Ach was! Das hat er aber geschickt verborgen. Wer ist denn der geheimnisvolle Mann?«

»Das kann ich Ihnen nicht sagen.«

»Wie?« David schüttelte konsterniert den Kopf. »Aber ich denke …«

»Ich wollte sagen, mir ist der Name des Besuchers nicht bekannt. Zufällig habe ich aber mitbekommen, dass der Kardinalstaatssekretär jemanden aus Deutschland erwartete. Ich könnte versuchen herauszubekommen, wer dieser Jemand ist, und Ihnen Bescheid geben.«

»Aus Deutschland«, murmelte David. Er musste wieder an Pius' kleinen Vortrag über die Bibliotheca Palatina denken. Auch Heidelberg lag in Deutschland … In diesem Moment fasste er einen Entschluss. »Ich werde Rom noch heute verlassen, aber ich teile Ihnen mit, wo und wie Sie mich erreichen können.«

Der Benediktiner nickte. »Einverstanden. Ich muss Sie sicher nicht extra darum bitten, diese kleine Indiskretion vertraulich zu behandeln.«

»Keine Sorge, Lorenzo. Ich will niemanden schädigen. Mir ist vielmehr daran gelegen, drohenden Schaden von den Menschen abzuwenden.«

Damit war der Anfang gemacht, Lorenzo Di Marco nun Davids Sicht vom Räderwerk der Welt näher zu bringen. Auch den Kreis der Dämmerung sparte er nicht aus. Er verließ sich dabei ganz auf sein Gefühl und die Gaben des Wahrheitsfinders, weil die vorsichtige, manchmal tagelange Prüfung eines neuen »Bruders« in diesem Fall nicht möglich war.

Die Gärten des Vatikans waren eine schillernde grüne Brosche auf Roms erdfarbenem Gewand. Palmen, exotische Blumen und Hecken bildeten die Fassung, Paläste, Pavillons und Springbrunnen die Juwelen. Und über allem schwebte die rauschende Musik des Windes, der durch die Kronen der Bäume strich.

Während David von Lorenzo Di Marco an einem runden Turm vorbeigeführt wurde, kam das Gespräch an den kritischen Punkt.

»… und deshalb möchte ich, dass Sie mir bei meiner Suche helfen.«

Lorenzo blieb einmal mehr stehen und sah David mit ernster Miene an. »Sie wollen, dass ich für Sie die *Stampati Palatini* nach Hinweisen über diesen Geheimbund durchforste?«

»Wenn ich es selbst täte, müsste ich um das eigene Leben und das meiner Frau fürchten.«

»Das hört sich alles ziemlich verschwörerisch an.«

David schluckte. *War das eine Absage?*

Lorenzo grinste unversehens. »Das gefällt mir. Ich werde Ihnen helfen, Signor Cournot.«

Erleichtert atmete David auf. »Sagen Sie einfach David zu mir.«

»Ich dachte, Sie heißen François?«

»Für meine Freunde bin ich David, der gegen den Riesen Goliath kämpft.«

Lorenzo nickte, in seinen Augen lag ein Ausdruck des Respekts. »Ich fühle mich geehrt. Schade, dass ich mich jetzt von Ihnen verabschieden muss, David. Dort drüben ist der von Ihnen ersehnte Hinterausgang.«

»Wir bleiben in Kontakt«, versprach David dem Mönch. Selten war er sich der Vertrauenswürdigkeit eines Menschen so sicher gewesen. Angeblich gab es ja so etwas wie Seelenverwandtschaft. Abgesehen von Rebekka hatte David dieses Gefühl zuletzt bei Wilfred Owen verspürt, wenn auch aus anderen Gründen. Der englische Poet hatte den Krieg nicht überlebt.

»Seien Sie bitte vorsichtig, Lorenzo. Gewisse Elemente könnten Ihre Nachforschungen nach dem Kreis der Dämmerung als Gefahr ansehen.«

Lorenzo öffnete eine eisenbeschlagene Tür und reichte David die Hand. »Das verspreche ich Ihnen, David. Ich besuche oft die Vatikanischen Archive. Keinem wird etwas auffallen. Leben Sie wohl, mein Freund, und geben Sie auf sich und Ihre Frau Acht.«

Nachdem David sich von einem bemerkenswerten Menschen verabschiedet hatte, schlüpfte er hinaus in die Ewige Stadt. Erschrocken sah er auf die Uhr. Es war bereits kurz nach drei. Hoffentlich ging es Rebekka gut.

Die Palatinen

Energisch schüttelte Rebekka ihre schwarze Lockenpracht. »Ich fasse es nicht. Erst lässt du mich hier Todesängste ausstehen und dann machst du mir *so* einen Vorschlag?«

David breitete hilflos die Arme aus. »Aber Schatz, wir haben doch heute früh alles besprochen. Du wusstest, dass es zu einer überstürzten Abreise kommen könnte.«

»Von Deutschland war aber nicht die Rede.«

»Was hast du denn gegen die Deutschen?«

»Nichts«, empörte sich Rebekka. Ihre dunklen Augen blitzten gefährlich. »Was sollte ich gegen diesen Volksstamm schon haben? Eine deutsche Kugel hat meinen Vater getötet und ein deutscher Offizier hat versucht mich zu vergewaltigen …«

»Letzteres habe ich zu verhindern gewusst. Zweifelst du daran, dass ich es wieder tun würde?«

Zwei, drei Herzschläge lang funkelten Rebekkas jettschwarze Augen David an, dann brach ihr Widerstand in sich zusammen und sie verzog das Gesicht wie unter Schmerzen. »Nein, Liebster, natürlich nicht. Ich habe mir nur solche Sorgen um dich gemacht.«

David nahm sie in die Arme und atmete ihren betörenden Duft. *Ich mir doch auch um dich.* »Das brauchst du nicht. Es ist ja alles gut gegangen.«

Sie schob ihn ein Stück weit von sich, um noch einmal

sein rechtes Hosenbein betrachten zu können. »Das Loch über deinem Knie dort sagt aber etwas anderes zu mir.«

David grinste schief. »Es lügt.«

Rebekka zog die Stirn kraus.

»Na ja«, korrigierte er sich, »sagen wir, es lässt die Fakten anders erscheinen, als sie tatsächlich sind.«

»Reporter!«, schnaubte sie und hakte sich bei ihm ein. »Dann kannst du mir auf dem Weg zum Bahnhof ja in aller Ruhe erzählen, wie es um deine so genannten ›Fakten‹ wirklich steht.«

Der Zug nach München verließ Rom gegen sechs Uhr abends. Das Gepäck der Cournots stapelte sich auf der Ablage über ihren Köpfen (ihre meisten Habseligkeiten befanden sich allerdings immer noch bei Professor Leopardi in Mailand). In der Kürze der Zeit hatte David keine Plätze im Schlafwagen mehr bekommen. Es würde wohl eine ziemlich anstrengende Reise werden.

Wenigstens waren sie allein im Abteil, im Augenblick jedenfalls, deshalb konnte David nun ausführlich darlegen, was er Rebekka zuvor nur in einer Zusammenfassung erzählt hatte: Pacelli war mit an Sicherheit grenzender Wahrscheinlichkeit keiner von Belials Logenbrüdern, konnte sich in seiner fast manischen Vorsicht aber schnell zu einem unfreiwilligen Helfer des Geheimbundes entwickeln. Dann gab es diesen geheimnisvollen Deutschen mit dem auffälligen Goldring, der David nicht aus dem Sinn gehen wollte – er hatte wohl den Ausschlag für das jetzige Reiseziel gegeben. Und schließlich der Jesuit, dieser Spürhund in Mönchskutte. Wie nur hatte er ihre Witterung von Mailand bis nach Rom verfolgen können? Es folgten die Flucht in die Peterskirche und die Begegnung mit

Lorenzo Di Marco. Rebekka war entzückt, als sie von diesem neuen »Bruder« erfuhr. Die Einzelheiten der Rettung des kleinen Jungen musste sie ihrem Mann allerdings förmlich aus der Nase ziehen. Von der Privataudienz bei Pius XI. berichtete er dann wieder umso ausführlicher – sonderbar, wie ergriffen der Papst gewesen war, als David von seinen Befürchtungen berichtet hatte.

»Ob ein einzelner Mensch den Lauf der Welt verändern kann?«

Rebekka wiegte sich im Rhythmus des dahinrumpelnden Zuges. Sie ließ sich viel Zeit, ehe sie antwortete. »Du sprichst von dir selbst, nicht wahr? Was du heute dem Papst gesagt hast, mag vielleicht morgen sein Handeln zum Guten beeinflussen. Ja, Liebster, ich denke, dass jeder einzelne Mensch kostbar ist und viel bewirken kann. Meiner Ansicht nach ist der Gedanke falsch, man könne als Einzelner sowieso nichts ausrichten. Diese Haltung macht einen schnell zu einem Menschen, der sich hinter Fensterläden versteckt und zusieht, wie andere aus dem Leben gerissen werden.«

David sah nachdenklich in Rebekkas ernstes Gesicht. »Ich liebe dich, Bekka.«

Sie schmiegte sich an ihn. »Und ich liebe *dich*. Du darfst nie denken, wir hätten umsonst gelebt, hörst du? Was auch immer geschieht.«

Die Alpen überquerten sie im Dunkeln. An der österreichischen und später auch an der deutschen Grenze zeigte David seinen britischen Pass. Nicht etwa den, der ihn als Francis Jacob Murray, den Adoptivsohn des Herzogs von Atholl, auswies. David besaß noch ein anderes Dokument, auf dem er von der britischen Botschaft in Tokyo auch seine Ehefrau hatte eintragen lassen. Es handelte sich bei diesem Pass weder um eine Zweitschrift noch um eine Fälschung. Als Earl of Camden mochte der Kreis der Dämmerung ihn überall suchen, aber nur wenige kannten ihn unter seinem Geburtsnamen: David Pratt. François Cournot sollte Italien nie verlassen. Hoffentlich würden Lord Belials Spürhunde ihn noch möglichst lange im falschen Teil Europas suchen.

Als David und Rebekka am nächsten Tag auf dem Münchener Hauptbahnhof aus dem Zug stiegen, fühlten sie sich wie gerädert. Trotzdem mussten sie sich beeilen, um ihren Anschluss nicht zu verpassen. Mit der Reichsbahn ging es über Stuttgart nach Heidelberg. Erschöpft sanken sie dort in ein Taxi und ließen sich am Neckarufer entlang zum *Studiosus* chauffieren. Die Empfehlung stammte vom »Droschkenkutscher«, wie sich der schmalgesichtige Fahrer selbst nannte.

Der *Studiosus* war ein Gasthaus im Zentrum der traditionsreichen Stadt unweit des Kornmarktes. Im Erdgeschoss befand sich die Wirtsstube, die regelmäßig von den schlagenden Verbindungen der Heidelberger Universität genutzt wurde. Der Wirt verzog das Gesicht zu einer säuerlichen Miene. Die Studenten seien bei der Entleerung von Bierhumpen nicht immer sehr rücksichtsvoll, es könne schon mal laut werden.

David und Rebekka waren zu müde, um sich eine andere Unterkunft zu suchen. Sie wollten nur noch etwas essen und dann ins Bett.

Als sie das Gepäck abgeladen und sich etwas frisch gemacht hatten, kehrten sie nach unten in die Wirtsstube zurück. Sie suchten sich eine heimelige Ecke neben einem wunderschönen Kachelofen. An den Wänden über der

Sitzbank hingen Zinnteller mit Jagdmotiven. Unzählige Zigarren, Pfeifen und Zigaretten bliesen unablässig blauen Dunst in den Gastraum, nur mit Mühe konnte man gerade noch bis zum Schanktisch blicken.

In der Stube herrschte nun reger Betrieb. Wie angekündigt hatte eine Gruppe von fünfzehn oder zwanzig Studenten an einer langen Tafel Platz genommen. Die jungen Männer trugen runde Mützen ohne Krempe. Etliche hatten – teils noch blutige – Schmisse im Gesicht. Wenn die Studenten nicht gerade mit verbundenen Augen ihre Degen aufeinander niederfahren ließen, schienen sie sich mit sonderbaren Trinksprüchen die Zeit zu vertreiben, gefolgt von Unmengen von Bier, bis schließlich ihre Tonkrüge in verblüffendem Gleichklang auf die Tafel klapperten. Nachdem die Kehlen geschmiert waren, widmeten sie sich der Pflege deutschen Liedgutes – das stille Paar in der Ecke vernahm auffällig oft einen Refrain, in dem die Worte »Oh du schöner Westerwald« vorkamen.

»Ich glaube, jetzt verstehe ich, was der Wirt vorhin gemeint hat«, sagte David.

Rebekka lächelte ihn an und drückte seine Hand. »Und ich bin so müde, dass wohl selbst dieser Radau mich nicht am Einschlafen hindern wird.«

Beim Frühstück am nächsten Morgen brachte David kaum einen Bissen hinunter. Er hatte in der Nacht wenig geschlafen, war übermüdet. Sein desolater Zustand ging dabei weniger zu Lasten des störenden Humpenkrachens, das bis zur Sperrstunde angehalten hatte, als vielmehr der inneren Anspannung. Er war das reinste Nervenbündel. Nur um sich abzulenken – und weil sich Rebekka von alldem nicht im Geringsten beeindrucken ließ –, begann er in der Morgenzeitung herumzublättern. Zum Lesen der Beiträge fehlte ihm die Geduld, aber dann blieb sein Blick an einem Foto hängen.

»Bekka«, hauchte er, »sieh mal!«

Vom ernsten Ton seiner Stimme aufgeschreckt, umrundete sie den Tisch und blickte ihm über die Schulter. »Sieht aus wie ein Haufen Politiker auf einer Wahlveranstaltung.«

»Das Foto wurde in Berlin aufgenommen, in der *Neuen Welt*, was immer das auch sein mag. Da steht tatsächlich, es handele sich um eine Wahlversammlung der katholischen Zentrumspartei. Aber das ist nicht so wichtig. Siehst du den Mann da?«

Rebekka beugte sich noch etwas weiter herab. Ihr Haar kitzelte Davids Ohr. »Er ist ja nur von der Seite zu sehen und noch dazu halb verdeckt.«

»Genau wie gestern.«

»Du meinst, das ist der …?«

Die beiden wandten einander das Gesicht zu. Fast berührten sich ihre Nasenspitzen. David nickte. »Lorenzo Di Marco hat mit der Nationalität des Unbekannten richtig gelegen. Es handelt sich um denselben Mann, dem ich vor Pacellis Arbeitszimmer begegnet bin.«

»Steht da auch irgendwo, wann die Wahlversammlung stattfand?«

»Ja, gestern Vormittag.«

»Aber wie kann dann unser Phantom heute schon auf diesem Foto sein?«

David deutete auf ein einzelnes Wort unter der rechten Ecke des Bildes. »Sieh mal da, es handelt sich um ein Archivfoto, vermutlich kürzlich im selben Saal aufgenommen.«

Rebekka nickte. »Was keinesfalls heißen muss, dass der große Unbekannte nicht trotzdem gestern in Berlin war. Wenn er gleich nach der Unterredung mit dem Kardinal abgereist ist, hätte er es schaffen können.«

»Als wir in München ausstiegen, ist unser Zug geradewegs nach Berlin weitergefahren. Gut möglich, dass dieser Mann sich in einem der anderen Waggons befand.« *Ein Logenbruder Lord Belials! Nein, das ist vielleicht zu weit gegriffen.*

»David?«

»Schatz?«

»Sag bitte nicht, du willst jetzt nach Berlin weiter.«

»Warum denn nicht?«

»Weil ich dieses ewige Hin und Her allmählich satt habe. Ich weiß ja, wie wichtig diese Suche ist, aber ich bin so müde! Ich muss wieder zu Kräften kommen. Die Erlebnisse in Paris lassen mich nicht los. Mein Kind wurde mir genommen, David! Negromanus hätte uns beinahe getötet. Erst jetzt wird mir das so richtig bewusst. Ich brauche etwas Ruhe, um das alles zu verarbeiten und mich auch körperlich zu erholen.«

David legte seine Hand sanft in ihren Nacken, zog sie ganz zu sich heran und küsste ihren Mund, bevor er leise antwortete. »Du hast Recht. Es war selbstsüchtig von mir, nur an mich zu denken. Ich mache dir einen Vorschlag, Schatz: Berlin soll eine aufregende Metropole sein. Dort gibt es Kultur pur: Museen, Kinos, Revuen, alles, was dir während unserer Reisen immer so gefehlt hat. Sobald wir hier fertig sind, nehmen wir den nächsten Zug dorthin und suchen uns eine kleine Wohnung. Wenn ich das Geheimnis dieses Fremden da«, er tippte auf das Foto in der Zeitung, »in Berlin nicht lüften kann, dann bleiben wir trotzdem in der Stadt, bis es dir wieder besser geht. Was hältst du von meinem Vorschlag, hm?«

Rebekkas Gesicht blieb eine Zeit lang ernst und nachdenklich, aber dann erschien ein Lächeln auf ihren Lippen. »Du würdest wirklich für mich an einem Ort bleiben, auch wenn es dich woanders hinzieht?«

David nickte bedeutungsvoll, hob zwei Finger wie zum Schwur und antwortete: »So wahr ich hier stehe und dich gleich wieder küssen werde.«

Kleine Fältchen entstanden auf Rebekkas Nase und sie erwiderte rasch: »Nein, ich küsse *dich.*«

Nach dem Frühstück spazierten David und Rebekka zur Alten Universität. Vom *Studiosus* bis zur Grabengasse brauchte man nur wenige Minuten. Der Pförtner dort verwies sie weiter zur neuen Bibliothek im nahe gelegenen Durm-Bau. Hilfreiche Passanten halfen ihnen den Hort des Wissens sicher zu erreichen. Bald darauf blickte David durch ein viel zu kleines Fenster auf einen Wurstbrote verzehrenden weiteren Pförtner. Der massige aschblonde Mittvierziger steckte in dunkelblauer Dienstkleidung und tat so, als bemerke er die Ankömmlinge nicht.

»Guten Morgen, der Herr. Gehe ich recht in der Annahme, in diesem Gebäude die Bibliotheca Palatina zu finden?«

»*Hä?*«

David sah den kauernden Pförtner konsterniert an. Vielleicht kam man bei dem Mann nur im hiesigen Dialekt weiter, was die Hinzuziehung eines Dolmetschers notwendig gemacht hätte. David lächelte gewinnend, wiederholte sein Anliegen langsam, deutlich sowie mit vereinfachter Wortwahl.

»Ich suche eine sehr alte Sammlung von Büchern. Sie soll zur Bibliothek der Ruprecht-Karl-Universität gehören …«

»Biescher?«, stieß der Pförtner hervor. Dabei fiel ihm ein Teil seines Frühstücks aus dem Mund. Es trat eine Pause ein, offenbar musste die Frage im Gehirn des Mannes erst richtig einwirken, dann erhellte sich seine Miene jäh und er brüllte: »A, warum häwe Se des net glei gsacht …?«

Der Einlasskontrollbeamte bemerkte jetzt Davids ratlose Miene. »Sie sin net von do, häw isch Rescht?«

David zuckte mit den Schultern, was einen angestrengten Ausdruck auf das Gesicht des Pförtners zauberte, während er gleichzeitig den Rest seines Bissens hinunterwürgte. Dann erklärte er hinlänglich klar: »Die alten Sammlungen können nur mit ausdrücklicher Genehmigung der Bibliotheksleitung eingesehen werden.«

Das klang nach einem nervenaufreibenden Formularkrieg. David bat den Pförtner im Sekretariat des Bibliotheksleiters vorsprechen zu dürfen.

Dem Uniformierten mundete diese Eingabe deutlich weniger als sein Frühstück. Missmutig zielte er mit seinen knubbeligen Fingern auf die kleinen Löcher in der Telefonwählscheibe. Sein Gesicht wurde förmlich, dann tauschte er mit einer Person am anderen Ende der Leitung einige ebenso knappe wie unverständliche Sätze aus, bevor er unvermittelt den Hörer durch das winzige Fenster reichte und in einem Mischmasch aus Deutsch und diesem fremdartigen Dialekt sagte: »Des do is die Lämmles-Marie, die reschte Hand vum Herrn Direktor. Die will korz selwer mit Ihne redde.«

Der Stimme nach war die Lämmles-Marie eine Frau fortgeschrittenen Alters mit einem sanften, aber unnachgiebigen Wesen. Nachdem David sich und sein Anliegen vorgestellt hatte, erklärte sie, der Herr Direktor Dr. Fresenius leide unter einem übervollen Terminplan und stehe nur nach vorheriger Absprache für auswärtige Besucher zur Verfügung.

David wollte sich so schnell nicht abschütteln lassen und entsann sich eines alten Tricks. »Frau Lämmle, wenn Dr. Fresenius in seinem Büro ist, dann lassen Sie mich bitte wenigstens kurz am Telefon mit ihm sprechen. Sagen Sie ihm, ich benötige höchstens fünf Minuten von seiner kostbaren Zeit. Sollte er dann zu dem Schluss kommen, unsere Unterhaltung führe zu nichts, werde ich mich sofort verabschieden.«

Frau Lämmle hüllte sich in nachdenkliches Schweigen, schließlich antwortete sie: »Bleiben Sie bitte einen Moment dran.«

David atmete erleichtert auf.

»A, unser Frau Lämmle is halt e rischtigs Lämmle!«, schwärmte der Pförtner zur Überbrückung der Wartezeit.

Der Besucher sah ihn nur verständnislos an. Ein Knacken in der Leitung rettete David vor weiteren Bemerkungen. Die Sekretärin teilte ihm mit, er werde umgehend von der Telefonzentrale mit dem Herrn Direktor verbunden.

»Danke«, sagte David. *Fast wie im Vatikan!* Er versuchte den Blick des Pförtners zu vermeiden.

»Dr. Fresenius am Apparat. Spreche ich mit David Pratt?« Die auffallend hohe Stimme klang ein wenig gereizt, nicht wirklich unfreundlich, aber so, als wäre der Bibliotheksleiter gerade aus tiefer Versunkenheit gerissen worden.

David atmete auf. Er entschuldigte sich für die Störung und stellte sich als Reporter des *Time*-Magazins vor.

»Wie sagten Sie, heißen Sie?«

David stutzte. Er wiederholte seinen Namen und fragte Fresenius, ob er jemand anderen erwartet habe.

Der Direktor zögerte einen Moment. »Um Ihnen darauf zu antworten, müsste ich zunächst einmal wissen, weshalb Sie gekommen sind.«

Wegen seines besonderen Interesses an der Bibliotheca Palatina, antwortete David. Dieses habe ihn von New York über den Vatikan bis nach Heidelberg geführt.

Die Nennung der Reiseroute schien Eindruck zu machen – Dr. Fresenius war mucksmäuschenstill. Aber dann antwortete er doch zurückhaltender als erhofft: »Ich bin zurzeit sehr beschäftigt, Herr Pratt.« Wieder zögerte Fresenius. Dann: »Sie sind nicht zufällig neu bei *Time*?«

Warum war der Direktor nur so seltsam distanziert? Fast schien er auf etwas zu warten … Mit einem Mal kam David ein Gedanke. »Dr. Fresenius, als Reporter benutze ich gelegentlich auch Pseudonyme. Kann es sein, dass ich Ihnen unter einem anderen Namen angekündigt worden bin?«

»Das müssten schon *Sie* mir sagen, Herr Pratt.«

Also hierher wollte mich Brit dirigieren, zu einem Teil der Bibliotheca Palatina! Mit einem Mal war sich David ganz sicher. Sein Herz begann schneller zu schlagen. Jetzt durfte er durch langes Herumraten den Chefbibliothekar nur nicht misstrauisch machen. Einen Moment lang dachte er fieberhaft nach.

»Vermutlich erwarten Sie einen Francis J. Murray.«

In der Leitung knisterte es, aber keine Antwort kam.

David hielt den Atem an, dann meldete sich der Direktor endlich wieder. »Eine seltsame Angewohnheit der Amerikaner, immer diese Mittelinitialen zu nennen, ohne aber deren Bedeutung preiszugeben.«

Davids Herz machte einen Sprung. »Manchmal sind diese Buchstaben einfache Platzhalter, dann wieder kennen nur Freunde ihre wahre Bedeutung. Das J in meinem Namen steht übrigens für Jacob.«

Am anderen Ende der Verbindung gab es erneut eine fast unerträglich lange Pause. Als David endlich wieder die Stimme des Direktors hörte, wollte er zunächst seinen Ohren nicht trauen.

»Ich dachte schon, Sie würden mich nie aufsuchen, Herr Murray. Heute kann ich Sie leider unmöglich empfangen, aber kommen Sie morgen wieder, um Punkt zehn.«

»Aber morgen ist Samstag.«

»Das ist der einzige Tag, an dem ich mich um Sie kümmern kann. Kommt Ihnen das ungelegen?«

»Nein. Ganz und gar nicht.«

»Gut. Also dann bis morgen, Herr Pratt. Und achten Sie auf die Dichterfürsten. Auf Wiederhören.«

Es klickte in der Leitung. Die wachsamen Augen des Pförtners hingen noch an den Lippen eines ziemlich ratlos wirkenden Besuchers. Was sollte dieser merkwürdige Hinweis? Nun ja, das würde sich am nächsten Tag schon zeigen. Vielleicht gehörten literarische Rätsel ja zu Dr. Fresenius' Marotten.

Trotz der unliebsamen »Vertagung« verließen David und Rebekka den Bibliotheksbau voller Zuversicht. Rebekka wusste den angebrochenen Tag auf ihre Weise zu nutzen. Sie schleifte David zur Heiliggeistkirche, zur Karl-

Theodor-Brücke und zu etlichen weiteren Sehenswürdigkeiten der Heidelberger Altstadt. Als er nach einem deftigen Abendbrot endlich ins Bett kriechen konnte, schlief er schnell ein.

Am nächsten Morgen kehrte die alte Nervosität zurück. David fragte sich, womit ihn wohl dieser Dr. Fresenius überraschen würde. Ungeduldig beobachtete er Rebekka bei ihrem ausgedehnten Frühstück. Er selbst bekam keinen Bissen hinunter.

Einige lange Minuten später traten die beiden aus dem *Studiosus*. Rebekka wollte gerade die erste der drei Stufen zur Straße hinab nehmen, als sie erschrocken zurückprallte. Ein vielstimmiger Chor hatte jäh zu einem Lied angesetzt, in dem schon wieder die Schönheit des Westerwaldes gepriesen wurde. Das Paar blickte betroffen auf den vorbeimarschierenden Trupp. Es war weniger die Volksweise, die ihnen einen Schrecken einjagte, als vielmehr die uniformierten Männer in den braunen Hemden.

Alle trugen Reithosen mit den dazu passenden Stiefeln, lederne Schulterriemen, Schirmmützen, ähnlich denen der deutschen Landser im Großen Krieg, und Hakenkreuze am Oberarm. Die Kolonne schob sich wie ein riesiger brauner Wurm durch die Gasse. David fühlte einen kalten Schauer auf seinem Rücken. Obwohl der Gleichschritt dieser Schar allein schon bedrohlich genug wirkte, erschienen ihm die Gesichter der Marschierer nicht weniger beängstigend – manche waren gezeichnet von wilder Entschlossenheit, andere leuchteten wie von einer überirdischen Vision erhellt. Und einige der Uniformierten blickten feindselig auf die dunkelhaarige Frau an seiner Seite …

Schützend schob David seinen Arm vor Rebekka, weil ein kleinwüchsiger Marschierer sie besonders finster musterte, gerade so, als trüge sie ein gelbes Schandmal, wie man es den Juden im Mittelalter aufgezwungen hatte. David schüttelte blinzelnd den Kopf. Was für ein aberwitziger Gedanke!

Woher sollte dieser kleine braune Wicht denn wissen, dass seine Frau Jüdin war?

»Was ist denn *das*?«, fragte Rebekka wie vom Donner gerührt.

David war zu keiner Antwort fähig. Er starrte nur auf die sich in ihrer Verzückung so ähnelnden Gesichter, die wie in einem schlammigen Strom an ihm vorübertrieben, Totenmasken ein und desselben Märtyrers. Für einen Moment verschwamm alles vor seinen Augen, die Menschen hörten auf, einzelne Individuen zu sein, wurden zu einer einzigen lärmenden braunen Masse.

»David, ich habe dich etwas gefragt!«

Rebekkas Stimme drang erst wieder richtig zu seinem Bewusstsein vor, als der letzte braune Sänger vorübergezogen war. Schon immer hatte er eine tiefe Beklommenheit verspürt, wenn Menschen sich blindlings einer Sache, Idee oder einer Person unterwarfen, aber nie war dieses Gefühl so stark gewesen wie jetzt. Dem Trupp mit finsterer Miene nachblickend antwortete er: »Ich habe von ihnen gelesen, Bekka. Das kann nur eine Abteilung der SA gewesen sein, Hitlers ›Sturmabteilung‹. Sie sind wohl noch schlimmer als Mussolinis Terrorkommandos. Angeblich besitzt die SA in ganz Deutschland schon achtzigtausend Mitglieder, und wo immer welche von ihnen auftauchen, gibt es Scherben, Prügeleien und manchmal sogar Tote.«

Rebekka hakte sich ängstlich bei David ein. »Komm, lass uns gehen.«

Mit schnellen Schritten legten sie die kurze Wegstrecke zum Bibliotheksneubau zurück. Doch die Eingangstür war verschlossen.

»Hoffentlich hat der Direktor uns nicht auf heute vertröstet, um uns auf bequeme Art und Weise loszuwerden«, murmelte Rebekka.

»Das glaube ich nicht. Am Telefon klang das gestern ganz anders.«

Rebekka strich sich eine Locke aus dem Gesicht. »Hattest du nicht etwas von einem Rätsel des Direktors erwähnt?«

David zuckte mit den Schultern. »Ich bin nicht ganz schlau aus seiner Bemerkung geworden. Dr. Fresenius meinte, ich solle auf die Dichterfürsten achten.«

Rebekka blickte an der Fassade des Gebäudes empor. Da gab es keine schmückenden Verzierungen, keine Büsten großer Poeten oder deren weise Sprüche, die als Schlüssel zu den geheimnisvollen Worten des Direktors hätten dienen können.

»Vielleicht hat das Gebäude einen Nebeneingang«, sagte David. »Komm, lass uns mal nachsehen.«

Kurz darauf stießen sie auf eine weitere Tür, an der jemand mit einer Reißzwecke ein weißes Blatt Papier geheftet hatte. Auf dem Bogen prangten in blauer Tinte und großer kraftvoller Schrift nur zwei Zeilen. Die jedoch konnten einem das Fürchten lehren:

Ich bin der Eingang in die Stadt der Schmerzen …
Tu, der du eintrittst, alle Hoffnung ab.

»Liest sich wie die Warnung eines überkandidelten Intellektuellen«, brummte David.

»Das ist von Dante«, meinte Rebekka, ohne den Blick von dem Zettel zu nehmen. »Diese Sätze stammen aus seiner *Göttlichen Komödie* und gehören zu der Inschrift, die über dem Tor zur Hölle angebracht ist.«

David hatte es längst aufgegeben, sich über Rebekkas breites Wissen zu wundern. »Dann hätten wir wohl unseren ersten Dichterfürsten gefunden«, verkündete er zufrieden und drückte die Klinke. Die Tür war unverschlossen.

Sie gelangten in einen größeren bestuhlten Raum. Möglicherweise wurden hier ja gelegentlich jene großen Dichter und Denker, aus deren Weisheiten Dr. Fresenius anscheinend seine Rätsel bastelte, einem geneigten Publikum zu Gehör gebracht. Durch eine weitere Tür kam das Paar in eine großzügige Eingangshalle, von der aus man die anderen Stockwerke des Bibliotheksgebäudes erreichen konnte. Im Foyer gab es mehrere Türen, aber keine stand offen. Nirgends hing ein Zettel, der zum Eintreten ermunterte. Rebekka wollte die Treppe nach oben nehmen, aber David hielt sie zurück.

»Warte, Schatz. Wenn Fresenius uns mit einer Höllenpforteninschrift hier hereingelockt hat, dann sollten wir mit unserer Suche vielleicht nicht oben, sondern im Keller beginnen.«

Rebekka grinste. »Du hast Recht. Der kommt der Hölle noch am nächsten.«

Schnell fanden sie eine unverschlossene Tür, hinter der sich eine abwärts führende Treppe befand. In dem Gang brannte sogar elektrisches Licht. Das Paar machte sich an die Erkundung der Unterwelt.

Die »Hölle« der Bibliothek bestand aus einem sauberen Gang, von dem etliche Türen abgingen. Als David schon fürchtete, aus den Dante-Worten doch die falschen Schlüsse gezogen zu haben, bemerkte er ein neues Blatt an einer weiteren »Pforte«. Diesmal klang die Einladung erheblich freundlicher:

Warum stehen sie davor?
Ist nicht Thüre da und Thor?
Kämen sie getrost herein,
Würden wohl empfangen seyn.

»Ist das nun der Wegweiser zu Dantes Paradies?«, erkundigte sich David.

Rebekka schob die Unterlippe vor. »Das glaube ich weniger. Ich habe diese Worte noch nie zuvor gelesen.«

»Macht nichts. Sie sind auch so zu verstehen.« David klopfte an die Tür, und als von innen niemand antwortete, trat er einfach ein.

Sie gelangten in einen großen Raum, dessen genaue Abmessungen durch die vorherrschende Dunkelheit nicht auszumachen waren. Die Tür hätte tatsächlich in eine Unterwelt führen können – so es dort Regale mit Büchern gab. Etwa fünf Schritte vom Eingang entfernt kämpfte ein einzelner Glühfaden in seinem luftleeren Glashaus gegen die Finsternis an und verstrahlte gelbes Licht über einen verlassenen rechteckigen Tisch. Nur ein einsamer Stuhl stand davor und hütete die Schätze auf der ramponierten Holzplatte: ledergebundene, altertümlich wirkende Bücher.

Diese Szene hätte ein stimmungsvolles Bild abgegeben, verewigt in Öl, aber plötzlich zerstörte ein Geräusch die fast vollkommene Illusion. Aus einer düsteren Ecke des Stilllebens trat ein ungewöhnlich kleiner untersetzter Mann hervor, unter dem Arm einen braunen Lederfolianten, in der Rechten eine Taschenlampe. Er mochte fünfzig, vielleicht auch schon an die siebzig sein, machte aber gleichwohl einen äußerst agilen Eindruck.

»Oh, ich habe Sie gar nicht kommen hören«, sagte der Kleine, und es klang belustigt, als er hinzufügte: »Willkommen im inneren Kreis des Infernos!«

Für einen Herrscher der Unterwelt sah dieser Gnom ausgesprochen harmlos aus. Er trug einen schon etwas zerbeulten schwarzen Anzug mit Weste und eine runde Brille. Ein goldgelber Schimmer schien den runden Kopf zu umgeben, denn die Haare waren so kurz und dünn, dass sie als solche gar nicht mehr recht zu erkennen waren. Auf dem Scheitelpunkt des Hauptes spiegelte sich das Licht der Glühbirne. Zwei lebhafte braune Augen betrachteten interessiert das Paar.

»Ich nehme an, Sie sind Herr Murray alias Pratt – oder ist es anders herum richtig?« Der Kleine kicherte.

»Das ist völlig gleich«, antwortete David. Etwas unsicher streckte er dem Männlein die Hand entgegen.

Dieses befreite sich umständlich von Buch und Lampe und ergriff Davids Rechte. Der kleine Bücherwurm hatte einen erstaunlich festen Händedruck. Mit seiner leisen Stimme sagte er: »Wie Sie sich denken können, bin ich Anton Fresenius. Den Doktor können Sie weglassen – heute ist Samstag. Verzeihen Sie den verschwörerischen Charakter dieses Treffens, aber da Ihr Kontaktmann sehr nachdrücklich an meine Verschwiegenheit appelliert hat, konnte ich Sie unmöglich während der normalen Dienstzeiten empfangen.«

David entsann sich des aufmerksam lauschenden Pförtners und dankte dem Bibliothekar für seine Vorsicht. Anschließend stellte er Rebekka vor.

»Dann haben Sie meine Botschaften also nicht abgeschreckt«, freute sich Fresenius.

»Zum Glück waren wir vorgewarnt«, erwiderte David lächelnd.

»Dante und Goethe – für mich zwei der größten Literaten des Jahrtausends – haben ihre Mitmenschen reich beschenkt: durch neue Worte. Ich nenne das ›Sprachveredelung‹. Zugegeben, ein armseliger Abklatsch goethischer Wortschöpfungen.« Fresenius setzte eine säuerliche Miene auf und zog den Stuhl vom Tisch. Erst als er Rebekka ansah, kehrte sein verschmitztes Grinsen zurück. Er deutete mit der Hand auf das Sitzmöbel. »Setzen Sie sich doch bitte, Gnädigste. Ich habe Hummeln im Hintern, mir macht es nichts aus zu stehen.«

Während Rebekka Platz nahm und sich interessiert dem Titel eines kleinen, vor ihr auf dem Tisch liegenden Buches widmete, hingen Davids Gedanken noch dem zweiten Dichterfürsten nach, den Fresenius als Johann Wolfgang von Goethe enttarnt hatte.

Die dünne Stimme des Direktors brachte das Paar wieder in die Wirklichkeit zurück. »Bestimmt sind Sie schon auf das Buch gespannt.«

»Das Buch?«, wiederholte David. Seine Handflächen wurden feucht.

Fresenius kratzte sich am Ellenbogen. »Ich sehe schon, am besten fange ich von vorn an: Im Sommer letzten Jahres besuchte mich ein gewisser Herr Koldermann. Er käme im Auftrag des amerikanischen Nachrichtenmagazins *Time*, ließ er mich wissen, und recherchiere über einen ominösen Geheimbund, der ... Verflixt! Wie hieß er doch gleich?«

»Kreis der Dämmerung«, half David aus. »Oder *Circle of the Dawn* – er hat viele Namen.«

»Das griechische *kirkos* oder *kyklos* kann übrigens auch für ›Ring‹ stehen«, merkte Fresenius an.

»Vor vielen Jahren hat mir das schon einmal jemand erzählt, ein Privatdozent für altenglische Sprache und Literatur aus Leeds. Er sprach damals von alten literarischen Quellen, in denen ein ›Herr des Ringzirkels‹ erwähnt wird.«

»Das klingt merkwürdig, nicht wahr?«

David stutzte. »Warum?«

»Weil ›Ringzirkel‹ eigentlich doppelt gemoppelt ist. Das Wort Zirkel rührt ja auch vom Lateinischen *circulus* her, weshalb Zirkel und Ring eigentlich zweimal dasselbe meint.«

David spürte, dass Dr. Fresenius auf etwas ganz Bestimmtes hinauswollte. »So habe ich das noch gar nicht gesehen.«

Fresenius' Zeigefinger schnellte in die Höhe. »Wenn ›Ring‹ allerdings für einen echten Ring steht – etwa für die Siegelringe, die schon im Altertum verwendet wurden –, dann könnte der von Ihnen erwähnte Titel so viel bedeuten wie ›Der Herr des Bundes der Ringträger‹ ...« Die leise Stimme des Bibliothekars verriet mehr, als dessen Worte gesagt hatten.

»Was haben Sie herausgefunden?«, fragte David, der die Spannung kaum noch ertragen konnte.

»Sind Sie im Laufe Ihrer Recherchen schon einmal auf eine ›Bruderschaft vom Ende des Sonnenkreises‹ gestoßen?«

Davids Zunge war zu einem trockenen Stück Kork in seinem Mund geworden. Er brachte keine Antwort zustande, sondern schüttelte nur den Kopf.

Fresenius deutete zum Tisch. »Dort liegt das Buch, in dem dieser Bund beschrieben wird.«

David beugte sich zu dem Ledereinband hinab, der vor Rebekka lag. Als er jedoch den Titel las, glaubte er zunächst an einen Scherz.

Lieder Buechlein
Darin Begriffen sind Zwey hundert vnd sechtzig,
Allerhandt schoener Weltlichen Lieder,
Allen jungen Gesellen
vnd zuechtigen Jungfrauwen zum neuwen Jar,
in Druck verfertiget.
Auffs neuw gemehret mit vil schoenen Liedern,
die in den andern zuvor aussgegangenen Druecken,
nicht gefunden werden.

»*Das* soll uns weiterhelfen?«

Der alte Bibliothekar schüttelte kichernd den Kopf. »Doch nicht *dieses* Buch. Das gehört zwar auch zur Bibliotheca Palatina, aber es hat mit unserer Geschichte nichts zu tun.« Er zog unter einem verschnürten Stapel Manuskripte ein Paar weißer Handschuhe hervor, steckte seine Hände hinein und legte das Büchlein behutsam zur Seite. Dann zog er eine andere, größere Mappe zur Tischkante hin. Ihr brauner Pappdeckel war auch mit einem Band gesichert. Während er sich an der Schleife zu schaffen machte, meinte er: »Ich rede von *diesem* Buch hier. Nun, eigentlich handelt es sich gar nicht um ein Buch im heute gebräuchlichen Sinn. Es ist ungefähr eintausendneunhundert Jahre älter als das *Lieder Buechlein*.«

Geradezu liebevoll behutsam klappte er den großen Deckel zur Seite und gab damit den Blick auf einen Stapel braungelber Pergamentbogen frei.

Einen Moment lang herrschte völlige Stille. Das unterirdische Archiv hatte für David aufgehört zu existieren. Der Tisch und die ihn umstehenden Personen schienen, abgehoben von der Dunkelheit im Hintergrund, schwerelos in einer lichten Wolke zu schweben, in einem Nebel uralten Wissens, von dem sich ein wenig auf diesen ockerfarbenen Bögen niedergeschlagen hatte.

Ehrfürchtig flüsterte er: »Ich kann gar nicht fassen, dass diese Handschrift schon so alt sein soll. Ist das Griechisch?«

Seine Hand hatte sich wie von selbst um Rebekkas Taille gelegt. Ihre Gesichter erstrahlten im Licht der kleinen Glühlampe.

Fresenius nickte. »Der gute Zustand des Manuskriptes hat mich auch erstaunt, als ich es zum ersten Mal sah. Das Schreibmaterial ist Velin, besonders feines Pergament, das man aus der Haut sehr junger Ziegen, Schafe oder Kälber gewann. Seit dem dritten Jahrhundert vor Christus wurde es mehr und mehr dem Papyrus vorgezogen.«

»Weil es haltbarer ist?«

»Nein, zunächst vor allem wegen eines ägyptischen Ausfuhrverbots von Papyrus nach Pergamon, der kleinasiatischen Stadt, dem das Pergament seinen Namen verdankt. Das ist heute unser Glück. Selbst bei optimaler Lagerung, wie man sie in diesem Fall voraussetzen muss, wäre Papyrus in den vergangenen zweitausendzweihundert Jahren bestimmt zu Staub zerfallen.«

»Das Buch ist über *zweitausend* Jahre alt?«, fragte David ungläubig. »Sie machen mich immer neugieriger. Was steht denn überhaupt drin?«

Der Bibliothekar lächelte unergründlich. »Für Historiker wohl nur lauter fragwürdiges Zeug, noch dazu mystisch verbrämt, Wahrheit und Lüge sind also schwer voneinander zu trennen. Letzteres ist allerdings für Texte der Antike nicht außergewöhnlich. Selbst bei Herodot kann man sich nie ganz sicher sein, was nun Legenden und was historische Fakten sind. Ich vermute, das ist auch der eigentliche Grund dafür, dass die Gelehrten diesen Text nie wirklich ernst genommen haben – das und die merkwürdige Geschichte der Pergamentbögen.«

»Spannen Sie mich nicht länger auf die Folter, Herr Fresenius. Was steht denn nun in der Handschrift?«

»Der Text muss kurz nach dem Tode Alexanders des Großen verfasst worden sein. Er beschreibt die Ermordung des jungen Eroberers …«

»Halt, halt«, unterbrach David den Bibliothekar. »Was erzählen Sie da! Ich denke, Alexander ist in Babylon an Malaria gestorben.«

»Was auch der Rest der Welt glaubt. In diesem Text wird aber etwas anderes behauptet. Das Dokument enthält die Lebenserinnerungen eines gewissen Jason, eines Griechen, der zuletzt in Babylon wohnte, ›in Sichtweite des Heiligen Tors‹, wie er selbst berichtet. Der Verfasser fühlte sich offenbar von einem Schurken bedroht, den er als so böse charakterisiert, dass ›selbst das Licht vor ihm zu fliehen scheint‹. Offenbar glaubte Jason, mit diesen Aufzeichnungen sein Leben schützen zu können, was vermutlich ein Irrtum war.«

»Und woraus schließen Sie das?«

»Jason hat seine Anklage gegen die Bruderschaft vom Ende des Sonnenkreises nie vollendet.«

»Wen bezichtigt er denn welcher Tat?«

»Der Oberschurke in seinem Drama ist offenbar ein gewisser Fürst Belial.«

Rebekka stieß einen kleinen Schrei aus und griff nach der Hand ihres Mannes.

»Was ist?«, fragte Fresenius.

David musste erst schlucken, bevor er antworten konnte. »Nichts. Dieser Name ist uns nicht ganz unbekannt, das ist alles.«

Fresenius kratzte sich am Ellenbogen. »Das wundert mich gar nicht. In der Bibel wird der Name ›Belial‹ mehrfach im Zusammenhang mit besonders nichtsnutzigen Männern gebraucht. Paulus fragt in seinem zweiten Brief an die Korinther sogar: ›Welche Teilhaberschaft hat Licht mit Finsternis? Welche Harmonie besteht ferner zwischen Christus und Belial?‹«

Der Name Belial als Synonym der Finsternis – das passt. Der Schattenlord schien die Rolle des Finsterlings wie kein anderer zu verkörpern. David fröstelte. Mit bebender Stimme fragte er: »Was hat Jason diesem Fürsten denn angelastet?«

»Belial muss zu seiner Zeit erheblichen Einfluss besessen haben, sowohl am persischen wie auch am makedonischen Hof. Offenbar spielte er geschickt die widerstreitenden Parteien gegeneinander aus, um seine eigenen Interessen zu wahren, über die Jason sehr wenig schreibt. Als der makedonische König Philipp II. Belials Einfluss zu entgleiten drohte, weil er zu mächtig wurde, intrigierte der Fürst mit Philipps Sohn Alexander gegen den Thron. Jason gehörte damals zur Bruderschaft vom Ende des Sonnenkreises und sollte den König ermorden, was ihm auch gelang. Alexander hatte dem Plan ausdrücklich zugestimmt, durch den er nun selbst auf den Thron gelangte.

Nach heutigem Wissen muss die Bluttat um das Jahr 336 vor Christus begangen worden sein.«

»Dann dachte Fürst Belial vermutlich, der junge Alexander sei besser zu kontrollieren als dessen eigensinniger Vater.«

Fresenius nickte, deutete auf die Pergamentbogen und antwortete: »Jason schreibt, Alexander sei gerade erst zwanzig und ziemlich ungestüm gewesen. Belial glaubte ihn mit Lustbarkeiten, vielleicht auch mit ein paar kleinen Schlachten ablenken zu können, um in Ruhe seine eigenen Ränke zu schmieden. Offenbar hatte er Alexanders Talente völlig falsch eingeschätzt. Innerhalb weniger Jahre eroberte der junge Feldherr ein Weltreich. Eine zentral geführte Beamtenschaft, eine vorherrschende Sprache, einheitliche Gesetze – das alles verhieß Stabilität, ein Zustand, der Belials Plänen offenbar widersprach. Deshalb gab er Jason, der inzwischen zu Alexanders Vertrauten gehörte, einen neuen Mordauftrag …«

»Aber wie kommt es, dass alle Welt an einen Tod durch Malaria glaubt?«

»Gift«, antwortete Fresenius knapp. »Jason schreibt, er habe es von Belial persönlich bekommen. Die Vergiftungserscheinungen des Mittels waren zu der damaligen Zeit von den Malariasymptomen nicht zu unterscheiden.«

David nickte mit glasigem Blick. Briton Hadden – er starb fast im gleichen Alter wie der antike Eroberer – war auch das Opfer einer angeblichen Infektion gewesen. »Und so wurde Alexanders Reich unter seinen Generälen aufgeteilt, es kam zu den Diadochenkämpfen und Belial konnte im daraus resultierenden Durcheinander wieder schalten und walten, wie es ihm beliebte.«

»So jedenfalls beschreibt es Jason«, stimmte Fresenius zu und kratzte sich wieder am Ellenbogen. »Eine ziemlich verrückte Geschichte, nicht wahr?«

Die sich derzeit in noch schlimmerem Ausmaß zu wiederholen scheint. »Wie man's nimmt. Politische Morde gehören leider auch heute noch zur Tagesordnung. Hat dieser Jason am Ende vielleicht doch ein schlechtes Gewissen bekommen?«

»Er nennt es Zweifel, aber es läuft wohl auf dasselbe hinaus. Jason hat Alexander verehrt, aber Belial gefürchtet. Angeblich trug er einen Siegelring, der ihm Macht, ein langes Leben, aber auch die Abhängigkeit vom Großmeister der Bruderschaft bescherte. Wenn man das schmückende Beiwerk in Jasons Schilderungen wegstreicht, dann bleibt schiere Todesangst. Er brachte Alexander gegen seine eigene Überzeugung um.«

Die Erwähnung des Siegelringes hatte David aufhorchen lassen. »Zweifeln die Historiker am Wahrheitsgehalt dieses Dokumentes, weil Jasons Beschreibungen für sie zu phantastisch klingen?«

»Abgesehen von den Widersprüchen zu den bisher anerkannten historischen Fakten würde ich dies tatsächlich als Hauptangriffspunkt der Kritiker sehen. Mystizismus kommt bei Wissenschaftlern nicht gut an. Und Jasons Geschichte ist voll davon! Das beginnt schon beim Namen dieser ominösen Bruderschaft. Angeblich habe Fürst Belial mit seinen Schergen regelmäßig an dem Ort getagt, wo die Sonne am Horizont untergeht – heute wissen wir, was für ein Humbug das ist. Des Weiteren schreibt Jason, außer ihm habe auch jedes andere Mitglied der Bruderschaft einen besonderen Siegelring besessen, der das Leben seines Trägers um ein Vielfaches verlängerte. Und zuletzt versteigt er sich auch noch so weit, diese Ringe als mögliche Waffe gegen den Bund ins Spiel zu bringen. Wenn Sie mich fragen …«

»Was haben Sie da eben gesagt?«, unterbrach David den Bibliothekar. »Jason erwähnt eine Methode, wie man die Bruderschaft sprengen kann?«

Der Doktor wiegte den Kopf hin und her. »Warten Sie, ich suche die Stelle heraus. Sie ist nicht schwer zu finden, weil sie ganz am Ende steht.«

Mit äußerster Vorsicht legte er die Blätter, jedes für sich, zur Seite. Beim letzten ließ er den behandschuhten Finger über die Zeilen wandern, ohne das kostbare Manuskript dabei zu berühren. David bewunderte diesen Gelehrten, der Altgriechisch offenbar flüssig lesen konnte.

»Ja, jetzt weiß ich's wieder«, freute sich Fresenius und kehrte mit dem Finger zur Ausgangsposition zurück, um den Text aus dem Stegreif zu übersetzen. Atemlos verfolgten David und Rebekka die Schilderungen eines seit Jahrtausenden verstorbenen Mannes.

> *Zwölf Ringe der Macht waren dem Fürsten eigen: Elf gab er uns, seinen Dienern, damit wir die Zeit besiegen, ihn im Lichte der Tränen rufen und er uns beherrschen kann. Doch der, den er selbst behielt, ist mächtiger als alle anderen. Wird er in Gegenwart des Fürsten zerstört, so kann das Böse gebannt und das im Ring eingeschlossene Gute befreit werden. Doch der Meister wird ihn niemals vom Finger streifen, es sei denn, er will seinen unheimlichen Helfer herbeirufen, den jeder von uns fürchtet. Dies nun sind die Geheimnisse der Ringe: Zerstörst du einen der elf, vergeht auch dessen Besitzer und die Lebensspannen der übrigen Brüder werden um den zwölften Teil verkürzt. Vernichtest du jedoch den Fürstenring, sterben alle*

Ringträger in einem Nu. Weil ich um mein eigenes Leben fürchten muss, will ich nun auch das letzte Geheimnis preisgeben, das offenbart, wie man Fürst Belial mit einem der Ringe herbeirufen und den mächtigsten der Ringe zerstören kann …

»Was ist?«, fragte Rebekka den Bibliothekar, der plötzlich mit dem Übersetzen aufgehört hatte.

David ahnte es bereits. Seine Hand lag auf der Brust, über dem »Fürstenring« unter seinem Hemd. *Das im Ring eingeschlossene Gute*, wiederholte er in Gedanken. Dann hatten sich die Kabbalisten ihre »Scherben des Bösen« also doch nicht ganz aus den Fingern gesogen. Theosophen wie Blavatsky und Steiner hatten sich von ihnen inspirieren lassen und mystische Pfade betreten, um die Geheimnisse der Welt zu lüften. Möglicherweise waren sie zu diesem Zweck sogar einen zweifelhaften Handel mit Belial eingegangen, ebenso wie Goethes Faust mit Mephisto.

Durch Jasons Geschichte bekamen viele von David gesammelte Mosaiksteinchen plötzlich einen Sinn. Das Bild wurde immer klarer. Es zeigte ihm nicht nur das Szenario einer gewaltigen, Jahrtausende alten Verschwörung, sondern auch zum ersten Mal einen vielleicht gangbaren Weg zur Rettung. Die zwölf Ringe waren ein Mittel der Macht für Belial und seine Logenbrüder, genauso auch wie eine Möglichkeit zu deren Vernichtung vonseiten anderer.

Man musste nur noch wissen, wie sich der Schattenlord herbeirufen und der Fürstenring zerstören ließ. Einmal, als David das Schmuckstück eingehender untersucht hatte, war es ihm auf das Straßenpflaster gefallen. Er hatte es wieder aufgehoben und verblüfft festgestellt, dass seine Oberfläche nicht den geringsten Kratzer aufwies. Daraufhin schrammte er das Gold absichtlich über den rauen Stein. Doch der Ring bewahrte beinahe trotzig seinen kühlen Glanz.

Jetzt erinnerte sich David wieder an dieses »Experiment«, während die Worte von Jasons Geschichte in sein Gedächtnis Eingang fanden. Er war vor Spannung wie erstarrt, als Fresenius auf Rebekkas Frage die befürchtete Antwort gab.

»Hier endet der Text. Wie gesagt, Jason muss gestorben sein, bevor er das ganze Geheimnis lüften konnte.«

Vermutlich mit einem auf groteske Weise verkrümmten Rücken. David musste sich erst einmal sammeln, bevor er dann im Stande war zu fragen: »Was könnte dieser Jason damit gemeint haben, als er schrieb, man könne den Fürsten ›im Lichte der Tränen rufen‹?«

Erneut das Kratzen am Ellenbogen. Fresenius erwiderte Davids Blick, lächelte verlegen, verzog wie unter Schmerzen das Gesicht und sagte schließlich ausdruckslos: »Ich weiß es nicht.«

David kämpfte gegen die Enttäuschung an. »Aber Sie haben sich doch lange mit alten Texten beschäftigt, Sie müssen doch wenigstens eine Ahnung haben.«

Fresenius wurde mit einem Mal sehr geschäftig. Mit kundigen Griffen legte er die Pergamentbogen aufeinander, um sie wieder in der sicheren Hülle der Pappdeckel einzuschnüren. Ohne aufzuschauen, sagte er: »Ahnen kann man viel. Nur hilft es einem wenig, wenn keine der Vermutungen irgendeinen Sinn ergibt.«

»Welche Alternativen gäbe es denn?«

»Was weiß ich! Tränen – das könnte eine Stimmung sein, ekstatische Verzückung oder auch meditative Traurigkeit.«

»Und wenn es nichts mit Gefühlen zu tun hat?«

»Auch darüber habe ich mir schon den Kopf zerbrochen. Tränen bestehen aus Wasser. Sie sind salzig wie das Meer. Und klar wie Glas. Sie dürfen sich etwas aussuchen, Herr Pratt.«

David konnte die Ratlosigkeit des Bibliothekars gut verstehen. Eher aus Verlegenheit sagte er: »Haben die Griechen zur Zeit Alexanders des Großen denn schon Glas gekannt?«

Fresenius sah ihn verdattert an. »Ehrlich gesagt kann ich Ihnen das gar nicht beantworten. Aber es müsste ja leicht herauszufinden sein.«

»Sollte allerdings Jasons rätselhafte Bemerkung über die Anrufung Belials eine andere Bedeutung haben, dann dürfte das Ganze weitaus schwieriger werden.«

»Wenn Ihnen die Lösung dieses Rätsels so wichtig ist, können Sie sich ja an einen Altertumsforscher wenden. Warten Sie, da fällt mir gerade ein …«

David hing an den geöffneten Lippen des kleinen Mannes. »Ja?«

»Ein alter Kommilitone von mir, Walter Andrae ist sein Name, war maßgeblich an den Ausgrabungen in Babylon beteiligt. Er ist mir noch einen Gefallen schuldig.«

»Lebt er auch in Heidelberg?«

Der Bücherwurm kringelte sich schier vor Vergnügen. »Walter? Wo denken Sie hin, Herr Pratt! Der klebt an seinen Scherben wie ich an meinen Büchern und Manuskripten. Wenn Sie Walter Andrae sprechen möchten, dann müssen Sie sich schon nach Berlin bemühen. Er werkelt dort am neuen Pergamonmuseum herum, als müsse er es ganz allein aufbauen.«

David und Rebekka wechselten einen Blick, der Bände

sprach: Zwei Spuren – die Bibliotheca Palatina und Pacellis Besucher – hatten sie nach Deutschland geführt und nun gab es gleich zwei viel versprechende Gründe nach Berlin weiterzureisen: das Foto aus der *Neuen Welt* und die vielleicht unschätzbaren Kenntnisse eines renommierten Archäologen. Konnte das nur ein Zufall sein?

Nervös befeuchtete sich David mit der Zunge die Lippen, bevor er fragte: »Dürfte ich mir Notizen zum Inhalt des Jason-Textes machen?«

»Ich kann Ihnen eine wortgetreue Übersetzung mitgeben. Und wenn Sie wirklich nach Berlin wollen, dann setze ich Ihnen noch ein kurzes Schreiben für Walter Andrae auf. So werden Sie es leichter haben, ihn von seinem Gerümpel fortzulocken.«

»Sie haben mir wirklich einen großen Dienst erwiesen, Herr Fresenius.«

Der Gelehrte lächelte ein wenig spöttisch. »Wie gesagt, für Historiker gibt die Handschrift nicht viel her. Aber für euch Zeitungsleute ist derlei mystisches Zeug vermutlich genau das Richtige.«

»Wie kommt es, dass Jasons Vermächtnis nicht im Vatikanischen Archiv liegt? Gehört es zu den Schriften, die von Paris aus hierher zurückgelangt sind?«

»Karl Zangemeister hat mich darauf aufmerksam gemacht, mein Vorgänger. Unter seiner Ägide hat die Universitätsbibliothek ihr heutiges Gesicht bekommen. Karl fand die Handschrift zwar wegen ihres Alters interessant, aber über den Inhalt dachte er ähnlich, wie ich es Ihnen gerade beschrieben habe. Die Pergamente wurden entdeckt, als man Ende des siebzehnten Jahrhunderts die Heiliggeistkirche aufräumte. Im Jahre 1693 waren dort fast alle Grabplatten der Kurfürsten zerstört worden ...«

»Bis auf diejenige von Ruprecht II. – wir haben die Kirche gestern besichtigt«, sagte Rebekka.

Fresenius nickte. »In einem der Gräber fand sich unter Knochen und Staub ein unscheinbares Bündel. Fast wäre es übersehen worden. Es enthielt diese Pergamentbogen. Als Tilly im Dreißigjährigen Krieg die Bibliotheca Palatina aus der Heiliggeistkirche fortschaffen ließ, wusste er natürlich nichts von dieser verborgenen Kostbarkeit. Deshalb ist sie auch nie nach Rom gekommen.«

»Haben Sie eine Ahnung, wie und weshalb diese Blätter erhalten geblieben sind?«, erkundigte sich David.

»Bruchstückhaft ist es mir in den letzten zwanzig Jahren gelungen, den Überlieferungsweg zu rekonstruieren. Allerdings bin ich auch auf einige Vermutungen angewiesen. Wenn aber stimmt, was ich herausgefunden habe, dann könnte diese Handschrift eines Tages doch noch zu einer wissenschaftlichen Sensation werden.«

David hob fragend die Augenbrauen.

»Meine Theorie besagt, dass alle diese Handschriften dort«, Fresenius zeigte auf den Stapel, »aus der berühmten Bibliothek von Alexandria stammen. Jemand könnte sie sich heimlich ›ausgeliehen‹ haben, bevor Theodosius I. die unersetzbare Schriftensammlung verbrennen ließ. Ibn Ruschd behauptet nämlich, nicht alle Bücher seien dem Brand zum Opfer gefallen.«

»Unfassbar!«, murmelte David. »Aus *der* alexandrinischen Bibliothek! Wer war dieser Ibn Ruschd? Etwa ein leitender Bibliothekar wie Sie?«

Die Frage amüsierte Fresenius offensichtlich. Schmunzelnd erwiderte er: »Ein islamischer Philosoph und Wissenschaftler. Im christlichen Europa kennt man ihn eher unter dem Namen Averroes. Ibn Ruschd hat sich als Mittler zwischen den Kulturen der Antike und des Abendlands verdient gemacht. Er rettete so manches, was die christlichen Bücherverbrenner sonst für immer ausgelöscht hätten. In der zweiten Hälfte des zwölften Jahrhunderts schrieb er einen Kommentar zu den damals noch erhaltenen Schriften des Aristoteles. Das ›Laboratorium‹, in dem er seine Forschungen betrieb, war die Bibliothek von Córdoba, die immerhin vierhunderttausend Bände umfasste! Was mich an dem Philosophen jedoch interessiert hat, waren seine persönlichen Notizen über den Bibliotheksbrand von Alexandria und ein angebliches Mordkomplott gegen Alexander den Großen.«

»Dann könnte dieses Dokument also wirklich echt sein.« Im Grunde zweifelte David längst nicht mehr daran.

»Ich habe es mir zur Aufgabe gemacht, genau *das* zu beweisen. Es gibt aber noch weitere versteckte Anspielungen auf die Handschrift. Am bemerkenswertesten ist sicher ein deutlicher Hinweis bei Ibn Chaldun, einem anderen Muslim, der ungefähr zweihundert Jahre nach Ruschd lebte. Ibn Chaldun hat für mich wie kaum ein anderer Historiker seiner Zeit Fakten zusammengetragen, wissenschaftlich kommentiert und interpretiert. Er reiste tausende von Kilometern, um sich an historischen Originalschauplätzen selbst ein Bild zu machen. Von mystischen Mutmaßungen hielt er überhaupt nichts. Dennoch erwähnt er Jasons Geschichte. Und nun noch eine Annahme, die sich auf den Umstand stützt, dass Ibn Chaldun ein Zeitgenosse des Palatins Ruprecht I. war ...«

»Was ist eigentlich ein Palatin?«, fragte Rebekka unverwandt.

»Das lateinische Wort bedeutet in diesem Fall so viel wie Pfalzgraf.«

»Womit sich auch der Name der Bibliothek erklärt«, fügte David hinzu.

Fresenius kratzte sich am Ellenbogen. »Richtig. Die Kurfürsten von der Pfalz residierten über mehrere Generationen hinweg hier in Heidelberg. Ruprecht I. gründete 1386 die nach ihm benannte Universität. Bereits wenige Jahre später entstanden im Bereich der Hochschule drei Bibliotheken: die Büchersammlungen der Artistenfakultät, der höheren Fakultäten und der Stiftskirche. Es wäre also durchaus denkbar – darauf stützt sich meine Theorie –, dass der Pfalzgraf und Kurfürst Jasons Geschichte von keinem Geringeren als Ibn Chaldun persönlich bekommen hat, vielleicht als Gastgeschenk, und diese so in den Anfangsbestand der Bibliotheca Palatina gelangte.«

»Von wo aus sie dann später in ein Grab wanderte.«

»So ist es. Ich nehme an, diese Geschichte gefällt Ihnen, Herr Pratt?«

»Ich bin überwältigt davon«, gab David freiheraus zu. »Ich glaube, Sie wird mein Leben verändern. Noch einmal vielen Dank für Ihre Hilfe, Dr. Fresenius.«

»Jetzt übertreiben Sie aber. Selbst wenn dieser Belial wirklich Alexander den Großen hat umbringen lassen, wird sich dadurch der Lauf der Welt nicht ändern.«

David lächelte still in sich hinein. *Seien Sie sich da mal nicht zu sicher, mein Freund.*

Berliner Luft

Die Dampflokomotive stieß einen schrillen Pfiff aus. An den Fenstern der Waggons huschten Backsteinhäuser vorüber. In den Abteils öffneten sich müde Augen und gähnende Münder, dicke Bücher und knappe Hosenbünde wurden eilig geschlossen, Jacken angezogen, Taschen gegriffen …

»Wir müssen jeden Augenblick da sein«, sagte David zu Rebekka und machte sich ebenfalls daran, die Koffer von der Ablage zu zerren.

Seit dem frühen Morgen saßen sie nun schon im Zug. Der vergangene Tag in der Heidelberger Universitätsbibliothek bedeutete für Davids Kampf gegen den Kreis der Dämmerung zwar einen großen Erfolg, aber die Offenbarungen des Dr. Fresenius waren dennoch nur eine gewonnene Schlacht, der endgültige Sieg gegen Lord Belial stand wohl noch in weiter Ferne.

Zunächst galt es, Jasons Geschichte zu enträtseln und mehr über den Unbekannten aus der Freitagszeitung herauszufinden. Die Seite mit dem Foto befand sich in Davids Gepäck. Er würde mit dem Bild tingeln gehen. Rebekka wollte Zeit zur Erholung? Bitte sehr. Währenddessen würde David den Archäologen auf der Museumsinsel und die Archive in den Zeitungsredaktionen besuchen, auf Ämtern und Behörden nach der Familie von Johannes Nogielsky fahnden, in der britischen Botschaft die Erneuerung ihrer Pässe beantragen, Henry Luce um einen Presseausweis auf den Namen David Pratt anschreiben und ihm einige Artikel aus der deutschen Hauptstadt anbieten, mit Giovanni Leopardi sowie Lorenzo Di Marco in Kontakt treten, neue Gesinnungsbrüder suchen, vielleicht sogar ein deutsches Netz von Helfern aufbauen … Langeweile war also nicht zu befürchten.

Während der Bahnfahrt hatten David und Rebekka über das allererste Ziel gesprochen, das es zu erreichen galt: die Beschaffung einer neuen Wohnung. Sie wollten nichts Pompöses – ihre Geldmittel waren ohnehin beschränkt, doch für Rebekka sollte es endlich ein richtiges Zuhause sein.

Am Anhalter Bahnhof bestieg das Paar ein Taxi. Als der Chauffeur das Gepäck verstaut hatte und nach dem Ziel fragte, war David einen Moment ratlos, aber dann fiel ihm ein Name ein.

»Bringen Sie uns bitte zur *Neuen Welt*.«

Der Taxifahrer quittierte die Anweisung mit einem zackigen »Is' jut«, setzte seinen schwarzen Mercedes in Bewegung und reihte sich zügig in den fließenden Verkehr Richtung Süden ein.

Auf der Fahrt durch Kreuzberg präzisierte David seinen Wunsch. Er suche eine Pension oder ein gemütliches kleines Hotel nahe des besagten Versammlungssaals. »Keen Problem«, antwortete der Chauffeur und machte sofort eine Reihe von Vorschlägen.

Es dauerte nicht lange und der Wagen rollte bei einem Haus in der Wissmannstraße vor, die sich gleich hinter der *Neuen Welt* befand. Der Fahrer sprang aus dem Wagen und in das Gebäude. Wenig später kehrte er mit einer korpulenten Frau Ende vierzig zurück, die sich als Gertrud Kranewitz vorstellte und ihrer Freude Ausdruck verlieh, die beiden Logiergäste bei sich aufnehmen zu können.

Die Pension *Tannengrün* belegte die ersten beiden Stockwerke des insgesamt viergeschossigen Hauses. Sie bot genügend Raum und Komfort, bis David und Rebekka in eine eigene Wohnung umziehen konnten. Eine solche binnen kurzem aufzuspüren war das Kunststück, dem sich David nun widmete. Er ging die Sache generalstabsmäßig an. Gleich nach der Ankunft kaufte er stapelweise Zeitungen und vertiefte sich in das Studium der Anzeigen. Nur unter Androhung von Folter (er war kitzelig) konnte ihn Rebekka hier und da zu »strategischen Spaziergängen« im benachbarten Volkspark Hasenheide, einem ehemaligen Schießübungsplatz, überreden.

Nach vier Tagen schwärmte das Paar mit einer Liste von Adressen in die nähere Umgebung der Hasenheide aus. Hier, wo die Bezirke Kreuzberg und Neukölln aufeinander trafen, wohnten nicht so sehr die Reichen und Schönen der Stadt (schon gar nicht jene, die sich dafür hielten), sondern hauptsächlich Arbeiter, kleinere Gewerbetreibende – und Arbeitslose. Ihr Heer wurde mit jedem Monat größer.

Auf Schritt und Tritt wurden David und Rebekka mit den katastrophalen Folgen der Weltwirtschaftskrise konfrontiert. Vor den Garküchen der Wohlfahrt mussten sie sich an Schlangen von Menschen vorbeidrängen, die dort für eine warme Mahlzeit anstanden. Andere Erwerbslose hatten sich als wandelnde Sandwiches verkleidet, eingeklemmt zwischen großen Plakaten trugen sie ihr dringendstes Anliegen zur Schau: »Ich suche Arbeit.« So mancher konnte seine Miete nicht mehr zahlen. Und dadurch wurden Wohnungen frei. Für David war es kein angenehmer Gedanke, womöglich in die Räume einer Familie zu ziehen, die sich nun mit einer lichtlosen Hinterhofbude in Wedding oder am Prenzlauer Berg begnügen musste.

Die ersten beiden Wohnungen sagten dem Paar nicht

zu. Dann besichtigten sie eine Zimmerflucht am Richardplatz, dem historischen Herzen Neuköllns. Hier, im Haus Nummer 4, war im Parterre eine Wohnung mit sechs Räumen frei geworden, eigentlich viel zu groß für das Paar, aber die Miete erschien erschwinglich und Rebekka verliebte sich sofort in die hellen hohen Zimmer, die stuckverzierten Decken, den Ausblick auf den begrünten Platz und die nette Familie auf der anderen Seite des Flurs.

Die Blumenthals waren zu fünft: Vater, Mutter, zwei Mädchen und ein Stammhalter. Letzterer, wohl nicht einmal vier Jahre alt und von allen nur »Benni« genannt, nahm mit David und Rebekka an der Wohnungsbesichtigung teil und kommentierte jeden Raum, als sei *er* der Vermieter und nicht jener steife Herr, der da mit einem Hut unter dem Arm die Vorzüge des Etablissements anpries. Irgendwann nahm Rebekka den Blumenthal-Kronprinzen an die Hand, was diesen nicht davon abhielt, auch weiterhin die Ausführungen des knöchernen Herrn zu ergänzen, wann immer er es für passend hielt. Offenbar bezog der Kleine seine Kenntnisse aus der gleich geschnittenen, nur spiegelverkehrt angelegten Wohnung der Eltern. Auf diese Weise kam manche Schwachstelle zutage – sehr zum Missfallen des Hausverwalters.

Dennoch unterschrieb David, nach kurzer Rücksprache mit Rebekka, gleich an Ort und Stelle den Mietvertrag. Das Leuchten in ihren Augen war ihm nicht entgangen. Schlüssel wurden übergeben, die Anmeldepflicht beim Rathaus in Erinnerung gerufen, einige Maßregeln aus der Hausordnung rezitiert, die im Wesentlichen das Lärmen von Kindern auf dem Flur und im Hof betrafen (der Verwalter hatte den Kronprinzen inzwischen als vollwertiges Mitglied der Familie akzeptiert). Endlich zog der Repräsentant des Eigentümers mit seinen Papieren zufrieden von dannen. Das Paar war allein (abgesehen von Benjamin Blumenthal). Rebekka belohnte ihren Mann für die treffliche Wahl mit einem dicken Kuss. Der Kleine stand dabei, den Kopf weit in den Nacken gelegt und verfolgte das Schauspiel mit offenem Mund.

Als das Paar wenig später ihr Leihkind in der Wohnung gegenüber abgab und sich als die neuen Nachbarn vorstellte, lernte es auch, bis auf den Vater, die übrigen Familienmitglieder kennen: Ester, eine kleine quirlige Frau, Sara, die Erstgeborene, und Tabita, fast ebenso klein wie Benjamin, aber mindestens doppelt so frech. Chaim, das Familienoberhaupt, sei noch im Laden, entschuldigte Ester die Abwesenheit ihres Mannes. Als Rebekka ihr gegenüber das Problem der fehlenden Möbel ansprach, winkte die gut gelaunte Nachbarin ab.

»Da machen Sie sich mal keine Sorgen, Kindchen, das deichseln wir schon. Die Blumenthals sind eine große Sippschaft. Irgendwo in der Mischpoke treiben wir schon etwas Passendes für Sie auf.«

Esters Lachen machte Rebekka Mut. Sie lachte mit. David freute sich eher im Stillen. Allem Anschein nach war dies genau der richtige Ort, um Rebekka wieder zurück auf die Straße des Lebens zu führen.

Der Einzug in die neue Wohnung war für Samstag, den 17. Mai, geplant. Mehr als ein Taxi würden sie dazu nicht brauchen. David und Rebekka hatten ja nur ihre Koffer und Reisetaschen – ein Großteil ihrer Habe befand sich immer noch bei Professor Leopardi in Mailand. Kaum achtundvierzig Stunden später hatte Chaim Blumenthal bereits einen Tisch, vier Stühle und ein Bett »organisiert«. Genau dieses Wort benutzte Chaim, ein feingliedriger, unheimlich zerbrechlich wirkender Mann, der gar nicht danach aussah, als könne er seine drei sehr lebendigen Kinder in Schach halten. Er besaß einen kleinen Buchladen in der Richardstraße und war überaus belesen. Wenn man gerade kein Konversationslexikon zur Hand hatte, musste man nur Herrn Blumenthal fragen.

Der Tisch und zwei der Stühle stammten übrigens von Onkel *Louis*, erzählte Chaim bei der Übergabe derselben, wobei er den Namen des Verwandten überdeutlich betonte.

»Muss man ihn denn kennen?«, fragte David brav.

»Das will ich wohl meinen!«, antwortete Chaim dankbar. »Dr. Louis Blumenthal gehört zu den Gemeinderabbinern in der Neuen Synagoge, auf die wir sehr stolz sind.«

»Und anscheinend auch auf ihre Rabbiner.«

»Das versteht sich wohl von selbst. Onkel Louis ist zwar noch nicht so lange da wie Dr. Malvin Warschauer, der Synagogenvorsteher, der in diesem Jahr sein dreißigjähriges Amtsjubiläum begeht, aber bestimmt wird er ihn noch überholen.«

»Wieso, altert er denn schneller als normale Rabbiner?«

Chaim stutzte. Er kannte Davids Humor noch nicht. Mit einem Mal lachte er laut. »Sie gefallen mir, Herr Pratt! Ich meinte natürlich, wenn der ehrenwerte Rabbi Warschauer bald aus Altersgründen zurücktreten sollte. Onkel Louis ist vierzehn Jahre jünger als er, hat also im Vergleich mit dem dritten Gemeinderabbiner, dem verknöcherten Dr. Samson Weisse, beste Chancen.«

»Dann danke ich Ihnen umso mehr, Herr Blumenthal, dass ich in Zukunft meine Mahlzeiten auf den Stühlen eines so geachteten Mannes einnehmen darf.«

Chaim kniff misstrauisch das linke Auge zu. »Sie wollen sich doch nicht über die Möbel des Rabbi lustig machen?«

»Aber wo denken Sie hin! Das würde ich mir nie erlauben.«

»Na, dann ist es ja gut«, sagte Chaim und strahlte.

Als David und Rebekka Samstagmittag um Punkt zwölf mit Sack und Pack am Richardplatz eintrafen, erwarteten sie bereits zahlreiche neugierige Gesichter in den offen stehenden Fenstern. Alt wie Jung lehnte auf den Fensterbänken, atmete den Blütenduft und bestaunte die neuen Mieter. Viele lächelten oder nickten zur Begrüßung mit dem Kopf, einige winkten sogar, andere übten sich in abwartender Zurückhaltung. Eine einzelne Dame fortgeschrittenen Alters machte im dritten Stock ein griesgrämiges Gesicht. Vom östlichen Ende des Platzes her hieß das Stundengeläut der Bethlehemkirche die neuen Anwohner willkommen.

Chaim und Ester Blumenthal liefen sogleich auf die Straße hinaus, um Rebekka das Gepäck zu entwinden. Benni, Sara und Tabita versperrten ihnen den Weg. Ein älterer Mann gesellte sich hinzu, den Chaim als seinen Onkel Carl vorstellte. Als Beamter sei Onkel Carl zum Kofferschleppen nicht kräftig genug, scherzte Chaim, aber im Organisieren mache ihm so schnell keiner was vor. Ester lachte, der Onkel lächelte zurückhaltend und drückte David die Hand.

Das Taxi war noch nicht abgefahren, als zwei weitere Hausbewohner auf dem Gehweg erschienen, eine kleine, etwa vierzigjährige Frau mit Schürze und ihr untersetzter strohblonder Mann, die sich als Anneliese und Wolfgang Hermann vorstellten. Nur das Erstere sei sein Vorname, merkte Wolfgang augenzwinkernd an und verlangte von Chaim Wegezoll in Form einer Reisetasche.

»Ich glaube, wir werden uns hier wohl fühlen«, flüsterte Rebekka ihrem Mann ins Ohr. »Sie sind alle so nett.«

David küsste sie auf die Schläfe, ließ sich von Onkel Carl auch noch die letzte Tasche abnehmen und spazierte völlig unbeschwert in sein neues Domizil.

Bis zum Abend lernte das Paar auch die übrigen Hausbewohner kennen. Ester wusste zu den Namen auch die passenden Geschichten zu liefern. Den zweiten Stock teilten sich Horst Lotter und Richard Seybold, der eine Kommunist, der andere Sozialdemokrat. Laut Ester standen die beiden oft stundenlang auf dem Flur vor ihren Wohnungstüren und diskutierten lautstark die Vor- und Nachteile ihrer jeweiligen politischen Gesinnung.

Im ersten Stock, gegenüber von Onkel Carl, wohnte die Familie Hermann: Wolfgang, Anneliese, ihre Tochter Elisabeth sowie der Großvater Heinrich. Letzterer, ein Polizeioberwachtmeister im Ruhestand, steckte ständig mit Onkel Carl zusammen. Weil die Hermanns Bibelforscher waren, die Blumenthals jedoch Juden, ging den beiden Pensionären nie der Gesprächsstoff aus – was Horst und Richard im Politischen, das waren Heinrich und Carl im Religiösen.

Außerdem gab es da noch Frieda Joleite, das mürrische Gesicht im dritten Geschoss. Inzwischen weit über sechzig, trauerte sie angeblich einer unerfüllten Liebe nach, die sie schon zur Jahrhundertwende dem Ehestand für immer hatte abschwören lassen. Sie litt unter ihrer fast manischen Neugierde und einer strategisch ungünstigen Lage. Von der dritten Etage konnte sie zwar gut kontrollieren, wer das Gebäude betrat oder verließ, doch sobald sie sich vom Fenster entfernte, war sie vom Leben im Haus wie abgeschnitten. Zwar stand sie oft oben im weiten Treppenaufgang und schnüffelte – unbeweglich wie eine im Netz lauernde Spinne – den anderen Bewohnern hinterher, aber das schien sie nicht wirklich auszufüllen.

»Vor der Joleite würde ich mich in Acht nehmen«, riet Ester in einem ihrer seltenen ernsten Augenblicke. »Sie spioniert jedem hinterher, und wenn sie endlich mal was aufschnappt, dann erzählt sie es gleich brühwarm weiter. Der Joleite den Marsch zu blasen hat überhaupt keinen Sinn, die Frau dreht einem nur das Wort im Munde um.«

Frieda Joleites Dauerverdrossenheit nährte sich in nicht unerheblichem Maße auch aus dem Verhältnis zu ihrer Nachbarin. *Un*verhältnis wäre eigentlich das passendere Wort. Mia Kramer ignorierte die Joleite gründlich. Sie war die Witwe eines im Großen Krieg gefallenen Malers und lebte in stiller Abgeschiedenheit mit dessen surrealistischen Bildern und einer schneeweißen Katze. Auf der Straße ließ sie sich nur selten blicken. Dass es an der alten Frau aber auch gar nichts auszusetzen gab, brachte Frieda Joleite in schöner Regelmäßigkeit zur Weißglut. Die Hausspionin musste daher, um der Witwe wenigstens irgendetwas anhängen zu können, ihr verkümmertes Einbildungsvermögen bemühen. Und das war auch der Grund dafür, warum ihre Verdächtigungen und haarsträubenden Geschichten von den anderen immer sehr schnell als Unfug entlarvt werden konnten.

Abgesehen von der »Zecke im Dritten«, wie Onkel Carl die Joleite nannte, war das Haus am Richardplatz ein Ort, an dem man sich wohl fühlen konnte. Die übrigen Bewohner, so unterschiedlich sie waren, hatten sich zu einer guten Gemeinschaft zusammengefunden. Sie halfen sich mit Mehl oder einer Tasse Zucker aus, sprachen miteinander und bewunderten das Ehepaar Pratt. Den leibhaftigen Auslandskorrespondenten eines angesehenen amerikanischen Wochenblattes im eigenen Haus zu haben – darauf konnte man sich schon was einbilden. Im Grunde war David ja nur ein freier Mitarbeiter von *Time*, aber auf derartige Feinheiten nahm man am Richardplatz Nummer 4 keine Rücksicht.

Noch am Abend des Einzugs wurde die erweiterte Nachbarschaft feuchtfröhlich gefeiert. Bald benutzte man nur noch die Vornamen. Allein Frieda bestand darauf, mit Fräulein Joleite angesprochen zu werden. David köpfte einige Flaschen Sekt, was selbst die Joleite zu würdigen wusste. Mia Kramer hatte sich entschuldigen lassen, sie fühle sich nicht wohl.

»Die Kramersche kriejen Se nie ssu so was«, informierte die Joleite und tippte sich an die Stirn. »Bei der tickt's da oben nich janz richtich.«

Ester stellte später klar, dass die stille Künstlerwitwe unter dem viel zu frühen Verlust ihres Mannes leide und deshalb den Kontakt zu anderen scheue.

David, dem die Kriegsgrausamkeiten nur allzu gegenwärtig waren, nickte verständnisvoll. »Ohne meine Rebekka wäre ich nur noch ein halber Mensch – vermutlich nicht einmal das.«

Vielleicht hatte dann auch Mia Kramers trauriges Schicksal David und Rebekka dazu gebracht, sich am darauf folgenden Tag ausgerechnet den Film »Im Westen nichts Neues« anzusehen. Nach Lustspielen war ihnen wirklich nicht zu Mute gewesen. Der Streifen hatte tags zuvor Premiere gehabt und das Kino war bis auf den letzten Platz ausverkauft. Obwohl der Regisseur Lewis Milestone, mit Rücksicht auf das zahlende Publikum, nicht die ganze Brutalität des Großen Krieges wieder aufleben ließ, machten die bewegenden Bilder viele im Zuschauerraum dennoch betroffen.

David hielt während der Vorführung Rebekkas Hand. Eigentlich wollte er *ihr* Schutz und Rückhalt sein, sie angesichts des Schrecklichen trösten, aber irgendwann reichte sie *ihm* ein Spitzentaschentuch: Tränen rannen über seine Wangen.

Plötzlich wurden die hinteren Türen des Kinosaales aufgerissen und ein vielstimmiges Grölen drang in den Raum. Rebekka schmiegte sich ängstlich an David. Er spürte ihr Zittern, während seine Augen die SA-Männer verfolgten, die mit geschwellter Brust durch die Gänge liefen und lautstark den Film als »Machwerk zur Schmähung unseres im Felde unbesiegten, heldenhaften Heeres« beschimpften.

Der Kinobesitzer setzte seine Gesundheit aufs Spiel, als er händeringend die Eindringlinge zum Verlassen des Saales aufforderte. Einer der braunen Störenfriede – offenbar ihr Anführer – nannte ihn daraufhin einen »roten Hund«, der schon bald den Schwanz werde einziehen müssen. Als die auf den Mann niederhagelnden Schimpfworte in tätliche Gewalt umzuschlagen drohten, konnte sich David nicht mehr zurückhalten. Er entwand sich Rebekkas Griff, stand auf und rief dem SA-Häuptling zu: »Also wirklich! Wer ist denn hier ein *roter* Hund? Ziehen Sie sich erst mal eine andere Uniform an, bevor Sie anständige Leute beleidigen.«

Der Film war mittlerweile angehalten worden. Zeitlich passend zu Davids Aufforderung wurde nun auch die Saalbeleuchtung eingeschaltet. Das ganze Kino brach in schallendes Gelächter aus. Zahllose Finger deuteten auf den SA-Hauptmann. Als dieser an sich herabblickte, erstarrte er. Das vordem braune Hemd, die Reithosen, selbst die Krawatte und die Hochschaftstiefel leuchteten blutrot. Spontan (und ohne Davids Zutun) passte sich die Gesichtsfarbe des Mannes dem Ton der Uniform an. Völlig konsterniert floh der Kommandant aus dem tobenden Saal. Sein nun führerloser Haufen folgte ihm hastig, wie eine Schar schlammig brauner Küken der zu schnell davonwatschelnden Entenmutter.

»Selbst wenn du sämtliche Nazis einfärbst, wirst du damit nicht das eigentliche Problem lösen«, flüsterte Rebekka, nachdem das Licht erloschen und der Filmprojektor wieder angelaufen war.

David schüttelte traurig den Kopf. »Nein, sicher nicht, aber ich wünschte, Kardinal Pacelli hätte Recht.«

»Womit?«

»Er meinte, Hitler sei ein geltungssüchtiger Dilettant, und er hoffe, dem deutschen Volk werde das noch rechtzeitig bewusst.«

Die Museumsinsel lag eingekeilt zwischen dem Hauptarm der Spree und einem Kanal mit dem schönen Namen »Kupfergraben«. Diesen überspannte eine Brücke, über die man auf den Vorplatz des noch unfertigen Pergamonmuseums gelangte. David zwang sich, langsam zu gehen. Am liebsten wäre er losgerannt wie ein ungeduldiger Schuljunge, um endlich den Altertumsforscher mit der Übersetzung der geheimnisvollen Handschrift zu konfrontieren.

Auf dem Platz, der an drei Seiten von der Säulenfassade des Museumsneubaus umschlossen war, herrschte geschäftiges Treiben. Erfahrungsgemäß erreichte das

Chaos kurz vor der Einweihung öffentlicher Bauten immer seinen Höhepunkt. Demnach musste die Eröffnung des Pergamonmuseums unmittelbar bevorstehen.

David gelangte unbehelligt in das Gebäude. Die allgegenwärtigen Gipser und Stuckateure, Maler und Schreiner blafften ihn gelegentlich an, wenn er ihnen in den Weg geriet, ansonsten war er Luft für sie. Ihr Interesse an Davids Person nicht verhehlen konnte dagegen die auffallend höfliche junge Museumsangestellte, die ihm unvermittelt den Weg versperrte. Die hübsche blonde Dame – sie war fast noch ein Mädchen – musste hier von der Museumsleitung zur Abwehr etwaiger Pressevertreter und sonstiger Neugieriger stationiert worden sein. Jetzt war David der Spinne ins Netz gegangen. Sie schleppte die Beute zu ihrem Beobachtungsposten, einem provisorischen Auskunftsschalter. Als David sich ihr vorstellte und Walter Andraes Namen nannte, wich ihre liebenswürdiggeschäftige Miene einem eher hilflosen, fast schon verängstigten Gesichtsausdruck.

»Wenn Sie keine feste Verabredung mit Herrn Andrae haben, dann wird er kaum für Sie zu sprechen sein, Herr Pratt. Unser Haus steht kurz vor der Eröffnung. Da gibt es tausend Geschichten, um die sich Herr Andrae gleichzeitig kümmern muss …«

»Dann sind es ab jetzt tausendundeine Geschichte«, fiel David der jungen Frau freundlich, aber bestimmt ins Wort. »Das passt doch jetzt sehr gut zu dem orientalischen Ambiente dieses wunderbaren Museumsbaues – finden Sie nicht?«

Die Empfangsdame blickte ihn verwirrt an.

David lächelte gewinnend und brachte den Namen eines gewissen Dr. Anton Fresenius ins Spiel, seines Zeichens Bibliotheksleiter an der Heidelberger Ruprecht-Karl-Universität. Auf dessen Empfehlung hin wende er sich an den hoch geschätzten Archäologen, und wenn dieser von seinem Protegé erfahre, müsse die hilfreiche Mittelsfrau vonseiten des viel beschäftigten Mannes gewiss auch keine Schelte fürchten.

Die Dame hinter dem Tresen absolvierte nun eine kurze Suchaktion am Telefon und sagte dann sichtlich erstaunt: »Herr Andrae bittet Sie zum Markttor von Milet.«

»Wo liegt das?«

»In Kleinasien.«

»Wann geht das nächste Schiff?«

Im hübschen Gesicht der Empfangsdame spiegelte sich Unverständnis, dann lachte sie mit einem Mal. »Sie sind ein Schelm, Herr Pratt! Ich meinte natürlich, die antike Hafenstadt Milet liegt in Kleinasien, aber das Markttor ist hier gleich um die Ecke. Gehen Sie durch diese Tür da in den großen Saal mit dem Pergamonaltar und nehmen Sie dort den ersten Durchgang rechts, dann müssten Sie Herrn Andrae irgendwo zu Ihrer Rechten finden: Er ist mittelgroß, untersetzt, hat grau melierte Haare, eine Brille, einen Schnurrbart und ist ständig in Bewegung. Sie können ihn überhaupt nicht verfehlen.«

David dankte dem hilfreichen Wesen.

»Und noch etwas, Herr Pratt.«

»Ja?«

»Fassen Sie nichts an!«

David nickte lächelnd und lenkte seine Schritte in die angegebene Richtung. Nur mit Mühe konnte er sich vom überwältigenden Anblick des Pergamonaltars losreißen, um sich dem Saal III zuzuwenden, in dem ihn römische Baukunst und ein rastloser Altertumsforscher erwarteten.

Walter Andrae war ungefähr Mitte fünfzig, trug einen grauen Anzug und sah im Übrigen genau so aus, wie ihn die blonde Fee im Foyer beschrieben hatte. Er war gerade in ein Gespräch mit zwei aufmerksam lauschenden Herren vertieft. Es ging um kosmetische Eingriffe an der Markttorfassade, David verstand nur die Hälfte. Er schob sich ins Blickfeld des Archäologen und wurde gesehen.

»Sind Sie der junge Mann, den Anton mir geschickt hat?«

David nickte eifrig.

Einige Minuten später saß er, in der Hand eine dampfende Tasse Kaffee, auf einem unbequemen Sessel in Walter Andraes Büro. Im Nebenzimmer sang ein Maler auf seiner Leiter deutsche Volksweisen. Andrae, davon gänzlich unbeeindruckt, hielt den Zettel mit der Übersetzung von Jasons Geschichte in der Hand und blickte mürrisch drein.

»Ich kenne dieses Fragment bisher nur aus Antons Erzählungen. Offen gestanden halte ich es für eine Fälschung.«

Dieses Urteil aus dem Munde eines Fachmannes war für David ein Tiefschlag. Ihm blieb die Luft weg. Erst nach Sekunden brachte er leise einen Einspruch vor: »Ich hatte den Eindruck, Dr. Fresenius war sich der Authentizität der Handschrift sehr sicher. Und auf seinem Gebiet scheint er mir durchaus beschlagen zu sein.«

»Weiß Gott, das ist er!«, entgegnete Andrae, ließ das Blatt auf den Besprechungstisch gleiten und strich sich mit dem Fingerrücken den grauen Schnurrbart glatt. »Ich will auch gar nicht das Alter oder die Herkunft der Handschrift infrage stellen – da vertraue ich voll und ganz auf Antons Urteil –, aber was ihren Inhalt betrifft, habe ich so meine Zweifel. Fälschungen hat es auch schon in der Antike gegeben. Dieser Jason kann was weiß ich für Motive gehabt haben, um sich diesen Unsinn über Alexanders Tod auszudenken.«

David atmete innerlich auf. Wenigstens die Echtheit des Manuskriptes zweifelte der Wissenschaftler nicht an. Dass er mit Jasons Bericht nicht zurechtkam, war auch nicht verwunderlich, schließlich klang er ziemlich phantastisch. »Diese Formulierung hier«, David deutete auf die betreffende Zeile, »›ihn im Lichte der Tränen rufen …‹ – was könnte Jason damit gemeint haben?«

Andrae strich sich über den Schnurrbart. »Tränen sind im Altertum ein häufig gebrauchtes Motiv. Den Ägyptern nach entstand der Mensch aus den Tränen des Gottes Re. Und der griechischen Mythologie zufolge sind die Bernsteine aus den Tränen der Heliaden hervorgegangen.«

»Interessant. Waren das die Juweliere der Antike?«

Der Archäologe lächelte nachsichtig. »Nein, die trauernden Schwestern des von Zeus mit einem Blitz erschlagenen Phaeton.«

»Ein Blitz? Ist wohl ein bisschen weit hergeholt, darin das ›Licht der Tränen‹ zu vermuten, oder?«

»In den frühen Kulturen war alles mythisch verbrämt, selbst die normalsten Vorgänge des täglichen Lebens. Die Formulierung, die es Ihnen so angetan hat, kann also durchaus etwas mit dem strafenden Feuer des Göttervaters zu tun haben. Sie könnte aber auch Sinnbild für etwas viel Profaneres sein.«

»Wofür zum Beispiel?«

Andrae hob die Schultern. »Was weiß ich! Alles Mögliche.«

»Könnte die Metapher sich auf Glas beziehen?«

Der Ausgräber förderte aus seiner Hose ein großes kariertes Taschentuch zutage, nahm die runde Nickelbrille ab und fing an sie zu putzen. »Schon denkbar. Glas bildet nicht wie gefrierendes Wasser Kristalle aus. Es bleibt von seiner inneren Struktur her selbst im verfestigten Zustand gewissermaßen immer eine Flüssigkeit.«

»Womit wir wieder bei den sprichwörtlich fließenden Tränen wären«, murmelte David vor sich hin, um schließlich laut zu fragen: »Hat man zur Zeit Alexanders des Großen denn schon Glas gekannt?«

»Sie scherzen, Herr Pratt ...« Andrae musterte seinen Gast eindringlich. »Oder vielleicht doch nicht. Ich vergesse gelegentlich, dass die Archäologen nur einen geringen Anteil der Erdbevölkerung stellen.« Er lächelte flüchtig und setzte die Brille wieder auf. »Als Alexander in Babylon starb, kannte man die Glasherstellung dort bereits seit mindestens tausend Jahren. Mein Kollege Flinders Petrie entdeckte 1894 eine Glashütte in der Gegend von Tell el-Amarna. Funde wie dieser belegen, dass die Ägypter und Mesopotamier schon im vierzehnten Jahrhundert vor Christus Glas herstellten.«

»Haben Sie solche gläsernen Relikte hier im Museum?«

»Und nicht zu knapp, Herr Pratt. Allerdings hauptsächlich römischen Ursprungs. Wenn die Ausstellung eröffnet ist, dürfen Sie sich gerne selbst davon überzeugen.«

»Gibt es Fundstücke in Tränenform?«

Andrae strich sich wieder über den Schnurrbart. »So auf die Schnelle fällt mir da nichts ein. Meines Wissens nach handelt es sich bei den meisten Exponaten um einfache kleine Gläser, eine Art dünnhalsiger Flaschen. Aber ob sich auch bauchige Formen, ›Tränen‹ gewissermaßen, darunter befinden, ließe sich natürlich in Erfahrung bringen.« Walter Andrae lächelte gequält. »Das wird allerdings Zeit kosten. Sie müssen wissen, dass wir in den Ausstellungsräumen nur einen geringen Teil des Bestandes der Öffentlichkeit zugänglich machen können, weil unsere Mittel leider begrenzt sind. Die Rekonstruktion des Ischtar-Tores und der babylonischen Prozessionsstraße haben wir nur mit einem Trick finanzieren können: Die Fassadenteile sind fest mit dem Museumsbau verbunden und deshalb konnten wir sie dem Topf für den Neubau zuschlagen. Aber in unseren Archiven schlummern noch hunderte von Fundstücken, die entweder auf ihre Restaurierung warten oder für deren Präsentation uns schlichtweg der Platz fehlt.«

Was den Altertumsforscher zu bekümmern schien, ließ in David neue Hoffnung keimen. Seine Rechte lag über dem Ring an der Halskette, als er sagte: »Könnten Sie für mich Ihre Bestände nach einer gläsernen ›Träne‹ oder einem Gegenstand, auf den diese Beschreibung passt, durchforsten lassen?«

Andrae seufzte wie unter einer schweren Last. »Um unseres gemeinsamen Freundes willen werde ich Ihnen diese Bitte nicht abschlagen. Aber bis zur Eröffnung des Museums kann ich niemanden für diese Sisyphusarbeit entbehren. Sie müssen sich also noch eine Weile in Geduld üben.«

Das habe ich inzwischen gelernt, dachte David erleichtert. Obwohl der Archäologe zunehmend ungeduldiger zu werden schien, wagte er noch eine weitere Frage. »Anton Fresenius hat eine ›Bruderschaft vom Ende des Sonnenkreises‹ erwähnt – kennen Sie diese Bezeichnung?«

Andrae dachte nur kurz nach. »Nein, das sagt mir gar nichts.«

David atmete tief durch, langte in seinen Halsausschnitt und förderte die Kette mit dem Ring ans Licht. Er hielt das Schmuckstück dem Wissenschaftler hin und fragte: »Kennen Sie dieses Symbol? Oder haben Sie schon einmal vom ›Kreis der Dämmerung‹ gehört?«

Walter Andraes Augen hingen an dem Siegelring. Auf seiner Stirn bildete sich eine steile Falte. Endlich erwiderte er: »Auch diese zweite Bezeichnung ist mir fremd, aber dieses Siegel – oder etwas Ähnliches – habe ich schon einmal gesehen.«

Davids Herz machte einen Sprung. »Wo?«

»Keine Ahnung.«

»Aber Sie müssen doch …«

»Herr Pratt, ich habe ganze Landstriche einer Gegend, die Ihnen als Zweistromland bekannt sein dürfte, umgegraben und dort tausende von Fundstücken exploriert, katalogisiert und analysiert. Glauben Sie wirklich, das alles passt in meinen Kopf?«

David musste ob des bildhaften Vergleichs schmunzeln. »Wenn Sie schon für mich tätig werden, könnten Sie da nicht zudem nachforschen, wo Sie dieses Symbol schon einmal gesehen haben? Es wäre sehr wichtig für mich.«

Andrae seufzte. »Ich weiß auch nicht, warum ich Sie nicht einfach hinauswerfe. Also gut. Aber lassen Sie mir um Himmels willen Zeit. Sie ahnen ja nicht, was mir alles im Kopf herumschwirrt …!«

David lachte erleichtert auf. »Tausendundeine Geschichte, ich weiß. Wenn Sie dann nicht ebenso viele Nächte brauchen, um mir die meine zu erzählen, warte ich gerne.«

Während der Mai sich verabschiedete und der Sommer Einzug hielt, wurde David von Walter Andrae immer wieder vertröstet. Langweilig wurde es ihm trotzdem nicht. Da gab es ja noch eine zweite Sache, die ihn nach Berlin geführt hatte, die Suche nach dem geheimnisvollen Deutschen aus dem Vatikan.

Der besaß noch immer keinen Namen, obwohl David inzwischen mit Lorenzo Di Marco in Briefkontakt stand. Er hatte den Mönch über die Neuigkeiten aus Heidelberg in Kenntnis gesetzt, worauf dieser bedauernd zurückschrieb, ihm seien leider die Hände gebunden, denn Kardinal Pacelli habe sich bezüglich seines deutschen Besuchers sehr bedeckt gehalten. David versuchte daraufhin auf anderem Weg weiterzukommen.

Er besuchte zunächst verschiedene Berliner Zeitungsredaktionen. Dabei pflegte er sich als Korrespondent des amerikanischen *Time*-Magazins vorzustellen, sein Foto mit dem großen Unbekannten zu zeigen und um Einblick in das Archiv zu bitten. Ein solches war – gerade bei älteren Zeitungshäusern – ein wertvoller Fundus für Hintergrundinformationen. Die Konkurrenz dagegen musste sich die entsprechenden Fakten erst in aufwändigen Recherchen zusammensuchen. Deshalb zögerten die verantwortlichen Redakteure verständlicherweise, einem fremden Reporter Einblick in den Hausschatz zu gewähren.

David gelang es dennoch erstaunlich oft, in das Allerheiligste vorgelassen zu werden. Mit seiner inzwischen hinlänglich bekannten Überredungsgabe öffnete er zunächst Ohren, dann Herzen und zuletzt Türen. Nebenbei fand er dabei einige aussichtsreiche Kandidaten für sein entstehendes Berliner »Agentennetz«. Bald war sein Kalender mit Terminen für weitere Sondierungen gespickt.

Den Haupttreffer landete er beim Ullstein-Verlag im Bezirk Tempelhof. In dem roten Backsteinbau traf er sich mit Friedhelm Lauser, einem Lokalredakteur der *Berliner Illustrierten Zeitung*. Lauser sah sich das Foto nur kurz an und sagte: »Ich kenne das Bild. Habe es selbst geschossen. Irgendwann im Frühjahr, so genau weiß ich das nicht mehr.«

»Aber es ist doch in einer Heidelberger Zeitung erschienen«, wandte David ein.

»Ullstein hat das Foto an mehrere Blätter verkauft. Heidelberg ist für uns keine Konkurrenz, da wird so was schon mal gemacht.«

»Kennen Sie diesen Mann dort?« David tippte auf die halb verdeckte Gestalt.

»Klar, das ist Franz von Papen, ein Reichstagsabgeordneter der Zentrumspartei.«

Davids Knie wurden weich. Schlagartig wich alle Farbe aus seinem Gesicht. Der Name stand im Diarium seines Vaters. Lord Belial hatte einen seiner Logenbrüder so genannt.

»Was ist mit Ihnen?«, fragte der Redakteur besorgt. »Ist Ihnen nicht gut?«

»Ehrlich gesagt, ja«, gab David zu.

»Hier ist ein Stuhl, setzen Sie sich erst einmal. Wollen Sie einen Schluck Wasser?«

David nickte, und wenn auch nur, um einen Moment ungestört nachdenken zu können. Sollte dieser Franz von Papen derselbe Mann sein, der vor annähernd fünfzig Jahren an der Sitzung bei Tunbridge Wells teilgenommen hatte, dann fragte sich, was er kürzlich im Vatikan zu suchen gehabt hatte. Beim Gedanken an die gefährlichen Umtriebe von Toyama und Kelippoth, fiel ihm keine harmlose Antwort ein.

Als Lauser mit einem Glas Wasser in der einen und

einem Zettel in der anderen Hand zurückkehrte, wollte David von ihm erfahren, was er über Papen wisse, aber der braunhaarige Mann war mit einem Mal merkwürdig kurz angebunden.

»In unserem Archiv werden Sie eine Menge Stoff über das Zentrum finden, aber ich kann Ihnen jetzt dazu nichts sagen.«

Weil der Zeitungsmann immer noch freundlich war, wagte David ihn nach dem Grund seiner plötzlichen Reserviertheit zu fragen. Lauser antwortete, er habe soeben vom Chefredakteur den Auftrag erhalten, einen Artikel für die Auslandsredaktion zu verfassen. Der dafür zuständige Kollege sei erkrankt, und weil er selbst früher einer »der Auswärtigen« gewesen sei, wolle der Chef eben, dass *er*, Lauser, nun diese Japangeschichte schreibe.

David ließ das Wasserglas wieder sinken, an dem er gerade nippen wollte. »Japan?«

Lauser nickte, hielt David den Zettel entgegen. Es handelte sich um ein Fernschreiben aus Tokyo. »Die Japaner haben mal wieder einen ihrer Politiker umgebracht. Diesmal sogar den Premierminister.«

In aller Eile überflog David die Meldung. Premier Hamaguchi war von einem »Patrioten« ermordet worden, der sich nicht mit den Zugeständnissen des Regierungschefs während der Londoner Flottenkonferenz hatte abfinden können. Mögliche Verbindungen zur Nikkyo-Gesellschaft seien nicht auszuschließen, hieß es in dem Telegramm.

»Ich mache Ihnen einen Vorschlag«, sagte David kurz entschlossen. »Ich habe jahrelang für *Time* aus Japan berichtet. Wenn ich Ihnen eine exzellente Insiderstory schreibe, werden Sie mir dann etwas über Franz von Papen erzählen?«

Lauser zögerte nur kurz. Mit einem Lächeln auf den Lippen antwortete er: »Die Lokalredaktion ist so etwas wie mein Verbannungsort. Mit einem erstklassigen Artikel könnte ich mich für eine Rückkehr zu den Auswärtigen empfehlen.« Er nickte. »Also gut, ich nehme Ihr Angebot an.«

So wie die Eckpfeiler entscheidend sind für die Statik antiker Tempel, ruhte Berlin auf seinen Eckkneipen. Ob nun in Neukölln, Kreuzberg oder Tempelhof, überall zierten die Eingangstüren solcher Lokale den Schnittpunkt zweier Straßen, nicht zu verfehlen für jeden, den der Durst umtrieb. Das Wirtshaus *Graf Zeppelin* gehörte zu diesem Typus von Altberliner Kneipe. Es befand sich in Blickweite zum Tempelhofer Flugfeld. Bei einem Schultheiss-Bier plauderte Friedhelm Lauser munter über die Zentrumspartei im Allgemeinen und Franz von Papen im Besonderen.

Friedhelm war bester Laune, weil er mit Davids Artikel beim Chefredakteur ein dickes Lob eingeheimst hatte. Das war Anlass genug gewesen, dem amerikanischen Kollegen sogleich das Du anzubieten.

»Weißt du, David, dieser Papen ist eine ziemlich undurchsichtige Persönlichkeit. Katholik, Monarchist und Berufssoldat. Seine Karriere hat er als Militär begonnen. Bei Ausbruch des Krieges war er Militärattaché in Washington. Aber die Amerikaner haben ihn der Spionage bezichtigt ...«

»Ach was!«

Friedhelm nickte entschieden. »Ja. Papen wurde sogar unter dem Vorwurf der Sabotage nach Hause geschickt. Gegen Kriegsende gehörte er zum Generalstab der vierten türkischen Armee in Palästina. Nach dem Waffenstillstand ist er in die Politik gegangen. Seit 1921 gehört er als Reichstagsabgeordneter dem ultrarechten Flügel des katholischen Zentrums an.«

»Wie würdest du seinen Einfluss einschätzen, Friedhelm?«

»Der ist nur schwer zu beurteilen. Angeblich unterhält er die verschiedensten Kontakte zu Monarchisten, der alten Aristokratie, den allerhöchsten Geschäftskreisen und der Wehrmacht. Aber politisch ist er bisher kaum in Erscheinung getreten.«

Ein Logenbruder Lord Belials, wie er im Buche steht: effizient und unauffällig. »Wie steht's mit seinen Verbindungen zum Vatikan?«

Friedhelm zuckte mit den Schultern. »Anscheinend schätzt man ihn als frommen Mann des Glaubens bis in höchste Kreise der Kurie. Sonst ist mir nichts bekannt.«

»Kennst du jemanden, der mir mehr über ihn verraten könnte?«

»Warum fragst du ihn nicht selbst?«

David grinste wie ein Wolf. »Ich mache immer gründliche Recherchen, bevor ich mir ein Opfer vornehme.«

Friedhelm nickte. »Wie sich das gehört. Es gibt da aber jemanden, der dir vielleicht weiterhelfen kann, gewissermaßen ein Kollege von uns. Er heißt Edgar Jung. Ich schreibe dir seine Adresse auf.«

Friedhelm zog einen Stift aus der Brusttasche seines Hemdes, kritzelte die Anschrift des »Kollegen« auf den Rand eines Bierdeckels und gab ihn David. »Ich fürchte, das ist alles, was ich für dich tun kann.«

David lächelte den Redakteur dankbar an. »Es ist mehr, als ich erwartet hatte.«

Einige Tage später fand Davids erstes Treffen mit Edgar Jung statt. Schauplatz war ein Café in der Friedrichstraße, dem Rückgrat von Berlins wichtigstem Amüsier- und Geschäftsviertel. Rebekka hatte unbedingt mitkommen und den Stadtteil sehen wollen, in dem die großen Revuen beheimatet waren, Houdini im Wintergarten-Varieté die Leute verzauberte, einem auf Schritt und Tritt prominente Leute über den Weg liefen, es alles zu kaufen gab, man vor lauter Verkehrslärm das eigene Wort nicht verstand und das Überqueren der Fahrbahn einem Himmelfahrtskommando glich, also dorthin, wo das Herz Berlins schlug.

David konnte sich anfangs nur schwer auf das Gespräch mit Edgar Jung konzentrieren, weil er im Geist sah, wie Rebekka die Läden in der näheren Umgebung unsicher machte. Zum Glück redeten die beiden Männer während der ersten Minuten nur über Belanglosigkeiten wie Max Schmelings Weltmeisterschaftskampf vom 12. Juni gegen Jack Sharkey. Der Amerikaner hatte dem deutschen Boxidol einen Tiefschlag versetzt und war vom Ringrichter disqualifiziert worden.

»Hat Papen eigentlich einen Schwachpunkt?«, fragte David schließlich etwas unvermittelt, auf das Hauptthema abzielend.

Jung lächelte. »Sie meinen so etwas wie ein gläsernes Kinn? Dazu kenne ich Papen nicht gut genug. Die Geschichte damals in Washington ist für mich etwas dubios. Würde selbst gerne wissen, ob Papen ein Spion war. Wieso fragen Sie?«

»Denken Sie, Papen könnte nach den nächsten Reichstagswahlen in einem neuen Kabinett eine Schlüsselposition einnehmen?«

»Einen Ministerposten?« Jung schüttelte lachend den

Kopf. »Also das würde mich schon sehr überraschen. Mit der Position eines Abgeordneten dürfte der Mann seinen politischen Zenit erreicht haben. Da müssten sich seine Freunde schon mächtig ins Zeug legen, um ihn noch höher zu hieven.«

»Wer zum Beispiel?«

Jung dachte einen Moment nach. »Wenn es stimmt, was ich gehört habe, dann ist er ein Liebling unseres Reichspräsidenten.«

»Paul von Hindenburg?«, entfuhr es David. »Ich habe ja schon gehört, dass Papen gute Kontakte haben soll, aber dass sie so hoch hinaufreichen …« Er musste den ehemaligen Kavallerieoffizier unbedingt eingehender unter die Lupe nehmen!

Edgar Jung schien Davids sorgenvoll-kritische Weltsicht durchaus zu teilen, deshalb wagte jener einen weiteren Schritt. Zwar erzählte er Jung noch nichts vom Kreis der Dämmerung, aber er ließ einige Andeutungen fallen, die jeden ernst zu nehmenden Publizisten hellhörig machen mussten. Als sich die beiden zwei Stunden später voneinander verabschiedeten, versprach Jung, sich näher an den Zentrumsabgeordneten heranzupirschen und David über die Ergebnisse seiner Erkundigungen auf dem Laufenden zu halten.

Während sich der Sommer in brütend heißen Tagen dahinschleppte, stöhnten die Menschen nicht nur über die Hitze, sondern vor allem über die anhaltende Wirtschaftskrise. Es waren Wochen, in denen sich Edgar Jung und Friedhelm Lauser einen Platz im Bruderschaftsteil von Davids Schattenarchiv eroberten und radikale Kräfte – allen voran die Nationalsozialisten – in der Gunst der deutschen Bevölkerung. Der Mann auf der Straße hatte wenig Verständnis für ein Parlament, dessen zahlreiche Fraktionen untereinander bis zur Handlungsunfähigkeit zerstritten waren. Als der greise Reichspräsident Paul von Hindenburg kurzerhand das störrische Plenum auflöste, stellte sich für David die Frage, welche Rolle Papen in diesem Machtpoker spielte. Konnte dieser von den nun erforderlichen Neuwahlen profitieren? Die Strategie des Zentrumsabgeordneten blieb undurchschaubar. Ja, David wusste nicht einmal mit Sicherheit, ob Franz von Papen derselbe Mann war, der damals den Jahrhundertplan mit aus der Taufe gehoben hatte. Na gut, der »Kavallerieoffizier« war ehrgeizig, traf sich auch weiterhin mit Generalfeldmarschall Hindenburg, aber diese Verdachtsmomente waren zu schwach, um einfach in Papens Büro zu stürmen und das Problem mit einem japanischen Langschwert aus der Welt zu schaffen.

Wöchentlich wurde David nun im Pergamonmuseum vorstellig. Und ebenso hartnäckig vertröstete man ihn. Herr Andrae habe ihn nicht vergessen, betonten jedes Mal die hübsche blonde Abfangdame und ihre Kolleginnen geduldig, aber weil das Museum im Oktober nun endlich die Pforten öffnen werde, sei der viel gefragte Mann derzeit einfach zu beschäftigt.

Manchmal gelang es David, in der Deckung von Handwerkern durch das Spinnennetz der Aufsichtsdamen zu schlüpfen. Er war unter den etwas rauen Gesellen mittlerweile so bekannt wie ein bunter Hund und viele begrüßten ihn schon mit Namen.

Diese relative Bewegungsfreiheit verdankte er einem Interview mit Friedrich Delitzsch, dem designierten Museumsdirektor, dem sehr an einer positiven Berichterstattung gelegen war. Sein Haus konnte einen wohlwollenden Artikel im *Time*-Magazin gut gebrauchen, spekulierte Delitzsch doch auf internationales Interesse und Ansehen. Es in einer Reihe mit dem Pariser Louvre oder dem Britischen Museum zu sehen war eine Aussicht, die ihn schwindeln machte und »zuvorkommende Behandlung für Herrn Pratt« verordnen ließ.

Aus dem Ganzen entwickelte sich dann eine Art Versteckspiel zwischen dem *Time*-Reporter und dem rastlosen Archäologen, das zuweilen groteske Züge annahm. Nachdem David die von Andrae kontrollierten Abfangdamen im Foyer überlistet hatte, lauerte er dem nimmermüden Wissenschaftler wie ein Wegelagerer in den weitläufigen Ausstellungshallen auf. Wenn Andrae sich näherte, trat David ihm in den Weg und nutzte die Schrecksekunde des anderen für seine Frage: »Haben Sie schon etwas über die lichten Tränen herausgefunden?«

Auch Andraes Reaktion folgte dann jedes Mal demselben Muster. Zunächst runzelte er unwillig die Stirn, befreite sich stöhnend aus gedankenvoller Versenkung, setzte ein nachsichtiges Lächeln auf und entschuldigte sich höflich mit dem Versprechen, die gewünschten Auskünfte »so bald wie möglich« zu liefern. Schließlich verschwand er wieder mit wehenden Schößen hinter irgendeiner Vitrine und blieb bis zu Davids nächstem Überfall in der Versenkung. Meist dauerte es danach nicht lange und eine der »Spinnen« aus dem Foyer kam herbeigekrabbelt, um ihn wieder hinauszuschaffen.

David wehrte sich gegen die ihm in dieser Angelegenheit aufgezwungene Passivität. Er besorgte sich archäologische Bücher über den vorderasiatischen Raum. Inzwischen wusste er so einiges über die Kunst der

Glasherstellung im alten Mesopotamien und verschaffte sich auch einen umfassenden Einblick in den bald öffentlich zugänglichen Museumsbestand. Aber er stieß auf keine »Träne« oder irgendeinen anderen Gegenstand, den Jason mit seiner Metapher vielleicht gemeint haben könnte.

Als er den Altertumsforscher wieder einmal stellte – in unmittelbarer Nachbarschaft der babylonischen Prozessionsstraße zwischen strategisch günstig positionierten Exponaten aus dem alten Assyrien –, überraschte er diesen mit einem Vorschlag.

»Warum kann ich Ihnen nicht helfen?«

»Wie bitte?« Andraes Gedanken befanden sich augenscheinlich noch in einer anderen Hemisphäre.

»Ich verstehe ja, dass Ihnen mein Anliegen angesichts der Eröffnung des neuen Museums höchst nebensächlich erscheinen mag, aber Sie könnten mir doch gestatten, mich in Ihren Beständen umzusehen.«

»Wissen Sie, was Sie da von mir verlangen, Herr Pratt?«

David schwante nichts Gutes.

Andrae begann seine Brille zu putzen, wohl um nicht gleich mit einer brüsken Antwort herauszuplatzen. »Wir haben einmalige Kunstschätze in unseren Archiven, unersetzbare Dokumente längst versunkener Kulturen. Manche dieser Objekte sind so zerbrechlich, dass man sie nur scharf ansehen muss und sie fallen schon auseinander. Meinen Sie wirklich, da lasse ich irgendeinen *Reporter* ran?«

Walter Andrae hatte das Wort »Reporter« ausgesprochen, als habe er eher an »Metzger« oder »Elefant« gedacht. David war klar, dass er den Bogen überspannt hatte. Enttäuscht ließ er den Kopf hängen. »Entschuldigen Sie bitte, Herr Andrae. Ich dachte, es wäre ein guter Einfall, aber ...«

»Ihnen liegt wirklich sehr viel an dieser Sache, nicht wahr?«, unterbrach ihn der Wissenschaftler. Sonderbarerweise klang er nun überhaupt nicht mehr grob, sondern eher verständnisvoll.

David hob verlegen den Blick. »Ich habe mich ihr mit Haut und Haaren verschrieben.«

Andrae schüttelte den Kopf. »Sie müssen mir unbedingt erzählen, was Sie so an der Geschichte dieses Jason fesselt ...«

David sah ihn mit großen Augen an. »Nichts lieber als das! Ich ...«

»Aber nicht jetzt!«, fiel ihm Andrae mit abwehrender Geste erneut ins Wort. »Kommen Sie. Ich geleite Sie hinaus und wir überlegen gemeinsam, wie wir in dieser Angelegenheit weiterkommen.«

David glaubte seinen Ohren nicht zu trauen. Geradezu benommen ließ er sich von Walter Andrae auf die babylonische Prozessionsstraße hinausführen, in Richtung des zentralen Oberlichtsaales. Während sie zwischen bräunlich gelben Löwenreliefs hindurchgingen, erörterten sie verschiedene Möglichkeiten, die Suche nach den »Tränen« zu beschleunigen. Davids Blick streifte über eine der Hauptattraktionen des Museums, das Ischtar-Tor, dessen blau glasierte Ziegel mit den darin eingebetteten Drachen- und Löwenmotiven eine seltsame Wirkung auf ihn ausübten. Unmittelbar vor dem Torbogen blieb er abrupt stehen.

»Was ist?«, fragte Andrae überrascht.

Den Kopf im Nacken, die Augen auf das blaue Ziegeldach gerichtet murmelte er: »Wenn das Tor reden könnte.«

Andrae blickte nun ebenfalls zum Torbogen hinauf. »Das meiste davon ist nur Rekonstruktion.«

»Aber nicht alles.«

Der Archäologe musterte David fragend. »Wie meinen Sie das, Herr Pratt?«

»Na, eine ganze Anzahl Ziegel sind doch echt. Womöglich ist einmal Alexander der Große unter ihnen hindurchgegangen. Oder auch Fürst Belial. Irgendwie sind diese Steine für mich – ich weiß nicht, wie ich das ausdrücken soll – lebendige Erinnerungen. Könnte nur einer von ihnen laut genug sprechen, erführen wir vielleicht sämtliche Geheimnisse dieser Bruderschaft vom Ende des Sonnenkreises.«

»Bei Ihrem Gerede läuft es einem ja kalt den Rücken hinunter, Herr Pratt. Kommen Sie, da geht's lang.«

Andrae führte seinen Besucher durch das Ischtar-Tor hindurch weiter zum Ausgang. Doch nach wenigen Schritten blieb nun plötzlich der Forscher stehen.

»Ist Ihnen etwas eingefallen?«

Der Archäologe lächelte unsicher. »Manchmal ist das komisch mit mir: Da werden zwei oder drei Worte gesagt und mit einem Mal entsteht in meinem Kopf ein ganzes Bild.«

»Wem sagen Sie das! Ich habe ständig solche Assoziationen. Ihr Bild passt nicht zufällig zu Jasons Geschichte?«

»Ich weiß nicht. Vielleicht habe ich mich von Ihren Phantastereien einfach nur anstecken lassen. Sie sagten mir neulich, unser lieber Bücherwurm aus Heidelberg habe Ihnen erzählt, dieser ominöse Fürst Belial pflegte sich mit seinen Schergen regelmäßig an einem bestimmten Ort zu treffen, und zwar genau dort, wo die Sonne am Horizont untergeht.«

David nickte. »Was Dr. Fresenius gleich darauf als Humbug bezeichnete, weil es einen solchen Ort ja in Wirklichkeit nicht gebe.«

»Vielleicht doch.« In Andraes Augen lag ein listiges Funkeln.

»Nun spannen Sie mich nicht auf die Folter. Woran denken Sie?«

»An Herodot von Halikarnassos.«

»Den griechischen Geschichtsschreiber? Fresenius hat ihn auch einmal erwähnt.«

»Für seine Zeit – er lebte im fünften Jahrhundert vor Christus – war Herodot ein sehr reiselustiger Mann. Er besuchte auch Babylon und besichtigte dessen legendären Turm, vielmehr das, was Xerxes I. noch von ihm übrig gelassen hatte. Ich erinnere mich sehr gut an eine bestimmte Stelle aus Herodots Aufzeichnungen: ›Außen um den Turm herum führt eine Wendeltreppe nach oben‹, schreibt er. Auf halber Höhe befinde sich ein Ruheplatz mit Bänken.«

»Worauf wollen Sie eigentlich hinaus?«

»Sie sprachen von einer ›Bruderschaft vom Ende des Sonnen*kreises*‹. Herodot verwendet in seiner Beschreibung des Turmes von Babylon das griechische Wort *kyklo*. Es stammt von derselben Wurzel wie der Begriff …«

»*Kyklos!*«, hauchte David. »Was ›Kreis‹ bedeutet.« Er blickte mit glasigen Augen starr vor sich hin. *Genau wie bei den verschiedenen Namen des Geheimzirkels!*

Andrae nickte. »Diese Wortwahl ist insbesondere deshalb bemerkenswert, weil alle Rekonstruktionen des Turmes von Babylon – auch meine eigene übrigens – auf einem viereckigen Grundriss basieren.«

»Könnte Herodots Schilderung ein versteckter Hinweis auf die Bruderschaft beziehungsweise den Kreis der Dämmerung sein?«

»Das kann ich Ihnen nicht sagen. Eines allerdings steht fest: Als höchstes Gebäude im weiten Umkreis war die Spitze Etemenankis, des Turmes von Babylon, mit Sicherheit der Ort, an dem die Sonne am längsten zu sehen war.«

»Wo die Sonne am Horizont untergeht«, wiederholte David leise. Babylonien, auch Chaldäa genannt, galt lange als Zentrum der Himmelsbeobachtung. »Chaldäer« war im Altertum sogar zeitweise das Synonym für einen Astrologen schlechthin. Ein Gefühl der Erregung ergriff von David Besitz.

»Herr Andrae«, sagte er so beherrscht wie möglich, »Sie gehörten doch zu Robert Koldeweys Babylonexpedition. Kaum jemand kennt die Gegend dort so gut wie Sie. Außerdem haben Sie, wie ich inzwischen weiß, kistenweise Schätze von dort mitgebracht. Über die Grabung wird es doch bestimmt Aufzeichnungen geben. Ich verstehe ja, warum Sie mich nicht selbst an die Fundstücke heranlassen wollen, aber könnte ich nicht wenigstens die Ausgrabungstagebücher und Inventarlisten einsehen? Möglicherweise finde ich ja einen Hinweis, der uns die Suche wesentlich erleichtert.«

Andrae sah David mit unbewegter Miene an. Endlich seufzte er und sagte: »Also gut. Wir richten gerade eine Museumsbibliothek ein, in der Sie vielleicht die gewünschten Unterlagen finden. Ich werde Sie dort recherchieren lassen. Alles Weitere wird sich ergeben, wenn wir die Einweihung hinter uns haben. Sind Sie jetzt zufrieden, Herr Pratt?«

»Ich möchte Sie umarmen und küssen, Herr Andrae!«

Der Wissenschaftler blickte David erschrocken an. »Das werden Sie schön bleiben lassen, hören Sie?«

Die Nachforschungen in den unerwartet umfangreichen Dokumentensammlungen des Pergamonmuseums und das Heranpirschen an Franz von Papen beanspruchten Davids Zeit und Kraft fast über Gebühr. Rebekka machte ihm deshalb zwar keine Vorwürfe, aber gelegentlich spürte er, wie schwer sie an dem häufigen Alleinsein trug. Eines Tages gelang es ihr dann, Fühlung mit Mia Kramer aufzunehmen. Die scheue Künstlerwitwe entpuppte sich als eine liebenswürdige ältere, außergewöhnliche Dame, die man nur etwas aus ihrer Trauer herauslocken musste. Rebekka ging dabei äußerst behutsam und geschickt vor. Sie appellierte an Mias Liebe zu den Bildern ihres Mannes.

Mal fiel die beiläufige Bemerkung, wie schön es doch wäre, wenn auch andere Menschen diese – teilweise noch nie ausgestellten – Kunstwerke sehen könnten. Dann wieder sprach Rebekka wohlwollend, aber dennoch mit kritischem Sachverstand über die Bilder und verglich sie mit Werken anderer Meister von Hieronymus Bosch über Max Ernst bis hin zu Salvador Dalí. In den sich daran anbahnenden Gesprächen begann Mia regelrecht aufzublühen. Auch sie besaß profunde Kenntnisse der zeitgenössischen Malerei. Und außerdem ein Klavier. Ersteres lieferte den beiden Frauen immer ein Thema für die Unterhaltung, Letzteres dem ganzen Haus bald bezaubernde Klänge.

Rebekka war überglücklich, als ihre Finger endlich wieder über die weißen und schwarzen Elfenbeintasten tanzen durften. Nur die Joleite regte sich über die vermeintliche »Ruhestörung« auf, auch wenn die »Amerikanische« – also Rebekka – mit ihrem Klavierspiel nie gegen die Hausordnung verstieß. Für die übrigen Mieter am Richardplatz 4 waren die Etüden und Sonaten aus dem dritten Stock aber eher eine Bereicherung, weshalb der Protest der Joleite bald im Sande verlief. Die grimmige Alte sann auf Rache.

»Mach dir nichts draus, Kindchen«, tröstete Ester die begabte Pianistin. »Wenn Onkel Carl sonntags sein Grammophon ankurbelt, meckert die Joleite auch immer.« Und dann fügte sie hinzu: »Könntest du meiner Sara eigentlich Unterricht geben?«

Die Frage ließ Rebekkas Herz höher schlagen. Sie habe schon japanischen Damen das Französische beigebracht und dabei ihre Neigung für den Lehrberuf entdeckt. Kinder an die Musik heranzuführen sei schon immer ihr Traum gewesen. Damit war der Unterricht für Sara beschlossene Sache.

Bald kamen weitere Kinder aus der Nachbarschaft hinzu, und während Rebekka ihren stupsnasigen Schülern Mozart, Beethoven und Liszt näher brachte, kehrte Mia Kramer ganz allmählich ins Leben zurück.

Abgesehen von dieser erfreulichen Entwicklung gingen aber an den Bewohnern des Hauses Richardplatz Nummer 4 die rauen Zeiten auch nicht spurlos vorbei. Am Vorabend einer Reichstagswahl kehrte Horst Lotter zu fortgeschrittener Stunde von einer Wahlveranstaltung der Kommunistischen Partei zurück – blutüberströmt. Ein SA-Trupp habe ihn so zugerichtet, erklärte er grinsend. »Jab 'ne Riesenkeilerei.«

Was Horst eher auf die leichte Schulter nahm, bereitete

David zunehmend Sorge. Mit dem sich nähernden Wahltag hatten die Schlägereien zwischen Nationalsozialisten, Kommunisten und Sozialdemokraten stark zugenommen. Natürlich war klar, welchen Zweck die Braunhemden mit ihren Übergriffen verfolgten: Die Menschen sollten eingeschüchtert werden.

Der Plan schien aufzugehen. Am Sonntag, dem 14. September 1930, erzielte die Nationalsozialistische Partei Deutschlands erhebliche Stimmengewinne.

Das Gift der Verunsicherung hatte sich nun auch im Leben von Rebekka und David breit gemacht. Man arrangierte sich gewissermaßen mit den Schlägertrupps, wollte von den politischen Auseinandersetzungen möglichst unbehelligt sein und richtete seinen Tag mit den notwendigen Besorgungen und dem Zeitvertreib nach dieser Maxime aus. Am Tag nach der Wahl wagten sich die beiden wieder einmal ins Kino, *Die drei von der Tankstelle* erlebten ihre Welturaufführung. Während sich Lilian Harvey, Heinz Rühmann und Willy Fritsch auf der Leinwand verausgabten, lachte Rebekka seit langem wieder einmal so, wie sie es früher bei Filmen von Charlie Chaplin oder Buster Keaton getan hatte. David genoss den bittersüßen Geschmack eines Augenblicks des Vergessens in einer unvergesslichen Zeit.

Am nächsten Tag traf er sich wieder mit Edgar Jung. Der Publizist hatte sich näher an Franz von Papen herangetastet. Belials Logenbruder – so er es denn war – erwies sich als schlauer Fuchs. Er traf sich mit Hindenburg sowie mit einigen einflussreichen Männern aus Industrie und Militär. Dieser Papen führte irgendetwas im Schilde, etwas Großes – aber was?

Wer sich mit überaus schwierigen Fragen beschäftigt,

der muss fast zwangsläufig jede Ablenkung als unzumutbar empfinden. Ähnlich erging es David, als ihn Rebekka Ende September mit einem etwas ausgefallenen Wunsch konfrontierte. Nur mit Mühe gelang es ihm da, seine Gedanken neu zu ordnen und sich bewusst zu machen, wie wenig er sich zuletzt um sie gekümmert hatte. Es war einiges nachzuholen. Also willigte er in Rebekkas Bitte ein, auch wenn sie ihm anfangs ungewöhnlich vorkam.

»Du willst in eine *Synagoge* gehen?«

»Ich bin schließlich Jüdin. Warum betonst du das Wort, als spräche ich vom Ballhaus *Femina?*«

In diesem Etablissement konnten einsame Damen einen Tanzpartner per Tischtelefon erwählen.

»Aber du warst seit zwanzig Jahren nicht mehr in einem jüdischen Gotteshaus.«

»Ich will ja auch in die Neue Synagoge, weil es dort am 29. September ein besonderes Jubiläumskonzert mit Namen Jadlowker gibt. Ester besorgt uns zwei Plätze.«

»Du willst wohl sagen, Chaims Onkel, der Rabbi Louis, kümmert sich darum.«

»Ich wollte dich nicht mit Nebensächlichkeiten langweilen.«

»Danke. Und das Konzert, meinst du, langweilt mich nicht?«

»Früher hast du dir alles angesehen oder angehört, was mir gefallen hat.«

David seufzte. *Da war meine Lebenslatte ja auch noch etwas länger. Und die Hoffnung größer.* »Ich bin im Moment einfach etwas angespannt. Entschuldige bitte.«

»Albert Einstein soll übrigens auf dem Synagogenkonzert Jadlowker Violine spielen.«

David war wie elektrisiert. »Albert Einstein? Warum hast du das nicht gleich gesagt?«

Rebekka schmunzelte. »Ich fürchtete, du könntest den künstlerischen Aspekt der Veranstaltung verkennen.«

David sollte dann noch lange von den Eindrücken des Synagogenkonzerts Jadlowker zehren. Er hatte nach der Veranstaltung sogar einige Worte mit dem von ihm so verehrten Albert Einstein wechseln dürfen. »Alles ist relativ, mein Freund.« Mit dieser schlichten Weisheit hatte das Genie David in den Bann geschlagen. Ein beeindruckendes Erlebnis!

Die Wirklichkeit holte David bald wieder ein. Er hatte eine Aufgabe. Für Schwärmereien blieb da wenig Zeit. Das Jahr neigte sich dem Ende zu. Während Reichskanzler Heinrich Brüning anhaltend glücklos mit den kollabierenden Staatsfinanzen kämpfte wie Don Quijote gegen die Windmühlenflügel, knüpfte David neue Kontakte zum Aufbau seines Netzes. In der britischen Botschaft fand er einen besonders aussichtsreichen Kandidaten für die »Bruderschaft«. Sean Griffith stammte aus Belfast, bekleidete den Rang eines Attachés und leitete die Passabteilung. Dank Seans Engagement befanden sich David und Rebekka bald im Besitz neuer britischer Ausweise.

Sean Griffith war ein schlanker Mann Anfang vierzig. Er hatte dunkles welliges Haar, das er auffallend lang trug, und besaß jenen britischen Humor, der oft als Skurrilität verkannt wurde, ihn für David jedoch sofort liebenswert machte. Hinter dem unscheinbaren Äußeren des etwas steif wirkenden Brillenträgers verbarg sich eine bemerkenswerte Scharfsinnigkeit.

Ganz das Gegenteil ihres vielschichtigen Mannes war

Sabrina, seine deutsche Frau. Sie trug ihr Herz auf den Lippen, lachte auch einmal über einen plumpen Witz und neigte zu gelegentlichen Tränenausbrüchen. Die beiden hatten Ende 1929 den Bund der Ehe geschlossen, nach der Überwindung einiger Hürden, die eher diplomatischer als zwischenmenschlicher Natur gewesen waren. Die Briten gehörten immerhin zu den alliierten Siegermächten des Großen Krieges, zu jenen Nationen also, die »Deutschland das Blut aussaugten«, wie Sabrinas Vater zu sagen pflegte. Er arbeitete im Auswärtigen Amt und sympathisierte mit den Nationalsozialisten. Als dann der Young-Plan eine gewisse Entspannung in der Reparationsfrage gebracht hatte, konnte auch Sean dem designierten Schwiegervater endlich die Hand seiner Tochter abringen.

Während des düsteren und regnerischen Berliner Novembers verbrachten David und Rebekka nette Abende in der Bergstraße 70, unweit des Pergamonmuseums. Hier hatte sich das Ehepaar Griffith in einer geräumigen Vorderhauswohnung eingemietet, jener am Richardplatz nicht unähnlich. Bei Wein und einer Runde Bridge plauderte man über dies und das. Oft waren es belanglose Themen, doch weil Sean an viele britische Zeitungen und hochbrisante diplomatische Depeschen herankam, versorgte er David bald mit Informationen aus aller Welt. Entwicklungen und Vorkommnisse, die isoliert betrachtet in keinem Zusammenhang standen – die Dezemberrevolution in Guatemala etwa, die Zuspitzung der Lage in China, das brutale Vorgehen der britischen Kolonialherren in Indien oder der zunehmende Militarismus in Japan –, gewannen im Licht des Jahrhundertplans neue Bedeutung. Sean Griffith wurde daher als wichtige Nachrichtenquelle zu einem Aktivposten in Davids deutschem »Agentennetz«.

Im November erhielt David noch weitere wertvolle Unterstützung. Da im vorausgegangenen Monat das Pergamonmuseum seine Pforten geöffnet hatte, wich allmählich der Druck von den Verantwortlichen des Hauses. Friedrich Delitzsch, der Museumsdirektor, genehmigte für den *Time*-Reporter »einen kompetenten Helfer«. Der inzwischen wesentlich entspanntere Walter Andrae stellte David den Auserkorenen kurz darauf vor. Er hieß László Horthy, war gebürtiger Ungar und hatte sich seine wissenschaftlichen Sporen bei den Ausgrabungen in Babylon verdient.

Nicht zuletzt aus diesem Umstand schöpfte David neue Hoffnung für die Suche nach Jasons Tränen. László Horthy kannte sich hervorragend in den Ausgrabungsdokumenten aus, die er ja teilweise selbst erstellt hatte. Der Archäologe war Anfang fünfzig. Auf seinem dunklen Haupt glitzerten vereinzelte silberne Strähnen, aber der buschige Schnurrbart, der ihm das Aussehen eines einen Meter fünfundsechzig großen Riesenschnauzers verlieh und den er nach jeder Mahlzeit mit Hingabe pflegte, war noch makellos schwarz. Vielleicht gefärbt, mutmaßte David, der den schweigsamen, fast distanzierten Horthy schwer einzuschätzen vermochte. Manchmal, wenn David den Wissenschaftler mit Fragen traktierte, war der auf eine schon unhöfliche Art kurz angebunden, dann wiederum stürzte er sich in das Studium der Ausgrabungstagebücher, Inventarlisten und Nachschlagewerke, als stehe er kurz vor der Entdeckung einer wissenschaftlichen Sensation. Ungeachtet solchen Forscherdrangs lebte der Mann nach sehr strengen Regeln. Dazu gehörte auch die strikte Einhaltung der vormittäglichen Pausenzeit. Das Frühstück wurde um Punkt neun Uhr aus knisterndem Butterbrotpapier befreit, schweigend innerhalb von exakt fünfzehn Minuten verzehrt und nach penibler Entfernung sämtlicher Krümel vom Tisch die Arbeit wieder aufgenommen.

László Horthy gehörte, anders als Sean Griffith, nicht gerade zu den Menschen, die man auf Anhieb lieb gewinnt. Dennoch fühlte sich David ihm gegenüber genauso zu Dank verpflichtet. Auf die fachkundige Hilfe der beiden Männer war er im Moment stark angewiesen. Sein Kampf gegen den unsichtbaren Gegner gestaltete sich nach wie vor schwierig. Er sah, wie ein Land mit demokratischer Verfassung aus den Fugen geriet, wie es zunehmend unter den Einfluss einzelner, teils sehr zwielichtiger Personen kam, was Lord Belial mit klammheimlicher Freude erfüllen musste. Ohnmächtig beobachtete er die im neuen Jahr immer heftiger werdenden Zusammenstöße zwischen SA-Schlägern und Mitgliedern des Rotfrontkämpferbundes.

Immerhin freute er sich, mit welcher Inbrunst Rebekka wieder an seinem Kampf teilnahm. Die Wochen relativer Ruhe am Richardplatz und die Arbeit mit den Kindern wirkten sich positiv auf ihren Gemütszustand aus. Mia Kramer war inzwischen zu ihrer besten Freundin geworden, wenngleich Benjamin Blumenthal auch ein großes Areal ihres Herzens für sich beanspruchte. Rebekkas neue Ausgeglichenheit war für David eine große Stütze.

Anfang März 1931 erlebte das Paar eine Überraschung der besonderen Art. Sie hatten Sean und Sabrina Griffith zu sich zum Kaffee eingeladen, weil sie am Abend gemeinsam das neue Programm im Varieté Wintergarten ansehen wollten. Der Botschaftsmitarbeiter brachte die aktuelle Ausgabe der Londoner *Times* mit. Auf dem Titelblatt war ein in Delhi aufgenommenes Foto abgedruckt. Es zeigte den indischen Vizekönig Edward Wood Lord Irwin an einem Tisch mit Gandhi, dem inzwischen unbestrittenen Führer der indischen Unabhängigkeitsbewegung. In dem Artikel ging es um einen Pakt zwischen den beiden Männern, der die Spannungen zwischen der britischen Regierung und der indischen Kongresspartei entschärfen sollte.

Während David den Bericht las, wanderten seine Augen immer wieder zu der Fotografie. Irgendetwas an dem Bild ließ ihn nicht los. Unter den skeptischen Blicken von Rebekka, Sean und Sabrina hielt er sich die Zeitung ganz dicht vor die Nase und nahm sich jedes einzelne Gesicht auf dem Foto vor. An einem u-förmigen Tisch saßen in der Mitte Lord Irwin und der Mahatma, neben ihnen weitere Verhandlungsteilnehmer, davor die Protokollführer und dahinter …

»Bist du neuerdings kurzsichtig, Liebster?«, fragte Rebekka amüsiert.

»Ich fass es nicht!«, tönte es hinter der Zeitung hervor.

Sean schob seine Brille zurecht. »Meinst du die Art und Weise, wie dieser kleine Inder mit den mächtigen …«

»Aber nein!«, fiel ihm David ins Wort. Endlich ließ er die Zeitung auf den Tisch sinken und präsentierte ein über die Maßen erstauntes Gesicht. Darauf sagte er ein einziges Wort, das die Hälfte der Anwesenden für einen Versprecher halten musste: »Dreibein!«

Rebekka sprang mit einem Satz vom Stuhl auf, um sich neben David über die Zeitung zu beugen. »Tatsächlich!«, quietschte sie vergnügt. »Da steht Balu, wie er leibt und lebt.«

Sean und Sabrina tauschten ratlose Blicke, was David zum Anlass nahm, ihnen von Baluswami Bhavabhuti, seinem getreuen Leibwächter aus den Londoner Kriegsjahren, zu berichten.

»Anscheinend passt er jetzt auf die ›große Seele‹ auf«, sagte David in Anspielung auf Gandhis Beinamen.

»Können wir Balu nicht einen Brief schicken?«, fragte Rebekka.

»Genau daran habe ich auch gerade gedacht.«

»Ich könnte das für euch arrangieren«, schlug Sean vor. »Das Büro des Vizekönigs steht vermutlich ohnehin in ständigem Kontakt mit Gandhi.«

David strahlte den Iren glücklich an. Ein Briefwechsel bedeutete für ihn mehr als nur das Auffrischen einer alten Freundschaft. Der Kreis der Dämmerung hatte zweifellos auch in Indien seine willfährigen Helfer, David dagegen noch keinen einzigen – bis auf Balu. Der alte Freund konnte wichtige Vorarbeit leisten, um dieses Ungleichgewicht eines Tages zu beseitigen. Vielleicht würde er ja sogar Gandhis Unterstützung gewinnen …

»Weißt du, Sean«, sagte David hoffnungsvoll, »wenn du das für mich tust, wirst du vielleicht irgendwann noch einmal in die Geschichte eingehen.«

Der Attaché verzog keine Miene, als er antwortete: »Fragt sich nur, ob als Held oder als Verräter.«

Jasons Träne

Das noch junge Jahr 1931 war gekennzeichnet durch brutale Ausschreitungen von NSDAP-Aktivisten. Zeitweise herrschten auf der Straße sogar bürgerkriegsähnliche Zustände. Politische Attentate, teils mit unverhohlen antijüdischer Tendenz, dominierten immer häufiger die Schlagzeilen. David musste in diesen Tagen oft an die braunen Marschierer aus Heidelberg denken. Allein schon Rebekkas Anblick hatte einigen von ihnen jede Menschlichkeit aus dem Gesicht gefegt. David machte sich Sorgen, nicht nur um Rebekkas Sicherheit. Er spürte das Nahen eines verheerenden Sturms. Die Zeit wurde knapp.

Immer mehr wuchs er nun in die Rolle eines Koordinators hinein. Zwar forschte er selbst weiter nach Hinweisen, bediente sich aber auch zunehmend der »Ressourcen« seiner Bruderschaft. Mithilfe von verschlüsselten Nachrichten steuerte er seinen »Agentenbaum«. Er hatte diese Metapher gewählt, weil sie besser als ein Netz die Struktur seiner geheimen Verbindung beschrieb: Er, David, war der Stamm, der alles trug und am Leben erhielt und von dem immer feinere Verästelungen ausgingen. Selten kannte einer seiner Gesinnungsgenossen mehr als die Identität seiner unmittelbaren Kontaktpersonen und wo immer möglich, vermied man selbst das. Dann wurden Anweisungen über »tote Briefkästen« weitergegeben – versteckt in Mauern, hinter lockeren Steinen oder in hohlen Bäumen. Alles war auf größtmögliche Verschwiegenheit ausgelegt, um die einzelnen Mitglieder der Bruderschaft zu schützen, und nur wenige standen mit David in ständigem Kontakt. Zu dieser handverlesenen Truppe gehörten Friedhelm Lauser, Sean Griffith, Professor Giovanni Leopardi, Edgar Jung, der allmählich das Vertrauen Papens gewann, und Lorenzo Di Marco, der David Anfang Juni mit einer aufregenden Nachricht überraschte.

Der Brief begann mit einer Nebensächlichkeit, jedenfalls empfand es David so. Seine Heiligkeit Pius XI. sei ein wenig enttäuscht gewesen, berichtete der Benediktiner, weil der Lebensretter vom Petersplatz die Ewige Stadt so fluchtartig verlassen habe. Der Papst habe mit dem Gedanken gespielt David das Großkreuz des Piusordens an die Brust zu heften. Nun wolle er es ihm wenigstens nachschicken lassen, wisse aber nicht, wohin. Natürlich habe er, versicherte Lorenzo von sich, den derzeitigen Aufenthaltsort des tapferen *Time*-Reporters nicht verraten.

David hatte die Tapferkeitsauszeichnung aus dem Großen Krieg nie öffentlich getragen und legte auch wenig Wert auf einen weiteren Orden. Daher lasen sich die nächsten Zeilen des auf verschlungenen Wegen nach Berlin gelangten Briefes für ihn auch schon wesentlich verheißungsvoller: Als Mussolini am 30. Mai die Laienbewegung *Azione Cattòlica* auflösen ließ, reagierte Pius darauf anlässlich eines Empfangs ungewöhnlich scharf. Einen Tag später wurde der Regierung sogar eine offizielle Protestnote übergeben. Vielleicht hätten Davids offene Worte gegenüber dem Papst doch etwas bewirkt, schrieb Lorenzo. David fasste den Entschluss, auch in Deutschland Kontakt zu den Schaltstellen der Macht aufzunehmen und Belial möglicherweise dadurch das Wasser abzugraben. Gespannt wandte er sich wieder dem Brief aus Rom zu.

Bei seiner Suche in den Vatikanischen Archiven sei er auf einen Text von Ibn Ruschd gestoßen, führte der Benediktiner weiter aus. Offenbar stamme die Handschrift aus der Bibliothek von Córdoba und sei später irgendwie in die Sammlung der Bibliotheca Palatina geraten. Das Dokument erwähne eine »Bruderschaft vom Ende des Sonnenkreises« und bestätige damit Dr. Fresenius' Theorie, dass dieser Geheimbund und der Tod Alexanders des Großen zusammenhingen.

Das Material der *Stampati Palatini* sei allerdings zu umfangreich, um es allein durchforsten zu können, schloss der Mönch, doch je näher er dem Geheimnis des Zirkels käme, desto gefährlicher sei es, wie bisher Bibliothekare oder andere Helfer in die Ermittlungsarbeit einzubeziehen. Angeblich habe sich kürzlich ein Jesuit bei verschiedenen Leuten im Vatikan nach seinem besonderen Interesse für die alten Handschriften erkundigt. Nein, betonte Lorenzo ausdrücklich, er könne nicht sagen, ob dieser Mönch derselbe sei, der David nachgestellt habe, aber nun müsse er vorsichtiger denn je agieren.

David war wie elektrisiert. Er musste sofort eine Antwort nach Rom schicken: Lorenzo solle unbedingt diskret vorgehen, aber in seiner Suche nicht nachlassen. Gebe es denn in den alten Schriften irgendwelche Hinweise, wie die ominöse Bruderschaft zerschlagen werden könne, durch die Verwendung besonderer Ringe etwa oder mit Hilfe anderer, vielleicht gläserner Gegenstände, vergleichbar mit den besagten Tränen?

Jasons Geschichte hatte durch Lorenzos Nachforschungen an Glaubhaftigkeit gewonnen. Der Kreis der Dämmerung besaß eine Schwachstelle und womöglich dauerte es nur noch wenige Tage, bis der Mönch in den Vatikanischen Archiven Dokumente darüber fand. Walter Andraes Äußerungen über den Ort, »an dem die Sonne am Horizont untergeht«, kamen ihm wieder in den Sinn. *Der Turm!*, schoss es David durch den Kopf. Bei der Recherche in der Bibliothek des Pergamonmuseums war er bisher viel zu allgemein vorgegangen. Er musste sich auf den Turm konzentrieren.

David verfiel in hektische Betriebsamkeit. Am liebsten wäre er sofort ins Museum gefahren, um seinen ungarischen Riesenschnauzer László Horthy auf die neue Fährte anzusetzen. Aber da – kaum hatte er die Antwort auf Lorenzos Brief verfasst – erinnerte ihn Rebekka an einen wichtigen Interviewtermin.

Kein Geringerer als Reichskanzler Brünings Name stand in Davids Kalender. Einen Regierungschef konnte man nicht so einfach versetzen, zumal die positive Reaktion des Papstes auf Davids mahnende Worte einen ähnlichen Einsatz bei anderen »Würdenträgern« zu empfehlen schien. Mit einem flüchtigen Kuss verabschiedete er sich von Rebekka, stürzte mit seiner Aktentasche aus dem Haus und kaperte in der Bergstraße ein Taxi. Vor der Redaktion der *Berliner Illustrierten Zeitung* unterbrach er seine Fahrt für wenige Minuten, um Friedhelm Lauser einen versiegelten Umschlag zu hinterlassen, der noch am selben Tage an den Mailänder Uhrmacher Ignazio Pizzoferrato geschickt und von diesem postwendend nach Rom zu Lorenzo Di Marco weitergeleitet werden sollte. David sprang zurück in das wartende Taxi und setzte seine Fahrt fort. Während die stuckverzierten Fassaden von Tempelhof und Kreuzberg an ihm vorüberflogen, ordnete er seine durcheinander wirbelnden Gedanken: *Jetzt der Reichskanzler und anschließend der Riesenschnauzer.*

Das Gespräch mit Deutschlands Regierungschef berechtigte zu verhaltenem Optimismus. Zwar wollte Heinrich Brüning in Hindenburgs präsidialem Notverordnungsregiment – von dem er als Kabinettschef indirekt profitierte – partout keine Gefährdung erkennen, geschweige denn einen Missbrauch der Staatsgewalt, aber wenigstens teilte er Davids Einschätzung Hitlers. Brüning versicherte, obwohl der alte Reichspräsident von dem »böhmischen

Gefreiten« ohnehin keine sehr hohe Meinung habe, werde er Hindenburg vor den Nationalsozialisten warnen. Wenig Einfluss habe er dagegen auf die Einflüsterungen anderer – seit einiger Zeit solle in der Nähe des greisen Kriegerdenkmals auffällig oft dessen Protegé, Franz von Papen, gesichtet worden sein.

Was führt Papen im Schilde? Davids Gedanken kreisten um diese Frage, als er nach dem Interview im Taxi zur Museumsinsel fuhr. War der ehemalige Kavallerieoffizier Belials »Spinne«, die den senilen Generalfeldmarschall in ein Netz betörender Worte einweben sollte, bis das Land führungslos ins Chaos stürzte?

Zunächst jedoch musste er dem ungarischen Spürhund Beine machen. Es war bereits kurz nach eins, höchste Zeit für einen dynamischen Auftritt. Mit langen Schritten durcheilte David das Foyer des Museums. Die blonde Empfangsdame winkte ihm freundlich zu. Er winkte im Laufen zurück. Man kannte sich ja. Nach einigen Minuten erreichte er die Bibliothek. Gewohnheitsmäßig klopfte er immer an, bevor er hier einen Raum betrat – aber diesmal vergaß er es.

László Horthy erschrak. David konnte gerade noch sehen, wie der Wissenschaftler sein Butterbrotpapier vom Tisch raffte, als handele es sich um Diebesgut. Aus seiner Faust lugte die Spitze eines Bleistiftstummels. Horthy wirkte seltsam verstört. Seine Augen sprangen zur Regalwand hin, die neben der Tür aufragte, dann kehrten sie wieder zu David zurück.

»Ich habe heute gar nicht mehr mit Ihnen gerechnet, Mr Pratt.«

»Den Eindruck habe ich auch«, entgegnete David schmunzelnd und blickte auf den fettigen Fleck mitten auf der Tischplatte, die augenfällige Reminiszenz des verschwundenen Pergamentpapiers. »Normalerweise essen Sie mittags doch immer in der Kantine, von zwölf bis halb eins, wenn ich mich recht entsinne.«

»Ich war so in die Arbeit vertieft – da wollte ich nicht mehr Zeit verlieren als unbedingt nötig.«

»Das freut mich. Ich wollte Sie sowieso gerade fragen, ob wir unsere Suche nach den gläsernen Objekten nicht etwas forcieren können.« David schilderte kurz seine Überlegungen zur Rolle des Turms von Babylon als möglichem Versammlungsort der Bruderschaft vom Ende des Sonnenkreises.

Horthy schien ihm gar nicht richtig zuzuhören. Seine Hände spielten mit dem zerknüllten Butterbrotpapier, und als David geendet hatte, sagte er nur: »Ich werde mich umgehend darum kümmern. Bitte entschuldigen Sie mich für einen Augenblick.« Ohne weitere Erklärungen flüchtete Horthy aus dem Raum.

Eine Zeit lang blickte David verwundert auf die Tür, durch die László Horthy entschwunden war. Warum dieser überstürzte Abgang? Die Prostata machte ja so manchem Mann zu schaffen, wenn er die vierzig überschritten hatte, aber bei dem immerhin schon dreiundfünfzigjährigen Wissenschaftler war David Derartiges bisher nicht aufgefallen.

Langsam schritt er den langen Tisch der Bibliothek ab, den Blick nachdenklich auf den Fettfleck gerichtet. Seltsam. Horthy war an diesem Tag wie verwandelt: Belegte Brote aß er sonst nur zum Frühstück – von neun bis neun Uhr fünfzehn –, seinen Platz hinterließ er stets mustergültig sauber und Notizen machte er sich beim Essen auch keine …

Der Bleistift! Nur ganz kurz hatte David ihn in Horthys

Hand gesehen, was wohl ohnehin nichts besagte, denn es fehlte ja das Schreibpapier …

Davids Augen lagen auf dem Fettfleck. Seine Gedanken arbeiteten fieberhaft: Butterbrote wickelte man doch gerade in pergamentartiges Papier ein, damit das Fett dort blieb, wo es hingehörte! Wenn der Tisch trotzdem glänzte wie eine Speckschwarte, konnte das nur bedeuten …

»Er hat es umgedreht, einfach umgedreht«, flüsterte David, machte eine Pause, um dann hinzuzufügen: »Weil er etwas Wichtiges notieren wollte!« Ja, so musste es gewesen sein. Nur große Eile, womöglich die Befürchtung entdeckt zu werden, konnte einen peniblen Mann wie László Horthy zu einem solchen Verhalten verleiten. Er hatte das Butterbrotpapier umgedreht, um die fettfreie Seite für Notizen verwenden zu können. Aber *warum*?

Davids Augen richteten sich auf die Regalwand. Als er den Raum betreten hatte, war Horthys Blick für einen Moment dort hinübergewandert. Langsam ging David auf die Bücherwand zu, versuchte ungefähr die Stelle auszumachen, die der Wissenschaftler fixiert hatte – als wolle er sich von der Sicherheit eines Verstecks überzeugen.

Horthy hatte nach oben geblickt. David zog sich die Rollleiter heran. Er kletterte erst eine, dann noch eine Sprosse empor. Mit zusammengekniffenen Augen nahm er den Regalinhalt unter die Lupe. Da gab es dicke Folianten, dünne Kladden, schmale Kartons für Loseblattsammlungen – alle fein säuberlich auf Kante eingereiht …

Bis auf zwei Bücher. Es handelte sich um ein doppelbändiges Nachschlagewerk über assyrische Altertümer, das ein wenig aus dem Spalier der anderen Buchrücken herausragte. David kletterte noch eine Sprosse höher, um in den Schatten hinter die Bücher blicken zu können. Er entdeckte jedoch nichts. Nach kurzem Zögern zog er die Bücher heraus. Und jetzt sah er es.

An der Wand, mit dem Buchrücken nach unten, lehnte ein kleiner Lederband, eine Art Diarium, ähnlich jenem, das er von seinem Vater geerbt hatte, nur nicht so groß. David nahm es aus dem Versteck und klappte den Deckel auf.

PERSÖNLICHE BEOBACHTUNGEN UND EINDRÜCKE BEI DEN AUSGRABUNGEN RUND UM E-TEMEN-AN-KI

Das Büchlein enthielt Notizen und Skizzen, teilweise mit Datum versehen. Die letzten Eintragungen stammten aus der Zeit des Großen Krieges, alle in lateinischen Buchstaben mehr gezeichnet als geschrieben. So wie es vielleicht ein Architekt machen würde. Die Schrift kam David bekannt vor und seine Ahnung wurde bestätigt, als er die Skizzen genauer betrachtete. Alle waren rechts unten mit einer Jahreszahl und den ineinander verschränkten Buchstaben A und W versehen. Walter Andrae wäre von dem Notizbuch wahrscheinlich freudig überrascht gewesen.

Aber was konnte die ungarische Spürnase darin entdeckt haben, dass sie sich zu einem derart ungewöhnlichen Verhalten hinreißen ließ? David blickte von der Leiter zu dem Fettfleck. Mit einem Mal hatte er eine Idee.

Schnell schob er die beiden Fachbücher ins Regal zurück, kletterte von der Rollleiter und schob sie wieder auf ihre ursprüngliche Position. Das Büchlein ließ er in der Außentasche seines Jacketts verschwinden. Dann stellte er sich ans Kopfende des Tisches und betrachtete konzentriert den Fettfleck. Schon nach wenigen Augenblicken begann dieser sich zu verändern. Erst entstand eine weiße Fläche auf der Tischplatte, aber als David Stellen mit dichterem und solche mit dünnerem Fettauftrag unterscheiden konnte, nahm er noch einmal eine Modifizierung vor. Plötzlich stand eine deutlich lesbare Frage in leuchtend weißen Buchstaben vor seinen Augen:

Warum zeigt der »Schablonenstein«
(Nr. 1257), wenn Licht hindurchfällt,
ein Rosettenmuster mit nur zwölf anstatt
sechzehn Blütenblättern?

»Wenn Licht hindurchfällt«, wiederholte David flüsternd. Mit einem Mal wurden seine Augen groß und er stieß hervor: »Dieser ›Schablonenstein‹ muss *durchsichtig* sein! Vermutlich aus Glas!«

Wieder blickte er zur Tür. László Horthy musste zu demselben Schluss gekommen sein ... Warum sonst hätte er sich gerade diesen Satz notiert?

Und weshalb hatte er diese aufregende Entdeckung für sich behalten?

In Davids Kopf braute sich ein schlimmer Verdacht zusammen. Er suchte fieberhaft nach einer Horthy entlastenden Erklärung, aber dessen Verhalten ergab einfach keinen Sinn.

Es sei denn – er trieb ein doppeltes Spiel.

Ja, so musste es sein. Er wollte die »Tränen« für sich allein haben oder – David schauderte bei dem Gedanken – für Belial. Der Kreis der Dämmerung hatte viele Verbündete. Warum nicht auch hier im Museum?

Und jetzt war er vermutlich schon auf dem Weg zu irgendeinem Lagerraum, in dem Fund Nummer 1257 schlummerte. Warum nur war ihnen dieses Ausgrabungsstück beim Studium der Inventarlisten entgangen? David holte aus dem Regal die Kladde mit der Auflistung aller gefundenen Artefakte. Sein Zeigefinger arbeitete sich in den Eintragungen nach unten. In der ersten Spalte befand sich die fortlaufende Nummerierung. Innerhalb von Sekunden hatte er die gesuchte Zeile gefunden. Er überflog die Kurzbeschreibung sowie die Datumsangabe und den Fundort.

1257	Rosetten-schablone?	24. Apr. 1901	Auf Mitte der Nord-Süd-Achse zwischen Ištar-Tempel und und der Heiligen Pforte

Also deshalb hatten sie dem Objekt keine weitere Beachtung geschenkt! Wer dachte schon beim Lesen des Wortes »Rosettenschablone« – was immer das auch sein mochte – an eine Träne oder irgendeinen anderen Glaskörper! Jetzt allerdings hätte David sich die Haare raufen können, so logisch fügte sich alles zusammen: Als Fundort für die Rosettenschablone war eine Stelle nahe der »Heiligen Pforte« angegeben und Jason hatte geschrieben, sein Haus liege »in Sichtweite des Heiligen Tors«. Wenn man eins und eins zusammenzählte, dann konnte das nur bedeuten: Bei dem Schablonenstein handelte es sich um Jasons »Träne«! Mit diesem transparenten Gegenstand hätte er Belial jederzeit herbeirufen, ja, ihn sogar vernichten können. Wenn er nicht vorher gestorben wäre …

Den Blick auf Horthys fettige Notiz geheftet, dachte David darüber nach, was er als Nächstes tun sollte. Er musste den Wissenschaftler aufhalten, so viel stand fest. Andererseits – vielleicht sollte er ihn zunächst noch in Sicherheit wiegen. David stutzte. Warum hatte Horthy seine Notizen, anders als sonst, in Deutsch und nicht in Ungarisch verfasst?

Weil er etwas wortgetreu abgeschrieben hat! David zog das lederne Notizbuch aus der Tasche seines Jacketts und blätterte aufgeregt darin herum. Nur Augenblicke später verharrten seine Finger bei einer Seite, auf der ein fettiger Daumenabdruck prangte. Das Buch zeigte links ein Blumenmotiv, das von einem Rechteckraster überzogen war, darunter befanden sich einige für David kaum verständliche Bemerkungen über irgendein »Versatzmarkensystem«, über »Formen für reliefierte Ziegel« und – den »Schablonenstein«. Horthy hatte nur einen Satz aus dem Buch abgeschrieben, obwohl dort noch mehr über den rätselhaften Fund stand.

Schnell holte David seinen Schreibblock aus der Aktentasche und platzierte ein leeres Blatt oberhalb des aufgeschlagenen Notizbuches. Was nun folgte, wäre jedem abergläubischen Beobachter wie Zauberei erschienen. David konzentrierte sich kurz auf das leere Blatt, dann ließ er seinen Blick über die darunter liegenden Skizzen und handschriftlichen Vermerke wandern. Während seine Augen das Original abtasteten, rekonstruierte sein Geist das empfangene Bild auf dem Notizblock. Nach wenigen Sekunden hielt David eine perfekte Kopie der beiden Buchseiten in der Hand.

Er lächelte zufrieden. »So, mein lieber Horthy, jetzt legen wir Ihren Schatz wieder in sein Versteck zurück, damit Sie sich keine Sorgen machen müssen.«

Rasch kletterte David die Leiter hinauf und verstaute das kleine Buch wieder hinter den *Assyrischen Altertümern*. Danach verwandelte er die verräterische weiße Fläche auf dem Tisch wieder in einen normalen Fettfleck, schnappte sich den Schreibblock samt Tasche und eilte aus dem Raum.

Nur Augenblicke später klopfte er an die Tür von Walter Andraes Büro. Als er sie öffnete, fand er es leer vor. »Nie ist dieser Mann da, wenn man ihn braucht!«

Kaum hatte David seiner Verzweiflung Luft gemacht, als hinter ihm eine Frauenstimme erklang, streng, doch nicht unfreundlich. »Guten Tag, Herr Pratt. Wenn Sie Herrn Andrae suchen, müssen Sie sich wohl bis nächsten Montag gedulden. Er ist gerade in London und verhandelt mit dem Britischen Museum über einen Austausch von ...«

»Danke, Frau Radtke«, unterbrach David die gesprächige Dame, bei der es sich um die Sekretärin des Museumsdirektors handelte. »Können Sie mir sagen, wo sich die Lagerräume für die noch nicht ausgewerteten Fundstücke aus Babylon befinden?«

Die Sekretärin – ein rühriges Fräulein von einem Meter achtzig, das wohl schon auf die Wechseljahre zuging – lächelte nachsichtig. »Aber da dürfen Sie doch gar nicht allein hinein, Herr Pratt.«

David hätte aus der Haut fahren können. Sie sprachen hier über irgendeinen Paragraphen der Hausordnung und dieser Horthy durchstöberte vermutlich längst irgendwo den Keller nach Fund Nummer 1257. »Frau Radtke«, sagte David eindringlich, »ich halte es für möglich, dass sich gerade jemand an Ihren Kunstschätzen vergreift. Meinen Sie nicht, wir sollten …«

»Kommen Sie!«, schnitt ihm die Sekretärin das Wort ab und setzte sich eilig in Bewegung.

David hatte Mühe, den raumgreifenden Schritten der Sekretärin zu folgen. Von Walter Andrae wusste er um den resoluten Charakter dieser stattlichen Frau. Bisher habe sie noch keinen Mann gefunden, der sich ihrem Regiment unterordnen wollte, verlautete es aus der Gerüchteküche. Das schien zu stimmen, Frau Radtke machte keine Anstalten, einen Wächter zu rufen. Anscheinend wollte sie den Museumsdieb persönlich überwältigen.

Die nicht ausgestellten Funde lagerten in mehreren Räumen, die von einem langen Kellergang abzweigten. In dem Flur brannte Licht.

»Da muss er sein!«, sagte David und deutete auf eine offen stehende Tür am Ende des Ganges.

Frau Radtke ging zur Attacke über. Sie stürmte mit vorgebeugtem Oberkörper, die Fäuste geballt, den Flur entlang und stürzte sich in den beleuchteten Raum. David folgte Sekunden später.

Die Szenerie entsprach in etwa dem, was er sich zusammengereimt hatte.

Holzwolle quoll aus mehreren großen Kisten hervor. Zwischen ihnen stand ein ziemlich verschüchterter László Horthy. Ihm war deutlich anzusehen, dass er verzweifelt nach einer Erklärung für die Brechstange in seiner Hand suchte.

»Was haben Sie hier verloren, Herr Horthy?«, fauchte Frau Radtke den Wissenschaftler an.

»Ich … Ich muss ein bestimmtes Ausgrabungsstück finden.«

Hinter Frau Radtkes Rücken überflog David die angegilbten Zettel auf den wahllos abgestellten Holzdeckeln der erbrochenen Kisten. Ein aufschlussreiches Zahlenwerk in dicker schwarzer Tinte war auf ihnen angebracht.

1244 – 1249
1250 – 1256
1258 – 1262

Man konnte in László Horthys Gesicht lesen wie in einem Buch: Im ganzen Raum gab es keine Kiste mit dem Fund Nummer 1257. Einen Beschriftungsfehler konnte man wohl auch ausschließen, denn sonst hätte der Riesenschnauzer jetzt bestimmt nicht wie ein begossener Pudel ausgesehen.

»Mir ist nichts von einer Entnahme bekannt«, sagte Frau Radtke nach kurzer Befragung ihrer grauen Zellen. »Wer hat Ihnen denn die Anweisung dazu gegeben?«

Horthys dunkle Knopfaugen sprangen zwischen dem unerbittlichen Fräulein und ihrem Begleiter hin und her. »Ich … also … Herr Andrae hat …«

»So, so, jetzt ist also der Herr Andrae schuld. Der kann sich ja nicht wehren, wie Sie sehr genau wissen, Herr Horthy.« Frau Radtke stemmte ihre Fäuste in die Seiten. Selbst von hinten machte sie auf David noch einen Ehrfurcht gebietenden Eindruck.

Horthy wand sich wie ein Aal. »Nun ja …«

»Aber dann sollte Ihnen auch bekannt sein, dass ohne ausgefülltes Entnahmeformular hier unten nicht einmal ein Staubkörnchen bewegt werden darf. Kennen Sie diese Vorschrift, Herr Horthy?«

»Selbstverständlich, aber …«

»In dreifacher Ausfertigung, Herr Horthy, muss ich das Formblatt auf dem Tisch haben. Das wissen Sie doch?«

»Ja! Ich wollte doch nur …«

»Nichts da! Mir liegt kein Entnahmeantrag vor. Wäre ja noch schöner, wenn sich jeder hier unten bedienen könnte, wie es ihm gerade passt! Und jetzt raus!«

Der Riesenschnauzer zog den Schwanz ein und kuschte sich. Im Vorübergehen warf er David einen bösen Blick zu.

Der gab sich ahnungslos. »Ich bin ein wenig enttäuscht, Herr Horthy, Sie hier unten anzutreffen, wo wir uns in der Bibliothek doch vor lauter Arbeit nicht retten können.« David lächelte. »Sie haben übrigens einen Fettfleck auf dem Tisch hinterlassen.«

Am nächsten Morgen waren sowohl der Fettfleck als auch das ledergebundene Notizbuch verschwunden. David hatte nichts anderes erwartet. Wie gut, eine Kopie des für Horthy so interessanten Textes in sicherer Verwahrung zu wissen! Gleich nach Walter Andraes Rückkehr aus London würde David den Archäologen über die neuesten Entwicklungen aufklären.

Es fiel David nicht leicht, gegenüber dem Ungarn jetzt noch den Ahnungslosen zu spielen. Horthy hatte sich wieder voll in der Gewalt. Auf Davids Frage nach dessen merkwürdigem Verhalten lieferte der Ungar eine fadenscheinige Erklärung ab und setzte seine Arbeit in der Bibliothek fort, als wäre nichts geschehen. Horthys Lügen besaßen kurze Beine. Schon in wenigen Tagen würden sie aufgedeckt werden. David fragte sich, welches Interesse diese scheinheilige Spürnase an dem »Schablonenstein« hatte und was Andrae darüber wusste.

Am 15. Juni verließ David schon gegen sieben das Haus

am Richardplatz. Als er in der Neuköllner Bergstraße den nächsten U-Bahnhof ansteuerte, musste er sich durch eine aufgeregte Menge hindurchzwängen, die sich vor einer Filiale der Danatbank zusammengerottet hatte und unfreundliche Worte ausstieß, »Blutsauger« und »Beutelschneider« waren noch die harmlosesten. Immer wieder skandierte die Meute auch: »Wir wollen unser Geld haben!«

Es war ein Montag. Zwei Tage zuvor hatte die Finanzwelt einen ihrer schwärzesten Tage erlebt. Als David, erst aus dem Radio, am Sonntag dann auch durch Sean Griffith, von den Hintergründen erfuhr, erschien vor seinen Augen unweigerlich das Bild einer schwarzen Spinne namens Papen, die den Reichspräsidenten mit ihren klebrigen Fäden fesselte. Teilweise waren der deutsche wie auch der internationale Geldverkehr zusammengebrochen. Die Darmstädter und Nationalbank, eines der angesehensten und wichtigsten Kreditinstitute, hatte seine Zahlungen eingestellt. Bald gingen Gerüchte um, die Regierung wolle alle Geldinstitute schließen, um einen drohenden Kollaps des gesamten Bankenwesens abzuwenden.

David bestieg die Untergrundbahn und fand schnell einen freien Platz. Während der Zug durch dunkle Tunnel donnerte, wanderte sein Blick über apathisch schaukelnde Köpfe. Lauter graue Gesichter. Die Menschen konnten ihre Sorgen nicht verbergen. Vielleicht wollten sie es auch gar nicht. Jeder wusste von dem fast täglich erwarteten Rekord: vier Millionen Arbeitslose! Wann würde die Bestie Weltwirtschaftskrise endlich gesättigt sein?

Auch am Richardplatz 4 war der hungrige Moloch schon fündig geworden: Horst Lotter und Richard Seybold hatten vor zwei Wochen ihre Stellen bei den Telefunken-Werken verloren. Nun tönten ihre ideologischen Wortgefechte bereits vormittags aus dem zweiten Stock herab. Die Joleite freute sich, hatte sie doch einen Grund mehr, sich über Störungen während der Mittagsruhe zu beschweren.

Nachdem David den Zug verlassen hatte, eilte er mit festen Schritten zum Pergamonmuseum. Ein Land stand im Begriff zu zerfallen. Belial würde jubilieren. Aber vielleicht konnte man den Jahrhundertplan ja noch durchkreuzen, wenn Walter Andrae in wenigen Minuten die richtige Antwort lieferte.

Die beiden trafen sich genau vor der Bürotür des Archäologen. Jeder hielt eine Aktentasche in der Hand.

»Ich muss Sie dringend sprechen, Herr Andrae.«

»Mr Pratt! Hätt ich mir denken können, Ihnen als Erstem hier zu begegnen. Es wäre mir recht, wenn wir uns etwas später zusammensetzen könnten. Ich müsste zuerst meinem Chef ...«

»Kennen Sie diese Aufzeichnungen, Herr Andrae?« David hielt dem Wissenschaftler einfach die Kopie aus dem Notizbuch unter die Nase.

Andrae stutzte. Dann strich er sich über den Schnurrbart und sah David verwundert an. »Es gelingt Ihnen doch immer wieder, mich zu überraschen, Mr Pratt. Wo haben Sie das her?«

»Vielleicht sollten wir das nicht hier auf dem Flur besprechen.«

Andrae nickte. »Na, dann kommen Sie doch endlich in mein Büro.«

Eine Minute später saßen beide in den engen Besuchersesseln, auf dem Tisch zwischen ihnen lag das Blatt mit Andraes Notizen. In knappen Worten berichtete David von László Horthys Heimlichtuerei, was das kleine Notizbuch betraf, und von seinem berserkerhaften Angriff auf die Holzkisten im Lager. Dem Wissenschaftler fiel es sichtlich schwer, das Ganze zu glauben. Er werde sich umgehend um Aufklärung bemühen.

Das Blatt mit der Kopie hochhaltend, sagte er: »Ihre Vermutung zur Person des Autors dieser Eintragungen war übrigens richtig. Der Lederband diente mir während unserer Ausgrabungen in Babylon als Gedankenspeicher. Alle offiziellen Berichte habe ich auf der Grundlage dieser Aufzeichnungen verfasst. Aber dann war das Büchlein mit einem Mal weg.«

»Es scheint mir überhaupt ein sehr flüchtiges Werk zu sein. Vielleicht steckte damals wie heute hinter seinem Verschwinden eine ganz bestimmte, ungute Absicht.«

»Aber warum ist es dann wieder aufgetaucht?«

»Vielleicht sollte es so aussehen, als sei das Notizbuch nur verlegt worden. Angenommen, Sie hätten jemanden verdächtigt, das Buch gestohlen zu haben, dann hätte die beschuldigte Person doch auf einer gründlichen Durchsuchung der Bibliothek bestehen können …«

»Und siehe da! Das Büchlein wäre auf wundersame Weise wieder ans Licht gekommen.« Andrae nickte und lächelte versonnen. »Ich muss zugeben, es spricht einiges für Ihre Theorie, Herr Pratt. Vermutlich wollen Sie jetzt wissen, was es mit dieser angeblichen Rosettenschablone auf sich hat.«

»Ich brenne darauf, es zu erfahren.«

»Mir ist noch gut in Erinnerung, wie Sie mir vor ungefähr einem Jahr einen Ring gezeigt haben. Das Siegel darauf bildete eine Art Rosette, jener nicht unähnlich, die auf den Ornamentbändern der Prozessionsstraße und des Ischtar-Tores zu sehen sind.«

David fiel es wie Schuppen von den Augen. »Warum nur ist *mir* das bisher nicht aufgefallen!«

Andrae lächelte. »Nun, wie gesagt, die Blumenornamente auf unseren glasierten Ziegeln ähneln nur bis zu einem gewissen Grade Ihrem Siegelmuster – am ehesten noch vom Umriss her.«

David deutete zur Kopie auf dem Tisch und sagte: »In Ihrem Notizbuch fragen Sie sich, warum der Schablonenstein bei Lichteinfall eine Rosette mit nur zwölf anstatt sechzehn Blütenblättern zeigt. Das brachte mich auf den Gedanken, dieser Gegenstand könnte aus Glas bestehen.«

»Das ist richtig. Es handelt sich um eine gläserne Kugel, die wir nahe dem Haupteingang zum Tempelareal von Etemenanki gefunden haben …«

»Dem so genannten Heiligen Tor?«

Andrae nickte anerkennend. »Jedenfalls besitzt diese Glaskugel eine ungewöhnliche optische Eigenschaft: Legt man sie unter eine Lichtquelle, dann erscheint auf der Unterlage eine seltsame Reflexion, ein Rosettenmuster eben …«

»Dessen Rand *zwölf* Halbkreise zeigt?«, fiel David dem Wissenschaftler aufgeregt ins Wort. *Das Zeichen des Geheimzirkels!*

Bevor er fortfahren konnte, sagte Andrae: »Wenn Sie nachher im zentralen Oberlichtsaal noch einmal genau die Rosetten am Ischtar-Tor betrachten, wird Ihnen auffallen, dass sie ausnahmslos *sechzehn* weiße Blütenblätter besitzen. Wir konnten nachweisen, dass die glasierten Ziegelwände in Serienfertigung entstanden. Deshalb vermutete ich, die Glaskugel sei eine Art Schablone. Man legt sie einfach auf den betreffenden Untergrund, zeichnet die Umrisse der Reflexion nach und schon hat man eine perfekte Rosette.«

»Aber eben nur eine zwölfblättrige.«

»So ist es. Die Schablonenidee gefiel mir so gut, weil die Zahl Zwölf bei den Babyloniern eine eminente Rolle spielt. Ihr sexagesimales Zahlensystem basiert, wie der Name schon sagt, auf der Sechzig. Zwölf ist genau der fünfte Teil davon. Wichtiger aber sind die zwölf Tierkreiszeichen, die bis in unsere heutige Zeit ...«

»Entschuldigen Sie, wenn ich Ihren Vortrag unterbreche, Herr Andrae. Das ist alles hochinteressant, viel wichtiger für mich ist allerdings die Frage, wo sich die Glaskugel befindet. Als Horthy den Lagerkeller durchsucht hat, sah ich nummerierte Kisten. Auf keiner war der Fund Nummer 1257 verzeichnet.«

Andrae lächelte. »Das stimmt.«

»Das heißt, die Kugel ist verloren gegangen?«

»Keineswegs. Sie lagert in einer anderen Kiste.« Jetzt tippte Andrae auf die zwischen ihnen liegenden Aufzeichnungen. »Sehen Sie diese Skizze hier? Sie zeigt verschiedene Tonziegel, die zusammengenommen ein bestimmtes Muster ergeben – in diesem Fall eine sechzehnblättrige Rosette. Um die Ziegel nach dem Transport zur Baustelle schnell zusammensetzen zu können, haben die babylonischen Handwerker ein System aus Versatzmarken entwickelt. Dank dieser Markierungen konnten wir selbst noch nach zweitausendfünfhundert Jahren unsere Zierwände hier im Museum problemlos zusammenfügen. Während ich um die Jahrhundertwende das Versatzmarkensystem studierte, habe ich mir eine Mustersammlung angelegt, um später einmal die Techniken der babylonischen Serienfertigung belegen zu können ...«

»Und dabei wanderte auch die vermeintliche Rosettenschablone in Ihren Musterkoffer.«

Andrae lächelte fast schüchtern. »Nun, es war wohl eher eine Musterkiste. Ich bewahre sie in einem besonderen Raum auf. Wollen wir mal nachsehen, ob die Glaskugel noch da ist?«

David stand schon auf den Füßen. Er folgte dem Wissenschaftler in unbekannte Tiefen des Gebäudes. Andrae führte ihn durch einen Verbindungstunnel in den Keller des Kaiser-Friedrich-Museums, am Nordende der Insel. Dort öffnete er eine Eisentür und wenig später eine Holzkiste.

Eingebettet in Holzwolle lagen eine ganze Reihe von Ziegeln, auf denen David die erwähnten Versatzmarken erkennen konnte. Ein wenig erinnerten sie ihn an japanische Schriftzeichen.

»Ah, da ist sie ja«, freute sich Andrae und förderte im nächsten Moment die Glaskugel zutage. Er legte sie auf eine Kiste genau unter der Kellerlampe. »Sehen Sie, hier ist das Muster, von dem ich Ihnen erzählt habe.«

David spürte einen Schauer seinen Rücken hinabkriechen. Ja, er sah es. Die Kugel war nicht klar, wie er es eigentlich erwartet hatte, sondern eher milchig, vermutlich vom Wüstensand im Laufe von Jahrhunderten stumpf geschliffen. Und trotzdem spielte sie noch auf ihre merkwürdige Art mit dem Licht.

Jede normale Glaskugel hätte auf ihrer Unterlage – weil das Licht die Mittelachse ja fast ungehindert durchdringen kann – ein helles Zentrum gebildet, umgeben von einem dunklen Schattenring, aber diese hier war zusätzlich von zwölf hellen Flecken umgeben, die wie die Stundenmarkierungen eines Zifferblattes auf dem Außenrand leuchteten.

David beugte sich zu der Kugel herab. Nein, er täuschte sich nicht. Die zwölf Lichtkreise waren nicht rund, sondern eher oval. Wie Gesichter. Früher hatte er manchmal zum Mond hinaufgeschaut, und wenn dieser nur von einem zarten Wolkenschleier verhüllt war, hatte er geglaubt, ein Gesicht zu sehen. Hier verhielt es sich ähnlich. Wieder schauderte ihn. Bildete er sich das alles nur ein? Wenn dieses seltsame Lichtspiel nur deutlicher wäre!

Er hob die Kugel langsam an und die zwölf »Gesichter« lösten sich von dem Schattenring, schienen nun wie dreidimensionale Lichtbälle im Raum zu schweben.

»Ich habe noch nie eine so seltsame Reflexion gesehen«, flüsterte David.

»Ehrlich gesagt, geht es mir ebenso«, meinte Andrae. »Vielleicht werden diese Spiegelungen durch irgendwelche Einschlüsse in der Kugel hervorgerufen. Schade, dass sie so zerkratzt ist.«

»Das ließe sich ändern.«

David blickte den Wissenschaftler aus großen Augen an. »Aber ist das nicht für Sie ein Artefakt von unschätzbarem Wert …?«

»Sie glauben gar nicht, was Archäologen alles anstellen, um zerschundene Kunstwerke aus alter Zeit wieder in neuem Glanz erstrahlen zu lassen. Ihre Hartnäckigkeit hat mich neugierig gemacht, Herr Pratt. Vielleicht ist an dieser Jason-Alexander-Tränen-Geschichte ja doch mehr dran, als ich bisher geglaubt habe. Geben Sie mir ein paar Tage Zeit, dann werden Sie diese ›Träne‹ – so es denn eine ist – wieder in ihrem ursprünglichen Zustand sehen.«

David konnte sein Glück kaum fassen. Vertraulicher als sonst raunte er dem renommierten Wissenschaftler zu: »Haben Sie sich schon überlegt, was Sie Frau Radtke erzählen, wenn sie von dieser Entnahme hier erfährt und über diesen Vorgang kein Formular in dreifacher Ausfertigung auf ihrem Schreibtisch findet?«

Von dem Glücksgefühl sollte David noch mehrere Tage zehren. Endlich hatte er ein Mittel gefunden, den Kreis der Dämmerung einschließlich seines Hauptes, Lord Belial, zu vernichten. Das heißt, nicht ganz. Noch gab es zwei ungeklärte Fragen: Wie konnte man den Schattenlord »im Lichte der Tränen rufen« – um Jasons Worte zu gebrauchen – und wie ließ sich der Fürstenring dann schnell und gründlich zerstören?

Obgleich David beabsichtigte, der Museumsbibliothek oder dem ihm zuletzt doch sehr gewogenen Walter Andrae dieses letzte wichtige Geheimnis zu entreißen, versprach er sich doch mehr Erfolg von Lorenzo Di Marcos Forschungsarbeit in den unergründlichen Tiefen der Vatikanischen Archive. Deshalb und weil sich die Restaurierung der babylonischen Glaskugel unerwartet lange hinzog, kümmerte er sich in den folgenden Tagen wieder verstärkt um seine anderen Verbündeten.

Am Abend des 24. August besuchte er in Begleitung Rebekkas das Diplomatenpaar Griffith. Sean war ganz aufgedreht, was überhaupt nicht seinem Naturell entsprach. Eine Depesche hatte in der Botschaft für Aufregung gesorgt. Als Gläubiger Deutschlands war jetzt auch Großbritannien in den Finanzstrudel geraten. Das britische Pfund begann zu wanken.

Wer nicht schon Arbeit und Wohlstand verloren hatte,

der fürchtete nun um seinen Besitz. Mit jedem Tag wurde das Klima drückender. Die braunen und roten Schlägertrupps prügelten in Deutschland munter weiter, obwohl sie es per Notverordnung eigentlich nicht mehr durften. Manchen schien das im Übrigen gar nicht zu berühren. Ein Paradebeispiel solchen Ignorantentums war Frau Joleite. Drei Tage nach dem britischen Finanzdebakel stimmte sie eine Lobeshymne auf die deutsche Ingenieurkunst an. Die Landung des Zeppelins kürzlich auf dem Tempelhofer Flugfeld, von der sie »mit eijenen Ojen Zeuje jewesen« sei, sei ja so ergreifend gewesen! Und die DO-X, das neue Flugboot von Dornier, sei sogar »bis nach Neu Jork jekommen. Muss man sich mal vorstellen! Det liecht in Amerika.« Im *Völkischen Beobachter* habe gestanden, dem deutschen Erfindergeist könne niemand auf der Welt das Wasser reichen.

»Jetzt wissen wa endlich, wo die jeistije Heimat von de Joleite is'«, flüsterte Richard Seybold, nachdem die Jungfer sich auf ihren Horchposten zurückgezogen hatte.

Rebekka sah den Nachbarn fragend an.

»Adolf Hitler höchst persönlich gibt den *Völkischen Beobachter* heraus«, erklärte David, ohne dabei die Stimme zu senken. »Jedenfalls wird das im Kopf der Gazette behauptet und dazu bezeichnet sich diese ›Zeitung‹ auch noch als ›Kampfblatt der nationalsozialistischen Bewegung Großdeutschlands‹.«

»Eindeutig det mieseste Klopapier wat de für fuffzehn Pfennije kriejen kannst«, kommentierte Horst Lotter, während er sich nachdenklich das stoppelige Kinn kratzte. »Ob ick de Joleite vielleicht mal ordentlich durchprüjeln soll? Nur so rein präventiv, verstehst de?«

»Lass gut sein, Hotte«, beruhigte David den in letzter Zeit etwas aus dem inneren Gleichgewicht geratenen Nachbarn. »Die Joleite gehört schließlich nicht zur SA. Und deine Narbe am Kopf verschwindet auch nicht, wenn du deinen Hass gegen die NSDAP an einer verbitterten alten Jungfer auslässt.«

»Die Joleite bei der SA. Wär ja noch schöner!«, schnaubte Horst, ließ aber von seinem Disziplinierungsplan vorerst ab.

»Mir machen alle diese Technikmonster Angst«, sagte Rebekka einmal mehr und versicherte, sie werde nie in ein Boot steigen, das, anstatt ordentlich *auf* dem Wasser zu schwimmen, durch die Luft fliege oder gar unter Eisschollen herumrutsche.

»Aber Enten fliegen auch, Schatz, und gründeln tun sie ebenfalls«, versuchte David für den Fortschritt Partei zu ergreifen.

»*Ich* werde nie gründeln. Oder sehe ich etwa wie eine Ente aus?«

»Das glaube ich nicht!«

»Mir ist es genauso gegangen, David. Aber es ist leider wahr.«

David sackte kraftlos in seinem Stuhl zusammen und ließ den Telefonhörer in den Schoß sinken. Am anderen Ende der Leitung befand sich Walter Andrae. In den zurückliegenden Wochen war der Wissenschaftler für David zu einem vertrauten Freund geworden, als Helfer fast ebenbürtig mit Edgar Jung oder Friedhelm Lauser. Eine piepsige Stimme ertönte leise aus Davids Schoß.

»Bist du noch dran?«

David hielt wieder den Hörer ans Ohr. »Ja, Walter. Wie konnte das nur geschehen?«

»Jemand ist in die Werkstatt eingebrochen und hat die Kugel gestohlen.«

»Wurde noch mehr entwendet?«

»Außer dem Schablonenstein fehlt nichts.«

»Was sagt die Polizei?«

»Die versteht nicht, warum wir – ich zitiere – ›wegen eines Glasklumpens ein solches Gewese machen‹.«

»Hast du ihnen nicht gesagt, dass wir mit diesem ›Glasklumpen‹ die ganze Welt hätten retten können?«

»Denkst du, der ermittelnde Beamte wäre dann aufgesprungen und hätte die ganze Berliner Polizei mobilisiert? David, sieh die Sache doch einmal realistisch. Niemand hätte mir geglaubt. Mir ist es ja anfangs selbst schwer gefallen, diesen Kreis der Dämmerung als echte Bedrohung zu akzeptieren.«

»Dann können wir Jasons Träne wohl abschreiben.«

»Du darfst die Flinte nicht gleich ins Korn werfen, mein Junge. Ich habe Friedrich gesagt, wie wichtig dieses Artefakt für unser Museum ist, und er hat sein ganzes Gewicht als Museumsdirektor in die Waagschale geworfen, um der Polizei Beine zu machen. Vielleicht finden wir den Dieb ja doch noch.«

»Was heißt ›finden‹? László Horthy arbeitet nach wie vor im Museum. Die Polizei braucht nur hinzugehen und ihn zu verhaften.«

»Ohne konkrete Beweise, David?«

Horthy war nach dem unvorschriftsmäßigen Öffnen der Kisten im Museumslager zwar verwarnt worden, aber man hatte ihm kein Vergehen nachweisen können, das einen Rauswurf gerechtfertigt hätte. Sogar das vermisste Notizbüchlein fand sich auf wundersame Weise (und auf Horthys entschiedene Forderung hin) nach einer gründlichen

Durchsuchung der Bibliothek wieder. Walter Andrae wusste, wie sehr das alles David wurmte. László Horthy besaß einen makellosen Ruf, den er sich während der Ausgrabungen in Babylon und zuletzt bei der Rekonstruktion des Ischtar-Tores erworben hatte und der, wie Friedrich Delitzsch, der Museumsdirektor, es ausdrückte, »über so manche Macke hinwegsehen« ließ.

Langsam gewann David seine Fassung zurück. Zwischen zusammengepressten Zähnen brachte er schließlich hervor: »Wenn die Polizei diesen ungarischen Riesenschnauzer nicht an die Leine legt, dann werde ich es eben tun.«

Bei aller Entschlossenheit, László Horthy als Museumsdieb zu überführen, wollte David doch den Blick für die großen Zusammenhänge nicht verlieren. Natürlich mochten den Altertumsforscher persönliche Motive zu seiner Tat veranlasst haben. Während seiner Karriere hatte er stets im Schatten größerer Männer gestanden: Robert Koldewey, Walter Andrae waren da zu nennen oder auch Miklós, Lászlós eigener Bruder, der, wie David erst spät erfuhr, kein Geringerer als Ungarns Reichsverweser war. Krankhaftes Verlangen nach Ansehen, Macht und Reichtum hatten schon manchen unbescholtenen Menschen verdorben. Warum nicht auch einen Wissenschaftler wie László Horthy?

Als David sich die Frage stellte, wem das Verschwinden von Jasons Träne nützlich sein konnte, gewann der Museumsdiebstahl jedoch eine ganz andere Dimension. Natürlich würde er versuchen, den Diebstahl aufzudecken und die Kugel wieder zu finden, aber mindestens ebenso wichtig war es, die möglichen Drahtzieher im Hintergrund auszumachen. Und bei diesem Gedanken tauchte ein bestimmter Name vor Davids geistigem Auge auf.

Franz von Papen, der Protegé des greisen Reichspräsidenten, wurde in der Öffentlichkeit kaum wahrgenommen, aber Eingeweihte wie Edgar Jung bezeichneten den unscheinbaren Abgeordneten als einen Ränkeschmied par excellence – die typische Rolle, die nach Meinung Davids ein Mitglied des Kreises der Dämmerung zu spielen hatte. Ein derart gekonntes Intrigenspiel war schwer zu durchschauen. Wenn daher wieder eine neue Katastrophenmeldung durch den Blätterwald rauschte, ließ sich nie eindeutig sagen, ob die Logenbrüder Belials dahinter steckten. So erging es David auch am 10. Oktober, als Paul von Hindenburg den Reichskanzler und dessen Minister endgültig an die Kandare nahm. Das von Brüning zusammengestellte »Fachkabinett« war zum Befehlsempfänger des greisen Präsidenten geworden, die Weimarer Republik faktisch zu einer Diktatur.

Wie im November 1931 das Maastal, das belgische Industriezentrum, in einem tödlichen Nebel versank, schien auch über Deutschland das Verderben hereingebrochen. In Belgien waren es Schwefelhydride und andere Emissionen, die Menschenleben forderten. Die Katastrophe kam David wie das Symbol einer wesentlich verheerenderen Vergiftung vor, einer Vergiftung, die von dem Denken der Menschen Besitz ergriff. Wie sonst war es zu erklären, dass die Nationalsozialisten immer größeren Zulauf bekamen?

Straßenkämpfer, gleich welcher Couleur, ließen sich besonders leicht aus dem Heer der Arbeitslosen rekrutieren, das bis Mitte Dezember auf über fünf Komma drei Millionen anstieg. Vor diesem Hintergrund rüsteten die radikalen Kräfte von links zum offenen Kampf. Reichskanzler Heinrich Brüning dachte sich währenddessen immer raffiniertere Methoden zur Sanierung der Staatsfinanzen aus. Zur Förderung der »Pfennigrechnung« ließ er Vierpfennigstücke prägen. Der gebürtige Münsteraner wäre wohl besser zu den pfiffigen Berlinern in die Schule gegangen – die bezeichneten ihre Fünfpfennigmünzen schon seit jeher als »Sechser«.

Im Berliner Stadtzentrum, wo mit Fäusten und Knüppeln hitzig diskutiert wurde, entdeckte David nun immer häufiger geduckte Gestalten, die nach der Dämmerung durch die Schatten huschten. Er war sich nicht sicher, ob es sich dabei um versprengte Mitglieder irgendwelcher Kampfverbände handelte oder nur um verängstigte Bürger, die gerade solchen aus dem Weg gehen wollten. Er selbst fühlte sich mit den Schleichern auf seltsame Weise verbunden, wenn auch hinter seiner eigenen Heimlichtuerei gänzlich andere Absichten standen. Bereits seit Wochen beschattete er den ungarischen Riesenschnauzer.

Es war ein zermürbendes Geduldsspiel, das auch László Horthys geregelter Tagesablauf kaum erträglicher machte. Ironie des Schicksals: Auch David war nun zu einem wandelnden Schatten geworden! Er begleitete Horthy frühmorgens ins Museum und nach Dienstschluss wieder bis vor dessen Haustür. Von einem angemieteten Zimmer auf der anderen Straßenseite aus konnte David bald den Wissenschaftler unauffällig observieren, ohne wie vorher den Unbilden des Wetters ausgesetzt zu sein.

Zwischen den morgend- und abendlichen Phasen größerer Aktivität klafften Zeiten der Untätigkeit – und der Zweifel. Hatte der Ungar die Observierung erst bemerkt, konnte er sie auch auf die verschiedenste Weise durchbrechen. Horthy war verheiratet. Außerdem hatte er einen Sohn, einen fast vierzehnjährigen verzogenen Bengel namens Gyula, der ständig Mundkontakt zu anderen Mädchen suchte. Sie alle im Auge zu behalten war unmöglich. Selbst wenn Ehefrau und Sohn nicht zu Horthys Komplizen zählten, brauchte er doch nur abzuwarten, bis David sich von seinem Beobachtungsposten entfernte. Dann konnte sich Horthy in aller Ruhe mit einem Mittelsmann treffen und ihm womöglich sogar die Glaskugel anvertrauen. Irgendwann würde es so weit kommen, davon war David felsenfest überzeugt.

Als bis Januar keine derartige Übergabe stattgefunden hatte, wurde David unruhig. Vielleicht wartete er ja auf etwas, das längst geschehen war. Er vertat hier seine Zeit, während die Welt aus den Fugen geriet. Selbst Rebekkas Verständnis für seine Detektiveskapaden ließ nach.

Zu dieser Zeit traf ein Brief aus Indien ein. Er kam von Balu Dreibein. David hing zu später Stunde in einem Sessel und ließ sich von Rebekka die krakelige Handschrift des Tigers von Meghalaya entziffern. Ja, er stehe tatsächlich bei Gandhi in Diensten, schrieb Balu, aber er sei für die »große Seele« mehr hilfreicher Freund als Leibwächter. Seit dem Scheitern der Indien-Konferenz Anfang Dezember könne Gandhi Zuspruch gut gebrauchen. Dennoch glaube er, Balu Dreibein, in dem hoch geachteten Inder einen wertvollen Verbündeten für den Kampf des Sahib gegen die Brandstifter von *Camden Hall* gefunden zu haben.

Einen Moment lang spielte David mit dem Gedanken, das Schlachtfeld Deutschland verloren zu geben und mit dem nächsten Schiff nach Indien zu reisen. Belial hatte den riesigen asiatischen Kontinent nach Toyamas Tod bestimmt nicht verloren gegeben. Mithilfe des alten Freundes und seiner »großen Seele« mochte es David dort vielleicht schneller gelingen, einen weiteren Erfolg gegen den Kreis der Dämmerung zu erkämpfen. Aber dazu hätte er die Beschattung Horthys aufgeben müssen.

Als David eine dementsprechende Bemerkung machte, erwiderte Rebekka: »Mir ist sowieso schleierhaft, warum du nicht Horst oder Richard um Hilfe bittest. Die beiden sind arbeitslos und wir noch nicht so arm, um ihre Gefälligkeit nicht mit einem bescheidenen Lohn vergüten zu können.«

David war sprachlos. Schließlich brachte er aber doch ein »Du hast Recht« heraus.

»Es ist ja nicht nötig, sie wie Walter gleich in deine Bruderschaft aufzunehmen. Zum Beispiel könntest du ihnen sagen, dieser Horthy werde verdächtigt, einen wertvollen archäologischen Fund unterschlagen zu haben, und du wollest ihm auf die Schliche kommen.«

»Was sie denken lassen wird, zu den Informanten des berühmten *Time*-Reporters Pratt zu gehören, der einer ganz großen Story auf der Spur ist«, feixte David. »Du bist genial, Schatz!«

Auf Rebekkas Nase erschienen Schmunzelfältchen. »Schön, das mal wieder von dir zu hören, Liebster.«

Nach der »Einstellung« von Horst Lotter und Richard Seybold hatten Rebekka und David nun endlich wieder mehr Zeit für sich. Ihre Liebe war wie eine zarte Pflanze, die nicht nur das Wasser der Zärtlichkeit, sondern auch das Sonnenlicht des regelmäßigen Gedankenaustauschs brauchte. Nach einer Phase der Trockenheit erblühte die Blume jetzt zu neuer Schönheit.

Ende Februar – László Horthy hatte sich noch immer nicht verraten – traf ein weiterer bedeutsamer Brief ein. Benni war an diesem Samstag wieder einmal bei Rebekka, um sich ausgiebig ihrem Grießpudding zu widmen, den sie für ihn mit Karamellsplittern und eingeweckten Kirschen zu »verzaubern« pflegte. Während der Kleine den Pudding löffelte, beobachtete er mit ernstem Gesicht das Mienenspiel Davids beim Lesen des Briefes. Der hatte einen weiten Weg hinter sich: von dem Meeresforscher Dr. Hirotaro Hattori über *Blair Castle* und Seans Schreibtisch bis zum Neuköllner Richardplatz Nummer 4. Das Schreiben stammte von Kaiser Hirohito.

Mit bebender Stimme übersetzte David die Worte seines alten Freundes für Rebekka. Die Kaiserin habe im vergangenen Jahr erneut entbunden. Wieder ein Mädchen! Hito äußerte sich besorgt über den wachsenden Unmut seines Volkes, das nach einem Thronfolger verlangte. Stimmen seien laut geworden, er solle seine Frau verstoßen. Aber was waren schon diese persönlichen Unbilden im Vergleich zu dem, was sein Land durchmachte? Hirohitos Worte spiegelten tiefe Sorge wider.

> *... Wie du wohl aus der Presse erfahren hast, sind unsere Truppen nach der Besetzung der Mandschurei am 31. Januar 1932 in Shanghai einmarschiert. Ich habe den Forderungen der Militärs nachgegeben, David-*kun*, aber ich zweifle immer mehr an der Richtigkeit ihres Vorgehens. Erst später erfuhr ich, dass sie mich über wichtige Details der Aktion im Ungewissen gelassen haben. Meine Ratgeber behaupten, all das diene nur dem Ruhme Nippons. Aber tut es das wirklich? Warum können wir mit unseren Nachbarn nicht in Frieden leben? ...*

»Es geht ihm gut«, sagte Rebekka, nachdem David den ganzen Brief vorgelesen und betrübt die Hände hatte sinken lassen.

»Ja, aber nur seinem Körper. Sein Geist leidet unter der Situation in seinem Land. Ich glaube, er weiß ganz genau, dass die nationalistischen Militärs ihn als Alibi für ihre Schandtaten benutzen. Ich wünschte nur, er würde endlich den Mut finden und tun, was ich ihm einmal geraten habe.«

»Und das wäre?«

»Entweder mit der Macht des Tennos zu sprechen und echte Reformen zu verlangen oder der eigenen Göttlichkeit zu entsagen.«

»Du meinst, man kann das Volk nicht mehr bedingungslos auf den *kodo*, den ›kaiserlichen Weg‹, einschwören, wenn der Tenno selbst ein ganz normaler Mensch ist?«

David blickte traurig auf das puddingverkleisterte Gesicht Bennis und nickte. »Einem Gott zu widersprechen ist ein Todsünde gegen den Himmel, sich einem Menschen zu widersetzen nur ein Autoritätsproblem.«

Rebekka wollte ihren Mann aufheitern, deshalb wechselte sie abrupt das Thema.

»Wann gehen wir eigentlich mal wieder aus?«

David zuckte mit den Schultern. »Weiß nicht.«

»Ich könnte von Sabrina Karten für das Theater am Schiffbauerdamm bekommen.«

»Bertolt Brecht? Ich weiß nicht …«

»Das sagtest du schon. Die *Dreigroschenoper* ist erstklassig besetzt: Harald Paulsen, Rosa Valetti, Erich Ponto, Lotte Lenya …«

»Wenn es dir Freude macht, dann können wir ja hingehen.«

»Ich möchte, dass es *dich* ein wenig auf andere Gedanken bringt, Liebster. Du grübelst mir in letzter Zeit zu viel.«

»Ich habe auch allen Grund dazu.«

»Also, was ist nun? Soll ich Sabrina nach den Karten fragen oder nicht?«

David zog Rebekka zu sich heran und küsste sie auf ihre dichten schwarzen Augenbrauen – erst auf die eine, dann auf die andere. (Benni tastete unwillkürlich nach den eigenen.) »Wenn du glücklich bist, dann bin ich es auch. Ruf bei Sabrina an, am besten gleich, damit sie die Karten nicht jemand anderem gibt.«

Bereits einige Tage vor dem Eintreffen von Hitos Brief war über Edgar Jung eine wichtige Information gekommen, die – zumindest teilweise – zu Davids Niedergeschlagenheit beigetragen hatte. Edgar brachte einen neuen Namen ins Spiel: Generalmajor Kurt von Schleicher. Er sei ein begabter, skrupelloser Intrigant, der im Großen Krieg der Obersten Heeresleitung angehört habe, 1926 Leiter der Abteilung Wehrmacht beim Reichswehrministerium und wenig später sogar Chef des Ministeramtes im selben Ressort geworden sei. In Davids Schattenarchiv gab es bereits ein Dossier über Schleicher. Der General war ihm aufgefallen, als er im Jahre 1930 den Sturz des sozialdemokratischen Reichskanzlers Hermann Müller betrieben und dadurch dem Zentrumspolitiker Heinrich Brüning den Weg geebnet hatte.

Edgar meinte, Schleicher habe sich inzwischen zu einer grauen Eminenz gemausert, die über beste Beziehungen zu

Hindenburg verfüge und wie dieser nichts sehnlicher wünsche, als die Weimarer Republik durch eine autoritäre Regierung zu ersetzen. Schleicher war Brünings erfolgloses Taktieren leid und strebte eine Veränderung an der Regierungsspitze an.

»Eine Veränderung?«, fragte David, nichts Gutes ahnend. »Vermutlich möchte er Brüning auf dem Kanzlerstuhl beerben.«

Edgar schüttelte ernst den Kopf. »Nein, Schleicher will weiter im Hintergrund bleiben. Er favorisiert einen anderen. Rate mal, wen.«

»Doch nicht Hitler?«

»Dicht daneben, David. Hitler strebt nach Höherem. Er hat sich gerade in Braunschweig zum Regierungsrat ernennen lassen, weil er so automatisch die deutsche Staatsbürgerschaft bekommt. Im April will er Paul von Hindenburg ablösen.«

»Du liebe Güte! Das wird ja immer schlimmer.«

»Nach allem, was ich gehört habe, ist Kurt von Schleicher tatsächlich bereit, mit der NSDAP zu paktieren, um Brüning loszuwerden, aber den österreichischen Gefreiten zum Reichskanzler zu machen – so weit geht sein Idealismus nun doch nicht. Nein, Schleicher will *Franz von Papen* auf das begehrte Stühlchen setzen.«

David war sprachlos. Diese Wendung hatte er nicht erwartet. Ein Mitglied des Kreises der Dämmerung als Regierungschef eines bevölkerungsreichen Staates – das widersprach allem, was er bisher über die Strategie des verschwiegenen Geheimzirkels gelernt hatte. »Könnte Papen selbst Schleicher zu diesem Plan bewogen haben?«

»Das hat er mir bisher nicht verraten. Er scheint mit Schleichers Wahl jedenfalls nicht unzufrieden zu sein.«

David schüttelte den Kopf. »Irgendetwas passt da nicht zusammen. Entweder unsere Weltverschwörer ändern ihre Taktik oder Papen funktioniert nicht mehr so, wie er es eigentlich sollte.«

Hinter den Kulissen

Es war nicht der kühle, abgeklärte Kreis-Jäger, der da an diesem Dienstagmorgen das ganze Haus mit einem Jubelschrei aufweckte, sondern der Mensch David, der Gefühle hatte und diese auch zeigte – im Übrigen eine Eigenschaft, die man durchaus auch als Stärke auslegen konnte. Der Anlass für seinen Freudenschrei war ein Telefonanruf von Richard Seybold.

»Was ist?«, fragte Rebekka, die erst halb wach aus dem Schlafzimmer tappte.

Davids Hand lag noch auf dem Telefon. Er zitterte. »Das war Rix. Er hat mich eben aus Babelsberg angerufen.«

»Ist das nicht ein Stadtteil von Potsdam?«

»Ein Wohnviertel illustrer Persönlichkeiten sogar. Ich muss unbedingt zu ihm.«

»Halt!«, rief Rebekka und bremste David, der gerade an ihr vorbeistürmen wollte, mit ausgestreckter Hand. »Dürfte ich vielleicht auch erfahren, warum du so aufgekratzt bist?«

»Vor gut einer Stunde, gerade als sich Rix und Hotte vor dem Haus unseres Riesenschnauzers ablösen wollten, traten Vater und Sohn Horthy auf die Straße. Gyula, das ist der Bengel von dem Alten, trug eine ›merkwürdig ausgebeulte braune Papiertüte in der Hand‹ – genau so hat sich Rix ausgedrückt. Unsere beiden Privatdetektive haben sich daraufhin kurzerhand aufgeteilt: einer ist dem Vater, der andere dem Sohn hinterher.«

»Und?«, hakte Rebekka nach, weil David sie wie ein Honigkuchenpferd anstrahlte.

»Gyula ist mit der S-Bahn nach Potsdam. Dort verschwand er in einer noblen Villa, wo er sich vermutlich immer noch aufhält …« Wieder hatte David seinen Bericht unterbrochen, damit Rebekka den nächsten Einwurf machen konnte.

Sie tat ihm den Gefallen. »Bestimmt hat Richard dir auch verraten, wie der Eigentümer der Villa heißt.«

David nickte betont langsam. »Kurt von Schleicher.«

Jetzt war Rebekka wirklich verwundert. »Nein! Ist das nicht …?«

»Genau der. Die graue Eminenz, von der Edgar mir letztens berichtet hat. Derselbe Schleicher, der Franz von Papen auf den Stuhl des Reichskanzlers heben will.«

»Aber was für ein Interesse könnte Schleicher an einer über zweitausend Jahre alten Glaskugel haben?«

»Vielleicht ist er ja in Wirklichkeit gar nicht Papens Mentor, sondern nur sein Handlanger.«

Rebekka sah David einen Moment lang aus schmalen Augen an, dann sagte sie aufgeräumt: »Komm, David, lass uns nach Potsdam fahren.«

Kurze Zeit später saßen sie in einem rumpelnden und quietschenden Zug, der sich auf die südwestliche Stadtgrenze Berlins zubewegte. Die S-Bahn fuhr, anders als ihr Untergrundpendant, *über* dem Boden, nicht selten sogar auf Pfeilern wie die Hochbahn in Chicago. So hatte das Paar einen guten Überblick über die erwachende Stadt. Es war ein ungewöhnlich frischer Morgen, wie Dampflokomotiven stießen die Menschen kleine Wölkchen aus. Überall hingen noch Plakate vom letzten Wahlkampf. Auf erschreckend vielen war Hitlers Kopf zu sehen. Von manchen blickte er entschlossen und siegesbewusst wie ein antiker Feldherr herab. Am letzten Sonntag war abgestimmt worden. Dank sozialdemokratischer Unterstützung war Hindenburg am 10. April 1932 im zweiten Wahlgang mit dreiundfünfzig Prozent im Amt des Reichspräsidenten bestätigt worden. Der dreiundvierzigjährige Hitler erlitt einen cholerischen Anfall, weil er sich einem fast doppelt so alten Gegner geschlagen geben musste.

»Immerhin hat der Schnauzbart aus Braunau am Inn mehr als ein Drittel der Wählerstimmen auf sich vereinigt«, sagte David besorgt, während er und Rebekka aus dem Zugfenster sahen.

»Vielleicht wittert Papen schon Morgenluft, jetzt, wo sein Förderer noch fester im Sattel sitzt. Welche Pläne er auch immer schmiedet, sie würden in Gefahr geraten, wenn du die Kugel wieder in deine Gewalt bringst.«

»Klingt überzeugend.« David streichelte Rebekkas Wange. »Hat sich Papen im Glanz des Wahlsieges seines väterlichen Freundes tatsächlich zu einer Unvorsichtigkeit hinreißen lassen, dann können wir ihn jetzt als Logenbruder Belials entlarven.«

»Aber nur, wenn Schleicher die Kugel an Papen weiterreicht. Wolltest du nicht sowieso mit Schleicher ein Interview vereinbaren?«

David hob die Schultern. »Hat bisher leider nicht geklappt. Edgar sagte schon, wie sehr sich Kurt von Schleicher in der Rolle des Drahtziehers im Hintergrund gefällt. Er scheut den Kontakt zu allen Journalisten, von denen er nicht im Voraus weiß, was sie über ihn schreiben werden. Aber jetzt, nach dem Anruf von Rix, hat dieses Treffen für mich oberste Priorität. Ich muss wissen, was dieser Schleicher mit der Kugel im Schilde führt. Denn dass sie sich seit heute früh in seinem Haus befindet, daran gibt es für mich keinen Zweifel. Sie darf seine Villa auf keinen Fall wieder verlassen, es sei denn, ich selbst trage sie hinaus. Von jetzt an müssen wir *ihn* rund um die Uhr beschatten. Sollte er sich mit Papen treffen, muss ich das unbedingt erfahren.«

Eine Weile lang saßen David und Rebekka schweigend nebeneinander, hingen ihren Gedanken nach und blickten aus dem Zug.

»Woher hat Richard Seybold eigentlich diesen komischen Spitznamen?«, fragte Rebekka unvermittelt.

David lächelte. »Rix, meinst du? Genau dieselbe Frage habe ich ihm auch schon gestellt. Die Antwort ist ganz einfach: Vor 1912 hieß der Stadtteil Neukölln noch Rixdorf, was eigentlich ›Richards Dorf‹ bedeutet. Aber du weißt ja, wie die Berliner sind: Für alles und jeden müssen sie eine griffige Abkürzung finden. Irgendwann hat einer Richards Namen dann genauso zusammengestrichen.« David blickte kurz aus dem Fenster und erhob sich von der Bank. »An der nächsten Station müssen wir aussteigen.«

Vom Bahnhof ließen sich die beiden mit einem Taxi in die Nähe von Schleichers Anwesen fahren. Am vereinbarten Treffpunkt, einem Gebüsch in Sichtweite des besagten Hauses, stießen sie auf Richard Seybold. Der befreundete Nachbar erzählte ihnen ausführlich von den Ereignissen der letzten Stunden. Horthys Sohn halte sich nach wie vor in dem Gebäude auf.

»Möchte wissen, was er so lange da drinnen macht«, murmelte Rebekka.

»Da gibt's tausend Möglichkeiten: Schleicher und seine Gemahlin könnten noch geschlafen haben, als dieser Gyula eintraf, oder aus irgendeinem anderen Grund nicht sofort in der Lage gewesen sein, Besuch zu empfangen. Vielleicht stopft der General auch gerade vor lauter Freude über die Kugel Süßigkeiten in den Jungen. Oder er schreibt einen Antwortbrief an den Vater ...«

»Möglicherweise telefoniert er mit Papen oder wer immer dessen Auftraggeber ist.«

David schluckte schwer. »Nur das nicht! Wir müssen so schnell wie möglich etwas tun, um Schleicher davon abzuhalten!«

»Aber wat?«, grübelte Richard.

Rebekka legte David die Hand auf den Arm. »Da! Die Tür am Haus ist aufgegangen. Der Junge kommt heraus, zusammen mit einem Mann.«

Alle blickten zur Villa hin.

»Das ist Kurt von Schleicher«, stieß David hervor. »Ich kenne ihn von Fotos.«

Schleicher lächelte – so weit man das auf die Entfernung hin erkennen konnte – und tätschelte Gyula den Kopf. László Horthys Sohn steckte einen länglichen weißen Umschlag in die Brusttasche seiner Jacke, schüttelte dem hohen Beamten die Hand und begab sich zum Gartentor.

David konnte sich lebhaft vorstellen, wie Schleicher als Nächstes zum Telefon laufen und seinen Hintermann anrufen würde. Was sollte er nur tun, um das zu verhindern? Sollte er ins Haus stürzen, seine japanischen Kampfkünste einsetzen und die Kugel entführen? Nein, damit würde er sich jemanden zum Feind machen, den er vielleicht noch brauchen oder gewinnen konnte. Er hatte eine andere Idee.

Der junge Horthy schlenderte schon in Richtung Stadtbahn davon. Lässig warf er ein braunes Papierknäuel in den Rinnstein. Dann zog er eine Zigarette aus der Tasche und begann demonstrativ zu paffen.

»Hört zu«, sagte David zu den anderen. Sie steckten die Köpfe zusammen. Wie ein Feldmarschall erteilte er kurze Befehle. Sein Plan war verwegen, aber vielleicht würde er gerade deshalb funktionieren.

David lief dem Jungen hinterher. Rebekka eilte in Richtung Postamt davon. Richard wartete noch. Sein Auftritt war erst in etwa fünfzehn Minuten.

Vor einem Haus, das bis an die Straße heranreichte, blieb David kurz stehen und betrachtete sein Spiegelbild in einer Fensterscheibe. Es war zwar nicht anzunehmen, dass Gyula Horthy wusste, wie er aussah, aber eine kleine Tarnung konnte nicht schaden. Nur einen Herzschlag lang musste sich David konzentrieren, dann hatte er leuchtend rotes Haar.

»He, du da!«, rief er dem höchstens noch zehn Schritte vor ihm gehenden Gyula zu.

Der Junge drehte sich um, bekam einen Schreck und wollte loslaufen. Doch während Gyulas Füße in zähem Schlamm zu stecken schienen und er deswegen nur langsam vorankam, holte der rothaarige Verfolger wie ein Blitz auf – so jedenfalls erschien es Horthys Sohn.

»Hat dir noch niemand gesagt, dass Minderjährige nicht rauchen dürfen – und in der Öffentlichkeit schon zweimal nicht?«, fragte David, als er den verschüchterten Jungraucher eingeholt hatte.

»Äh, nein«, log Gyula. Er blickte verlegen zu Boden, sein Gesicht verschwand hinter einem Vorhang langer Haare.

»Man kann leicht zum Bettnässer werden, wenn man zu früh mit dem Rauchen anfängt«, sagte David mit großem Ernst.

Der Junge blickte erschrocken auf. Dabei rutschte ihm die Zigarette aus den Fingern und ehe er sich's versah, hatte David das Objekt der Begierde zertreten.

»Sind Sie jetzt zufrieden?«, fragte Gyula trotzig.

»Nein.«

»Was wollen Sie denn noch?«

»Ich muss dich durchsuchen.«

Der Junge sah den hoch gewachsenen Fremden erschrocken an und wurde steif wie ein Brett.

David tastete den Körper seines Opfers ab, als suche er nach Waffen. Das Ganze war nur Theater, um den Jungen einzuschüchtern. Wenn alles glatt ging, dann brauchte er nicht einmal den Inhalt des Briefumschlags zu inspizieren, den er in Gyulas Brusttasche fühlte. Fast beiläufig sagte David während der Leibesvisitation: »Wir führen nämlich eine Ermittlung in Sachen Kurt von Schleicher durch. Streng geheim! Haben Grund zu der Annahme, dass jemand einen Anschlag auf Herrn von Schleicher plant.«

»Ich war's nicht!«, schrie Gyula entsetzt.

»Nun beruhige dich, Junge. Noch lebt Herr von Schleicher ja. Aber wir müssen jedem Verdacht nachgehen. Die Schleicher-Villa wird von uns rund um die Uhr bewacht. Was hast du bei dem General gewollt?«

»Ich … Ich bin nur ein Bote. Ich habe ihm etwas gebracht.«

»Etwa eine Bombe?«

»Nur einen Briefbeschwerer.«

David grinste. *Ganz schön schlagfertig, das Bürschchen.* »Du willst mir doch nicht etwa weismachen, dass du beinahe noch zu nachtschlafender Zeit durch halb Berlin bis nach Potsdam fährst, um einen simplen Briefbeschwerer abzuliefern.«

»Äh, das ist ein echt antikes Stück«, presste der verängstigte Gyula hervor. »Sehr kostbar! Herr von Schleicher sammelt Antiquitäten.«

David hatte genug gehört. Nun musste er nur noch etwas für seine Tarnung tun. »Dann wolltest du ihn also nicht ermorden?«

»Nein. Bestimmt nicht. Ich schwöre es. Sie können mir glauben, dass …«

»Schon gut«, unterbrach David den zitternden Jungen und beugte sich zu dessen bleichem Gesicht herab, bis sich ihre Nasenspitzen fast berührten. »Ich glaube dir. Nicht, weil du besonders vertrauenswürdig wirkst, sondern weil wir dich schon eine ganze Weile beobachten.«

Gyula hielt die Luft an.

»Weiß dein Vater eigentlich, dass du ständig mit Mädchen herumknutschst?«

Die Augen des Jungen wurden noch ein Stückchen größer. »Woher …?«

»Wir wissen alles. Wenn du nicht tust, was ich dir sage, dann …«

Angstschlotternd starrte ihn Gyula an.

»Wie gesagt«, fuhr David sehr bedächtig fort, während er sich langsam wieder aufrichtete, »unsere Aktion hier ist streng geheim. Du wirst also niemandem etwas von unserer kleinen Unterhaltung erzählen, hörst du? Nicht einmal deinem Vater.«

Gyula nickte schnell und oft. Mit einem Mal fiel sein Kinnladen herab und er starrte David entsetzt an.

»Ist was, Junge?«

Eine zitternde Hand hob sich und deutete auf Davids Kopf. »Ihr Haar. Eben noch war es ganz rot. Und jetzt ist da mit einem Mal diese weiße Strähne.«

David tastete auf den Haaren herum, als könne er deren Farbe erfühlen. Als er die Hand wieder sinken ließ, war sein Haupt wieder so rot wie zuvor. Wie die Knusperhexe bei dem Gedanken an einen braun gebratenen Hänsel lächelte er den Jungen an und sagte: »Das kann bei mir schon mal passieren, wenn ich sehr, sehr aufgeregt bin und Gefahr laufe, etwas Unvernünftiges zu tun. Du machst dir deshalb doch keine Sorgen, oder?«

Gyula starrte ihn entgeistert an und schüttelte nur den Kopf. Auf seiner Hose bildete sich, vom Schritt an abwärts, ein dunkler feuchter Fleck.

Als David zu Boden blickte, entdeckte er eine gelbe Pfütze, die schnell größer wurde. Mit Bedauern in der Stimme sagte er: »Muss wohl stimmen, was man sich über die bettnässenden Raucher erzählt.«

Währenddessen rief Rebekka vom Postamt aus in Kurt von Schleichers Villa an. Die Telefonnummer hatte ihr David geliefert, der sie wiederum Heinrich Schildmann, dem persönlichen Sekretär des Generals, in einer schwachen Minute abgeluchst hatte. Schon seit Tagen bemühte sich David um einen Interviewtermin bei Schildmanns Chef. Vielleicht würde ja Rebekka, wenn auch zu einem anderen Zweck, zu ihm durchdringen.

»Ja, bitte?«, meldete sich eine näselnde Stimme.

»Rosenbaum am Apparat, guten Tag. Bin ich mit dem Anschluss von General Kurt von Schleicher verbunden?«, fragte Rebekka in zwar höflichem, aber doch drängendem Ton.

»Weshalb wollen Sie das wissen?«

»Bitte seien Sie doch so nett und rufen Sie kurz unseren Herrn Rix ans Telefon.«

»Wen?«

»Na, den Herrn Rix. Nach dem Dienstplan müsste er doch gerade dran sein.«

»Wie bitte? Ich fürchte, Sie sind falsch verbunden, Frau …«

»Das ist unmöglich«, schnitt Rebekka dem Mann, offenbar ein Bediensteter, das Wort ab. »Unsere Dienststelle irrt sich nie, bei derart wichtigen … Oh!«

»Wichtigen *was?*«, hakte der Mann am Telefon nach.

»Ist er etwa auf Außenschutz und Sie wissen gar nichts davon? Nein, ist mir das jetzt aber unangenehm! Und ich dachte …«

»Frau Rosenbaum?«, fragte mit einem Mal eine andere Stimme. »Hier spricht Kurt von Schleicher. Ich habe zufällig das Gespräch zwischen meinem Hausdiener und Ihnen mit angehört. Darf ich erfahren, welcher Behörde Sie angehören?«

»Nein, ist das furchtbar!«, zeterte Rebekka. »Ich werde bestimmt meine Stellung verlieren, wenn mein Vorgesetzter das erfährt, vielleicht sogar meine Pension. Herr General, können Sie nicht doch bitte kurz den Herrn Rix an den Apparat rufen lassen? Wenn er nicht bei Ihnen ist, müsste er sich irgendwo in Sichtweite des Hauses befinden.«

»Zuerst möchte ich wissen, von was für einem ›Schutz‹ sie vorhin gesprochen haben.«

»Ich habe schon viel zu viel ausgeplaudert. Oh weh, oh weh …!«

Klick! Sie hatte aufgelegt.

Richard meinte später, Kurt von Schleicher sei der Panik nahe gewesen. Eben noch dieses verschwörerische Treffen mit dem Bengel vom Horthy und jetzt das! Wie eine Furie kam er aus dem Haus auf die Straße geschossen und blickte sich dort nach allen Seiten um. Es fiel ihm dann relativ leicht, den auffällig unauffällig postierten Rix zu entdecken.

»He, Sie da!«, rief er Richard Seybold zu. »Heißen Sie Rix?«

Der kam langsam hinter einem Busch hervor, dessen erstes Grün nur eine recht dürftige Tarnung gewesen war. »Woher wissen Se det?«, fragte er und ging langsam auf Schleicher zu.

»Da hat eben so eine junge Dame …«

»Doch nich' etwa die Rosenbaum?«, platzte Richard heraus. Sein Zorn wirkte ziemlich echt.

»Genau das war ihr Name.«

»Nee!«, meinte er und stampfte mit dem Fuß auf. »Diesmal wird det aber Konsequenzen haben.«

Kurt von Schleicher trat nahe an Rix heran. Er war ein Mann mit kantigem, beinahe kahlem Kopf, einem Schnauzbart und einer gespaltenen Nase. Auf seinen Wangen glühte ein Netz feiner roter Äderchen. »Wer sind Sie? Und vor allem: Was *tun* Sie hier?«

»Det darf ick Ihnen eijentlich nicht sagen.«

»Sie beobachten mich.«

»Det is' richtich.«

»Und warum, wenn ich fragen darf?«

»Nur ssu Ihrer eijenen Sicherheit. Wir kontrollieren allet, wat bei Ihnen rein- und rausjeht, damit Ihnen nischt passiert.«

Einen Moment lang war Schleicher erstarrt. Vermutlich erinnerte er sich an den »Briefbeschwerer«, der ihm gerade geliefert worden war. Ziemlich leise fragte er dann: »Alles?«

»Allet«, bestätigte Richard mit entschiedenem Nicken.

Schleicher schluckte. »Warum sind Sie so um meine Sicherheit besorgt?«

»Wäre möchlich, dass Sie wer umbringen will.«

»Wer?«

»Ja.«

»Ich meine, wie heißt dieser potenzielle Attentäter?«

»Ach so. Mir dürfen Se da nich fragen. Könnte unsere Ermittlungen stören, wenn die Verdachtsperson davon Wind bekommt. Se wissen schon: Nur wenn wa ihn auf frischer Tat ertappen, können wa dem Papen nachweisen ... Au Backe! Jetzt hab ick mir verplappert!«

Kurt von Schleicher sei mit einem Mal ziemlich blass geworden, erzählte Richard später. Er habe sich bei ihm für den Schutz bedankt und sei kopfschüttelnd zum Haus zurückgelaufen.

»Das habt ihr gut gemacht, danke«, sagte David zu Rebekka und Richard. »Wenn er uns dieses Theaterspiel abgenommen hat, wird er es sich dreimal überlegen, ob er die Glaskugel an Papen weitergibt. Immerhin könnte sie seine Lebensversicherung sein.«

»Versteh ick nich«, brummte Richard.

»Ist doch ganz einfach«, erklärte David. »Ich vermute, Papen hat Schleicher auf sehr nachdrückliche Weise wissen lassen, wie viel ihm an dem ›Briefbeschwerer‹ liegt. Solange Schleicher seinen Auftraggeber in der Annahme belässt, er könne ihm die begehrte Ware liefern, kann er sich vor gedungenen Meuchlern sicher fühlen.«

Das Interview fand im Restaurant des Hotels *Adlon* statt. Es war der 27. April, ein Mittwoch. Durch das Fenster konnte man die Automobile sehen, die sich durch das Brandenburger Tor zwängten.

Kurt von Schleicher machte einen nervösen Eindruck. Seine Antworten waren knapp, aber nicht immer präzise – eben wie zu erwarten, wenn ein General ins politische Fach wechselte. Oder lag es an der gewagten Frage, mit der David ihm zwei Wochen nach Zustellung der Glaskugel doch noch dieses Gespräch abgetrotzt hatte? »Welcher Art sind eigentlich die Kontakte, die Sie zu dem Zentrumspolitiker Franz von Papen unterhalten?« Jedenfalls hatte Schleicher später sogar persönlich zurückgerufen und den Termin bestätigt.

Geschickt lenkte David das Gespräch in die gewünschte Bahn.

Erst kitzelte er aus dem hohen Beamten des Reichswehrministeriums das Eingeständnis heraus, mit den Nationalsozialisten in Verbindung zu stehen und dann lockte er ihn in eine Falle.

»Ist das nicht ein gefährlicher Drahtseilakt? Oder können Sie sich Adolf Hitler als neuen Reichskanzler vorstellen?«

»Gott bewahre! Nein! Wir brauchen die Nationalsozialisten, um den Karren aus dem Dreck zu ziehen, aber ich werde dafür sorgen, dass ein anderer vor Hitler auf dem Stuhl des Reichskanzlers Platz nimmt.«

»Meinen Sie wirklich, Franz von Papen sei der richtige Mann dafür?«

»Ich halte ihn …« Schleicher stockte. Seine Augen wurden groß. Man hatte ihn auf dünnes Eis gelockt und jetzt war er eingebrochen. Verärgert fragte er: »Würden

Sie mir endlich verraten, von wem Sie diese Papen-Geschichte haben?«

David ließ sich seinen Triumph nicht anmerken. Mit unschuldigem Lächeln erwiderte er: »Ich recherchiere immer sehr gründlich, bevor ich die kostbare Zeit eines wichtigen Mannes in Anspruch nehme, Herr von Schleicher. In Ihrem Fall war ich besonders gewissenhaft. Soweit ich weiß, ist Papen für die meisten ein unbeschriebenes Blatt. Warum wollen Sie gerade ihn auf den Thron heben?«

Schleicher konnte dem Druck nicht länger widerstehen, er musste mit den Tatsachen herausrücken. Doch der Begabung des Wahrheitsfinders haftete auch ein Manko an: David bekam jeweils das zu hören, was der andere für die Wahrheit oder das einzig Richtige *hielt*. Im Wesentlichen kannte er schon die »Vorzüge« des »Kameraden« Franz von Papen, die Schleicher ihm nun aufzählte. Ihm wurde klar, dass in Wirklichkeit Papen es war, der die Fäden zog, und nicht die angebliche graue Eminenz. Ja, es schien sogar, als fürchte Schleicher seinen Günstling. Dies mochte mit dem Mummenschanz zusammenhängen, den David, Rebekka und Richard Seybold kürzlich aufgeführt hatten, vielleicht wurde Schleicher aber auch wirklich erpresst.

Behutsam säte David Zweifel bezüglich der Person Papens. Noch wagte er nicht, die Glaskugel zur Sprache zu bringen, zumal dies auch nicht unbedingt nötig war, solange der General sie wie seinen Augapfel hütete. Während David seine Begabung geschickt nutzte, um Schleicher in seiner Haltung zu bestärken – »Die Politik ist ein dünnes Eis, auf das man sich nie ohne Rettungsleine wagen sollte« –, wunderte er sich insgeheim über die offene Zustimmung des anderen zu diesem Punkt. Langsam kamen ihm Zweifel, ob der General die Kugel überhaupt jemals an Papen hatte übergeben wollen. Möglicherweise war er ja auch von allein auf den Einfall gekommen, sie als Rückversicherung einzusetzen.

Wie auch immer der große Marionettenspieler im Hintergrund hieß, zunächst galt es, Belials Pläne zu durchkreuzen. Deshalb sprach David nachdrücklich über die Gefahren, die er in einer Regierungsbeteiligung Hitlers sah. Immer darauf bedacht, seine Wahrheitsworte nicht als Einflüsterungen, sondern als die Fragen eines kritischen Reporters klingen zu lassen, setzte er alles daran, Schleicher »umzudrehen«.

Leider blieben die Reaktionen des hohen Beamten unberechenbar. Augenscheinlich diktierte Angst das Handeln Schleichers. Ihm diese zu nehmen würde Zeit kosten. Viel Zeit. Daher konzentrierte sich David zuletzt vor allem darauf, den einmal geknüpften Kontakt auch für die Zukunft zu erhalten. Das Gespräch sei für ihn sehr informativ gewesen. Als seriöser Journalist werde er natürlich nichts über Schleicher schreiben, was jenen kompromittieren könne. Ob denn der General an einer – möglichst baldigen – Fortsetzung des Interviews interessiert sei?

Erleichtert nahm David die verhaltene Zusage Schleichers zur Kenntnis. Der General überreichte ihm sogar eine Karte mit seiner persönlichen Anschrift und Telefonnummer.

David gab sich überrascht. »Ach, Sie wohnen in Babelsberg! So nah am schönen Schlosspark von Sanssouci. Ein hübsches Fleckchen, so still und abgelegen.«

»Und dennoch manchmal nicht abgeschieden genug«, knirschte der General.

Im Laufe des Mai trafen beunruhigende Nachrichten von Edgar Jung ein. Kurt von Schleicher verhandelte nun intensiv mit den Nationalsozialisten über den Sturz des Reichskanzlers. David wurde aus dem General einfach nicht schlau. Die Rund-um-die-Uhr-Beschattung von Schleichers Babelsberger Villa hatte erwiesen, dass sich die Glaskugel nach wie vor dort befand. So weit, so gut. Zwar hatte Schleicher alles darangesetzt herauszufinden, welcher Dienst ihn eigentlich »beschützte«, aber bisher ohne Ergebnis. Kein Wunder. Es gab ja im ganzen Reich keine Geheimpolizei mit einem solchen Auftrag.

Weil die ganze Maskerade eher früher als später auffliegen musste, zog David sein Team Ende Mai schweren Herzens aus Potsdam ab. Richard und Horst sollten nicht im Kompetenzgerangel rivalisierender Staatsorgane zerrieben werden. Inständig hoffte er, bei Schleicher so viel Misstrauen gesät zu haben, dass der die Glaskugel für seine Trumpfkarte hielt. In zwei kurzen Telefonaten hatte er leider keine weitere Unterredung herausschlagen können. Die Antwort des persönlichen Sekretärs war immer dieselbe gewesen: keine Zeit.

Am 30. Mai 1932 platzte dann die Bombe. Paul von Hindenburg ließ Heinrich Brüning wie eine heiße Kartoffel fallen und beauftragte seinen Protegé Franz von Papen mit der Regierungsbildung. Noch fehlte David der endgültige Beweis für Papens Zugehörigkeit zu Belials geheimer Runde und die jüngste Entwicklung machte ihn ratlos. Ein Mitglied des Kreises der Dämmerung wurde Reichskanzler, Regierungschef in einem Land, das schon einmal einen Weltkrieg vom Zaun gebrochen hatte. Das Bild, das er sich von Papen gemacht hatte, geriet ins Wanken. Dieses Vorpreschen in die Öffentlichkeit widersprach allen taktischen Regeln des Geheimzirkels.

Anfang Juni trafen sich Edgar Jung und David am Richardplatz. Rebekka spielte in der Küche mit Benni *Mensch ärgere dich nicht*, während sich die beiden Männer im Arbeitszimmer unterhielten.

»Schleicher hat mit der NSDAP ein Stillhalteabkommen geschlossen«, berichtete der Publizist mit finsterer Miene. »Hitler hat sich bereit erklärt, Papens neue Regierung zu tolerieren, wenn der Kanzler dafür das SA-Verbot aufhebt und Neuwahlen für den Reichstag ausschreibt.«

»Sie wollen die *Sturmabteilung* wieder zulassen?«, japste David. »Das bedeutet endgültig Krieg auf den Straßen. Schon jetzt traut sich ja kaum mehr einer das Wort gegen die Nationalsozialisten zu erheben, aber dann …« Er schüttelte fassungslos den Kopf.

Edgar nickte traurig. »Schleicher glaubt die SA kontrollieren zu können, indem er sie in die von ihm befehligte Reichswehr eingliedert.«

»Das klingt für mich wie der sprichwörtliche Tanz auf dem Vulkan. Wenn er sich da nur nicht verrechnet!«

»Du hast Recht. Wenn sich diese Entwicklung fortsetzt, hat Hindenburg bald überhaupt keine andere Wahl, als die NSDAP an der Regierung zu beteiligen.«

»Könnte der Kreis der Dämmerung in Wirklichkeit *das* bezwecken?«

»Es würde zumindest erklären, weshalb Papen sich so weit aus dem Fenster lehnt.«

David nickte. Das ergab wirklich einen Sinn. Nachdem Papen für Hitler den Steigbügelhalter gespielt hatte, konnte er ja wieder ins zweite Glied zurücktreten. Die

Lage wurde immer bedrohlicher. »Wir müssen etwas dagegen unternehmen, Edgar!«

»Du bist gut. Soll ich Papen etwa einen Dolch in den Rücken stoßen?«

»Bevor wir zu solch drastischen Maßnahmen greifen, versuchen wir lieber etwas anderes. Ich bleibe weiter an Schleicher dran. Und du hast inzwischen doch das Vertrauen Papens gewonnen, nicht wahr?«

»Ich denke schon. Dennoch weiht er mich nicht in alle seine Pläne ein.«

»Ist auch gar nicht nötig. Hat unser neuer Reichskanzler schon einen Redenschreiber?«

»Du meinst doch nicht, *ich* …?«

»Edgar, ich weiß, was es für dich bedeutet, jemandem Worte in den Mund legen zu müssen, die nicht deiner tiefsten Überzeugung entsprechen. Aber überleg doch einmal: Du bist ein fähiger Publizist, du genießt Papens Vertrauen – das sind zwei wichtige Voraussetzungen.«

»Und was bezweckst du mit dieser Rollenbesetzung?«

David überlegte, ob er Edgar von der gläsernen »Träne« erzählen sollte, die jetzt ein so schwer durchschaubarer Mann hütete. Und von Jasons Geschichte. Von dem Machtgerangel zwischen Philipp II. und seinem Sohn Alexander dem Großen. Von einem Logenbruder Belials, der *untreu* wurde …

»Du müsstest Papen davon überzeugen, dass Hitler für ihn eine Gefahr bedeutet. Macht korrumpiert. Wenn Papen und Hitler einander bekriegen, können sich die gemäßigten Kräfte im Land vielleicht gegen die Nationalsozialisten behaupten. Sollte das eintreten, müssen wir Papens Kompetenz infrage stellen, damit ein anderer ihn als Reichskanzler ablösen kann. Jemand, der vielleicht die Stabilität im Land wiederherstellt.«

Edgar nickte. »Also gut, ich werde mein Bestes tun. Aber du bist dir doch darüber im Klaren, was für ein gefährliches Spiel wir hier treiben, oder? Wir fingern gewissermaßen an der Büchse der Pandora herum, ohne zu wissen, was wir damit heraufbeschwören.«

Vertrauenssache

Kurt von Schleicher hatte David ausgetrickst, vielleicht nicht bewusst, aber die Wirkung war dennoch verheerend. Mit Franz von Papen saß nun ein Mann auf dem Stuhl des Reichskanzlers, dessen Regierungsstil ziemlich genau der »Politik« entsprach, die David von einem Logenbruder Belials erwartete. Nach außen hin ging Papen mit seinem »Kabinett der nationalen Konzentration« zwar auf Distanz zu den Nationalsozialisten, aber in Wirklichkeit machte er ihnen Geschenke, wie die Aufhebung des SA-Verbots deutlich zeigte. Angesichts dessen wirkten seine angeblichen Versuche den Straßenunruhen ein Ende zu setzen, indem er Hindenburg zum »Preußenputsch« vom 20. Juli überredete, ziemlich unglaubhaft – per Notverordnung wurde das preußische Landeskabinett aufgelöst und stattdessen Papen zum Reichskommissar bestellt.

Was steckte wirklich hinter dieser Taktik? David machte sich ernste Sorgen. Da war zum einen dieser unberechenbare Schleicher, der auf Jasons Träne saß wie ein Zwergenkönig auf seinem Juwelenschatz, und zum anderen der ungewisse Ausgang der für den 31. Juli ausgeschriebenen Neuwahlen. Aus allen Ritzen des Landes schien nun ein zäher brauner Brei zu quellen. Man konnte kaum noch eine größere Straße entlanggehen, ohne ständig mit Hitlers Hakenkreuzen konfrontiert zu werden oder irgendwo seiner plakatierten Visage zu begegnen. Der Jahrhundertplan gedieh und Davids Mittel dagegen anzugehen waren allmählich ausgereizt. Als er Anfang Juli einen Interviewtermin beim Reichspräsidenten Paul von Hindenburg bekam, beschloss er daher, seine ganzen Fähigkeiten in die Waagschale zu werfen.

Mit frisch gefärbten Haaren, gereinigtem und gebügeltem schwarzen Anzug kreuzte er im Reichspräsidentenpalais auf und versprach dem Generalfeldmarschall eine Titelstory in dem »bedeutendsten Nachrichtenmagazin der Welt«. Das war nicht einmal gelogen. Laird Goldsborough, dem jetzt in New York die Auslandsnachrichten unterstanden, hatte David telegrafiert, er solle sich um ein entsprechendes Interview bemühen. Paul von Hindenburg hatte nichts dagegen einzuwenden, seinen Kopf auf dem *Time*-Magazin wieder zu finden, wenn nur die obligatorische Pickelhaube mit abgebildet wurde.

Der Fünfundachtzigjährige keuchte und ächzte unter seinem Alter, aber er war ein aufmerksamer Gesprächspartner. Und ein harter Knochen. Es gelang David zwar, Hindenburgs latente Abneigung gegen Hitler noch ein wenig zu verstärken, aber das war auch schon alles. Regelrecht selig hätte es den glühenden Monarchisten gemacht, den alten Wilhelm II. wieder auf dem Thron zu sehen, aber der hatte sich auf Schloss Doorn in den Niederlanden verschanzt. Wenn schon nicht der Kaiser sich seines Volkes wieder annehme, wolle doch wenigstens er, Hindenburg, als Reichspräsident Deutschland zu neuem

Ruhm und Glanz führen, mit jener starken Hand, die das Reich so dringend brauche. Das zerstrittene Parlament der Weimarer Republik sei damit ja ganz offensichtlich überfordert.

David machte sich fleißig Notizen und stöhnte innerlich. Lord Belial hätte sich angesichts von Hindenburgs Worten die Hände gerieben. So verwundert es nicht, wenn David sich am Ende von dem alten Haudegen mit recht zwiespältigen Gefühlen verabschiedete.

Seiner Meinung nach war Hindenburg eine taube Nuss, schwer zu knacken, aber innen hohl. Dagegen mochte sich ihm der neue Reichswehrminister vielleicht doch noch öffnen. Dieser hatte sein Amt von Papen übertragen bekommen, was allgemein mit den Worten kommentiert worden war, hier wasche eine Hand die andere. Der neue Minister hieß nämlich Kurt von Schleicher.

Es war höchste Zeit, Jasons Träne in Sicherheit zu bringen. Deshalb reaktivierte David wieder sein hauseigenes Observierungsteam. Danach bemühte er sich um eine neue Unterredung mit Schleicher, erst auf telefonischem Wege, später auch mittels wiederholtem Erscheinen im Ministerium. Aber jedes Mal fiel Heinrich Schildmann, jetzt Sekretär des Reichswehrministers, eine neue Ausrede ein. Immer wieder wimmelte er David ab. Schleicher schien so fern wie der Mann im Mond.

Das Gespräch mit Edgar Jung, kurz nach Papens Ernennung zum neuen Reichskanzler, hatte in David wieder einmal eine seiner unbequemen Erinnerungen geweckt. Da war von einem Dolch im Rücken Papens die Rede gewesen und dieses Bild zerrte einen Gedanken ins grelle Licht seines Bewusstseins, der unterschwellig ständig vorhanden war. Es ging einmal mehr um Johannes Nogielsky und das ihm gegebene Versprechen.

David tat sich schwer mit dieser Pflicht. Ihn ängstigte die Vorstellung, der Mutter desjenigen gegenüberzutreten, den er im Großen Krieg mit seinem Schwert getötet hatte. Das Wissen allein, damals in Notwehr gehandelt zu haben, konnte David nicht vor den Träumen schützen. Träume, die immer wieder Johannes Nogielsky vor ihn treten ließen, mit einem traurigen Ausdruck in den Augen und einem blutigen *wakizashi* in der Brust.

Sich ein Herz fassend, nahm David die Aufgabe erneut in Angriff. Vielleicht würde er in Deutschland mehr Erfolg haben als früher von London oder Paris aus. Friedhelm Lauser verfügte über eine beachtliche Anzahl von Informanten, was ihn als »Bruder« für David ja gerade so kostbar machte.

Unter Friedhelms munter sprudelnden Quellen befand sich ein Polizeiwachtmeister namens Wilhelm Krützfeld vom Polizeirevier Nr. 16 am Hackeschen Markt. Krützfeld war ein aufrichtiger Mann, dem Recht und Ordnung alles bedeuteten und die Zustände auf den Berliner Straßen ein Gräuel. Schon der Anblick eines einzelnen braunen SA-Prüglers konnte ihn zur Weißglut bringen. Er war Anfang vierzig, hatte bereits mehr graue als dunkle Haare und besaß außer den Funken sprühenden blauen Augen keine besonderen Merkmale. Sein gutes Herz entdeckte man erst auf den zweiten Blick.

Wilhelm eroberte sich schnell einen Platz in Davids Schattenarchiv, Sektion »Bruderschaft«. Die erste gute Tat des Polizisten war die Empfehlung eines unterbeschäftigten Ermittlers: seit dem Krieg auf dem rechten Auge blind, Ende 1918 mit ein wenig Schummelei trotzdem in den Polizeidienst zurückgekehrt, nach einem Zusammenstoß mit SA-Schlägern um den rechten Unterarm beraubt (»Er hat den braunen Lump einfach nicht kommen sehen«). Jetzt lebte Ferdinand Klotz mehr schlecht als recht von einer kleinen Pension. »Der ideale Schnüffler für dich«, versicherte Wilhelm.

»Einarmig und halb blind – muss ja eine grandiose Spürnase sein«, brummte David.

Der Wachtmeister lachte. »Sein Geruchssinn ist noch ausgezeichnet.«

»Du willst mir deinen ehemaligen Kollegen doch nicht etwa aus Mitleid als Detektiv andrehen, weil er woanders keine Arbeit mehr findet?«

»Gott bewahre, nein!« Wilhelm hob die Finger wie zum Schwur. »Ferdinand ist ein verkanntes Genie. Er war früher bei der Kripo, aber die sind genauso pingelig, was seine kleinen Makel betrifft, wie …«

»Wie ich, willst du wohl sagen. Ich habe ihn ja noch gar nicht abgelehnt. Zeit scheint er offenbar genügend zu haben, dein alter Kollege. Wo kann ich ihn denn treffen?«

»Er wohnt draußen in Britz, in der Hufeisen-Siedlung. Ich schreib dir seine Adresse auf.«

»Hat er denn kein Telefon?«

»Er ist Mitte vierzig, David! Weißt du, wie erbärmlich gering die Pension eines dienstunfähigen Polizisten dieses Alters ist?«

»Warum hat er denn keine Stelle im Innendienst bekommen?«

»Die SA-Schweine haben ihm noch ein paar andere Dinge angetan: eine Niere ist kaputt, zwischen den Beinen …«

»Schon gut, Wilhelm. Ich will's gar nicht so genau wissen. Sei so lieb und vereinbare für mich einen Termin bei deinem Kameraden – das heißt natürlich nur, wenn er nicht zu schwach dazu ist.«

Wohnen im Grünen für den kleinen Mann, schwärmte Ferdinand Klotz, während Rebekka und David auf wackligen Holzklappstühlen im Garten des ehemaligen Polizisten eine Berliner Weiße mit Waldmeisterschuss schlürften. Sie waren von einem mehrstöckigen Wohnblock in Form eines Hufeisens umgeben und blickten auf einen kleinen Weiher, der das Zentrum der grünen Idylle bildete. Die Weiße – eine Art Bier, in das die Berliner Sirup kippten, damit es »ordentlich zischte« – sorgte an diesem 24. Juli für die nötige Abkühlung.

Der halb blinde Ermittler Klotz war anfangs eher skeptisch gewesen, als er von Wilhelms Vorschlag gehört hatte, ihn für eine »ernst zu nehmende Arbeit« einzusetzen. »Eenen Krüppel wie mich! So'n Unfug!«, wiederholte er auch gegenüber dem ausländischen Ehepaar, aber David ließ sich davon nicht beirren. Der einstige Polizist war verbittert darüber, wie übel ihm das Leben mitgespielt hatte, und David spürte das.

Zuerst erzählte er Ferdinand Klotz von seinen Kriegserlebnissen und appellierte damit an das Wir-Gefühl alter Kameraden, was die Atmosphäre etwas entspannte. Und dann berichtete er von Balu Dreibein, der nun in Diensten des vielleicht berühmtesten Inders seit Buddha stehe. In London dagegen sei ein Inder *mit* einem Holzbein weniger wert als ein Stuhl, dem selbiges fehle.

Das leuchtete dem Frühpensionär sofort ein. »Ick fühle mich ooch schon wie een Jude mit diesen Locken am

Kopp – alle gaffen mir an, und nich' jrade nett. Hoffentlich werden diese SA-Hunde bald wieder verboten, sonst sehe ick schwarz.«

»Sie meinen braun«, sagte Rebekka, der die Äußerung über die Juden nicht ganz gefallen hatte.

»Det is' doch det Jleiche. Mir tun de armen Jidischen jetzt schon Leid, wenn Hitler erst ans Ruder kommt.«

Rebekka atmete innerlich auf. »Ich bin nämlich Jüdin, müssen Sie wissen.«

»Herzlichet Beileid, Frau Pratt. Ick jebe Ihnen eenen juten Rat: Wenn die braune Sau aus Österreich in eener Woche die Wahlen jewinnt, dann machen Se schleunichst, dass Se hier wechkommen. Haben Se mich verstanden?«

Rebekka nickte betroffen und blickte Hilfe suchend zu ihrem Mann hinüber.

David rutschte auf dem altersschwachen Gartenstuhl hin und her und zwang sich zu einem Lächeln. »Wir sind britische Staatsbürger und mein Name steht außerdem in der Akkreditierungsliste der Auslandskorrespondenten des Reichsaußenministeriums. Das sollte zu unserem Schutz ausreichen, vorerst jedenfalls. Weswegen ich aber eigentlich zu Ihnen komme, Herr Klotz ...«

»Wilhelm hat da ja schon so wat läuten lassen.«

David nickte, dann begann er sein Anliegen vorzutragen. Wie sich bald herausstellte, verbarg sich hinter Ferdinand Klotz' etwas schwerfälligem Äußeren ein wacher Verstand. Der einstige Polizist war kräftig gebaut, ungefähr eins achtzig groß, hatte dichtes, fast schwarzes Haar, eine flache Stirn, die sich hervorragend zum Einrennen von verschlossenen Türen zu eignen schien, sowie eine breite Knollennase, auf der sich ein Flussdelta von roten Äderchen abzeichnete. Außerdem bewegte er sich wie ein soeben aus dem Winterschlaf erwachter Bär.

Das war die eine Seite. Um den anderen Ferdinand Klotz kennen zu lernen, musste man sich ein wenig mehr Zeit nehmen. Das Fehlen seines rechten Unterarmes schien ihn wenig zu behindern, war er doch Linkshänder. Seine augenfällige Bedächtigkeit entpuppte sich als ein getarntes Lauern, er konnte blitzschnell reagieren, wenn es darauf ankam: Als Klotz versehentlich mit dem Armstumpf eine der leeren Weißeflaschen vom Tisch stieß und diese auf der Steinterrasse zu zerschellen drohte, wollte David – der dieses Missgeschick vorhergesehen hatte – schon rettend eingreifen. Aber das erwies sich als unnötig, denn der alte Polizist war wie selbstverständlich in die Knie gegangen und hatte die Flasche mit der Linken aufgefangen.

Am erstaunlichsten aber war die Kombinationsgabe des einstigen Polizisten. Als David ihm erzählte, was er schon alles unternommen hatte, um Johannes Nogielskys Familie ausfindig zu machen, warf Klotz immer genau im richtigen Moment scharfsinnige Fragen ein. Abgesehen von diesen persönlichen Fähigkeiten verfügte der bemerkenswerte Mann auch noch über hervorragende Kontakte zur Kriminalpolizei in Berlin und in vielen anderen Städten.

Als David und Rebekka sich am Spätnachmittag von Ferdinand Klotz verabschiedeten, fühlte jeder der drei so etwas wie Zuversicht: das Paar, weil Wilhelm Krützfelds Tipp besser hätte gar nicht sein können, und der neue Nogielsky-Ermittler, weil er in seinem Leben endlich wieder eine Aufgabe hatte.

Für die Rückkehr zum Richardplatz benutzten David und Rebekka wie schon auf der Hinfahrt nach Britz die Straßenbahn. Von der Haltestelle in der Bergstraße waren es zu Fuß nur wenige Minuten bis zu ihrer Wohnung.

Schon von weitem sahen sie die Blumenthal-Kinder mit Lieschen Hermann vor dem Haus. Klein Benjamin kauerte am Boden wie ein Frosch vor der Fliege und verfolgte wachsam jede Bewegung der drei Mädchen, die »Himmel und Hölle« spielten.

Alle Fenster des Hauses waren geöffnet, wie damals beim Einzug von David und Rebekka. Die Erwachsenen schauten den Kindern zu, als gebe es im Augenblick nichts Wichtigeres auf der Welt. Selbst die Joleite war da, das Gesicht in tiefer Nachdenklichkeit erstarrt – vermutlich grübelte sie darüber nach, gegen welchen Paragraphen der Hausordnung das Treiben der lärmenden Gören verstieß.

Rebekka war an der Haustür stehen geblieben – David hielt ihre Hand –, als gerade Benni mit dem stibitzten Spielstein der Mädchen angelaufen kam. Die wiederum forderten die Herausgabe desselben und Rebekka musste sich als Unterhändlerin einschalten. Nach Stellung eines hinreichend bemessenen Lösegeldes (eine große Schüssel Grießbrei mit Karamellsplittern und Blaubeeren) rückte Benni endlich den Kiesel heraus.

In diesem Moment schlenderte Mia Kramer aus Richtung Bergstraße herbei. Das Gesicht der Witwe strahlte regelrecht vor Glück, was Rebekka zu der Frage veranlasste, welch frohem Anlass Mia denn ihre gute Laune verdanke.

»Du hast mir doch immer wieder in den Ohren gelegen, ich soll die Bilder von meinem Edgar ausstellen lassen. Und weißt du, was ich heute gemacht habe?«

»Nein!«, jubilierte Rebekka und schlug die Hände vor der Brust zusammen.

»Doch!«, antwortete Mia eifrig nickend.

David kam sich wie eines jener stummen Stuckgesichter vor, die den Hauseingang zierten und auch nie etwas verstanden.

»Aber doch nicht in …?«, fragte Rebekka und runzelte geringschätzig die Stirn.

»Nein, nein«, beeilte sich Mia zu versichern.

Nun riss David doch der Geduldsfaden. »Könnte mir vielleicht einer mal sagen, was hier Sache ist? Ich verstehe nämlich nur Bahnhof.«

»Mia will endlich ihre Bilder ausstellen«, erklärte Rebekka, ohne ihren Mann überhaupt richtig anzusehen. »Aber nicht in einer Galerie. Verkaufen will sie die Gemälde ja nicht.«

»Sie sind der Schorf, der nach Edgars Tod mein Herz vor dem Verbluten gerettet hat«, fügte Mia ernst hinzu. »Sie mir wegzunehmen hieße die alte Wunde wieder aufzureißen. Die Bilder sind mein Leben.«

David nickte verständnisvoll.

»Und wer wird sie nun ausstellen?«, fragte Rebekka ungeduldig.

»Ich komme gerade von der Preußischen Akademie der Künste.«

»Heute? Am Sonntag?«

»Die Chance, der Öffentlichkeit endlich wieder Bilder von Edgar Kramer zeigen zu können, war den Herren vom Komitee dieses Opfer wert. Und weißt du, wen ich noch in der Akademie gesehen habe?«

»Nein.«

»Den *Mann!*«

»Ist nicht wahr!«, quietschte Rebekka.

David runzelte die Stirn. Die beiden Frauen gebärdeten

sich wie zwei Schulmädchen, die gerade Douglas Fairbanks jr. in natura erblickt hatten. »Gibt's denn in der Akademie sonst nur Frauen?«

Rebekka und Mia warfen ihm missbilligende Blicke zu.

»Selbstverständlich spricht sie von *Heinrich* Mann«, erwiderte Bekka etwas von oben herab.

Mia nickte. »Dem Bruder von Thomas, der 1929 den Literatur-Nobelpreis gewonnen hat«, präzisierte sie die Mann'schen Familienverhältnisse.

»Das habe ich mir fast gedacht«, antwortete David kleinlaut. Und wie zum Beweis, dass er nicht völlig unbelesen war, fügte er trotzig hinzu: »Immerhin weiß ich, dass Erich Maria Remarque eigentlich Erich Paul heißt und sein Familienname rückwärts gelesen Kramer bedeutet ... War dein Mann eigentlich mit Erich Maria verwandt, Mia?«

Die beiden Frauen blickten David einen Moment lang etwas geringschätzig an, dann wandten sie sich wieder einander zu.

»Und? Was ist bei dem Gespräch herausgekommen?«, fragte Rebekka ihre Freundin.

»Sie wollen die Bilder ausstellen. Im Oktober und November. Ist das nicht großartig?«

Die beiden Frauen fielen sich in die Arme und fingen an zu weinen. David blickte zu Benni hinunter, der wiederum fragend zu ihm hochschaute.

»Wie wär's«, fragte der Große den Kleinen, »wollen wir schon mal reingehen und den Zucker für den Pudding in die Pfanne werfen?«

Bennis dunkle Augen begannen zu strahlen und er nickte, dass seine schwarzen Locken nur so flogen.

Benni lief gerade mit einer Schale »verzaubertem« Grieß zum Esstisch, als Rebekka ins Zimmer gestürzt kam.

»Weißt du, was Mia mir angeboten hat?«

»Du sollst zur Eröffnung der Ausstellung Bach spielen.«

»Falsch. Sie leiht mir ihr Klavier.«

»Aber das tut sie doch schon seit zwei Jahren.«

»Nein, ich bekomme es *hierher* – in unsere Wohnung.«

David musste lächeln. Eben noch hatte er sich in Gesellschaft der beiden Freundinnen wie das sprichwörtlich fünfte Rad am Wagen gefühlt, aber jetzt bewunderte er Rebekka schon wieder für ihr Einfühlungsvermögen und ihre Anteilnahme am Leben der Witwe. Er stand vom Tisch auf und nahm sie in die Arme. Benni aß weiter – an das Geturtel der beiden hatte er sich längst gewöhnt.

»Ich bin wirklich stolz auf dich«, verkündete David mit großem Nachdruck.

Rebekkas Augenbrauen zogen sich zusammen. »Weil ich Mia das Klavier abgeluchst habe?«

»Unsinn. Weil du ihr aus ihrem tiefen dunklen Loch herausgeholfen hast. Heute kam sie mir fast ausgelassen vor. Das ist ganz allein dein Verdienst, mein Schatz.«

»Ich habe nur auf mein Herz gehört.«

»Und ich wünschte, mehr Menschen täten das.« David küsste sie auf den Mund. Benni schielte von seiner Schüssel hoch, aß aber weiter.

Genau eine Woche später gingen die Deutschen zur Wahlurne und machten Hitlers NSDAP zur stärksten politischen Kraft. Die untereinander rivalisierenden Parteien hatten sich im Vorfeld des Wahlsonntags erbitterte Gefechte geliefert, und zwar in des Wortes ureigenstem

Sinne. Den ganzen Juli hindurch gab es immer wieder blutige Zusammenstöße zwischen den Kampfeinheiten von SPD, KPD und NSDAP. Am 17. des Monats schossen in Hamburg Kommunisten mit Feuerwaffen auf einen NSDAP-Demonstrationszug. Der »Altonaer Blutsonntag« forderte achtzehn Menschenleben.

David versuchte über Papens Redenschreiber, Edgar Jung, Einfluss auf den noch amtierenden Reichskanzler zu nehmen. Sosehr ihm auch daran gelegen war, diesen möglichen Logenbruder Belials unschädlich zu machen, wollte er doch zunächst den Tod weiterer Unschuldiger verhindern. Und endlich sollten die monatelangen Bemühungen Früchte tragen.

Franz von Papen reagierte überraschend positiv auf Jungs Argumente und erließ eine weitere Notverordnung, die ein schnelleres und härteres Vorgehen der Gerichte gegen radikale Elemente ermöglichte. Hitler wurde währenddessen von Hindenburg abgeblockt.

David atmete auf. Zwar hatte der Reichspräsident seinen Protegé Franz von Papen erneut mit der Regierungsbildung beauftragt, aber die Gesinnungskoalition zwischen Papen und der NSDAP war zerbrochen. Wenn jetzt noch – mit sanfter Nachhilfe – der vom Zentrum bereits verstoßene Politiker auch bei Hindenburg und Schleicher in Ungnade fiel, dann würde Papen sich vielleicht in sein Schneckenhaus zurückziehen, wie Kelippoth es in den Vereinigten Staaten getan hatte.

Es ging also voran. Als am 2. September auch endlich das lang ersehnte Treffen mit Kurt von Schleicher zustande kam, sprühte der Wahrheitsfinder geradezu vor Elan. Und diesmal, wenn auch zögerlich, öffnete sich der Reichswehrminister Davids schlüssiger Beweisführung.

Nach anderthalb Stunden zähen Ringens meinte Schleicher endlich: »Ihre Fragen haben mir, glaube ich, die Augen geöffnet, Mr Pratt. Ich möchte Ihnen dafür danken. Zwar kann ich Ihnen auch noch nicht sagen, wie wir den Karren endlich aus dem Dreck bekommen, aber mit Papen und Hitler sicher nicht. Ich werde alles tun, was in meiner Macht steht, um das zu verhindern. Allerdings …« Der General zögerte.

David wagte einen kühnen Einwurf. »Papen hat Sie in der Hand.«

Schleicher sah ihn verblüfft an. »Wie kommen Sie darauf …?«

»Das weiß ich schon lange.« *Jedenfalls habe ich es vermutet.* »Ich glaube, ich kann Sie vor Franz von Papen schützen.«

»Danke, aber im Moment bin ich dazu noch ganz gut selbst in der Lage.«

»Weil Sie etwas besitzen, das Papen unbedingt haben möchte, nicht wahr?«

Die Überraschung auf Schleichers kantigem Gesicht schien sich noch zu vertiefen. »Sie sind ein außergewöhnlicher Mann, Mr Pratt.«

David lächelte. *Er hat die Glaskugel noch!* »Darf ich Sie demnächst einmal besuchen und den gewissen Gegenstand genauer in Augenschein nehmen?«

Schleicher wich seinem Blick aus. »Vielleicht. Ich werde Schildmann Anweisung geben, Sie bevorzugt zu behandeln. Aber im Moment muss ich erst mit mir selbst ins Reine kommen. Lassen Sie uns ein andermal darüber sprechen.«

Davids neuer Verbündeter leistete im Verborgenen ganze

Arbeit. Nicht ohne bitteren Beigeschmack erwies sich für ihn jedoch die Schützenhilfe ausgerechnet vonseiten der Nationalsozialisten. Der erste Auftritt des Reichskanzlers Franz von Papen vor dem neuen Reichstag endete am 12. September nämlich mit einer Niederlage, weil Reichstagspräsident Hermann Göring ihn auf heimtückische Weise ausmanövrierte. Zwar wurde dadurch Papens politische Demontage eingeläutet, aber die NSDAP ging aus der Debatte gestärkt hervor. Ohne Rückhalt im Parlament ließ Papen notgedrungen zum 6. November wieder Neuwahlen ausschreiben.

Die Zeit bis dahin war äußerst knapp, um hinter den Kulissen eine positive Wende herbeizuführen, also Franz von Papen auszuschalten und Hitler zu schwächen. Obwohl Hindenburg für den *Time*-Reporter nicht mehr zu sprechen war, ließ sich David dadurch nicht entmutigen. Er setzte seine Gaben ein, nutzte sämtliche Kontakte, arrangierte Gespräche mit Abgeordneten und anderen einflussreichen Persönlichkeiten, erkämpfte sich Stück für Stück das Vertrauen von Schleicher, bis dieser endlich eine Einladung aussprach, an die David schon nicht mehr geglaubt hatte.

»Was halten Sie davon, wenn wir uns übermorgen nach Einbruch der Dunkelheit in meinem Babelsberger Domizil treffen, Mr Pratt?«

Das Angebot des Reichswehrministers rettete David vor einer Verzweiflungstat. Er war drauf und dran gewesen, in Kurt von Schleichers Villa einzubrechen, um Jasons Träne zu »entführen«. Jetzt also durfte er dieses betagte Anwesen höchst offiziell erkunden.

Es täte ihm Leid, David nicht mit seiner Gattin bekannt machen zu können, die derzeit auf Rügen kure, erklärte Schleicher, während ein Bediensteter in der Diele Davids Jacke zu ergattern suchte. Dann erbot sich der stolze Hausherr zu einer kleinen Führung durch sein »bescheidenes Refugium«, was David, wie man sich denken kann, erfreut begrüßte.

Die hundertjährige Villa war zwar voll gestopft mit Antiquitäten, aber in den einzelnen Räumen herrschte ein geschmackloses Durcheinander. Irgendwie passte dieses Haus mit seinen alten Holzdielen, die bei jedem Schritt knarzten wie die Planken eines sturmgebeutelten Segelschiffes, aber ganz gut zum etwas angestaubten Wesen des fast kahlköpfigen Generalmajors. Da gab es Unmengen alter Kommoden, Tischchen, Schränke und Stühle aus den verschiedensten Hölzern, außerdem dicke Teppiche, opulente Ölgemälde und Nippes aus aller Herren Länder – alles in bester Disharmonie vereint.

Nach dem Rundgang wurde David in einen ledernen Ohrensessel komplimentiert. Er schlug lächelnd eine Zigarre aus, willigte aber in einen Cognac ein. »Ich muss Ihnen noch einmal danken, Herr Minister, mir die Ehre dieser Einladung gegeben zu haben«, begann er, sich innerlich für sein Vorhaben wappnend.

»Es ist eine Sache des Vertrauens, Mr Pratt. Bei Ihnen habe ich das Gefühl nicht belogen zu werden. Nur deshalb bin ich endlich auf Ihr zähes Werben eingegangen.«

»Und ich dachte schon, Sie würden nie wieder mit mir sprechen wollen.«

Schleicher lächelte etwas unbeholfen. »Sie müssen schon entschuldigen, dass ich Sie so lange hingehalten habe, aber ich musste mir erst über einige Dinge klar werden.«

Die Worte des Reichswehrministers waren ein Angebot, gleichsam eine versöhnlich ausgestreckte Hand, und David ergriff sie ohne Zögern. Einfühlsam fragte er Schleicher nach dem Grund seiner jetztigen Aufgeschlossenheit und erfuhr nun offen, wie sehr dieser Mann den neuen Kanzler fürchtete. Nein, es bestehe keine Männerfreundschaft zwischen ihm und Papen, nicht einmal ein echtes Zweckbündnis. Den Posten des Reichswehrministers habe er, Schleicher, nur bekommen, weil Papen ihn noch für nützlich halte, aber das könne sich jederzeit ändern.

»Weiß der Reichskanzler, dass Sie im Besitz der Glaskugel sind?«

»Ich habe da ein Gerücht in die Welt gesetzt, zu meinem eigenen Schutz, aber …« Schleicher sah David erschrocken an. »Wer hat Ihnen gesagt …?«

»Beruhigen Sie sich, Herr Minister. Ich selbst halte Papen auch für äußerst gefährlich und will Ihnen helfen. Dann befindet sich die gläserne Kugel also noch hier in Ihrem Haus?«

Zögernd bejahte Schleicher die Frage.

»Wie sind Sie überhaupt darauf gekommen, dass dieser Gegenstand für Papen irgendeinen Wert haben könnte?«

»Jemand hat es mir gesagt.«

David blickte einige Sekunden lang nachdenklich in Schleichers Augen, dann nickte er. »Wie kommt László Horthy eigentlich dazu, ausgerechnet Ihnen davon zu erzählen?«

Schleicher zuckte bei dem Namen sichtbar zusammen. »Können Sie Gedanken lesen?«

»Nicht direkt, aber fast.« David ließ die Wahrheit wie einen Scherz klingen. »Lassen Sie mich erklären, wie ich mir das Ganze vorstelle: Sie kaufen von Horthy regelmäßig Antiquitäten …«

»Aber keine gestohlenen!«, beteuerte Schleicher schnell. »Ich bediene mich nur seines Sachverstands und seiner hervorragenden Kontakte.«

»Selbstverständlich«, sagte David, ohne seine Zweifel zu diesem Punkt weiter zu vertiefen. »Eines Tages erzählt Ihnen unser ungarischer Altertumsforscher, er habe von Papen eine fürstliche Entlohnung versprochen bekommen, wenn er für ihn einen bestimmten Gegenstand findet: Die Rosettenschablone aus Babylon, die Glaskugel oder wie immer er das Ding genannt haben mag. Bei einem Ihrer regelmäßigen Telefonate oder Treffen berichtet Horthy Ihnen davon – möglicherweise weiß er ja sogar von der Verbindung zwischen Papen und Ihnen. Liege ich so weit richtig, Herr Minister?«

»Ich habe in dieser Angelegenheit nichts Ungesetzliches getan!«

»Natürlich nicht.«

»Aber sonst, ich muss schon sagen – Sie verblüffen mich, Mr Pratt.«

»Danke. Nun zum Finale: Sie wissen, der Besitz der Kugel könnte Sie vor Papen schützen – oh, sein Bestechungsgeschenk für Horthy muss wirklich atemberaubend gewesen sein! – und deshalb machen Sie Horthy ein noch größeres Angebot. Um der alten Freundschaft willen und um einen Stammkunden nicht zu verprellen, verkauft der Ihnen die Kugel und hält Papen hin, macht ihm gegenüber vielleicht sogar vage Andeutungen, die ihn davon zurückhalten, in Bezug auf Ihre Person etwas Unüberlegtes zu tun. Habe ich etwas Wichtiges übersehen?«

»Ich will sie ja gar nicht für mich behalten. Meinetwegen kann das Museum sie sogar zurückbekommen, wenn ich erst diesen Papen vom Halse habe. Es ist mir zwar schleierhaft, warum der Reichskanzler so versessen auf diese Kugel ist, wie Horthy mir versichert hat, aber das spielt für mich auch keine Rolle. Glauben Sie mir, Papen ist ein gefährlicher Mann, aber er kann mir nichts anhaben, solange er fürchten muss, dadurch das Objekt seiner Begierde zu verlieren.«

»Werden Sie von ihm erpresst?«

Schleicher wich Davids Blick aus.

»Vielleicht kann ich Ihnen helfen, wenn Sie es mir verraten.«

Der Reichswehrminister atmete tief durch. Da gebe es so eine Sache, erzählte er mit leiser Stimme, schon lange her. Im Großen Krieg habe er sich etwas zuschulden kommen lassen und dieser vermaledeite Kavallerieoffizier Papen wisse davon. Wenn die Angelegenheit an die Öffentlichkeit käme, könne er sich gleich eine Kugel durch den Kopf schießen, sagte Schleicher.

»Wenn Papen der Mann ist, für den ich ihn halte, dann könnte er eines Tages auf den Einfall kommen, Ihnen genau das abzunehmen«, brummte David.

Schleicher wurde zwar kalkweiß, aber die Möglichkeit eines derartigen Mordanschlages schien ihn nicht wirklich zu überraschen. Weil er sich die eigenen Jugendsünden betreffend weiter bedeckt hielt, wechselte David das Thema.

»Wo befindet sich der Schablonenstein jetzt?«

Neues Leben kehrte in Schleichers Augen zurück. Ein wissendes Lächeln umspielte seine Lippen. »Irgendwo zwischen dem Nord- und Südpol dieses Hauses.«

»Den Längen- und Breitengrad können Sie mir nicht zufällig verraten?«

»Sagen wir, der Glasklumpen hält sich gerade irgendwo

im schönen Kanada auf. Das muss Ihnen vorerst genügen, Mr Pratt.«

In Kanada ist es kalt – und in einem riesigen Gerümpelkeller, wie ihn diese Villa haben muss, gewiss ebenso. David seufzte. »Versprechen Sie mir, gut auf die Glaskugel Acht zu geben. Noch fehlt mir sozusagen die Gebrauchsanweisung zu diesem Gegenstand, aber wenn ich sie habe, können wir uns möglicherweise nicht nur Papen, sondern auch noch eine Menge anderer lästiger Zeitgenossen vom Halse schaffen.«

»Mit einer Glaskugel? Sie scherzen wohl!«

»Haben Sie das gute Stück noch nie unter einer Lampe betrachtet?«

Schleicher sah David prüfend an, dann nickte er langsam. »Wirklich erstaunlich, was Sie alles wissen, Mr Pratt! Ja, ich habe diese merkwürdigen Gesichter gesehen.«

David erstarrte. »*Gesichter?* Wie meinen Sie das?«

Schleicher machte eine wegwerfende Geste. »Nur eine Spiegelung, eine winzige Fata Morgana sozusagen. Wenn von oben Licht in die Kugel fällt, entstehen um sie herum eiförmige Flecken, von denen einige wie verschwommene Menschengesichter aussehen.«

Die »Neue Welt«

Selbst Davids ungewöhnliche Überzeugungskraft konnte Kurt von Schleicher nicht dazu bewegen, ihm auch nur einen einzigen Blick auf die geheimnisvolle Glaskugel zu gewähren. Nach ihrer Restaurierung im Pergamonmuseum schienen die Spiegelungen deutlicher geworden zu sein. Gesichter. Etwa die einer längst vergangenen Bruderschaft? Wenn das stimmte, konnte Jasons Träne vielleicht auch die lebenden Logenbrüder zeigen. Vorausgesetzt man wusste, wie ihr diese zu entlocken waren.

Schleichers Hinhaltetaktik erschien David äußerst gefährlich. Nachdem Hitlers Nationalsozialistische Deutsche Arbeiterpartei dann aber bei den Novemberwahlen eine empfindliche Schlappe erlitt, verzichtete er zunächst darauf, verstärkten Druck auf den Reichswehrminister auszuüben. Zwar behauptete sich die NSDAP als stärkste Partei im Reichstag, aber vielleicht begann sich hier ja bereits ein Niedergang abzuzeichnen, der sich noch forcieren ließ, wenn David seine unermüdliche Arbeit als Wahrheitsfinder fortsetzte.

»Jetzt sind er und sein ›Kabinett der Barone‹ reif«, sagte David zu Schleicher, als er Mitte November den Zeitpunkt für gekommen sah »Papen abzupflücken«. Anders als Hindenburg, lehnten ihn alle Parteien einmütig ab. Kurt von Schleicher schüttelte die Frucht nun vom Baum. Er wurde beim Reichskanzler vorstellig und empfahl ihm wärmstens, einer Entlassung durch die eigene Demission zuvorzukommen. Zähneknirschend fügte sich Papen in das Unvermeidliche und reichte am 17. November beim Reichspräsidenten seinen Rücktritt ein.

Endlich hatte David seinen Gegner ausmanövriert, doch was würde als Nächstes geschehen?

Am Richardplatz 4, wie überall im Land, wünschten die Menschen nichts sehnlicher herbei als eine Wende. Ein Drittel der Deutschen erhoffte sich diesen Umschwung allerdings aus der braunen Ecke, ganz weit rechts in der politischen Landschaft. Die Joleite hatte im *Völkischen Beobachter* gelesen, dass am Ende sowieso die NSDAP gewinnen werde. Keiner hörte ihr länger als unbedingt nötig zu, nur David zitierte seufzend ein chinesisches Sprichwort: »Ein leerer Sinn ist für alle Anregungen offen.«

In den Tagen, als Hitler sich mit Hindenburg um eine Beteiligung an der Regierung stritt, steckte ein unbekannter Bote bei den Pratts einen Zettel unter der Tür durch. Die Nachricht war kurz:

Muss dich Dienstag dringend am Seecafé sprechen. E. J.

Der Tiergarten im Herzen Berlins war die bevorzugte Rennstrecke der Kindermädchen und ihrer rasanten Windelkutschen. Selbst jetzt, in der Weltwirtschaftskrise, gab es noch genügend betuchte Bürger, die sich diese spezielle Gattung von Bediensteten leisten konnten, Personal, das sein Leben voll und ganz dem hochherrschaftlichen Nachwuchs widmete, insbesondere dem Füttern und Reinigen desselben. Im Tierpark trafen sich die Kindermädchen regelmäßig zum Erfahrungsaustausch. David und Edgar Jung taten das Gleiche, nur ohne Windelkutsche.

»Unser geschasster Reichskanzler will sich nicht geschlagen geben«, berichtete Edgar mit dampfendem Atem, während sie den Enten im kalten Wasser zusahen. Die Terrasse des Seecafés war leer geräumt, das Ausflugslokal geschlossen. Aus der Ferne wehten die heiseren Schreie der Krähen herüber.

»Papen?«, entgegnete David, obwohl er genau wusste, von wem Edgar sprach.

»Er brütet vor sich hin. Irgendetwas heckt er aus. Aber er will sich mir nicht anvertrauen.«

David war angespannt. Ihn fröstelte. »Aber es muss

doch irgendwelche Anhaltspunkte geben, Edgar. Denk nach! Es ist wichtig.«

Eine Weile lang verfolgten sie mit den Augen ein Pärchen, das im Kielwasser eines ausladenden Kinderwagens ganz nahe vorüberzog. Das Kind brüllte, die junge Frau lachte und der SA-Mann übte sich im Versprühen von Charme. Selbst hier war man vor den Braunhemden von Hitlers Sturmabteilung nicht mehr sicher.

Unwillkürlich senkte Edgar bei seiner Antwort die Stimme. »Als ich Papen neulich besuchte, hörte ich ihn mit einem Sekthändler telefonieren, einem gewissen Herrn Ribbentrop.«

David horchte auf. »Joachim von Ribbentrop ist ein einflussreicher NSDAP-Funktionär. Was hast du mitbekommen?«

»Zuerst ging es tatsächlich um Schaumwein, aber dann fielen Namen, die mich stutzen ließen: Wilhelm Frick, Hermann Göring, Otto Meißner, Oberst Oskar von Hindenburg …«

»Der Sohn des Reichspräsidenten?« David pfiff leise durch die Zähne. »Ein Industrieller, Hitlers Berlin-Beauftragter, Hindenburgs Staatssekretär und auch noch der Filius – riecht nach einer ziemlich dicken Verschwörung. Worüber wurde sonst noch gesprochen?«

»Keine Ahnung. Papen hat plötzlich die Tür zu seinem Arbeitszimmer geschlossen und ich konnte nichts mehr hören.«

»Hat er dich bemerkt?«

»Ich glaube nicht.«

»Sei bitte vorsichtig, Edgar! Dieser Mann ist gefährlich. Aber bleib an der Sache dran, und sobald du etwas erfährst, unterrichtest du mich.« Und dem davonziehenden SA-Herzensbrecher nachblickend fügte David hinzu: »Wir müssen herausfinden, was Papen plant. Ich traue ihm nicht über den Weg.«

Weil Hitler sich von Hindenburg nicht durch eine Präsidialregierung gängeln lassen wollte, machte der Generalfeldmarschall am 3. Dezember Kurt von Schleicher zum Reichskanzler, dem dritten innerhalb weniger Monate. David wurde von dieser Entwicklung völlig überrascht. Franz von Papen und Adolf Hitler waren zwar angeschlagen, aber verletzte Raubtiere sind ja bekanntlich die gefährlichsten. Er musste alles daransetzen, diese Gegner nun endgültig aus dem Feld zu räumen.

Schleicher erhoffte sich die hierzu notwendige Stärkung seiner Position, indem er einen außenpolitischen Erfolg anstrebte. Kaum im Amt, verabschiedete er sich daher zu einer Fünfmächtekonferenz nach Genf, wo er Deutschlands Ansehen aufpolieren wollte. David wünschte ihm Glück, obwohl der Zeitpunkt der Reise ihm nicht behagte. Konnte man Papen und Hitler wirklich allein lassen? Er würde mit Argusaugen über jeden ihrer Schritte wachen.

Der Besuch einer Propagandaveranstaltung der Nationalsozialisten schien David für diesen Zweck geradezu wie geschaffen. Sie hatten verlorenen Boden gutzumachen. Deshalb wollte die ganze Parteispitze kurz vor Weihnachten bei einer Versammlung in der *Neuen Welt* auftreten.

Rebekka war wenig erbaut darüber, David inmitten einer Schar von SA-Schlägern zu wissen, und auch die Versicherung half da wenig, die NSDAP bestehe ja nicht allein aus der Sturmabteilung. David musste ihr versprechen, keinem einzigen SA-Mann die Uniform rot zu färben.

Es war der 18. Dezember 1932, ein Sonntag. Die Veranstaltung begann um drei. Obwohl es geschneit hatte und empfindlich kalt war, wollte Rebekka ihren Mann bis vor die Pforten der *Neuen Welt* begleiten. Benni klebte an ihrer einen Hand, die andere hielt die Schnur eines Schlittens. Der Kleine war schon ganz wild darauf, David endlich loszuwerden, um mit »Tante Bekka« zur Rixdorfer Höhe weiterzuziehen, einem Hügel im angrenzenden Volkspark Hasenheide. Dort sollte David die beiden auch wieder aufgabeln.

»Seht zu, dass ihr beim Rodeln möglichst wenige Leute über den Haufen fahrt«, ermahnte David die beiden Wintersportler.

»Pass du lieber auf, dass dich die Braunhemden nicht in die Mangel nehmen«, erwiderte Rebekka und verabschiedete sich mit einem Kuss.

David blickte den beiden noch einen Moment nach. Sie gaben ein wirklich schönes Bild ab. Jeder Außenstehende musste sie für Mutter und Kind halten. Als sie nach links in einen Parkweg einbogen, wandte er sich wieder seinem eigenen Vorhaben zu.

Eigentlich wollte er nur einmal den Schnauzbart erleben, der so viele Menschen in seinen Bann schlug. Zwar hatte er Hitler schon in mehreren Wochenschauen gesehen – jenen kurzen Informationsfilmchen, die er sich hin und wieder mit Rebekka anzuschauen pflegte –, aber das dunkelhaarige Männchen, das da mit durchgedrücktem Rücken über die Leinwand stolzierte und in seltsam abgehackter Sprache seine Parolen über das Volk verstreute wie ein Karnevalsprinz die Kamellen, war ihm dennoch ein Rätsel. Hitlers Parteigenossen nannten ihn respektvoll »Führer«, übrigens genauso wie Mussolini, der sich ja als *Duce* vergöttern ließ. Konnte so ein Mann wirklich ein ganzes Land an der Nase herumführen?

Einige Meter vor dem Eingang zur *Neuen Welt* blieb David unschlüssig stehen. Er hatte mit Rebekka in dieser Halle einmal eine Ausstellung besucht. Auch Frühjahrsbälle wurden hier veranstaltet, es gab Vorträge über schonende Körperentschlackung, legendäre Bockbierfeste und eben auch Wahlveranstaltungen. Unmittelbar neben dem Festsaal wurde Sportliches groß geschrieben: Reiten auf Karussellpferden, Fahren auf einer Berg- und Talbahn und Kahnrutschen auf einer (nur in der warmen Jahreszeit) bewässerten schiefen Ebene. Zur Bekämpfung des anschließenden Hungers wurden halbe Ochsen am Spieß gebraten. Regelmäßig schrieben Plakate die kuriosesten Wettbewerbe aus. Prämiert wurden etwa die dicksten Zöpfe, die längsten Nasen – und, wie an diesem Sonntag, der untypischste Herrenmensch.

Von der Joleite hatte David bereits erfahren, wie die Nationalsozialisten sich den Norm-Arier vorstellten, nämlich als großen, starken, blonden, blauäugigen Germanen, natürlich allen Menschen anderer »Rasse« überlegen. Seltsam nur, dass weder Hitler noch Goebbels, weder Göring noch Röhm diesem Idealbild entsprachen.

Während David all dies durch den Kopf ging, beobachtete er eine Reihe von Delegierten, die sich am Eingang der *Neuen Welt* gegenüber wichtig dreinblickenden SA-Ordnern auswiesen. Nicht die Erstürmung, sondern der Schutz von Sälen vor einer selbigen war die offizielle Aufgabe von Hitlers Sturmabteilung. Mit Bestürzung musste David feststellen, dass er weder über eine Einladung noch eine Kennkarte, oder was auch immer die Veranstaltungsteilnehmer den Braunhemden unter die Nase hielten, verfügte. Sollte er diese Schnapsidee einfach vergessen und lieber mit Rebekka und Benni die Rixdorfer Höhe hinunterrutschen? Aber vielleicht gab es doch eine Möglichkeit, in den Saal hineinzukommen. David hatte da so eine Idee.

Er wartete geduldig, bis eine Gruppe von fünf oder sechs Delegierten vor den Türwächtern erschien. Der erste zeigte seinen Ausweis, der zweite, dritte, vierte … David sah, wie der vorletzte Parteigenosse seine soeben kontrollierte Karte wieder in die Manteltasche zurückschob. Er konzentrierte sich auf das Papier, entriss es gewissermaßen der Vorwärtsbewegung des in den Saal eilenden Mannes, indem er die Zeit für die Karte einfach etwas langsamer vergehen ließ. Der Ausweis rutschte aus der Tasche heraus und …

»Ich Tölpel! Jetzt ist sie nass geworden«, schimpfte David mit sich selbst. Er war vor dem misstrauischen SA-Mann in die Hocke gegangen und hob eine vom Schneematsch beschmutzte Einladung auf. Demonstrativ wedelte er damit vor den Augen des Ordners. »Ich glaube, sauber wird sie nicht mehr«, sagte er entschuldigend.

»Schon gut«, brummte der Türhüter grimmig. »Halten Sie hier nicht den ganzen Verkehr auf und gehen Sie endlich rein.«

David hatte die erste Hürde genommen, der Rest schien vergleichsweise einfach. Der große Hauptsaal der *Neuen Welt* war mit langen Tischen voll gestellt, an denen es noch ausreichend freie Plätze gab. Etliche der Delegierten hatten Bierkrüge vor sich stehen. Das Ganze erinnerte mehr an die sonst hier abgehaltenen Bockbierfeste als an eine Propagandaveranstaltung. Anscheinend hatte es die NSDAP dringend nötig, die Stimmung ihrer Genossen zu heben.

David erkundete den Saal, hinreichend unverdächtig,

wie er meinte: schlendernd, die Hände in den Hosentaschen, diesem und jenem zunickend, als würde man sich schon seit langem kennen. Seine Ruhe war allerdings nur gespielt, in Wirklichkeit fühlte er sich wie ein einsames Gnu inmitten einer Horde von hungrigen braunen Hyänen.

Nach einer Weile suchte er sich wegen seiner weichen Knie einen freien Platz im hinteren Drittel des Saales. Hier ließ er sich von einem kräftig gebauten, bezopften Mädchen einen Bierkrug bringen und harrte der Dinge, die da kommen sollten. Der Saal füllte sich zusehends, doch die beiden langen Tische, beiderseits eines Rednerpults auf der Bühne aufgestellt, waren noch verwaist. Die Hauptakteure dieses Spektakels ließen sich Zeit, planten vermutlich einen großen Auftritt in einem überfüllten, vor Spannung knisternden Saal.

Dann – als die Besetzung der leeren Plätze nun wirklich nicht mehr zu erwarten war – betraten die Gladiatoren endlich die Arena. Sie waren alle gekommen. Wie auf dem Plakat angekündigt. Göring, Röhm, Hess, Goebbels. Und Hitler.

Während der Saal minutenlang tobte, unternahm die Herrenriege auf der Bühne eher halbherzige Versuche den Beifall einzudämmen. Erst als die Kondition der Jubilierer nachließ, begannen die üblichen Ansprachen. Schon nach kurzer Zeit war klar, dass es hier nicht darum ging, politische Positionen darzulegen, Zweck der ganzen Übung war vielmehr die Einstimmung, ja geradezu das Einpeitschen der Gefolgschaft auf eine bevorstehende große Schlacht. Bald schon fühlte sich David zutiefst unwohl inmitten dieser brodelnden Masse, deren Begeisterung sich ihm nicht erschließen wollte – was zweifellos früher oder später auffallen würde. Als dann Ernst Julius Röhm an das Pult trat, kam sich der stille Beobachter unweigerlich in die Zeiten des Großen Krieges zurückversetzt vor, wurde an Kommandeure erinnert, die ihren Untergebenen »wahres« Heldentum nahe brachten.

Röhm war ein NSDAP-Mann der ersten Stunde, hatte für die Beteiligung am Münchener Hitler-Putsch im Gefängnis gesessen, die SA aufgebaut, sich später mit seinem »Führer« überworfen und einige Jahre als Militärberater in Bolivien zugebracht. Dann hatte sich Hitler wieder der Qualitäten des verlorenen Sohnes entsonnen und ihn heim ins Reich gerufen. Seit 1931 stand Röhm der SA als Stabschef vor und hatte den Schlägertrupp seitdem zu einer stattlichen Stärke von mehreren hunderttausend Mann hochgepäppelt.

Alles, was Röhm ins Mikrofon schrie, klang irgendwie nach Befehl. Aber er fasste sich erfreulich kurz. Seine Truppe hatte ihn gesehen, gehört. Jetzt war es Zeit für den »Führer«.

Adolf Hitler trat mit jener Bedächtigkeit ans Pult, wie sie gewöhnlich Reckturner an den Tag legen, bevor sie sich plötzlich und kraftvoll auf ihr Gerät schwingen. Der eher schmächtige NSDAP-Führer begann leise und steigerte sich im Laufe seiner Ausführungen zu immer größerer Lautstärke. In seinem Hals musste sich ein Überdruckventil befinden, das die stark komprimierten Sätze aus dem Hirn immer nur in Schüben von drei bis sechs Worten entweichen ließ. Eher selten kam auch einmal ein längerer Schwall von Parolen.

David war zu der Veranstaltung gegangen, weil er einen vagen Verdacht hegte. Was, wenn nicht der entthronte Reichskanzler, sondern Hitler selbst der gesuchte Logenbruder Belials wäre? So unwahrscheinlich dieser Gedanke David auch erschien, wollte er zumindest die Probe aufs Exempel machen. Er beabsichtigte die gleiche Methode einzusetzen, die schon Toyama entlarvt hatte: die *bedingte* Farbgebung.

Wenn du ein Mitglied des Kreises der Dämmerung bist, sprach David in Gedanken zu Hitler, *dann soll dein Schnauzbart augenblicklich* weiß *werden*.

Gespannt blickte er auf die Lippen des NSDAP-Führers. Gerade spritzten ein paar leisere Töne aus seinem Mund. Hitler zeigte sich überrascht davon, zu welch ruhmreicher Größe die Partei seit seinem letzten Besuch in dieser Halle aufgestiegen sei. Der Name des Saals, so schwor er, solle ihm Programm sein. Eine »Neue Welt« werde er schaffen …

Der Bart veränderte sich nicht. Während Hitler kein Wort über die letzten Wahlniederlagen verlor und stattdessen nur die Notwendigkeit eines starken Deutschlands unter (s)einer starken Führung anmahnte, wagte David die Gegenprobe.

Dein hässlicher Schnauzer soll augenblicklich weiß werden, wenn du nicht zu Belials Logenbrüdern gehörst.

Diesmal war die Wirkung verblüffend. Hitlers Oberlippenbürste wurde augenblicklich weiß wie Schnee. Er selbst bemerkte diese Verwandlung überhaupt nicht, weil gerade eine Flut von Verwünschungen wegen einer angeblichen »Verschwörung des Weltjudentums gegen das deutsche Volk« aus ihm heraussprudelte. Doch im Saal entstand Unruhe.

Einzelne Fotoapparate wurden hochgerissen, Blitze zuckten durch die Halle. Als man endlich wieder klar sehen konnte, zeigte sich auf der Bühne das vertraute

Bild des Österreichers: klein, kämpferisch und dunkelbärtig.

Hitler mochte sich fragen, ob es seine letzten Äußerungen über die Juden gewesen waren, die im Saal für Rumoren gesorgt hatten. Er war es gewohnt, frenetischen Beifall zu ernten. Und nun das!

Die giftigen Äußerungen des braunen Agitators hatten David einen eisigen Schauer über den Rücken getrieben. Er musste an Rebekka denken. Sie war einer von jenen »unsäglichen Blutsaugern«, gegen die der Giftzwerg da oben so geiferte. Über den unflätigen Beschimpfungen hatte er die Rückverwandlung Hitlers fast vergessen.

Jetzt – im Saal kehrte allmählich wieder ehrfürchtiges Schweigen ein – sann David auf Vergeltung. Nichts Schlimmes würde er dieser johlenden Masse antun, keinen bleibenden Schaden der Menge zufügen, die ihren Verstand so bereitwillig auf dem Altar der nationalsozialistischen Ideale opferte, aber einen kleinen Schreck wollte er den »lieben Parteigenossen« schon einjagen.

Mit einem Mal hatte *jeder*, ob nun bereits im ehrfürchtigen Besitz einer solchen Nasenbürste oder nicht, einen dunklen, schnauzbartähnlichen Fleck auf der Oberlippe, auch die Frauen.

Erneut flammte Unruhe auf. Die Besitzer von Fotoapparaten vergaßen den Knipsreflex und starrten nur auf die vielen Hitler-Imitatoren an den Biertischen. Das große Vorbild auf der Bühne – die Urform gewissermaßen – stoppte seinen Redeschwall und blickte ungläubig in die Reihen der Nachahmer.

In diesem Moment fiel David siedend heiß ein, dass er als Einziger nicht über das Hitler-Mal verfügte. Rasch beendete er sein Experiment.

Das Raunen in der *Neuen Welt* hielt noch eine ganze Weile an. Was war geschehen? Das Bier, meinten einige. Ein Zeichen, flüsterten andere. Manche schrieben die Erscheinung der mitreißenden Rede des Führers zu. Bald hingen wieder alle an jenen Lippen, die der Prototyp des verehrten Mannesschmucks bekrönte.

Nein, dachte David, dieser Adolf Hitler war vielleicht der ideale Scherge Belials, aber er gehörte nicht zu dessen Logenbrüdern. Als der Schnauzbart mit einem mehrfachen »Sieg Heil!« auf dem Höhepunkt seiner Rede angelangt war, zog sich David unauffällig aus dem Saal zurück. Ihm war ganz schwindelig angesichts der Dreistigkeit, mit der dieser kleine Mann »die sozialdemokratische rote Brut, den Bolschewismus und vor allem die jüdische Weltverschwörung für das Elend des deutschen Volkes« verantwortlich gemacht hatte. Mochte Hitler doch mit seinen Anhängern Schlitten fahren, wie es ihm beliebte, er, David, hatte genug gesehen und gehört und lechzte nach frischer Luft. Er würde diesem Tag nun einen echten Glanzpunkt aufsetzen und mit Rebekka und Benni bis zum Dunkelwerden die Rixdorfer Höhe hinunterrodeln.

Eine Weile lief er einfach nur durch den Park, um seinen Kopf frei zu bekommen. Kurt von Schleicher hatte auf der Genfer Fünfmächteabrüstungskonferenz eine gute Figur gemacht. Deutschland war von den anderen Teilnehmern als gleichberechtigter Partner anerkannt worden. Hoffentlich würde sich Hitler an diesem Reichskanzler die Zähne ausbeißen.

Nachdenklich blieb David vor dem Denkmal des »Turnvaters Jahn« stehen, der die Körperertüchtigung in Deutschland zu einer Massenbewegung gemacht hatte.

Ein Berliner Poet, Joachim Ringelnatz, hatte dies als Anlass für seine »Turngedichte« genommen.

Sitzwellend einst, dem Wellensittich gleich,
so werden wir uns droben wiederfinden.

Die Bewohner dieser pulsierenden Metropole hatten einen etwas eigenwilligen Humor. Gerade aber deshalb mochte David sie.

Mit ausgreifenden Schritten setzte er seinen Weg fort. Es gab wahrhaft Wichtigeres auf der Welt, als einem braunen Vorturner dabei zuzusehen, wie er seine Wellen am Reck drehte. David würde noch ein paarmal die Rixdorfer Höhe hochrennen, mit einem quietschenden Benjamin im Schlepptau und einer glücklichen Frau am Arm.

Weihnachten am Richardplatz 4 war immer ein ziemlich ruhiges Ereignis. Die jüdischen Hausbewohner feierten dieses Fest ebenso wenig wie die Bibelforscher. Dafür ließ die Joleite sich einen gewaltigen Baum in die Wohnung schaffen. Die Tanne war so monströs, dass sie im Stiegenhaus mit einem langen Tau vom Erdgeschoss bis in den dritten Stock hochgezogen werden musste. Anscheinend wollte die Joleite mit dem kolossalen Christbaum den Mangel an Festschmuck in den tieferen Etagen wettmachen, was ihr aber nur unvollkommen gelang. Offenbar hatte sie nicht begriffen, dass man Liebe weder verordnen noch durch eine große Anzahl von Kerzen entfachen kann.

Weil die »Tage zwischen den Jahren« gleichwohl Anlass zum Innehalten, vielleicht auch zum Fassen guter Vorsätze boten und die Menschen so manchem Wandel gegenüber aufgeschlossener machten, stellten sich Neuerungen nicht selten gerade in dieser Zeit ein. Bei den Blumenthals trat eine solche in Gestalt einiger Dutzend Flecken in Erscheinung. Diese befanden sich auf einem Fell, genauer gesagt auf dem eines Hundes.

Am vorletzten Tag des Jahres trat Pünktchen in das Leben der Hausbewohner am Richardplatz 4. Pünktchen war ein Dalmatiner. »Ein Mädchen!«, wie Benni betonte, dem zusammen mit seinen Schwestern die Aufsicht über die drei Monate alte Hündin übertragen wurde.

Das »Tupfenbiest«, wie die Joleite den Vierbeiner nannte, war ein Geschenk Chaims. Er hatte es aus einem Tierheim befreit, damit seine Kinder lernten Verantwortung für ein anderes Wesen zu tragen. Das war die offizielle Begründung, die aber wohl nur einen Teil der Wahrheit beschrieb.

Keinen prächtigeren Spielkameraden hätte Chaim seinem Nachwuchs mitbringen können, keinen niedlicheren und keinen tollpatschigeren. Pünktchen war einfach zum Verlieben.

Von nun an lief also nicht nur ein Griesbrei futternder Dreikäsehoch durch die Pratt-Wohnung, sondern obendrein noch ein linkisches Hundekind, das übrigens Bennis Geschmack teilte.

Am Tag der Heiligen Drei Könige erfuhr David vom reichlich unheiligen Treiben seines Gegners Papen. Die in der Mehrheit protestantischen Berliner gingen schon wieder ihrer gewohnten Arbeit nach, so sie welche hatten. Für David bedeutete dieses Wort in erster Linie, seiner Bestimmung zu folgen, dem Kreis der Dämmerung nachzuspüren. Daher traf er sich mit Edgar Jung.

Die Unterredung fand im Café Kranzler statt. Rebekka

vertrieb sich die Zwischenzeit im Kaufhaus des Westens, dessen ausgezeichnet sortierter Lebensmittelabteilung sie bei jeder sich bietenden Gelegenheit einen Besuch abstattete.

Obwohl Papen im Augenblick keine Verwendung für einen Redenschreiber hatte, pflegte Edgar Jung auf Davids Bitte hin weiterhin den Kontakt. An diesem Freitag überraschte er seinen Freund mit einer erschreckenden Nachricht.

»Franz von Papen hat seine Sympathie für die NSDAP entdeckt.«

David schwante nichts Gutes. »Mir ist er noch nie wie ein entschiedener Gegner Hitlers vorgekommen. Wie kam es denn dazu?«

»Am 4. Januar, also vorgestern, gab es eine hübsche kleine Konferenz im Kölner Haus des Bankiers Kurt Freiherr von Schröder. Und rate mal, wer daran teilgenommen hat.«

»Ich ahne es.«

Edgar nickte bedeutungsvoll. »Neben unserem Freund Papen auch ein gewisser Adolf Hitler.«

»Ich habe gestern mit dem Reichskanzler telefoniert. Wir sprachen über seine mangelnden innenpolitischen Erfolge, nachdem er doch in Genf so geglänzt hatte. Von der Kölner Konferenz hat Schleicher allerdings kein Wort erwähnt.«

»Ich wette, der Reichskanzler weiß gar nicht, was sein einstiger Protegé da hinter seinem Rücken treibt. Und Hindenburg vermutlich auch nicht.«

David nippte an seinem Kaffee und verbrannte sich die Zunge. »Nach allem, was ich von Schleicher weiß, schmeichelt sich Papen beim Generalfeldmarschall ein, wo und wie er nur kann. Vermutlich will er zunächst zu handfesten Ergebnissen kommen, bevor er sich vom Reichspräsidenten grünes Licht für offizielle Verhandlungen geben lässt.«

»Ein Pakt mit Hitler? Dieser Größenwahnsinnige hat schon im November den Kanzlersessel gefordert und wird sich jetzt nicht mit weniger zufrieden geben. Ich möchte nur wissen, was Papen sich als Belohnung für diese kleine ›Gefälligkeit‹ erhofft.«

Vielleicht eine Welt in Flammen. David beugte sich weit über den Tisch zu Edgar hinüber und raunte: »Was immer es ist, ich glaube, du wirst als Berater Papens bald wieder Arbeit bekommen und diesmal, mein Freund, geht es ums Ganze.«

Der 28. Januar 1933 war ein Samstag, der ideale Wochentag, um »det Tanzbein zu schwingen, mal so richtich schwofen zu jehn«, wie die Berliner es auszudrücken pflegten.

David ließ sich von Rebekka überreden, am Abend eine der legendären Berliner Tanzrevuen zu besuchen. Die frisch gewonnenen theoretischen Kenntnisse sollten danach in einem der zahlreichen Tanzlokale der Friedrichstraße in praktische Übungen umgesetzt werden.

Die Revuegirls gaben ihr Bestes. Quer über die Bühne standen sie Spalier und warfen ihre langen Beine unter den Klängen eines großen und ziemlich lauten Orchesters in die Höhe, dass es einem schwindelig werden konnte. David war trotzdem nicht richtig bei der Sache. Seine Gedanken galten Edgar Jungs beunruhigenden Berichten. Etwas Großes kam auf das Land zu. Aber was?

Nach der Vorstellung schleppte Rebekka ihn dann in

ein nahe gelegenes Tanzlokal, das ihnen von früheren Besuchen mit Sean und Sabrina Griffith her bekannt war. Das Rumba-Fieber, das die Stadt im letzten Jahr geschüttelt hatte, war zwar schon wieder im Abklingen, aber Rebekka nahm trotzdem jede Gelegenheit wahr, David zu jenen ausgeprägten Hüftbewegungen zu animieren, die dem kubanischen Tanz sein Feuer verliehen.

Die Stimmung in dem glitzernd illuminierten Lokal war ausgelassen, als hätte es nie eine Weltwirtschaftskrise gegeben, die Musik meist flott und immer laut.

Doch mit einem Mal mischten sich Misstöne in das heitere Gelärme. Deutlich vernehmbare Stimmen. An einem runden Tisch in der Nähe wurde offensichtlich gestritten.

Die beiden Kontrahenten waren männlich und standen mit herausgedrückter Brust, die Augen des Gegners fixierend, dicht voreinander. Unterhalb der beiden saß der Zankapfel, um den es bei dieser Auseinandersetzung unüberhörbar ging: eine hübsche Brünette mit nicht mehr ganz zeitgemäßem Pagenschnitt.

»Judensau!«, schrie der eine, ein stämmiger Großer, dessen braune Montur ihn als SA-Angehörigen verriet. »Erst stehlt ihr unser Geld und jetzt wollt ihr auch noch unsere Frauen haben.«

Rebekka griff unwillkürlich nach Davids Hand.

»Lassen Sie die Dame in Ruhe. Sie will nicht mit Ihnen tanzen«, entgegnete der andere, ein dunkelhaariger, schlanker, ebenfalls hoch gewachsener Mann im dunkelgrauen Anzug, und legte seiner verängstigten Begleiterin die Hand auf die Schulter.

David juckte es in den Fingern, dem braunen Platzhirsch Manieren beizubringen. Gerade wollte er sich erheben, als eine aufgeregte Stimme neben seinem Ohr sagte: »Mr Pratt, ich muss Sie dringend sprechen.«

Erstaunt wandte sich David um. Neben ihm stand Heinrich Schildmann, der persönliche Sekretär des Reichskanzlers Schleicher. Mit einer beschwichtigenden Geste bedeutete David dem Mann zu warten und erhob sich von seinem Stuhl. Er wollte dem bedrängten Paar am Nachbartisch zu Hilfe eilen, aber es war schon zu spät: Der braune Rüpel holte gerade mit seiner riesigen Pranke aus, um sich den Weg zur Auserkorenen freizuschlagen. Zwar hatte auch der dunkelhaarige Gegner die Fäuste erhoben, aber alle Zuschauer tippten auf dessen K. o. in der ersten Runde.

Die Hammerfaust machte sich auf den Weg, doch nur bleischwer langsam kam sie voran. Der Beschützer der Brünetten war ein aufgeweckter junger Mann. Blitzschnell nutzte er seine Chance und landete eine lange Gerade auf der Nase des SA-Rüpels. Es folgte noch eine zweite. Alsdann schaltete sich die Geschäftsleitung ein.

Das Publikum johlte. Aber einige, und das stimmte David nachdenklich, beschimpften auch den unerwarteten Sieger des Zweikampfes. Der Besitzer zeigte Lokalpatriotismus, indem er nach Verbandszeug für die blutende Nase des Geschlagenen rief und anschließend die Siegerpartei höflich, doch unmissverständlich bat, das Etablissement zu verlassen. Ob echte Sympathie für die braunen Motive des Unterlegenen oder nur die Sorge um das Mobiliar ihn dazu bewogen, ließ sich nicht feststellen, auf jeden Fall gefiel David diese Vergnügungsstätte nun überhaupt nicht mehr.

»Kommt, wir gehen auch«, sagte er zu Rebekka und Schildmann.

Wenig später erzählte der Sekretär in einer Alt-Berliner Kneipe zu Füßen der Nikolai-Kirche, weshalb Kurt von Schleicher ihn in die nächtliche Stadt zum Ausfindigmachen Davids gescheucht hatte.

»Der Tipp mit dem Tanzlokal stammt übrigens von der Familie Blumenthal«, erklärte Heinrich Schildmann.

»Also gut, dann noch mal von vorn. Was genau ist passiert?«, fragte David, der dem aufgeregten Sekretär auf der kurzen Fahrt zur Gaststätte nur wenig hatte entlocken können.

Der Reichskanzler und sein Kabinett seien vor wenigen Stunden zurückgetreten, berichtete Schildmann. Er war sichtlich aufgewühlt. Offenbar habe Schleicher weder ein noch aus gewusst.

Auf David machte der Sekretär kaum einen besseren Eindruck. Deshalb fragte er: »Ich weiß, es ist schon sehr spät, aber könnte ich den Reichskanzler noch heute Abend sprechen?«

»Er ist jetzt in seinem Haus in Potsdam und würde Sie gerne empfangen.«

»Warum haben Sie das nicht gleich …? Schon gut. Lassen Sie uns in Ihren Wagen steigen und sofort hinfahren.«

Kurz nach Mitternacht trafen sie in Neubabelsberg ein. Schildmann parkte seinen Opel direkt in der Ausfahrt und ein Hausangestellter öffnete ihnen die Tür zur Schleicher-Villa. Er führte die späten Gäste sofort in das Arbeitszimmer des Reichskanzlers, der sie bereits erwartete.

»Was ist geschehen?«, fragte David, nachdem er Rebekka vorgestellt hatte, die sich aus gutem Grunde sehr wortkarg gab.

Doch Schleicher war viel zu aufgeregt, um die Stimme der vermeintlichen Sekretärin einer zwielichtigen Behörde wieder erkennen zu können. »Franz von Papen hat mit mir sein Spiel gespielt, und wie es aussieht, hat er gewonnen.«

David sah den fast kahlköpfigen Politiker entsetzt an.

Schleicher machte eine beschwichtigende Geste. »Ja, ja, ich weiß. Sie haben mir das schon immer prophezeit, Mr Pratt. Ich hätte mich von dieser Viper nicht einwickeln lassen sollen. Erst habe ich ihn bei Hindenburg eingeführt und nun verhält sich der alte Mann, als hätte ihn Papen hypnotisiert.«

»Und was bedeutet das nun alles?«, fragte David, obwohl er die Antwort eigentlich schon kannte.

Kurt von Schleicher zögerte. Seine Augen schienen durch David hindurchzustarren, aber dann sagte er: »Übermorgen wird das Deutsche Reich erfahren, dass es einen neuen Reichskanzler hat: Adolf Hitler.«

Gleichschaltung

Hitlers Weg zur Macht war ein Parademarsch des politischen Intrigenspiels, meisterhaft inszeniert von keinem Geringeren als Franz von Papen. Als am 30. Januar 1933 der Berliner Rundfunk den Wechsel an der Regierungsspitze bekannt gab, war davon allerdings nicht die Rede. David hatte seit dem nächtlichen Treffen in Schleichers Villa noch einige andere Informanten gesprochen und sich so eingehend über die Hintergründe informieren können.

Papen, Papen, immer wieder war dieser Name gefallen. Nach der Kölner »Konferenz« hatte es im Januar noch mehrere Geheimsitzungen mit Industriellen, Militärs und

Politikern gegeben. Hitler war den führenden Kreisen der Nation schmackhaft gemacht worden. David fragte sich, ob er nicht doch sein Schwert nehmen sollte, um dem Gehirn, das solche Pläne schmiedete, die Blutzufuhr abzuschneiden. Doch er war kein Mörder wie Belial oder einer von dessen Schergen, und nur wenn er sich ihnen nicht gleichmachte, würde er sie besiegen können.

Die NSDAP hatte versprochen den Reichspräsidenten zu respektieren, ebenso die demokratischen Organe Reichstag und Reichsrat. Die konservativen Adligen übten sich in Selbstüberschätzung und versprachen Hitlers Partei in Schach zu halten. Hindenburg musste so viel verwirrenden Wortweihrauch eingeatmet haben, dass er darüber seine Abneigung gegen Hitler ganz vergaß und dem Kabinett des »Nationalen Zusammenschlusses« seinen großväterlichen Segen gab.

Der Steigbügelhalter Hitlers wurde besonders belohnt: Franz von Papen durfte als stellvertretender Reichskanzler an die Seite des neuen Regierungschefs treten. Und um das Maß der dreißig Silberlinge voll zu machen, gab Hitler ihm auch noch den Posten des Reichskommissars für Preußen.

Zwei Tage lang war David wie betäubt. Die Arbeit von Monaten schien dahin, zerplatzt wie eine Seifenblase. Jetzt konnte er nachempfinden, wie sich sein Vater bei jeder neuen Attentatsnachricht gefühlt haben musste: Der Kreis der Dämmerung schien übermächtig zu sein, gegen ihn anzugehen ein sinnloses Unterfangen.

Dank Rebekkas Hilfe kam er allerdings schnell wieder auf die Beine. Dass er resigniere, sei ja nur in Belials Interesse, erklärte sie ihm. Der Schattenlord habe ihn, das Jahrhundertkind, in Berlin bisher nicht aufspüren können. David solle seine Stärke, die Unsichtbarkeit, nutzen. Papen sei mächtiger denn je, vielleicht nicht im politischen Sinne, da habe zunächst einmal Hitler das Ruder übernommen ...

»Aber was seinen Einfluss betrifft«, gab David seiner Frau Recht.

Rebekka nickte. »In den letzten Monaten hat es so viele Reichstagswahlen und Regierungswechsel gegeben. Wer sagt denn, dass Hindenburg seinem neuen Kanzler nicht in Kürze wieder einen Tritt gibt, so wie zuvor schon Brüning, Papen und Schleicher?«

»Das scheinen alle hier im Haus zu glauben.« David machte eine Geste, welche die Nachbarn umfassen sollte. Fast alle.

»Die Joleite meinte vorgestern, sie habe das alles schon immer kommen sehen.«

»Nicht nur sie. Ich wüsste gerne ...« David rieb sich nachdenklich das Kinn.

Rebekka blickte ihn erwartungsvoll an. »Ja?«

»Warum war Franz von Papen im Vatikan? Ich bin sicher, ihn und niemand anderen vor Pacellis Büro gesehen zu haben.«

»Damals gehörte er noch dem Zentrum an. Soweit ich weiß, ist das eine katholische Partei.«

»Es sollte mich wundern, wenn alle Zentrumsabgeordneten so enge Kontakte zum Vatikan pflegten. Vielleicht liegt in diesem Detail der Schlüssel zu Papens nächstem Schachzug.«

»Und der wäre?«

»Die Festigung von Hitlers Regierung. International genießt er nicht gerade den Ruf eines ernst zu nehmenden Staatsmannes. Ich muss unbedingt ein paar Gespräche führen. Vielleicht gewinnen wir ja sogar einen Helfer innerhalb der Kirche hier in Deutschland.«

Rebekka rümpfte die Nase. »Hast du etwa schon vergessen, wie viele Klinken du im Vatikan ohne Erfolg geputzt hast?«

Lächelnd antwortete David: »Vergebene Liebesmüh war es aber trotzdem nicht. Schließlich habe ich eine Privataudienz beim Papst bekommen.«

»Belial wird zutiefst zerknirscht darüber sein.«

»Und wer weiß: Vielleicht gibt es ja auch in Berlin einen Lorenzo Di Marco.«

In den nächsten Tagen setzte David seinen stillen Kampf gegen den Kreis der Dämmerung fort, als habe Hitlers Machtergreifung überhaupt nicht stattgefunden. Inzwischen verfügte er in Berlin und Umgebung über ein kleines Netz von vierzehn »Agenten«. Hinzu kamen jene Personen, die ihm wohlgesinnt waren, wie Kurt von Schleicher. Der Reichskanzler außer Dienst beurteilte Papens Absichten so pessimistisch wie noch nie – dementsprechend heftig wies er Davids fast schon flehentliche Bitte zurück, endlich einen Blick auf die babylonische Glaskugel werfen zu dürfen. Wenigstens gab er ihm einen brauchbaren Hinweis, als David nach einem »aufrechten Kirchenmann« fragte.

»Versuchen Sie es mit Niemöller«, schlug Schleicher vor.

Pastor Martin Niemöller war Protestant, ein schlanker Vierziger, dem, wenn er nicht gerade in seiner St.-Annen-Kirche predigte, eine Pfeife zwischen den gelben Zähnen steckte. Als David dem Priester am 16. Februar 1933 zum ersten Mal vor seinem Pfarrhaus im noblen Villenvorort

Dahlem begegnete, war er skeptisch eingestellt. Er hatte schon verschiedene, hauptsächlich katholische Geistliche um Mithilfe gebeten und immer eine Abfuhr erhalten.

Zunächst schien alles wie gewohnt enttäuschend zu verlaufen. Niemöller, der sich in pastoralem Einheitsschwarz präsentierte, vertrat die Ansicht, Deutschland habe der Weimarer Republik »vierzehn Jahre Dunkelheit« zu verdanken und nun, nach der Machtübernahme der Nationalsozialisten, sei die Zeit für eine »nationale Wiedergeburt« gekommen. Obwohl Protestant, teile er die Abneigung des Papstes – und ebenso der NSDAP – gegen die Kommunisten.

»Lenin hat wie sein geistiger Vater Karl Marx gepredigt, Religion sei Opium für das Volk. Wie könnte ausgerechnet *ich* da seine Anhängerschaft lieben, Mr Pratt?«

»Hat nicht *Jesus* seinen Jüngern gepredigt, sie sollten sogar ihre Feinde lieben?«

Martin Niemöller blickte David nachdenklich an, während er rhythmisch an der Pfeife zog. Mit einem Mal lächelte er. »Sie gefallen mir, Mr Pratt. Es ist kühl hier draußen. Kommen Sie doch mit ins Pfarrhaus, dann können wir das Thema bei einer heißen Tasse Tee vertiefen.«

Martin Niemöller nahm sich für seinen unangemeldeten Gast drei Stunden Zeit. Zu Davids Überraschung war der Pastor sehr aufgeschlossen. Er pflegte die verschiedensten Kontakte zu den »Kollegen auf dem bunten religiösen Blumenbeet Berlins«. Ja, David glaubte sogar, bei ihm jene Art von Wahrheitsliebe zu entdecken, die alle seine »Brüder« auszeichnete. Deshalb beschloss er dem Geistlichen eine Chance zu geben. Niemöller jedenfalls schien das Gespräch mit dem jüngeren, aber offenbar viel welterfahreneren Journalisten genossen zu haben.

»Natürlich werden wir uns wieder sehen«, antwortete er auf Davids diesbezügliche Frage.

Als David am Nachmittag zum Richardplatz zurückkehrte, war gerade Mia Kramer zu Besuch in ihrer Wohnung. Die Künstlerwitwe wirkte völlig aufgelöst. Rebekka flößte ihr Tee und beruhigende Worte ein.

Die zuständige Kommission in der Preußischen Akademie der Künste hätte die Bilder ihres verstorbenen Mannes als *undeutsch* abgestempelt, berichtete Mia schluchzend. Deshalb komme eine Wiederholung der erfolgreichen Ausstellung nicht infrage.

»So ein Unfug, Mia!« Rebekka sprang auf, um ihrer Freundin, die wie ein Häuflein Elend am Küchentisch saß, den Arm um die Schulter zu legen. »Wer hat sich denn *diesen* Schwachsinn ausgedacht?«

»Hitler.«

»Dieser Banause sollte sich besser um andere Dinge kümmern, als die Bilder deines Mannes zu kritisieren!«

»Aber so ist es doch gar nicht«, sagte Mia, der die Ironie in Rebekkas bissiger Bemerkung entgangen war. »Er hat nur die Anweisung gegeben, undeutsche Künstler und ihre Werke nicht mehr zu fördern.«

»Aber ich denke, du und dein Mann, ihr *seid* doch Deutsche. Oder etwa nicht?«

»Das spielt dabei überhaupt keine Rolle.«

»Das musst du mir jetzt aber genauer erklären.«

David schaltete sich ein: »Erinnerst du dich noch an die Lobeshymnen der Joleite über deutsche Großtaten jedweder Art, Bekka? Für die Nationalsozialisten muss alles irgendwie klar, monumental und mit möglichst wenigen Gehirnzellen erfassbar sein. Eine fliegende Riesenzigarre oder ein Monsterflugzeug – um deine Worte zu benutzen – sind so richtig nach ihrem Geschmack. Und in der Kunst gelten für sie eben ähnliche Maßstäbe. Am liebsten würden sie wahrscheinlich nur noch Bilder von blonden, blauäugigen, muskelbepackten Germanen sehen.«

»Hauptsache, sie sind groß wie die Christbäume von der Joleite«, schniefte Mia.

»Und sehen aus, wie von einem Fünfjährigen gemalt«, fügte Rebekka giftig hinzu, während sie Mias Rücken streichelte.

»Wenigstens hat der Mann von der Kommission gesagt, dass ihm die Absage Leid täte. Er will aber dafür sorgen, dass ich keine Schwierigkeiten bekomme.«

»Was für Schwierigkeiten denn?«

»Na, wegen der Bilder von Edgar. Ich könnte es nicht ertragen, wenn man sie mir wegnähme.«

»Mia, nun mach aber mal einen Punkt. Sie gehören doch dir. Wenn die Nationalsozialisten sie nicht ausstellen wollen, na dann eben nicht. Aber sie dir wegnehmen – wie ließe sich das noch mit Recht und Ordnung vereinbaren?«

»Der Herr Kornmeister in der Akademie hat mich später zur Seite genommen und mich getröstet. Sicher sei der Spuk mit der NSDAP bald vorbei, meinte er. Aber so lange müsse er sich eben wie alle anderen an die neuen Vorschriften halten, damit es ihm nicht genauso ergeht wie dem Mann. Den haben sie jetzt nämlich auch vergrault.«

David horchte auf, hielt sich aber zurück.

»Heinrich Mann?«, fragte Rebekka erstaunt. »Ist er in der Akademie nicht Vorsitzender der Dichtkunstabteilung?«

»War, Liebes. Er *war* es. Es ist noch nicht offiziell, aber ich habe heute von seinem Rücktritt munkeln gehört.«

»Das gibt's doch nicht!«

Jetzt wähnte sich David auf sicherem Terrain. »Vermutlich haben die Nationalsozialisten es ihm übel genommen, dass er zur Bildung ›einer sozialdemokratisch-kommunistischen Einheitsfront gegen die Barbarei‹ aufgerufen hat.«

Die beiden Frauen ignorierten ihn.

Mia seufzte. »Einen so begnadeten Schriftsteller lassen sie einfach gehen!«

»Sein Roman *Der blaue Engel* hat selbst mir gefallen«, stimmte David voller Anteilnahme zu.

Für diese Bemerkung erntete er missbilligende Blicke. Davids Angetraute übernahm die Schelte.

»Du sprichst von einem *Film*, mein Lieber, und nicht von Manns *Buch*. Der Titel des Romans, der als Vorlage für den Streifen gedient hat, lautet *Professor Unrat oder Das Ende eines Tyrannen*. Vermutlich ist dir der Film nur wegen Marlene Dietrich im Gedächtnis haften geblieben, dieses blonden Vamps.« Rebekka hörte sich an, als spräche sie von einer Massenmörderin.

David verlegte sich von nun an aufs Schweigen. Wenigstens hatte Mia für den Augenblick ihren Jammer vergessen. Die eigene Blamage verbuchte er auf das Konto »Opfer zur seelischen Wiederaufrichtung von Freunden«. Unauffällig angelte er sich die Morgenzeitung, die er wegen des Treffens mit Pastor Niemöller noch nicht gelesen hatte. Eine Randnotiz – immerhin auf dem Titelblatt – ließ ihn mit den Zähnen knirschen:

REVOLVERATTENTAT AUF ROOSEVELT

Der Anschlag hatte bereits am vergangenen Tag, dem 15. Februar, in Miami, Florida, stattgefunden. Glücklicherweise war der Präsident der Vereinigten Staaten von Amerika mit dem Leben davongekommen. Betroffen blickte David auf die beiden Frauen, die über die zu befürchtende Verarmung der deutschen Kultur unter den Nationalsozialisten lamentierten. Er musste wieder an Geoffrey, seinen Vater, und dessen fast hysterische Reaktionen auf Attentatsmeldungen denken.

Einige Tage lang herrschte dann eine unheimliche Ruhe. Hitler feile an einigen neuen Gesetzen, berichtete Edgar, der nun wieder Redenschreiber Papens war. Der neue Reichskanzler wolle im Land zunächst für die Wiederherstellung des inneren Friedens sorgen. Wenn besonders viel vom Frieden geredet wird, darf man getrost davon ausgehen, dass es ihn nicht mehr lange geben wird – so viel hatte David bereits gelernt.

»Das Reden über den Frieden ist die beliebteste Tarnung der Gewaltherrscher«, sagte Chaim zu David. Die Gültigkeit des Satzes, der wie ein philosophisches Theorem klang, sollte sich nur wenige Stunden später in der rauen Wirklichkeit auf schreckliche Weise zeigen.

Es war der 27. Februar, ein Montag. David und Rebekka hörten gerade die *Schottische Sinfonie* von Mendelssohn Bartholdy im Radio, als plötzlich eine aufgeregt knarrende Männerstimme die weich fließenden Töne unterbrach:

> *Meine Damen und Herren, Sie hören den Berliner Rundfunk. Wir unterbrechen unser Musikprogramm für eine wichtige Sondermeldung. Soeben ist bekannt geworden,*

dass der Deutsche Reichstag in Flammen steht. Die Polizei hat einen Verdächtigen verhaftet, der möglicherweise als Brandstifter infrage kommt ...

Das Paar vor dem Radioapparat sah sich bestürzt an.

»Was hat das zu bedeuten?«, fragte Rebekka.

David schüttelte den Kopf. »Nichts Gutes, befürchte ich.«

Ungefähr zwei Stunden danach gingen David und Rebekka zu Bett. Neue Rundfunkmeldungen über den Reichstagsbrand waren frühestens am nächsten Morgen zu erwarten.

Es sollte jedoch eine kurze Nacht werden.

Gegen vier wurden sie von lauten Geräuschen im Haus aufgeschreckt. David schlüpfte in seinen Morgenmantel und lief eilig zur Wohnungstür. Als er sie öffnete, sah er sich dem Chaos gegenüber.

Direkt vor ihm befand sich ein Polizist mit gezückter Pistole, die Treppe hinaufblickend. Gegenüber stand die Wohnungstür der Blumenthals offen. Die ganze Familie war im Türrahmen versammelt. Pünktchen bellte. Benni hatte weinend das Gesicht im Schoß von Ester vergraben. Auch die Mienen der beiden Mädchen verrieten Angst. Chaim diskutierte mit einem zweiten Polizisten.

»Was bilden Sie sich eigentlich ein, unbescholtene Bürger mitten in der Nacht zu belästigen?«, protestierte er.

»Wir befolgen nur unsere Befehle«, antwortete der Polizist.

Von links hörte David das Knarren der Treppenstufen.

»Bleiben Sie bitte zurück«, sagte der Beamte vor ihm.

Zunächst erblickte David zwei weitere Uniformierte,

dann einen Zivilisten mit Hut, langem schwarzem Ledermantel und Leichengräbermiene. (Pünktchen begann zu knurren.) Schließlich erschien Horst Lotter, die Arme im Klammergriff zweier weiterer Polizisten.

Davids Herz drohte auszusetzen. Sofort fiel ihm Schleichers Beschattung ein. Der Gedanke, Horsts Verhaftung verschuldet zu haben, war ihm unerträglich. Und im Augenblick stand Richard in Potsdam auf Posten. Würde er der Nächste sein?

»Was soll dieser Zirkus?«, rief David in den Flur.

»Anscheinend meinen die, ich hätte das Reichstagsgebäude in Brand gesteckt«, antwortete Horst.

Der Mann im Ledermantel blieb stehen, drehte sich um und bemerkte mit süffisantem Lächeln: »Dann hätten wir ja gleich zwei Verdächtige. Sie reden sich noch um Kopf und Kragen, bevor wir mit dem Verhör überhaupt begonnen haben, Herr Lotter.«

»So ein Unfug, Herr Lotter ist unschuldig!«, rief Onkel Carl von hinten.

»Det wird sich ja noch zeijen!«, keifte die Joleite, zwar unsichtbar, aber dafür unüberhörbar aus dem dritten Stock. »Ham Se och seinen KPD-Ausweis mitjenommen? Er is' in der Blechdose uffm Küchenschrank.«

Der Schwarzmantel gab einem der Polizisten einen Wink und lief noch einmal die Treppe hinauf.

Voller Unbehagen folgte David den Polizisten auf die Straße hinaus. Draußen stand ein grüner LKW, ein Kastenwagen. Die Uniformierten stießen Horst auf die Ladefläche, dort waren noch andere unglückliche Gesichter zu sehen. Nachdem der Schwarzmantel als Letzter eingestiegen war, machte sich das Entführerfahrzeug mit lautem Getöse davon.

Am Vormittag des 28. Februar verbrachte David etwa zwei Stunden am Telefon. Er sprach mit Edgar Jung, mit Kurt von Schleicher, mit Wilhelm Krützfeld und noch einigen anderen. Danach hatte er sich ein ungefähres Bild davon gemacht, was sich in der vergangenen Nacht zugetragen hatte.

Im Gefolge des Reichstagsbrandes war es zu einer Verhaftungswelle gekommen. Göring, der als preußischer Innenminister die entsprechenden Befehle erteilt hatte, musste bereits vorher eine ausführliche Liste der aus dem Verkehr zu ziehenden politischen Gegner besessen haben. Reichlich merkwürdig, dachte David, wenn doch die Brandstiftung angeblich auf das Konto eines gewissen Marinus van der Lubbe ging, eines Mitglieds der »Räte-Kommunisten«. Wilhelm Krützfeld allerdings verdächtigte, trotz eines angeblichen Geständnisses des Niederländers, die SA als wahre Brandstifter. Das ergab zwar einen Sinn, war aber nicht zu beweisen.

David brach die weitere Beobachtung Schleichers sofort ab. Richard sollte nicht auch noch im Gefängnis landen. Er machte sich große Vorwürfe. Wenn die Beschattung der Babelsberger Villa nun doch irgendjemandem aufgefallen war und dieser Jemand nur auf eine Gelegenheit gewartet hatte, sich des lästigen Spions zu entledigen …?

Er solle sich diesen Gedanken aus dem Kopf schlagen, meinte Rebekka. Warum sie denn dann Richard Seybold noch nicht verhaftet hätten? Hier ginge es ganz allein um die alten Gegner aus unzähligen Straßenschlachten, um die Kommunisten. Wie zu hören sei, hätten sich nicht wenige von ihnen dem Zugriff durch die Flucht ins Ausland entzogen. Darunter befand sich auch Bertolt Brecht, wie sie von Sean Griffith wussten.

Allmählich gewann David seine Fassung zurück. Rebekka hatte ja Recht. Die pyromanische »Schandtat am deutschen Volk« konnte durchaus ein hinterhältiger Schachzug Hitlers sein oder einfach eine günstige Gelegenheit für ihn. Dass der neue Reichskanzler diese Situation durchaus zu nutzen verstand, zeigte sich sehr schnell. Noch während im Reichstag letzte dünne Rauchlöckchen zum Himmel emporstiegen, zauberte Hitler wie der Magier sein Kaninchen ein neues Gesetz aus dem Zylinder. Die Notverordnung zum »Schutz von Volk und Staat« und gegen »Verrat am deutschen Volk und hochverräterische Umtriebe« legitimierte nachträglich, womit vorsorglich schon in der Nacht begonnen worden war.

Horst Lotter folgten in den kommenden Tagen noch viele weitere Kommunisten und Sozialdemokraten in die so genannte *Schutzhaft*. Die »Reichstagsbrandverordnung« hebelte sieben Artikel der Weimarer Verfassung aus. Es waren wohl nicht ganz zufällig ausgerechnet jene, welche die bürgerlichen und persönlichen Freiheiten der Deutschen garantierten.

Wie der buchstäbliche Strohhalm in höchster Not erschien da Edgar Jungs Nachricht von der seltsamen Zurückhaltung Papens angesichts der jüngsten Ereignisse. »Fast sieht es mir so aus, als ginge ihm Hitler etwas zu forsch vor.«

David ballte die Fäuste. »Dann bestärke ihn in diesem Eindruck, Edgar. Papen ist ein gefährlicher Intrigant, aber ein unfähiger Politiker. Wenn wir ihn dazu bringen, Hitler zu fürchten und erfolgreich gegen ihn zu kungeln, hätten wir es nachher mit ihm allein wesentlich leichter.«

Edgar wackelte skeptisch mit dem Kopf. »Ich tue wirklich mein Bestes, David. Aber, wie du selbst sagst:

Papen ist listig. Wenn er meine wahren Absichten entdeckt ...«

Kurt von Schleicher war seit seiner Abdankung kaum wieder zu erkennen. Er wirkte niedergeschlagen, fahrig, hatte Angst. Nur noch selten verließ er sein Haus. Und die Glaskugel rückte er immer noch nicht heraus. Als David ihn am zweiten Sonntag im März besuchte, beharrte der Generalmajor auf seinem eigensinnigen Versteckspiel, als besäße das alte Stück eine geheimnisvolle Zauberkraft, die ihren Besitzer vor allem Bösen schützte. Eine Woche zuvor hatte Hitler bei den letzten freien Reichstagswahlen seine Machtposition weiter ausgebaut, was angesichts der rigorosen Maßnahmen gegen die politischen Gegner nicht verwunderte.

Die Ängste des abservierten Reichskanzlers waren sicher nicht aus der Luft gegriffen. Deshalb beschäftigte sich David nun auch wieder häufiger mit einer eigentlich schon verworfenen Idee. Nur der Umstand, dass weder Lorenzo Di Marco noch die eigenen Nachforschungen im Pergamonmuseum die »Gebrauchsanweisung« für Jasons Träne geliefert hatten, stand einem Einbruch in Schleichers Villa noch im Weg.

Am 23. März besuchten David und Rebekka die Griffiths in Berlin Mitte. Seit der Machtergreifung Hitlers war Sean neben Edgar für David zum wichtigsten Informanten geworden. Inzwischen bekleidete der Botschaftsmitarbeiter den Posten eines Handelsattachés. Viel wichtiger aber war, dass er Einblick in geheime Akten hatte. Hitler irritiere die britische Regierung mehr als die politischen Unruhen in Spanien, was zu einer fast schon hektisch zu nennenden Betriebsamkeit des Geheimdienstes Ihrer Majestät führe, vertraute Sean seinem Freund an.

Am Nachmittag hatte der Berliner Rundfunk die Ergebnisse der zuvor abgehaltenen Reichstagssitzung vermeldet. Ein »Gesetz zur Behebung der Not von Volk und Reich« war verabschiedet worden, das bald unter der griffigeren Formel »Ermächtigungsgesetz« traurigen Ruhm erlangen sollte. Mit seiner Annahme stellten die Parteien die politische Großwetterlage in Deutschland endgültig auf den Kopf. Zwei Tage nach Frühlingsanfang beschlossen sie, es möge hinfort Winter sein. Vier Jahre lang. Für diese Zeit nämlich ließ sich Hitler bestätigen, dass er ohne das hinderliche Gezänk der Parteien das Reich führen dürfe. Die gesetzgebende Gewalt war auf die Regierung, also auf den Reichskanzler, übergegangen. Aus dem Winter sollte eine Eiszeit werden, die einige der Parteien für mindestens ein Dutzend Jahre in Tiefschlaf versetzte. Manche allerdings, die sich am 23. März einen Winterschlaf verordnet hatten, sollten nie wieder daraus aufwachen.

Obwohl am Abend viele die Folgen dieser politischen Selbstentmachtung des Parlaments nicht abschätzen konnten, schrillten bei David die Alarmglocken. Gleich nach der Rundfunkmeldung hatte er deshalb bei Sean in der Botschaft angerufen. Der Telefonistin war die Stimme des britischen *Time*-Korrespondenten inzwischen wohl vertraut. Sie stellte David sogleich zum Handelsattaché Griffith durch. Die beiden vereinbarten, sich um sieben in der Bergstraße zu treffen. Und da waren David und Rebekka nun.

Sie hatten das kurze Stück vom U-Bahnhof Friedrichstraße zu Fuß zurückgelegt. Gerade als sie auf das Haus

Nummer 70 zugingen, fiel ihnen ein kleiner Mann mit Baskenmütze auf, der in den großen Türflügeln eingeklemmt zu sein schien. Er hatte drei oder vier große Bilderrahmen unter den Armen, ein Fuß ragte auf den Gehweg hinaus, der andere befand sich bereits in der Toreinfahrt.

»Kann ich Ihnen helfen?«, erbot sich David und öffnete die Tür, vorsichtig genug, um dem Bilderträger nicht das Gleichgewicht zu rauben.

»Oh, das ist sehr freundlich«, bedankte sich der Mann. Er besaß dunkle, lebendig funkelnde Augen, eine große gebogene Nase und lächelte, sah aber trotzdem nicht glücklich aus. Auf David machte er den Eindruck eines zerstreuten Künstlers, vermutlich der Maler des sperrigen Guts unter seinen Armen.

Rebekka musste zu einer ähnlichen Schlussfolgerung gelangt sein, denn sie fragte unverwandt: »Stammen die Gemälde von Ihnen?«

Der kleine Mann nickte schüchtern. »Ja. Beinahe möchte ich sagen, leider.«

»Wieso?« Rebekka zeigte auf ein Bild mit einem weißen Einhorn. »Ich finde, Sie haben einen exzellenten Pinselstrich.«

»Der in diesem Land anscheinend nichts mehr gilt. Oder wie erklären Sie sich *das* hier.« Der Mann brachte ein anderes Bild nach vorne, anscheinend ein Elfentanz unter einem Sternenhimmel. Die Leinwand war über Kreuz aufgeschlitzt.

Rebekka hob die Hände zum Mund. »Oh nein! Das herrliche Bild. Wie ist das passiert?«

Der Maler fasste offenbar Zutrauen, weil er Rebekkas ehrliche Anteilnahme spürte. »Ich wollte ein paar von den Bildern verkaufen, weil ich mal wieder eine warme Mahlzeit, Farbe und anderes Malgerät brauche. Derzeit arbeite ich mit einem chinesischen Kalligraphiepinsel, der sich nur für Aquarelle eignet. Jedenfalls sind da so ein paar Braunhemden gekommen und haben mich als ›Judensau‹ beschimpft. Dann zog einer sein Messer und schlitzte die Elfen auf. Die anderen Bilder konnte ich gerade noch retten.«

»Darf ich das Bild einmal sehen?« Rebekka deutete auf das Einhorn, dessen Rahmen auf den alten Schuhen des Künstlers ruhte. Der Klang ihrer Stimme hatte sich bei der Frage verändert, ganz unmerklich nur, aber David wusste trotzdem, was nun geschehen würde.

Der Maler hob das gewünschte Bild hoch, damit Rebekka es im trüben Licht der Gaslaterne besser betrachten konnte.

»Es ist zauberhaft!«, schwärmte Rebekka. »Die Initialen hier – ›R. R.‹ – stehen für Ihren Namen, nehme ich an.«

Der Künstler nickte mit verhaltenem Stolz. »Sie stehen für Ruben Rubinstein.«

»Der Name gefällt mir auch«, sagte Rebekka. »Ich bin übrigens Rebekka Pratt, auch eine Tochter Abrahams. Und das hier ist mein Mann, David.«

»Das ist ja eine Versammlung von geradezu talmudischen Ausmaßen!« Anscheinend hatte der Künstler sein beängstigendes Erlebnis einigermaßen überwunden. Seine vergnügte Feststellung wertete David als Auftakt zu den Preisverhandlungen.

»Was würde denn Ihr Einhorn kosten, Herr Rubinstein?«

»Eigentlich wollte ich es für einhundert Mark verkaufen, aber …«

»Ich finde, das ist ein fairer Preis für solch ein Kunstwerk«, unterband Rebekka jegliche Schacherei.

David runzelte unwillig die Stirn, aber als er ihren flehentlichen Blick sah, seufzte er. »Meine Frau ist bei uns die Kunstsachverständige. Mir obliegt es, ihren exquisiten Geschmack zu finanzieren.«

Ruben Rubinstein nickte beifällig. »Das ist eine sinnvolle Aufgabenteilung.«

Ein schneller Griff in die Brusttasche regelte das Finanzielle. David gab dem Künstler zwei Fünfzigmarkscheine, Rebekka nahm das Bild.

Die Augen des Malers strahlten. »Sollten Sie in Ihrer Wohnung noch eine kahle Wand entdecken, die nach Verschönerung schreit, so lassen Sie es mich wissen. Ich wohne im dritten Hinterhof, rechter Aufgang, direkt unter dem Dachboden.«

»Wir werden es uns merken«, versprach Rebekka.

Ruben Rubinstein verschwand in den besagten Lichthof. Und Rebekka belohnte Davids gute Tat mit einem langen Kuss im Dunkeln. Dann betraten sie den linken Hauseingang. David hob den einem Türklopfer nachempfundenen Messinggriff an der Wohnungstür von Sean und Sabrina und es ertönte eine elektrische Klingel.

»Was bringt ihr denn da mit?«, wunderte sich der Attaché, nachdem er geöffnet hatte.

»Nicht für dich«, meldete sich Rebekka.

David erzählte, was sie soeben in der Toreinfahrt erlebt hatten.

»Ich fürchte, wenn Hitler erst die Opposition ausgeschaltet hat, wird er sich alle anderen ›Undeutschen‹ vornehmen.«

Rebekka schüttelte sich. »Puh! Was für ein schreckliches Wort.«

»Er kann doch nicht die halbe deutsche Bevölkerung ins Gefängnis sperren«, brummte David.

Sean machte zur Antwort nur ein Gesicht, das mehr sagte als tausend Worte. Offenbar wusste er von einer Neuigkeit, die David noch nicht bekannt war.

Sabrina, mit Schürze und Kochlöffel, schwebte aus der Küche herbei, küsste und umarmte die Gäste und wandte sich dann an ihren Mann. »Hast du David und Rebekka schon gefragt, was sie trinken möchten?«

»Dazu sind wir noch nicht gekommen, Darling. Eigentlich wollte ich mit David erst etwas bereden.«

Sabrina verdrehte die Augen zur Decke. »Die schlimmsten Waschweiber sind die Männer.« Dann hakte sie sich bei Rebekka ein und zog sie samt Einhorn den Flur hinab. »Komm, Liebes, lass sie nur palavern, die beiden. Du kannst mir ja inzwischen erzählen, wie weit die Vorbereitungen zur Einschulung von eurem ›Patenkind‹ sind.«

»Von Benni? Oh«, kicherte Rebekka, »ich habe eine *riesige* Schultüte gebastelt. Fast fürchte ich, wir müssen für den Steppke noch einen Träger engagieren, weil sie um einiges größer ist als er selbst …«

Die beiden Männer saßen in Seans Arbeitszimmer. Der Hausherr lehnte in seinem Schreibtischsessel und hielt ein Glas Whiskey in der Hand. David nippte an einem Rotwein.

»Einer unserer Agenten in München hat vor drei Tagen eine Information bekommen, die ich, so sie denn stimmt, als äußerst ernst einstufe.«

»Du hörst dich schon an wie ein richtiger Vollblutdiplomat, Sean. Rück endlich raus mit der Sprache. Was ist passiert?«

»Der frisch gebackene Münchener Polizeipräsident Heinrich Himmler hat die Einrichtung eines Lagers auf dem Gelände und in den Steinbaracken einer ehemaligen Pulverfabrik in Dachau angeordnet. Offenbar laufen die Polizei- und Justizgefängnisse allmählich über, weil immer mehr KPD- und SPD-Angehörige verhaftet werden. Himmler will das Problem beseitigen, indem er alle Regimegegner in Dachau zusammenlegen lässt.«

»Und ich dachte immer, die Deutschen seien einfallsreich«, murmelte David mit grimmiger Miene.

Seans rechte Augenbraue hob sich. »Was willst du damit sagen?«

»Na, die ersten Konzentrationslager haben doch schließlich die Briten im Burenkrieg gebaut.«

Sean schob das Kinn vor. In der ihm eigenen trockenen Art erwiderte er: »Unsere überaus gründlichen deutschen Freunde haben ein Sprichwort. Wenn ich mich recht entsinne, lautet es: ›Wenn zwei das Gleiche tun, ist es noch lange nicht dasselbe.‹«

Es entstand eine längere Pause. David sträubte sich dagegen, die Konsequenzen aus Seans Andeutungen zu akzeptieren. Nach einer Weile fragte er: »Wie sind eigentlich deine Beziehungen zur Passabteilung, jetzt, wo du sie nicht mehr leitest?«

»Weshalb fragst du?«

»Nach allem, was hier in letzter Zeit geschieht, denke ich, ein Satz neuer Papiere könnte sich vielleicht als nützlich erweisen.«

»Du meinst *gefälschte* Ausweise?«

David erklärte genau, was er haben wollte. Ein, zugegeben, recht eigenwilliger Wunsch, wenn man nicht wusste, über welch außergewöhnliche Fähigkeiten er verfügte.

Sean schüttelte den Kopf, erwiderte aber: »Um so etwas zu bekommen, müsste ich die Spezialisten vom Geheimdienst einspannen. Wärst du bereit für einen Kuhhandel?«

»Kommt darauf an.«

»Der Secret Intelligence Service sucht händeringend nach Informanten …«

»Du meinst Spionen?«

»Ich sagte Informanten. Die politische Situation im Deutschen Reich bereitet Whitehall zunehmend Sorge. Man ist sich nicht einig, ob man die neue Regierung anerkennen und sie durch Verträge auf eine gemäßigte Politik der Kooperation verpflichten oder ob man sie mit allen zur Verfügung stehenden Mitteln bekämpfen soll.«

»Du traust dich, *mich* als Geheimagenten anzuwerben, obwohl doch *du* mein Agent bist, jedenfalls so etwas Ähnliches?«

»Brauchst du nun deine seltsamen Pässe oder nicht?«

David seufzte. »Ich werde mich nicht als Bauer im Schach der Mächtigen einsetzen lassen, es sei denn, ich bestimme meine Züge selbst. Bring mich mit den entsprechenden Leuten zusammen, damit ich mir ihre Wünsche anhören kann.«

David und Rebekka verließen die Wohnung von Sean und Sabrina Griffith etwa eine Viertelstunde nach zehn. Um das Bild von Ruben Rubinstein nicht zu gefährden, hatten sie ein Taxi kommen lassen. An diesem Donnerstagabend war wenig Verkehr auf den Straßen, weshalb die Droschke bereits vor elf über das Kopfsteinpflaster am Richardplatz rollte. Noch im Wagen bemerkte David, dass etwas nicht stimmte.

Vor der Hausnummer 4 standen zwei Polizeifahrzeuge sowie ein Krankenwagen. In Windeseile bezahlte David den Taxifahrer und lief in den erleuchteten Flur. Rebekka war dicht hinter ihm. Zwei Sanitäter und ein Arzt drückten sich mit ernsten Mienen an ihnen vorbei ins Freie. Die beiden stiegen langsam die Treppe zu den Parterrewohnungen hinauf. Rechts stand das Ehepaar Blumenthal und blickte auf den Boden des Treppenhauses. Über die Steinfliesen war ein weißes Tuch ausgebreitet, die Konturen eines leblosen Körpers zeichneten sich darunter ab. Zwei Polizisten versuchten ihre Stiefel von der Blutlache fern zu halten, die unter dem Tuch hervorquoll.

Mehrere Herzschläge lang waren David und seine Frau unfähig sich zu rühren.

»Es ist doch nicht … *Mia?*«, hauchte Rebekka endlich in Esters Richtung.

Die schüttelte nur kurz den Kopf. »Die Joleite. Angeblich soll Mia sie im dritten Stock über das Geländer gestoßen haben …«

»Schweigen Sie«, ging einer der beiden Polizisten barsch dazwischen. »Herr Kriminaloberinspektor Stänker hat jegliche Gespräche zwischen den Mietparteien untersagt, bis alle Zeugenaussagen zu Protokoll genommen sind.«

David nickte. Mit einem letzten Blick auf das sich rot färbende Leichentuch schob er Rebekka zur eigenen Wohnungstür.

»Wir stehen Herrn Stänker jederzeit zur Verfügung«, sagte er zu dem Polizisten. Der schien noch zu überlegen, ob das Redeverbot auch für Ehepaare galt. Doch bevor er eine diesbezügliche Bemerkung anbringen konnte, waren die Pratts schon in ihrer Wohnung verschwunden.

Nachdem die Polizei eine Menge Fragen gestellt hatte, die Leiche weggeschafft und das Haus von allen Staatsdienern geräumt worden war, erfuhren David und Rebekka die Hintergründe der Tragödie. Bis in die frühen Morgenstunden saßen sie zusammen mit Richard Seybold sowie Wolfgang und Anneliese Hermann bei den Blumenthals und sprachen über den schrecklichen, unfassbaren Vorfall.

Gegen sechs hatten ein Lastwagen und eine schwarze Limousine vor dem Haus gehalten. Mehrere Männer waren herausgesprungen, darunter auch der Schwarzmantel, der die Verhaftung von Horst Lotter »beaufsichtigt« hatte. Möglicherweise gehörten die Männer der Sipo an, der Sicherheitspolizei, mutmaßte Chaim. Jedenfalls dauerte es kaum zehn Minuten und die Besatzung des Lasters kam wieder das Treppenhaus herunter, beladen mit den Bildern von Edgar Kramer.

Zum Ausräumen von Mias Wohnung brauchten sie etwa fünfzehn Minuten. Die ganze Zeit stand die Künstlerwitwe tränenüberströmt und händeringend auf dem Flur vor ihrer Wohnung. Ester war zu ihr geeilt, um sie zu trösten, was freilich wenig nutzte. Mia flehte den Schwarzmantel an, von der Beschlagnahme der Bilder abzusehen. Zuletzt schacherte sie mit ihm: Wenigstens ein *einziges* Erinnerungsstück an ihren Mann solle er ihr lassen.

Der Schwarzmantel blieb hart. Die »nervöse Kunst Geistesgestörter«, denn das seien Edgar Kramers Bilder, schade der Volksgesundheit. Man müsse das Reich daher von ihr reinigen, bevor sie die arische Gesinnung infiziere und vergifte. Der Witwe riet er, sich mit Fotografien ihres verstorbenen Gatten zu trösten. Das sei besser für sie und für alle Volksgenossen.

Nachdem die staatlichen »Desinfektionsbeamten« abgerückt waren, redeten Ester und Anneliese in der Wohnung der Blumenthals ungefähr zwei Stunden lang beruhigend auf ihre Nachbarin ein. Etwa um halb neun schien es Mia etwas besser zu gehen. Sie müsse nach Kleopatra sehen, sagte sie, ihrer Katze.

»Und wie kam es dann zu dem schrecklichen Unglück?«, fragte David. Pünktchen saß neben ihm, die Schnauze auf seinem rechten Oberschenkel, und ließ ihn keinen Moment aus den Augen.

Kurz nach zehn habe es im Hausflur einen schrecklichen Radau gegeben, erzählte Ester weiter. Einen Streit. Sie und Chaim seien daraufhin besorgt aus der Wohnung gestürzt. Aus dem dritten Geschoss drangen die erregten Stimmen von Mia und der Joleite herab. Noch nie habe sie Mia Kramer so zornig erlebt. In der Auseinandersetzung sei es zweifellos um Edgars Bilder gegangen, so viel habe man den einzelnen Satzfetzen entnehmen können, die bis nach unten drangen. Ester wollte nach oben laufen, um der hysterisch klingenden Mia beizustehen. Aber da flog ihr schon die Joleite entgegen.

Mit einem schauerlichen Rums landete die Jungfer im Erdgeschoss.

»Sie muss sofort tot gewesen sein«, flüsterte Ester. Seitdem gehe ihr der Anblick des zerschmettert am Boden liegenden Körpers nicht mehr aus dem Sinn.

»Dann war es ein Unglücksfall?«, fragte Rebekka. »Ein Handgemenge, bei dem die Joleite über das Geländer gekippt ist!«

»Mia sagt, ja«, antwortete Ester zögernd. Es war ihr anzusehen, dass selbst sie nicht wusste, was sie glauben sollte.

»Und danach? Wer hat die Polizei gerufen?«

Das habe Chaim getan, berichtete Ester, auf Mias ausdrücklichen Wunsch hin. Anneliese Hermann sei noch in die Wohnung gesprungen, um die Katze herauszuholen, für den Fall, dass die Polizei die Tür versiegelte. Mia bekam gar nicht richtig mit, was um sie herum geschah. Sie war einem Nervenzusammenbruch nahe. Das habe sie nicht gewollt, wiederholte sie immerfort, aber bedauern könne sie die Joleite auch nicht. Die habe damit angegeben, wie sie den Ortsgruppenleiter Unruh von der »entarteten Kunstsammlung der Kramerschen in Kenntnis gesetzt« und ihn aufgefordert hätte zu tun, »was immer die Partei für nötig halte«.

»Und dann haben sie ihr die Bilder weggenommen«, murmelte David. Die Art und Weise, wie die Nationalsozialisten in die Freiheiten der Menschen eingriffen, bestürzte ihn. War das etwa schon der Auftakt zum Finale des Jahrhundertplans? Nein, beruhigte er sich selbst, Deutschland war nicht die ganze Welt und Hitler nicht einmal so lange an der Macht wie vordem Kurt von Schleicher. Vielleicht würden die Deutschen noch rechtzeitig aufwachen und ihren selbst ernannten Führer in Bausch und Bogen aus der Reichskanzlei jagen, wie er es verdiente.

David versprach, gleich am nächsten Morgen einige Telefonate zu führen. Nicht nur um Rebekkas willen, die Mias Schicksal noch mehr aus der Fassung gebracht hatte als Ester Blumenthal.

»Stell dir vor, sie hängen ihr einen Mord an«, sagte sie

immer wieder, als die beiden schon lange im Bett lagen. »Dann verurteilen sie Mia doch zum Tod. Und sie ist meine Freundin, David! Ich könnte mir nie verzeihen, wenn ihr etwas zustieße …«

David drückte Rebekka ganz fest an sich, und sie ließ den Tränen freien Lauf. Er wusste nur zu gut, was in ihrem Kopf rumorte. *Sie* hatte Mia ermuntert, mit Edgars Bildern an die Öffentlichkeit zu gehen. Und jetzt glaubte Bekka, für das Unglück ihrer Freundin verantwortlich zu sein.

Fünf Tage später saß David im Wartezimmer eines Rechtsanwaltes namens Singvogel. Er wollte sich über den Stand seiner Bemühungen in Sachen Mia Kramer informieren. Martin Niemöller, der Pastor aus Dahlem, hatte David Dr. Singvogel empfohlen. Er sei *nicht* in der Partei – was durchaus auch von Nachteil sein könne –, aber ein sehr fähiger Mann.

Lustlos blätterte David in einer der ausliegenden Zeitungen. Japan sei am gestrigen Tag aus dem Völkerbund ausgetreten, hieß es da.

Er seufzte. Anscheinend wollten sich die Militärs nicht länger gängeln lassen. Wie wohl Hito darüber dachte? Seine Regierung stand unter der Devise *Showa*, »Leuchtender Friede«. Nun hatte sein Land der Institution eine Absage erteilt, die für sich die Verteidigung des Weltfriedens beanspruchte. Seit seiner Gründung war der Völkerbund mit der Umsetzung dieser Aufgabe wenig erfolgreich gewesen.

Zeitungen, die David nicht mochte – und dazu gehörte jede Art von Wartezimmerlektüre –, blätterte er grundsätzlich von hinten nach vorne durch. So kam es, dass er die wichtigste Nachricht des Tages erst lange nach dem kurzen Bericht über Japans Völkerbundaustritt las:

AUFRUF ZUM JUDENBOYKOTT

Fassungslos überflog David den Artikel. Die Nationalsozialisten riefen das deutsche Volk dazu auf, nicht mehr in jüdischen Geschäften einzukaufen, sich von jüdischen Ärzten behandeln oder von jüdischen Handwerkern Arbeiten verrichten zu lassen. Lange genug habe man unter der Knute der jüdischen Zinsknechtschaft gestanden und fast den wirtschaftlichen Niedergang des Reiches erleben müssen, damit solle nun ein für alle Mal Schluss sein.

Völlig benommen stolperte David kurz darauf einer Kanzleigehilfin hinterher, die ihn zu Dr. Singvogel dirigierte. Der Anwalt übte sich in verhaltenem Optimismus. Für ihn sei der Fall klar: Mia Kramer könne kein vorsätzlicher Mord angehängt werden, vermutlich nicht einmal Totschlag. Nur die Gesamtkonstellation sei ein wenig ungünstig, schränkte er ein, als spräche er von einem Horoskop. Eine treue NSDAP-Genossin sei von der Witwe eines Künstlers zu Tode gebracht worden, dessen Werk nicht dem Ideal »arisch-rassischer Größe« der nun Regierenden entspräche.

David verbürgte sich dafür, sämtliche Anwaltskosten zu übernehmen, obwohl ihm dieses Angebot Sorgen bereitete. Seine Ersparnisse schmolzen wie Schnee in der Sonne und die Honorare von *Time* waren auch nicht gerade berauschend. Dr. Singvogel versprach für die Klientin und ihren Gönner sein Bestes zu tun. Als wenn er das nicht immer täte.

Der »Judenboykott« traf Chaim sehr hart. Seit der Machtergreifung schon ließen sich die Auswirkungen der nationalsozialistischen Propaganda nicht mehr verleugnen, aber jetzt ging es wirklich an die Substanz.

Als David am Morgen des 1. April das Haus verließ, um eine Zeitung, frische Brötchen sowie bei Lindner ein Stück lose Butter zu kaufen, kam ihm die Veränderung zunächst wie ein schlechter Aprilscherz vor. Es gab nicht wenige von Juden geführte Geschäfte, aber alle, die er kannte, waren von dem Boykott betroffen.

Um sich ein besseres Bild von der neuen Situation zu machen, unternahm er einen kleinen Spaziergang. Erst lief er ein Stück die Neuköllner Bergstraße hinauf Richtung Norden und später wieder die Richardstraße zurück. Überall das gleiche Bild. Auch vor Chaim Blumenthals Buchladen.

Deutsche!
Wehrt Euch!
Kauft nicht bei Juden!

Das großformatige, auf das Schaufenster geklebte Plakat war wirklich nicht zu übersehen. Damit auch die Intellektuellen diese Aufforderung richtig verstanden, klebte gleich darunter ein zweiter Appell:

Deutsche,
verteidigt Euch gegen die jüdische Gräuelpropaganda,
kauft nur bei Deutschen!

Für die Analphabeten unter der NSDAP-ergebenen Bevölkerung gab es noch eine dritte Hilfestellung.

»Können Se nich lesen, wat da steht?«, erkundigte sich ein SA-Mann in rüdem Ton, als David sich anschickte den Buchladen zu betreten. Der braune Posten versperrte mit seiner beachtlichen Leibesfülle fast den Eingang. Seine Frage unterstrich er mit einem über die Schulter zeigenden Daumen.

David spielte den Ahnungslosen und lächelte. »Wieso? Ich halte mich doch streng an den Aufruf.«

Der SA-Posten machte ein böses Gesicht, drehte sich dann aber doch zu dem plakatierten Schaufenster um. Der oberste Anschlag drückte sich nun ganz unmissverständlich aus:

Deutsche!
ehrt Euch!
Kauft bei Juden!

Der zweite Anschlag sprach weiterhin nur die Akademiker unter der Bevölkerung an:

Deutsche
Gräuelpropaganda
nur bei Deutschen!

Bevor noch das Braunhemd sich einen Reim auf die neuen Parolen machen konnte – von denen ihm natürlich wieder einmal niemand etwas gesagt hatte –, war David schon im Geschäft verschwunden.

»Wie geht es dir?«, fragte er Chaim besorgt.

»Am liebsten würde ich den Laden gleich zumachen. Bis jetzt war erst ein einziger Kunde da. Der alte Ephraim. Er ist schwerhörig, deshalb hat er die Beschimpfungen und

Drohungen des SA-Schergen da draußen auch nicht verstanden.«

Ephraim Goldmann wohnte zwei Häuser weiter und störte manchmal die Kontroversen von Onkel Carl und Opa Heinrich durch völlig sachfremde Einwürfe. David nickte verständnisvoll.

»Lass dich nicht unterkriegen, Chaim. Sie können ja schließlich nicht jeden Tag vor dem Geschäft stehen und die Leute vergraulen.«

»Das hoffe ich auch. Bestimmt werden die Menschen bald aufwachen und sehen, was für ein faules Ei sie sich da mit Hitler ins Nest gelegt haben.«

»Weißt du vielleicht, wie das Braunhemd da draußen heißt?«

Chaim lachte freudlos. »Natürlich. Das ist Kurt Koslowski aus der Bergstraße. Hat mir früher immer stolz erzählt, dass er nicht mal in die Zeitung reinguckt. Aber Kinderbücher für seine Enkel kaufte er immer wieder. Vermutlich hat ihn seine Frau geschickt.«

David nickte. »Verstehe. Noch so ein netter Nachbar, der plötzlich seine wahren Gefühle entdeckt. Warte! Wenigstens für heute kann ich dir diesen Gesinnungslump vom Halse schaffen.« Schnell verließ er den Laden und baute sich auf dem Trottoir freudestrahlend vor dem SA-Posten auf.

Der, die Daumen im Hosenbund eingehakt, fragte barsch: »Warum jrinsen Se nu schon wieder, Sie Judenfreund?«

Höflich entgegnete David: »Ich freue mich nur für Sie.«

»Woll'n Se mir etwa ablösen oder wat?«

»Das ist gar nicht nötig. Sie dürfen auch so gehen.«

»Nu wer'n Se mal nich frech, Sie …!«

»Ruhig Blut, ich wollte Sie doch nur auf Ihren Abmarschbefehl dort hinweisen.« David deutete auf den untersten der beiden Anschläge.

Der massige Aufpasser drehte sich schwerfällig um und glotzte auf das Plakat. Man hörte das Räderwerk seines Verstandes förmlich krachen, als er den Text verarbeitete.

Kurt Koslowski.
Sofort in der Sammelstelle melden!

»Scheint dringend zu sein«, sagte David leichthin.

Kurt Koslowski riss sich von dem Schaufenster los und stierte den »Judenfreund« sekundenlang verständnislos an. Dann warf er sich herum und lief breitbeinig davon. Während er entschwand, hörte ihn David immer wieder staunend vor sich hin sagen: »Nee, wat is' die Partei schlau!«

Während Hitler am 4. April mit der Notverordnung »Zum Schutz des deutschen Volkes« zusätzliche Einschränkungen der Versammlungs- und Meinungsfreiheit einführte, versuchte David weiter einen Keil zwischen den Regierungschef und seinen Stellvertreter Papen zu treiben. Aber der Vizekanzler wich seinen Schlägen aus, als könne er sie vorausahnen. Er trat sogar von seinem Posten als Reichskommissar für das Land Preußen zurück, um Hermann Göring Platz zu machen. War Papen etwa schon am Abtauchen, um später anderswo noch größeres Unheil stiften zu können?

Hitler brauchte keinen Papen mehr. Am 7. April wurde der preußische Landtag aufgelöst, nachdem bereits am 31. März sämtliche Länderparlamente gleichgeschaltet, das heißt der Herrschaft der Nationalsozialisten unterworfen worden waren. Die Umformung des Reiches im Sinne der neuen Regierung machte rasche Fortschritte, was nun auch Davids Bruderschaft zu spüren bekam. Friedhelm Lauser war in den Augen des Regimes gleich dreifach vorbelastet. Erstens hatte er mit dem linken Flügel der Sozialdemokraten sympathisiert, zweitens in den letzten Jahren immer wieder Kritik an den Behörden und ihren lokalpolitischen Beschlüssen geübt und drittens gehörte er der Gewerkschaft an. Eine solche Person musste den Nazis zwangsläufig in höchstem Maße »undeutsch« erscheinen. Friedhelm war deshalb bereits Ende Februar untergetaucht.

Nun, einen Monat später, hatte er sich ein letztes Mal mit David zu einem konspirativen Treffen im Körnerpark verabredet. Die ehemalige Kiesgrube zwischen der Berg- und der Hermannstraße eignete sich vorzüglich für Personen, die nicht schon von weitem erkannt werden wollten, also Liebespaare, Spione und dergleichen mehr. Die Anlage war ein so genannter Tiefpark – man musste an seinem Rand stehen, um *hinein-*, besser noch *hinab*sehen zu können. Mit einer Orangerie, Kaskaden und einem Springbrunnen gab er einen idealen Hintergrund für »Zufallsbegegnungen« vermeintlich Erholung suchender Spaziergänger ab.

»Mir wird hier die Luft zu dünn«, begründete Friedhelm seine Entscheidung die Stadt zu verlassen. Die beiden saßen auf einer Parkbank und ließen sich die warme Aprilsonne ins Gesicht scheinen.

David war geknickt. Der Kollege von der *Berliner Illustrierten Zeitung* hatte ihm in den vergangenen Monaten nicht nur wertvolle Informationen geliefert, er war auch zu einem Freund geworden. »Wo willst du denn hin?«

»Erst einmal nach Dänemark. Von dort aus fahre ich vielleicht in die Neue Welt.«

»Du meinst, in die Vereinigten Staaten.«

Friedhelm nickte.

»Du sagtest mal, dein Englisch sei nicht schlecht.«

Der Freund nickte abermals.

David zog einen Zettel aus der Tasche und schrieb drei Namen und zwei Telefonnummern darauf.

»Laird Goldsborough, Henry Luce und Francis Jacob Murray?«, las der Reporter stirnrunzelnd.

»Der eine ist gewissermaßen mein direkter Vorgesetzter bei *Time* – Laird betreut die Auslandsnachrichten im Magazin. Und Henry Luce gehört der ganze Laden.«

»Ich soll mich in New York an den Herausgeber des *Time*-Magazins wenden?«, fragte Friedhelm ungläubig.

»Sag ihnen, dass *ich* dich geschickt habe. Von mir bekommen sie noch gesonderte Nachricht.«

»Und wer ist dieser Murray?«

»Das bin ich.« David grinste schief. »Es ist gewissermaßen ein Pseudonym von mir und wird Henry davon überzeugen, dass du nicht irgendein Wichtigtuer bist. Im Augenblick kann ich leider nicht mehr für dich tun, Friedhelm. Gib mir bitte über Sean Griffith bei der britischen Botschaft Bescheid, wenn du drüben eine feste Bleibe gefunden hast.«

»Vielen Dank für deine Hilfe, David, das werde ich machen«, versprach Friedhelm. Er zog seine Brieftasche aus der Jacke und entnahm ihr eine in der Mitte gefaltete Karte, die er David reichte. »Lass mich dir auch ein kleines Andenken geben. Ich brauche ihn ja jetzt nicht mehr.«

»Was ist das?«

»Mein Presseausweis. Mit einem Foto von mir. Vielleicht denkst du ja mal an mich, wenn du gerade nichts Besseres zu tun hast.«

David bedankte sich für das außergewöhnliche Erinnerungsstück und versprach es in Ehren zu halten. Die beiden Männer verabschiedeten sich voneinander mit einer Umarmung. Das ganze Treffen hatte nicht länger als fünf Minuten gedauert. David blieb noch eine Weile auf der Parkbank sitzen und blickte seinem Freund hinterher. Er musste sich erst sammeln, seine bösen Ahnungen verscheuchen. *Jetzt fangen Belials Schergen also wieder an, mir meine Freunde zu nehmen.*

Sir Lloyd Ayckbourn war ein liebenswürdiger älterer Herr mit dünnrandiger Brille, vollen Augenbrauen und schütterem grauem Haar. Er trug bevorzugt dunkle Nadelstreifenanzüge, zwängte sich aber hin und wieder auch in seine etwas enge Uniform. Wenn er lächelte und dann zum Sprechen ansetzte, erwartete man unwillkürlich die Worte »Es war einmal« als Einleitung zu einem anrührenden Märchen. Lloyd Ayckbourn leitete die Berliner Sektion des Secret Intelligence Service. Sein Deckname lautete »Väterchen«.

Offiziell bekleidete der aus der Grafschaft Yorkshire stammende Brite das Amt eines Militärattachés, eben das übliche für Agentenführer im Ausland.

»Sie müssen das so sehen«, erklärte er David bei einem ersten konspirativen Treffen im Zimmer 303 des Hotels *Esplanade*, »die britische Regierung ist außerordentlich wissensdurstig. Um dieses Bedürfnis zu stillen, brauchen wir Männer wie Sie, Mr Pratt. Als Journalist können Sie in viele Bereiche des öffentlichen Lebens vorstoßen, die uns verschlossen bleiben.«

»Mit der Freiheit der Berichterstattung ist es auch nicht mehr so weit her wie vor Hitlers Machtergreifung, Sir. Das Propagandaministerium achtet sehr genau darauf, welche Nachrichten das Land verlassen.«

Ayckbourn quittierte diesen gerechtfertigten Einwurf Davids mit einem großväterlichen Nicken. »Wir wissen das. Wenn Sie über die Stränge schlagen, sind Sie Ihre Akkreditierung los. Dennoch: Man ist sowohl in der Reichskanzlei als auch im Propagandaministerium zu der Überzeugung gelangt, dass die neue Regierung im Ausland dringend etwas Glanz benötigt. Deshalb haben Sie als *Time*-Korrespondent auch noch mehr Bewegungsspielraum als die deutsche Presse.«

»Dann wollen Sie also nur, dass ich Sie hin und wieder über meine Beobachtungen informiere?«, fragte David.

»So ist es, Mr Pratt.« Väterchen Ayckbourn lächelte und ließ seinen Blick auf die Tischplatte fallen, die ihn von David trennte. Auf dem rotbraunen Holz lagen zwei britische Pässe.

Im Grunde wusste David schon längst, worauf die Sache hinauslief. Wenn der Geheimdienst Ihrer Majestät es für nötig erachtete, würde man ihn unter Druck setzen und mehr von ihm verlangen. Andererseits konnte ihm der Kontakt zum Secret Intelligence Service auch von Nutzen sein. Und wenn die andere Seite zu aufdringlich wurde, dann blieb immer noch die Flucht in eine neue Identität. Diese lag zum Greifen nahe vor ihm auf dem Tisch. Er musste nur Ja sagen. Die nach Davids Wünschen speziell präparierten Pässe, gewissermaßen die amtlichen Beglaubigungen einer neuen Legende für die Pratts, waren ja der eigentliche Grund, weshalb Sean den Kontakt zu Lloyd Ayckbourn hergestellt hatte. David spürte selbst, dass die Luft in Berlin immer dünner wurde, wie Friedhelm sich ausgedrückt hatte. Daher wollte er vorbereitet sein, wenn es wieder einmal hieß, schnell und unauffällig abzutauchen.

David und Rebekka standen am Pariser Platz und verfolgten mit finsteren Mienen die Lastwagen, die von der Technischen Universität kommend durch das Brandenburger Tor fuhren. Auf den Ladeflächen lag die Fracht hoch aufgetürmt. Außen an den LKWs waren Plakate angebracht.

DEUTSCHE STUDENTEN MARSCHIEREN WIDER DEN UNDEUTSCHEN GEIST

Das, was schwer auf den Blattfedern der Wagen lastete, war eine Unmenge von »undeutschen« Büchern. Wilhelm Krützfeld war am Hackeschen Markt inzwischen zum Revierleiter aufgestiegen und rechtzeitig über den Transport informiert worden. Es musste ja alles seine Ordnung haben.

Die Aktion lief schon seit einigen Tagen. Vor allem Rebekka war außer sich vor Zorn gewesen, als David ihr die Neuigkeiten von dem geheimen Treffen mit Wilhelm erzählte (derartige Informationen am Telefon weiterzugeben wagte er nicht mehr). Anschließend hatte er »Väterchen« Ayckbourn in Kenntnis gesetzt.

Die Studentenkorsos erinnerten eher an Ausflüge von Männergesangsvereinen. Von glühenden Reden nationalsozialistischer Funktionäre begleitet, wurden sie nachts sogar mit Fackeln und Feuersprüchen illuminiert. In Wirklichkeit waren es Leichenzüge. Die Lastwagen hielten vor den öffentlichen Bibliotheken und die völkisch gesinnten Studenten schleppten bergeweise »weltbürgerlich-jüdisch-bolschewistische Zersetzungsliteratur« heraus. Nicht jeder konnte sich unter diesem Ausdruck etwas Gefährliches vorstellen, deshalb musste wohl auch ein so großer Aufwand getrieben werden.

An diesem Tag, dem 10. Mai, sollte der in Büchern gebannte »Ungeist« öffentlich verbrannt werden, wie eine Hexe oder irgendein anderer Dämon. Einige der größten Werke toter und – wenn sie klug waren, nun im Exil – lebender Autoren wurden damit »dem Feuer überantwortet«, wie es grausam beschönigend hieß. Die Bücher von Max Brod, Lion Feuchtwanger, Erich Kästner, Egon Erwin Kisch, den Brüdern Mann, Arthur Schnitzler, Kurt Tucholsky, Arnold und Stefan Zweig befanden sich darunter ... Die Liste war lang.

Chaim Blumenthal hatte einige Tage versucht sich auf seine jüdische Kundschaft zu konzentrieren sowie auf die wenigen, die noch den Mut besaßen, sich öffentlich zu einem jüdischen Mitbürger zu bekennen. Denn das musste man, wenn man an den SA-Posten vorbei ein jüdisches Geschäft betreten wollte. Dieses Aufbäumen gegen den staatlich geförderten Judenboykott war allerdings nur ein letzter, vergeblicher Kraftakt. Im Mai forderte der Börsenverein der Deutschen Buchhändler dazu auf, »undeutsche« Werke nicht mehr zu verkaufen. Die Lagerbestände ließen sich danach nur noch mit einigen wenigen antiquarischen Werken auffrischen. Die letzten, viel zu schnell verrinnenden Körnchen einer Sanduhr.

Eher aus stiller Wut denn aus Übermut nahm David

auf dem Plakat des vorüberziehenden Wagens eine geringfügige »Korrektur« vor. Die begeisterte Masse bemerkte nicht einmal, welch tiefer Wahrheit sie nun zujubelte:

DEUTSCHE STUDENTEN MARSCHIEREN WIDER DEN URDEUTSCHEN GEIST

»Komm«, sagte David müde zu Rebekka und legte ihr die Hand um die Schulter. »Ich kann diese johlende Menge nicht mehr ertragen.«

Rebekka nickte. »Du hast Recht. Gehen wir. Mir wird ganz übel, wenn ich diese aufgekratzten Studenten sehe. Sie lassen ihre Kultur zur Ader und merken nicht einmal, dass sie dabei verbluten. Außerhalb Deutschlands ist man schon längst auf den üblen Umgang der deutschen Regierung mit den eigenen Künstlern aufmerksam geworden. Sabrina hat mir erzählt, dass gestern sogar Arturo Toscanini deswegen seine Teilnahme an den Bayreuther Festspielen abgesagt hat. Stell dir das einmal vor, David: *Arturo Toscanini, der weltberühmte Dirigent*!«

David schüttelte ungläubig den Kopf. *Toscanini?*

»Übrigens«, sagte Rebekka nach einer Weile und lächelte ihn von der Seite her an, »das mit der Umformulierung des Plakates hat mir gefallen. Es war so ... intellektuell.«

Das Paar spazierte am Hotel *Adlon* vorbei, den Flanierboulevard Unter den Linden entlang, um dann beim Berliner Dom nach Norden abzubiegen und dem Spreeufer zu folgen. Das war vielleicht nicht der kürzeste Weg zu den Griffiths, aber es gab keinen Grund zur Eile. Sean und Sabrina hatten sie erst auf fünf Uhr nachmittags bestellt, es blieb also genügend Zeit, um im Opern-Café noch einen Zwischenstopp einzulegen.

Rebekka bestellte sich einen schwarzen Tee und ein großes Stück Mohnkuchen. David begnügte sich mit einem Kännchen Kaffee.

»Du siehst so besorgt aus, Liebster«, brach Rebekka endlich das minutenlange Schweigen.

David blickte von der Kaffeetasse auf und brachte ein einigermaßen akzeptables Lächeln zustande. »Mich beschäftigen immer noch die Bücher. Weißt du, was Chaim mir gestern erzählt hat?«

Sie schüttelte den Kopf.

»Er hat ein Angebot von der Kiepertschen Buchhandlung bekommen. Sie würden ihn als Verkäufer einstellen, obwohl er Jude ist.«

Rebekka ließ die Gabel mit dem Kuchenstück wieder sinken. »Dann will er also tatsächlich seinen Laden aufgeben?«

»Er kämpft noch mit sich selbst, aber ich fürchte, es wird darauf hinauslaufen. Seit der Verkündung des Judenboykotts ist der Umsatz völlig zusammengebrochen. Hinzu kommt noch, dass sie Onkel Carl die Pension gestrichen haben.«

»Aber das können sie doch nicht …!«

David nickte traurig. »Doch, Bekka, das können sie. Die Blumenthals sind Juden. Pensionen erhalten nur die ›deutschen Volksgenossen‹. Für Hitler sind alle Juden Ausländer und ich glaube, er wird sie eher früher als später aus diesem Land jagen. Ehrlich gesagt, mache ich mir um dich langsam Sorgen, Schatz. Vielleicht sollten wir Deutschland auch den Rücken kehren.«

Rebekka nahm seine Hand und drückte sie fest. »Ich

habe heute früh mit Ester gesprochen. Sie meint, schlimmer als jetzt könne es eigentlich nicht mehr werden.«

»Hoffentlich irrt sie sich da nicht.«

»Oh nein, Sean, tu mir das nicht an!«

»Im Grunde habe ich gar keine andere Wahl, David. Wenn der Botschafter möchte, dass ich als Gesandter im Hamburger Konsulat antrete, dann ist das eher ein Befehl als ein Angebot.«

»Und Befehle muss man befolgen. Das leuchtet mir ein.«

»So hört sich das aber nicht an.«

David schüttelte den Kopf und holte tief Luft. »Du bist hier einer meiner treuesten Verbündeten, Sean! Abgesehen von Edgar Jung vielleicht habe ich niemanden so umfassend in die Hintergründe des Jahrhundertplans eingeweiht. Die meisten meiner Auslandskontakte laufen über dich. Wenn du mich verlässt, muss ich mir neue Vermittler suchen und die Bruderschaft draußen informieren. Du weißt schon: verschlüsselte Nachrichten in toten Briefkästen und fingierten Warenlieferungen, konspirative Treffen … Das alles bedeutet nicht nur Arbeit, sondern auch ein großes Risiko. Verstehst du mich? Ich brauche dich, Sean. *Hier!*«

»Du musst *mich* aber auch verstehen, David. Es wäre absolut ungewöhnlich, die Versetzung nach Hamburg zurückzuweisen. Man würde Fragen stellen. Fragen, die deiner Sache nicht dienlich wären.«

»Ich dachte immer, es wäre *unsere* Sache, Sean.«

Das schmale Gesicht des Diplomaten spiegelte seine innere Zerrissenheit wider. Die bevorstehende Trennung setzte auch ihm zu. Einen Herzschlag lang schloss er die

Augen, dann sagte er: »Es *ist* unsere gemeinsame Sache, David. Ich bin ja nicht aus der Welt. Nicht einmal aus Deutschland. Wir bleiben weiter in Kontakt.«

»Etwa über Väterchen? Ich traue ihm nicht, Sean.«

»Wir vereinbaren einen neuen Geheimcode. Am besten, wir nehmen ein Werk der Weltliteratur und basteln uns daraus unsere Botschaften zurecht. Wer nicht weiß, welches Buch wir uns ausgesucht haben, kann auch die Nachricht nicht knacken.«

David kannte das Verfahren. Man tauschte drei Zahlenkolonnen aus. Zur Übermittlung eines einzelnen Wortes gab man an, auf welcher Seite, Zeile und Position es sich befand. »Also gut«, stimmte er schließlich zu. Was hätte er auch anderes tun können? »Dann werden wir uns zukünftig also mit der Welt der Insekten befassen.«

Seans Gesicht drückte Unverständnis aus. »Was hat das mit Weltliteratur zu tun?«

»Sag bloß, du weißt nicht, was für ein Klassiker *Die Biene Maja* von Waldemar Bonsels ist?«

Parade

Jemand arbeitete gegen ihn. Diesen Eindruck wurde David einfach nicht los. Wie sonst konnte es sein, dass er in Berlin nach Friedhelm Lauser nun auch Sean als Helfer verlor? Die Quelle Kurt von Schleicher sprudelte auch nicht mehr so wie früher.

»Geben Sie mir etwas Zeit, Mr Pratt.« Der geschasste Reichskanzler sagte immer dasselbe, auch an diesem Donnerstag nach der Bücherverbrennung.

»Die Glaskugel kann einmal über das Schicksal

unzähliger Menschen entscheiden, Herr Reichskanzler. Ich …«

»Nennen Sie mich nicht mehr so«, fiel der General David ärgerlich ins Wort. »Ich bin kein Regierungschef mehr. Dafür haben Papen und Konsorten gesorgt. Abgesehen davon, überlegen Sie doch einmal: Wenn diese seltsame Lichterkugel wirklich so bedeutend für die Menschheit sein sollte – woran ich übrigens immer noch nicht recht glauben kann –, dann ist sie bei mir vermutlich besser aufgehoben als bei Ihnen.«

David sah Schleicher erstaunt an. »Wie kommen Sie denn darauf?«

»Man könnte Ihnen die Kugel vielleicht eher stehlen als mir. Vor zwei Tagen hat jemand in mein Haus eingebrochen …«

David erschrak. »Sie haben doch nicht …?«

Schleicher schüttelte den Kopf. Sein Grinsen endete in einer hässlichen Grimasse. »Darum geht es ja gerade. Die Kugel ist nach wie vor in meinem Besitz, gut versteckt, wie spätestens jetzt auch unser gemeinsamer Widersacher wissen dürfte. Politisch mag ich zwar ein Versager sein, aber …«

»Sie sind kein Versager, Herr …«

»Lassen Sie mich ausreden, Mr Pratt. Ich weiß, was *ich* bin.« Schleicher fuhr sich mit einer zittrigen Hand über den fast kahlen Schädel und lächelte ahnungsvoll. »Aber bei *Ihnen* bin ich mir da nicht so sicher. Sie sind jedenfalls nicht der einfache *Time*-Reporter, für den Sie sich ausgeben. Das ist mir schon lange klar. Keine Sorge, ich vertraue Ihnen und Ihren guten Absichten, aber leider sind Sie, was die Letzteren betrifft, genauso schweigsam wie ich über den Aufbewahrungsort der gläsernen Kugel.«

Schleicher sagte die Wahrheit. Er war bisher zu unberechenbar gewesen, um sich für Davids Bruderschaft zu qualifizieren. Doch nun sah David ein, dass er von diesem streng militärisch denkenden Menschen keine Zugeständnisse erwarten konnte, wenn er nicht selbst bereit war, solche zu machen.

Er seufzte. »Na schön, ich werde Ihnen mehr über meine Bestimmung erzählen.«

Und das tat David dann auch. Mit aller Vorsicht weihte er Schleicher in die groben Strukturen des Jahrhundertplans ein. Anschließend nickte der Reichskanzler a. D. nachdenklich, bevor er endlich die erlösenden Worte sprach.

»Also gut, Mr Pratt. Lassen Sie uns einen Kompromiss schließen. Sie haben selbst zugegeben, dass die Glaskugel für den Augenblick bei mir sicherer verwahrt ist als in Ihrer Neuköllner Wohnung. Wenn Sie das Wissen um die Anwendung dieser – wie nannten Sie es doch gleich? – *Träne* erlangt haben, dann werde ich sie aus ihrem Versteck holen. Aber bis dahin ist sie meine Lebensversicherung.«

David stimmte dem Vorschlag zu. Schleicher hatte ja Recht. Papen und sein unheimlicher Großmeister Belial konnten erst unschädlich gemacht werden, wenn das Geheimnis von Jasons Träne vollständig gelüftet war.

Etwa zwei Wochen nach der Bücherverbrennung half David seiner Frau gegen sieben Uhr früh in die Jacke ihres cremefarbenen Kostüms, weil es an der Zeit war, sich zum verabredeten Treffen mit Edgar Jung zu begeben. Mittlerweile fand kaum noch eine Zusammenkunft mit Davids »Brüdern« in normalem Rahmen statt. Alles hatte einen verschwörerischen Charakter angenommen. Entweder begegnete man sich wie zufällig auf verschwiegenen Lichtungen im Grunewald oder an Orten, wo die Masse als Tarnung diente.

Treffpunkt an diesem Morgen war der Dennewitzplatz im Bezirk Tiergarten.

Als das Ehepaar Pratt aus der Wohnung treten wollte, musste es zunächst einmal einen Spiegel an sich vorbeiziehen lassen. Das Möbelstück kam von rechts: ein schmaler, fast mannsgroßer Nussbaumholzrahmen, in dem eine zersprungene Scheibe steckte.

»Muss einem der neuen Mieter gehören, die zum ersten Juni einziehen«, brummte David. Angeblich hatte man Horst Lotter ins Arbeitslager Brauweiler gesteckt, damit er dort die kränkelnde Volkswirtschaft aufpäppeln half. So weit war es also schon gekommen: Hitler führte die Sklaverei wieder ein.

Während Rebekka dem Spiegel missbilligend nachblickte, sagte sie: »Die Wohnung der Joleite soll in NSDAP-Hand bleiben. Herz heißt der neue Mieter, wenn es stimmt, was Ester mir erzählt hat. Und in die Wohnung von Hotte zieht ein Oberkommerzienrat Geyer ein.«

»Ein so hohes Tier muss auch ein bestimmtes Parteibuch in der Tasche haben. Bevor der preußische Landtag aufgelöst wurde, hat doch Göring noch allen nichtarischen Beamten nahe gelegt, ›freiwillig‹ den Dienst zu quittieren. Ende April haben sie dann die jüdischen Hochschullehrer entlassen.«

Rebekka hakte sich bei David unter. »Da kannst du Gift darauf nehmen, dass jetzt lauter Nazis bei uns einziehen. Komm, lass uns gehen. Sonst kommen wir noch zu spät.«

Sie fuhren mit der U-Bahn bis zum Bahnhof Gleisdreieck und liefen das kurze Stück bis zum Dennewitzplatz. Hier, inmitten des dichten Morgenverkehrs, direkt unter den schwarzen nietenübersäten Eisenträgern der Hochbahn hatten sie sich verabredet.

Edgar Jung wartete bereits.

David begrüßte den Publizisten und tippte dabei auf sein Handgelenk, als wolle er nach der Uhrzeit fragen.

Edgar streckte den Arm aus, blickte auf die Armbanduhr und sagte: »Lasst uns rüber in den Dennewitzpark gehen. Da dürfte uns niemand beobachten.« Dann sprang er behände durch den Verkehr auf die andere Straßenseite.

David und Rebekka blieben noch einen Augenblick stehen und unterhielten sich. Dabei blickte sich jeder unauffällig um. Seit ein paar Wochen war es fast unmöglich geworden, in der Öffentlichkeit Hitlers Hakenkreuzen aus dem Wege zu gehen. Man konnte sie überall entdecken: auf Fahnen, Plakaten, an Gebäuden, Automobilen, Menschen … Aber die gefährlichsten Hakenkreuzanhänger trugen ihr Emblem sicherlich nicht offen zur Schau.

»Komm!«, sagte David zu Rebekka, als er sicher war, dass sie von niemandem beschattet wurden. Sie warteten auf die nächste Lücke zwischen zwei Fahrzeugen und liefen hinüber zum Park.

Edgar saß auf einer Holzbank und fütterte Enten. Die Tiere stürzten sich von einem kleinen Weiher aus auf seine Brotkrumen, als hätten sie in diesem Jahr noch nichts zu fressen bekommen.

»Was ist denn geschehen?«, fragte David, nachdem er und Rebekka sich auf derselben Bank niedergelassen hatten. Edgar hatte ihm zuvor durch einen Boten einen Blumenstrauß zukommen lassen. Auf der beiliegenden Karte war zu lesen gewesen: »Herzlichen Glückwunsch zum Hochzeitstag.« Das bedeutete nichts Gutes.

»Papen ist ins Ausland verreist«, antwortete Edgar, ohne das scheinbar ganz mit sich selbst beschäftigte junge Paar anzusehen.

»Was? Etwa um sich abzusetzen?«

»Wenn's doch nur so wäre! Nein, er befindet sich in Rom. Im Vatikan, um genau zu sein.«

David schloss die Augen und vergrub das Gesicht in Rebekkas Haaren. *Jetzt geschieht also genau das, was ich befürchtet habe.* »Er versucht Hitlers Ruf im Ausland aufzupolieren, stimmt's?«

»Wenn seine Mission Erfolg hat, wird das sicherlich der Fall sein.«

»Lass mich raten: Er verhandelt mit Eugenio Pacelli.«

»Woher weißt du ...?«

»Der Kardinal ist ein Kenner der deutschen Seele. Er hat den Heiligen Stuhl hier zwölf Jahre lang als Nuntius vertreten.« *Und er würde so gut wie alles für seine vierzig Millionen Schäflein in diesem Land tun.*

Edgar warf den letzten Rest seiner Krumen vor die quakende Schar. »Franz von Papen leitet für Hitler die Verhandlungen über den Abschluss eines Reichskonkordats. Anscheinend ist der Vatikan ganz wild darauf, mit Hitler einig zu werden, natürlich nur, um seine Interessen zu wahren, wie es aus offiziellen Quellen heißt. Die Kurie hat letztes Jahr zwar mit Baden auf Landesebene einen entsprechenden Vertrag abgeschlossen ...«

»... und vor vier Jahren mit Preußen und 1924 mit Bayern. Ich kenne Pacellis beruflichen Werdegang in- und auswendig, Edgar.«

»Dann wirst du dir ja auch denken können, dass die Umstände für ein solches Vertragswerk noch nie so günstig waren wie gerade jetzt. Hitler braucht einen Erfolg auf dem internationalen Parkett und der Vatikan giert nach einer Police zur Absicherung seines deutschen Besitzstandes.«

»Und der Musterkatholik Franz von Papen soll beides in die Wege leiten. Warum konntest du mir keine bessere Nachricht überbringen, Edgar?«

Verstohlen drehte der Publizist den Kopf zu David und Rebekka. »Ich habe sie nicht gemacht, mein Freund. Leider bin ich nur der Bote.«

»Wenn Papen zurückkommt, dann bleib bitte an ihm dran, Edgar. Dieser Mensch wird mir langsam unheimlich.«

Der Publizist setzte ein gequältes Lächeln auf. »Die meisten würden in Papen ein Musterbeispiel des ewigen Verlierers sehen.«

»Ja«, sagte David bitter, »anscheinend bezweckt er auch genau das. Aber nimm nur einmal an, dass er Porzellan zerschlagen *will*. Wenn in Wirklichkeit der Zusammenbruch der Ordnung und die Entmenschlichung des öffentlichen Lebens sein Ziel ist, dann steht er mit einem Mal wie der glänzende Sieger da. Wir müssen etwas gegen diesen Mann unternehmen, Edgar, und zwar so schnell wie möglich.«

Nachdem Friedhelm Lauser und Sean Griffith Berlin verlassen hatten, kümmerte sich David vermehrt um seine verbliebenen zwölf »Brüder« in der Stadt. Als der Juni zu Ende ging, kam ein dreizehnter hinzu.

Martin Niemöller machte sich große Vorwürfe wegen

seiner früheren Fehleinschätzung der Nationalsozialisten. Hitler paktierte mit der katholischen Kirche und versuchte auch die evangelische zu kontrollieren. Die Protestanten warfen sich ihm allerdings nicht ganz so bereitwillig an den Hals wie die deutschen katholischen Bischöfe.

»Weißt du, was mich endgültig gegen die Nationalsozialisten aufgebracht hat?«, fragte Niemöller bei einem nächtlichen Treffen in Dahlem. »Es sind die Konzentrationslager.«

»Welche denn?«, fragte David vieldeutig.

»Ich habe bisher von sechs gehört: Oranienburg, Quednau, Sonnenburg, Hammerstein, Lichtenburg, die Strafanstalt Werden und das Arbeitslager Brauweiler.«

David nickte ernst. »Dann kommt jetzt noch ein siebtes hinzu: Dachau bei München. Vermutlich gibt es sogar noch andere. Goebbels' Propagandaministerium ist in diesem Punkt auffällig schweigsam. Wenn das so weitergeht, hält sich Hitler bald sämtliche Kommunisten, Sozialdemokraten und auch noch die Gewerkschafter als persönliche Sklaven.«

Martin zog an seiner ausgegangenen Pfeife. »Was erwartest du eigentlich genau von mir, David?«

»Ich habe den stellvertretenden Reichskanzler im Verdacht, Hitlers Position mithilfe der katholischen Kirche festigen zu wollen. Auch wenn du mir meine Weltverschwörungstheorie, oder wie du es genannt hast, noch nicht ganz abnehmen kannst, bin ich der festen Überzeugung, dass hier, in Deutschland, etwas seinen Anfang nimmt, was die ganze Welt ins Chaos stürzen könnte. Du hast gute Kontakte zu einigen katholischen Bischöfen. Wenn du also etwas Wichtiges über die Verhandlungen im Vatikan erfährst, dann lass es mich wissen. Aber sei bitte vorsichtig! Für die Drahtzieher des Jahrhundertplans ist ein Menschenleben nichts wert.«

Die Antwort aus Rom kam und kam nicht. Nachdem David von Papens Verhandlungen mit Pacelli erfahren hatte, schickte er sofort eine Nachricht an Lorenzo Di Marco. In dem Umschlag befand sich auch ein Brief an Papst Pius XI. David war zwar im Schriftlichen ein durchaus überzeugender Anwalt der eigenen Interessen, aber seine Gabe der Wahrheitsfindung erzielte nur im persönlichen Gespräch ihre volle Wirkung.

Er versuchte es trotzdem. Lorenzo möge dem Papst bitte unbedingt und so bald wie möglich das Schreiben aushändigen.

Mit eindringlichen Worten schilderte David darin dem Oberhaupt der katholischen Kirche die zu erwartenden Konsequenzen aus einem Konkordat zwischen dem Vatikan und dem Deutschen Reich. Seinen Freund, den Benediktiner, flehte er außerdem an, bei Pius gegen den Vertrag zu votieren und mit allem Nachdruck die Suche nach der »Gebrauchsanweisung für Jasons Träne« voranzutreiben.

David äußerte freimütig sein schlechtes Gewissen bei dieser letzten Bitte, waren seine eigenen Forschungen im Pergamonmuseum doch zuletzt fast im Sande verlaufen, weil der Kampf gegen Papen ihm alles abverlangt hatte. Aber er gelobte Besserung und wiederholte seine Bitte um Unterstützung. Angesichts der riesigen Ausmaße der Vatikanischen Archive verlange er von Lorenzo wohl Übermenschliches, jedoch die Lösung dieses *einen* »Tränen-Rätsels« könne dem ganzen »Belial-Spuk« ein Ende bereiten.

Am 20. Juni erhielt David eine Nachricht aus dem Tempelhofer Krankenhaus St. Joseph. Dort arbeitete eine Kinderschwester namens Magdalena Mertens, die auch im Sinne von Davids Schattenarchiv eine »Schwester« war. Sie hatte Post aus Mailand bekommen. Das musste die Antwort von Lorenzo sein!

Am nächsten Tag fuhr er mit der Straßenbahn nach Tempelhof, um die Sendung abzuholen. Als er wieder am Richardplatz eintraf, sah er gerade noch eine »Grüne Minna« davonfahren, wie die Berliner die großen Kastenwagen der Polizei nannten. Im Hausflur traf er auf eine völlig aufgelöste Rebekka. Auch einige der Nachbarn hatten sich im Parterre eingefunden.

»Was ist passiert?«, rief David.

»Sie haben Rix abgeholt«, antwortete Chaim zerknirscht.

Rebekka schneuzte sich in ein Taschentuch. »Rix werde verdächtigt, an staatsfeindlichen Aktionen teilgenommen zu haben, hat dieser abscheuliche Kerl gesagt. Du weißt schon, der mit dem schwarzen Ledermantel.«

Was denn nun eigentlich genau geschehen sei, wollte David wissen. Sei Rix etwa ein Bombenleger?

»Unsinn«, erwiderte Chaim. »Kommt erst mal rein. Im Hausflur gibt es zu viele gespitzte Ohren.«

Während Chaim im Wohnzimmer einen Apfelschnaps einschenkte, begann er seine Sicht der Dinge darzulegen. Dass die SPD am 21. Juni verboten worden sei, wisse David ja schon …

»Ja, ja«, unterbrach der ihn ungeduldig. »Ihre Funktionäre hat die Sipo eingesammelt und die Polizei sich in den Parteibüros eingenistet. Hitler hat mit dem Ermächtigungsgesetz alle Parteien außer der NSDAP weggefegt.

Wir wissen das alles, Chaim. Aber was ist mit *Rix*? Der ist doch kein Minister, nicht einmal ein Funktionär.«

»Anscheinend spielt das keine Rolle mehr. Kennst du nicht das deutsche Sprichwort: ›Die Kleinen hängen sie, die Großen lassen sie laufen‹? Hitler sorgt endlich für Gerechtigkeit: Er hängt alle auf.«

»Nun mal nicht gleich den Teufel an die Wand«, sagte Ester erschrocken. »Es ist doch schlimm genug, dass sie eingesperrt und zur Zwangsarbeit verpflichtet werden.«

Die Wohnungen im Haus am Richardplatz 4 schienen überaus begehrt zu sein. Bereits drei Tage nach der Festnahme von Richard Seybold fuhr ein großer Möbelwagen vor und starke Hände räumten die »Behausung des staatsfeindlichen Agitatoren« aus. Einen Tag später zog ein gewisser Herr Unmuth ein, der seinen Vornamen wie ein Staatsgeheimnis hütete. Unmuth war im RuSHA beschäftigt, dem »Rasse- und Siedlungshauptamt«, einer Unterabteilung der SS. Im Haus munkelte man, er habe sich hier vielleicht selbst eingenistet, um seinem Parteifreund und Nachbarn, dem Oberkommerzienrat Geyer, Gesellschaft zu leisten.

Während der Geyer seinem Unmuth kundtat, was bisher im Haus so gelaufen sei, verbündeten sich der erste Stock und das Parterre zu einer Einheitsfront gegen den höher gelegenen NSDAP-Block. In der Wohnung der abgestürzten Joleite hatte sich inzwischen ein neuer Mieter breit gemacht, gegen den die verblichene Jungfer ein wahres Mauerblümchen war.

Gottfried Herz schmückte sich mit dem schönen NSDAP-Titel eines Blockwarts. Äußerlich gab Herz nicht viel her. Er war kaum einen Meter siebzig groß, ziemlich beleibt, hatte ein bürstenartiges Hitler-Bärtchen, kurz geschorenes aschblondes Haupthaar und einen fleischigen Stiernacken. Letzterer legte sich jedes Mal in Fettfalten, sobald der Blockwart sein Kinn anhob, was er übrigens gerne tat. Herz oblag die Überwachung der Linientreue aller Bewohner seines Reviers sowie die Meldung etwaiger Abweichungen. Sein Zuständigkeitsbereich – der »Block« – umfasste in diesem Fall nur den Richardplatz 4. Herz berichtete an die nächste Hierarchieebene, die Zelle. Auf diese folgte die Ortsgruppe, dann kam der Kreis und über allem thronte der Gauleiter. Eine Zelle mit Herz an der Spitze oder gar einen Kreis unter sich – das war sein ehrgeiziges Ziel. Doch sein Alter von fast fünfzig verlangte nach einem zügigen Marschtempo. Deshalb war er ein sehr aufmerksamer Blockwart.

Der Wachsamkeit von Herz entging wirklich so schnell nichts. Am Sonntag, dem 2. Juli, hörte David unfreiwillig ein Gespräch mit an, das Onkel Carl und Opa Heinrich vor dem offenen Fenster seines Arbeitszimmers führten. Die beiden alten Herren sahen den Kindern auf dem Gehweg beim Spielen zu, ließen sich die warme Sonne auf ihre morschen Knochen scheinen und diskutierten dabei neueste Fragen des religiösen Lebens. Doch nicht nur das.

»… deshalb glaube ich, dass der Herz uns verpfiffen hat«, wehte Opa Heinrichs Stimme herein. David spitzte unwillkürlich die Ohren.

»Aber was hat der Herz mit eurer Magdeburger Druckerei zu tun?«

»Mumpitz«, schimpfte Heinrich. »Die haben die Nationalsozialisten doch schon am Mittwoch beschlagnahmt. Ich meine, was sie Wolf und mir angetan haben, vielleicht steckt er sogar hinter der Auflösung unserer Versammlung heute früh.«

»Hitler hat euch *aufgelöst?*«

»Ja doch! Ist denn das so schwer zu begreifen? Weil Jehovas Zeugen ihn nicht anhimmeln, will er sie weghaben.«

»Wen?«

Opa Heinrich stöhnte. »Wolfgang, Anneliese, das Lieschen und mich.«

»Ah ja. Ihr habt ja neulich euren Namen geändert.«

»Das war vor zwei Jahren. Ich glaube, wir sollten wohl lieber aus der Sonne gehen, sonst trocknet dein Hirn noch ganz aus.«

»Gib nicht so an, nur weil du sechs Jahre älter bist als ich und dir die Schnürsenkel noch alleine zubinden kannst.«

»Sieben Jahre, mein Guter.«

»Sechs Jahre und zehn Monate …«

»Wenn ich euch kurz unterbrechen dürfte«, sagte David und lehnte sich aus dem Fenster. »Zufällig habe ich euer Gespräch mit angehört.«

»Macht nichts«, sagte Onkel Carl. »Es pfeifen sowieso schon die Spatzen von den Dächern.«

»Was ist denn mit Wolfgang und dir, Heinrich, passiert?«

»Dem Heinrich geht's jetzt wie mir: Sie haben ihm die Pension gestrichen, angeblich weil er verbotene Schriften verbreitet hat.«

»Du meinst den *Wachtturm?*«

»Und *Das Goldene Zeitalter* und unsere Bücher«, stellte Opa Heinrich richtig.

David schüttelte den Kopf. »Und Wolf? Was haben sie mit ihm gemacht?«

»Rausgeschmissen haben sie ihn«, sagte Onkel Carl, noch bevor Heinrich richtig Luft holen konnte. »Weil er den ›deutschen Gruß‹ verweigert. Will eben kein Menschenverherrlicher sein.«

»Nein!«, entfuhr es David. Er hatte den Schrecken von Richards Verhaftung noch nicht überwunden.

Opa Heinrich nickte demonstrativ. »Nach der Schließung unseres Bethels in Magdeburg haben sie eine ganze Reihe von unseren Glaubensbrüdern verhaftet. Aber wir lassen uns davon nicht unterkriegen. Wenn nötig, predigen wir im Untergrund weiter.«

David war völlig durcheinander, abermals schüttelte er den Kopf und bat Heinrich mit leiser Stimme: »Euer Mut in Ehren, aber seid bitte vorsichtig, hörst du? Wenn der Herz etwas von euren Aktivitäten spitzkriegt, dann wird er nicht zögern, euch bei der Geheimen Staatspolizei ans Messer zu liefern.«

Dank seiner vielen fleißigen Helfer bekam Hitler jedenfalls das Reich langsam in den Griff. Die Hälfte der Deutschen, die ihn nicht gewählt hatten, muckte kaum mehr auf. Nun fehlte ihm nur noch die internationale Anerkennung. Noch war er isoliert. Aber das sollte sich schnell ändern.

David hatte bereits aus Lorenzos Brief erfahren, was sich da in Rom anbahnte. Papst Pius XI. habe wörtlich vor den deutschen Gesandten bemerkt, wie froh er sei, dass »an der Spitze der deutschen Regierung nun ein Mann steht, der sich dem Kommunismus kompromisslos widersetzt«. Diese offene Symphatiebekundung des Oberhauptes der katholischen Kirche hatte David erst Lorenzos folgende Bemerkung richtig verständlich gemacht: »Mir sind die Hände gebunden, mein Freund. Der Heilige Vater scheint wie besessen von dem Gedanken, ein Bollwerk gegen den Bolschewismus errichten zu müssen. Mit welchen Opfern dieser Schutzwall gebaut wird, ist ihm dabei völlig einerlei.«

So gewappnet hätte David die Nachricht vom 20. Juli eigentlich gelassener aufnehmen müssen. Aber er war dennoch erschüttert.

Franz von Papen und Eugenio Pacelli hatten im Grunde nur noch um die Kommasetzung des Vertragswerkes gerungen, aber nicht mehr um den Satzbau. Das fertige Papier wurde von den beiden mit großem Zeremoniell im Vatikan unterzeichnet. Wenn man davon absah, dass Hitler seinem Vizekanzler die Anerkennung Hindenburgs verdankte, dann war das *Reichskonkordat*, durch das der »Führer« die moralische Unterstützung der katholischen Kirche erlangte, vielleicht Papens abscheulichste Leistung. Die übrigen Großmächte – das Vereinigte Königreich, die USA, Frankreich und Japan – konnten sich dem aufstrebenden Kriegsverlierer jetzt nicht mehr länger verweigern.

David fuhr unverzüglich zu einer Krisensitzung nach Potsdam. Die Fakten waren nicht mehr aus der Welt zu schaffen, aber wenigstens über sie reden wollte er mit Kurt von Schleicher und Edgar Jung.

Der ehemalige Reichskanzler schien bereits resigniert zu haben. Er schüttelte nur den Kopf und sagte: »Papen ist so ein großer Verräter, dass Judas Iskariot im Vergleich ein Heiliger ist.«

David schluckte. *Ihr kennt Lord Belial noch nicht!* »Wie schafft es dieser Mensch nur, so viele Personen auf seine Seite zu bringen?«

Edgar lockerte seinen Krawattenknoten. »Er kennt die richtigen Leute und zieht im rechten Moment an den passenden Hebeln. Wie er die Katholische Aktion und führende Industrielle gegen den Kommunismus aufmarschieren ließ, das ist schon auf eine perfide Art genial! Dadurch hat er sowohl Hitler als auch Pius XI. für sich gewonnen.«

»Langsam hängt mir diese Art von Genialität zum Halse heraus. Einmal hat Papen doch schon gezeigt, dass er korrumpierbar ist. Er ist zwar ein miserabler Politiker, aber der Gedanke Macht auszuüben reizt ihn dennoch. Könntest du nicht noch einmal versuchen auf ihn einzuwirken, Edgar? Wenn er Hitler als eine Gefahr für sich sieht, unternimmt er vielleicht doch etwas, um den Größenwahnsinnigen zu Fall zu bringen.«

Edgar atmete tief ein und ließ die Luft dann geräuschvoll durch die Nase ausströmen. »Wenn es nach mir ginge, hätte Papen schon vor Wochen mit Hitler abgerechnet. Ich spreche mit dem Vizekanzler. Vielleicht darf ich ja endlich die Rede für ihn schreiben, die mir vorschwebt.«

Für den 12. November waren Reichstagswahlen ausgeschrieben, eigentlich ein irreführender Begriff, denn außer der NSDAP gab es ja niemanden mehr, den die Deutschen wählen konnten. Zu dem ganzen Spektakel passte gut ein Ausspruch von Henry Ford, den er einmal über seine grundsätzlich in schwarz ausgelieferte Tin Lizzy gemacht hatte. Geringfügig verändert war er auch gut auf die deutsche Misere anzuwenden: »Sie können das Modell ›Reichskanzler‹ in jeder Farbe haben, Hauptsache, sie ist braun.«

Um wenigstens den Schein zu wahren, hängten die Nationalsozialisten verschiedenartige Wahlplakate auf.

Eine Variante erfüllte David mit besonderem Abscheu. Sie war scharlachrot. Schon von weitem stach einem das fett gedruckte Wort »Reichskonkordat« entgegen. Darüber stand die Frage: »Warum muss der Katholik die Reichstagsliste Adolf Hitlers wählen?« Acht Punkte gaben die Antwort. Für die Vergesslichen schloss der Text auf dem Plakat mit dem Hinweis »Deshalb muss der Katholik am 12. Nov. so wählen«, dann kamen ein dickes Kreuz und der Name Adolf Hitler.

Dieser Bedienungsanleitung folgten nicht nur viele Katholiken. Die NSDAP »errang« bei der »Wahl« konkurrenzlose zweiundneunzig Komma eins Prozent der Stimmen. Papen mochte sich insgeheim freuen. Nicht nur über das Großkreuz des Piusordens, das ihm Pacelli – gewissermaßen als Vorschuss auf himmlische Wonnen – während der Unterzeichnung des Reichskonkordats um den Hals gehängt hatte.

Mehr noch als das päpstliche Ehrenzeichen beglückte Belials Jünger sicher das Erreichen eines wichtigen Meilensteins des Jahrhundertplans: Hitler konnte jetzt fast alles tun, was er wollte, und das sogar mit der moralischen Unterstützung der Institution, die sich selbst als Hüterin der Moral ansah.

Auch Rebekka bekam nun die Judenfeindlichkeit im Land zu spüren. Seit sie mit David an den Richardplatz gezogen war, hatte sie keinen Hehl daraus gemacht, was für eine »Sorte Blut« in ihren Adern floss. Das erleichterte Gottfried Herz die Arbeit. Er hetzte die Nachbarschaft gegen »die Judenbrut« im Parterre und die Bibelforscher im ersten Stock auf. Immer wenn Herz einen Nachbarn zu Gesicht bekam, streckte er den Arm schräg nach oben und schrie: »Heil Hitler!«

Dieser so genannte deutsche Gruß sei gar nicht so germanisch, hatte ihn David kurz nach der Entlassung von Wolfgang Hermann wissen lassen. Schon Mussolinis Untertanen hätten sich in den Zwanzigern vortrefflich aufs Armhochreißen verstanden.

Herz konnte das nicht beeindrucken. Die Italiener hätten ja wohl kaum »Heil Hitler!« gerufen, also seien die beiden Grußformen überhaupt nicht miteinander zu vergleichen.

Bevor die inzwischen ganz auf die Parteilinie eingeschworenen Richter in die Weihnachtsferien gingen, verurteilten sie Mia Kramer noch zu acht Jahren Gefängnis. Dieses Strafmaß sei das Beste, was er für seine Klientin habe herausholen können, rechtfertigte sich Dr. Singvogel nach der Verhandlung gegenüber David und Rebekka.

»Aber es war doch ein Unfall!«, jammerte Davids Frau. »Sie hat sich mit der Joleite gerangelt. Das ist doch verständlich bei dem, was die alte Jungfer Mia angetan hat.«

»Frieda Joleite gehörte der NSDAP an. Wäre sie eine Kommunistin gewesen und hätte Frau Kramer in ihrer Wohnung keine Kunst ›wider den deutschen Geist‹ versteckt, wäre vielleicht sogar ein Freispruch dabei herausgekommen. Aber so …«

»Was heißt hier *versteckt?*«, zischte Rebekka. Einige der Umstehenden drehten sich bereits nach ihr um. Leiser fuhr sie fort: »Die Bilder sind Erinnerungsstücke aus dem Nachlass ihres Mannes. Ohne sie wird Mia zu Grunde gehen!«

Dr. Singvogel hob in einer hilflosen Geste die Arme. »Das ist wohl eher ein Fall für einen Seelenarzt. Wenn Sie mich jetzt bitte entschuldigen würden – ich habe noch einen Termin.«

Das Paar blickte dem wehenden Talar des Anwalts sprachlos hinterher.

Rebekka zog ein Schnupftuch aus ihrer schwarzen Handtasche und tupfte sich die ersten Vorboten einer Tränenflut ab. »Wenn es stimmt, was Dr. Singvogel gesagt hat, und sie stecken Mia wirklich in dieses Frauengefängnis Gotteszell in Süddeutschland, kann ich sie nicht einmal besuchen.«

David nahm sie in den Arm. »Vielleicht kommt sie ja wegen guter Führung früher wieder heraus.«

»Ich habe Angst um sie, David. Mia hat mir einmal erzählt, dass ihr Herz verbluten würde, wenn man ihr Edgars Bilder wegnähme.«

Mit zitternden Fingern strich David über Rebekkas schwarzes Haar. »Ich weiß, Bekka, aber was soll ich denn tun?«

Franz von Papen schien endlich auf die »Einflüsterungen« seines Redenschreibers anzusprechen. Erst konnte David kaum glauben, was ihm Edgar Jung da Anfang 1934 berichtete. Die Art und Weise, wie Hitler alles an sich reiße, gefalle Papen überhaupt nicht. Doch der Publizist gab sich keinen Illusionen hin. Papen werde dabei wohl eher an die eigene als an die Freiheit des deutschen Volkes gedacht haben. Gerade Letztere schwinde ja wie das Tageslicht in der Abenddämmerung.

Edgars bittere Worte sollten dann bereits Ende März ihre grausame Bestätigung finden, als ein weiterer Schicksalsschlag die wenigen Aufrechten im Haus am Richardplatz erschütterte. Der Schwarzmantel tauchte wieder auf.

(Inzwischen hatte David auf verschlungenen Wegen erfahren, dass der Mann bei der Gestapo, Hitlers Geheimer Staatspolizei, arbeitete.)

Eines Morgens kam er in Begleitung von sechs uniformierten SS-Männern ins Haus stolziert, verlas Wolfgang und Anneliese Hermann eine behördliche Anordnung, nach der deren Tochter Elisabeth in die Obhut einer »guten deutschen Familie« überstellt werde, weil durch den Einfluss der leiblichen Eltern eine »Gefährdung des Kindeswohls« anzunehmen sei. Alles sei rechtens. Im Paragraph 1666 BGB ganz klar geregelt. Der Rechtshüter schnappte sich Lieschen und verschleppte sie, ohne dass die Eltern etwas dagegen tun konnten.

David und Rebekka erfuhren von dem Vorfall, als sie vom Einkaufen zurückkamen. Die Hermanns weinten sich bei den Blumenthals aus, was selbst den Pratts im Hausflur nicht entging. Letztere klingelten und wurden hinzugezogen. Auch Opa Heinrich und Onkel Carl waren anwesend.

»Vielleicht hätte euer Richter den Adolf doch nicht so reizen sollen«, merkte Onkel Carl an. Seinem Vorwurf fehlte allerdings die gewohnte Überzeugung. Mit dem Richter meinte er »Judge« Rutherford, den Präsidenten der Watch Tower Society, der Hitler im Februar ein Ultimatum gestellt hatte: entweder freie Religionsausübung für die Gläubigen oder Aufdeckung aller nationalsozialistischen Gräueltaten vor der Weltöffentlichkeit. Wie später bekannt wurde, hatte Hitler darauf einen Tobsuchtsanfall bekommen. Sofort wurden die Repressalien gegen die Bibelforscher verstärkt. Viele kamen gleich in die neuen Konzentrationslager. Bereits einige Tage bevor Lieschen vom Schwarzmantel abgeholt worden war, hatte man sie der Schule verwiesen, weil sie vor dem Lehrer partout nicht die Hand hochwerfen und »Heil Hitler!« rufen wollte.

David saß nur da und ballte die Hände zu Fäusten. Das Lieschen! Einfach den Eltern weggenommen. Er konnte es nicht fassen. Sara, Tabita und Benni waren noch in der Schule. Wenn die Blumenthal-Mädchen erst erfuhren, dass man ihnen die Freundin entführt hatte, dann würden sie schreien wie am Spieß. Als Mia Kramers Katze – trotz bester Fürsorge der Hermanns – vor zwei Wochen eingegangen war, hatten sie Rotz und Wasser geheult. Aber jetzt handelte es sich nicht um ein Schmusekätzchen, man hatte ihnen einen Menschen gestohlen.

Später am Tag fand Rebekka ihren Mann in dem großen Zimmer, das zum Hof gelegen war. Bis auf einen Schrank für Handtücher und Bettzeug gab es hier keine Möbel. In der Ecke standen ihre zerschrammten Koffer und Reisetaschen, griffbereit für die nächste Flucht. Ein Bügelbrett verriet die Hauptfunktion des Raumes. David hielt sein gezücktes *katana* in der Hand. Sein Blick lag auf der rasiermesserscharfen Klinge. Er schien mit den Gedanken weit weg zu sein.

»David!«, sagte Rebekka laut. Er zuckte zusammen, wirkte für einen Augenblick wie ein ertappter kleiner Junge. »Was ist mit dir, Liebster?«

Davids Augen wanderten wieder zum Schwert zurück. »Am liebsten würde ich zu Hitler gehen und ihm diese Klinge in den Bauch stoßen, und seinem Stellvertreter gleich mit.«

Rebekka trat schnell auf ihn zu und umarmte ihn von hinten. »Was redest du da? Du hast immer gesagt, du seist kein Mörder. Soll das jetzt nicht mehr gelten?«

»Vielleicht ist es meine Bestimmung *Exterminans* zu sein, einer, der das Übel von der Welt ›entfernt‹. Wäre das überhaupt möglich, ohne diese Unholde ebenso zu beseitigen, wie ich es mit Toyama getan habe?«

»Du bist wegen Lieschen so aufgebracht, stimmt's?«

David drehte sich in Rebekkas Armen um, damit er ihr in die Augen blicken konnte. »Sie ist doch nur ein Kind, Bekka, gerade elf Jahre alt! Wie können sie nur so etwas tun und sie ihren Eltern wegnehmen? Von wegen ›Gefährdung des Kindeswohls‹. Pah! Dass ich nicht lache. Wann werden die Menschen endlich aufhören, sich von anderen Lügen auftischen zu lassen, anstatt die eigenen Augen und Ohren zu benutzen? Elisabeth Hermann gehörte zu den Besten ihrer Klasse …«

»Und beim Klavierunterricht stand sie Sara und Tabita in nichts nach«, stimmte Rebekka zu.

David nickte zornig. »Sie lacht wie ein normales Kind und sie spielt wie andere Mädchen auch. Selbst ›Himmel und Hölle‹, obwohl die Hermanns von dem teuflischen Hochofen nichts halten.«

»Wofür du vollstes Verständnis hast, wie ich weiß.«

»Nicht nur dafür, Bekka. Du kennst doch Wolf und Anneliese genauso gut wie ich. Sie lieben ihr Lieschen und man merkt es dem Mädchen auch an. Wie können die Nazis behaupten, das Wohl dieses Kindes sei in Gefahr?«

»Wir beide wissen, was für ein Humbug das ist. Allerdings fürchte ich *jetzt* um Lieschens Wohlergehen. Aber was hilft es, mit diesem Schwert da herumzufuchteln, als könne es sämtliche Probleme dieser Welt lösen? In der Wilhelmstraße hat sich Hitler eine braune Festung aus SA, SS, Geheimpolizei und was weiß ich noch allem gebaut. Du kannst nicht einfach in die Reichskanzlei spazieren und Löcher in ihn bohren.«

David senkte den Blick. »Das weiß ich selbst. Ich bin nur so ... Ach, ich kann es nicht erklären.«

Rebekka drückte ihn und sah ihm von unten in die Augen. »Das könnt ihr Männer doch nie. Wozu brauchtet ihr sonst uns? Du bist entmutigt. Das ist ganz normal, David. Meinst du, mir geht es anders? Mia sitzt in einem Frauengefängnis in Schwäbisch Gmünd, Richard und Horst sind in Konzentrationslagern. Und jetzt das mit Lieschen – ich könnte in einem fort heulen. Aber wenigstens einer von uns beiden muss stark sein, um den anderen wieder aufzurichten.«

David lächelte freudlos und streichelte Rebekkas Wange. »Darin hast du schon immer großes Geschick bewiesen.«

Der Verlust einer einzigen Kinderstimme nimmt einem Haus mehr Leben als das Verstummen vieler Erwachsener. So jedenfalls empfand es David, nachdem man Lieschen in eine »gute deutsche Familie« gesteckt hatte. Dennoch gab ihm die Veränderung neue Kraft, wenn es auch eher Zorn als Eifer war, der ihn da antrieb.

Das Lieschen wohnte jetzt in der Hermannstraße, etwa zwanzig Gehminuten vom Richardplatz entfernt. Ihre Pflegeeltern besaßen dort eine Eckkneipe und freuten sich über eine billige neue Arbeitskraft. Die Bezahlung beschränkte sich auf tägliche Essensrationen, von Liebe stand nichts im Vertrag.

Wenigstens durfte Lieschen wieder die Schule besuchen, wenn auch die strikte Weigerung für Hitler die Hand hochzuwerfen ihr weiterhin Schwierigkeiten bescherte. Bald nach der »Aufnahme im neuen Heim« fielen in Lieschens Klasse zwei Stunden aus und sie wusste nichts Besseres damit anzufangen, als nach Hause zu laufen.

Anneliese und Wolfgang brachen in Tränen aus. Vor Freude. Niemand hatte ihnen gesagt, wo das Lieschen untergekommen war. Jetzt erzählte sie, wo sie lebte, dass sie oft der Hunger plage, welche Arbeiten sie in der Wirtschaft zu verrichten habe, wie schlimm die Schimpfworte der Pflegemutter seien, wie leicht dem Kneipenbesitzer die Hand ausrutsche …

Von diesem Tage an gab es häufiger geheime Treffen zwischen den Eltern und der Tochter. Ein wenig wie bei Moses und seiner angeblichen Amme, die ja in Wirklichkeit seine Mutter war, vertraute Ester mit bittersüßem Lächeln Rebekka an.

Etwa zur gleichen Zeit – es war mittlerweile April geworden – kreuzten David und Edgar Jung auf einem Ausflugsdampfer über die Havel. Das launische Wetter hatte nur wenige Mutige ins Freie gelockt. Das weiße Schiff war daher fast leer.

»Franz von Papen wird am 17. Juni eine Rede vor dem Marburger Universitätsbund halten«, sagte Edgar. Mit seinen vom Wind zerzausten Haaren sah er wie ein exzentrischer Künstler aus.

David wusste bereits, dass dieser Vortrag des Vizekanzlers von besonderer Bedeutung war. Seit Monaten hatten sie auf diesen Tag hingearbeitet.

»Hat Papen irgendeinen Verdacht geschöpft?«

Edgar schüttelte den Kopf. »Nein. Jedenfalls glaube ich es nicht. Er scheint wirklich davon überzeugt, dass Hitler ihm persönlich gefährlich werden könnte. Nach außen hin mimt er natürlich den Einsichtigen: Hitler hätte Hindenburg gegenüber die Loyalität aufgekündigt und die Nationalsozialisten hätten sich als Raubritterbande entpuppt. Er müsse dem Ganzen unbedingt Einhalt gebieten.«

»Wenn ihm seine Parade gegen den ›Räuberhauptmann‹ doch nur gelänge! Vielleicht sollte ich die Aktion bei Hindenburg vorbereiten. Wenn Papens Rede den Reichskanzler wenigstens ein wenig zum Wackeln brächte, dann könnte der Reichspräsident ihn vielleicht ganz umstoßen.«

»Das solltest du unbedingt tun. Wir müssen jede Möglichkeit nutzen. Und zwar sofort!«

In den nächsten Tagen kämpfte David wie ein Berserker. Natürlich rein verbal. Bei Otto Meißner, dem Staatssekretär des Reichspräsidenten, stieß er auf erbitterten Widerstand. Der Generalfeldmarschall Hindenburg sei nicht mehr der Jüngste und müsse seine Kräfte auf die Staatsgeschäfte konzentrieren. Vielleicht später.

Später konnte *zu* spät sein. David nahm sich vor, regelmäßig nachzuhaken.

Inzwischen rückte die Reise nach Marburg immer näher. Rebekka bestand darauf, David zu begleiten. Edgar Jung hatte dafür gesorgt, dass die beiden Papens Rede persönlich beiwohnen konnten. Auch einige NS-Größen hatten sich angemeldet.

Bereits am Vorabend des Ereignisses reisten David und Rebekka mit dem Zug an. Marburg war ein malerisches Städtchen, direkt an der Lahn gelegen. Neben den Fachwerk- und Steinbauten aus dem sechzehnten bis achtzehnten Jahrhundert glänzte die ehemalige Residenzstadt der

Landgrafschaft Hessen durch zahlreiche Bildungs- und Forschungseinrichtungen. Seit es Universitäten gibt, haben sich die Studenten immer wieder wie Flöhe in den Pelz der Machthaber eingenistet. Jedenfalls mussten es die Potentaten so empfinden, wenn sie aus den Mündern ihrer geistigen Jungmannschaft unangenehme Fragen und provozierende Lieder vernahmen. Deshalb ließen die Mächtigen den Studenten auch zu allen Zeiten eine Sonderbehandlung angedeihen: Die einen verhätschelten sie und die anderen brachten sie um.

Der Ort war also gut gewählt, um Hitler einen Denkzettel zu verpassen, vielleicht sogar mehr. Man munkelte, die Marburger seien eine »aufmüpfige Bande«. David kannte bereits die von Edgar Jung ausgearbeitete Rede und war gespannt. Schon erstaunlich, dass Papen sich bereit erklärt hatte, das Manuskript vorzutragen.

Am Samstagabend aßen David und Rebekka in einem Wirtshaus nahe der Elisabethkirche. Durch schmale Gassen, über unebenes Kopfsteinpflaster suchte sich das Paar später den Weg zu seiner Pension. Die Gaslaternen gaben zwar schon ihr trübes Licht, aber noch tobte der Kampf zwischen Tag und Nacht, den manche verharmlosend Dämmerung nannten. Der ganze Himmel war ein blutgetränktes Schlachtfeld. Die Sommersonnenwende stand kurz bevor. Würde auch der nächste Tag eine Wende in Davids Kampf gegen den Kreis der Dämmerung bringen?

Unruhigem Schlaf folgte ein karges Frühstück: Vertrocknete Samstagsbrötchen mit Mutters Sonntagsmarmelade. Der Kaffee war bloßer Ersatz: Er schmeckte nach Malz.

Als das Paar sich später zur Universität begab, plagten David Zweifel. War es wirklich richtig, hier zu sein? Er hatte sich mit Rebekka zwar frühzeitig auf den Weg gemacht, um sich Plätze in den hinteren Reihen zu sichern, aber es bestand dennoch die Gefahr, dass Papen ihn sah. Vor der Abfahrt aus Berlin hatte Rebekka ihm noch einmal die Haare frisch eingefärbt – eher eine psychologische Maßnahme. Außerdem trug er seit gestern einen albernen Theaterbart.

Papens Vortrag fand im großen Auditorium der Universität statt. Wie erhofft, konnten die beiden dem Ereignis aus sicherer Entfernung folgen: letzte Reihe, rechter Block, dritter Platz. Rebekka hatte den Sitz Nummer zwei okkupiert. Der Randplatz gehörte einem älteren Herrn mit riesigem Schnauzbart, der seinen Zylinder selbst im Halbdunkel dieses abgeschiedenen Winkels nicht abnehmen wollte.

Als der letzte obligatorische Vorredner endlich dem Vizereichskanzler das Feld räumte, saß David wie erstarrt da. Voller Spannung verfolgte er die Rede. Weniger der Text interessierte ihn als die Art und Weise, wie Papen ihn vortrug. Durchaus selbstbewusst, registrierte er mit Genugtuung. David war gespannt auf die Reaktion der Zuhörer.

Edgar Jung ließ Papen zunächst von dem Anteil der Konservativen an der Machtergreifung sprechen und legitimierte damit die »Rechenschaft der Wahrheit an das deutsche Volk«. Mit anderen Worten hieß das: Hitler belügt euch alle, aber mein Verantwortungsgefühl zwingt mich, damit ein Ende zu machen. Dann rügte Papen die Beschneidung der Pressefreiheit und tadelte die Neigung der Nationalsozialisten zum »Byzantinismus«, einer unwürdigen Kriecherei also, der er sich keinesfalls anschließen wolle. Er empfahl die Rückkehr zur Monarchie als Alternative zum Führersystem. Im Auditorium war es während der ganzen Rede mucksmäuschenstill. Als Franz von Papen seiner Zuhörerschaft schließlich für deren Aufmerksamkeit dankte, hatte er klar Stellung bezogen, den Machtmissbrauch der Nationalsozialisten scharf verurteilt. Was würde nun geschehen?

Zunächst herrschte Grabesstille. Einige im Saal schienen nicht glauben zu wollen, was sie da eben aus dem Mund des stellvertretenden Reichskanzlers gehört hatten. Aber dann erhob sich begeisterter Applaus.

David beugte sich lächelnd zu Rebekka. »Wir haben es geschafft! Komm, lass uns hier verschwinden.«

Riposte

Franz von Papens Rede sorgte über die Grenzen der Universitätsstadt hinaus für Furore. Nicht wenige rieben sich klammheimlich die Hände, hatte sich doch endlich einmal einer getraut, dem »Großkotz Hitler die Meinung zu geigen«. Sogar Hindenburg schickte ein Glückwunschtelegramm an seinen wieder erstarkten Protegé. Beim Hamburger Derby wurde Papen gar mit dem Ruf »Heil Marburg!« begrüßt – was den wütenden Goebbels zum fluchtartigen Verlassen der Veranstaltung nötigte.

David war in Hochstimmung. Auch Martin Niemöller äußerte verhaltenen Optimismus. Als Reaktion auf die repressive NS-Religionspolitik hatte sich auf der evangelischen Barmer Synode die Bekennende Kirche konstituiert. Hitler konnte also doch nicht alles und jeden gleichschalten. David war aufgeregt wie lange nicht mehr.

Wurde sein Wunsch nun Wirklichkeit? War vielleicht auch die Sonnenwende des Jahres 1934 das Symbol für das Kürzerwerden der Tage Hitlers?

Als wolle ihn das Leben für die erlittenen Rückschläge entschädigen, überschüttete es David nun geradezu mit Glücksbotschaften. Eine weitere, wahrhaft aufregende Nachricht kam aus München, wo sich gerade Ferdinand Klotz aufhielt. Seit 1932 suchte der ehemalige Polizist nun schon nach den Angehörigen von Johannes Nogielsky. Jetzt hatte er eine Spur gefunden, ja, mehr als das.

Johannes' Schwestern waren nach dem Großen Krieg an der »Spanischen Grippe« gestorben, aber seine Mutter, Katharina mit Namen, der Epidemie entronnen. Sie hatte einen Studienrat aus dem bayerischen Schwabach geheiratet. Später war das Paar nach München gezogen. Kurz nach Hitlers Machtergreifung war dann Katharinas Mann, ein gewisser Alois Stanglhuber, verhaftet und ins »Umerziehungslager« Dachau verschleppt worden. Im September teilte man Katharina mit, dass ihr Mann einen »Arbeitsunfall« erlitten und dabei sein Leben eingebüßt habe. Alois hatte mit den Sozialdemokraten sympathisiert.

Danach verlor sich Katharina Stanglhubers Fährte. So traurig die Geschichte von Johannes' Mutter auch war, so sehr erfüllte die Nachricht David doch mit Zuversicht, dass sie noch lebte. Vielleicht konnte er nun bald den Brief des Sohnes, den er hatte in Notwehr töten müssen, der Mutter aushändigen. Damit wäre ihm endlich eine schwere Last von der Seele genommen.

Jetzt musste nur noch das Geheimnis von Jasons Träne gelüftet werden, dachte David, schrieb einmal mehr einen Anfeuerungsbrief an Lorenzo Di Marco und stürzte sich selbst wieder verstärkt in die Forschungsarbeit im Pergamonmuseum. Doch der Rausch der Hoffnung sollte nur wenige Tage anhalten, bevor ein furchtbarer Schlag seiner Hochstimmung ein Ende bereitete.

David hatte sich mit Edgar Jung im U-Bahnhof Tauentzienstraße verabredet, um das weitere Vorgehen gegen Hitler zu besprechen. In dunkelgrauem Anzug saß er da wie ein Bankangestellter, der auf den nächsten Zug wartete.

Die vereinbarte Uhrzeit war fünf Uhr nachmittags gewesen. Um sechs bestieg David den Zug nach Hause. Eigentlich hätte er nicht länger als zwanzig Minuten warten dürfen. Diese Regel war von ihm selbst aufgestellt worden. Aber eine böse Vorahnung hatte ihn auf dem Bahnhof festgehalten.

Edgar Jung war nicht gekommen. Und er sollte nie mehr zu einem Treffen erscheinen. Einige Telefonate brachten Gewissheit. Man hatte ihn verhaftet. Aus seiner Feder war die Wahrheit geflossen, für die notorischen Lügner an der Macht Grund genug, sich seiner zu entledigen. Doch es sollte noch schlimmer kommen. Die Parade gegen die Nazis war abgewehrt. Nun folgte Hitlers Riposte.

Die ganze Aktion wurde von den Nationalsozialisten und den gleichgeschalteten Zeitungen als »Niederschlagung des Röhm-Putsches« deklariert. Erst Tage später konnte sich David ein ungefähres Bild vom tatsächlich Vorgefallenen machen. Einige Hintergrundinformationen dazu stammten vom Reviervorsteher Wilhelm Krützfeld und anderen Berliner Zuträgern. Die wirklich schockierenden Details lieferte aber der britische Geheimdienst. Sean

Griffith hatte David aus Hamburg über die Relaisstation »Väterchen« einen kodierten Brief geschickt. Als David den Berliner Agentenführer mit dem konfrontierte, was er bereits wusste, schloss Ayckbourn die letzten Lücken.

Es werde verbreitet, die SA habe versucht gegen Hitler zu putschen. Ernst Röhm, der Stabschef der Sturmabteilung, sei ja schon früher für seine Aufsässigkeit bekannt gewesen. Doch weil Hitler niemand wirklich Mächtigen neben sich duldete, habe er nach dem Grundsatz gehandelt: »Es kann nur einen geben.« Das jedenfalls war Väterchens Version von dem, was sich am 30. Juni und 1. Juli 1934 zugetragen hatte. Hitler habe sich mit seiner als »Staatsnotwehr« getarnten Mordaktion nur der widerspenstigen SA-Spitze sowie weiterer missliebiger Personen entledigen wollen. Zu diesem Zweck ließ er die Betreffenden kurzerhand umbringen.

David war entsetzt, als ihm Väterchen eine Liste der Ermordeten zeigte. Einige der Namen waren ihm wohl bekannt: Kurt von Schleicher und Ehefrau, *Edgar Jung* …

Lange saß er nur mit geschlossenen Augen da und versuchte zu begreifen, was geschehen war. Jeder, den er ins Vertrauen zog, schien zum Tode verurteilt zu sein. David machte sich schwere Vorwürfe.

Die Glaskugel!, schoss es ihm nach einer Weile durch den Kopf. Sie musste noch in Schleichers Versteck sein. Es sei denn …

»Und was ist mit Papen?«, fragte David just in dem Augenblick, als der Agentenführer dazu ansetzte, wieder etwas aufzurichten.

Väterchen hob die buschigen Augenbrauen. »Woher wissen Sie, dass er auch umgebracht werden sollte?«

»Reine Vermutung. Seine Rede vor dem Marburger

Universitätsbund soll bei Hitler ja nicht besonders gut angekommen sein.«

Väterchen erwiderte mit ausdruckslosem Gesicht: »Ich möchte zu gern wissen, wie Papen seinen Kopf aus der Schlinge ziehen konnte. Vermutlich hat er seinen Posten als Vize in die Waagschale geworfen. Der letzte Nicht-Nazi verlässt freiwillig die Regierungstruppe, dieses Angebot muss Hitler zupass gekommen sein. Jedenfalls hat Papen drei Tage nach dem Putsch offiziell das Handtuch geworfen. Hitler äußerte sein Bedauern und nahm den Rücktritt an. Wo Papen im Moment ist, kann ich nicht sagen, aber nach unseren Informationen lebt er noch, wenn auch – sozusagen – auf Eis gelegt.«

David fuhr sich mit der Hand durch die Haare und schüttelte den Kopf. *Was für ein bitterer Triumph! Das habe ich nicht gewollt, Edgar.* »Anscheinend hat Hitler sich da eine hübsche Mörderbande zusammengesucht. Jetzt kann ihn wohl niemand mehr stoppen.«

David fuhr mit der S-Bahn nach Neubabelsberg. Allein. Rebekka hatte wie üblich darauf bestanden, ihn zu begleiten, aber diesmal war David hart geblieben.

»Ich könnte verhaftet werden. Dann musst du ohne mich aus Deutschland fliehen. Warte bei den Blumenthals, bis ich wieder zurück bin.«

Mit versteinerter Miene sah er durch das Zugfenster auf die nächtlichen Straßen hinaus, im Licht der Gaslaternen bot sich ihm ein scheinbar friedliches Bild. Die Zeitungen quollen über von Erfolgsmeldungen der Nationalsozialisten. Nur ein Narr – oder jemand, der mit geschlossenen Augen durchs Leben ging – konnte an Hitlers Aufrichtigkeit und Kompetenz glauben.

Am Berliner Stadtrand hielt der Zug an einer nur schwach beleuchteten Station – David achtete nicht auf ihren Namen – und die letzten Leute verließen den Waggon. Nun war er allein.

Zwei Tage nach Abschluss der Mordaktion hatte Hitler das »Gesetz über Maßnahmen der Staatsnotwehr« erlassen, gewissermaßen eine nachgeschobene Legitimierung des Gemetzels. Offiziell gab das NS-Regime zu, siebenundsiebzigmal »in Notwehr« getötet zu haben. Über Kollegen vom französischen Geheimdienst gelangte Lloyd Ayckbourn bald aber an ganz andere Zahlen. Die Nazis hatten wohl im Eifer des Gefechts mit dem Zählen aufgehört und tatsächlich über vierhundert Menschen umgebracht.

In Potsdam endlich stieg David aus dem Zug. Um etwaige spätere Nachforschungen zu erschweren, rief er kein Taxi, sondern nahm lieber einen längeren Fußmarsch in Kauf. Grübelnd, die Hände in den Hosentaschen, marschierte er durch fast menschenleere Straßen. Endlich erreichte er das Anwesen in Neubabelsberg. Auf der Straße vor der Auffahrt stand eine dunkle Mercedes-Limousine. David glaubte zwei Menschen darin zu erkennen. Jetzt beschattete also die Geheimpolizei das Haus. Was sollte er tun?

Kurt von Schleicher war auf seine Villa immer stolz gewesen, vor allem auf die vielen Antiquitäten, mit denen er sie bis unters Dach voll gestopft hatte. Mehrere Rundgänge hatte David über sich ergehen lassen müssen. Nun rief er sich die Örtlichkeiten ins Gedächtnis zurück. Wie konnte er unbemerkt in das Haus gelangen? Und wo befand sich Jasons Träne?

Der Weinkeller! Mit einem Mal fiel es ihm wieder ein. Schleicher hatte immer viel Aufhebens um seine »edlen Tropfen« gemacht. Angeblich gab es vom Garten aus einen Zugang. Angestrengt dachte David nach. Ja! Da war eine Weinlaube hinter dem Haus, ein Gartenhäuschen für feuchtfröhliche Sommernachtsfeste. Er musste nur die Straße überqueren … Was natürlich völliger Unsinn war. Die beiden Polizisten würden ihn unweigerlich entdecken. Es sei denn …

Langsam wurden die Scheiben des Mercedes milchig. Für die Insassen der Limousine musste es aussehen, als ziehe Nebel auf. Eine für den Hochsommer unübliche Wetterkapriole, aber David war mit seiner kleinen Illusion trotzdem ganz zufrieden.

Während die Beamten im Inneren des schwarzen Automobils unter Zuhilfenahme der Scheibenwischer noch um klare Sicht kämpften, erklomm David die mannshohe Gartenmauer und war im nächsten Augenblick dahinter verschwunden. Erst jetzt entließ er das Bild des Fahrzeuges aus seinem Geist und gab den Geheimpolizisten so den freien Blick auf das Anwesen zurück, das sie beschatten sollten.

Das Gartenhäuschen war schnell gefunden, ein Fenster leicht aufgehebelt, schon Sekunden später lief David durch einen niedrigen unterirdischen Gang in Richtung Haus. Im Kellergewölbe angekommen tastete er nach dem Lichtschalter. Hier gab es keine Fenster, der Schein der drei Glühlampen konnte also von draußen nicht gesehen werden. David streifte sich Staub und Spinnweben von der Kleidung. Er musste nachdenken. Je früher er wieder von hier verschwand, desto besser. Wenn in knapp vier Stunden die Sonne aufging, konnte er leicht entdeckt werden. Aber wo sollte er mit seiner Suche beginnen? Wo nur in diesem riesigen Anwesen hatte Schleicher die Kugel versteckt?

Irgendwo zwischen dem Nord- und Südpol dieses Hauses …

Sagen wir, der Glasklumpen hält sich gerade irgendwo im schönen Kanada auf. Schleichers Worte hallten durch Davids Geist, als wären sie gerade eben erst gesprochen worden. In großen Teilen Kanadas herrschte ewiger Frost. Hatte der General den Keller gemeint, der selbst jetzt, im Sommer, noch sehr kühl war? David stöhnte innerlich bei dem Gedanken, die vielen, teilweise mit Gerümpel voll gestopften Räume durchwühlen zu müssen. Er erinnerte sich noch gut der Häme, mit der Schleicher ihm von Papens vergeblichem Versuch berichtet hatte, das »Objekt seiner Begierde« durch gedungene Diebe an sich zu bringen.

»Aber der Keller ist unten, sozusagen im Süden des Hauses«, flüsterte er. In seinem Kopf schien sich alles zu drehen. »Kanada dagegen befindet sich im Norden.« Er blickte zur Decke des Gewölbes hinauf. »Vielleicht auf dem Dachboden?«

Er musste ja irgendwo mit der Suche beginnen. Also schaltete er das Licht wieder aus und stieg in das dunkle Haus hinauf. Die alte Villa verfügte neben dem Erdgeschoss über zwei weitere Stockwerke. Zum Glück schien der Mond durch die Fenster und David war daher nicht allein auf seine Sekundenprophetie angewiesen, um verräterisch laute und zugleich schmerzhafte Zusammenstöße mit scharfkantigen Antiquitäten zu vermeiden.

Stockwerk für Stockwerk schlich er sich die knarzenden Stufen empor. Hier, direkt unter dem Dachgeschoss, war er bisher nur ein einziges Mal gewesen. Er umrundete einen Ahornschrank, um zur Dachbodentür zu gelangen. Dort oben herrschte bestimmt ein ähnliches Durcheinander wie im Keller. Die Glaskugel in all dem Plunder aufzuspüren glich der sprichwörtlichen Suche nach der Nadel im Heuhaufen …

Mit einem Mal, Davids Hand lag schon auf der Türklinke, verharrte er. Ganz langsam drehte er sich wieder zu dem schmalen Möbel um, das wohl nur deshalb hier im Flur stand, weil Schleicher dafür keinen anderen Platz gefunden hatte. Es handelte sich um einen wuchtigen aufklappbaren Sekretär. Für Keller oder Dachspeicher musste das altehrwürdige Stück dem General zu schade gewesen sein.

David näherte sich dem Möbel wie einem scheuen Tier, das man nicht aufschrecken will. Im silbernen Licht des Mondes sah er viele kleine Punkte auf dem grau schimmernden Holz. Vogelaugenahorn. *Ahorn!*

Das Ahornblatt zierte die Flagge Kanadas, das vor drei Jahren mit dem Statut von Westminster seine Unabhängigkeit vom britischen Mutterland gewonnen hatte. Und Schleicher wollte während der Genfer Fünfmächtekonferenz einen Teil der Souveränität Deutschlands wiedergewinnen. Die Glaskugel war für ihn bis zuletzt ein persönliches Symbol der Selbstbestimmung gewesen. Frei sein von Erpressung, Furcht, von Papen …

Schnell öffnete David die Klappe des Sekretärs und begann hastig die vielen kleinen Schubladen aufzuziehen. Doch seine Finger fanden nur Papiere, Schreibutensilien … Da! Er hatte etwas Kaltes berührt.

Noch bevor David den Gegenstand ganz ins Mondlicht gehoben hatte, bemerkte er schon seinen Fehlgriff. Es war nur ein gläsernes Tintenfass. Enttäuscht, mit leerem Blick starrte er auf die offen stehenden Fächer. Fehlanzeige. Aber so schnell wollte er nicht aufgeben.

Er befeuchtete seine Lippen und sagte leise, doch in beschwörendem Ton: »Wenn du Jasons Träne verborgen hältst, dann sollst du augenblicklich *weiß* werden.«

David musste einen Jubelschrei unterdrücken, als das Holz im Mondlicht plötzlich hell erstrahlte. »Gut«, sagte er. »Alles zurück.« Der Schrank nahm wieder seine alte Färbung an. »Wenn du die Kugel hier versteckt hältst«, David deutete auf die linke Seite über der Schreibplatte, »dann werde *weiß*.«

Der Schreibschrank behielt seine Farbe. »Na schön. Dann die andere Seite. Wenn die Kugel darin steckt, dann soll der Sekretär die Farbe des *Schnees* annehmen.« Wieder weigerte sich das Möbel, der Aufforderung nachzukommen. »Du willst es also auf die Spitze treiben«, sagte David drohend. »Also gut, dann werde deine Mitte *weiß*, wenn Jasons Träne dort verborgen ist.«

Das reich verzierte Mittelsegment des Schreibschrankes gehorchte aufs Wort. Aufgeregt begann David das hell schimmernde Schnitzwerk abzutasten. Er drückte, drehte und zog an diversen Vorsprüngen, kleinen Gesichtern und Blumenornamenten …

Klick! Plötzlich war das Türchen aufgesprungen. Das Geheimfach befand sich unter einer stilisierten Sonnenblume. Davids Hand tauchte in ein schmales dunkles Fach – und berührte etwas Kühles, Rundes.

Sie war es! Er hatte die Kugel gefunden! Fast wären ihm die Knie weggeknickt, so erleichtert fühlte er sich. Fasziniert blickte er auf die kleinen Lichttrabanten, die Jasons Träne im Mondlicht wie Gesichter umtanzten. Schon einen Atemzug später steckte er das kostbare Stück in einen mitgebrachten Stoffbeutel. Erst einmal musste er sich selbst in Sicherheit bringen. Dann konnte er seine Beute bewundern. In diesem Moment hörte er von unten ein Klappen.

Eine Tür! Jemand musste sich im Haus befinden. War das nur eine Routinekontrolle der Geheimpolizisten oder hatte er sich doch durch irgendetwas verraten? Auf der Treppe waren Schritte zu hören. Reichlich zielbewusst für einen normalen Kontrollgang.

Fieberhaft suchte David nach einem Ausweg. Nach unten konnte er nicht. Wenn er die Tür zum Dachboden öffnete, würde ihn bestimmt ihr Knarren verraten. Das Haus war wie ein alter Mensch, der bei jeder Bewegung klagte. Die Schritte kamen immer näher.

David sah unter sich einen Schatten. Erst jetzt wurde ihm bewusst, dass der Eindringling kein Licht angemacht hatte, das sprach gegen einen »behördlichen« Besuch. Langsam wich David von der Treppe zurück. Es war fast unmöglich, sich lautlos über die Dielen zu bewegen, doch er benutzte gezielt die Gabe der Verzögerung und dämpfte damit die Schwingungen des Holzes unter seinen Füßen. Als der Kopf des nächtlichen Besuchers über dem Treppengeländer erschien, war der Flur leer.

Durch die offen stehende Tür eines – so nahm David an – Dienstbotenzimmers hatte er freien Blick auf den Gang, von dem hier oben alle Zimmer abgingen. Im Türrahmen sah er ein Stück des Sekretärs, die Schreibplatte war noch heruntergeklappt. Plötzlich erschien eine dunkle Gestalt unter dem Sturz. Der Mönch!

Nein, beruhigte sich David, dem dieses Trugbild einen Herzschlag lang den Atem geraubt hatte. Der massige Körper des Mannes im Türrahmen gehörte nicht seinem Verfolger aus Mailand und Rom. Auch nicht Papen. Aber wer sonst konnte das sein?

Der Fremde stand jetzt vor dem Schreibschrank. David hätte mit dem Fuß aufstampfen können, weil er die Schubladen nicht wieder geschlossen und die Schreibplatte hochgeklappt hatte.

Plötzlich drang leises Fluchen aus dem Flur. Der Unbekannte musste wohl seine Schlüsse aus dem offen stehenden Geheimfach gezogen haben. Es rumpelte und kratzte. Die Schubfächer wurden in dieser Nacht ein zweites Mal durchsucht. Dann folgten ein paar weitere Flüche. Unvermittelt stand der Fremde wieder unter dem Türsturz. Doch diesmal blickte er direkt in das Dienstbotenzimmer.

David verharrte reglos vor einer hohen Standuhr. Nach Schleichers Tod hatte sie niemand mehr aufgezogen und ihr Pendel hing stumm herab. Er wusste, dass der Mann dort, höchstens vier Meter entfernt, in seine Richtung blickte, aber wenn er weiter konzentriert blieb, dann würde der andere nur eine Standuhr sehen.

In der Eile war David keine bessere Tarnung eingefallen. Er hatte einfach das Bild des Uhrenschranks seinem Gedächtnis eingeprägt und es anschließend auf seinen Körper übertragen. Mit einem ähnlichen Trick hatte er früher schon die Seiten aus Walter Andraes Notizbüchlein kopiert. David wagte nicht zu atmen. Warum starrte ihn dieser Schemen nur so lange an? Die Uhr stand in einer vom Mondlicht unberührten Ecke. Der Mann *konnte* ihn bei der Dunkelheit gar nicht sehen ... Oder nahm er vielleicht doch so etwas wie einen transparenten menschlichen Umriss wahr?

Schweißtropfen rannen über Davids Stirn. Der Fremde schien ihm direkt in die Augen zu sehen. Allmählich stieg Panik in David auf. Er wusste noch genau, wie eine seiner rot gefärbten Haarsträhnen vor den Augen von Gyula Horthy wieder weiß geworden war ... Plötzlich schrie der Mann in der Tür auf.

David zuckte zusammen. *Jetzt heißt es kämpfen*, dachte er. Vielleicht sogar noch gegen die beiden Geheimpolizisten unten, und wenn es ganz schlecht kam, würde seine Berliner Tarnung auffliegen und er musste mit Rebekka fliehen …

Er sprang vorwärts, um sich in eine bessere Verteidigungsposition zu bringen, aber anstatt von dem Unbekannten angegriffen zu werden, wirbelte dieser herum und raste wie ein Wahnsinniger die Treppe hinab. »Ein Geist!«, hörte ihn David immer wieder rufen. »Ich habe ein Gespenst gesehen!«

Als unten die Haustür krachend ins Schloss fiel, erwachte David zu hektischer Betriebsamkeit. Jeden Moment konnten die Geheimpolizisten ins Haus gestürmt kommen, und ob die sich mit seinem Farbentrick täuschen ließen, wollte er lieber nicht ausprobieren. Rasch lief er auf den Flur hinaus, versetzte den Ahornschrank hastig in seinen alten Zustand zurück und folgte dem Unbekannten nach unten. Gerade als er die Tür des Weinkellers hinter sich schloss, wurden die Portalflügel im Erdgeschoss aufgestoßen. Während die Geheimpolizisten damit begannen, das Haus zu durchkämmen, gelangte er unbemerkt auf die Straße zurück.

Rebekka fiel mehr als nur ein Stein vom Herzen, als sie David unbeschadet wieder in die Arme schließen konnte. Jasons Träne beachtete sie kaum.

»Ich hoffe, solche Unternehmen werden bei dir jetzt nicht zur Gewohnheit, Liebster.« Sie strich immer wieder über Davids Haare, als wollte sie sich der Unversehrtheit jedes einzelnen vergewissern.

»Das hoffe ich auch«, antwortete David und küsste ihre Stirn. »Jetzt lass uns die Beute mal genauer in Augenschein nehmen.«

Weil die Umarmung im Wohnungsflur stattgefunden hatte, steuerte er die Küchentür an. Über dem Tisch befand sich eine helle Lampe, in deren Schein packte David die Glaskugel aus. Das Paar betrachtete gebannt das seltsame Lichtspiel.

Die Kugel warf das schon bekannte Rosettenmuster auf die Tischplatte, das Walter Andrae zu der irrigen Annahme verleitet hatte, bei dem Glaskörper handele es sich um einen Schablonenstein. Jetzt, nach der Restaurierung, konnte man aber dazu noch eine Spur feiner Bläschen erkennen, die den polierten Gegenstand von Pol zu Pol durchzog. Als David die Kugel anhob, stiegen mit ihr auch die ovalen Lichtflecke auf, die sie noch auf der Tischplatte wie ein Dutzend Blütenblätter umringt hatten. Nun schwebten sie etwas unterhalb des Glaskörpers frei in der Luft und wirkten dabei erstaunlich plastisch.

»Wie zwölf kleine Monde, die einen Planeten umkreisen«, flüsterte Rebekka fasziniert.

»Nein, wie zwölf Gesichter einer Tafelrunde«, entgegnete David grübelnd. Im Mondlicht waren ihm diese viel deutlicher erschienen.

»Tatsächlich! Manche der Trabanten haben überhaupt keine Zeichnung, aber auf anderen kann man so etwas wie Augenhöhlen, einen Mund oder eine Nase erkennen.«

Rebekka fuhr mit der Hand durch die Lichterscheinung, einfache helle Flecken wanderten über ihre Haut.

»Nicht«, sagte David schnell und zog die Kugel weg.

»Was ist?«

»Ich weiß es nicht.« Schnell steckte er den seltsamen Gegenstand wieder in den Stoffbeutel zurück. »Ich will einfach keine Experimente mit dieser Kugel anstellen, bevor wir wissen, wie sie ursprünglich verwendet wurde. Immerhin schreibt Jason ja, man könne Lord Belial mit ihr herbeirufen. Überleg mal, er würde plötzlich hier auftauchen.«

Rebekka wurde bleich. »Daran hatte ich nicht gedacht ...«

»Schon gut«, beruhigte David sie. »Im Bügelzimmer gibt es eine lose Diele. Ich schätze, darunter ist die Glaskugel fürs Erste sicher aufgehoben.«

Rebekka nickte, als könne sie den geheimnisvollen Gegenstand plötzlich nicht schnell genug aus den Augen bekommen.

Während David mit einem Zimmermannshammer behutsam die Diele anhob, gingen ihm zahllose Fragen durch den Kopf. Ob die Kugel wirklich einmal die Gesichter der Geheimzirkelmitglieder widergespiegelt hatte? Warum waren dann einige unkenntlich, fast wie ausradiert? Konnte man Jasons Träne dazu bringen, auch Belials heutige Logenbrüder zu zeigen ...?

Olympische Maskerade

Wie Deutschland im Großen, so hatte auch das Haus am Richardplatz im Kleinen unter der nationalsozialistischen Machtübernahme gelitten. Wo früher Lebensfreude und fröhliches Miteinander geherrscht hatten, breitete sich nun im Gefolge von Misstrauen und Verdächtigungen Friedhofsruhe aus.

In Mia Kramers Wohnung war ein Parteifunktionär namens Hugo Kaltes eingezogen.

Selbstverständlich trug auch er ein kleines Hitler-Bärtchen und verstand sich trefflich mit Gottfried Herz, dem Blockwart.

Da David in der Entschlüsselung der Geheimnisse von Jasons Träne nicht weiterkam, kümmerte er sich wieder verstärkt um einen Termin beim Reichspräsidenten. Der unbekannte Besucher in Schleichers Villa konnte nur ein Handlanger Papens gewesen sein, vielleicht sogar derselbe, der schon einmal dort herumgeschnüffelt hatte. Davids Gegner musste ziemlich unter Druck stehen, wenn er ein solches Wagnis einging, noch dazu unter den Augen der Geheimpolizei.

Vielleicht hatte die Neutralisierung von Hindenburgs Protegé Papen sich positiv auf die Gesprächsbereitschaft des Generalfeldmarschalls ausgewirkt, jedenfalls ließ er David durch seinen Staatssekretär ausrichten, dass er am 4. August in Neudeck für ein Interview bereitstehe. Der hochbetagte Reichspräsident fühle sich nicht wohl und suche »in der guten ostpreußischen Luft Linderung«, erklärte Otto Meißner.

Eine kleine Luftveränderung konnte ihm und Rebekka auch nicht schaden, dachte David hoffnungsvoll. Paul von Hindenburg hatte Reichskanzler eingesetzt und entlassen wie einfache Adjutanten. Der alte Haudegen genoss im Volk immer noch großes Ansehen.

David fiel aus allen Wolken, als dann am 2. August 1934 über den Rundfunk das Ableben des Reichspräsidenten gemeldet wurde. Zwei Monate später wäre Hindenburg siebenundachtzig geworden. Ein Tor, wer da behauptete, der Kreis der Dämmerung hätte …

David kämpfte gegen den Gedanken an. Er wollte nicht enden wie sein Vater, der zuletzt hinter dem Tod eines jeden Menschen ein Mordkomplott des Geheimzirkels gewittert hatte. Aber war es nicht ein merkwürdiger Zufall, dass Hindenburg ausgerechnet zwei Tage, bevor …?

Nein, er musste jetzt einen klaren Kopf behalten, musste entscheiden, wie weiter zu verfahren war. Sollte er Deutschland unverrichteter Dinge verlassen? De facto war Hitler nun zum unumschränkten Alleinherrscher aufgestiegen, was sein neuester Titel trefflich ausdrückte: »Führer und Reichskanzler«. Sein Imperium war das »Dritte, das Großdeutsche Reich«. Nachdem das erste, das »Heilige Römische Reich Deutscher Nation« und auch das zweite unter Otto von Bismarck vergangen waren, nahm sich Hitler vor, es beim dritten Versuch besser zu machen. Tausend Jahre sollte die Sache schon halten.

Aber nicht dieser selbstherrliche »Führer« war ja Davids Gegner. Er kämpfte gegen den Kreis der Dämmerung, und dessen lokaler Repräsentant, Franz von Papen, schien entmachtet zu sein. Er war aus der Öffentlichkeit ebenso verschwunden wie vormals Kelippoth. Sicher, irgendwann musste David sich der beiden erneut annehmen, aber bis dahin wusste er vielleicht, wie Jasons Träne und die zwölf Ringe einzusetzen waren, um den Kreis der Dämmerung zu sprengen.

Als David gegenüber Rebekka die »indische Option« ins Spiel brachte, reagierte sie zurückhaltend.

»Das heißt also, du gibst hier auf«, sagte sie.

»Ich kann Deutschland nicht vor diesem Wahnsinnigen retten, wenn Deutschland selbst es nicht will.«

»Ich finde, du machst es dir ziemlich einfach«, antwortete sie kühl.

David war sich nicht sicher, was da lauter aus ihr sprach, die Vernunft oder das an den deutschen Freunden hängende Herz. Ihre Gefühle konnte er durchaus nachempfinden, sehnte auch er sich doch danach, den alten Balu Dreibein bald in Indien wieder zu sehen. Diesbezügliche Pläne fanden jedoch einige Wochen nach dem »Röhm-Putsch« und kurz nach Hindenburgs Tod ein jähes Ende.

Franz von Papen tauchte wieder auf.

Es war unglaublich! Da hatte Hitler alle seine Gegner aus dem Weg geräumt, er hatte Edgar Jung, den Verfasser der Rede vom 17. Juni umbringen lassen, aber denjenigen, der sie gehalten hatte – Franz von Papen –, ernannte er nun zum Botschafter in Wien.

»Und jetzt willst du bestimmt nach Österreich umziehen«, schlussfolgerte Rebekka, als David ihr von dem Papen-Phönix erzählte, der aus der Asche wieder auferstanden war.

»Darüber bin ich mir noch nicht im Klaren«, gab er zu. »Eigentlich wäre es das Naheliegendste. Andererseits darf ich mich nicht verzetteln. *Hier* wird die Musik gespielt, in Berlin. Meine Bestimmung besteht darin, den Jahrhundertplan zu vereiteln. Und der soll die Menschen so weit bringen, dass sie sich selbst ausrotten. Von allen Unholden auf der Welt scheint mir Hitler die derzeit wichtigste Rolle in dieser Weltuntergangstragödie zu spielen.«

Nach reiflicher Überlegung war David also zu dem Entschluss gekommen, in Berlin zu bleiben. Im schriftlichen Vermächtnis hatte sein Vater ausführlich beschrieben, wie Lord Belial sich die Umsetzung seines Planes vorstellte. Mitgefühl und Nächstenliebe sollten erkalten, bis die Menschen bereit waren einander zu zerfleischen. War eine solche Entwicklung nicht gerade in Nazi-Deutschland zu beobachten? Blockwarte bespitzelten und denunzierten ihre Mitmenschen. Schreckliche Gerüchte über die Konzentrationslager befanden sich im Umlauf. Erst Hitlers politische Gegner, dann die Zeugen Jehovas und neuerdings auch Homosexuelle mussten Zwangsarbeit verrichten bis zum Umfallen. Nicht nur große Firmen wie Siemens, die deutschen Ford-Werke oder die IG Farben beuteten das spottbillige Menschenmaterial aus, sondern auch kleine Unternehmen und sogar Privathaushalte. Viele hundert Zwangsarbeiter hatten schon ihr Leben verloren.

Auch in einer anderen Hinsicht machte der Jahrhundertplan Fortschritte: *Willst du ein Land ohne Schwertstreich erobern, dann musst du ihm nur seine Kinder nehmen.* So hatte es einst Teruzo Toyama kalt und berechnend vorgeschlagen und sein Herr, der Schattenlord, hatte ihn dafür gelobt. Mit den Kindern wollte Hitler seine wahnwitzige Idee eines tausendjährigen Reichs verwirklichen. »Zäh wie Leder, flink wie Windhunde und hart wie Kruppstahl« sollten die Hitlerjungen nach Baldur von Schirachs Vorstellung werden, den Hitler zum »Reichs-Erzieher« gekürt hatte. Diesen für Soldaten vorbildlichen Eigenschaften standen die Tugenden des weiblichen Nachwuchses gegenüber. Im BDM, dem Bund Deutscher Mädel, lernte man Zöpfeflechten, außerdem wie man eine gute Kartoffelsuppe kochte und alles andere, was ein Mädchen für seine zukünftige Aufgabe als »deutsche Mutter« offenbar brauchte.

Sara und Tabita Blumenthal hatten allerdings nicht die geringste Chance, deutsche Mädel zu werden. Sie waren ja Juden. Lieschen hätte in drei Jahren zwar dem BDM beitreten können, weigerte sich aber aus Glaubensgründen, diesen Schritt zu tun. Damit waren die Aussichten der drei, jemals eine Lehrstelle zu bekommen, beinahe gleich null.

David schrieb einen *Time*-Artikel über das Phänomen der Massenhypnose. Unter diesem Begriff fasste er Hitlers manipulative Fähigkeiten spitzzüngig zusammen. Dabei zitierte er den französischen Botschafter in Berlin, André François-Poncet, der seine Eindrücke sehr plastisch geschildert hatte:

> *Aber erstaunlich und nicht zu beschreiben ist die Atmosphäre der allgemeinen Begeisterung, in die die alte Stadt eingetaucht ist, dieser eigenartige Rausch, von dem hunderttausende von Männern und Frauen ergriffen sind, die romantische Erregung, mystische Ekstase, eine Art heiligen Wahns, dem sie verfallen.*

Weil die Hermanns sich dem »heiligen Wahn« nicht anheim geben wollten, fielen sie dem Blockwart Gottfried Herz unangenehm auf.

Am Samstag, drei Tage nach einer »staatsfeindlichen« Brief- und Telegrammaktion der Bibelforscher, die Hitler einiges an Nerven gekostet hatte, hörte David das Quietschen von Reifen auf dem Kopfsteinpflaster vor dem Haus, gefolgt von Stiefelgetrampel. Er sprang auf, schob die Gardine zur Seite und riss das Fenster auf. Als er den Schwarzmantel und die SS-Männer sah, ahnte er bereits, was das zu bedeuten hatte.

Einige schwarz Uniformierte waren bereits ins Haus gestürmt. Andere sicherten den Eingang, als gelte es eine Horde wild um sich schießender Anarchisten auszuschalten.

»Was tun Sie hier?«, rief David hinunter. Rebekka trat

von hinten an ihn heran und schlang ängstlich einen Arm um ihn.

»Bleiben Sie in Ihrer Wohnung, bis wir hier fertig sind«, blaffte der Schwarzmantel zurück und verschwand ebenfalls im Haus.

David dachte gar nicht daran. Er stürmte durch das Zimmer, den Flur und riss die Wohnungstür auf. Gegenüber tat Chaim Blumenthal gerade das Gleiche. Hinter ihm versuchte Ester den aufgeregt bellenden Dalmatiner zu bändigen. Von oben waren aufgeregte Stimmen zu vernehmen. Die Hermanns!

»Lassen Sie diese Leute doch in Frieden!«, verlangte David, jetzt eher flehentlich als fordernd.

Der Schwarzmantel blieb stehen und schloss kurz die Augen, als müsse er vor einer Antwort erst einmal ruhig werden. Dank Pünktchens bedrohlichem Knurren ein erfolgloser Versuch. Also funkelte der Gestapo-Offizier David wütend an und erwiderte drohend: »Diese Leute sind es, die hier den Frieden stören, Herr Pratt, also lassen Sie mich endlich meine Arbeit tun.«

Welchen »Frieden« denn? Und was heißt hier »Arbeit«? Außerdem: Woher kennt er meinen Namen? Er hat nicht mal auf das Schild über der Klingel gesehen! »Ist es die Grabesstille, nach der Ihnen der Sinn steht?«, fragte David frostig.

Das hätte er lieber nicht sagen sollen. Der Schwarzmantel gab einem der SS-Schergen einen Wink, worauf dieser seine Pistole zückte und vor der Pratt-Wohnung Posten bezog. Ein Doppelgänger des Mannes tat auf der anderen Seite bei den Blumenthals dasselbe.

David überlegte einen Augenblick, ob er in die Wohnung laufen und mit dem Langschwert zurückkehren sollte. Vor den Pistolen fürchtete er sich nicht. Eine Ladehemmung zu verursachen war für den Verzögerer keine große Sache. Aber was würde das ändern? Von dem Gemetzel einmal abgesehen, eine spektakuläre Befreiungsaktion gefährdete Rebekka. Und seine Aufgabe.

Voll ohnmächtiger Wut verfolgte David, wie Wolfgang und Anneliese die Treppe heruntergebracht wurden. Zuletzt schleiften die SS-Schergen Opa Heinrich heran. Die drei Verhafteten wirkten sehr gefasst. Natürlich sahen sie nicht wie Märtyrer aus, doch immerhin schien ihnen ihr Glaube eine erstaunliche Kraft zu verleihen.

Als Wolfgang zwischen den Blumenthals und den Pratts hindurchgeführt wurde, blickte er kurz nach links und rechts. »Macht euch keine Sorgen um uns«, sagte er. »Aber gebt bitte auf euch selbst Acht.«

Ein Mann von der »Schutzstaffel« stieß ihn grob weiter. Oben zeterte Onkel Carl, als sich Gottfried Herz an ihm vorbeistahl. Der wollte sich wohl an den Früchten seines Verrats weiden. Mit eingezogenem Kopf schlich er dem Schwarzmantel hinterher. Ob ihn wohl für seine Meldung eine Prämie erwartete? Oder wenigstens eine Streicheleinheit?

Als der letzte SS-Mann das Haus verlassen hatte, kehrte eine bedrückende Stille ein. Wie betäubt standen die Nachbarn beieinander, sahen sich an, ohne auch nur irgendetwas sagen zu können. Da ertönte ein Knarren.

Alle Augen wandten sich der Haustür zu, die jetzt einen Spaltbreit offen stand. Herein ragte der massige Schädel von Gottfried Herz. Der Blockwart hatte wohl nicht bedacht, dass er ohne eine Eskorte in den dritten Stock zurückkehren musste.

Vorsichtig, jederzeit fluchtbereit schlich er sich ins

Treppenhaus, überwand die Stufen, die zu den Parterrewohnungen hochführten. Auf der Treppe vor ihm stand Onkel Carl, zu seiner Linken und Rechten standen die Pratts und die Blumenthals. Ein Spießrutenlauf bahnte sich an.

»Sie sollten sich schämen!«, rief Chaim, ein noch sehr milder Tadel für das, was Herz verbrochen hatte.

»Warum versuchen Sie nicht die Menschen etwas besser kennen zu lernen, bevor Sie sie bei Ihrem Zellenwart anschwärzen?«, fragte David bedrohlich ruhig. »Dann würden Sie möglicherweise feststellen, dass diese Leute gar keine solchen Scheusale sind, wie Ihnen Ihr Führer immer weismachen will.«

»Wollen Sie etwa behaupten, der Führer spricht nicht die Wahrheit?«, schnappte Herz nach links, um sich gleich darauf nach rechts zu wenden, ein in die Enge getriebener Köter. »Und Sie«, zischte er, mit dem wurstartigen Zeigefinger auf Chaims Nase zielend, »kommen auch noch dran. Wir wollen kein Judenpack im Haus haben.«

Ehe irgendjemand etwas erwidern konnte, war Herz wie ein geölter Blitz an Onkel Carl vorbei die Treppe hinaufgeschossen.

»Eine fette Bulldogge auf der Flucht«, kommentierte der alte Mann das Bild. Bestimmt hätte auch jemand gelacht, wäre die Situation nicht so ernst gewesen.

»Was hat er damit gemeint, wir kämen auch noch dran?«, fragte Ester mit zittriger Stimme.

»Der droht doch nur«, versetzte Onkel Carl.

»Vielleicht sollten wir den Herz trotzdem nicht unnötig reizen«, wandte Chaim ein.

»Sich mit dem Blutegel auch noch gut stellen? Niemals!« Onkel Carl entwickelte jetzt ein geradezu jugendliches Temperament. »Hitler terrorisiert uns Juden schon lange genug. Du musstest deinen Buchladen aufgeben, weil sie dir die Kundschaft vergrault haben. Mir wurde die Pension gestrichen. In vielen Gemeinden dürfen wir nicht mehr die Kinos, Schwimmbäder oder Erholungsanlagen betreten. Viele unserer Zeitungen sind verboten worden. Schlimmer kann's doch gar nicht mehr kommen! Hitler ist für mich ein Anachronismus. Ein Mann, der im zwanzigsten Jahrhundert seine Mitbürger derart schikaniert, der kann sich unmöglich lange halten.«

Woher hatte der Schwarzmantel Davids Namen gekannt? Das Schild neben der Wohnungstür jedenfalls war von ihm keines Blickes gewürdigt worden. David beschäftigte diese Frage noch lange, nachdem nun auch der erste Stock zur Hälfte in Nazi-Hände gefallen war.

»Pack bitte ein paar Sachen in unsere Koffer oder Reisetaschen«, wies er Rebekka noch am Samstag an. »Nur für den Fall, dass wir plötzlich abreisen müssen.«

Abends traf sich David mit Väterchen alias Lloyd Ayckbourn. Er wollte sein Wissen mit jemandem teilen, der vielleicht etwas bewegen konnte, um den Verfolgten im Allgemeinen und den Hermanns im Besonderen zu helfen. Wenn das Vereinigte Königreich Druck auf Hitler ausübte, dann konnte diesem Nazi-Terror möglicherweise Einhalt geboten werden. Aber der britische Geheimdienstchef von Berlin nahm die ganze Situation nicht so ernst. Er versprach zwar, einige seiner Kontakte spielen zu lassen, machte aber auch klar, dass selbst Whitehall gegen unliebsame Gegner vorging. Natürlich nicht so radikal. Aber war es nicht das legitime Recht einer Regierung, sich gegen ihre Feinde zur Wehr zu setzen?

David verstand die Welt nicht mehr. Das heißt, er begriff mit jedem Tag besser, welcher Zynismus oft selbst Länder regierte, die sich als Ausbund der Tugendhaftigkeit verkauften. Doch gerade das machte ihn so wütend. Als Väterchen ihm anbot, in Zukunft stärker für den Secret Intelligence Service tätig zu werden, um damit einen größeren Beitrag zur Neuordnung der Welt zu leisten, blickte David ihn nur verständnislos an.

»Weshalb stehen Sie eigentlich meinem Anliegen so abwehrend gegenüber, wo wir beide doch dasselbe – das friedliche Zusammenleben der Menschen – anstreben?«, wollte Väterchen wissen.

»Möglicherweise liegt es daran, dass wir unterschiedliche Ansichten über den richtigen Weg zu diesem Ziel haben. Ich möchte nicht eines Tages in einer Sackgasse enden. Daher folge ich meinem eigenen Kurs.«

Väterchen lächelte nachsichtig. Beleidigt konnte man ihn sich ohnehin nicht vorstellen. »Irgendwann werden auch Sie einsehen müssen, dass Appelle an die Menschlichkeit nicht in jedem Fall ein adäquates Mittel sind.«

David ging weiter seinen Weg. Mit großer Behutsamkeit setzte er sein »Agentennetz« in Berlin und Umgebung wieder instand. Dank seiner Gabe der Wahrhaftigkeit konnte er vielen Menschen ins Gewissen reden. Er appellierte an den natürlichen Abscheu des Einzelnen vor jeder Form von Ungerechtigkeit. Der Mensch besitzt ein angeborenes Empfinden für Recht und Unrecht, das war seine feste Überzeugung. Leider gab es nur zu viele, deren Gewissen abgestumpft war.

Einige der Adressaten von Davids Sensibilisierungskampagne gehörten der Wehrmacht an. Hitler gab sich große Mühe die Muskeln seines Landes zu stählen, mit Panzern, Flugzeugen, Kriegsschiffen und Soldaten. Maßnahmen wie die Wiedereinführung der allgemeinen Wehrpflicht unterliefen zwar den Versailler Vertrag, schienen aber durch die Dolchstoß-Legende gedeckt, die längst zu einer festen Größe im braun kolorierten Weltbild eines jeden »guten Deutschen« geworden war: Im letzten Krieg sei das Heer von den Politikern gemeuchelt worden. Jetzt hieß es, den Kadaver zu beschwören, damit er sich aus dem Grabe erhob.

Wegen der eher bescheidenen Ergebnisse der Einflussnahme auf die Creme der deutschen Gesellschaft konzentrierte sich David schließlich wieder mehr auf seine journalistische Arbeit. Als Auslandskorrespondent von *Time* gelang es ihm, bei so mancher zweitrangigen Persönlichkeit im Machtapparat Zweifel am System zu säen. So auch bei einem jungen Offiziersanwärter namens Claus Graf Schenk von Stauffenberg, der noch von sich reden machen sollte. Davids größter Hoffnungsträger war allerdings nach wie vor Lorenzo Di Marco. Kurz nachdem die Italiener Anfang Mai 1936 in Addis Abeba eingezogen waren, traf ein sehr nachdenklich gestimmter Brief des Benediktiners am Richardplatz ein. Zwischen den Zeilen war deutlich von der Verzweiflung Lorenzos über die Reformunwilligkeit seiner Kirche zu lesen. Aber es gab auch Verheißungsvolles in dem Brief.

Lieber David!
Es ist alles gekommen, wie von dir befürchtet. Obwohl Kaiser Haile Selassi in seinem Land die Sklaverei abgeschafft hat, ist Mussolini über ihn hergefallen. Aus der päpstlichen Fabrik stammte die Munition, mit der die fast

wehrlosen abessinischen Freiheitskämpfer hingeschlachtet worden sind. Aber nicht nur deshalb schreibe ich dir. Bei der Suche nach der Glaskugel bin ich auf viel versprechende Hinweise gestoßen. Offensichtlich sind aus der Handschriftensammlung, die ursprünglich in der Bibliothek von Córdoba aufbewahrt wurde, vor nicht allzu langer Zeit einige Manuskripte entwendet worden. Den fehlenden Archivnummern zufolge könnte es sich dabei um Aufzeichnungen von Ibn Ruschd handeln, und zwar aus demselben Schriftenzyklus, in dem auch, wie du weißt, die »Bruderschaft vom Ende des Sonnenkreises« erwähnt wird. Ich dachte, das gibt dir ein wenig Hoffnung, wo wir doch alle gerade jetzt ein gehöriges Quantum davon gebrauchen können. Möge Gott uns allen beistehen.

Lorenzo

David machte sich seinen eigenen Reim auf Lorenzos Nachricht. Eine Passage war ihm sofort aufgefallen: »vor nicht allzu langer Zeit«. Er würde sich nicht wundern, wenn Kardinal Pacelli seinem Freund Papen die Manuskripte als Dreingabe zum Großkreuz des Piusordens ins Reisegepäck gelegt hätte. David verfasste umgehend ein Antwortschreiben, in dem er den Benediktiner bat nach Abschriften oder sonstigen Kopien von Ibn Ruschds Aufzeichnungen zu forschen. Diese seien bei bedeutenden Dokumenten keine Seltenheit. Aber Lorenzo möge sich beeilen. Die »Erfolge« Italiens im Abessinienkrieg könnten Hitler den Mund wässrig machen.

Davids Ahnung bestätigte sich: Am 1. November 1936 verbrüderten sich die beiden Diktatoren. Neben dieses Bündnis, die so genannte Achse Rom – Berlin, trat noch im selben Monat der Antikominternpakt zwischen Deutschland und Japan. Mit General Franco, der in Spanien einen Bürgerkrieg vom Zaun gebrochen hatte, arrangierte man sich ebenfalls zu beiderseitigem Nutzen. Jetzt gab es nur noch einen großen Despoten, der für sich allein herumdokterte, den paranoiden Stalin. Hitler und er teilten eine Leidenschaft: die schnelle und restlose Beseitigung von Gegnern. Wie lange würde es also noch dauern, bis auch aus dieser Seelenverwandtschaft eine Verbrüderung wurde?

Leider präsentierte sich der deutsche Wolf im Schafspelz. Aus der Presse konnte man spätestens seit 1935 nur Gutes über die wirtschaftliche Situation Deutschlands erfahren. Hitler gefiel sich in der Rolle des Drachentöters. Die bezwungene Bestie hieß »Weltwirtschaftskrise«. Die siechte zwar ohnehin schon seit geraumer Zeit dahin, aber das musste man ja nicht drucken. Mit allen möglichen Taschenspielertricks gaukelte Hitler der Öffentlichkeit seine vermeintliche Genialität vor: Offenbar konnte er die Arbeitslosenrate nach Belieben senken, den dabei hilfreichen »Arbeitsdienst« sinnvoll zum Bau von Autobahnen einsetzen und diese obendrein auch noch mit »Käfern« bevölkern, diesen kugeligen Kraft-durch-Freude-Wagen, die bald jeder fleißige Deutsche aus der Volkswagenfabrik abrufen würde.

Ob nun Augenwischerei oder nicht, die vermeintlichen Erfolge des »Führers« ließen die Welt aufhorchen, ja, sogar mitjubeln. Äußerer Anlass hierfür war am 1. August 1936 die Eröffnung der XI. Olympischen Sommerspiele in Berlin. Deutschland lud die Welt zu sich ein und der »Führer« einen sechsunddreißigjährigen Reporter aus Amerika.

David hatte es anfangs gar nicht glauben können, dass seine routinemäßige Anfrage vom Propagandaministerium positiv beschieden worden war. Der »Führer«, Adolf Hitler, erklärte sich zu einem Interview für die *Washington Post* bereit. Für bestimmte Zwecke bediente sich David einer »frisierten« Akkreditierung: Bei der zuständigen Behörde war er auch unter dem vieldeutigen Namen Hubertus Trap eingetragen. Auf jeden Fall würde Laird Goldsborough, Davids New Yorker Ressortchef bei *Time*, einen Freudentanz um den Artikel aufführen. Seit Beginn der Spiele waren nun schon einige Tage vergangen und David machte sich keine Illusionen darüber, welches Motiv hinter der neuen Offenheit gegenüber der Presse steckte.

Bereits bei der Eröffnungsfeier hatte sich Hitler von aller Welt feiern lassen. David und Rebekka waren Zeugen des Spektakels gewesen. Massen von leicht bekleideten Jungen und Mädels hüpften im Kessel des Olympia-Stadions wie Maiskörner in der Pfanne, schwangen Fähnchen mit Hakenkreuzen sowie olympischen Ringen und führten allerlei andere Kraft-durch-Freude-Übungen auf. Als schließlich die Mannschaften ins Stadion einmarschierten, grüßten sie fröhlich den »Führer« der Deutschen. Sogar die Franzosen warfen in deutscher Manier die Hände hoch.

Keine Freude, sondern Beklemmung verspürte David, als Hitler frenetischen Beifall für einen eher simplen Spruch erntete: »Ich verkünde die Spiele von Berlin zur Feier der XI. Olympiade neuer Zeitrechnung für eröffnet.« *Als hätte er gerade den Weltfrieden ausgerufen!*

Ähnlich beängstigend empfand David die Atmosphäre jetzt, da der »Führer« ihn im Haus des Deutschen Sports empfangen wollte. David hatte sich kraft eigener Begabung die Haare schwarz gefärbt. Außerdem klebte auf seiner Oberlippe und dem Kinn ein dazu passender zweiteiliger Theaterbart von jener Machart, die ihn schon in Marburg verunziert hatte. Er hoffte nur, das fusselige Ding würde sich bei dem tropischen Klima nicht lösen. Die alberne Maskerade gehörte zu Rebekkas Bedingungen für die Operation »Hitzkopf« (der Name stammte ebenfalls von ihr). Immer wieder kontrollierte David den festen Sitz des buschigen Schnauzers, wobei ihn das Gefühl plagte von allen Umstehenden argwöhnisch beäugt zu werden.

Er war nämlich nicht der Einzige, dem Deutschlands wichtigster Mann an diesem Tag die Ehre gab. Um ihn herum wartete noch eine ganze Reihe, ihm teilweise gut bekannter in- und ausländischer Reporter auf eine Audienz. Hoffentlich erkannte ihn niemand.

Alle schwitzten, zumeist wegen des schwülheißen Sommertages, vereinzelt auch aus Lampenfieber ob der bevorstehenden Begegnung mit dem charismatischen Führer des deutschen Volkes. David widerte die Art und Weise an, wie Goebbels die Spiele propagandistisch ausschlachtete, aber er wollte sich später auf keinen Fall den Vorwurf machen, nicht alles versucht zu haben den schnauzbärtigen Choleriker von noch größeren Schandtaten abzuhalten. Mit Genugtuung hatte er verfolgt, wie mit Jesse Owens ein Schwarzer die Mär von der Minderwertigkeit nichtarischer Rassen widerlegte – der Amerikaner gewann vier Goldmedaillen. Daran musste David jetzt denken, als er den weitläufigen Raum betrat, in dem ihn Adolf Hitler erwartete.

Der Diktator schickte ihm von einem ovalen Besprechungstisch das weltoffene Lächeln entgegen, das er extra für die Olympiade eingeübt hatte. Elastisch schwang er sich aus einem Sessel und umrundete das Eichenholzmöbel, um Davids Huldigung entgegenzunehmen. Hitler trug eine hellbraune Uniform, Reithosen und schwarze Schaftstiefel. Zwar lag die Mütze neben einer Blumenvase auf dem Tisch, doch auch so musste er in seiner Montur Höllenqualen leiden angesichts der hier wie überall spürbaren Sommerhitze. Aber der »Führer« gab sich keine Blöße. Bis auf einen Schweißfilm auf der Stirn wirkte er frisch und verstrahlte staatsmännische Gelassenheit.

Im Dunstkreis des Potentaten befanden sich ein Staatssekretär mit dunklen Flecken unter den Achselhöhlen sowie nicht weniger als fünf andere Herren mit kurzen Haarschnitten, die das olympische Lächeln noch nicht so perfekt beherrschten – vermutlich Leibwächter von der SS. Durch ein offen stehendes großes Fenster im Hintergrund waren der Jahnplatz und das in der Augustsonne glitzernde Wasser des Forumbeckens zu sehen.

»Mr Trap von der *Washington Post*, herzlich willkommen in der freien und friedlichen Weltstadt Berlin«, begrüßte Hitler seinen Gast und noch ehe er sich wundern konnte, warum David seine Hand nicht hochwarf, dankte dieser wortgewandt für die geopferte Zeit.

»Leider kann der Führer Ihnen nur ein begrenztes Maß davon widmen, Mr Trap«, hakte der Staatssekretär sogleich ein. »Deshalb schlage ich vor, Sie setzen sich und vielleicht«, er lächelte, wie um Nachsicht heischend, »konzentrieren Sie sich bei Ihren Fragen auf das großartige Fest, das wir auf dem Reichssportfeld feiern.«

Fragenkatalog abhaken, kritische Bemerkungen unerwünscht. David hatte den Wink mit dem Zaunpfahl verstanden und nahm lächelnd Platz. »Das Feld, ja«, murmelte er, als wäre er furchtbar zerstreut. Dann, als hätte er endlich seinen roten Faden gefunden, wandte er sich aufgeräumt an den Mann, den er zu seinen größten Gegnern zählte. »Herr Reichskanzler, Deutschland ist gerade Schauplatz von Kämpfen, die der Welt den Atem rauben. Wie empfinden Sie angesichts der starken Gefühle, die Ihnen so zahlreich entgegengebracht werden?«

»Ich bin tief gerührt«, gestand Hitler. »Die Olympischen Spiele verkünden der Welt Deutschlands wiedererlangte Größe.«

»Sie wollen damit sagen, der Nationalsozialismus hat Deutschland ein neues Gesicht gegeben?«

»Besser könnte ich es auch nicht ausdrücken, Mr Trap.«

David nickte. »Dann sind wir uns ja einig, Herr Reichskanzler. Wie beurteilen Sie übrigens die Chancen Ihrer Truppen … äh, verzeihen Sie, Deutsch ist nicht meine Muttersprache. Ich meinte, wo in der direkten Konkurrenz mit den anderen Nationen sehen Sie den deutschen Kader?«

»Natürlich werden wir den Sieg erringen.«

David nahm einen Schluck aus dem bereitgestellten Wasserglas, um die Vielsinnigkeit dieser Antwort zu verdauen und dabei unauffällig den Sitz seines Bartes zu kontrollieren. Dann lächelte er wieder und gab zu bedenken: »Aber gewisse Schwachstellen können Sie doch nicht leugnen, Herr Reichskanzler. Leider wird ja Max Schmeling nicht mehr für Deutschland in den Ring steigen …«

»Dafür haben wir Herbert Runge«, fiel Hitler dem Kleingläubigen ins Wort. »Wir werden trotzdem einen totalen Sieg erringen. Es gibt ja noch Richard Vogt, Michael Murach und diesen … diesen quirligen Kleinen …« Er blickte Hilfe suchend zu seinem Staatssekretär.

»Willy Kaiser, mein Führer«, sagte der wie aus der Pistole geschossen.

»Ja, genau. Unsere Männer werden die Gegner in Grund und Boden stampfen.«

»Ich dachte, beim Boxen seien Fußtritte nicht erlaubt«, bemerkte David scheinbar verwirrt.

»Das war nur ein Wortspiel, Mr Trap.«

»Ach, tatsächlich?«

Nun wirkte Hitler irritiert. Vielleicht dämmerte ihm auch, zu welch tiefsinnigen Äußerungen er sich hatte hinreißen lassen, aber bevor er sich darüber klar werden konnte, hakte der Wahrheitsfinder schon nach: »Sie müssen verzeihen, Herr Reichskanzler, der Sport ist eigentlich nicht meine Domäne. Lassen Sie mich kurz auf die politischen Implikationen der Olympiade zu sprechen kommen. Im Jahre 1916 wurden die Spiele Deutschland ja weggenommen, weil es als Kriegs-«

»Mr Trap!«, fuhr der Staatssekretär wie eine Furie dazwischen. »Diese Frage wurde dem Propagandaministerium vorher nicht eingereicht.«

»Ich habe ja noch gar nichts gefragt.«

»Mr Trap«, riss wieder Hitler das Wort an sich, »Deutschland ist im Krieg viel Unrecht widerfahren, nicht zuletzt durch die meuchlerische Art und Weise, wie man das im Felde unbesiegte Heer zur Kapitulation gezwungen hat. Der Nationalsozialismus hat diese Schmach endlich von unserer großen Nation genommen und er wird auch dafür sorgen, dass sie sich nicht wiederholt. Lassen Sie uns doch lieber über dieses schöne Fest da draußen reden.«

Diese Worte waren der Auftakt zu einer neuerlichen

Tirade Hitlers über die Pracht des Deutschen Reiches und den Stolz seines Volkes, die Welt in Berlin begrüßen zu dürfen. Seine Stimme klang gepresst, nicht ganz so druckvoll wie dereinst in der *Neuen Welt*.

Irgendwie gelang es David dann doch, die vermutlich auswendig gelernte Presseerklärung des »Führers und Reichskanzlers« zu unterbrechen und einige weitere, von Mal zu Mal kritischer werdende Fragen zu stellen. Die erste Antwort fiel noch wohlwollend aus. Die nächste dann schon knapper. Die übernächste barsch. Und als David zuletzt fragte, was denn der »Führer der Deutschen« davon halte, sollten sich die geladenen Gäste aus aller Welt verurteilend über die kolportierten hohen Sterblichkeitsziffern in den deutschen Konzentrationslager äußern, war der Ofen ganz aus.

Hitler sprang vom Stuhl auf und lief rot an. »Wer so etwas behauptet, gehört an die Wand gestellt!«

David hatte genug gehört und seine Rosskur in Sachen Wahrheitsfindung die erwarteten Ergebnisse gebracht. Um seine zufriedene Miene zu verbergen, griff er noch einmal nach dem Wasserglas und führte es zum Mund. Hitler war tatsächlich ein hitzköpfiger Psychopath mit einem gefährlichen Drang alles und jeden zu beherrschen. Ihn zu einem großmütigen Landesvater zu bekehren, hieße einer Hyäne das Beißen abzugewöhnen. Nein, David würde diesen Mann im Rahmen seiner Möglichkeit bekämpfen, nur so konnte die von ihm ausgehende Bedrohung abgewendet werden. Aber zunächst musste er ungeschoren aus diesem Zimmer herauskommen, was sich wegen eines dummen Missgeschicks als gar nicht so einfach erwies. Als er nämlich das Glas auf den Tisch zurückstellte, schwamm darin ein dunkler Schnurrbart.

Die überraschende Demaskierung führte im Raum zu unterschiedlichen Reaktionen. David erstarrte. Hitler stutzte. Dem Staatssekretär klappte die Kinnlade herunter, wobei seine Augen langsam aus den Höhlen quollen. Die Leibwächter verhielten sich berufsbedingt agiler. Wer da mit falschem Bart des Führers Nähe sucht, kann nur ein Attentäter sein, musste wohl ein Lehrsatz ihrer Ausbildung gelautet haben, jedenfalls griffen alle gleichzeitig zum Schulterholster und schickten sich an, den vermeintlichen Meuchelmörder unschädlich zu machen.

Diese unerwartete Wende machte David für Augenblicke völlig kopflos. Sein Gefühl signalisierte höchste Gefahr. Einer der SS-Männer, offenbar der jüngste der fünf, würde bald auf ihn schießen. Statt ruhig zu bleiben und die heikle Situation dadurch zu entspannen, sprang er vom Stuhl auf, um zur Tür zu stürzen.

»Nun packt ihn doch endlich!«, brüllte Hitler panisch vor Angst. Der Mörder war ihm ja zum Greifen nah. Zur Unterstreichung seines Befehls riss er den Arm hoch und streifte dabei eine Blumenvase.

Davids überspannte Nerven spielten verrückt. Anstatt Hitlers Missgeschick vielleicht irgendwie zur Flucht zu nutzen, folgte seine Hand dem Ruf der Sekundenprophetie und schnellte vor, um das herabstürzende Porzellangefäß aufzufangen. Dabei rückte er Hitler noch näher.

Er hätte jetzt mühelos die Vase in Scherben verwandeln und dem uniformierten Ungeheuer die Kehle durchschneiden können. Einen Herzschlag lang blickte er in die vor Wut und Angst funkelnden dunklen Augen seines Feindes. Da meldete sich warnend seine Sekundenprophetie.

Vier der Leibwächter hatten Davids plötzliche Bewegung unter die Rubrik »Harmlose Aktionen zur Rettung von Blumenvasen« eingeordnet, aber dem nervösen Benjamin gefiel es ganz und gar nicht, wie der provokante Ausländer mit dem »Führer der Deutschen« auf Tuchfühlung ging. Drei Schüsse fielen schnell hintereinander. Doch das Ziel war schon weggetaucht. Die Kugeln schwirrten nur eine Handbreit an der zu schützenden Person vorbei, zwei bohrten sich in die Wand, eine durchschlug die Tür.

Nun brach das Chaos aus. David, der zu Füßen Hitlers unter dem Tisch kauerte, sah, wie die Tür zum Konferenzzimmer aufflog und unzählige Beine hereinstürmten. Kurz erblickte er einen Reporter – war es nicht der von *Le Monde*? –, der draußen jammernd am Boden kniete und sich einen blutenden Arm hielt. An Hitlers Seite herrschte noch immer Uneinigkeit darüber, ob es sich bei dem ganzen Vorfall nun um ein professionelles Attentat oder doch nur um die Panne eines Amateurschwindlers handelte. David nutzte die Gunst des Augenblicks für einen Fluchtversuch.

Schnell rollte er sich zur Seite, kam neben dem »Führer« wieder auf die Beine und rannte zum offenen Fenster. Hinter ihm ertönte ein weiterer Schuss, aber David warf sich nach vorn und die Kugel pfiff über ihn hinweg. Wie ein Akrobat am Hochtrapez flog er mit ausgestreckten Armen durch das Fenster. Leider befand sich der Konferenzraum im ersten Obergeschoss.

Noch nie hatte der Verzögerer seine Gabe auf sich selbst angewendet. Dementsprechend unbefriedigend war das Ergebnis. David konnte seinen Sturz zwar verlangsamen, aber er schlug trotzdem unangenehm hart auf. Seine japanische Kampfausbildung trug wohl mehr zur Rettung seiner Knochen bei als die Kraft der Verzögerung.

Geschickt rollte er sich auf dem Boden ab. Um Haaresbreite wäre er auf einer breiten Freitreppe gelandet, die für derartige Übungen weit weniger geeignet schien.

Schon stand er wieder auf den Beinen, registrierte eher leidenschaftslos den Verlust des falschen Kinnbarts, der ihm im Flug abhanden gekommen sein musste, und rannte in Richtung Forumbecken davon. Das Haus des Deutschen Sports besaß einen großen Innenhof, den schon erwähnten Jahnplatz. An dessen Westende gab es einen Durchgang. In diese Richtung stürmte David, während hinter ihm energische Stimmen zum Aufgeben drängten. Er wusste, in diesem Moment wurden längst hässliche Befehle gebrüllt. Bald würde es hier von Sicherheitsbeamten nur so wimmeln.

Am Hofausgang angekommen sprangen David zwei schwarz uniformierte SS-Mannen in den Weg. Er machte sie in aller Schnelle mit den Geheimnissen des japanischen *ju jutsu* bekannt. Während die Schutzstaffler noch im Forumbecken nach Luft schnappten, lief David bereits Richtung Nordwesten am Hindenburgplatz vorbei, direkt auf eine Grünanlage zu. Wieder hörte er Rufe in seinem Rücken. Aber es fielen keine Schüsse mehr. Das würde denn doch den Glorienschein ankratzen, den die Nazis über ihr schönes Sportfest gehängt hatten. Zwei, drei Atemzüge lang ruhte David sich mit dem Rücken zum Arzthaus aus und blickte zurück. Sechs oder sieben Uniformierte folgten ihm. Er rannte weiter.

Die Parkanlagen rund um das Reichssportfeld gaben eine ideale Deckung ab. David überquerte einen Grünstreifen und gelangte in eine Siedlung. Ein paarmal veränderte er sein Aussehen, hier die Haar-, da die Hautfarbe. Bei genauerer Betrachtung hätte er als Jesse-Owens-

Double wenig Chancen gehabt, aber im Moment war Tarnung alles. Ästhetische Gesichtspunkte spielten eine eher untergeordnete Rolle.

Ein glücklicher Zufall bescherte David ein Taxi. Mit arisch blondem Haar, einem blauen und einem (versehentlich) grünen Auge sprang er in den Wagen und verlangte in Deutsch mit japanischem Akzent: »Zu den UFA-Studios bitte.«

Der Fahrer sah ihn entgeistert an.

»Nun fahren Sie bitte, ich habe es eilig!«

»Schon jut«, erwiderte der Chauffeur gelassen. Er drehte sich nach vorn und drückte aufs Gaspedal. Kopfschüttelnd murmelte er: »Nee, wat hat sich die Leni Riefenstahl nur dabei jedacht, so 'ne komische Type für ihr Olympiaepos uffzutreiben!«

»Wie war das Interview?«

David zuckte mit den Schultern. »Es hat nur dreizehn Minuten gedauert.«

»Hast du etwa die Zeit gestoppt?«

»Na ja, es kam mir jedenfalls so vor.«

»Und? Wie ist dieser Hitler so?«

»Also von ›mystischer Ekstase‹ habe ich bei mir nichts gespürt.«

»Willst du damit sagen, er war langweilig, so wie die meisten Politiker?«

»Eher reizbar, würde ich sagen.«

Rebekka runzelte die Stirn. »Gibt es da etwas, was ich wissen sollte?«

David nahm sie in die Arme. »Du musst mir aber versprechen, dich nicht aufzuregen.«

»Darüber reden wir später, wenn ich alles gehört habe.«

Der Hitler-Artikel kam in New York gut an. Henry Luce ließ sogar ein Titelblatt springen. Ihm gefiel der ironische Unterton in Davids Bericht: Die Nationalsozialisten verstünden es trefflich, aus den fünf olympischen Ringen Heiligenscheine zu machen, die sie, zusammengefügt zu einer fünffachen Krone, dann ihrem »Führer« aufs Haupt setzten. Derart illuminiert sei Hitler natürlich weit über die Landesgrenzen hinaus wahrzunehmen. Eine Aura der Weltoffenheit umwehe ihn und die Parteioberen. Aber Deutschlands olympisches Glänzen sei in Wahrheit nur propagandistischem Kalkül zu verdanken, die Welt wiege sich in Sicherheit, während eigentlich längst die Alarmglocken schrillen sollten.

Wahrheiten, wie in Davids Artikel ausgesprochen, wollten sich in diesen Tagen vielen Menschen nicht erschließen. Offenbar litten sie unter partieller Blindheit. Selbst in Deutschland wandten angesichts des Propagandatrubels nicht wenige ihre Augen von gewissen unangenehmen Vorfällen ab. Dass Juden bloßgestellt und Andersdenkende abtransportiert wurden, ließ sich eben nicht immer ganz verheimlichen.

Auch die Bewohner des Hauses am Richardplatz 4 wurden wieder nicht von den Ereignissen verschont. Die Schere zwischen schönem Schein und hässlichem Sein öffnete sich immer weiter. Und gerade die Blumenthals schienen dazu verurteilt, mit der Unmenschlichkeit des Regimes konfrontiert zu werden. Ein wichtiges äußeres Indiz für diese Entwicklung waren schon die so genannten Nürnberger Gesetze vom 15. September 1935. Seit ihrer Verabschiedung gab es in Deutschland auch höchst offiziell eine Zweiklassengesellschaft. Die Bevölkerung wurde in bloße »Staatsangehörige« und »Staats- oder Reichsbürger« mit vollen politischen Rechten aufgeteilt. Den Juden blieb Ersteres vorbehalten, weil die Reichsbürgerschaft nur an »Staatsangehörige deutschen oder artverwandten Blutes« verliehen werden konnte. Jüdisches Blut war nach nationalsozialistischer Auffassung alles andere als »artverwandt«, also arisch, und durfte bei Strafandrohung nicht mit dem reinen Saft vermischt werden.

Die Briten wurden von Hitler gnädigerweise zu »Artverwandten« erklärt. Als Ehemann einer jüdischen Frau machte sich David damit der »Rassenschande« schuldig. Straffrei blieb er nur, weil er einen ausländischen Pass besaß. So bekam nun auch David den eisigen Hauch des Rassismus zu spüren.

Selbst jüdische Kinder wie Sara und Tabita waren einem kalten Wind ausgesetzt. Sie konnten, wie bereits angemerkt, keine »Jungmädel« sein, weil sie ja nicht zur »Staatsjugend« gehörten. Im Moment verkrafteten beide diese Einschränkung noch ganz gut. Einen tieferen Einschnitt in ihrem Leben hatte dagegen der staatlich verordnete Schulwechsel bedeutet. Weil Reichserziehungs-minister Bernhard Rust meinte, eine »Hauptvoraussetzung für jede gedeihliche Erziehungsarbeit« sei die »rassische Übereinstimmung von Lehrer und Schüler«, hatte er bereits für das Schuljahr 1936 eine »möglichst vollständige Rassentrennung« verfügt. Seit einigen Monaten mussten Sara und Tabita nun schon mit neuen Mitschülern, anderen Lehrern, einem weiteren Schulweg und knapperer Freizeit zurechtkommen …

In dem Maße, wie der Staatsterror gegen Juden und andere unliebsame Gruppen zunahm, stieg auch der Nazi-Pegel am Richardplatz 4 an. Das Haus wurde zu einem Spiegelbild der deutschen Gesellschaft.

Nur einen guten Monat nach der Inhaftierung der Hermanns war ein Ehepaar Stolz in den ersten Stock gezogen. Er war ein drahtiger Mittdreißiger vom NSKK, dem Nationalsozialistischen Kraftfahrer-Korps. Sie arbeitete gelegentlich beim BDM als Erzieherin. Hauptberuflich war sie Mutter. Das Ehepaar Stolz hatte nämlich noch einen Filius – drei Jahre alt, kerngesund, kräftige Stimme – mit Namen Adolf. Eigentlich hätte Adolf ein Millenniumskind werden, am 20. April, dem Geburtstag des »Führers«, zur Welt kommen sollen, im ersten Jahr von dessen tausendjährigem Reich. Sehr zum Leidwesen der Eltern wurde Klein Adolf aber erst eine Woche später geboren.

David fragte sich, ob mit dem Einzug der Familie Stolz nun der Tiefpunkt in der Geschichte des Hauses erreicht war. Am Morgen des 14. März 1937 sollte er eine erschütternde Antwort auf diese Frage bekommen.

Es war noch früh am Tag. Sehr früh. David wurde wieder einmal von Motorenlärm und quietschenden Reifen geweckt. Er schreckte aus dem Bett hoch. Es dämmerte gerade.

»Was ist?«, fragte Rebekka.

»Da geht etwas vor«, antwortete David und war schon aus dem Bett. Er angelte sich seinen Morgenrock von einem Haken am Kleiderschrank und rannte über die knarrenden Dielen in den Flur. Rebekka kam etwas langsamer hinterher.

Durch die Wohnungstür drangen Stimmen und Fußgetrappel. Genau wie damals bei den Hermanns! David riss die Tür auf – und blickte auf den breiten Rücken des Schwarzmantels. Gegenüber konnte er gerade noch den letzten Mann der SS-Horde in die Wohnung der Blumenthals stürmen sehen.

Der Gestapo-Mann drehte sich zu David um. »Sie schon wieder!«

»Ich wohne hier. Im Gegensatz zu Ihnen. *Sie* sind hier nicht erwünscht.« *Das war vielleicht ein wenig zu direkt.*

»Gehen Sie in Ihre Wohnung zurück«, antwortete der Schwarzmantel kalt.

»Das könnte Ihnen so passen. Damit Sie Ihre schmutzige ›Arbeit‹ noch im Dunkeln zu Ende bringen können. Ich schreibe für mehrere angesehene ausländische Zeitungen. Die werden sich für eine solche Story – so nah am Leben – brennend interessieren.« David war außer sich vor Wut. Er überlegte, ob er den fiesen Kerl aus der Erdrotation ausklinken sollte. *Nein.* Das würde die Blumenthals auch nicht retten.

Im Zangengriff zweier SS-Leute erschien nun von links Onkel Carl. Ein anderer Uniformierter kam aus der Wohnung gegenüber und erstattete seinem Einsatzleiter Meldung.

»Die Judenschlampe haben wir, auch ihre drei Gören. Aber der Blumenthal ist nirgends zu finden.«

David ballte die Fäuste. *Pünktchen hätte längst angeschlagen! Bestimmt ist Chaim mit ihr Gassi gegangen.*

»Was ist mit dem Köter?«, fragte der Schwarzmantel.

Oh nein! Wissen sie denn alles? »Herrn Blumenthal können Sie suchen, bis Sie schwarz werden«, sagte David. »Er ist für längere Zeit verreist.«

»Und wohin ist der werte Herr Blumenthal entschwunden?«, fragte daraufhin der Schwarzmantel mit einem kalten Lächeln, das David einen Schauer über den Rücken jagte.

»Das weiß ich doch nicht. Bin ich der Hüter meines Nachbarn?«

Der Schwarzmantel funkelte David an, dann wandte er sich seinen Schergen zu. »Bringt sie in den Lastwagen, auch die Kinder.«

Rebekka stieß einen kleinen Schrei aus und drückte sich die Faust auf den Mund. In der Tür gegenüber erschienen Ester, Sara, Tabita und Benjamin, aus der eigenen Wohnung gedrängt von Männern in schwarzen Uniformen.

Der Schwarzmantel drehte sich wieder zu David um und zeigte ihm ein gelbes Grinsen. »Frau Blumenthal wird uns sicher schnell verraten, wo wir ihren Mann finden können. Und falls nicht, kommen wir eben noch einmal wieder.«

»Wir sind britische Staatsangehörige. Mit uns können Sie nicht wie mit Ihren eigenen Bürgern umspringen.«

Der Gestapo-Offizier machte ein Hohlkreuz und gab sich jovial. »Aber was regen Sie sich denn auf, Mr Pratt? Das tun wir doch auch gar nicht.« Plötzlich verhärtete sich sein Gesicht. »Sonst hätten wir uns Ihre jüdische Bettgefährtin längst geschnappt und Sie selbst wegen Rassenschande ins Zuchthaus gesteckt.«

David war wie vom Donner gerührt. Der Schwarzmantel ging grinsend zum Ausgang und er konnte diesem Scheusal in Menschengestalt einfach nur fassungslos hinterherstarren.

Durch den Glaseinsatz der Haustür sah David noch den Arm des Schwarzmantels nach links und rechts deuten und vernahm seine gedämpfte Stimme.

»Alle Mann ausschwärmen! Der Blumenthal muss hier irgendwo stecken. Schnappt ihn euch!«

Ein Weinen – erst leise, dann lauter werdend – in seinem Rücken brachte David wieder zur Besinnung. Er drehte sich zu Rebekka um.

»Ich kann nicht mehr«, schluchzte sie. Ihr Gesicht war tränennass und sie schüttelte immer wieder den Kopf. »Keiner ist bisher zurückgekommen und jetzt haben sie auch noch Benni und seine Familie.«

David wusste, was in Rebekka vor sich ging. Die Verschleppung der Blumenthals war ein Alptraum für sie, aber *Benjamin* …! Der »Stöpsel«, wie sie ihn manchmal liebevoll genannt hatte, war in den Jahren am Richardplatz für sie zu einer Art Ersatzkind geworden. Sie himmelte ihn an, hatte ihn verhätschelt, ihm das Klavierspielen beigebracht, mit ihm Ausflüge unternommen, ihn fast so geliebt wie den Sohn, der ihr von Negromanus geraubt worden war …

David schob Rebekka behutsam in die Wohnung zurück, schloss die Tür und ließ sie an seiner Brust weinen. Erst als das Beben ihres Körpers allmählich abebbte und einem leisen Wimmern Platz machte, sagte er: »Es hat keinen Sinn, länger hier zu bleiben. Wir werden Deutschland verlassen.«

Gegen Mitternacht, als es im Haus völlig still geworden war, setzte plötzlich ein Winseln ein. Rebekka lag halb über David. Sie war weinend eingeschlafen. Doch jetzt schreckte sie hoch.

»Was war das?«

David lauschte angestrengt, doch im Moment rührte sich nichts. »Ich bin mir nicht sicher.«

Da war es wieder! Diesmal folgte dem hohen Fiepen ein Japsen.

Rebekka hob ihren Kopf ein wenig höher. »Ist das … Pünktchen?«

Jetzt setzte ein herzerweichendes Jaulen ein.

»Hört sich fast so an, als wäre der Hund im Haus. Irgendwie muss er hereingeschlüpft sein, bevor abgeschlossen wurde.«

»Vielleicht ist er von hinten reingekommen, vom Hof aus.«

Inzwischen hatte das Jaulen eine Lautstärke erreicht, die einem Wolf bei Vollmond alle Ehre gemacht hätte.

»Niemanden scheint der Hund zu stören«, sagte Rebekka nach einer Weile ungläubigen Lauschens. »Die Joleite hätte schon längst durchs ganze Haus geschrien.«

»Es wird sich auch niemand rühren«, erwiderte David bitter. »Die haben alle ein schlechtes Gewissen. Zwar sind sie endlich die Blumenthals los, aber erst jetzt geht ihnen so richtig auf, was das bedeutet. Der Hund scheint jedenfalls als Einziger um sie zu trauern.«

»Tun wir das etwa nicht?«, fragte Rebekka entsetzt.

Einer schnellen Folge von Fieplauten folgte wieder das Jaulen.

»Wir müssen etwas unternehmen, David.«

»Das fürchte ich auch. Sonst rufen die anderen noch die Polizei und lassen Pünktchen wieder ins Tierheim bringen.«

»Und was fangen wir mit ihr an?«

Das bisherige Gespräch hatte in völliger Dunkelheit stattgefunden, jetzt schaltete David die Nachttischlampe an. Einen Moment musste er blinzeln, dann konnte er in Rebekkas Augen schauen. »Warum fragst du eigentlich noch?«

»Ich verstehe gar nicht, was du …«

»Schatz, du musst mir doch nichts vormachen. Pünktchen ist das Einzige, was von den Blumenthals noch geblieben ist. Die Hündin war Bennis Kuscheltier und Beschützerin. Sie ist ständig hier um uns herum gewesen und hat mir auf den Teller geschielt. Was werden wir wohl mit ihr anfangen?«

Rebekka lächelte und wischte sich eine Träne aus dem Augenwinkel. Früher hätte sie in diesem Moment vor Freude gequietscht, doch dazu war sie nun viel zu niedergeschlagen. Sie küsste David auf den Mund. »Danke, Liebster. Du bist der beste Mensch, den es gibt.«

»Nein.«

»Was? Wieso …?«

Auch David musste sich zu einem Lächeln zwingen. »Ihr, Prinzessin, seid noch tausendmal besser als wir. Komm, lass uns Pünktchen holen.«

Sie schlüpften in ihre Morgenmäntel und liefen zur verschlossenen Wohnungstür. Einen Moment lauschten sie in das Treppenhaus hinaus. Man musste das Winseln und Jaulen doch hören!

»Als wären sie alle ausgeflogen«, flüsterte Rebekka.

David sah sie traurig an und seufzte, dann öffnete er die Wohnungstür.

»Pünktchen! Komm, meine Kleine. Kooomm. Ich hab ein hübsches Fresserchen für dich …«

Angeworben

Gelobt seist du, dass du mich nicht als Knecht geschaffen hast.«

Onkel Carl war kein orthodoxer Jude, aber wie sie hatte er, der Bruder von Rabbi Louis Blumenthal, jeden Morgen noch vierzehn weitere Segenssprüche an Gott gerichtet. Die Ära der Sklaverei in Ägypten war für die Juden ein Trauma, das immer noch nachwirkte. Gott hatte sie damals – durch Moses – befreit. Ob Onkel Carl an diesem 14. März 1937 schon sein Morgengebet gesprochen hatte? Jedenfalls waren nun auch sie Sklaven! Wer würde die Juden aus ihrer neuen Knechtschaft erlösen?

Bereits am Sonntag, kurz nach der Verhaftung, rief David in der Botschaft an. Sein Telefon wurde vermutlich abgehört. Väterchen hatte ihm erzählt, dies sei überhaupt kein Problem. Deshalb benutzten Sie Codeworte, um sich bestimmte Nachrichten zukommen zu lassen.

»Ich fürchte, ein Kakaofleck hat meinen Pass unbrauchbar gemacht. Wie kann ich so schnell wie möglich Ersatz bekommen?«

Kakao war braun – das stand für die Aktionen der Nazis. Die Wendung »so schnell wie möglich« spricht für sich selbst. Es schien völlig unverfänglich, dass ein britischer Staatsbürger in seiner Botschaft anrief. Man durfte seinen Pass nur nicht zu häufig mit brauner Brühe überschütten.

Väterchen sei nicht erreichbar, erklärte der Diensthabende (natürlich verschlüsselt). David möge sich mit seinem Passproblem morgen noch einmal melden.

Zerknirscht legte er den Hörer auf und blickte in Pünktchens braune Augen. Der Hund beobachtete nicht nur jede seiner Bewegungen, er schien diese auch mit einer bestimmten Kopfhaltung oder durch verschiedene Laute zu kommentieren. Im Moment fiepte er wie ein quietschendes Scharnier.

David wollte die Verschleppung der Blumenthals nicht tatenlos hinnehmen. Daher beschloss er von einem öffentlichen Telefon aus einige Anrufe zu machen. Das war ungefährlicher. In der Regel rief er hierzu bei einem Mittelsmann an, der dann die eigentliche Zielperson informierte. Anschließend trat man über eine Leitung in Verbindung, von der man hoffte, dass sie »sauber« war, also nicht abgehört wurde. Dabei handelte es sich häufig um Anschlüsse in Wohnungen von Sympathisanten, die nach außen hin keinerlei Verbindung zur Zielperson besaßen.

Schon im Mantel, blickte David, einem unbestimmten Gefühl folgend, noch durch die dünne Gardine zum Fenster hinaus – und machte eine verdächtige Entdeckung. Etwas weiter oben am Platz stand eine große Mercedes-Limousine, schwarz, kastenförmiger Aufbau, mit hellem Dach. Darin saßen zwei Männer.

Ein normaler Beobachter hätte vielleicht angenommen, die beiden warteten auf jemanden … Doch dafür schauten sie einfach zu auffällig immer wieder zum Haus Nummer 4 hinüber.

»Bekka, komm mal her!«

Seine Frau eilte herbei und der Dalmatiner – inzwischen hatte er die Fronten gewechselt – trabte ihr nach. Als sie eine Weile aus dem Fenster geblickt hatte, zog sie denselben Schluss wie David. »Die beobachten unser Haus. Das sieht ein Blinder mit Krückstock.«

»Merkwürdig, nicht wahr?«

»Was meinst du?«

»Die Gestapo mag ja gewissenlos sein, aber sie ist bestimmt nicht hirnlos. Ich glaube, die da draußen wollen von uns gesehen werden.«

»Aber was sollte das für einen Sinn ergeben?«

»Ganz einfach. Sie wollen uns einschüchtern. Für den Schwarzmantel sind wir beide keine unbeschriebenen Blätter. Das hat er mehr als einmal durchblicken lassen, vielleicht auch mit Absicht.«

»Und was wirst du nun tun?«

»Erst möchte ich in Erfahrung bringen, was aus den Blumenthals geworden ist, und dann sollten wir zusehen, dass wir hier wegkommen.«

Eine richtige Observierung hätte natürlich das ganze Haus eingeschlossen. Aber noch schien dieser Aufwand nicht nötig zu sein. Der Schwarzmantel wollte die Pratts unter Druck setzen. Jedenfalls nahm David das an. Aber wenn man Fotos von ihm machte – und davon musste er ausgehen –, dann konnte irgendwann irgendjemand aus irgendeinem verflixten Zufall heraus ausgerechnet diese Schnappschüsse mit einer Beschreibung des flüchtigen Mr Trap vergleichen. Die Nazis waren zwar oft vernagelt, aber nicht unbedingt dumm.

Das wirklich Gefährliche an der neuen Situation lag also in dem Umstand, dass die Behörden nun auf David aufmerksam geworden waren. Der Kreis der Dämmerung hatte seine Handlanger überall. Sein deutscher Repräsentant, Franz von Papen, war ja schon häufiger durch exzellente Beziehungen aufgefallen.

Nachdem David ungesehen durch die Hintertür aus dem Haus geschlüpft war, fuhr er mit der Straßenbahn in den Stadtteil Treptow und versuchte dort von öffentlichen

Telefonen aus mit einigen seiner Informanten in Kontakt zu treten. Leider ohne Erfolg. Warum nur waren die Blumenthals verhaftet worden? Er hatte zwar einen schlimmen Verdacht, aber der war zu vage, um ihn auch nur offen auszusprechen.

Zuletzt trat David mit Martin Niemöller in Verbindung. Jetzt gleich könnten sie sich nicht sehen, ließ der Pastor ihm über einen Mittelsmann ausrichten. Es fege gerade ein Sandsturm durch die Gemeinden. Und Sand war gewöhnlich braun.

Einen Tag später trafen sich die beiden Männer im Botanischen Garten, unweit von Martins Wohnung. Seine Pfarrei hatte Niemöller bereits im Februar 1934 aufgeben müssen. Seitdem engagierte er sich stark in der Bekennenden Kirche, der vielleicht ein Drittel aller protestantischen Geistlichen angehörten. Die Anbiederung bei den Nationalsozialisten sei eben auch in den evangelischen Kirchen eher Regel als Ausnahme, war einmal von Martin bedauernd angemerkt worden.

Die beiden Männer hatten sich eine Bank unter einer großen Libanonzeder gesucht. Um diese Jahreszeit hielten sich die meisten Pflanzenfreunde ohnehin nur in den großen beheizten Gewächshäusern auf, um dort die Orchideen zu bestaunen.

Gleich zu Beginn ihres Gespräches machte David seinem Unterstützer klar, dass dies wohl vorläufig ihr letztes Treffen sein werde, er beabsichtige mit seiner Frau Deutschland zu verlassen. Dann fragte er den Freund nach dem »Sandsturm« vom Sonntag.

Langsam und präzise, mit besorgter Miene, doch unverzagt, berichtete Martin Niemöller, was er von den dunkelbraunen Machenschaften des letzten Tages wusste. Die meisten seiner Informationen stammten von einem besorgten Katholiken, der ihn am Sonntagmittag aufgesucht hatte. Während Martin erzählte, hantierte er die ganze Zeit an seiner Wurzelholzpfeife herum.

Am Sonntag war offenbar eine Verhaftungswelle über ganz Deutschland geschwappt. In erster Linie hatte sie katholische Geistliche erfasst. Martin griff in die Brusttasche seines schwarzen Mantels und zog ein gefaltetes Blatt Papier hervor.

»Hier, lies. Du wirst dich wundern.«

David entfaltete den Zettel. *Gruß und apostolischen Segen!*, stand da als Überschrift. Erst stutzte, dann staunte er. Nicht nur die Botschaft überraschte ihn, auch die Wortwahl.

> *Mit brennender Sorge und steigendem Befremden beobachten Wir seit geraumer Zeit den Leidensweg der Kirche …*

»Das ist eine Enzyklika von Pius XI.«, erklärte Martin, der den Blick Davids missverstand. »Die erste und einzige in deutscher Sprache. Normalerweise pflegen die Päpste das Lateinische.«

David verblüffte etwas ganz anderes.

Es waren *seine* Worte, die da standen. Jedes päpstliche Rundschreiben wird nach dessen einleitender Phrase benannt. Die hier lautete: *Mit brennender Sorge*. Genau dieselben Worte hatte David bei seiner Privataudienz im Papstpalast gebraucht. Von Lorenzo Di Marco wusste er, dass die Unterredung Pius beeindruckt hatte. Irgendwie war er aber doch überrascht, auf welche Weise dieser Same jetzt aufzugehen schien.

Aufgeregt las er den ganzen Text. Eine Stelle ließ ihn erneut stutzen.

> *Eine größere Sorge, ein herberes Hirtenleid haben Wir nicht, als wenn Wir hören: Viele verlassen den Weg der Wahrheit (vgl. 2 Petr. 2,2).*

Auch dieses Bibelwort aus der Feder Petri hatte David benutzt, wenn auch in einem ganz anderen Zusammenhang. Immerhin, Pius XI. schaltete sich ein. Traurig war nur der Anlass.

Aus Lorenzos Berichten ging hervor, dass Kardinal Pacelli dem deutschen Botschafter beim Heiligen Stuhl Dutzende von Protestnoten überreicht hatte. Hitler machte sich offenbar einen Sport daraus, die Vereinbarungen des Reichskonkordats zu brechen. David empfand nicht die geringste Genugtuung, als er sich in diesem Moment an seine warnenden Worte gegenüber Pacelli vom Mai 1930 erinnerte. Sicherheit war das Lieblingswort des Kardinals gewesen. Er hatte versucht sie durch ein schriftliches Regelwerk zu beschwören, unterschrieben von Partnern, für die Vertragsbruch zum politischen Handwerk gehörte.

Was alles hätte eine solche Enzyklika gleich nach Hitlers Machtergreifung bewirken können? Eine Antwort auf diese Frage musste Spekulation bleiben. Zumindest wäre es eine vorausschauende Tat gewesen, eine moralische Positionsbestimmung. Fast bedauernd las David die von Pius XI. unterzeichneten Sätze. Sie waren verklausuliert. Wortgewordenes Flechtwerk. Aber für einen Politiker wohl dennoch deutlich genug.

So wie Gottes Sonne über allem leuchtet, was Menschenantlitz trägt, so kennt auch Sein Gesetz keine Vorrechte und Ausnahmen. Regierende und Regierte, Gekrönte und Ungekrönte, Hoch und Niedrig, Reich und Arm stehen gleichermaßen unter Seinem Wort.

Leider nannte Pius hier weder die »Regierenden« – die Nazis – noch die »Armen« – die Juden – beim Namen.

Nur oberflächliche Geister können der Irrlehre verfallen, von einem nationalen Gott, von einer nationalen Religion zu sprechen, können den Wahnversuch unternehmen, Gott, den Schöpfer aller Welt, … in die Grenzen eines einzelnen Volkes, in die blutmäßige Enge einer einzelnen Rasse einkerkern zu wollen.

Starker Tobak. Eigentlich unmissverständlich, dachte David. Warum nur scheute sich Pius, Hitler offen zu rügen, und erging sich in weitschweifigen Andeutungen? Hatte ihm vielleicht jemand die Hand geführt, der die *Sicherheit* haben wollte, im letzten Moment noch alles abstreiten zu können?

»Was hältst du davon?«, fragte Martin, nachdem David ihm mit einem tiefen Seufzer das Blatt zurückgegeben hatte.

»Es ist mehr, als ich erwartet hatte.«

»Ich verstehe, was du meinst. Der Kniefall der katholischen Bischöfe vor Hitler ist offensichtlich. Selbst die evangelische Kirche verhält sich vorsichtiger. Bischof Bornewasser in Trier soll sogar versichert haben, dem nationalsozialistischen Staat ›zu dienen mit dem Einsatz aller Kräfte unseres Leibes und unserer Seele‹. Nun hat sein Heiliger Vater ihn blamiert.«

»Ich fürchte, jetzt wo sich Hitler durch die Verhaftungswelle der letzten wirklich aufsässigen Geistlichen entledigt hat, wird es noch mehr Bischöfe geben, die der SS beitreten.«

Martin nahm schnell die Pfeife aus dem Mund. »Was sagst du da?«

David nickte. »Der Freiburger Bischof Konrad Gröber ist sogar *förderndes* Mitglied der ›Schutzstaffel‹.«

»Das dürfte allerdings schon etwas mehr sein als eine bloße Geste zur Wahrung kirchlicher Interessen«, staunte Martin.

»Ich überlege nur, was die Verhaftung der Blumenthals mit der Aktion zu tun haben könnte. Sie sind ja keine Katholiken.«

»Denk doch nur an den Röhm-Putsch. Da hat sich Hitler auch in einem Aufwasch von seinen Kritikern befreit, selbst wenn sie nicht der SA angehörten.«

David nickte. Allmählich nahm das Bild Gestalt an. »Onkel Carls Bruder, Louis Blumenthal, ist immerhin Rabbi, also gewissermaßen auch ein Geistlicher. Sie könnten ihn ebenfalls verhaftet haben.«

»Und die ganze Familie gleich mit. Sippenhaft ist bei den Nationalsozialisten nichts Außergewöhnliches. So könnte es gewesen sein. Gründe für eine Verhaftung finden sie immer.«

Das stimmte. Bereits zwischen Oktober 1935 und Mai 1936 waren über siebentausend Juden aus politischen Gründen festgenommen worden. Erst etwa eine Woche zuvor hatte die Kriminalpolizei schlagartig mehrere tausend Vorbestrafte – so genannte »Gewohnheitsverbrecher« – verhaftet. Die Aktion war in der Presse als hartes Durchgreifen gegen staatsfeindliche Elemente gefeiert worden. Davon dass die Festgenommenen umgehend in Konzentrationslager verschleppt wurden, stand allerdings nichts in den Gazetten. David hatte seine eigenen Quellen. Er musste unbedingt Lloyd Ayckbourn sprechen.

»Du hast mir sehr geholfen, Martin«, bedankte er sich bei dem Pastor. »Gib bitte auf dich Acht, damit es dir nicht genauso ergeht wie den Bedauernswerten gestern.«

»Ich hoffe, Gott beschert mir ein besseres Geschick, aber ich muss meinen Weg gehen, so wie du deinen, David.«

Nach letzten Abschiedsworten trennten sich die beiden Männer und gingen ihrer Wege, jeder den seiner Bestimmung. Der eine wie der andere sollte noch von sich reden machen. Und viel zu leiden haben.

Väterchen gehörte zwar nicht zu Davids »Brüdern«, aber auch er konnte sich dem Einfluss des Wahrheitsfinders nicht entziehen. Als David ihn einige Stunden nach dem Gespräch mit Martin Niemöller in der britischen Botschaft aufsuchte, sollte sich das wieder einmal zeigen.

Zunächst erhielt der Agentenführer von seinem Informanten einen Bericht über die vergangenen dreißig Stunden. Angesichts des ungewissen Schicksals seiner verschleppten Freunde fiel es David sichtlich schwer, ruhig in das Mikrofon zu sprechen, dessen Kabel in einen großen Kasten mündete, auf dem sich wiederum zwei Spulen mit dünnen braunen Bändern drehten. Er hatte zwar schon gelegentlich magnetische Tonaufzeichnungsgeräte gesehen, aber noch nie selbst eines benutzt. Gewöhnliche Leute bedienten sich zur Wiedergabe von Konservenmusik zumeist noch der guten alten Grammophone. Aktuelleres kam in Deutschland aus dem »Volksempfänger«, aber leider konnte man mit ihm nur nazifreundliche Inlandssender empfangen.

Nachdem David seine Zusammenfassung mit einer zornigen Interpretation der jüngsten Ereignisse abgeschlossen hatte, wollte er endlich hören, was Väterchen über die Verhaftungswelle wusste. David vermutete einen persönlichen Racheakt von Gottfried Herz hinter der Verschleppung der Blumenthals, passenderweise gleich mit einer allgemeinen »Aufräumaktion« zusammengelegt. Onkel Carl hatte sich dem Blockwart gegenüber mehr herausgenommen, als für einen Juden offenbar gut war.

Väterchen bestätigte im Wesentlichen die Informationen, die David bereits von Martin erhalten hatte. Der grauhaarige Geheimdienstler war allerdings nicht sehr erfreut, als David ihn drängte, Erkundigungen über die Verhaftung der Blumenthals einzuziehen.

»Wenn wir uns für die Freilassung jedes einzelnen KZ-Häftlings einsetzen würden, dann wäre es mit der Geheimhaltung unserer Behörde bald zu Ende.«

»*Jeder?*«, zischte David erbost. »Die Blumenthals sind meine Freunde. Außerdem weiß ich ganz genau, dass die Nazis sich von wohlhabenden Angehörigen aus dem Ausland gerne die Herausgabe ihrer ›Arbeitssklaven‹ vergolden lassen. Um das nötige Geld machen Sie sich mal keine Sorgen. Ich habe da noch ein paar Reserven, die ich für die Blumenthals gerne opfere, aber ohne Ihre Hilfe nützt mir das wenig. Wenn Sie sich in Zukunft noch meiner Unterstützung versichern wollen, dann tun Sie gefälligst etwas.«

»Sie sollten Ihren Wert für den SIS nicht überschätzen, David. Ich kann nicht ...«

»*Bitte!*«, flehte David, dem sein harscher Ton schon

wieder Leid tat. »Rebekka und ich werden bereits von der Gestapo beobachtet. Mir sind in dieser Sache die Hände gebunden, aber Sie …«

»Was sagen Sie da? Es ist Ihnen doch niemand hierher gefolgt, oder?«

»Keine Sorge, ich habe da meine kleinen Tricks. Niemand weiß von unserem konspirativen Treffen hier.«

Ayckbourn blickte David sekundenlang aus versteinerter Miene an, in seinen Augen jedoch spiegelte sich Sorge wider. Das Geschick seines begabten Agenten schien ihm keineswegs gleichgültig zu sein. Schließlich seufzte er.

»Also gut, David. Ich werde sehen, ob ich etwas über den derzeitigen Aufenthaltsort der Blumenthals in Erfahrung bringen kann und so weit es in meiner Macht steht, werden wir sie aus Deutschland herausholen – vorausgesetzt, Sie übernehmen die Kosten.«

David atmete erleichtert auf. »Selbstverständlich.«

»Doch nun zu dieser Beschattung. Ich werde unseren Verbindungsmann in der Prinz-Albrecht-Straße informieren. Vielleicht kann er herausfinden, ob hinter der Sache mehr steckt, als der bloße Versuch Sie und Ihre Frau einzuschüchtern.«

Die Prinz-Albrecht-Straße 8 war die Adresse des Gestapo-Hauptquartiers. Seit Mitte letzten Jahres unterstand die »Geheime Staatspolizei« der SS Himmlers.

»Ich beabsichtige ohnehin Deutschland in Kürze zu verlassen«, sagte David nun freiheraus.

Väterchen nickte mit ausdruckslosem Gesicht. »Sie werden mir hier fehlen, David. Aber unter den gegebenen Umständen ist es wohl das Beste, was Sie tun können. Wenn Ihre Observierung allerdings mehr als nur eine

Drohgebärde ist, müssen Sie damit rechnen, dass die Gestapo Sie nicht ausreisen lässt.«

Daran hatte David noch gar nicht gedacht. »Aber ich bin britischer Staatsbürger! Die können doch nicht einfach …«

»David«, unterbrach ihn Väterchen, »die Geheime Staatspolizei ist seit etwa einem Jahr nicht mehr den normalen Gesetzen unterworfen. Gestapo-Leute dürfen Menschen ohne Gerichtsverfahren verhaften und in KZs einsperren. Sogar wenn sie dort jemanden erschießen, kann der Staatsanwalt nicht einschreiten. Sie sollten es also besser gar nicht erst auf eine Konfrontation mit diesen Leuten ankommen lassen.«

David dachte eine Weile über das Gesagte nach. »Könnten Sie mir nicht helfen, heimlich aus Deutschland herauszukommen?«

Ayckbourn lächelte wieder sein Großvaterlächeln. »Verstehen Sie mich bitte nicht falsch, David. Ich schätze Sie wirklich sehr. Manchmal glaube ich sogar – Gott allein weiß warum –, ich riskiere wegen Ihnen noch Kopf und Kragen. Aber für eine solche Aktion, wie Sie sie von mir wünschen, werde ich keine Genehmigung bekommen. Sie selbst wollten ja nur als einfacher Informant für uns tätig sein. Ich fürchte, jetzt wird man sie auch genau so behandeln.«

»Bedeutet das, man liefert mich der Gestapo aus?«, fragte David ungläubig.

»Sie könnten mit ihrer Frau in die Botschaft kommen und um Asyl bitten. Wenn sie beide sich weigern, sie wieder zu verlassen, sind den Deutschen die Hände gebunden.«

Das war eigentlich nicht das, was David sich vorgestellt

hatte: In der britischen Botschaft abwarten, bis Hitlers tausendjähriges Reich zusammenbrach. Andererseits hatte er ja schon kommen sehen, dass Väterchen ihn irgendwann unter Druck setzen würde. Nur war er immer der festen Ansicht gewesen, sich dann einfach aus dem Staub machen zu können …

Ayckbourn gab ein Brummen von sich, bevor er klar und verständlich sagte: »Vielleicht gäbe es da eine Möglichkeit, Sie und Ihre Frau an der Gestapo vorbeizuschleusen …«

Als wären wir Kisten mit Schmugglergut! Jetzt wird er gleich versuchen mich anzuwerben. David behielt den Alten, der sich da jetzt demonstrativ das Grübelkinn massierte, genau im Auge.

»Ich müsste das erst noch sondieren«, murmelte Väterchen, ohne allerdings zu verraten, was er meinte, »aber möglicherweise könnten Sie in der Zwischenzeit etwas für mich herausfinden.«

»Was?«, knurrte David.

»Nun spielen Sie nicht den Beleidigten, David«, erwiderte Väterchen mit ausgebreiteten Armen. »Eine Hand wäscht die andere: Sie verkürzen sich die Wartezeit mit ein paar Recherchen zu ihrem neuesten Artikel und ich treffe ein Arrangement, damit Sie unbeschadet aus Deutschland herauskommen.«

»Es ist ja nicht einmal gesagt, dass ich überhaupt in Gefahr bin.«

Ayckbourn lächelte großväterlich. »Wollen Sie es darauf ankommen lassen, David?«

Entweder war der Secret Intelligence Service unfähig oder er konnte wirklich nichts über den Verbleib der Blumenthals herausfinden. Es gab auch keine Nachricht darüber, ob die Gestapo Chaim erwischt hatte. Das Auftauchen von Pünktchen in der Nacht nach der Verhaftung legte diese Vermutung zwar nahe, aber vielleicht hatte Chaim sich ja absichtlich von ihr getrennt. Ein Gesuchter mit einem Dalmatiner – jedes Kind musste ihn schon auf einen halben Kilometer erkennen. Möglicherweise hatte Chaim die Hündin einfach fortgejagt, in der Hoffnung, sie würde nach Hause laufen und von David und Rebekka aufgenommen werden.

Die Ungewissheit über das Schicksal der Blumenthals machte David fast krank. Wenigstens half sie ihm über den Widerwillen bezüglich des vorgeschlagenen Arrangements hinweg. Väterchens Gestapo-Andeutungen hätten David der neuerlichen Dienstverpflichtung durch den SIS kaum zustimmen lassen, aber er konnte seine Freunde doch nicht im Stich lassen!

Die dunkle Limousine vor dem Haus am Richardplatz wurde zu einer festen Einrichtung. Einmal stellte sich David einen strahlend gelben Schriftzug auf den Flanken des Fahrzeugs vor.

Bitte nicht stören! Gestapo-Spitzel im Dienst.

Im nächsten Moment prangten die Worte tatsächlich am Mercedes. Der Wagen wurde samt Insassen ausgetauscht und die Observierung fortgesetzt.

Anfang April kamen dann die »Ledermäntel« hinzu. So nannte David die Herren, die ihm ständig hinterherschlichen. Jemand hatte die Daumenschraube enger gezogen. Ob Papens Einfluss bis nach Berlin reichte? Abwegig war das nicht, wenn man bedachte, dass

Toyama die Familie Davids um den ganzen Globus gejagt hatte.

Es war mühsam, immer wieder die Beschatter abzuschütteln. Offiziell tat David ja nichts Verbotenes. Er war ein Korrespondent, der deutsche Ruhmestaten mit seiner Schreibmaschine verewigte und zur Veröffentlichung ins Ausland schickte – nachdem das Propagandaministerium seinen Zensurstempel aufgedrückt hatte.

Dennoch: Dass er in letzter Zeit auffällig oft in der Nähe der Kriegsakademie, dem Reichswehrministerium und anderen kriegswichtigen Amtsstellen herumlungerte, mochte schon verdächtig erscheinen. Deshalb war es ihm auch so wichtig, die Ledermäntel immer schnellstens loszuwerden, sobald er das Haus verließ.

Der von Väterchen angediente Handel auf Gegenseitigkeit verlangte David große Überwindung ab. Er sollte Informationen über die Kriegsvorbereitungen Deutschlands sammeln. Wenn er innerhalb weniger Wochen das Land verlassen wollte, konnte er natürlich nicht selbst den »Maulwurf« spielen und sich mit falscher Identität in irgendein Ministerium oder bei der Heeresleitung einschleichen, um an die gewünschten Informationen zu gelangen. Außerdem widerstrebte ihm auch nach wie vor eine derartige aktive Rolle im Geheimdienst – welches Landes auch immer.

Väterchen kannte jedoch Davids außergewöhnliche Gabe, Menschen in Gespräche zu verwickeln und ihnen dabei die Wahrheit zu entlocken. Darauf setzte er. David erhielt von ihm eine Liste mit Namen und für jeden Genannten ein Dossier. Der frisch gebackene Agent durfte selbst wählen, wie er weiter vorging.

David nutzte die Gelegenheit, um auch in eigener

Sache zu ermitteln. Zwischen Februar und April 1937 verausgabte er sich völlig. Der Einsatz seiner besonderen Eigenschaften kostete ihn mehr Kraft als der seiner normalen Sinne. Er beobachtete seine Zielpersonen, pirschte sich heran, verwickelte sie in scheinbar belanglose Unterhaltungen und – wenn seine »Antennen« positive Signale meldeten – ging er in die Tiefe.

Langsam konzentrierte er sich auf einige für ihn besonders interessante Persönlichkeiten. Zu ihnen gehörten Wilhelm Canaris und Hans Oster, die – man glaubt es kaum – im Reichswehrministerium für die Spionageabwehr arbeiteten. David rechnete sich die Gewinnung der beiden Spionjäger als Meisterstück an.

Canaris hatte bei der Marine Karriere gemacht. Seit dem Flottenabkommen vom Juni 1935 zwischen Deutschland und Großbritannien durfte man wieder offen über die Aufrüstung des Deutschen Reiches zur See sprechen. Dies nahm David zum Anlass für sein Auftreten als Reporter. Canaris erwies sich bald als sehr empfänglich für Davids »Wahrheitstropfen« und Gleiches konnte man von seinem Mitarbeiter Hans Oster sagen.

»Ich glaube, Sie kämpfen auf der richtigen Seite«, sagte Wilhelm Canaris, als David sich von ihm und Oster verabschiedete.

»Es ist die Seite der Wahrheit.«

Canaris nickte. »Ich nenne es Recht, aber wir reden wohl von ein und derselben Sache. Melden Sie sich bei mir, wenn ich etwas für unser gemeinsames Ziel unternehmen kann.«

»Das werde ich tun. Danke noch einmal für Ihr Vertrauen, Herr Kapitän.« David wollte sich schon zum Gehen wenden, als Canaris ihn zurückhielt.

»Warten Sie! Wir sollten eine Losung vereinbaren, damit ich Ihre Nachricht auch als echt erkennen kann.«

David überlegte kurz. Dann sagte er: »Exterminans.«

Später beruhigte David sein Gewissen mit dem Argument, die ganze Herumspioniererei habe letztlich nur der Verfolgung seines Zieles gedient. Dennoch fühlte er sich elend, als er sich am 30. April auf den Weg machte, um Väterchen die Ergebnisse der Recherche als Tauschobjekt anzubieten.

Der Berliner Agentenführer hatte angekündigt, dies werde das letzte Treffen vor Davids und Rebekkas Abreise sein. In den vergangenen Tagen war die Beschattung durch die Gestapo unauffälliger geworden. Das beunruhigte David. Wenn man ihn nicht mehr einschüchtern wollte, was bezweckte man dann mit der Observierung? Hatte der Kreis der Dämmerung nun vielleicht doch …?

David war jedenfalls fest entschlossen, sich so kurz vor Toresschluss nicht noch entlarven zu lassen. Sofern die Gestapo ohne Hilfe von Belials Zirkel operierte, konnte sie in David schlimmstenfalls einen aufdringlichen Journalisten sehen, der seine Nase vielleicht in ein paar Angelegenheiten zu viel steckte. Normalerweise wurden solche Leute mit dem Stempel »Persona non grata« – unerwünschte Person – versehen und aus Deutschland hinausgeworfen.

Besser jedes unnötige Risiko vermeiden, sagte sich David und holte am letzten Apriltag seinen ältesten Mantel aus dem Schrank. Provozierend langsam – damit die Gestapo-Schnüffler auch hinterherkamen – spazierte er dann zur Bergstraße, nahm *nicht* die Untergrundbahn (man hätte ihn ja verlieren können), sondern ging zu Fuß. Unterwegs blieb er vor einigen Schaufenstern stehen und sah sich die Auslagen an. Als er an einem Kiosk eine Morgenzeitung kaufte, drang schwungvolle Marschmusik an sein Ohr. Er drehte sich um und lächelte (für geheime Fotografen). Eine kleine Schar von Hitlerjungen paradierte mit großem Brimborium an ihm vorbei, schon seit Jahren kein ungewöhnlicher Anblick mehr. Als die braune Jungmannschaft im Gleichschritt entschwunden war, vergewisserte sich David unauffällig der Gegenwart seiner Beschatter. Sie waren noch da. Er schlenderte weiter. Noch anderthalb U-Bahn-Stationen bis zum *Aschinger*.

Beim *Aschinger* handelte es sich um das etwas andere Restaurant der Stadt, mit vielen Dependancen, die im Übrigen alle gleich aussahen. Den Besucher betörten sie mit dem spröden Charme eines Hallenbades: viele Fliesen, Blau wurde bevorzugt. David besuchte die Filiale gegenüber dem Neuköllner Rathaus. Beim *Aschinger* bekam man die beste Erbsen- und Linsensuppe in der Stadt, sonst allerdings nicht viel mehr.

David nahm eine Schrippe zur Erbsensuppe. So nennen die Berliner ihre ovalen Brötchen, die mit hellem Weizenmehl gebacken und in der Mitte mit einer tiefen Kerbe versehen werden. Er suchte sich einen Tisch in der Nähe des Fensters, die beiden Männer im Fahrzeug auf der Straße sollten ihn gut sehen können.

Mit dem Löffel zerlegte er das obligatorische Wiener Würstchen in kleine Teile, fischte das erste Stück aus der nach Erbsen duftenden Pampe heraus und lotste es zum Mund. Dann verzog er blitzschnell das Gesicht. Noch zu heiß!, sollte diese Grimasse den Gestapo-Protokolleuren signalisieren. Nach der Mahlzeit sah sich David gelangweilt im Restaurant um, nahm kurz die Zeitung in die Hand, ließ sie aber gleich wieder auf den Tisch sinken. Die ganze Zeit über wippte er nervös mit dem Bein, vermied aber tunlichst jeden Blick zu der dunklen Limousine hin.

Dann stand er auf und ging zu den Toiletten. Wenn die Kerle in dem Wagen da draußen nur etwas von Körpersprache verstanden, dann hatten sie längst bemerkt, wie sehr ihn die Blase drückte. Zu drücken schien.

Sobald David nämlich die Tür des Toilettenraumes hinter sich geschlossen hatte, lief er auf die gegenüberliegende Wand zu. Er kannte diese Lokalität, musste sich also nicht erst lange orientieren. Zum Glück stand gerade niemand am Urinal, einer mit Ölfarbe gestrichenen Wand mit Ablaufrinne. Aus einem der Kloverschläge drangen jedoch unzweideutige Geräusche. David überlegte einen Moment. Sollte er warten, bis ...? Nein, er musste seinen Vorsprung nutzen.

Schnell stieg er auf das Waschbecken. Von oben blickte er auf einen Mann mit hochrotem Gesicht herab, der von einer Kloschüssel entgeistert zu ihm heraufstarrte.

»Reichsgesundheitsamt«, sagte David streng. »Routinemäßige Kontrolle. Sie benutzen doch die amtlich vorgeschriebene Zahl von mindestens acht Blatt Toilettenpapier?«

Der Mann auf der Klobrille nickte eifrig.

»Gut«, erwiderte David zackig. »Machen Sie weiter.« Damit öffnete er das Fenster unter der Decke, zog sich hinauf und entschwand dem Blick des staunenden Toilettenbenutzers. Sekunden später stand er im Lichthof an der Rückseite des Restaurants.

»Mantel, leb wohl«, sagte David mit leiser Wehmut in

der Stimme. Im nächsten Augenblick lag der Hof verlassen da wie zuvor.

Es war schon erstaunlich, was David da für den Secret Intelligence Service innerhalb kürzester Zeit in Erfahrung gebracht hatte, wenn auch das meiste davon nur lang gehegte Vermutungen bestätigte. Schon im Fünfundzwanzigpunkteprogramm der NSDAP von 1920 hatte Hitler seinem Wunsch Ausdruck verliehen, den Lebensraum für das deutsche Volk zu erweitern. In aller Regel zieren sich souveräne Staaten, wenn man sie bittet, einen Teil ihres Territoriums an ein anderes Land abzutreten. Deshalb konnte das erklärte Ziel der Nazis nur erreicht werden, indem Deutschlands Grenzen auf unrechtmäßige Weise – notfalls eben mit Krieg – erweitert wurden.

David legte Väterchen bei ihrem Abschiedstreffen technische, strategische und politische Informationen vor, die es in sich hatten. Die militärische Aufrüstung Deutschlands lief auf Hochtouren. Dabei schien sich Hitler um die mit anderen Nationen ausgehandelten Rüstungsbeschränkungen einen feuchten Kehricht zu scheren. Der Versailler Vertrag war ja sowieso nur Papier, für den »Führer« also nichtig.

Zur schieren Menge von Waffen und Soldaten kam noch der sprichwörtliche deutsche Erfindergeist hinzu. David berichtete Väterchen von einer vor wenigen Monaten erfolgreich getesteten Flugmaschine, die geradezu Unmögliches zu vollbringen vermochte. Dieser so genannte Hubschrauber des Ingenieurs Heinrich Focke konnte senkrecht starten und landen.

»Ach was!«, sagte Väterchen.

Doch, bekräftigte David. Das Ding könne sogar regelrecht in der Luft *stehen* bleiben, ohne herunterzufallen.

Väterchen glaubte das zwar nicht, aber er durchschaute sofort den militärischen Nutzen derartiger Fluggeräte. »Damit könnte man Soldaten und militärisches Gerät an so ziemlich jedem Ort abladen und wieder aufnehmen, sich an Panzer heranschleichen, von Schiffen aus operieren …«

David nickte. »Die Heinkel-Werke sollen sogar an einem streng geheimen Projekt zur Konstruktion eines Flugzeuges mit Strahltriebwerken arbeiten.«

»Was ist denn *das*?«

»Stellen Sie sich ein Fluggerät vor, das auf einer Feuerwerksrakete mit langer Brenndauer reitet und am Schluss nicht explodiert.«

»Sehr witzig.«

»Wenn das Strahltriebwerk wirklich in den nächsten zwei Jahren funktionstüchtig ist, dann werden die Heinkel- oder Messerschmitt-Maschinen – oder wo immer auch diese Dinger eingebaut werden – herkömmliche Propellerflugzeuge um ein Mehrfaches an Geschwindigkeit übertreffen.«

»Die Deutschen sind ziemlich konsequent. Sollten sie sich das vorgenommen haben, werden sie es auch realisieren.«

»Hier sind alle Unterlagen, unter anderem ein Dossier über Hans Joachim Pabst von Ohain, dem Physiker, der das Projekt maßgeblich vorantreibt. Ich habe da auch noch ein paar andere Informationen, die Sie interessieren dürften.«

»Zum Beispiel?«

»Abgesehen von dem technischen Kram eine ziemlich brisante politische Sache.«

»Sie machen mich neugierig, David.«

»Deutschland will Österreich schlucken.«

»Das ist nicht neu. Seit der Dollfuß-Affäre pfeifen es die Spatzen von den Dächern.«

»Die NS-Presse hat im Juli 1934 nicht viel darüber geschrieben: Ermordung des österreichischen Bundeskanzlers Engelbert Dollfuß bei einem angeblichen Umsturzversuch der Nationalsozialisten in Wien. Sei natürlich alles erstunken und erlogen – Sie kennen ja den Ton im *Völkischen Beobachter*. Was ist denn nun wirklich mit den Putschisten geschehen?«

»Die wurden stante pede zum Tode verurteilt, weil sie den angeschossenen Dollfuß jämmerlich hatten verbluten lassen.«

»Das erklärt die Abneigung der österreichischen Regierung gegen Hitlers Werben.«

»Und? Gibt es etwas Neues aus Österreich?«

Das konnte man wohl sagen. Von Davids altem Busenfeind, Franz von Papen. »Anscheinend ist der deutsche Botschafter auf dem besten Wege, die Dollfuß-Affäre vergessen zu machen. Er setzt seinen Ruf als ›guter Katholik‹ ein, um bei der katholischen Kirche Österreichs für Hitler zu werben. Kardinal Innitzer scheint Papen schon aus der Hand zu fressen, als Nächstes wird er wohl seinen Arm zum Hitler-Gruß hochreißen.«

»Wir werden uns der Sache annehmen.«

Das will ich hoffen. David war in keiner sehr guten Stimmung. Er hatte Papen auf dem Abstellgleis gewähnt und erst viel zu spät bemerkt, dass Belials Logenbruder in Österreich nur seine nächste Schandtat vorbereitete. Ein Anschluss der Alpenrepublik an das Deutsche Reich bedeutete einen gefährlichen Machtzuwachs für Hitler.

»Was wird nun aus *Ihrem* Teil unserer Abmachung?«, fragte David.

Wieder das großväterliche Lächeln. »Was halten Sie von einem Flug nach New York?«

David riss die Augen auf. »Flug? Wollen Sie Rebekka und mich etwa in einen Postsack stecken und mit einem dieser Dornier-Flugboote der Lufthansa nach Südamerika fliegen?«

»Es war von New York die Rede, nicht von Rio de Janeiro. Nein, ich habe für sie beide Flugkarten für die *Hindenburg* besorgt.«

Jetzt verschlug es David die Sprache. Das Luftschiff *Hindenburg*! Der Stolz der deutschen Zeppelinflotte. Die Zeitungen waren voll davon. Die zweihundertfünfundvierzig Meter lange »Zigarre« sollte am 3. Mai – in nur *drei* Tagen! – von Frankfurt aus ihren Transatlantikflug nach Lakehurst antreten, einem Vorort von New York. Im Gegensatz zu den engen, zugigen Passagierflugzeugen waren die Luftschiffe fliegende Luxushotels.

»Ist das ein Scherz?«, fragte David entsetzt. »Sie wissen, dass die Gestapo-Leute inzwischen wie Kletten an Rebekka und mir hängen. Es wird immer schwerer, sie abzuschütteln. Wir könnten niemals ungesehen in das Luftschiff gelangen …«

»Aber das brauchen Sie auch gar nicht«, unterbrach Väterchen seinen aufgeregten Agenten. »Wir müssen nur dafür sorgen, dass Sie ohne Beschattung in die Nähe der *Hindenburg* kommen. Verstehen Sie noch immer nicht, David? Goebbels will den ersten diesjährigen Transatlantikflug der LZ 129 zu einem großen Propagandaspektakel machen. Reporter aus aller Welt werden beim Start anwesend sein und auch bei der Landung. Die Nazis würden sich nie die Blöße geben und Sie mit Ihrer Frau vor laufenden Kameras festnehmen.«

Sekundenlang schaute David den Agentenführer nur an. Langsam erst setzte sich das Gesprochene in seinem Bewusstsein fest. Väterchen hatte Recht. Auf diese Weise konnte es wirklich klappen. Er fuhr sich mit den Fingern durch die Haare. »Also gut. So machen wir's.«

»Schön«, freute sich Ayckbourn. »Sie werden am 2. Mai den Nachtzug nehmen und mit Ihrer Frau erst kurz vor dem Abflug in Frankfurt eintreffen. Einen Großteil Ihres Reisegepäcks haben Sie ja schon in den letzten Tagen aus der Wohnung geschafft. Wenn Sie übermorgen Abend das Haus verlassen, muss es aussehen, als wollten Sie beide ins Kino gehen. Kaufen Sie sich meinetwegen Karten für diesen neuen Zeichentrickfilm von Disney. Wie heißt er noch gleich? *Schneewittchen und die sieben Zwerge* …«

»Der mag vielleicht in London laufen, aber ganz sicher nicht in Berlin«, brummte David.

»Sie wissen, worauf ich hinauswill. Wenn die Gestapo Sie verliert, darf sie nicht beunruhigt sein. Sie werden weiter das Haus beschatten und auf Ihre Rückkehr warten.«

»Und irgendwann dämmert's ihnen.«

»Dann liegt Berlin bereits zwei- oder dreihundert Kilometer hinter ihnen beiden.« Väterchen schob David nun einen Umschlag zu, der schon die ganze Zeit auf dem Tisch gelegen hatte. »Hier drin sind die Flugkarten und alle weiteren Instruktionen. Sie erfahren auch, wie Sie den Kontaktmann erkennen, der in Frankfurt am Weltluftschiffhafen mit Ihren persönlichen Habseligkeiten auf Sie warten wird.«

»Wozu das?«

Väterchen lächelte gewinnend. »Reine Vorsichtsmaßnahme, David. Wir wollen doch nicht, dass Ihnen und Ihrer reizenden Gemahlin irgendetwas zustößt.«

Die brennende Zigarre

Es war noch hell, als sie das Haus am Richardplatz verließen. Herz gegenüber hatte David anklingen lassen, dass man am Abend mit der U-Bahn vielleicht noch einmal zum Alexanderplatz fahren werde. Bei der Berolina-Statue war eine Bühne aufgebaut, auf der es »Musike« geben sollte.

Das Gestapo-Protokoll würde später vermerken: *Ehepaar Pratt verlässt mit Hund die Wohnung um achtzehn Uhr achtundfünfzig. Dalmatiner geht von der Leine. Tier sucht sich nächstgelegenen Baum und pinkelt.*

Wenigstens einen kleinen Blick zurück wollten sich David und Rebekka gönnen. Sie gingen Hand in Hand über die Straße und drehten sich am Rande der Grünanlagen des Richardplatzes noch einmal um.

Es war ein lauer Abend, die Fenster im Haus Nummer 4 jedoch alle geschlossen.

»Weiß der Geyer, was wir jetzt tun?«, murmelte David sinnfällig. »Nein, weder er noch die anderen, und das ist gut so. Kaltes, Herz, Stolz und Unmuth wohnen jetzt in diesem Haus, das einmal so warm und lebendig war. Ich werde es vermissen, Bekka.«

Beide schauten traurig zu den grauen Gardinen hinauf. Was Licht-, nein *Lebens*öffnungen sein sollten, wirkte düster und leer. Niemand lächelte hier mehr. Keiner winkte.

Nur einige Schatten in den Fenstern bewegten sich. Wie einst in Rom …

Die Glocke der Bethlehemkirche riss die Scheidenden aus ihrer Versenkung. David rief nach Pünktchen, gab Rebekka einen Kuss und flüsterte ihr zu: »Achte auf deine Tränen, Schatz.« Dann fasste er ihre Hand fester und sie gingen davon.

Der dunkle Mercedes fiel zurück. Man wollte ja unauffällig sein. Bald bemerkte David den »Ledermantel«, der an diesem lauen Maiabend einen aschfarbenen Zweireiher trug. Er hielt sich immer ungefähr fünfzig Meter hinter ihnen. Wenn David und Rebekka an einem Schaufenster stehen blieben, betrachtete er die Auslagen eines anderen, sobald sie ihren Spaziergang fortsetzten, riss auch er sich vom Angebot des jeweiligen Geschäfts los: Rasierpinsel, Kneifzangen, Rattenfallen …

David hatte sich für das Abenteuer einen hellgrauen Sommeranzug ausgesucht, eigentlich noch etwas zu leicht für die Jahreszeit, aber das spielte für seinen Plan eine untergeordnete Rolle. Rebekka trug ein rosafarbenes Kostüm: schmale Jacke, enger langer Rock mit kleinem Schlitz.

Bald erreichten sie den U-Bahnhof Bergstraße. Der Eingang befand sich auf einer Fahrbahninsel. Sie stiegen die Treppen hinab, bezahlten an einem kleinen Fahrkartenhäuschen ihren Obolus und betraten den Bahnsteig.

Der Gestapo-Observierer ließ nicht lange auf sich warten. Er wusste, jetzt begann erst die richtige Arbeit. Die Untergrundbahn war für Ledermäntel ein Alptraum. Vor allem in Stoßzeiten. Wenn die Massen in die Waggons drängten oder hinaus, dann musste man blitzschnell reagieren, wollte man das Überwachungsobjekt nicht verlieren. Alles wäre vielleicht einfacher gewesen, hätte man eine derartige Aktion mit Funksprechgeräten und genügend Leuten durchführen können, aber die drahtlosen Kommunikationseinheiten hatten die Größe von Rucksäcken und waren mit ihren überlangen Antennen in einer U-Bahn nicht gerade unauffällig, vermutlich nicht einmal funktionsfähig.

Man wartete. David und Rebekka weiter oben an der Bahnsteigkante, der Ledermantel unten. Alle blickten auf die jenseits der Gleise liegende Wand, als gäbe es dort etwas Aufregendes zu sehen. Aber außer Kraft-durch-Freude-Plakaten und grünen Keramikfliesen war da nichts. Jeder U-Bahnhof hatte seine eigene Farbe: Neukölln war gelb, die Bergstraße grün, der Hermannplatz blau ... Fast wie beim *Aschinger*.

Endlich kam von rechts her ein tiefes Dröhnen, ein Lindwurm räkelte sich in den Tiefen der Erde. Jetzt war er aus dem Schlaf erwacht, ganz deutlich an den beiden gelben Augen zu erkennen, die da auf die Wartenden zurasten. Mit Getöse und Gequietsche kam der Zug am Bahnsteig zum Stehen. David und Rebekka stiegen vorne ein, der Ledermantel im Waggon dahinter.

Jetzt begann die schwierige Phase des ganzen Manövers. Ohne Pünktchen hätten sie leichteres Spiel gehabt. Ein weißes Fell mit schwarzen Tupfen – auffälliger konnte man sich eigentlich nicht kleiden. Der Zug ruckte an. Das Paar blieb stehen. Pünktchen saß bei David – genauer gesagt auf seinem rechten Fuß – und hypnotisierte ihn mit ihren braunen Augen. Wenn ihr »Leittier« einen Befehl gab, wollte sie ihn nicht verpassen.

Sie hatten sich keine bestimmte Station ausgewählt, aber naturgemäß waren die Umsteigebahnhöfe für das, was sie planten, am besten geeignet. Am U-Bahnhof Hermannstraße war ein Mann zugestiegen. David benutzte ihn als Deckung, um unauffällig zu dem Ledermantel hinüberzuspähen. Er stand im nächsten Waggon, klammerte sich an eine Haltestange dicht bei der Tür und starrte zu ihnen herüber. Der Mann musste ein Nervenbündel sein. Jederzeit auf dem Sprung. Zwischen ihnen lag eine ganze Waggonbreite, andauernd standen Leute auf, setzten sich, versperrten die Sicht. Genau so hatte sich David das gedacht.

Am Ende des Wagens, dort, wo David, Rebekka und Pünktchen sich befanden, gab es keine Bänke. Hier konnten Koffer abgestellt werden. Oder eben Leute, wenn in Stoßzeiten alle Sitzplätze belegt waren. Im Moment herrschte ziemlich viel Betrieb. Am Sonntagabend ging doch der eine oder andere noch aus, jetzt wo die Weltwirtschaftskrise praktisch überwunden war.

Als der Zug im Bahnhof Gneisenaustraße hielt, kam David und Rebekka das Glück zu Hilfe. Eine Gruppe von acht oder zehn Personen schob sich in den Waggon. Sogar ein Hund war dabei! Ein Dobermann! David konnte es kaum fassen. Im Nu gab es Gedränge am Ende des Wagens: Die Männer und Frauen wollten zwar nicht zusammensitzen, hatten aber anscheinend unheimlich wichtige Dinge miteinander zu besprechen.

»Schon jehört, Else, die Leni Riefenstahl dreht 'ne Fortsetzung ssu ihrem *Fest der Völker*.«

»Lass mich bloß damit in Frieden, Hilde. Ich kann das Wort Olympiade schon nicht mehr hören. Ob Goebbels sich den Titel für Lenis neuesten Propagandastreifen persönlich ausgedacht hat? *Fest der Schönheit*! Scheußlich. Als Nächstes kommt vielleicht noch *Fest des deutschen*

Blutes. Da lob ich mir 'nen spannenden Film mit Hans Albers. Hast du übrigens schon *Varieté* gesehen?«

»Nee, aber in *Bomben auf Monte Carlo* fand ich ihn so richtig zum Anbeißen. Oder in ...«

»Kleistpark.«

Die Stimme des Bahnhofswärters klang unbeteiligt, mechanisch. David hatte die munter plaudernde Gruppe mehrere Stationen lang aufmerksam beobachtet – und immer wieder Pünktchen zurückgehalten, die sich brennend für den Dobermann interessierte. Jetzt wollten vier weitere Personen einsteigen, andere Fahrgäste hatten sich von ihren Bänken erhoben und drängten nach draußen.

Jetzt oder nie. David gab Rebekka ein Zeichen mit den Augen. Am Ende des Waggons herrschte für Sekunden ein heilloses Durcheinander. Und niemand bemerkte die Veränderung. Unter den Aussteigenden befanden sich auch ein Mann in dunkelblauem Anzug und eine Frau in sandfarbenem Kostüm. Er führte einen schwarzbraunen Hund an der Leine.

Vermutlich würde der Ledermantel stutzen, sein Hals immer länger werden. Panisch würden seine Augen durch das Glas der beiden Verbindungstüren in den Nachbarwaggon starren. Aber dann musste er den hellgrauen Anzug entdecken, das rosafarbene Kostüm und einen gepunkteten Dobermann ...

Der Zug fuhr ab. Sollte Ledermantel doch noch Misstrauen geschöpft haben, so war es jetzt zu spät. Während sein Wagen an dem Paar auf dem Bahngleis vorbeirollte, betrachtete dieses gerade hingebungsvoll ein Plakat mit dem im letzten Jahr vorgestellten Volkswagen. Ihre Gesichter waren abgewandt.

Als die Rücklichter des Zuges im Tunnel verschwanden, liefen David, Rebekka und Pünktchen die Treppe hinauf. In einem unbeobachteten Augenblick nahmen Kleidung und Fell wieder die alten Farben an.

»Was wird aus dem Dobermann und seinem Herrchen?«, fragte Rebekka, rein interessehalber.

David zuckte mit den Schultern und antwortete mit einem bedauernden Lächeln: »Das Herrchen kann ja den hellgrauen Anzug weggeben, wenn er ihm nicht gefällt, aber der Hund wird wohl eine Weile mit seinem neuen Fell leben müssen, bis die alte Zeichnung nachwächst. Ich kann nur die Farbe von Dingen verändern, die ich sehe oder die sich zumindest direkt um mich herum befinden.«

Sie bestiegen das nächstbeste Taxi und ließen sich zum Anhalter Bahnhof bringen.

Dann dauerte es nicht lange und sie hatten Berlin verlassen. David und Rebekka lagen in einer Koje des Schlafwagenabteils, die selbst für eine Person schon schmal genug gewesen wäre. Aber gewisse Unbequemlichkeiten hatten Rebekka noch nie abgeschreckt, ganz im Gegenteil. Im Augenblick träumte jeder vor sich hin, wohl selbst der am Boden schlummernde Hund, der ab und zu merkwürdige Laute von sich gab. Zu viel war in den letzten Tagen und Stunden geschehen, das erst einmal verarbeitet werden musste.

Erst gestern hatte ein Brief den beiden einen Schock versetzt. Er war mit der normalen Post gekommen und stammte von Dr. Singvogel, dem Anwalt von Mia Kramer. Der Inhalt des Schreibens brachte Rebekka an den Rand eines Nervenzusammenbruchs.

Hochverehrter Herr Pratt!
Mit Bedauern muss ich Ihnen mitteilen, dass Frau Mia Kramer vor vier Tagen in der Frauenstrafanstalt »Gotteszell« verstorben ist. Ich hatte die Gelegenheit, mit ihrer Zellengenossin via Telefon zu sprechen. Angeblich habe sich Frau Kramer »einfach auf ihrer Pritsche zusammengerollt und sei verwelkt wie eine Hibiskusblüte«. Dieser merkwürdige Vergleich stammt von dem Mithäftling. Mia Kramer sei »immer kleiner geworden und eines Nachts vom Stängel des Lebens abgefallen«. Angeblich sei sie an »gebrochenem Herzen gestorben«. Für mich ist eine derartige metaphorische Sprache immer etwas befremdlich, aber ich hielt es für meine Pflicht, Sie …

Der Rest waren Anwaltsphrasen, die so viel Mitgefühl enthielten, wie sie ein Paragraphenautomat eben zustande brachte.

»Sollten wir je eine Tochter bekommen, werde ich sie Mia nennen«, gelobte Rebekka unter Tränen.

»Wolltest du sie nicht Dina oder Sarah …« David biss sich auf die Lippe. »Der Name Mia ist wirklich schön. Ich finde ihn sehr passend für unser Töchterchen in spe.«

David brauchte Stunden, um Rebekka wieder einigermaßen aufzurichten. Nicht nur die Trauer um Mia hatte sie bewegt, sondern in ihrem Namenswunsch zeigte sich auch ein tiefer liegender, alter Schmerz: Rebekka litt sehr darunter, dass sie nach dem furchtbaren Erlebnis in Paris nicht mehr schwanger geworden war. Dazu war nun noch die Tragödie um ihren »Leihsohn« Benni gekommen. Als vor Jahren die Zeitungsmeldungen von der lang ersehnten Geburt des japanischen Thronfolgers erschienen waren, hatte Rebekka fast eine Stunde lang still vor sich hin geweint. Nicht, weil sie Hirohito und Nagako den Sohn nicht gönnte – wegen ihr konnte der kleine Akihito noch viele Brüderchen bekommen –, aber warum durfte nicht auch sie, wenigstens *ein Mal* Mutterfreuden erleben?

Die Hiobsbotschaft von Mias tragischem Dahinscheiden hätte zu keinem unpassenderen Zeitpunkt eintreffen können. Aber wann kamen *solche* Nachrichten schon gelegen?

Der Abschied von Berlin weckte in David widerstreitende Gefühle. Er und Rebekka hatten hier Furchtbares erlebt und trotzdem war die Stadt für sie zu einer Art Heimat geworden. Das lag wohl weniger an Berlin selbst, den geschäftigen Straßen und eindrucksvollen Häusern, sondern vielmehr an den Menschen, die sie hier kennen gelernt hatten.

Und nicht jeder, der in der Stadt lebte, war im selben Maß von den Schrecken des Nazi-Regimes betroffen wie die einstigen Bewohner des Richardplatzes 4. Für manchen, vielleicht sogar für die meisten, bedeutete das viel beschworene »Dritte Reich« nichts anderes, als hin und wieder die Hand zum »Heil Hitler!« hochzuwerfen, nicht so genau hinzuhören, wenn hier und da von den KZs gesprochen wurde, und ansonsten ein ganz normales Leben zu führen. Sollte je bekannt werden, was Hitler alles auf dem Kerbholz hatte, würden vermutlich viele nur betroffen den Kopf schütteln und versichern: Das haben wir alles gar nicht gewusst.

Draußen huschte die Landschaft vorbei und David fragte sich, ob er nichts vergessen hatte. Das Gepäck? Eigentlich das kleinste Problem. Die meisten seiner Sachen hatte er schon während der letzten Woche Stück für Stück aus der Wohnung geschafft. Sogar Rebekkas *Einhorn*, das Bild von Ruben Rubinstein, war nach Hamburg verbracht worden. Sean Griffith sammelte dort alles, um es als Diplomatenfracht in die Vereinigten Staaten zu verschiffen.

Zwei Koffer und eine Reisetasche mussten sich bereits in Frankfurt am Main befinden. Sie würden am kommenden Morgen mit dem Gepäck all der anderen Reisenden in den Zeppelin wandern. Die größten Sorgen bereiteten David ein kleiner Lederkoffer, der wie eine etwas zu groß geratene Aktentasche aussah, und eine lange Pappröhre. Ersterer enthielt Davids komplettes Schattenarchiv sowie die Schatulle seines Vaters mit dem Diarium, Johannes Nogielskys Abschiedsbrief, Jasons Träne und einige andere persönliche Kostbarkeiten, wie etwa den vom Herzog von Atholl zum Hochzeitstag überreichten Tartan. Die beiden Schwerter steckten in der besagten Röhre. Es hatte David überhaupt nicht gefallen, all diese Dinge aus der Hand geben zu müssen. Als er Väterchen seine diesbezüglichen Bedenken mitgeteilt hatte, war dessen Antwort sehr deutlich ausgefallen.

»Entweder Sie verlassen Ihre Wohnung wie ein Paar, das nur einen netten Abend bei einem Konzert oder im Kino verbringen will, oder Sie riskieren Ihre sofortige Verhaftung.«

Am Vormittag war eine Spedition am Richardplatz vorgefahren und hatte das Klavier abgeholt. Im Kasten des Instruments befanden sich Davids Schätze.

Erheblich mehr als ihre Habseligkeiten beschäftigte David das zukünftige Schicksal der vielen »Brüder«, seiner Freunde und Helfer, die er zurückließ. Jeder wusste Bescheid. Selbst jene, die nicht in Berlin lebten, hatte er informiert, damit nicht irgendwann eine unzustellbare Nachricht in den Händen der Geheimpolizei landete.

Erst kurz vor der Abreise waren noch zwei Briefe eingetroffen. Einer stammte von Ferdinand Klotz, der immer noch unermüdlich nach den Angehörigen von Johannes Nogielsky fahndete. Inzwischen hatte er eine neue Spur gefunden, die nach Norddeutschland führte. Das zweite Schreiben kam von Di Marco.

Als David die Zeilen las, spürte er geradezu Lorenzos wachsende Resignation. Bei der Suche nach Ibn Ruschds gestohlenen Aufzeichnungen sei er auf einige rätselhafte Vorgänge gestoßen, die offenbar auf irgendeine Weise miteinander in Verbindung stünden. Aber jeder, der vielleicht etwas zu deren Aufklärung beitragen könne, lehne es ab, sich dazu zu äußern. Manche der Betreffenden seien übrigens zwischenzeitlich in des Wortes ureigenstem Sinne mundtot gemacht worden. Leider müsse sich David daher weiter in Geduld üben.

Danach berichtete Lorenzo von der Entstehungsgeschichte der Enzyklika »Mit brennender Sorge«. Pius XI. habe dem vom deutschen Kardinal Faulhaber entworfenen und mit Zuspitzungen Pacellis versehenen Text einige persönliche Wendungen hinzugefügt. David gehe doch bestimmt mit ihm einig darin, dass man den Heiligen Vater aus den lähmenden Fängen seines Kardinalstaatssekretärs reißen müsse. Pius XI. sei eigentlich ein resoluter Mann, eine offenherzige Kämpfernatur. Deshalb wolle er, Lorenzo, ihn zu einer wesentlich deutlicheren Enzyklika überreden, eine, in der auch Namen genannt würden …

»Was wirst du tun, wenn wir erst wieder in New York sind?«

Rebekkas Frage riss David aus seinen Grübeleien. Er lächelte sie an. »Ich glaube, ich werde zunächst einmal meine ›Arbeit‹ vollständig überdenken müssen.«

»Wie meinst du das?«

»Nun, überleg doch mal: Was habe ich erreicht, seit wir 1930 nach Berlin kamen? Ich wollte den Kreis der Dämmerung mit dessen eigenen Waffen schlagen: Kontakte knüpfen, Ränke schmieden, Menschen beeinflussen … Alles Humbug!«

»Warum sagst du das? Natürlich hast du Menschen beeinflusst – zum *Guten*. Ist das denn nichts?«

»Es war eben nicht genug. Denk doch nur an all jene, die wegen mir sterben mussten: Edgar Jung, Kurt von Schleicher …«

»David!«, unterbrach Rebekka ihn energisch. Pünktchens Kopf fuhr mit einem Ruck von den Pfoten hoch. »Alles Leid, was unseren Freunden widerfahren ist, hast nicht *du* ihnen zugefügt. Hitler ist dafür verantwortlich, oder zumindest sein menschenverachtendes Regime, und die Feigheit und Passivität vieler Menschen in diesem Land hat es erst möglich gemacht, dass alles so weit kommen konnte. Also hör bitte auf, dich in Selbstvorwürfen zu ergehen.«

David lächelte oder versuchte es wenigstens. Rebekkas manchmal etwas schroffe Art, ihm die Wahrheit zu sagen, zeigte meist eine heilsame Wirkung. »Du hast ja Recht. Trotzdem ist die Wahrheit nicht immer leicht zu ertragen, selbst wenn man sie sucht. Wenn wir erst wieder in den Vereinigten Staaten zurück sind, werde ich wahrscheinlich so eine Art Geheimdienstzentrale aufbauen …«

»Das hört sich ja furchtbar an, fast wie dieses – wie hieß es doch gleich?«

»Keine Angst, ich will kein *Gestapo-Hauptquartier* einrichten. Ich bin nur der Ansicht, dass ich meine Aktionen über den ganzen Globus ausdehnen muss. Ich brauche Helfer, die mich entlasten, damit ich mich auf das Wesentliche konzentrieren kann.«

»Auf Leute wie Toyama, Kelippoth oder Papen?«

»Genau. Das sind aber erst drei. Außer Belial gibt es noch *acht* weitere Logenbrüder, deren Identität ich nicht einmal kenne. Irgendwann werde ich das Rätsel lösen, das Anton Fresenius uns in Heidelberg mit auf den Weg gegeben hat …«

»Du meinst, wie man mithilfe der Siegelringe die Logenbrüder zur Strecke bringt?«

David nickte. »Und dann führe ich den alles entscheidenden Schlag gegen den Kreis der Dämmerung. Natürlich muss ich vorher wissen, wo sich jeder einzelne Ring befindet. Besser wäre es sogar noch, ich bekäme sie in meine Hand.«

Rebekka stützte sich auf den rechten Ellenbogen und legte David die Hand auf die Brust. »Freiwillig werden sie ihre ›Schmuckstücke‹ bestimmt nicht herausrücken. Ich fürchte, du hast dir da einen ziemlich schwierigen Plan in den Kopf gesetzt, Liebster.«

David seufzte. *Lebensgefährlich wäre eigentlich das bessere Wort.*

Der Zug rollte kurz nach fünf Uhr morgens auf dem Frankfurter Hauptbahnhof ein. Mit einem Taxi ließen sich David und Rebekka samt Hund in die Nähe des Weltluftschiffhafens bringen. Die notwendigen Formalitäten zur Ausreise wollten sie erst in letzter Minute erledigen. Zeitdruck ist Gift für jederlei Gründlichkeit.

Natürlich würden sie nicht unter ihren richtigen Namen das Land verlassen. Jetzt sollten sich die »Doppel-Pässe« bezahlt machen, die Sean Griffith und Väterchen besorgt hatten. Es handelte sich dabei genau genommen um zwei Dokumente in je einem. Die Schreibmaschine, die zur Ausstellung der Papiere verwendet wurde, war zunächst mit einem speziellen, in Zitronensaft getränktem Textilband bestückt worden. Damit bannte man die persönlichen Daten von Albert und Roberta Dean in die betreffenden Dokumentsparten, unsichtbar, denn die »Zitronentinte« war nach dem Trocknen nicht mehr zu sehen. Anschließend kam ein ganz normales Farbband in die Maschine und die Pässe wurden ein zweites Mal ausgestellt, auf die Namen Seamus und Gwen Montgomery.

Die *Hindenburg* sollte erst in drei Stunden in Luft stechen – David konnte nicht sagen, ob dieser Ausdruck korrekt war, aber bei einem *Luftschiff* musste man es zumindest annehmen. Vorher würden noch Polizei und Zoll auf ihre Kosten kommen, bis die Passagiere, nach Durchquerung einer kleineren Halle, in einem riesigen Hangar schließlich an Bord der LZ 129 gelangten. Im Moment jedoch befand sich der Zeppelin noch im Freien. Er wurde mithilfe diverser Taue am Boden festgehalten, so wie Gulliver im Lande Liliput. Das Paar stand an einem Zaun am Rande des Flugfeldes und bekam vor Staunen den Mund nicht mehr zu. Der Anblick des riesigen Luftschiffes war einfach … *phänomenal*!

»Ganz schön monströs, findest du nicht?«

David sah verständnislos in Rebekkas finstere Miene. »Hältst du einen Blauwal, der würdevoll durchs Meer gleitet, auch für ›mönströs‹?«

Rebekka dachte einen Augenblick über die Frage nach. »Ehrlich gesagt habe ich noch nie einen Wal gesehen, aber ich glaube, Gott wird sich schon etwas dabei gedacht haben, als er solche Wesen schuf. Bei den Menschen bin ich mir da nicht so sicher.«

David blickte wieder zu dem Luftschiff hin. »Du bist unverbesserlich, weißt du das?«

Rebekkas Hand suchte die ihres Mannes. »Und ob! Das macht mich ja so unwiderstehlich.«

Nur noch wenige Minuten. Gerade zeigten die letzten Passagiere ihre Karten vor. Die Presseleute verfolgten das Ereignis, als wäre es der Jungfernflug des Zeppelins, dabei handelte es sich doch nur um den Saisonauftakt für das Jahr 1937. Aber das schien der Begeisterung keinen Abbruch zu tun. Rund um den Weltluftschiffhafen und in den der Öffentlichkeit zugänglichen Gebäuden wimmelte es von Menschen. Jeder wollte das Abheben der *Hindenburg* sehen. Ganze Heerscharen von Journalisten hielten nach Fluggästen Ausschau, um »authentische Stimmen« einzufangen und auf Notizblöcke zu bannen. Zur Infanterie der Fotoreporter gesellte sich noch die schwere Artillerie aus etlichen Filmkameras.

Seit gut zwanzig Minuten liefen David und Rebekka nun schon getrennt voneinander in der Halle herum, wichen Reportern aus und hielten nach Ledermänteln sowie nach Wilbur Ausschau.

Wilbur Atwood war dem Paar als ein stämmiger Mann von einem Meter fünfundsiebzig beschrieben worden, der einen schwarzen Hut auf dem Kopf, eine dicke runde Hornbrille auf der Nase und Davids kostbarste Gepäckstücke in den Händen tragen sollte. Doch Wilbur war nicht da.

David machte sich allmählich Sorgen. Die Schwerter, das Schattenarchiv und die Schatulle seines Vaters befanden sich in der Obhut dieses ihm als äußerst zuverlässig gepriesenen Agenten, der nun durch Abwesenheit glänzte. Ein leiser Verdacht regte sich wieder, der ihn schon seit längerer Zeit piesackte. Väterchen hatte David unbedingt in den festen Mitarbeiterstamm des Secret Intelligence Service eingliedern wollen. Ein solches Talent zu vergeuden sei geradezu ein Verbrechen an der Krone, lautete seine Erklärung. Aber David hatte sich standhaft geweigert. War dem herzallerliebsten Großvater etwa irgendein Trick eingefallen, um David dazubehalten?

Wieder einmal kreuzten sich die Wege von David und Rebekka, die den – jetzt einheitlich braunen – Hund an der Leine führte.

Sie schüttelte nur den Kopf.

Er antwortete auf dieselbe Weise.

»Was machen wir, wenn er nicht kommt?«, flüsterte sie ihm zu. Pünktchen legte den Kopf schief.

»Dann fliegen wir trotzdem«, antwortete David grimmig. Er blickte auf die Uhr (nur zur Ablenkung der Ledermäntel). Sein Herz würde ihm zwar bluten, aber Gegenstände waren ersetzbar, Menschenleben nicht. »Wir treffen uns zwei Minuten vor ultimo am Schalter in der Abflughalle.«

Rebekka nickte. Ihre Wege trennten sich wieder.

Die Zeit verging viel zu schnell. David überlegte ernsthaft, ob er den übereifrigen Minutenzeiger der großen Uhr in der Halle etwas bremsen sollte. Aber was würde das ändern? Mit einem tiefen Seufzer schlug er den Weg zur Abflughalle ein. Dazu musste er zunächst eine Absperrung überwinden, die Schaulustige von Passagieren trennte. Behelmte Polizisten hatten die Aufgaben der Grenzwehr übernommen. David zeigte einem Uniformierten seine Flugkarte, erntete dafür einen neidischen Blick und freien Zugang ins Areal der Begünstigten.

Am Schalter traf er sich wie zufällig mit Rebekka: Sie auch hier? Dann fliegen wir also gemeinsam. Wie nett! Hoffentlich fielen die Ledermäntel darauf herein.

Sie waren die Letzten, die noch in der Abflughalle gefehlt hatten. Die gaffende Meute wurde unruhig. Einige Leute tuschelten miteinander, andere klatschten, als müsse man den zaghaften Passagieren Mut machen. David seufzte. Noch einmal drehte er sich zu dem Polizistenwall um – und entdeckte Wilbur.

Er stieß Rebekka an und dirigierte ihre Augen mit einem gezielten Blick in die richtige Richtung. Auch sie pickte sich den Agenten schnell aus der Menge. Sein rechter Arm umschlang eine schwarze Papprolle. Zwischen den Beinen der Polizisten war auch Davids »Schatzkoffer« in Wilburs Linker zu sehen. Was dem Paar jedoch Sorge bereitete, war das Gesicht des Agenten. Es erschien schreckensbleich, die weit aufgerissenen Augen sprangen hin und her.

»Weshalb schüttelt er den Kopf?«, raunte Rebekka.

»Keine Ahnung. Sieht fast so aus, als wolle er uns an der Abreise hindern.« *Also doch eine Finte von Väterchen?*

»Wahrscheinlich will er uns nur sagen, dass wir nicht ohne unser Gepäck einsteigen sollen.« Rebekka nickte lächelnd in Wilburs Richtung: Wir haben Sie gesehen und kommen …

In diesem Augenblick verdrehte der Agent die Augen und sackte zusammen.

Davids Herz setzte einen Schlag lang aus. Dann lief er los. »Der Mann braucht Hilfe!«, rief er dem Polizisten zu, der direkt vor Wilbur stand und noch gar nicht bemerkt hatte, weshalb die Leute hinter ihm mit einem Mal so aufgeregt schrien.

Bevor David sich zu dem Verletzten niederknien konnte, fiel sein Blick noch auf ein einzelnes Gesicht in der Menge. Ein eiskalter Schauer lief ihm den Rücken hinab. Diesmal hatten sich ihre Augen nicht gekreuzt, weil der Mann sich gerade zum Gehen wandte – oder besser zur Flucht –, aber für David gab es trotzdem keinen Zweifel: dieselben harten Züge, dieselbe von einer Narbe durchbrochene Augenbraue …

Es war der Jesuit.

»Er hat ein Messer im Rücken!«, schrie eine ältere Dame im Blümchenkleid und riss David damit aus seiner Starre.

»Mörder!«, brüllte jemand anderer. Zum Glück meinte er nicht den Helfer, der sich zu Wilbur hinabbeugte und den Verletzten stützte. Rebekka und Pünktchen waren auch schon zur Stelle. Ein Blick auf den großen Dolch in Wilburs Rücken verriet David, wie es um ihn stand.

»Mr Pratt«, hauchte der Agent.

David schob sein Ohr vor das Gesicht des Sterbenden.

»Was ist passiert, Wilbur?«

»Sie dürfen nicht fliegen.«

»Warum nicht?«

»Steigen Sie nicht in die *Hindenburg* ein …«, keuchte Wilbur. Ein rotes Rinnsal lief von seinem Mundwinkel herab.

»Aber …«

»Eine *Falle!* Vielleicht ein Killer. Wir wissen es nicht so genau ... Haben es erst in letzter Sekunde ...«

Wilburs Körper erschlaffte. Sein Kopf kippte zur Seite. David schloss für einen Moment die Augen, um seine Fassung zurückzuerlangen. Behutsam ließ er Wilburs Oberkörper auf den Boden sinken. Der Agent hatte sich wirklich als zuverlässig erwiesen. Bis in den Tod.

Wie durch eine sich öffnende Tür drang plötzlich der Lärm der aufgeregten Menge zu David vor. Er musste jetzt schnell und besonnen handeln. Beherzt richtete er sich auf, breitete die Hände aus und rief zu den Gaffern hin: »Machen Sie doch bitte Platz. Der Mann braucht einen Arzt. Sie stören hier nur die Helfer.«

Die hinter David stehenden Polizisten waren selbst noch viel zu benommen, um diesen Übergriff in ihren Kompetenzbereich übel zu nehmen.

»Wir müssen hier Platz machen«, wiederholte David gegenüber dem nächsten Beamten und griff wie selbstverständlich nach der schwarzen Papprolle und dem kleinen Lederkoffer. »Ich sehe mich nach Hilfe um.«

Schon begann er sich in Richtung Ausgang durch die Menge zu kämpfen. Ungefähr vier oder fünf Meter parallel zu ihm folgte Rebekka mit dem Hund seinem Beispiel. Unterwegs rief er einem Angestellten des Bodenpersonals zu, an der Absperrung bräuchte man dringend einen Arzt, es ginge um Leben und Tod. Der Mann riss die Augen auf und rannte davon. Als die beiden endlich wieder beisammen waren, stellte David kurz sein Gepäck ab und nahm Rebekka die Flugkarte aus der Hand.

»Die brauchen wir jetzt nicht mehr.«

»Bist du dir auch ganz sicher, dass wir das Richtige tun, David?«

Zur Antwort ließ er – vor den Augen eines fassungslosen Ehepaars – die kostbaren Pionier-der-Luftfahrt-Karten in einen Abfalleimer fallen. »Ganz sicher, Schatz.«

»Hat die Gestapo ihn umgebracht?«, fragte Rebekka flüsternd.

David schüttelte ernst den Kopf. »Schlimmer, Bekka. Es war der Kreis der Dämmerung.«

Im Frankfurter Hauptbahnhof nahmen sie den erstbesten Zug. Zufällig befuhr er dieselbe Strecke, die sie schon einmal in entgegengesetzter Richtung zurückgelegt hatten. Diesmal ließen sie jedoch Heidelberg links liegen und sich bis Stuttgart befördern.

Noch von Frankfurt aus hatte David das britische Konsulat in Hamburg verständigt. Weil er davon ausgehen musste, dass der deutsche Geheimdienst alle Telefonleitungen angezapft hatte, fasste er sich kurz.

»Bestellen Sie Sir Percivale, es gebe doch noch zwei *Einhörner* im Teutoburger Wald.«

Ehe die verdutzte Telefonistin etwas erwidern konnte, hängte David ein. Ritter Parzival war der selbst gewählte Deckname von Sean. Den Rest der Botschaft hatte David improvisiert: Das *Einhorn* stand für Ruben Rubinsteins Gemälde und damit für die Pratts. Der Teutoburger Wald konnte seit dem glorreichen Sieg des Arminius über den römischen General Publius Varus als ein Synonym für Deutschland gelten. Sean würde es schon verstehen.

Im Stuttgarter Stadtteil Feuerbach bezogen David und Rebekka ein Zimmer in einer hundefreundlichen Pension. Beim Ausfüllen der Meldeformulare benutzte das Paar seine »Zitronenidentität«, das heißt, David ließ die normale Tinte den Ton des Papiers annehmen und die mit

Fruchtsaft geschriebenen Buchstaben schwarz hervortreten. Die Wirtin freute sich ausgesprochen, mit Albert und Roberta Dean zwei englische Gäste in ihrer bescheidenen Pension beherbergen zu dürfen.

Zunächst musste das Paar den Schock verarbeiten. Die Ereignisse in Frankfurt hatten beide völlig aus der Bahn geworfen. Sie waren – abgesehen von Davids Schätzen – nicht nur ohne Gepäck nach Stuttgart gekommen, sondern hatten auch keine Vorstellung, wie es nun weitergehen sollte.

Mehrere Tage lang diskutierten David und Rebekka ihre verzwickte Lage. Unterbrochen wurde die selbst gewählte Isolation nur von gelegentlichen Spaziergängen mit dem Hund und zwei Fahrten in die Stuttgarter Innenstadt, wo sie sich mit dem Nötigsten eindeckten: ein wenig Wäsche zum Wechseln, Nachtzeug, Haarbürste, eben das Übliche. Es fiel ihnen leichter, das Sortiment ihrer Habseligkeiten wieder in Ordnung zu bringen als ihre Zukunftspläne.

Eines stand fest: Der Kreis der Dämmerung hatte sie wieder aufgespürt. Das Auftauchen des Jesuiten ließ daran keinen Zweifel. Zwar hatte der dunkelhaarige Mann mit dem stechenden Blick diesmal keine Mönchskutte, sondern einen schwarzen Anzug mit einem Priesterkragen getragen, aber eine Verwechslung war ausgeschlossen.

Nun gab es für David zwei Möglichkeiten: Entweder versuchte er sich auf einem anderen Weg aus Deutschland herauszuschleichen oder er nahm die Herausforderung des Jesuiten an und ließ sich damit auf ein gefährliches Katz-und-Maus-Spiel ein, bei dem die Rollen des Jägers und des Gejagten täglich wechseln konnten. Nach reiflichem Nachdenken entschied sich David für die letzte Möglichkeit. Er hatte zu lange fruchtlos taktiert, es war an der Zeit zu handeln.

Während das Paar noch überlegte, wo es einen einigermaßen sicheren Unterschlupf finden konnte, wurde es von einer neuen schrecklichen Nachricht ereilt.

Die *Hindenburg*, Königin der deutschen Luftschiffflotte, war bei ihrer Ankunft in Lakehurst in Flammen aufgegangen. Nach zwei wegen starker Regenfälle gescheiterten Landungsversuchen hatte es der Kapitän am Morgen des 6. Mai um sieben Uhr dreißig Ortszeit noch einmal gewagt. Gerade als man den Bug des Schiffes an einem hohen Mast festmachen wollte, brach am Heck Feuer aus. In Sekundenschnelle verbreitete es sich über den fast zweihundertfünfzig Meter langen Schiffsleib. Als das Heck sich dem Boden entgegensenkte, versuchten mehrere Personen sich durch Sprünge aus der Höhe zu retten. Dreiunddreißig Menschen, darunter auch ein Mitglied der Bodenmannschaft, fanden in dem Inferno den Tod. Dreiundsechzig konnten gerettet werden. Zur Unglücksursache, hieß es in den Meldungen, sei zur Stunde noch nichts bekannt.

»Könnte …«, Rebekkas Stimme versagte. Der Gedanke war zu ungeheuerlich, um ihn überhaupt auszusprechen.

David stand am Fenster und beobachtete Fabrikarbeiter auf ihrem Weg zum Bosch-Werk. Er nickte mit versteinertem Gesicht. »Wenn einer die ganze Menschheit ausrotten will, dann wird er Passagiere und Besatzung eines Luftschiffes kaum schonen, sollte er durch seinen Anschlag einen erbitterten Gegner aus dem Weg räumen können.«

»Ich kann es nicht fassen. Sie mussten wegen *uns* sterben.«

David drehte sich ruckartig um und ging auf Rebekka

zu. »Das ist nicht sicher, Schatz. Wir standen doch gar nicht auf der endgültigen Passagierliste, auch nicht unter falschem Namen, weil wir gar nicht eingestiegen sind.«

»Trotzdem ... – David!« Rebekkas Augen wurden groß. »Erinnerst du dich noch, wie du die Karten in den Papierkorb hast fallen lassen? Da war doch dieses Paar, etwa in unserem Alter, das dir dabei so ungläubig zugesehen hat ...«

»Du meinst, die beiden könnten die Karten wieder herausgeholt haben und sind dann als Seamus und Gwen Montgomery durch die Kontrollen marschiert? Ich weiß nicht, Bekka ...«

»Die Möglichkeit besteht aber. Es war schon allerhöchste Zeit, und dann der Trubel wegen Wilbur. Viele hätten wahrscheinlich sogar ohne Gepäck diesen einmaligen Flug angetreten, nur um dabei zu sein, wenn die *Hindenburg* in diesem Jahr zum ersten Mal ...« Rebekkas Stimme erstarb.

David nickte grimmig. »Und zum letzten Mal den Atlantik überquert. Du könntest tatsächlich Recht haben, Rebekka. Dann wären die beiden Unbekannten womöglich jetzt an unserer Stelle gestorben. Vielleicht hat uns der Jesuit ja gar nicht entdeckt. Und wenn doch ...« Davids Mund wurde mit einem Mal trocken. »Überleg doch einmal: Er hat die Halle fluchtartig verlassen, kann also überhaupt nicht wissen, wer tatsächlich in die *Hindenburg* eingestiegen ist, falls unsere Namen auf der Passagierliste stehen. Sollte ein Ehepaar Montgomery in Lakehurst verbrannt sein, dann muss er davon ausgehen, Wilbur hätte es nicht mehr geschafft, uns zu warnen, und wir seien, wie beabsichtigt, an Bord des Luftschiffes gewesen.«

Rebekkas Augen weiteten sich, als sie nach und nach die Konsequenzen zu erfassen begann. »Das hieße, wir wären für ihn tot. Niemand würde uns mehr jagen. Wir wären frei und könnten ...«

»Zuerst brauchen wir Gewissheit«, sagte David. »Ich neige auch zu diesem verlockenden Gedanken, aber es wäre ein Fehler, unsere Zukunftspläne nach vagen Annahmen auszurichten.«

»Dann müssen wir eben feststellen, ob wir tot sind – für den Jesuiten. Kannst du nicht bei der Luftschiffgesellschaft nachfragen, ob sich unter den Opfern ein Mr und eine Mrs Montgomery befinden?«

David nickte entschlossen. »Das werde ich tun. Außerdem sollten wir herausfinden, warum die *Hindenburg* in Flammen aufgegangen ist. Wenn wir sehr vorsichtig operieren, können wir vielleicht zwei Fliegen mit einer Klappe schlagen.«

»Uns einerseits Gewissheit verschaffen, ob wir für den Kreis der Dämmerung zu Asche zerfallen sind – und andrerseits?«

»Diesem Jesuiten auf die Schliche kommen. Ich würde mich gerne einmal mit ihm unterhalten.«

Rebekka hielt den Atem an. »So wie mit Negromanus?«

»Nun schau mich nicht so an, Schatz. Ich habe mir dieses vermaledeite Spiel nicht ausgedacht. Es ist uns aufgezwungen worden. Jetzt müssen wir es so gut wie nur eben möglich spielen.«

Die beiden fühlten sich so unbeschwert wie lange nicht mehr. Dennoch mahnte David seine Frau zur Besonnenheit. Die Neuigkeiten ließen einen zwar aufatmen, bedeuteten aber auf keinen Fall das Ende der Bedrohung durch den Kreis der Dämmerung.

Noch in Stuttgart hatte David sich mit zitternder Stimme – ganz der besorgte »Bruder« und »Schwager« – telefonisch nach dem Wohlbefinden von Mr Seamus und Mrs Gwen Montgomery erkundigt. Es fiel ihm schwer, seine Verstellung aufrecht zu erhalten, als eine Mitarbeiterin der Luftschiffgesellschaft ihm seinen Verdacht bestätigte: Das fragliche Paar gehöre bedauerlicherweise zu den Opfern des Unglücks. David nahm ungeduldig die Beileidsbezeigungen entgegen und verließ schnell die Telefonzelle. Wieder an der frischen Luft, atmete er befreit auf. Echte Freude wollte sich allerdings nicht einstellen, hatte doch ein junges Paar für seine und Rebekkas Freiheit sterben müssen.

Die wahre Ursache für das *Hindenburg*-Inferno sollte nie endgültig geklärt werden. Die amerikanischen und deutschen Behörden führten eine akribische Untersuchung durch. Teile des Wracks wurden sogar nach Ludwigshafen gebracht und dort eingehend analysiert. Auch David und Rebekka begaben sich an den Bodensee und führten Untersuchungen durch, jedoch etwas anderer Natur.

In Ludwigshafen gelang es David, einen Ingenieur der Zeppelin-Gesellschaft für sich zu gewinnen, einen gewissen Johannes Scheible. Die *Hindenburg* könne nicht von allein Feuer gefangen haben, vertraute dieser dem Wahrheitsfinder an. Es gebe hunderte von Zeugen, aber niemand habe einen Blitz in das Luftschiff einschlagen sehen. Statische Energie sei ebenfalls auszuschließen – das Feuer hätte dann beim Andockmast ausbrechen müssen, aber genau das Gegenteil war der Fall gewesen: Es breitete sich vom Heck her über das Luftschiff aus. Scheible verdächtigte die Briten, einen Anschlag verübt zu haben. Weil sie nach dem Debakel mit ihrer R 101 bei Beauvais vor sieben Jahren das eigene Luftschiffprogramm hatten einstellen müssen, hätten sie aus purem Neid der *Hindenburg* »ein Bömbchen ins Heck gepflanzt, um damit auch Deutschland aus dem lukrativen Zeppelinverkehr zu sprengen«.

Scheibles Schuldzuweisung an die Briten entsprang wohl eher einem nationalsozialistisch geprägten Wunschdenken als den Tatsachen. Wenn man alle fragwürdigen Hypothesen wegstrich, dann blieb eine begründete Annahme übrig: Die *Hindenburg* konnte sehr wohl einem Anschlag zum Opfer gefallen sein.

David brauchte nicht lange nachzudenken, um auf den Namen einer Verschwörergruppe zu kommen, der diese teuflische Tat zuzutrauen war.

Während die Untersuchungen in Ludwigshafen noch im vollen Gange waren, hatte David wieder Kontakt zu seinen »Brüdern« aufgenommen. Obwohl oder gerade weil er jetzt fast sicher war, für den Kreis der Dämmerung ein toter Mann zu sein, ging er dabei mit äußerster Vorsicht vor. Er wollte aus dem Verborgenen heraus operieren und im entscheidenden Moment plötzlich und für den Geheimbund völlig überraschend zuschlagen.

Zunächst musste sein »Codebuch« einem neuen weichen. Jetzt lieferte Aldous Huxleys *Brave New World* die

Zahlenkolonnen für den Nachrichtenverkehr. Hitlers Träume von einem tausendjährigen Reich hatten die Auswahl des Buches nicht ganz zufällig beeinflusst.

Doch zuallererst wandte sich David an Sean Griffith. Der britische Diplomat half ihm, seine fast leere »Kriegskasse« wieder aufzufüllen. David erteilte ihm hierzu alle nötigen Vollmachten zum Verkauf einer seiner letzten englischen Immobilien.

Zu dem, was in Frankfurt vorgefallen war, konnte Sean leider nur unbefriedigende Erklärungen liefern. Ein »Maulwurf« – Genaueres zu seiner Identität dürfe er nicht verraten – habe buchstäblich in letzter Minute eine Warnung an Väterchen übermittelt: Bei der Gestapo existiere ein dickes Dossier über David Pratt und es gebe unbestätigte Gerüchte von einem Mordkomplott. Wilbur sollte den Pratts davon berichten und ihnen selbst die Entscheidung überlassen, ob sie mit der *Hindenburg* fliegen wollten. Aber seinem Verhalten nach musste der Agent die Luftreise als ein zu großes Risiko betrachtet haben. Er hatte versucht David und Rebekka zurückzuhalten, der Jesuit wiederum mit allen Mitteln diese Warnung zu unterbinden.

Der Mönch hatte also seinen bisherigen Wirkungskreis aufgegeben. Natürlich ließen sich nur Vermutungen darüber anstellen, wie lange der Jesuit ihnen schon in Deutschland nachspürte. David stand wieder einmal vor der schier unlösbaren Aufgabe, ein Phantom zu jagen.

Vorsichtig stellte er neben der Verbindung zu Sean auch einige der anderen Kontakte wieder her. Er informierte Lorenzo und Henry Luce, dass er sich noch in Deutschland befand, und reiste kreuz und quer durch das Reich. Nie blieb er länger als einige Tage an einem Ort. Zweimal traf er in Hamburg mit Sean Griffith und einmal mit Ferdinand Klotz zusammen.

Auch Heidelberg stattete David erneut einen Besuch ab. Das Gespräch mit Anton Fresenius war ihm nicht aus dem Kopf gegangen. Vielleicht gab es ja doch noch einen versteckten Hinweis bezüglich der Siegelringe. Leider konnte Fresenius nichts Neues aus dem Ärmel zaubern. Die wiederholten Konsultationen des exzellenten Kenners alter Handschriften führten jedoch dazu, dass aus anfänglicher Hilfsbereitschaft mehr wurde: David konnte den Doktor als »Bruder« gewinnen. Da Anton Fresenius ohnehin schon die Achse »Pratt – Luce« kannte, sollte er David in den nächsten Monaten als wichtige Relaisstation für den Nachrichtenverkehr mit der *Time*-Redaktion dienen.

Mithilfe des britischen Geheimdienstes sowie einiger anderer Personen gelang es David allmählich, sich dem Jesuiten zu nähern. Dabei machte er eine aufregende, aber eigentlich vorhersehbare Entdeckung: Der geheimnisvolle »Geistliche« steckte mit Franz von Papen unter einer Decke.

Einreiselisten und Meldeformulare halfen David die Spur des Jesuiten aufzunehmen. Sie führte von Frankfurt nach München, von dort nach Berlin, Hamburg, Hannover, wieder nach Berlin … Es dauerte eine geraume Zeit, bis David hinter den Grund für diese auffällige Reiselust kam. Der Jesuit pflegte für Papen die Kontakte, die dieser von Wien aus notgedrungen nicht wahrnehmen konnte. Dabei nutzte er geschickt die Kirchenorganisation, um neue Verbindungen herzustellen. Das Ziel all dieser Aktivitäten wurde auch bald klar: Erstens wollten Papen und der Jesuit – der über ein nahezu unbegrenztes Kontingent von Namen verfügte – Hitlers Macht weiter stärken und zweitens fahndeten sie nach David.

Im Februar 1938 besuchte David ein gerammelt volles Münchener Lichtspielhaus. *Der Berg ruft* war deshalb so beliebt, weil der Film noch nicht lange lief und Luis Trenker darin eben bei weitem besser aussah als jeder deutsche Mann, selbst wenn er kein Hitler-Bärtchen trug. David tat sich das Filmstück dennoch an, der dunkle Kinosaal schien ihm der ideale Ort für ein konspiratives Treffen. Er hatte sich mit einem Informanten verabredet, der zu Kardinal Faulhabers Mitarbeitern gehörte. Der Tipp stammte von Lorenzo. Markus Stangerl, selbst ein Geistlicher, lieferte neueste Nachrichten aus Österreich, genauer gesagt von Kardinal Innitzer.

In den Kirchenkreisen der Alpenrepublik rechne man mit einem baldigen »Anschluss« Österreichs an das Deutsche Reich. Die Entwicklung sei »nicht unerheblich auf die emsigen Bemühungen Franz von Papens zurückzuführen«, berichtete Stangerl, während Luis Trenker über die Leinwand kraxelte.

»Und der Jesuit?«, flüsterte David, so leise es ging – einige der Kinobesucher hatten sich über ihr Getuschel bereits beschwert.

»Ist in Wien bei Franz von Papen …«

»Was! Und das sagen Sie mir erst jetzt?«

»*Gewesen*, Herr Fox. Sie sollten mich aussprechen lassen. Das spart Nerven. Monsignore Donatelli ist längst wieder abgereist.«

Donatelli? Und auch noch ein Monsignore. Ist ja mal was ganz anderes. Inzwischen verfügte der Jesuit über fast ebenso viele Namen wie David. »Haben Sie eine Ahnung, wohin der Monsignore gereist ist?«

»Soweit ich gehört habe, wollte er über Salzburg nach Berlin fahren.«

Ins Zentrum der braunen Macht. Das ist weniger neu. »Haben Sie sonst noch etwas herausgefunden, Herr Stangerl?«

»Nein, das ist alles. Warum können Sie mich eigentlich nicht ›Vater‹ nennen, wie alle es tun?«

David lächelte in die Dunkelheit. »Wie heißt es doch so schön? Ehre, wem Ehre gebührt. Das geht nicht gegen Sie persönlich, Herr Stangerl. Ich schätze Ihre Arbeit wirklich sehr. Ist mehr so eine Art allergische Reaktion gegen Ihren Berufsstand, die sich im Laufe der Zeit bei mir eingestellt hat.«

David machte sich ernste Sorgen, was Papens Unverwüstlichkeit betraf. Dass er sich unter anderem auch der katholischen Geistlichkeit bediente, um Europa das Herz herauszureißen, war für David ein klares Indiz dafür, wie stark das Gift des Jahrhundertplans schon fast jede Muskelfaser der Gesellschaft durchdrungen hatte. Konnte da überhaupt noch der zerstörerische Prozess umgekehrt werden?

Nach den Nürnberger Rassegesetzen hatte selbst ein Kardinal Faulhaber – aus dessen Feder ja der Entwurf der Enzyklika *Mit brennender Sorge* stammte – anlässlich einer Adventspredigt in der Münchener Marienkirche gesagt, dass die Kirche keinen Einspruch erhebe »gegen das Bestreben, die Eigenart eines Volkes möglichst rein zu erhalten und durch den Hinweis auf die Blutsgemeinschaft den Sinn für die Volksgemeinschaft zu vertiefen«.

David reagierte auf Markus Stangerls Bericht mit Kopfschütteln. »Kennt denn Faulhaber die Apostelgeschichte nicht, in der Petrus – der so genannte ›erste Papst‹! – sagt,

›dass Gott die Person nicht ansieht, sondern *allerlei Volk*, wer ihn fürchtet und recht tut, … ihm angenehm‹ sei? Mit ›allerlei Volk‹ hat er bestimmt die erdenweite Völkergemeinschaft gemeint, von arischem Blut ist da jedenfalls nirgends die Rede.«

»Sie haben eben die Luther-Übersetzung zitiert. Das würde der Kardinal vermutlich nicht gelten lassen.«

David sah den Geistlichen irritiert an, was den zu einem Lächeln veranlasste. »War nur ein Scherz. Deshalb helfe ich Ihnen ja, weil mir auch so einiges gegen den Strich geht, was in der Kirche geschieht.«

Markus Stangerl war mehr der kämpferische Typ. Andere, die David unterstützten, mussten eher den idealistischen Träumern zugerechnet werden. Aber jeder hatte seine Qualitäten und war für David – unabhängig von seiner Herkunft – ein wertvoller Mensch.

Die Voraussagen Stangerls in Bezug auf Österreich sollten sich schon bald bewahrheiten. Am 13. März 1938 holte Hitler die Alpenrepublik »heim ins Reich«. Eine sehr zynische Umschreibung für eine gewaltsame Okkupation eines souveränen Landes.

Nachdem David die Ergebnisse seiner Papen-Ermittlungen an Sean Griffith weitergereicht hatte, passierte eine Weile lang gar nichts. Die britische Regierung zauderte. Vielleicht hatte man noch ein Ass im Ärmel, von dem David nichts wusste.

Im Sommer schien er eine Bestätigung für diese Vermutung zu erhalten. Über die Relaisstation Anton Fresenius erreichte ihn eine Nachricht von Henry Luce.

Lieber David!
Nachdem Hitler nun Österreich im Sack hat, schielt er in Richtung tschechoslowakische Republik. Als Vorwand benutzt er die Sudetendeutschen. Für September ist in München eine Konferenz mit den Briten und Franzosen geplant, die er vermutlich mit einem Kuhhandel zum Stillhalten veranlassen will. Ich dachte, die Information könnte für dich nützlich sein. Falls du zur Münchener Konferenz fährst, könntest du für das Magazin doch gleich …

»Der hat vielleicht Nerven!«, regte sich David auf, nachdem er den Brief seines Freundes und Arbeitgebers gelesen hatte. »Die Gestapo und Belials Häscher sind uns auf den Fersen und Henry möchte, dass ich eine *Time*-Story für ihn schreibe.«

»Bist nicht du derjenige, der diesen Jesuiten jagt?«, fragte Rebekka gelassen.

»Wenn ich das nur selbst wüsste! Ich dachte Papen eins auswischen zu können, wenn ich ihm seinen Adlatus in Deutschland nehme, aber dieser ominöse Mönch ist raffinierter, als ich geglaubt habe.«

»Werden wir im September nach München fahren?«

David dachte nur kurz nach, dann nickte er langsam. »Auch wenn Franz von Papen offiziell nichts mit der Münchener Konferenz zu tun hat – es könnte sich lohnen. Vielleicht schnappen wir endlich den Jesuiten oder gelangen an einen brauchbaren Hinweis.«

David, Rebekka und Pünktchen fanden Unterschlupf im Münchener Stadtteil Pasing. Markus Stangerl hatte eine Schwester, deren Mann ein heimlicher Nazi-Gegner war.

Er bezog zwar nicht offen Stellung, aber immerhin erklärte er sich bereit, das englische Ehepaar bei sich aufzunehmen.

Sepp Leiber und seine Frau Lieselotte bewohnten eine geräumige, von der Straße nicht einsehbare Jugendstilvilla – ein ideales Versteck also. Er war von Beruf Architekt und arbeitete zu Hause. Sie hütete die Rosen im Garten. Als Kinderersatz hielten sich die beiden einen Hund namens Hubert, ein sehniges hypersensibles Geschöpf mit kurzem braunem Fell. Während so mancher Zweibeiner unter seiner lückenhaften Arierahnenreihe litt, konnte Hubert auf einen langen Stammbaum zurückblicken. Ein beneidenswerter Vorzug. Möglicherweise war das auch der Grund, weshalb der Rüde sich Pünktchen gegenüber auffallend reserviert verhielt. Vielleicht hatte sie ihm auch nur erzählt, dass sie aus einem Tierheim kam.

»Sie wollen also einen Artikel über die Münchener Konferenz verfassen, Herr Fox?«, fragte Sepp Leiber kurz nach der Ankunft seiner Gäste. Sie saßen alle bei Kaffee und Kuchen auf einer etwa fünf mal fünf Meter großen Terrasse im Schatten zweier Birken. Es war ein herrlich milder Septembertag und der Wind spielte mit den Blättern der weißrindigen Bäume.

David nickte. Seine Augen lagen auf Pünktchen. Immer wieder schob sie Hubert mit ihrer Schnauze einen Ball hin, der diesen jedoch überhaupt nicht zu interessieren schien. »Ja, es könnte ein historisches Treffen werden.«

»Ganz im Sinne von Adolf Hitler, dem Liebhaber barocker Proportionen.«

David sah den Architekten verwundert an.

Sepp Leiber lachte, was seinen gezwirbelten Schnurrbart im Kaiser-Wilhelm-Stil erzittern ließ. Seine Hand förderte aus der Westentasche eine Schnupftabakdose zutage. »Na, kennen Sie noch nicht Adolfs Geliebte – das Großdeutsche Reich? Je praller sie ist, desto besser. Wenn es ihm gelingt, Chamberlain und Daladier zum Stillhalten zu bewegen, während seine Buhle die sudetendeutschen Gebiete schluckt, dürfte sie genug Fett ansetzen, um den ihm vorschwebenden Idealmaßen ein gutes Stück näher zu kommen.« Während seiner Ausführungen hatte der Hausherr aus der silbernen Dose ein kleines Schnupftabakhäuflein in die Beuge zwischen rechtem Daumen und Zeigefinger geschüttet, das er nun geräuschvoll die Nase hinaufzog.

»Ich hoffe, der britische und der französische Regierungschef besitzen genug Scharfsinn, um Hitlers Unersättlichkeit zu erkennen.«

Sepp Leibers explosionsartiges Niesen ließ die Hunde erschrocken hochfahren. Pünktchen schnappte sich den Ball und ließ Hubert sitzen. »Machen Sie sich da mal keine falschen Hoffnungen, mein Freund. Hitler mit der britischen *Appeasement*-Politik besänftigen zu wollen, kommt dem Versuch gleich, einer Deutschen Dogge mit einem gehäkelten Maulkorb das Beißen abzugewöhnen – beides kann nicht funktionieren.«

Ich fürchte, der gute Mann hat Recht. Man muss zu härteren Mitteln greifen, um diesem Wahnsinn ein Ende zu bereiten. »Wie auch immer, ich bin ja nur stiller Beobachter.«

David saß in einem großen Tagungsraum, der ausschließlich den wartenden in- und ausländischen Reportern vorbehalten war. In seiner Tasche steckte der Presseausweis von Friedhelm Lauser. Dank einiger gezielter Veränderungen gehörte er jetzt einem Friedrich Vauser. Das Foto zeigte Davids Gesicht. Die *Berliner Illustrierte Zeitung* existierte noch, wenn sie auch – wie die anderen Blätter – Goebbels Pressevorgaben erfüllen musste.

Die Münchener Konferenz war eigentlich von Benito Mussolini vermittelt worden. Jetzt spielte er dabei aber nur eine Nebenrolle. Den Heldenpart besetzte wie immer der »Führer«. Gleich nach ihm kam Neville Chamberlain, der britische Premierminister. Außerdem saß für Frankreich Ministerpräsident Édouard Daladier am Verhandlungstisch. Vertreter der tschechoslowakischen Regierung hatte man gar nicht erst eingeladen. Ihre Anwesenheit hätte das Palaver nur unnötig in die Länge gezogen – es ging ja schließlich darum, ihnen etwas wegzunehmen.

David kam in den Genuss eines Fünfminuteninterviews mit Mussolini, das seinem Block nur leere Phrasen bescherte. Dem »Führer« wollte er besser keine, wenn auch noch so geringe Möglichkeit geben, ihn wieder zu erkennen. Dafür konnte David ein Gespräch mit Neville Chamberlain führen. Da er jedoch in der Maske eines deutschen – für den schnauzbärtigen Briten also *gleichgeschalteten* – Reporters auftrat, bekam er gar keine Chance, seine tief gehenden Suggestivfragen anzubringen. Chamberlain war ganz von dem Gedanken besessen, ein »anglo-deutsches« Beziehungsgeflecht zu schaffen. Hitler sollte besänftigt, ihm eben ein gehäkelter Maulkorb umgebunden werden, wie Sepp Leiber sich ausgedrückt hatte.

Wichtiger als die großen Namen waren für David jedoch die unzähligen Unbekannten: die Staatssekretäre, Presseattachés, Betreuer des Propagandaministeriums, Geheimdienstleute – eben der übliche kreischende, pausenlos umherflatternde Möwenschwarm, der jeden großen Dampfer stets begleitet. Bei ihnen erhoffte er sich *den* Treffer, das große Los.

Nein, es hätte ihn nicht sehr gewundert, den Jesuiten hier zu finden. Zu wichtig war das Ereignis für den Jahrhundertplan. Hitler durfte keine Zwangsjacke angelegt werden. Nur, wenn er sich frei bewegen – und ausbreiten – konnte, würde seine Gefährlichkeit, ganz im Sinne Belials, zunehmen.

Obwohl David äußerlich ruhig und abgeklärt wirkte wie die meisten Profis im Pressegeschäft, sondierten seine Blicke an diesem 29. September doch jedes Gesicht, jede Geste. Er spazierte durch das Gebäude, so weit die Sicherheitskräfte ihn ließen, öffnete Türen, sofern diese unverschlossen waren.

Spät in der Nacht wurde die hungrige Meute der Journalisten unruhig. Ein Pressesprecher verlas eine kurze Erklärung: Die verhandelnden Parteien seien übereingekommen, das Sudetenland dem Deutschen Reich anzugliedern. Weiterhin sähen der »Führer« und der britische Premier die Weichen gestellt für eine alsbaldige gemeinsame Nichtangriffserklärung. Das Münchener Abkommen werde am kommenden Vormittag unterzeichnet werden, die Presse dabei ausreichend Gelegenheit zur Aufnahme von Fotos erhalten.

Wusch! Man konnte kaum so schnell schauen, wie die Reporter zu den Telefonen rannten. Jeder wollte die Nachricht so schnell wie möglich an seine Redaktion melden.

Sollte David wirklich für *Time* einen Artikel schreiben – er schwankte noch –, würde dies auch bis morgen Zeit haben. Zunächst konnte er sich also seiner Enttäuschung widmen. Weder das politische noch das persönliche Ziel dieses Tages war erreicht worden. Deprimiert machte er sich auf den Weg nach Pasing.

»Darf ich mitkommen, David?« Rebekka benutzte ihre Geheimwaffen, einen koketten Augenaufschlag gepaart mit einem Schmollmund, beidem konnte man unmöglich widerstehen.

Unwillig blickte David zu den beiden Hunden hin, die sich interessiert beschnüffelten. Pünktchen hatte bei Hubert wohl auch ihren Charme spielen lassen. Das Hausmädchen fragte, ob die Herrschaften noch irgendetwas wünschten. David verneinte. Sie saßen am Frühstückstisch. Es war kurz nach acht. Sepp Leiber brütete bereits über seinen Entwürfen. Lieselotte hatte einen Arzttermin.

David seufzte. »Also gut. Wenn sich die Potentaten den Kameras zeigen, wirst du dir allerdings irgendwo draußen die Zeit vertreiben müssen. Wir brauchen einen Treffpunkt.«

»Ich kann ja im Foyer auf dich warten. Später gehen wir dann mit Pünktchen in den Garten des Nymphenburger Schlosses eine Limonade trinken. Alle sagen, dass der Altweibersommer zusammen mit dem Föhn heute noch einmal richtiges Biergartenwetter bringen wird.«

»Pünktchen bleibt hier. Sie kann ja Hubert bezirzen.«

»Aber der Biergarten ist abgemacht?«

»Also gut. Wenn du dich noch zurechtmachen musst, wäre es jetzt höchste Zeit dafür. Wir müssen in einer Viertelstunde los.«

Rebekka war schneller als sonst. David hatte in der Zwischenzeit ein Taxi rufen lassen. Gemeinsam fuhren sie in die Innenstadt.

Vor dem Konferenzhotel herrschte ein großer Auflauf. Es hatte sich herumgesprochen, dass der »Führer« erscheinen würde. In natura bekam man ihn nicht alle Tage zu sehen. Es wimmelte von erwartungsvollen Gesichtern und Hakenkreuzfähnchen.

Mithilfe seines modifizierten Lauser-Ausweises und eines eruptiven Wortschwalls gelang es David, von dem entnervten Türsteher ins Innere des Gebäudes vorgelassen zu werden. Im Foyer suchte er für Rebekka einen gigantischen Sessel, in dem sie fast völlig versank.

»Du wartest hier, bis ich dich hole. Wenn ich bis elf nicht wieder hier bin, nimmst du dir ein Taxi und fährst allein zu den Leibers zurück.«

»Warum solltest du nicht wiederkommen?«

»Es könnte mir ja doch noch mein jesuitischer Schatten über den Weg laufen.«

Rebekka wurde schlagartig blass. »Pass bitte auf dich auf, Liebling!«

Er lächelte schief. »Keine Sorge, wird schon gut gehen.«

Ohne Hast begab sich David in den großen Konferenzsaal, der für die feierliche Unterzeichnung des Münchener Abkommens hergerichtet worden war. Der große rechteckige Raum war fast auf seiner ganzen Breite bestuhlt. Am gegenüberliegenden Ende stand eine lange Tafel mit weißen Tischtüchern. David suchte sich einen Platz in der vorletzten Reihe.

Wenig später fand der Einmarsch der Gladiatoren statt: Hitler, Chamberlain, Daladier und der Stiernacken Mussolini, der eine komische runde Mütze mit einer Quaste trug. Von den vorderen Reihen, die NSDAP-Größen und hohen Diplomaten der verhandelnden Parteien vorbehalten waren, erhob sich Applaus. Notgedrungen schlossen sich die deutschen Pressevertreter an. Auch einige der ausländischen Journalisten klatschten.

Über die Abschlusszeremonie gibt es wenig zu sagen: Reife Herren mit würdevollen Gesichtern schrieben ihre Namen in dünne lederne Büchlein, die junge Handlanger ihnen unter die Füllfederhalter schoben – man kennt das Bild. David schlich sich frühzeitig aus dem Saal.

Er wollte die weihevolle Stimmung nutzen, um möglichst unbeachtet einen letzten Rundgang zu machen. Die Türen des großen Konferenzsaals standen offen. Daneben waren mehrere Wachen postiert, die ergriffen zu den Staatsmännern hinblickten. David wandte sich wie selbstverständlich nach links. Da gab es einen Gang, der schon am Vorabend sein Interesse geweckt hatte. Politiker und ihre Berater waren immer wieder darin verschwunden. Von dort mussten sie auch heute in den Konferenzsaal gelangt sein. Vielleicht ließen die Stäbe der vier Nationen in dem Raum, der sich gegenüber dem Saaleingang befand, ja schon die Korken knallen, um ihren Erfolg zu feiern.

Was sollte er sagen, wenn er in ein Zimmer platzte, das voll gestopft mit Diplomaten war? Egal, irgendetwas würde ihm schon einfallen.

Bis jetzt hatte ihn noch niemand bemerkt. Das Sicherheitspersonal hielt ihn wohl für irgendeinen Mitarbeiter der Verhandlungsteams – gar nicht so abwegig, wenn man bedachte, dass ohne Legitimation niemand in das Gebäude gelangte, normalerweise. Der Gang vor ihm war leer. David erreichte die anvisierte Tür. Dahinter waren Stimmen zu hören. Er atmete tief durch, griff nach der Klinke – als sich seine Sekundenprophetie meldete.

Unwillkürlich zog er die Hand zurück, um eine Berührung mit der Person zu vermeiden, die in diesem Moment die Tür öffnete. Aus dem Raum dahinter erscholl ein befreites Was-haben-wir-da-nur-wieder-auf-die-Beine-gestellt-Lachen. Die Hand des anderen steckte in einem schwarzen Anzugärmel und legte sich nun auf die äußere Klinke. Der Mann selbst war noch dem Raum zugewandt, sagte irgendetwas, während David fassungslos auf den Mittelfinger des Fremden starrte – an dem einer der zwölf Siegelringe Belials prangte!

David fühlte sich völlig überrumpelt. Gebannt vor Schreck blickte er auf die Hand. *Der Jesuit!*, schoss es ihm durch den Kopf, wohl wegen des schwarzen Anzugs. Aber dann wanderten seine Augen am militärisch geraden Rücken des Ringträgers empor, bis sie dessen Hinterkopf erreichten, die grau melierten, kurz anrasierten Haare …

»Papen!«

Der Name war David einfach herausgerutscht, er hatte es nicht verhindern können.

Noch einmal lachte jemand im Raum auf, dann wandte sich Franz von Papen um.

Manchmal gibt es Augenblicke, die losgelöst erscheinen vom normalen Fluss der Zeit. Wie Inseln halten sie der Strömung stand. Eine solche Erfahrung machte David jetzt. Seine blauen Augen trafen sich mit den graublauen Papens. Keiner der beiden Männer wandte den Blick ab, als fürchte jeder, mit dem Augenkontakt könne auch eine Verbindung abreißen, die unmittelbar in die Seele des anderen reichte.

»Kennen wir uns, junger Mann?«, brach Papen schließlich das Schweigen.

David war ganz außer Fassung. Was sollte er tun? Was

hätte er denn mit dem Jesuiten angefangen? Mit ihm gekämpft? Ohne Waffe? In seinem Kopf herrschte eine gähnende Leere. Er hatte ja nicht einmal ernsthaft angenommen, hier doch noch dem Jesuiten zu begegnen, jetzt aber Belials Jünger von Angesicht zu Angesicht gegenüberzustehen, das brachte sein seelisches Gleichgewicht endgültig aus der Balance.

Papens Frage hatte auf David mehr wie eine Feststellung geklungen. Gab es im Blick des anderen so etwas wie Erkennen? *Dreh jetzt nicht durch, Junge. Das Gebäude ist voller Gestapo-Leute. Du kannst hier jetzt keine Rangelei anfangen.* Außerdem war Rebekka im Foyer. Er durfte sie nicht in Gefahr bringen. David schüttelte nachdenklich den Kopf.

»Ich *Sie* schon, Herr Botschafter, aber als ehemaliger Reichskanzler dürften Sie wohl schon hunderte Reportergesichter wie das meine gesehen haben.«

Papen schien diese Antwort nicht zu befriedigen. »Wie lautet Ihr Name und für welches Blatt schreiben Sie?«

»Friedrich Vauser. *Berliner Illustrierte Zeitung*. Ich habe gestern schon den Duce und Mr Chamberlain interviewen dürfen und wollte mal sehen, ob ich hier nicht noch ein bekanntes Gesicht finde.«

»Das ist Ihnen ja nun gelungen«, sagte Papen. Mit einem Mal wurde er sehr freundlich.

»Ich bin offen gesagt erstaunt, den Botschafter des Reiches in Österreich *hier* zu treffen.«

»Das Leben ist voller Überraschungen, Herr Vauser.«

Es gefiel David nicht, wie Papen diesen Namen aussprach – so bedächtig, fast ein wenig spöttisch –, aber nun musste er wohl gute Miene zum bösen Spiel machen. »Sie hätten nicht zufällig etwas Zeit für mich? Vielleicht irgendwo, wo wir ungestörter sind und niemandem die Feierstimmung verderben.«

»Wieso nicht? Hier drinnen«, Papen deutete mit dem Daumen über die Schulter in den Verhandlungsraum, »ist das leider nicht möglich, aber wenn Sie sich nur einen Moment gedulden und in der Halle auf mich warten, werde ich ein paar Minuten Zeit für Sie opfern.«

David zwang sich zu einem Lächeln. Papens Antwort kam schnell. Zu schnell. *Und er hat dich doch erkannt!* »Gut, dann gehe ich schon einmal vor. Sie sind wirklich sehr freundlich, Herr Botschafter.«

Es kostete David große Überwindung, nicht einfach loszurennen, Rebekka an der Hand zu schnappen und aus dem Gebäude zu flüchten. Papen war ihm gegenüber im Vorteil. Er verfügte über ein Heer von Polizisten und Geheimdienstlern, während David allein war. In einem ruhigen abgelegenen Zimmer hätte das Ganze schon anders ausgesehen. Jetzt wo es keine Zweifel mehr gab, wer Papen war, hätte David vielleicht sogar …

Direkt vor David entstand plötzlich ein enormes Gedränge. Er sah Rebekka bereits – einem kleinen Mädchen gleich kauerte sie in dem riesigen Sessel und blickte zu ihm herüber –, aber er konnte sie nicht erreichen, denn nun verlangte der »Führer« nach seinem Recht.

Hitler und die drei anderen Regierungschefs drängten dem Ausgang des Konferenzsaals entgegen. Vor sich her schoben sie wie ein Schlachtschiff im Manöver eine riesige Bugwelle. Fotografen und Reporter wichen im heftigen Blitzlichtgewitter zurück: Bitte kurz stehen bleiben, mein Führer. Wenn Sie Herrn Chamberlain bitte noch einmal die Hand schütteln könnten …

Der Pulk ergoss sich in die Halle. Zivile und uniformierte Sicherheitsleute mischten sich unter die Journalistenschar: Langsam gelang es den Leibwächtern, sich zwischen ihre Schützlinge und die handverlesenen Presseleute zu bugsieren.

Die Politiker strebten dem Ausgang zu, einer Wand von Glastüren, um sich dem jubelnden Volk zu zeigen. David drehte sich um und erschrak. Im Gang hinter ihm kamen vier nicht gerade schmächtige Herren in dunklem Zwirn zügig auf ihn zu. Am Ende des Flurs stand Papen und reckte den Hals. David hielt den Atem an. Um ihm mitzuteilen, dass der Herr Botschafter jetzt für das Interview zur Verfügung stehe, hätte *ein* Mann gereicht. Er stürzte sich in das Kielwasser der Staatsoberhäupter.

David setzte die Ellenbogen ein, rammte seine Kollegen zur Seite und sah sich dann noch einmal um. Die vier Musketiere fielen gerade in Laufschritt. Endlich befand sich David vor Rebekkas Monstersessel. Er griff nach ihrer Hand.

»Stell keine Fragen. Komm einfach!«

Das Gebäude durch den Vorderausgang verlassen zu wollen schien illusorisch. Bei den Glastüren wogte eine Menge euphorisch strahlender Gesichter unter wild geschwenkten Hakenkreuzfähnchen. Die begeisterten Menschen bildeten eine ungeheure Lärmkulisse, aus der nur einzelne Heilrufe deutlich herausstachen. David zerrte Rebekka zum gegenüberliegenden Ende des Foyers. Dort rannten sie in einen weiteren Gang.

Ein erneuter Blick zurück kurbelte Davids Puls an. Die Verfolger waren gut trainiert. Sie holten auf. Rebekka lief, so schnell sie konnte, aber ihre eleganten, hochhackigen Schuhe waren nicht für Sprints ausgelegt. Unvermittelt ging vor den beiden eine Tür auf, helles Licht drang in den

Flur, gefolgt von einem massigen Gestapo-Mann – auch ohne Ledermantel für Davids geschultes Auge leicht zu erkennen.

Kurzerhand rammte er dem überraschten Geheimpolizisten die Faust aufs Brustbein. Ein weiterer Schlag aus dem Repertoire fernöstlicher Budo-Künste ließ den Bullen nach Luft schnappen und zusammensacken. David warf hinter sich und Rebekka die Tür zu und drehte den Schlüssel um. Lange würde diese Barriere dem Ansturm der Verfolger allerdings nicht standhalten können. Schnell sah er sich um.

»Da entlang!«

Er zeigte auf eine große Fensterwand und zog Rebekka dorthin. Sie befanden sich in einem der kleineren Konferenzzimmer mit einem langen Tisch und etwa einem Dutzend Stühlen. Wie ein Geschenk des Himmels erschien ihm jetzt die nur mit drei Schieberiegeln verschlossene Terrassentür.

»Zieh deine Schuhe aus«, sagte er zu Rebekka, während er sich an der Tür zu schaffen machte. Vom Flur her ertönten aufgeregte Stimmen und gleich darauf ein Krachen. Noch hielt die deutsche Eiche stand. Als der letzte Riegel zurückgeschoben war, riss David die Tür auf.

Mit Rebekka an der Hand lief er in einen weitläufigen Garten mit gepflegten Rasenflächen. Bäume und Büsche schirmten das Areal gegen neugierige Blicke von außen ab. Das Paar rannte einen Kiesweg entlang. David hatte eine Pforte entdeckt. Einen Hinterausgang. Die Rettung! Gleich hatten sie es geschafft.

Höchstens zehn Meter vor dem Ausgang sprangen zwei Männer hinter den beiderseits des Weges stehenden Büschen hervor. Rebekka stieß einen Schrei aus.

»Überlass das mir«, sagte David schnell, ließ ihre Hand los und näherte sich den beiden Sicherheitsbeamten. In diesem Moment krachte es in seinem Rücken. Die Tür des Konferenzraums hatte unter den Hieben der Verfolger nachgegeben. In Kürze würde er es mit sechs, wahrscheinlich sogar noch mehr Gegnern zu tun haben.

Einer der Wachleute, ein stämmiger Mann mit pomadigem dunklem Haar, stürzte sich auf David. Der bog sich wie ein Schilfrohr im Wind und kehrte den Schwung des Angreifers gegen diesen selbst. Der Pomadenkopf bekam einen trockenen Schlag hinter das Ohr ab. Er landete hart und blieb wie ein nasser Sack liegen.

Der Partner des eben Gescheiterten war ein deutscher Norm-Arier: groß, v-förmiger Körperbau, blond und blauäugig. Er grinste und hielt sich auf Abstand, versperrte allerdings den Fluchtweg. Vom Gebäude her kam bereits Verstärkung. David musste sofort handeln.

»Lauf um ihn herum zum Tor!«, rief David seiner Frau zu und deutete mit dem Arm nach rechts.

Zwei Personen zugleich konnte der Herrenmensch nicht den Weg verstellen. Diese Erkenntnis verwirrte den Mann gerade lange genug, um David Gelegenheit zum Angriff zu geben. Während der Wachmann der flüchtenden Frau nachblickte, packten zwei Hände zu und hebelten ihn aus dem Gleichgewicht. Bevor noch der blonde Eliteagent richtig am Boden aufkam, war er auch schon betäubt.

Sofort stürzte David seiner Frau hinterher, die gerade das Gartentor erreichte. Der Ausgang führte auf eine Nebenstraße, die – angesichts des Tumults an der Vorderseite des Anwesens – erstaunlich leer war. David packte wieder Rebekkas Hand und riss sie nach rechts. Mehrmals schrie sie vor Schmerz auf, wenn ihre nur mit Seidenstrümpfen bekleideten Füße auf einen spitzen Stein traten. Aber Rebekka war tapfer und lief weiter.

Fieberhaft suchte David nach einem Ausweg aus einer eigentlich aussichtslosen Situation. Im Laufen blickte er sich wieder um. Sieben oder acht Verfolger schossen gerade aus dem Garten heraus, kamen auf dem Pflaster schlitternd zum Stehen, um sich einen Augenblick lang zu orientieren. Dann setzten sie die Verfolgung fort. Notfalls würde David seine besonderen Gaben einsetzen, aber bei den immer neu auftauchenden Sicherheitsleuten war der Erfolg eher ungewiss.

Wie zur Bestätigung erschienen jetzt auch direkt vor dem Paar vier oder fünf Polizisten. Schwer atmend blieb David stehen. Wohin sollte er sich wenden?

»Tu doch etwas, David!«, drängte Rebekka.

Plötzlich sah er das sich nahende Auto. Ein schwarzer Wagen mit hoher kastenförmiger Fahrgastzelle, ausladenden Kotflügeln und schnauzenförmiger Motorhaube – ein *Taxi*!

Hastig zog David seine Frau auf das Kopfsteinpflaster, mitten auf die Straße. Der Wagen blieb mit quietschenden Reifen unmittelbar vor ihnen stehen, ein rundes Gesicht lugte aus dem Seitenfenster und ein Mann fragte in breitestem Bayerisch, ob die beiden Herrschaften denn völlig übergeschnappt seien.

Anstatt zu antworten, riss David die hintere Tür auf, stieß Rebekka in den Wagen und rief, bevor er sich ebenfalls in den Fond warf, dem konsternierten Chauffeur zu: »Fahren Sie *sofort* los, es ist lebenswichtig!«

Der bayerische Taxifahrer gehorchte. Vermutlich hatte er gedient und war es gewohnt, Befehle schnell und ohne

Widerspruch zu befolgen. Dank Davids unkonventionellem Auftritt waren dem ahnungslosen Mann die hektisch auf dem Trottoir umherlaufenden Gestalten noch gar nicht aufgefallen. Gerade schickten sich drei der zivilen Sicherheitsbeamten an, auf die Straße zu stürmen. David blieb fast das Herz stehen. Der Fahrer würde wieder auf die Bremse steigen. Dann war alles verloren. Ohne lange nachzudenken, setzte er seine Verzögerer-Gabe ein, um das Unglück abzuwenden: Die Geheimdienstler verfielen abrupt in extreme Zeitlupe, fast standen sie still.

Was denn mit denen los sei, fragte verwundert der Chauffeur, als sein Automobil an dem Beinahe-Standbild vorbeirollte

»Vielleicht ist den Herren gerade eingefallen, dass sie noch etwas Dringenderes vorhaben. Bei dem Schwung fällt das Kehrtmachen eben nicht so leicht.« Das war zwar vollendeter Unsinn, aber David brauchte nur ein paar Sekunden, einige wenige Meter …

Der Fahrer kratzte sich am Kopf, dabei verrutschte seine dunkelblaue Droschkenkutschermütze. Bedächtig äußerte er den Verdacht, seine Fahrgäste könnten Kriminelle sein.

»Wo denken Sie hin!«, antwortete David erbost. »Die anderen sind die Verbrecher. Sie wollen uns etwas abjagen. Können Sie nicht etwas schneller fahren?«

Die Antwort des Fahrers war eine undefinierbare Kombination bayerischer Fachausdrücke zur Umschreibung höchsten Unmuts. David glaubte das Wort »Herrgotthimmisakrasacklzementnoamol« herauszuhören, war sich aber nicht sicher. Den Flüchen folgte ein schon etwas verständlicherer Diskurs über das Wunder von Automobil, das der Fahrer seit nunmehr drei Tagen sein Eigen nannte, einen BMW AM4, Typ 3. Er habe seine alte Droschke von der Auto-Union bis zum Auseinanderfallen gefahren und jahrelang auf den neuen Wagen gespart. Jetzt wolle er sich keinen Kratzer einhandeln, nur weil ein nervöser Fahrgast etwas von Lebensgefahr rede.

David blickte aus dem Heckfenster und entdeckte zwei schwarze Mercedes-Limousinen, die schnell aufschlossen. Die Jagd war noch nicht zu Ende.

»Hören Sie, guter Mann«, bedrängte er den Fahrer.

»Alois hoiß i«, unterbrach ihn der.

»Bei allem, was mir heilig ist, Alois, es geht *wirklich* um Leben und Tod. Wir werden von zwei Wagen verfolgt und ich zahle Ihnen den doppelten Fahrpreis, wenn Sie die beiden abhängen.«

Er habe doch nicht etwa den »Führer« erschossen, fragte Alois mit einem Mal. Unsinn, antwortete David. Der Fahrer schien enttäuscht, was David wiederum Mut machte. Er sei Reporter, erklärte er Alois, und einer Nazi-Schweinerei auf die Schliche gekommen. Wenn die Herren in den schwarzen Limousinen ihn und seine Frau jedoch zu fassen bekämen, werde der zum Himmel stinkende Mist eben im Stall bleiben.

Diese anschauliche Ausdrucksweise erschloss sich sofort dem in ländlicher Umgebung geprägten Fahrer. Nur sein schöner neuer Wagen machte ihm noch Sorgen.

»Ich zahle Ihnen das *Zehnfache!*«, schrie David verzweifelt. Die Verfolger hatten sie schon fast eingeholt.

Plötzlich ging ein Ruck durch das Auto. Alois lachte: Mercedes gegen BMW – das sei doch mal ein Rennen, das sich lohne. Jetzt würden die schweren Karossen dahinten gleich nur noch Sterne sehen, und zwar die auf dem eigenen Kühlergrill. Er lachte laut und entfesselte die »raubtierartige« Kraft von 20 PS des 800-ccm-4-Zylinder-Reihenmotors.

Leider rechnete Alois nicht mit dem Gesetz der Massenträgheit: Sein Taxi kam erheblich langsamer auf Touren, als die schwarzen Jäger näher rückten. Mit bangen Mienen verfolgten David und Rebekka das ungleiche Rennen. Keine Frage: Der vordere Mercedes würde sich nicht zieren und den BMW mit voller Wucht rammen. Da entsann sich David einer bewährten Fertigkeit aus seinen römischen Tagen.

Plötzlich ertönte ein lautes metallisches Scheppern aus der Motorhaube des ersten Verfolgers. Ein haarsträubendes Knirschen, dann verlor der Wagen schnell an Fahrt. Dicke Rauchwolken drangen durch die Lüftungsschlitze. Zuletzt gab es einen fürchterlichen Rums. Der nachfolgende Wagen hatte seinen Vordermann gerammt.

Alois' braune Augen füllten fast den gesamten Rückspiegel aus. Wenn's hart auf hart käme, dann sei ein bayerisches Automobil eben doch zuverlässiger als ein schwäbisches. Dieser schadenfrohen Feststellung schloss er die Frage an, wo denn die Herrschaften überhaupt hinwollten.

David dachte einen Moment nach. »Bringen Sie uns bitte zum Hauptbahnhof.«

Rebekka sah ihn verwundert an.

David antwortete mit einem unmerklichen Kopfschütteln. Nur ein Ablenkungsmanöver, falls man das Nummernschild des Taxis erkannt hatte und den Chauffeur später zwingen würde, das Fahrziel seiner Kunden preiszugeben.

Während sich der BMW mit abnehmender Geschwindigkeit durch den immer dichter werdenden Verkehr schob, stieg in David ein seltsames Gefühl hoch. Wiederholt blickte er sich um, aber die nachfolgenden Fahrzeuge fuhren völlig normal, die Jagd schien vorbei zu schein. Argwöhnisch beäugte er die Polizisten, die hier und da am Straßenrand auftauchten, aber auch sie verhielten sich unverdächtig.

Der BMW quälte sich nun durch eine enge Gasse ohne Gegenverkehr. Etwas weiter voraus mündete sie in eine breite Straße. Genau an der Kreuzung musste Alois anhalten, weil ein Polizist hier den Verkehr regelte und ausgerechnet vor dem Taxi den Arm zum Halten gehoben hatte. Der mit einer weißen Jacke bekleidete Verkehrspolizist machte eine Vierteldrehung und breitete die Arme aus. Der Fahrzeugstrom aus der Querrichtung setzte sich in Bewegung.

Alois trommelte mit den Fingern auf das Lenkrad. Unruhig blickte sich David nach allen Seiten um. Rechts konnte er den mehrspurigen Fahrdamm emporblicken, aber links sah er so gut wie gar nichts, weil die Gasse mit der Straße einen spitzen Winkel bildete. Die stuckverzierten Häuser zu beiden Seiten ragten fast wie Steilwände auf. Ein in die Enge getriebenes Wild konnte sich nicht miserabler fühlen als er in diesem Moment.

Minuten schienen zu vergehen, der Querverkehr riss einfach nicht ab. Offenbar wollte der Polizist die Wartenden überhaupt nicht mehr zu ihrem Recht kommen lassen. *Warum dauert das nur so lange?*

Alois fragte seine Fahrgäste, wohin sie denn mit dem Zug als Nächstes reisen wollten? Im selben Moment hob der Verkehrspolizist wieder den Arm. Die Frage des Chauffeurs brachte David ins Grübeln. Rechts kam der

Verkehr zum Stillstand. Links war kein Fahrzeug zu sehen. *Warum hat er »als Nächstes« gesagt?* Das Taxi ruckte an. *Hört sich ja fast so an, als wüsste er von unserer Odyssee durch Deutschland!*

David erblickte im Rückspiegel zwei besorgte Augen. *Er hat sich verraten! Und er weiß es.*

Im nächsten Moment riss David die Tür auf, während er gleichzeitig die Geschwindigkeit des anfahrenden Taxis verlangsamte.

»Wir müssen raus hier!«, rief er der völlig überraschten Rebekka zu.

David schaute in ihre von Angst geweiteten Augen und bemerkte erst jetzt, von wo die eigentliche Gefahr drohte: Durch die Scheibe hinter Rebekkas Kopf sah er einen gewaltigen Armeelastwagen heranbrausen …

Dann ging alles ganz schnell. Die Frage des Taxifahrers hatte David nur einen Moment lang abgelenkt. Zu spät setzte er die Kraft der Verzögerung ein, um den BMW weiter abzubremsen und gleichzeitig dem aufprallenden Fahrzeug die Wucht zu nehmen …

Wie eine gewaltige Faust traf der Laster das Taxi zwischen Motorhaube und Fahrertür. Das Krachen war ohrenbetäubend. Das ganze schreckliche Geschehen schien vor Davids Augen mit grotesker Verzögerung abzulaufen. Alois war wohl sofort tot. Wegen Davids verzweifelten Rettungsversuchs bekam die Hauptwucht des Unfalls der Fahrer ab. Blut spritzte durch den Innenraum des Wagens. David war nicht mehr Herr seines Körpers. Wie im Licht eines nächtlichen Blitzes sah er für einen Augenblick Rebekkas blutiges Gesicht, dann wurde er aus dem Fahrzeug katapultiert und verlor die Besinnung.

Nach kurzer Zeit – es konnten nur Sekunden vergangen sein – kam David wieder zu sich. Er lag auf dem Bauch, sein Gesicht in einer Blutlache. Mühevoll hob er den schweren Kopf. *Rebekka!* Wo war sie? Seine Augen machten sich verzweifelt auf die Suche nach ihr, streiften zwei Passanten, die wie er auf dem Gehweg lagen – vermutlich waren sie von der BMW-Granate erfasst worden –, und fanden schließlich das Fahrzeugwrack an einer Hauswand. Die hintere Tür stand noch offen. Rebekka lag mit dem Rücken auf der Bank. Sie bewegte sich nicht. Ihr Kopf und ein Arm hingen heraus. Überall war Blut!

»Rebekka!«, keuchte David und streckte den Arm nach dem Blechhaufen aus. *Warum kommt denn keine Hilfe?*

Ein aufbrausender Motor links von ihm ließ ihn Hoffnung schöpfen. *Eine Ambulanz!* Mit einer gewaltigen Kraftanstrengung gelang es ihm, den Kopf zur anderen Seite, zur Fahrbahn, zu drehen. Aber da war kein Krankenwagen. Nur ein dunkler Mercedes hielt kurz und fuhr gleich wieder an. David kämpfte gegen die kalten dunklen Klauen an, die erneut nach seinem Bewusstsein griffen. Das Letzte, was er sah, war ein höhnisch grinsendes Gesicht hinter der Scheibe der schwarzen Limousine – der Jesuit.

Das Refugium

Sie können dann gehen, Schwester. Um die Morphiumspritze kümmere ich mich selbst.«

»Ist gut, Doktor. Ich schau dann noch mal bei dem Schädelbasisbruch rein.«

David befand sich in einer orangeroten Welt und hörte

dröhnende, sich entfernende Schritte. Sein Kopf musste mit Reißnägeln gefüllt sein, die geringste Bewegung schmerzte furchtbar. Er versuchte nicht darauf zu achten.

»Doktor …« Er stöhnte auf. Nein, ignorieren konnte er die Reißzwecken nicht.

»Herr Vauser, Sie sind wieder bei Besinnung!«, hörte er.

David schmatzte und langsam hob sich der Vorhang, der über seinen Augen lag. Ein helles Licht verursachte ihm neue Schmerzen. Er stöhnte und eine Hand drehte die Lampe zur Seite.

»Entschuldigen Sie, ich habe Sie gerade untersucht. Sie befinden sich hier im Schwabinger Krankenhaus, weil …«

David stutzte. Diese Stimme! Hatte er sie nicht schon irgendwo einmal gehört? Und warum klang sie so … bedrückt?

»Wie geht es Rebekka?«, ächzte David.

Er wollte sich aufrichten, überlegte es sich aber schnell wieder anders.

Der Arzt fragte: »Sie meinen die Frau in dem Unfallfahrzeug?«

»Meine Ehefrau.«

»Laut ihrem Pass ist sie britische Staatsbürgerin und heißt Gwen, nicht Rebekka. Gwen Montgomery. Bei Ihnen selbst haben wir nur einen Presseausweis auf den Namen Friedrich Vauser gefunden.«

Erneut stöhnte David auf, diesmal, weil er sich verraten hatte. Vermutlich stand in irgendeiner Ecke des Behandlungszimmers ein Gestapo-Beamter und schrieb jedes Wort mit. Aber im Moment war das zweitrangig.

»Sagen Sie mir bitte, wie es meiner Frau geht, Doktor …«

»Mielke. Ich bin der diensthabende Unfallchirurg.«

David stutzte. Seine Augen hatten sich nun einigermaßen an die Lichtverhältnisse gewöhnt, er konnte das Gesicht des Arztes eingehender betrachten. Er kannte diesen Mann! Doch woher nur? Von einer seiner früheren Stippvisiten in München? Nein ... Mit einem Mal fiel es ihm wieder ein. Damals hatte dieses Gesicht auch besorgt ausgesehen, war aber schmaler und jugendlicher gewesen.

David flüsterte: »Du hast es ja immer geahnt, ich aber hätte nie geglaubt, dich jemals wieder zu sehen, Hermann.«

Der Arzt stutzte. »Woher kennen Sie meinen Vornamen?«

»Schau mich genau an«, antwortete David. »Damals hatte ich kurze schneeweiße Haare und war zwanzig Jahre jünger.«

Noch immer runzelte der Doktor nur die Stirn.

»David«, flüsterte er endlich. Die Augen des Arztes wurden groß, sein Kiefer klappte herunter. »Das gibt es doch nicht! Du bist der Tommy, der mir damals im Schützengraben das Leben gerettet hat!«

Dieses überraschende Wiedersehen war so überwältigend, dass David einen Moment lang alles um sich herum vergaß. Er schaffte es sogar – unter Schmerzen – zu lächeln. »Na ja, es war nur eine Platzwunde am Kopf. Die hättest du wohl auch ohne mich überstanden.«

Hermann Mielke schüttelte den Kopf. »Ich habe Kameraden mit viel geringfügigeren Verletzungen sterben sehen, David. Wegen dir habe ich nach dem Krieg Medizin studiert. Genau genommen hast du dir also selbst das Leben ...« Die Stimme des Arztes erstarb und seine Freude wich augenblicklich tiefer Betroffenheit.

Auch David fiel wieder in die kalte Wirklichkeit zurück. Ohne weiter an mögliche Lauscher zu denken, fragte er laut: »Was ist? Doch nicht Rebekka! Ist sie …?«

Der Arzt schüttelte den Kopf, ohne allerdings seinen Patienten dabei anzusehen.

»Sag mir die Wahrheit, Hermann! Wie schwer sind ihre Verletzungen?«

Hermann Mielke seufzte. »Gravierend, David. Sie hat innere Verletzungen, außerdem mehrere schwere Frakturen.« Er schüttelte traurig den Kopf.

David kannte dieses Also-wenn-Sie-mich-fragen-Kopfschütteln. Im Krieg hatte es genügt, einen Menschen zur Seite zu schieben. Zum Sterben. *Aber wir sind nicht mehr im Krieg …! Nein, das stimmt nicht.* Trotz der schier unerträglichen Schmerzen und der zunehmenden Übelkeit richtete sich David auf und ergriff das Revers von Hermanns Arztkittel. »Rebekka ist stark! Sie kann das überleben. Du darfst sie nicht aufgeben, Hermann. Hörst du? Du darfst …«

Die Hand des Arztes legte sich sanft um die Davids und er beugte sich zu ihm herab. Zum ersten Mal flüsterte nun auch er. »Was *ich* möchte, darum geht es hier gar nicht, mein Freund. Wer bist du wirklich?«

Die Frage ließ David erschauern. Aber es war ihm alles gleichgültig, wenn er nur Rebekka helfen konnte. »Es würde zu lange dauern, dir das Ganze zu erklären«, sagte er leise. »In gewisser Hinsicht bin ich ein Geheimagent, ich arbeite jedoch für kein Land dieser Welt, sondern für die ganze Menschheit. Ich bin einer gewaltigen Verschwörung auf der Spur. Heute habe ich bei der Münchener Konferenz einen der Drahtzieher gesehen …« Davids Stimme erstarb.

Seltsamerweise schien Hermann diese Erklärung kaum zu verwundern. Vielleicht bezog er die Verschwörergeschichte auch auf die Nationalsozialisten, eine durchaus begründete Annahme. Das Gesicht des Arztes verdüsterte sich. »Sie haben dir eine hohe Dosis *Clostridium-tetani-Erreger* injiziert, David! Die Gestapo hat ihre eigenen Mediziner hier im Haus. Mich haben sie erst später hinzugezogen, um deine Platzwunde am Kopf zu verarzten und dich auf Brüche hin zu untersuchen. Es sollte alles nach einer ›bestmöglichen medizinischen Versorgung‹ aussehen.«

David fühlte mit einem Mal eine lähmende Kälte in sich aufsteigen. *Clostridium tetani* war ein heimtückisches Bakterium, das Tetanus auslöste, Wundstarrkrampf also. Er hatte im Krieg oft genug mit ansehen müssen, wie vermeintlich leichter verletzte Kameraden nach zwei oder drei Wochen zunächst unter Kopfschmerzen und Depressionen zu leiden begannen, um später Schluckbeschwerden und oft auch einen steifen Hals zu bekommen. Die ersten Krämpfe erfassten nicht selten die Wangenmuskeln, die Mimik des Patienten erstarrte im so genannten »sardonischen Lachen«. Alles andere als komisch war dann das letzte Stadium der Krankheit. Die Krämpfe weiteten sich auf die gesamte Muskulatur des Infizierten aus, bis er in der Regel erstickte.

Mit einem flehentlichen Blick fragte David: »Kannst du mir denn nicht …?«

Hermann schüttelte traurig den Kopf. »Vor der Tür stehen zwei Posten. Jedes zu verabreichende Medikament wird vorher geprüft. Diese Leute müssen dich für höchst gefährlich halten. Du hättest sehen sollen, wie sie deine Sachen durchsucht haben.«

Davids Hand fuhr blitzartig zur Brust. *Belials Ring!* Er

war verschwunden. Kein Wunder, Papens Schergen mussten nichts Eiligeres zu tun gewusst haben, als den Siegelring in Sicherheit zu bringen. David schüttelte niedergeschlagen den Kopf. *Das spielt nun auch keine Rolle mehr. Wenn doch nur Rebekka …*

»Falls du die Kette mit diesem gewaltigen Ring vermisst«, meldete sich da unversehens Hermanns Stimme, »die haben wir rechtzeitig in Sicherheit gebracht, weil hier die Wertsachen unserer Notfallpatienten oftmals Beine bekommen.«

»Wir?«

»Nun, eigentlich war es Konstanze, eine mir sehr zugetane Krankenschwester, die zufällig gerade in der Notaufnahme ausgeholfen hatte, als du und deine Frau …«

»Das alles ist jetzt nicht so wichtig«, unterbrach David den Arzt. »Sag mir lieber, was mit Rebekka ist. Haben sie auch ihr den Erreger gespritzt?«

»Nein. Es steht so schlimm um sie, dass sie das wohl nicht für nötig befunden haben.«

David atmete erleichtert auf. »Du musst sie retten, Hermann!«

»Wenn du mir sagst, wie ich das tun soll«, antwortete der Arzt verzweifelt. »Ich bin nur für die Notaufnahme zuständig. Nach allem, was ich gehört habe, will man deine Frau nicht einmal auf die Intensivstation bringen. Sie liegt im Zimmer nebenan …«

»… um zu sterben«, sprach David aus, was Hermann nicht zu sagen wagte. Er schloss für einen Moment seine tränenfeuchten Augen. »Wenn sie hier herauskäme, Hermann. Könntest du ihr dann helfen?«

Der Arzt schüttelte verzweifelt den Kopf. »Ihre Chancen ständen hundert zu eins.«

»Das wäre immer noch besser als der sichere Tod auf dieser so genannten *Rettungs*station. Du musst sie hier herausschaffen, Hermann. Vorhin hast du selbst gesagt, du verdanktest mir dein Leben. Jetzt hast du Gelegenheit, eine Schuld zu begleichen.«

»Du brauchst mich nicht zu erpressen«, antwortete Hermann heftiger als beabsichtigt. »Ich sehe nur keinen Weg ...«

»Es gibt *immer* einen Weg«, schnitt David ihm das Wort ab. »Habt ihr in diesem Hospital denn keine Pathologie?«

»Natürlich gibt es eine, aber ...«

»Und du als Diensthabender der Notaufnahme weißt es doch als Erster, wenn einem Unfallopfer nicht mehr zu helfen ist.«

Mit einem Mal begannen Hermanns Augen zu leuchten. »Du meinst, ich soll deine Frau gegen ... eine *Leiche* austauschen?«

»Hast du eine bessere Idee?«

»Aber wie bekomme ich den Leichnam in ihr Zimmer hinein und sie heraus? Ich sagte dir doch, ihr werdet bewacht.«

David lächelte grimmig. »Das lass nur meine Sorge sein.«

Das Schwierige an dem Plan war die knappe Zeit, die für seine Durchführung zur Verfügung stand. Es musste alles schnell gehen und auf die Sekunde genau. David befand sich in einem der wenigen Krankenzimmer der Station. In Stoßzeiten wurden hier Notfälle versorgt, bis ein Operationstisch oder ein Arzt frei wurde. Rebekka lag nebenan ebenfalls in einem solchen Raum.

David werde innerhalb der nächsten zwei Stunden auf

eine normale Station verlegt werden, hatte Hermann gesagt, um sich dort – streng bewacht – von seinen Prellungen, der Gehirnerschütterung und der Platzwunde auf dem Kopf zu erholen: In Wahrheit sollte es ein Warten auf den Tod sein.

Im Augenblick stand er jedoch mit dröhnendem Schädel hinter einer Tür, durch deren Glasfüllung er unscharf die Wachen erkennen konnte. Was er zu tun beabsichtigte, war ein Risiko. Hermann hatte ihm von einer jungen Frau erzählt, die am Vorabend bei einem Straßenbahnunglück tödliche Verletzungen erlitten hatte. Jetzt lag sie in der pathologischen Abteilung. Die Bedauernswerte sollte Rebekkas Platz einnehmen. David sah auf seine Armbanduhr: Noch eine Minute, bis Hermann mit der Leiche kam.

Nach der Erläuterung des Plans hatte der Arzt seinen alten Kriegskameraden zunächst für verrückt erklärt. Das änderte sich erst, als David ihm einige Kostproben seiner außergewöhnlichen Begabungen zeigte. Anschließend musste der Mediziner seinem Patienten in knappen Worten die Funktionsweise des menschlichen Auges erklären. Jetzt würde sich zeigen, ob David alles richtig verstanden hatte.

Der Minutenzeiger der Armbanduhr sprang auf die vereinbarte Position. David öffnete vorsichtig die Tür zum Flur, damit er die Wachen besser sehen konnte. Nur zur Sicherheit dämpfte er die Schwingungen der Luft so weit, dass man das Klicken des Schlosses nicht mehr hören konnte. Die vier Wachen trugen SS-Uniformen – Hitlers Elitetruppe.

Als Nächstes konzentrierte David sich auf die Linsen in den Augen der Wachen. Sie sollten sich schnell trüben, wie bei einem plötzlichen Anfall von grauem Star. Es dauerte dann auch nur wenige Sekunden, bis die Männer sich die Augen zu reiben begannen. Sie stießen angstvolle Laute aus. Kurz darauf waren sie völlig blind. David hörte bereits das Schnarren der Räder der von Hermann herbeigeschobenen Bahre. Nun kam die letzte Phase des Ablenkungsmanövers. David fror die Zeit für die SS-Leute ein.

Selbst ihm lief ein Schauer über den Rücken, als er sich vorzustellen versuchte, was die nahezu bewegungsunfähigen Wachleute im Moment empfinden mussten. Sie waren blind und – wegen der Trägheit ihrer Trommelfelle – so gut wie taub. Aber bemerkten sie auch, um wie viel schneller die Zeit um sie herum verstrich?

Hermanns Augen verrieten Bestürzung, als er an den erstarrten Wachen vorübereilte. David folgte ihm bis zur Tür von Rebekkas Krankenzimmer. Weil er die SS-Leute nicht aus den Augen verlieren durfte, konnte er nur von draußen beobachten, wie der Arzt unter einigen Schwierigkeiten die leblosen Körper vertauschte. Rebekka hatte seit dem Unfall ihre Besinnung nicht zurückerlangt. Einbandagiert von Kopf bis Fuß ähnelten sich die beiden Frauen wie ein Ei dem anderen.

Als Hermann die Bahre endlich auf den Gang schob, atmete David etwas auf, wenngleich ihn Rebekkas Zustand erschütterte. Sekundenlang drückte und küsste er ihre rechte Hand, die wie ein Fremdkörper aus den Verbänden herausragte. Dann wischte er sich die Tränen ab und nickte Hermann zu.

Der Arzt verschwand mit Rebekka hinter einer Pendeltür. Er würde sie nach Dienstschluss – in weniger als einer Stunde – in seinem Wagen vom Gelände des Schwabinger Krankenhauses fahren. Bis dahin musste sie ohne fremde Hilfe überleben.

David zog sich wieder in sein Zimmer zurück. Bald würde Hermann zurückkehren und seine Verlegung in die innere Abteilung anordnen. Langsam ließ David die vier Wachen wieder in den normalen Zeitfluss zurückgleiten und nahm ihnen den Schleier von den Augen.

Gleich darauf öffnete einer der SS-Leute die Tür, er wollte überprüfen, ob vielleicht während seiner unerklärlichen Benommenheit etwas passiert war. Erleichtert sah er Rücken und Hinterkopf des Gefangenen, der ruhig und gleichmäßig atmete, und zog sich leise zurück.

David wischte sich die Tränen aus den Augen. *Rebekka! Wenigstens haben sie dich nicht bekommen, wenn schon ich diesen grausamen Tod sterben muss.*

Nur der Wachsamkeit von Konstanze war es zu verdanken, dass David noch immer im Besitz des Fürstenrings war. Fuchsteufelswild seien die SS-Leute gewesen, berichtete die Krankenschwester ihm später mit einem schalkhaften Lächeln. Sie habe sich selbst gewundert, mit welcher Energie die Uniformierten Davids Habseligkeiten durchsucht und erst nach geraumer Zeit den Rückweg zum Unfallort angetreten hatten – einer sagte, sie wollten das Chaos dort noch einmal genauestens unter die Lupe nehmen. Jedenfalls wäre es nicht das erste Mal gewesen, dass braune Parteigenossen sich an den Wertsachen ihrer Opfer bereichert hätten, erzählte Schwester Konstanze – jetzt mit erboster Miene –, weshalb sie und Hermann solche Gegenstände seit geraumer Zeit heimlich beiseite schafften, um sie den rechtmäßigen Eigentümern später wieder auszuhändigen.

Die aufmerksame Pflegerin war es auch, die David nun über Rebekkas Gesundheitszustand in Kenntnis setzte. Dieser sei nach wie vor kritisch, aber doch schon erheblich stabiler als unmittelbar nach dem Unglück, lautete das jüngste Bulletin. Am meisten habe ihren geschwächten Organismus die Verbringung ins Oberallgäu belastet, aber das, so versicherte die Krankenschwester in Hermanns Auftrag, sei leider nötig gewesen, in München bestünde eine ungleich größere Gefahr der Entdeckung. Dafür befinde sich Davids Frau jetzt in den besten Händen, Hermanns ältere Schwester Heidrun habe schon im Großen Krieg wahre Wunder in der Krankenpflege vollbracht.

Schwester Konstanze gehörte zu jener Gattung Mensch, den man gemeinhin als »sonniges Gemüt« bezeichnet. Schlechte Laune schien ihr unbekannt. Sie war etwas pummelig, was ihr aber ausgezeichnet stand, besaß rote Haare, Sommersprossen, ein spitzbübisches Gesicht und das Herz von Hermann Mielke.

Wie David nun – nach zwölf unendlich langen Tagen im Krankenhaus – wusste, hatte Hermann vor drei Jahren seine erste Frau verloren. Sie war an Kindbettfieber gestorben.

Jetzt lebten seine drei Kinder bei der Schwester in Oberstdorf. Er nutzte jede Gelegenheit, um die »drei Orgelpfeifen« im Oberallgäu zu besuchen, hatte Konstanze stolz erzählt und mit einem scheuen Lächeln hinzugefügt, es sei gar nicht so unwahrscheinlich, dass »der wilde Haufen« bald wieder zu richtigen Eltern käme. In Oberstdorf gebe es nämlich einen Landarzt, der sich zur Ruhe setzen wolle. Wenn er sich nur endlich dazu durchringen könnte, Hermann die Praxis zu überlassen, dann wären er und Konstanze bald ein Paar!

David lauschte gerne Konstanzes Zukunftsplänen, solange sie ihm nur Nachricht von Rebekka brachte. Die ungefähr dreißigjährige Krankenschwester nahm schließlich kein geringes Risiko auf sich, wenn sie dem immer noch streng bewachten Patienten heimlich Kassiber zusteckte oder diese aus dem Krankenzimmer schmuggelte.

Mittlerweile hatte sich Davids Gesundheitszustand auf überraschende Weise gebessert. Seine Gehirnerschütterung machte sich nur noch durch gelegentliches Kopfweh bemerkbar, die Fäden der Platzwunde waren bereits gezogen, allein die Prellungen schmerzten stärker als am Tag des Mordanschlags.

Für David gab es keinen Zweifel, dass Papen oder der Jesuit oder beide zusammen ihn durch den fingierten Autounfall hatten umbringen wollen. Nur Davids Verzögerungsgabe hatte wohl in letzter Sekunde Rebekkas und sein eigenes Leben gerettet, aber – war ihm das wirklich gelungen?

Sonderbarerweise spürte er noch nichts von den typischen Tetanus-Symptomen. Eine leise Hoffnung regte sich in David: Schon von seiner Kriegsverletzung hatte er sich besser als damals von Marie vermutet erholt. Vielleicht war die ihm innewohnende, auf ein Jahrhundert bemessene Lebenskraft ja so stark, dass sie selbst mit den bösartigen Wundstarrkrampf-Erregern fertig werden konnte. Hermann hatte versucht ihm Mut zu machen und dabei anklingen lassen, »nur« etwa sechzig Prozent aller *Clostridium-tetani*-Infektionen verliefen auch tödlich. Gleich darauf merkte er jedoch an, die David injizierte Dosis sei »eminent perfide«, womit er wohl so viel wie »außerordentlich hundsgemein« meinte.

In den letzten Tagen hatte David bei den Visiten wieder zunehmend über Kopfschmerzen geklagt. Auch über Schluckbeschwerden und einen steifen Hals. Die vorgetäuschten Symptome aber waren Bestandteil des Fluchtplans. Zuletzt simulierte er Verkrampfungen im Gesicht. Unter dem gestrengen Blick eines Gestapo-Offiziers notierte der Stationsarzt *Risus sardonicus*, »sardonisches Lachen«.

An diesem 12. Oktober, einem Mittwoch, übernahm Hermann die Nachtschicht für einen Kollegen aus der inneren Abteilung. Über das Jahr verteilt kam das immer wieder einmal vor, das Ganze würde also keinen Verdacht erregen. Hier war die Chance, auf die David gewartet hatte, die ihn aber auch bangen machte. Denn notfalls musste er seine Gaben auf eine neue, beängstigende Weise einsetzen.

Die beiden SS-Posten kämpften gegen den Schlaf an. Es war bereits zwei Stunden nach Mitternacht, die nächste Ablösung noch fern. Mit einem Mal erhob sich in dem überwachten Krankenzimmer ein fürchterlicher Lärm. Sie hörten ein Krachen, dazu ein grauenhaftes Röcheln.

»Schnell, Emil, sag der Nachtschwester Bescheid«, befahl der eine, woraufhin der andere auch schon loslief.

Nur wenige Augenblicke später traf Schwester Konstanze ein, die auch gleich Dr. Mielke mitgebracht hatte. Beide stürzten in das Krankenzimmer.

Die Wachen beobachteten durch die offene Tür die Rettungsmaßnahmen. Der Patient schäumte und zuckte, dass den beiden innerhalb kürzester Zeit speiübel wurde und sie sich angeekelt abwandten. Der Arzt verlangte nach einem Spasmolytikum und dem Patientenblatt. Schwester Konstanze rannte aus dem Krankenzimmer.

Die konvulsivischen Zuckungen des Patienten wurden heftiger, sein Röcheln für die Wachen unerträglich. Warum hilft dem Mann denn niemand?, dachten sie. War denn dieser Alptraum nicht bald zu Ende? Aber da kehrte auch schon Ruhe ein.

Schlagartig hatten die Krämpfe aufgehört, das Röcheln ebenfalls. Jetzt erst kehrte die Krankenschwester im Laufschritt zurück, in der Hand eine Akte, eine Spritze und ein Fläschchen mit einer klaren Flüssigkeit, vermutlich das verlangte krampflösende Mittel. Der Arzt drückte noch eine Weile auf dem Brustkorb des leblos daliegenden Mannes herum. Schließlich stieß er einen tiefen Seufzer aus und schüttelte ärgerlich den Kopf.

»Der Patient hatte extreme tonische Krämpfe, Schwester. Für mich sieht das ganz nach einem Fall von Tetanus aus. Hat man im Vorfeld irgendwelche diesbezüglichen Symptome beobachten können?«

»Äh, die müssten dann ja eigentlich im Krankenblatt stehen«, antwortete Schwester Konstanze.

Die beiden Wachen trauten sich endlich näher heran. Ihr Schützling wirkte nicht, als könne er je wieder einen Krampf bekommen. Sie sahen, wie der Arzt mit grimmiger Miene die Akte des Patienten überflog. Dabei regte er sich über irgendeinen lateinischen Fachbegriff auf, den sie nicht verstanden, *Risus sardonicus* oder so ähnlich.

»Ist der Patient tot?«, fragte schließlich der befehlshabende Wachmann.

»So tot wie nur irgendwas«, antwortete Dr. Mielke zornig.

»Sind Sie sicher, Herr Doktor?«

»Sie können ja versuchen seinen Herzschlag zu hören.

Wenn Ihnen das gelingt, gebe ich in der Kantine eine Runde aus.«

Der SS-Mann blickte in das Gesicht des Arztes, unschlüssig, ob das Angebot ernst gemeint war. Dann beugte er sich wirklich über den Patienten und legte das Ohr auf dessen Brust. Er verdrehte die Augen, schließlich richtete er sich wieder auf und schüttelte den Kopf. »Sie haben Recht. Der ist mausetot.«

Für diesen – scheinbar nicht ganz unerwarteten – Fall hatten die Wachen eindeutige Anweisungen: Der Tote sei umgehend ins krankenhauseigene Krematorium zu verbringen und einzuäschern.

»Das geht erst morgen früh«, wandte Dr. Mielke ein.

»Dann schaffen Sie ihn eben schon runter, damit er nach Dienstbeginn unverzüglich in den Ofen kommt.«

»Ich weiß nicht …«

»Herr Doktor«, unterbrach der SS-Mann den Arzt. »Sie sind heute nur als Vertretung hier, deshalb wissen Sie wahrscheinlich noch nicht, dass Himmler persönlich den Befehl dazu erteilt hat.«

»Der Reichsführer SS?« Dem Arzt verschlug es die Sprache. Als er sie wieder gefunden hatte, sagte er: »Ich stelle den Toten vor dem Ofen ab und hänge ihm einen Zettel an den großen Zeh. Der für die Einäscherung zuständige Kollege weiß dann schon Bescheid.«

Während der Fahrt nach Oberstdorf gingen heftige Regenschauer nieder. David schauerte es noch jetzt bei dem Gedanken daran, wie er den eigenen Herzschlag verlangsamt hatte. Der SS-Mann sollte ihn für tot halten, doch bis zuletzt war David sich nicht sicher gewesen, ob er es nach dem gewagten Selbstversuch nicht tatsächlich sein würde.

Aber es hatte funktioniert.

Er sah aus dem Fenster des Wagens zum Himmel empor. Endlich begann es sich aufzuklaren. Dafür setzte jetzt die Dämmerung ein. Es war Freitagabend. Hermann hatte am Wochenende keinen Dienst.

Die letzten beiden Tage waren für David quälend gewesen. Er wollte endlich Rebekka wieder sehen. Wenn er nur wieder ihre Hand halten, ihr Mut zusprechen konnte, würde es ihr bestimmt bald wieder besser gehen.

Belials Siegelring hing nun wieder um Davids Hals; Hermann hatte das Schmuckstück für ihn aufbewahrt. Hinten im Wagen befanden sich Davids und Rebekkas Gepäck, auch der »Schatzkoffer« und die Schwerter. Nach zähem Ringen mit sich selbst hatte David dem Priester Markus Stangerl über Hermann ein Lebenszeichen zukommen lassen. Gleichzeitig hatte er ihn darum gebeten, ihre Habseligkeiten aus der Villa von Sepp Leiber zu holen und sie Hermann zu übergeben, damit der sie auf seinem Dachboden zwischenlagern konnte. Die Leibers waren untröstlich, als sie erfuhren, dass ausgerechnet ihre Gäste in »diesen schrecklichen Verkehrsunfall« verwickelt gewesen waren. Ganz München hatte davon gesprochen, zumindest einen Tag lang. Daraufhin hatten sich Sepp und Lieselotte spontan bereit erklärt, Pünktchen bei sich aufzunehmen. In Kürze würde vermutlich ein Rudel kleiner athletischer Hochgeschwindigkeitsdalmatiner durch den Park der Villa Leiber toben.

Als Hermanns Opel sich dem Ortsrand von Oberstdorf näherte, bemerkte David ein großes Schild.

Unmittelbar dahinter stand ein Kruzifix. Über dem Gekreuzigten hingen die bekannten Buchstaben INRI. »Jesus von Nazareth, König der Juden«, murmelte David leise vor sich hin. Manchmal trieb die katholische Kumpanei mit dem Nationalsozialismus schon recht seltsame Blüten.

Schnell blieb das Marterl zurück und Hermann steuerte ein großes Haus an, das auf einer Wiese etwas außerhalb von Oberstdorf lag. Das Erste, was David auffiel, waren die beiden über die gesamte Giebelseite des Hauses reichenden Balkone. An der Holzbrüstung hingen Blumentöpfe mit gelben Astern. Das von Hermanns Schwester, ihrem Mann und den drei Kindern bewohnte Anwesen befand sich etwas oberhalb der Straße, die zum Bergmassiv des Nebelhorns führte. Die letzten einhundertfünfzig Meter musste man auf einem Schotterweg zurücklegen.

David stieg aus dem Wagen, reckte sich und atmete den Duft von Kuhdung ein. Ludwig Aichinger sei Landwirt mit Leib und Seele, hatte Hermann über Heidruns Mann erzählt.

Die ersten Hausbewohner, die David jedoch zu Gesicht bekam, waren Martin, Teresa und Oskar, die drei Kinder seines alten Kameraden und neuen Freundes. Der Jüngste zählte gerade drei Lenze, Teresa sechs und Martin acht. Das wilde Trio kam aus dem Haus gestürzt, als sei ein großer Hund hinter ihm her. In Wirklichkeit wollten die drei nur ihren Vater umrennen.

»Das sind also die Orgelpfeifen«, sagte David anerkennend.

Hermann lachte. »Den Namen hat dir bestimmt Konstanze verraten. Sie …« *Wumm!* Martin hatte den Vater voll erwischt. »Sie hat die drei …« *Peng!* Auch Teresas Treffer war nicht schlecht. »… tief in ihr großes Herz geschlossen. Wir wollen bei nächster … Au!« Klein Oskar brachte die Festung endgültig zum Einsturz. Hermann rollte mit den dreien ins Gras, musste sich hundert Dinge zugleich anhören und tausend Fragen auf einmal beantworten.

In der Zwischenzeit war eine große Frau mit schmalem Gesicht und breiten Schultern unter dem niedrigen Türsturz des Bauernhauses erschienen. Ihr geflochtenes aschblondes Haar war zu einer Ringkrone gesteckt. Die Königin dieses idyllischen Reiches. Als sie die Ankömmlinge sah, begann sie zu strahlen. Das konnte nur Gutes bedeuten, dachte David, überließ den Vater seinen Eroberern und ging auf das Haus zu.

»Sie müssen Heidrun sein, Hermanns Schwester«, sagte er, als er die Frau in der Schürze erreicht hatte. Er gab ihr die Hand.

»Herzlich willkommen, David«, antwortete sie.

Ihre offene Art gefiel ihm. »Wie geht es meiner Frau, Heidrun?«

»Die bekomme ich schon wieder hin. Ich glaube, sie ist jetzt über dem Berg. Wenn sich nicht noch irgendwelche Komplikationen einstellen, wird Rebekka bald wieder springen wie ein übermütiges Fohlen.«

»Wie bald denn?«

Jetzt wurde das Gesicht der Bäuerin etwas ernster. »Rebekkas Verletzungen sind sehr schwer, David. Hermann meinte, dass er sie möglicherweise noch ein- oder zweimal operieren muss. Bis sie wieder ganz hergestellt sein wird, können noch Monate vergehen, vielleicht ein Jahr. Aber was ist schon ein Jahr in einem ganzen Leben?«

David seufzte und zwang sich zu einem Lächeln. »Da hast du wohl Recht. Ich weiß gar nicht, wie ich dir und deinem Mann für eure Hilfe danken soll.«

»Das ist schon in Ordnung. Immerhin hast du meinem Bruder das Leben gerettet. Ohne ihn wäre ich nach dem Krieg allein gewesen. Was glaubst du, wie oft wir nach Hermanns Heimkehr von der Westfront über diesen weißhaarigen Tommy gesprochen haben, der sich so selbstlos um den ›Feind‹ gekümmert hat!«

David lächelte verlegen. »Kann ich jetzt Rebekka sehen?«

Heidrun biss sich auf die Unterlippe, hob die Augenbrauen und sagte: »Natürlich! Entschuldige, David. Ich halte dich hier mit meinem Geschwätz auf – sie ist oben. Komm!«

Sie erklärte David den Weg – die Holztreppe hinauf, dann scharf rechts, dritte Tür links – und zog sich zurück, um ihren Bruder zu begrüßen.

Langsam stieg David die knarzenden Stufen hinauf. Im Haus roch es nach Holz und getrockneten Kräutern. Als er vor der Tür zu Rebekkas Zimmer angelangt war, wappnete er sich für den gewiss nicht schönen Anblick einer bandagierten und geschienten Elfe. Er drückte zaghaft die Klinke hinunter und trat ein. Rebekkas Gesicht wandte sich ihm augenblicklich zu. Sie hatte ihn schon erwartet.

»David!«, hauchte sie. Es klang noch sehr schwach. Vermutlich die Schmerzmittel.

Im Nu war David bei ihr, bedeckte alle frei zugänglichen Körperstellen mit Küssen – es waren nicht viele – und kniete sich schließlich neben ihr Bett.

»Du musst nicht vor mir knien. Da steht doch ein Stuhl, du Dummerchen«, sagte sie leise.

Sie konnte ihn schon wieder tadeln. Das war gut!

David schüttelte den Kopf. »Willst du meine Frau sein, Bekka?«

Sie sah ihn einen Moment lang ungläubig an. »Aber das bin ich doch ....«

»Ich dachte, du wärst für immer verloren«, erwiderte er mit einem Kopfschütteln. Seine Augen füllten sich mit Tränen. Vor Glück. »Aber jetzt bist du wieder auferstanden. Und in einem neuen Leben hat man auch eine zweite Chance. Also, was ist? Möchtest du wieder meine Frau sein?«

Nun begannen auch ihre Augen feucht zu werden. »Das ist die dümmste Frage, die mir jemals gestellt wurde, Liebster. Und die schönste. Natürlich will ich das, heute und für alle Zeiten.«

Zufrieden und mit großer Vorsicht legte David sein Gesicht auf ihren Leib. Er konnte ihr Herz schlagen hören und wünschte sich, dass dieser Moment nie verginge.

Die Genesung Rebekkas machte nur langsam Fortschritte. Zu schwer waren ihre Verletzungen. Es sei leichter, die heilen als die gebrochenen Knochen der linken Körperhälfte zu zählen, berichtete Hermann. Das mochte übertrieben sein, brachte aber sehr anschaulich zum Ausdruck, wie es um sie stand. Zudem hatte die Milz einen Riss abbekommen. Auch andere Organe waren in Mitleidenschaft gezogen worden.

Belial hatte Davids Augapfel angerührt. Diese infame Tat verlangte nach einer angemessenen Antwort. Bei nächster Gelegenheit.

Momentan allerdings dümpelte David wie ein Schiffbrüchiger auf dem Meer der Zeit. Beinahe alle Kontakte zur Außenwelt waren abgerissen. Im Bauernhaus der Aichingers konnte er sich zwar frei bewegen, aber jeder Schritt vor die Tür war reiflich zu überlegen.

Das Gesetz verlangte die Meldung von Logiergästen, das aber kam für David und Rebekka aufgrund des Risikos nicht infrage. Sie waren ja tot. Auf Befehl Himmlers verbrannt im Krematorium des Krankenhauses. Andere Bedauernswerte waren an ihre Stelle getreten. Von nun an existierten David und Rebekka nicht mehr.

Oberstdorf war ein Luftkurort. So konnte man zumindest hin und wieder hinausschlüpfen und sich in der Anonymität der Urlaubsgäste einigermaßen frei bewegen. Die nicht einmal zehntausend Einwohner der Marktgemeinde hatten eine Vorliebe für wohl betuchte Individualreisende. Die vom Staat angekarrten Kraft-durch-Freude-Touristen waren mehr geduldet als erwünscht.

Der aus der Not erwachsene Arrest in dem Bauernhaus hatte auch seine Vorteile. David widmete Rebekka sehr viel Zeit, las wieder vermehrt in der Bibel und in anderen Büchern, inhalierte förmlich die Meldungen aus der Presse und dem Äther. Leider waren diese durchweg braun gefärbt, weshalb er auf Hermann und die Aichingers angewiesen war, um ein etwas unverfälschteres Bild vom deutschen Alltag und der Stimmung der Menschen zu bekommen.

Wie von David befürchtet, kam es am 30. Oktober 1938 zu einer deutsch-britischen Nichtangriffserklärung. Neville Chamberlain hatte sich also tatsächlich von Hitler täuschen lassen. Bereits bis zum 10. des Monats waren die tschechoslowakischen Truppen aus den sudetendeutschen Gebieten abgerückt. Doch die von den Briten und Franzosen nun erwartete Zurückhaltung des »Führers der Deutschen« sollte sich schon bald als Trugschluss erweisen. Die Seifenblase platzte in der Nacht vom 9. auf den 10. November.

Der Nazi-Zynismus prägte für das Pogrom den verharmlosenden Begriff »Reichskristallnacht«. In den Glasscherben der Synagogen, Wohnhäuser und Geschäfte spiegelte sich eine zerstörte jüdische Welt, beleuchtet von dem roten Schein der SA-Fackeln.

Und noch eine Welt ging zu Bruch, eine *Traum*welt. Nicht wenige hatten bis zuletzt geglaubt, der deutsche Antisemitismus werde sich eine Selbstbeschränkung auferlegen. Spätestens jetzt wurden diese Träumer eines Schlechteren belehrt.

Weil die Oberstdorfer auch früher schon nur jene Art von Juden geduldet hatten, die an Kreuze genagelt waren, konnte man in der Abgeschiedenheit dieses Ortes nur schwer abschätzen, welcher Feuersturm in der Pogromnacht tatsächlich über das Land gefegt war. Als Hermann am Freitag, dem 11. November, aus München kam und von dem berichtete, was er mit eigenen Augen in dieser Stadt gesehen hatte, wurde der Schrecken schon deutlicher. Es sollte noch einige Zeit vergehen, bis David über seine langsam wieder »nachwachsenden« Kontakte einen vollständigen Überblick erhielt.

Mehr als siebentausend jüdische Geschäfte sowie fast alle Synagogen im gesamten Deutschen Reich waren von Angehörigen der NSDAP und der SA zerstört worden. Einundneunzig Menschen hatte der Pöbel ermordet, um die dreißigtausend waren vorübergehend in Konzentrationslagern interniert worden. Die Nazis rechneten die Ausschreitungen dem »Volkszorn« gut, für David bewiesen sie unmissverständlich, dass der Jahrhundertplan funktionieren konnte.

In Oberstdorf ging das Leben seinen gewohnten Gang. Und in jenem Bauernhaus von Ludwig und Heidrun Aichinger, das da so verlassen an der Straße zum Nebelhorn lag, »schälte« Heidrun ihre Patientin wie eine Zwiebel. Ein Verband nach dem anderen fiel. Rebekka bestand schon bald darauf, dass die Schmerzmittel abgesetzt wurden.

Ende November kam endlich die erhoffte Meldung von Dr. Selmlinger: Januar 1939 wolle er sich aufs Altenteil zurückziehen. »Noch ein paar ruhige Tage einschieben, bevor der Sensenmann kommt.« Hermann Mielke kündigte sofort seine Stellung in München und übernahm die Praxis des alten Landarztes. Schon am 2. Januar empfing er in Oberstdorf seine ersten Patienten.

Zwei Wochen später heiratete Schwester Konstanze den neuen Doktor. Heidrun sorgte für eine richtige Bauernhochzeit. Unter den mehr als hundert Gästen fiel David überhaupt nicht auf. Ein alter Kriegskamerad aus dem Westen. Leider war Rebekka noch zu schwach, um an dem Fest teilnehmen zu können. Deshalb zog sich David früh zurück, um ihr Gesellschaft zu leisten.

Im gelben Licht der Nachttischlampe las er ihr aus einem Buch vor, das sich schon seit geraumer Zeit in seinem Gepäck befunden, das zu lesen er bisher aber keine Gelegenheit gehabt hatte. Es war ein Geschenk von Sean Griffith und trug den Titel *I Found No Peace*. Der Autor, ein gewisser Web Miller und als Auslandskorrespondent gewissermaßen ein Kollege von David, beschrieb darin die »unfassbare Widerlichkeit und Sinnlosigkeit dieses Krieges«. Miller sprach vom Großen Krieg und David fragte

Rebekka, ob die Menschen so dumm, verbohrt oder auch wahnsinnig sein könnten, sich erneut in eine solche »Widerlichkeit« zu stürzen.

Rebekkas Finger bahnten sich den Weg unter einem dicken Federbett hervor zu Davids Hand. »Warum fragst du mich das, David? Wenn die Gefahr nicht bestünde, würdest du nicht diesen erbitterten Kampf gegen den Kreis der Dämmerung führen. Du hast mir einmal erklärt, dass nur Gott das Böse restlos von der Erde tilgen kann. Aber bevor das geschieht, musst du das Gleichgewicht wieder herstellen.«

Er nickte. »Die Geschichte vom *yin* und *yang*. Sie stammt von Suda, der Hebamme meiner Mutter, oder vielmehr von ihren chinesischen Ahnen.« Nach einem tiefen Seufzer fügte er hinzu: »Ich fühle mich nur so klein und unfähig. In gewisser Weise auch unwürdig, wenn du verstehst, was ich meine. Warum soll ausgerechnet ich die Welt retten? Genauso gut hätte mich das Bajonett von Johannes Nogielsky im Herzen treffen können, oder ich wäre einfach verblutet …«

»Das bist du aber nicht!«, unterbrach ihn Rebekka heftig und verzog das Gesicht vor Schmerz. »Wir haben dich gerettet – meine Mutter und ich.«

David ließ den Kopf hängen. »Was bedeutet das schon?«

»Bei uns Juden gibt es eine Weisheit: Wer *einen* Menschen rettet, der rettet die ganze Welt. Du wirst der Beweis für die Wahrheit dieser Worte sein, David.«

Rebekkas Daumen begann die Hand zu streicheln, welche die ihre umschloss. Nach einer Weile sah David traurig zu ihr auf. Wie gut ihm schon diese kleine Liebkosung tat. Er wünschte, er könnte Rebekka endlich wieder so wie früher in die Arme schließen. Es war selten ein Tag vergangen, an dem sie sich ihrer Liebe nicht mit Leidenschaft versichert hatten.

Langsam rutschte er von seinem Stuhl auf die Bettkante, damit er sie besser küssen konnte. Wenigstens das Gesicht. Seine Lippen waren so sanft wie der Flügelschlag eines Schmetterlings. Aus den zarten Berührungen wurde bald aber mehr. Seine Rechte wanderte unter ihr Nachthemd …

»Nicht, David!« Rebekkas Worte waren wie eine kalte Dusche.

»Was …? Habe ich dir wehgetan?«

Tränen ließen ihre jettschwarzen Augen glänzen. Sie schloss sie schnell, wandte sich von ihm ab und schüttelte den Kopf.

»Aber dann sag mir bitte, was ich falsch gemacht habe, Bekka.«

»Gar nichts.«

»Und warum, darf ich dich dann nicht streicheln, so wie …?«

Unvermittelt wandte sie sich ihm wieder zu. »Sieh mich doch an! Mein Körper ist nicht mehr derselbe. Überall habe ich Narben. Und Kinder kann ich auch nicht bekommen. Und überhaupt …«

»Pscht!« machte David, um sie zu beruhigen. Seine Hand streichelte ihre Stirn und Wangen. Wenigstens das ließ sie zu. »Du wirst für mich immer schön sein, meine Liebste. Oder meinst du, ich habe dich nur geheiratet, weil ich ein Faible für Elfen habe?«

»Gib mir bitte etwas Zeit, David, ja? Ich muss erst dieses furchtbare Gefühl loswerden, dich zu enttäuschen.« Sie schüttelte verärgert den Kopf. »Ich weiß, es ist dumm und ich kann es mir auch nicht erklären, aber …«

»Es ist eben einfach da«, sagte David verständnisvoll. »Ich würde dich nie zu etwas zwingen, Schatz. Das musst du mir glauben. Nimm dir so viel Zeit, wie du brauchst. Ich bin immer für dich da – zum Reden, und, wenn du möchtest, als feuriger Liebhaber.« Er lächelte auf eine jungenhaft unbeholfene Art. »Lass es mich einfach wissen, wenn du das eine oder das andere brauchst.«

Während der Winter mit seinen weißen Tüchern allen Unrat der Welt zudeckte, schrieb David wieder Briefe. Es waren nur wenige seiner alten Vertrauten, mit denen er überhaupt wieder Kontakt aufzunehmen wagte: Anton Fresenius, Ferdinand Klotz, Lorenzo Di Marco …

Niederschmetternd war für ihn die Nachricht von der Internierung Martin Niemöllers.

Als der streitbare Pastor – verurteilt von einem Sondergericht – sieben Monate Festungshaft abgesessen und eine »Strafe« von zweitausend Reichsmark gezahlt hatte, erklärte Hitler ihn zu seinem persönlichen Gefangenen im KZ Sachsenhausen. Wieder hatte es einen von Davids Vertrauten getroffen. Eine Woche lang verschickte er dann keine Geheimbotschaften mehr, weil er nicht immer aufs Neue Freunde wegen einer Angelegenheit in Gefahr bringen wollte, die doch ganz allein seine Bestimmung war. Schließlich machte ihm Rebekka klar, dass seine Gefährten ihm aus freien Stücken halfen, aus Überzeugung. David habe in ihnen nur etwas freigelegt, was auch vorher schon da gewesen sei. Er dürfe auf keinen Fall aufgeben.

Das tat er denn auch nicht. Eine Nachricht an Sean Griffith zu schicken wagte er trotzdem nicht. Es war kein Misstrauen gegen den englischen Freund selbst, sondern gegen den Apparat, zu dem jener gehörte. Im britischen Konsulat gab es zu viele wachsame Augen und Ohren. Wer konnte schon wissen, wo sich die undichte Stelle befand? Die Aktion in München war minutiös geplant gewesen. Jemand musste ihn verraten haben.

Der Berliner Reviervorsteher Wilhelm Krützfeld schickte einen Bericht über die furchtbaren Ausschreitungen in seiner Stadt während der Reichspogromnacht. Er selbst habe gerade noch, mit gezückter Pistole, verhindern können, dass der SA-Pöbel die Neue Synagoge verwüstete. David erinnerte sich an ein wunderbares Konzert, eine belebende Unterhaltung mit Albert Einstein und sprach ein stilles Dankgebet. Wenigstens im Kleinen machte sich seine Überzeugungsarbeit im Kampf für die Wahrheit also bezahlt.

Weniger erfreulich waren die Nachrichten, die ihn im März 1939 erreichten. Die deutsche Presse hatte kurz zuvor vom Ableben des greisen Papstes Pius XI. berichtet. Einen bitteren Beigeschmack besaß für David die Meldung, dass ausgerechnet Eugenio Pacelli – der Kardinalstaatssekretär und Verhandlungspartner Franz von Papens – zum neuen Kirchenoberhaupt gewählt worden war. In der Rekordzeit von drei Wahlgängen machte das Konklave aus dem sicherheitsbewussten Kardinal den Pontifex maximus, den »größten Brückenbauer«. Als Papst nannte sich Pacelli Pius XII. Konnte es sein, dass Lord Belial hier einen willfährigen Helfer belohnt hatte?

In dem Brief von Lorenzo, der David einige Tage nach der Papstwahl erreichte und hauptsächlich von der problematischen Enträtselung des Glaskugelgeheimnisses handelte, war davon natürlich nichts zu lesen. Dennoch wirkte der Benediktiner nicht sehr zuversichtlich. Pacellis Name wurzele in dem italienischen Wort *pace*, »Frieden«. Er frage sich, ob dieser zaghafte Mann der Richtige sei, in dieser schweren Zeit einen solchen herbeizuführen.

Eine der ersten Amtshandlungen Pius' XII. bestand jedenfalls darin, eine schon fast fertige Enzyklika seines streitbaren Vorgängers in die Vatikanischen Archive zu verbannen. »Wenn die Welt sich doch nur von diesem irrigen und unheilvollen Rassismus befreien könnte«, hieß es in dem päpstlichen Entwurf. Im Weiteren wurde »die gegenwärtige Verfolgung der Juden« beklagt, die »Millionen von Menschen auf dem Boden ihres eigenen Vaterlandes der elementarsten Bürgerrechte und -privilegien beraubt, man verweigert ihnen den Schutz des Gesetzes gegen Gewalt und Diebstahl, Beleidigung und Schmach harren ihrer, man geht sogar so weit, das Brandmal des Verbrechens Personen aufzudrücken, die das Gesetz ihres Landes bis dahin peinlich genau befolgt haben …«

David erfüllte es mit Zorn, dass diese im Vergleich zur Enzyklika »Mit brennender Sorge« deutliche und unmissverständliche Anklage unterdrückt wurde. War vielleicht der Tod des alten Papstes gerade rechtzeitig gekommen, damit Papens Freund das Aufbegehren der Kirche …?

David schüttelte über dem Brief verärgert den Kopf. *Du darfst nicht in den Wahn deines Vaters verfallen!* Manche Dinge fügten sich einfach, wenn man nur lange genug auf sie hinarbeitete. Der Kreis der Dämmerung war eine sehr geduldige Bruderschaft.

Es »läpperte« sich nun auch für den »Führer«. Im selben Monat, in dem die düsteren Nachrichten aus dem Vatikan eintrafen, marschierten deutsche Truppen in die

Rest-Tschechoslowakei ein und errichteten dort das »Reichsprotektorat Böhmen und Mähren«. Wieder war das Großdeutsche Reich ein bisschen größer geworden.

Rebekkas Genesung machte Fortschritte, wenn auch zaghafte. Ihr seelischer Zustand blieb allerdings instabil. Manchmal – etwa wenn sie Hermanns drei Kinder beim Spielen beobachtete – fing sie plötzlich zu weinen an. Für Davids Zärtlichkeiten war sie ebenfalls noch nicht in dem Maße empfänglich, wie er sich das gewünscht hätte. Fast kam er sich vor wie während der Verlobungszeit, als seine Liebesbeweise nicht über das Halten ihrer Hand, einen flüchtigen Kuss oder das Streicheln ihrer Wange hinausgehen durften. Wie damals erlegte er sich auch jetzt Selbstbeschränkung auf – aus Respekt vor dem liebenswertesten Menschen, den es für ihn auf der Welt gab.

Rebekka musste das Gehen neu erlernen, wie ein Kind, das noch im Frühling seines Lebens steht. Und unter den wärmenden Sonnenstrahlen eines Ausnahmesommers blühte sie wieder auf, gewann ihr altes, zuversichtliches Wesen zurück. David ließ Rebekka Zeit, obwohl ein Verbleiben in Deutschland mit jedem Tag gefährlicher wurde. Es roch förmlich nach Krieg. Angeblich führte Hitler Gespräche mit Stalin. Massenmörder unter sich. Was würde dabei wohl herauskommen?

Franz von Papen jedenfalls schien mit diesen Verhandlungen diesmal nichts zu tun zu haben. Aus der Presse entnahm David, dass Belials Jünger nun fernab von Deutschland sein Unwesen trieb. Nachdem Österreich »heim ins Reich« geholt worden war, hatte Papen nämlich ein neues Amt angetreten. In Ankara vertrat er nun als Botschafter die deutschen Interessen. Was immer diese auch sein mochten, es gab im Augenblick so gut wie keine Möglichkeiten, gegen seine Machenschaften einzuschreiten. In gewisser Hinsicht erschien Papens Berufung in die Türkei für David wie eine Flucht. Aber er schwor sich, diesen Gegner nicht aus den Augen zu verlieren. Irgendwann würde man sich wieder sehen und dann würde der Kampf anders ausgehen als in München.

Im Juli machte Ferdinand Klotz eine Stippvisite in Oberstdorf, um David viel versprechende Nachrichten zu überbringen. Er glaube, bald Katharina Stanglhuber zu finden, die Mutter von Johannes Nogielsky. Es gebe eine »heiße Spur«, die nach Ostfriesland führe.

David bat den unermüdlichen Berliner mit seiner Suche fortzufahren. Er wünschte so sehr, wenigstens diese Bürde abwerfen zu können, bevor er Deutschland den Rücken kehrte.

Anfang August teilte er seinen Freunden mit, er wolle in wenigen Tagen mit Rebekka über die Schweiz nach England heimkehren, um von dort möglicherweise bald nach New York weiterzureisen. Noch immer war Rebekka nicht ganz geheilt – vor allem ihr linkes Bein machte ihr zu schaffen –, aber eine völlige Beschwerdefreiheit würde sich vielleicht nie mehr einstellen. Sie hätten ihre Gastgeber schon viel zu lange in Gefahr gebracht und die judenfeindliche Stimmung im Land sei einfach zu unberechenbar, um noch länger zu warten.

Als es am 23. August 1939 zu einem Nichtangriffspakt zwischen der UdSSR und Deutschland kam, zögerte David nicht länger.

Der »Hitler-Stalin-Pakt« war für ihn der Startschuss. Jetzt hatte der »Führer« den Rücken frei, um seine Soldaten in einen neuen Krieg zu schicken. Die Frage war nur, wo dieser ausbrechen würde.

David saß gerade am Frühstückstisch – die Jubelpresse über den Hitler-Stalin-Pakt lag zusammengeknüllt unter dem Tisch –, da klopfte ein erschöpfter Telegrammbote an die Haustür der Aichingers. Er überbrachte folgende Eilnachricht:

```
lieber ludwig – stopp -
tante katharina laedt uns zur
familienfeier ein – stopp -
erwarte euch, wie besprochen, am
3. september zum mittagessen –
stopp -
gruss ferdi – stopp -
```

David war von dem Telegramm wie elektrisiert. Ferdinand Klotz hatte es also wirklich geschafft! Johannes Nogielskys Mutter »lud zu einer Familienfeier ein«. Das bedeutete nichts anderes, als dass sie sich in Hamburg treffen sollten. So hatten es David und Ferdinand bei ihrer letzten Zusammenkunft für den Erfolgsfall vereinbart.

In Davids Brieftasche befand sich die Adresse einer Zweizimmerwohnung im Hamburger Stadtteil St. Pauli, die Ferdinand als Stützpunkt für seine norddeutschen Erkundungsreisen diente.

»Ist diese Sache mit Johannes Nogielsky wirklich so wichtig?«, fragte Hermann, nachdem David ihm von dem Telegramm erzählt hatte.

»Ebenso wichtig, wie du mir warst, als ich dich im Schützengraben mit einem riesigen Loch im Kopf gefunden habe.«

Hermann nickte. »Verstehe. Dann wirst du also nach Hamburg fahren.«

»Die Stadt ist doch ideal, um sich von Deutschland zu verabschieden. Wir bekommen sicher irgendein Schiff, dessen Kapitän nicht so genau nach unserer Herkunft fragt. Zur Not habe ich immer noch meine Doppel-Pässe.«

»Eigentlich wolltet ihr aber doch in die Schweiz ausreisen?«, merkte Konstanze an.

»Diese Sache ist David sehr wichtig«, ergriff Rebekka für ihren Mann Partei. »Ihr wisst ja inzwischen, was damals in Nordfrankreich passiert ist.«

Hermanns Gesicht spiegelte seine tiefe Sorge wider. »Seid bitte vorsichtig. Der ländliche Frieden hier trügt. Die Welt draußen ist nicht besser geworden, seit ihr in dieses Refugium gekommen seid.«

Sturmzeiten

Am Sonntagabend bestiegen sie in Ulm den Nachtzug, der von München über Stuttgart nach Norden fuhr, bis nach Hamburg, dem Ziel ihrer Reise, wo sie am 28. August in aller Frühe eintreffen sollten.

Unmittelbar vor der Abreise hatte David noch einmal alles, was zu beachten war, wiederholt.

»Müssen wir unsere Pässe vorzeigen, benutzen wir unsere Zitronenidentität: Du bist Roberta Dean und ich dein Ehemann Albert. Alles klar?«

Rebekka war es längst gewohnt, ein Dutzend Namen im Kopf zu behalten. David hoffte nur, sie würde sie nicht in einem unpassenden Augenblick durcheinander bringen.

Kurz vor Morgengrauen lief der Zug im Hamburger Hauptbahnhof ein. David fielen die zahlreichen Soldaten auf, die mit ihrem Marschgepäck auf dem Bahnsteig warteten. Damit man später möglichst ihren Weg nicht nachverfolgen konnte, liefen sie zu Fuß in Richtung Osten. Ihr Gepäck bestand nur aus dem Nötigsten – Taschen mit ein paar Sachen zum Wechseln, den Schwertern und aus dem »Schatzkoffer«. Alles andere würde auf verschwiegenen Kanälen das Land verlassen und einer gewissen Londoner Anwaltskanzlei zugestellt werden. Anfang der Dreißigerjahre hatte David wieder den Kontakt zu dem Büro aufleben lassen, als er sich in einer finanziellen Notlage zum Verkauf einer Immobilie hatte entschließen müssen.

Sie überquerten das Alsterfleet, einen schmalen Wasserweg, der die Binnenalster mit der Norderelbe verband, und liefen bald darauf die Uferstraße entlang, zu ihrer Linken die weiträumigen Kaianlagen des riesigen Hamburger Hafens. Das Gepäck wurde nun doch langsam schwer. Müde erreichten sie endlich die Lange Straße, in der sich Ferdinands Schlupfwinkel befand, ein heruntergekommenes Haus aus den Neunzigerjahren des letzten Jahrhunderts, direkt gegenüber einer Kirche.

Sie betraten einzeln das Haus, jeweils im Abstand von fünf Minuten, nur zur Verwirrung des zuständigen Blockwarts. Ferdinand Klotz war nicht zu Hause.

Nach kurzer Suche entdeckte David im Küchenschrank einen Zettel.

Ihr Lieben!
Musste in einer dringenden Familienangelegenheit das Hufeisen aufsuchen. Wenn ihr Fernweh habt, trinkt im

»Klabautermann« einen auf mich. Bin bis zur Feier am Sonntag wieder zurück.
Gruß, Ferdi

»Das Hufeisen?«, fragte Rebekka mit gerunzelter Stirn.

»Er meint die Hufeisen-Siedlung in Berlin-Britz. Vermutlich handelt es sich diesmal um eine echte Familiensache. Na ja, bis Sonntag haben wir sowieso noch alle Hände voll zu tun. Und indem er auf das Fernweh anspielt, will er uns vermutlich einen Hinweis geben, wo wir uns nach einer Schiffspassage umsehen können.«

»Dann ist der *Klabautermann* bestimmt der Name einer Hafenkneipe.«

Rebekka sollte Recht behalten. Der *Klabautermann* gehörte nicht gerade zu den noblen Etablissements der Hafenstadt. Das Publikum, das hier verkehrte, besaß bestimmt keine Villen in Pöseldorf oder an der Elbchaussee. Eher schon heimwehkranke Seeleute kamen hierher und Gäste, die nach ein wenig Zerstreuung suchten. Die Kneipe befand sich auf der Reeperbahn, der anrüchigsten Meile der Stadt.

Auch die Nationalsozialisten hatten mit ihren Verboten ein gewisses Gewerbe nicht aus der Stadt verbannen können: Mit genügend Kleingeld in der Tasche konnte sich ein Mann in St. Pauli all das kaufen, was er unter Liebe verstand.

Rebekka fühlte sich jedenfalls sehr unwohl unter den musternden Blicken im *Klabautermann*. Es waren wohl kaum Judenkenner – jene »Spezialisten«, die einen Juden nur am Gesicht oder der Kopfform zu erkennen behaupteten –, die sie da so gierig anstarrten, eher schon vernachlässigte Seebären, deren Frauenbild sich während der letzten Monate auf ein oder zwei Fotos in ihrem Spind reduziert hatte.

David hielt unter dem fleckigen runden Tisch Rebekkas Hand und beobachtete seinerseits die Gäste im Schummerlicht. In einer Wolke aus blauem Dunst waren gerade noch einige bärtige und zerfurchte Gesichter zu erkennen, aus denen kleine Schlote ragten, Pfeifen, manchmal sogar Havannas. Er wusste wirklich nicht, wie er hier an eine »inoffizielle« Schiffspassage kommen sollte. Der erste dieser angetrunkenen Gestalten, den er ansprach, konnte schon ein Denunziant sein. Das Risiko war einfach viel zu groß.

Unwirsch ließ er den Blick durch das Lokal schweifen. An den Wänden hingen Fischernetze mit Schwimmern, Schiffslaternen und Rettungsringen. Der Bartresen ruhte auf einer bunt bemalten Galionsfigur, einer barbusigen Schönheit, welche die Gäste noch zusätzlich zum Trinken zu animieren schien. Dann blieb Davids Blick auf dem Mann hinter der Theke hängen.

Der Wirt war ungefähr einen Meter neunzig groß, hatte eine Igelfrisur, eine krumme Nase und dicke Wülste unter den Augenbrauen – vermutlich ein ehemaliger Boxchampion, der seine Preisgelder in diese Kneipe investiert hatte. Eine Vertrauensperson wie aus dem Bilderbuch.

David stieß Rebekka an und deutete mit dem Kopf zur Theke hin.

Sie schüttelte entrüstet den ihrigen.

»Hier gibt's vermutlich nur Laufkundschaft. Ferdinand muss den Wirt gemeint haben.«

Rebekkas Augen wanderten ängstlich durch den Raum. »Dann komme ich aber mit.«

»'ne Menge los hier«, sagte David zu dem Champion, nachdem er und Rebekka auf Barhockern Platz genommen hatten.

»War schon besser.«

»Sie haben Kundschaft aus aller Herren Länder, was?«

»Jou.«

»Nur Handelsmarine?«

»Nee.«

»Aber überwiegend?«

»Jou.«

»Und wie steht's mit Besatzungen von Kreuzfahrern?«

Der Wirt holte ein Tuch hervor und begann damit den Tresen zu wischen. »Zu pingelig. Denken, sie wären was Besseres.«

»Aha.« David nickte und musterte den ehemaligen Champion abschätzend. Also ein Schwätzer war er jedenfalls nicht.

»Noch 'n Bier und 'n Korn?«, fragte der Wirt.

David nickte.

Der Mann schenkte ein und wischte weiter.

Nachdem David den Korn in einem Zug hinuntergekippt und einen tiefen Zug aus dem Bierglas genommen hatte, fragte er: »Gibt's hier eigentlich auch Passagen für Kurzentschlossene? Zum Beispiel auf einem Frachter?«

Der Champion hörte schlagartig mit dem Wischen auf und musterte erst David und anschließend Rebekka. Dann sagte er: »Kann schon sein.«

»Wie könnte man denn das herausfinden?«

»Warum fragen Sie da mich?«

»Ein Tipp von einem Freund.«

»Ist das zufällig auch meiner?«

David dachte kurz nach. »Er heißt Ferdi. Eigentlich

Ferdinand Klotz. Berliner. Hat nur eine Hand.« *Ich rede schon wie dieser Kerl.*

»Glasauge?«

»Das ist er.«

»Ist die Kleine da Jüdin?« Der Wirt deutete mit dem Kinn auf Rebekka.

Die klammerte sich noch fester an Davids Arm. Er antwortete: »Spielt das denn irgendeine Rolle?«

Der Wirt begann wieder zu wischen. »Das wird nicht billig.«

»Ich habe Geld.«

»Kommen Sie in drei Tagen wieder. Am 31. Um halb drei. Nachmittags. Da ist's hier ruhiger.«

David legte einen Fünfzigmarkschein auf den Tresen und verließ mit Rebekka das Lokal.

»Mir ist immer noch nicht wohl bei der Sache. Wie kann sich Ferdi nur mit einem solchen Gesindel einlassen?« David schüttelte angewidert den Kopf. Der Besuch im *Klabautermann* lag bereits drei Tage zurück, aber allein der Gedanke, dem wortkargen Hünen wieder gegenübertreten und ihm vielleicht sogar den Rest ihrer Ersparnisse über die Theke schieben zu müssen, verschlechterte seine Laune immens. Er und Rebekka hatten gerade in einem Restaurant oberhalb der Landungsbrücken zu Mittag gegessen und befanden sich nun auf dem Weg zur Reeperbahn.

»Wenn es nach mir ginge, würde ich diese Kneipe links liegen lassen«, sagte Rebekka.

»Wir könnten Sean um Hilfe bitten.«

»Und dieses angebliche ›Leck im Konsulat‹, von dem er dir geschrieben hat? Ich möchte nicht wie Wilbur enden, David: mit einem Messer im Rücken.«

»Das hat mich bisher auch davon abgehalten, mit Sean Kontakt aufzunehmen. Im Augenblick erscheint mir das Risiko einfach zu hoch.«

»Bis jetzt war ja auf Ferdi immer Verlass.«

»Kannst du nicht einfach sagen, ›David, tu's‹ oder ›Schatz, lass es bleiben‹?«

»Irgendeinen Tod muss man sterben, Liebster. Hör dir doch einfach an, was der Wirt heute vorschlägt. Wenn uns das Ganze komisch vorkommt, lassen wir die Finger davon und entscheiden uns für das andere Risiko, das britische Konsulat.«

David nickte. »Wenn ich dich nicht hätte …«

Ungefähr zwanzig Minuten später betraten sie den *Klabautermann*. Es waren nur zwei Tische besetzt, so weit man das im Tabakdunst erkennen konnte. Vor einer Stunde war es hier wahrscheinlich noch gerammelt voll gewesen. David ging mit seiner Frau zum Tresen, wo ihn schon der Champion erwartete.

»Lissabon«, sagte der, nachdem David ein Bier bestellt hatte.

Das klang nicht nach einer Frage, eher schon nach einem ultimativen Angebot. Dover oder Plymouth wären David natürlich lieber gewesen. Aber immerhin hatte sich Portugal in dem Einflussgerangel zwischen Hitler, Mussolini, Franco und neuerdings auch Stalin bisher neutral verhalten …

David nickte. »Wann?«

»Am 3. oder 4. September. Die Einzelheiten erfahren Sie morgen Nacht von einem Kontaktmann. Für Sie und die Kleine kostet der Spaß zehntausend Reichsmark, zuzüglich eintausend für mich.«

David stieß pfeifend die Luft aus. *Fast unseren gesamten*

Bargeldreserven. So viel hatte der Champion vermutlich in den vergangenen drei Monaten nicht geredet. Aber was tat man nicht alles für ein kleines Zubrot …

»Keine schlechte Provision.«

»Das Leben ist hart.«

»Wo und wann treffe ich den Vertreter unserer Reiseagentur?«

Der Hüne blickte David verständnislos an.

»Den *Kontaktmann*, meine ich.«

Champion hielt die Hand auf. »Erst die Provision.«

Auch noch Vorkasse! David griff in die Brusttasche. In weiser Voraussicht hatte er mehrere Bündel à eintausend Mark eingesteckt. Mit den Fingerspitzen ertastete er einen einzelnen Packen, zog ihn unauffällig heraus und schob ihn ebenso diskret über den Tresen.

Geben und nehmen war eine Handbewegung. Der Wirt grinste. David steckte die »Quittung« in die Tasche, ließ das Bier stehen und verließ mit Rebekka den *Klabautermann*.

»Ich soll mich am Freitagabend um elf in der Speicherstadt mit diesem Vermittler treffen. Hier ist die genaue Adresse, anscheinend irgendein Lagerhaus.« David hielt Rebekka den Zettel hin, der Champions krakelige Anweisungen enthielt.

Sie warf nur einen kurzen Blick darauf. »Der Kerl hat mir heute genauso wenig gefallen wie am Montag.«

»Mir geht es ebenso.«

»Andererseits macht er illegale Geschäfte, da kann man keinen Engel erwarten.«

»Ja, auch richtig. Was soll ich nun tun?«

»Geh hin.«

»Bist du dir sicher, Bekka?«

Sie nickte und rang sich ein Lächeln ab. »Ja.«

»Ich werde meine Schwerter mitnehmen. Nur für den Fall, dass der angebliche Kontaktmann ein echter Gauner ist und es als Komplize des Wirtes allein auf unser Bargeld abgesehen hat.«

Rebekka schluckte. »Dann willst du also ohne mich gehen?«

David nahm sie in den Arm. »Ich möchte dich nicht in Gefahr bringen, Schatz. Du bleibst besser in Ferdis Wohnung.«

Nachdem diese Entscheidung getroffen war, kauften die beiden in einem kleinen Laden eine Flasche Wein und einige Lebensmittel. Rebekka hatte sich vorgenommen, endlich wieder einmal zu kochen, das erste Mal seit – ach, sie konnte sich schon gar nicht mehr daran erinnern.

Am Nachmittag räumte sie Ferdinands halbe Wohnung um, was bei den wenigen Möbelstücken allerdings nicht besonders schwierig war. Trotzdem hatte David danach das Gefühl, das Wohnzimmer sei viel gemütlicher geworden. Vielleicht lag es auch nur daran, dass jemand Ordnung geschaffen hatte.

Anschließend rumorte Rebekka in der Küche herum. Es sollte Huhn geben, wie damals im Haus ihrer Mutter in Hazebrouck.

Als sie gegen sieben plötzlich das Licht ausschaltete und David zu Tisch rief, schrak er regelrecht hoch. Er war in den letzten drei Stunden nur ein einziges Mal aufgestanden – nach Einsetzen der Dämmerung hatte er die zierliche Geheimschrift seiner Schattenarchiv-Aufzeichnungen nicht mehr recht erkennen können. Danach war er so in das Studium der kodierten Dossiers vertieft gewesen, dass er gar nicht bemerkt hatte, wie sich der kleine Tisch mit den zwei Stühlen herausgeputzt hatte. David bot sich ein Bild wie aus einem Nobelrestaurant.

Rebekka lächelte glücklich, als sie seine leuchtenden Augen sah. »Eine kleine Entschädigung für den *Klabautermann*.«

Staunend ging er zum Tisch und bewunderte ihr Kunstwerk. Alles war perfekt. Es gab ein weißes Tischtuch, zwei Kerzen, eine kleine Vase mit Blumen, eine Batterie von (nicht ganz vorschriftsmäßigen) Bestecken und Geschirr – eben alles, was Ferdis Junggesellenhaushalt hatte aufbieten können.

Und dann erst das Essen: ein knusprig braunes Huhn, bereits zerteilt und mit gedünstetem Gemüse umgeben, dazu eine sämige Soße und dampfende Kartoffeln. Als Entree wurde Salat gereicht. Alles war sehr appetitlich angerichtet.

David strahlte Rebekka an. »Du musst eine Fee sein!«

Auf ihrer Nase entstanden kleine Fältchen. »Das hast du lieb gesagt. Wart erst ab, was nachher kommt.«

»Nachtisch gibt es auch noch?«

Sie zog den Kopf zwischen die Schultern und lächelte schelmisch. »Du kannst zwischen verschiedenen Möglichkeiten wählen.«

David blickte in ihre funkelnden dunklen Augen und schlagartig wurde ihm die Bedeutung ihrer Worte bewusst. Ein Stromschlag schien durch seinen Körper zu gehen. »Ich …« Er musste schnell einen Schluck Wein nehmen. »Ich glaube, ich weiß schon, wie meine Wahl ausfallen wird.«

Sie strahlte. »Da bin ich aber gespannt.«

Das Huhn war köstlich, doch eigentlich nur Nebensache. Das kulinarische Mahl geriet zum Vorspiel: Rebekka strich sich die dunklen Haare aus dem Gesicht, um David über den Tisch hinweg verführerisch anzulächeln, ließ mehr ein- als zweideutige Bemerkungen fallen oder leckte sich nach einem Schluck Rotwein die Lippen. Die Hände der beiden trafen sich wie zufällig, mal an der Weinflasche, mal beim Vorlegebesteck – sie war sehr erfinderisch.

Als vom Huhn nur noch die Knochen übrig waren, tupfte sich Rebekka ihre roten Lippen ab, legte die Serviette langsam auf den Tisch und schob den Stuhl zurück. Im nächsten Moment saß sie auf Davids Schoß, den rechten Arm – den »besseren«, wie sie nach dem Unglück zu sagen pflegte – um seine Schulter gelegt.

»Und jetzt darfst du dir dein Dessert aussuchen, Liebster. Möchtest du Grießpudding mit Backpflaumen oder …?«

In David schien ein Sprengsatz zu explodieren. Ein Prickeln überlief seinen ganzen Körper. »Ich denke, ich werde mich für ›oder‹ entscheiden. Grießpudding ist mehr was für die Kleinen.«

Sie verlagerte ihr Gewicht auf seinem Schoß, als suche sie eine bequemere Sitzposition. Schließlich schob sie ihre Lippen ganz dicht an sein linkes Ohr und hauchte: »Du hast Recht, Liebster. *Dem* Alter bist du entwachsen.«

David wartete die nächste Explosion ab, dann erhob er sich samt Rebekka von seinem Stuhl. Bis zum Schlafzimmer hatte er nur wenige Schritte zurückzulegen. Ferdis Wohnung war erfreulich klein.

Am Freitagmorgen blieben David und Rebekka etwas länger im Bett. Es war zwar ziemlich schmal, aber das hatte Rebekkas wieder erwachtem Liebeshunger keinen Abbruch getan, eher im Gegenteil. Das Dessert war in mehreren Gängen serviert worden.

Gegen zehn schlug David die Augen auf. Rebekka lag an ihn geschmiegt. Sie strahlte eine wohlige Wärme aus. Am liebsten wäre er nie aufgestanden, aber aus der Wohnung unter ihnen drang eine nervtötende Radiostimme herauf. Einzelne Wörter wurden nicht nur besonders betont, sondern auch wiederholt gebraucht: »Polen«, »Überfall« und »Wehrmacht« waren zu verstehen.

Aus den Tiefen von Davids Bewusstsein kroch eine dunkle Ahnung hervor wie ein schleimiges kaltes Ungeheuer. Er versuchte sich vorsichtig von Rebekka zu lösen, aber sie wurde trotzdem wach.

»Was ist?«, fragte sie schlaftrunken, erst dann fegte sie mit der Hand den schwarzen Haarvorhang zur Seite, der ihr Gesicht bedeckte.

»Wenn ich das wüsste! Ich habe so eine Unruhe in mir. Komm, ziehen wir uns an und gehen irgendwo frühstücken.«

Rebekka tauchte wie eine Meerjungfrau aus den Wellenbergen des Bettzeugs auf. »Aber *ich* kann doch für uns Kaffee kochen. Brötchen habe ich schon gestern gekauft. Wir könnten im Bett …«

Ihr Anblick machte es David schwer, Nein zu sagen. Er beugte sich zu ihr herab, küsste sie liebevoll, blieb aber fest. »Heute früh machen wir's wie die feinen Leute und lassen uns bedienen. Außerdem möchte ich mich ein bisschen umhören.«

»Gibt es dafür denn einen besonderen Anlass?«, fragte sie enttäuscht und zog einen unwiderstehlichen Schmollmund.

»Hörst du von unten diese Stimme aus dem Radio? Ich

habe ein paar Satzfetzen mitbekommen, denen ich gerne auf den Grund gehen würde.«

Während Rebekka sich noch im Schlafzimmer herrichtete – über ein eigenes Bad verfügte Ferdinands Wohnung nicht –, legte David sein Schattenarchiv wieder in den »Schatzkoffer« zurück. Er hatte am vergangenen Abend aus nahe liegenden Gründen darauf verzichtet. Wenig später spazierte das Paar zum Fischmarkt hinüber, wo sie sich in einem kleinen Lokal Schinkenomelettes bestellten.

David war jedoch weniger an dem Essen interessiert als an den Neuigkeiten des Tages. Auf dem Weg zum Fischmarkt kam ihm das Viertel irgendwie verändert vor, ohne dass er sich genau erklären konnte, weshalb. Waren die Straßen leerer als sonst oder das Lebensmittelgeschäft an der Ecke voller?

Die Ungewissheit sollte nicht lange bestehen bleiben. Im Frühstückslokal stand ein Volksempfänger, aus dem sich ein zäher Strom klassischer Musik ergoss. Unvermittelt fegte eine durchdringende Männerstimme die schwermütigen Klänge beiseite. Wenige Sätze später rutschte Rebekka die Gabel aus der Hand und fiel scheppernd auf den Teller.

Schon in den letzten Tagen hatten die Propagandablätter des »Führers« von Gräueltaten an Deutschen im so genannten »polnischen Korridor« berichtet. Angesichts des Heißhungers Hitlers auf neue Staatsgebiete bezweifelte David solch selbstmörderische Aktionen der Polen. Er hielt das Ganze für eine groß angelegte Inszenierung, die nur einem Zweck dienen konnte: Deutschland einen Grund zum Überfall auf den Nachbarn zu liefern. Vermutlich steckten die Totenkopfeinheiten der SS dahinter.

Die Krise hatte am Vortag einen Höhepunkt erreicht, als im Reichsrundfunk bekannt gegeben worden war, reguläre Einheiten der polnischen Armee hätten einen Angriff gegen den deutschen Sender Gleiwitz in Schlesien durchgeführt. Diese »polnischen Grenzverletzungen« würden nicht hingenommen, hatte es geheißen. Das Ganze klang in Davids Ohren doch sehr nach nationalsozialistischem Schmierentheater. Man suchte offenbar händeringend nach einem Kriegsgrund, hatte er Rebekka erklärt.

»Seit fünf Uhr fünfundvierzig wird jetzt zurückgeschossen«, tönte nun die Stimme des »Führers« aus dem Volksempfänger, ein Mitschnitt seiner Rede vor dem Marionetten-Reichstag.

»Was bedeutet das?«, fragte Rebekka. Ihr Gesicht war ganz blass geworden.

David warf die Serviette auf den Tisch. Ihm war der Appetit vergangen. »Krieg. Zumindest zwischen Deutschland und Polen. Aber ich fürchte, diesmal wird Hitler sich nicht durchmogeln können wie im Fall Österreich oder bei der Annektierung der Tschechei. Erst vor gut einem Monat hat Chamberlain die britisch-französische Garantieerklärung vom März in einen Beistandspakt mit Polen umgemünzt. Großbritannien und Frankreich müssen sich an ihre Vereinbarungen halten. Das bedeutet dann das Ende der Appeasement-Politik. Mit anderen Worten: Krieg.«

»Woher willst du eigentlich wissen, dass dieser Überfall auf den Radiosender eine Kriegslist ist?«

»Das lehrt mich meine Erfahrung mit Belial und seinen Schergen. Es ist schon bitter, dass wir nicht einfach unsere britischen Pässe vorzeigen und uns von hier absetzen können.«

»Vielleicht sind wir *zu* vorsichtig, David. Für den Kreis der Dämmerung sind wir doch vor einem Jahr in Rauch aufgegangen.«

»Wenn ich nur wüsste, dass sie unserem Winkelzug nicht auf die Schliche gekommen sind. Ich will jedenfalls nichts riskieren. Wir müssen so schnell wie möglich aus Deutschland rauskommen – *heimlich!* Das Treffen heute Abend könnte unsere letzte Gelegenheit dazu sein. Steht dieses Land erst einmal unter Kriegsrecht, kann seinen paranoiden ›Führer‹ nichts mehr aufhalten.«

»Sei bitte vorsichtig, David.« Rebekka drückte ihren Mann so fest, wie sie nur konnte. Auch die beiden Schwerter unter seinem Mantel hielten sie nicht davon ab.

David erwiderte die Umarmung und küsste ihr duftendes Haar. »Es wird schon alles gut gehen, Schatz. Wenn ich meine Sinne anspanne, kann mich so schnell nichts überraschen. Es ist nur wichtig, dass du dich hier nicht muckst. Schalte das Licht nicht an. Gib möglichst keinen Laut von dir. Niemand soll merken, dass sich jemand in der Wohnung aufhält. Und vor allem: Öffne keinem die Tür, bis ich zurück bin.«

»Wie damals auf *Blair Castle*?«

»Genau so machst du es. Damals ist auch alles gut geworden.«

Mit der Straßenbahn und zu Fuß begab sich David zum Ort der nächtlichen Verabredung. Die Hamburger Speicherstadt war ein riesiges, von Kanälen durchzogenes Areal, Millionenwerte lagerten hier. Sämtliche Waren, welche die großen Ozeanriesen aus aller Herren Länder in den Hafen brachten oder irgendwann ausführen würden, konnte man in den Lagerhäusern der Speicherstadt finden. Etliche Handelskontore hatten hier ihre Büros. Doch jetzt, kurz vor elf Uhr nachts, war alles still.

David sah sich immer wieder um, konnte aber keine Menschenseele entdecken. Warum gab es hier keine Wachen, die auf die Schatzhäuser aufpassten? Nun ja, möglicherweise wurden hinter den Mauern gegenüber dem Kanal ja weniger wertvolle Waren gelagert – Nägel, Fischmehl, Insektenvertilgungsmittel …

Endlich hatte er den Speicher gefunden, ein rotes Backsteinhaus von vier oder fünf Stockwerken. Mehrere Reihen schmutziger Fenster blickten auf den Kanal hinaus. Der Pier, auf dem tagsüber Waren gelöscht wurden, lag im trüben Licht einer erbärmlich kleinen Laterne.

Schnell entdeckte David den bezeichneten Nebeneingang. Im Lagerraum dahinter sollte er den Kontaktmann treffen. Der Zeiger von Davids Armbanduhr rückte auf elf vor. Noch vier Minuten. David betrat das Haus.

Neben dem Eingang fand er einen Lichtschalter, aber wegen der konspirativen Natur des Treffens sah er von dessen Gebrauch ab. Der Laternenschein draußen konnte die Schmutz starrenden Fenster kaum durchdringen, in der Halle herrschte ein dämmriges Zwielicht. Zwischen und hinter den großen Holzkistentürmen, die überall auf dem Boden herumstanden, klafften finstere Lücken. Die ganze Szene wirkte fast wie ein verkleinertes Modell von Manhattan bei Stromausfall.

Langsam arbeitete sich David in den Raum vor. Seine Rechte lag am Griff des *katana*. Er überlegte lange, ob er sich durch Rufen bemerkbar machen sollte, entschied sich letztlich aber dagegen. Wenn hier jemand war, dann musste er ihn beim Hereinkommen gehört oder gesehen haben. Und wenn er sich dennoch nicht zu erkennen gegeben hatte …

Vielleicht war der andere auch einfach nur vorsichtig. David schlich weiter. Er bog nach rechts in eine lange Flucht ein, die wie der Broadway dieses Klein New York auf seiner gesamten Länge durchschnitt. Am Ende konnte David eine kahle Backsteinmauer erahnen. Während er in den Gang vorstieß, spähte er immer wieder in die Abzweigungen zu beiden Seiten. Die hölzernen »Wolkenkratzer« stanzten tiefschwarze Schatten in den von draußen einfallenden Laternenschimmer. Ein Paradies für finstere Gestalten.

Als David schon fast die Mauer an der Stirnseite des Lagerhauses erreicht hatte, blieb er unschlüssig stehen. Anscheinend war der Vertreter der »Reiseagentur« doch noch nicht hier. Er drehte sich um, wollte zum Eingang zurück, da meldete plötzlich seine Sekundenprophetie eine tödliche Gefahr.

David reagierte sofort. Das Langschwert flog aus der Scheide, blitzte im hereinfallenden Licht einmal kurz auf, während es eine Kreisbahn beschrieb – und traf auf Widerstand.

Ein Schmerzensschrei zeigte, dass der Angreifer getroffen war, das daran anschließende Klappern eines Gegenstandes auf dem Steinboden stammte von einer nun nutzlosen Pistole. Wie ihm ein rascher Blick auf die Waffe verriet, hatte der Meuchelmörder bei seiner glücklosen Aktion auch einen Zeigefinger eingebüßt.

Der Mann im Schatten stöhnte vor Schmerzen.

»Kommen Sie hier herüber, ans Licht«, befahl David und deutete mit dem Schwert auf den langen Gang.

Der Attentäter gehorchte. Mit schweren Schritten, als

gehe es bereits mit ihm zu Ende, schleppte sich der Mann ins Licht. David erstarrte. Der Jesuit!

Was für eine teuflische Verschwörung! David brachte die Erkenntnis fast um den Verstand. Rebekkas Bild schoss ihm durch den Kopf, wie sie – ängstlich und allein – in einer finsteren Wohnung kauerte. Er musste auf der Stelle einige Fragen klären.

Um seinen Worten Nachdruck zu verleihen, hielt er dem Jesuiten das Langschwert an die Kehle und zückte auch noch das kürzere *wakizashi*. »Wie haben Sie mich aufgespürt?«

»Das ist nun nicht mehr wichtig ... *Au!*«

David hatte mit der rasiermesserscharfen Klinge nur eine winzige Bewegung gemacht. Schon zeigte sich ein dünnes dunkles Rinnsal auf dem Hals des Jesuiten. Der hatte im Reflex mit der heilen Hand – die andere steckte unter seiner linken Achsel – nach dem Schwert greifen wollen, sie aber gleich wieder zurückgezogen. Er trug dunkle Handschuhe. Und das im Sommer!

»Die Antwort war falsch«, sagte David. »Sie haben noch eine letzte Chance.«

»Der Kreis hat erfahren, dass das Krankenhauskrematorium für Sie nicht Endstation war. Irgendwann mussten Sie aus Ihrem Schlupfwinkel ja wieder herauskommen. An den normalen Grenzübergängen hätten wir Sie erwischt. Einiges sprach dafür, dass Sie versuchen würden von Hamburg aus zu fliehen ...«

»Ach, was denn zum Beispiel?« David verstärkte kurz den Druck der Klinge, was nicht nur den Redefluss des Jesuiten wieder in Gang brachte.

»Ah! Bitte lassen Sie das. Ich sage Ihnen ja alles, was Sie wissen wollen.«

»Belials Herrenclub sollte sich nach etwas schweigsameren Handlangern umsehen. Also, wer hat Ihnen den entscheidenden Hinweis gegeben?«

»Der Wirt vom *Klabautermann*«, stöhnte der Jesuit. »Er ist ein bekannter Schleuser. Wir haben ihm so viel Geld geboten, dass er gar nicht anders konnte, als uns zu informieren, sobald Sie aufkreuzten.«

»Sagen Sie mir Ihren Namen.«

»Antonio Scarelli.«

»Sie sind doch nicht wirklich ein Mönch, oder?«

»Warum denn nicht?«

»Und Sie hatten vor, mich hier zu töten.«

Der Jesuit grinste verschlagen. »Hätte Rasputin das nicht auch getan?«

Der russische Mönch, der die Zarin Alexandra nach Belieben manipuliert hatte? Derselbe, dem selbst Gift nichts anzuhaben vermochte! Auch ihn, David, hatte man »vergiften« wollen, aber seine außergewöhnlichen Abwehrkräfte hatten ihn gerettet. Und die Mitglieder des Kreises der Dämmerung waren sogar derart zäh, dass sie gut zehnmal so alt werden konnten wie ein normaler Mensch.

Davids Augen suchten die Handschuhe des Jesuiten. In ihm regte sich ein furchtbarer Verdacht.

»Rasputin soll erschossen worden sein. Soweit ich mich erinnere, hat man seinen Leichnam später aus einem Nebenarm der Newa gezogen.«

»Es gab damals viele bärtige Bauernjungen in Russland.«

David nickte. »Belial hat *Sie* mir an Stelle von Negromanus auf den Hals gehetzt – habe ich Recht?«

Wieder grinste der andere. »Das war wohl nicht schwer zu erraten.«

»Aber wem – da sein eigener Schatten schon versagt hatte – würde er einen solchen Auftrag anvertrauen? Doch nicht irgendeinem beliebigen Handlanger. Ich an seiner Stelle hätte einen aus dem engsten Zirkel gewählt …«

Der Jesuit schien zu erzittern.

David verstärkte wieder den Druck auf die Klinge. »Ziehen Sie Ihre Handschuhe aus. Ich möchte den Ring.«

»Ich verstehe gar nicht, was … *Ahhh!* Ist ja schon gut. Warten Sie.«

Unter Schmerzen streifte sich der Jesuit zuerst den linken und dann den blutverschmierten rechten Handschuh ab. »Hier, sehen Sie. Da ist kein Ring. Sie haben sich getäuscht. Lassen Sie mich bitte gehen. Ich verspreche Ihnen auch …«

»Ruhe!«, herrschte David den Jesuiten an. »Sie glauben doch nicht im Ernst, dass ich *Ihnen* traue, Scarelli. Wollten Sie vielleicht auch meine Frau umbringen, nachdem Sie hier Ihre Pflicht getan …?«

Mit einem Mal drängte sich ein schrecklicher Gedanke in Davids Bewusstsein. Was, wenn dieses Scheusal jemand anderen damit beauftragt hatte, Rebekka zu töten? Sein Blick wanderte zu der Pistole am Boden. Scarellis Zeigefinger lag gleich daneben. War da nicht ein goldener Schimmer? David bedeutete dem Mönch mit der Schwertspitze, sich nicht zu rühren. Rückwärts gehend näherte er sich langsam der Waffe, bückte sich und steckte sie in die Manteltasche. Die Augen des Jesuiten funkelten im Zwielicht, als David sich dann dem Finger zuwandte, um ihn genauer zu untersuchen. Im Großen Krieg hatte er viele herrenlose Gliedmaßen gesehen. Aber das lag zwanzig Jahre zurück. Bevor er das Ding anfasste, wollte er sicher gehen, dass dieses metallische Glitzern wirklich von einem bestimmten Gegenstand herrührte. Notgedrungen musste er dazu den Blick von dem Mönch nehmen.

Er ging in die Hocke, zwang seinen Ekel nieder und beäugte den Zeigefinger genauer. Da schimmerte zwar ein frei liegender Knochen, aber dicht daneben steckte tatsächlich auch ein Ring! Davids Herzschlag wurde schneller. Auf der Suche nach einer Schiffspassage war er hergekommen und gefunden hatte er ein Mitglied des Kreises der Dämmerung! Schnell legte er das Kurzschwert zur Seite, um den Sigelring einfach aus dem ledernen Fingerling zu drücken. In diesem Augenblick vermeintlicher Unaufmerksamkeit wagte der Jesuit seinen zweiten Angriff.

Es ging alles ganz schnell. Bevor der Schuss aus einer anderen, kleineren Waffe sich ganz gelöst hatte, gellte er David bereits in den Ohren. Aber ihm blieb keine Zeit mehr, die Pistole zu fixieren und einfach die Kugel zu verlangsamen. Im letzten Moment riss er die Linke wie zur Abwehr nach oben und schrie: »*Steh!*«

Auch ohne die Geste und den Befehl wäre passiert, was er bis jetzt immer vermieden hatte: Der Jesuit – ein lebender Mensch – wurde für den Bruchteil einer Sekunde dem Schwerefeld der Erde entrissen. Wie von einer Kanonenkugel geschossen flog er hierauf samt der abgefeuerten Pistolenkugel gegen die Backsteinwand am Ende der Halle. Mit dem Krachen einer explodierenden Granate prallte er auf. David hatte sich noch rechtzeitig in einen der Quergänge werfen und hinter einem der Kistenberge abrollen können. So fand er Deckung vor den von der Wand zurückspritzenden Überresten des Jesuiten.

Einige Sekunden lang kauerte David einfach nur da, die Augen geschlossen, und versuchte das Bild aus seinem

Geist zu verdrängen. Warum nur hatte der Jesuit ihn *dazu* gezwungen? Der Gedanke an Rebekka ließ allerdings seine Entsetzensstarre schnell wieder weichen.

Er wollte schon loslaufen, als ihm der Ring einfiel. Rasch sprang er über den wie von Nieselregen schlüpfrigen Boden, hob kurz entschlossen den Zeigefinger auf und befreite ihn von dem Ring. Er hatte sich nicht getäuscht. Es war wirklich einer der zwölf, die sein Vater zum ersten Mal vor siebenundfünfzig Jahren in einem Haus in Kent gesehen hatte.

Er bückte sich noch nach dem *wakizashi* und warf schaudernd einen letzten Blick auf die feucht glänzende Backsteinwand. Dort, wo Antonio Scarellis Körper aufgetroffen war, befand sich jetzt ein etwa kürbisgroßes Loch. Diesmal würde Rasputin nicht wieder auferstehen.

David wandte sich um und verließ die Halle. Einige Gänge weiter warf er den Finger und die Pistole in einen Kanal. Niemand würde je herausfinden, wer in dieser Nacht im Speicher ums Leben gekommen war und welche gewaltigen Mächte sein Ende herbeigeführt hatten.

Im Dauerlauf rannte David durch die Stadt. Es war kurz vor halb zwölf. Endlich entdeckte er ein Taxi. Der Fahrer hatte sein Winken und die Pfiffe nicht bemerkt, aber David ließ den Wagen einfach langsamer fahren, bis er ihn eingeholt hatte. Er sprang in das Auto und befahl den konsternierten Chauffeur in die Lange Straße.

Ungeduldig wippte er auf dem Rücksitz, ignorierte jeden Versuch des Taxifahrers, ihn in ein Gespräch über bockende Automobile zu verwickeln. Er wollte nur zu Rebekka. Auch sie kannte den Jahrhundertplan. Belial würde keinen zweitklassigen Meuchelmörder zu ihr schicken.

Endlich hielt das Taxi vor dem Haus. Mehrere Leute standen davor und sprachen aufgeregt miteinander. Irgendetwas stimmte nicht.

David warf dem Fahrer eine viel zu große Banknote zu und stürzte auf den Gehweg.

»Was ist geschehen?«, fragte er den Erstbesten, einen fast kahlköpfigen Greis mit zerschlissener Strickjacke.

»Die SS war da. Vor 'ner halben Stunde vielleicht. Haben da oben 'ne junge Frau rausgeholt. Muss in der Wohnung von dem Berliner gesteckt haben.«

David glaubte, sein Herz bliebe stehen.

»Wie kannste denn sagen, dass die von der SS waren?«, beschwerte sich eine zitternde Alte, die vor lauter Aufregung ihr Gebiss in der Wohnung gelassen hatte.

David überließ die Hausbewohner ihrer Debatte und stürzte in den Flur. Da standen noch weitere Neugierige. Einige musterten ihn argwöhnisch, andere bedauernd, einer feindselig. Vermutlich der Blockwart. David packte den Mann – der Statur nach ein Maurer oder Straßenarbeiter – am Schlafittchen und schrie: »Wo bringen sie die Verhafteten immer hin?«

Der Hüne dachte, er könne sich Davids Griff mühelos entwinden, machte auch Anstalten dazu, gab den Versuch aber nach einem ausgerenkten Daumen schnell auf.

»*Wohin?*«, herrschte ihn David noch einmal an.

»Ich habe damit nichts zu tun. Wirklich nicht!«, wimmerte der Große.

»Das habe ich nicht gefragt.«

»Ich würde mich auf der Wache erkundigen.«

»Und auf welcher?«

Der Blockwart erklärte es ihm und David rannte aus dem Haus.

Zum Glück stand das Taxi noch da. Der Fahrer hatte Interesse an dem Menschenauflauf gefunden und sich dazugesellt. David zwang ihn zur sofortigen Weiterfahrt.

Am Ziel angekommen, lief er mit flatterndem Mantel in das Revier. Der Taxifahrer verzichtete auf eine weitere Fuhre und suchte schleunigst das Weite.

»Haben Sie eben eine junge Frau verhaftet?«, rief er dem Diensthabenden zu, noch ehe er ganz in der Wachstube war.

Der Beamte, ein untersetzter Endvierziger, stand hinter einem hohen Tresen und grinste süffisant. Ein anderer an einem Schreibtisch, etwa im gleichen Alter, tat das Gleiche.

»Sie sind in Hamburg, junger Mann. Da haben wir öfters Frauenbesuch auf der Wache. Wie sieht sie denn aus, Ihr Schnuckelchen?«

David packte den Polizisten wie zuvor den Blockwart am Revers und zischte: »Hören Sie, guter Mann. Ich suche meine *Ehefrau*, nicht irgendein ›Schnuckelchen‹. Man hat sie gerade festgenommen. Ich bin britischer Staatsbürger. Es muss sich um eine Verwechslung handeln. Also geben Sie mir bitte eine deutliche Antwort auf eine klare Frage.«

Sein ganzes Auftreten wirkte so einschüchternd auf die beiden Beamten, dass sie ganz vergaßen, auf ihre Amtswürde zu pochen. Der am Tresen schlug sogar vor: »Am besten zeige ich Ihnen, was uns heute für Fische ins Netz gegangen sind. Kann ja sein, dass Ihre Frau dabei ist.«

David nickte dem Beamten zornig zu. Eine Minute später blickte er in eine trostlose Zelle, in der sich drei weibliche Wesen der Gattung »Schnuckelchen« befanden. Rebekka war jedenfalls nicht darunter.

Plötzlich überkam David ein Gefühl der Verzweiflung.

Mit hängenden Schultern folgte er dem Diensthabenden in die Wachstube zurück. Der schien jetzt sogar so etwas wie Mitleid zu empfinden.

»War's 'ne Razzia?«, erkundigte er sich fürsorglich.

Sein Kollege trat mit an den Tresen und fügte erklärend hinzu: »Hein meint, ob sich Ihre Kleine in einer Kneipe aufgehalten hat, die zum Objekt einer polizeilichen Ermittlung wurde?«

David schüttelte müde den Kopf. »Eine ganz normale Wohnung. In der Langen Straße.«

»Sie sind doch kein Politischer, oder?«, fragte der Polizist, den der andere Hein genannt hatte.

»Meinen Sie, ich würde Ihnen das dann sagen?«

»Also, wenn Himmlers Leute ihre Finger im Spiel haben, suchen Sie Ihre Frau bei uns vergeblich. Vermutlich ist sie dann längst im Lager Neuengamme und …«

»So 'n Quatsch, Hein«, ging der zweite Beamte dazwischen. »Nach Neuengamme schicken sie nur Männer. Er soll es mal in Fuhlsbüttel versuchen.«

»Ein Gefängnis?«, fragte David.

»So könnte man sagen. Lassen Sie uns nur schnell Ihre Personalien aufnehmen, dann geben wir Ihnen die Adresse.«

»Vielen Dank für den Hinweis«, antwortete David und lief schon wieder los.

Bevor Hein noch seine Körpermassen hinter dem Tresen hervorgewuchtet und auf die Straße hinausgeschoben hatte, war der aufgeregte Ehemann bereits verschwunden.

Das Taxi hielt gegen ein Uhr nachts vor der Strafanstalt Fuhlsbüttel im Hamburger Norden. David wies den Fahrer an, eine Stunde zu warten, und zahlte ihm dafür ein fürstliches Entgeld.

Er klingelte an der Gefängnispforte. Es dauerte ungewöhnlich lange, bis sich endlich schlurfende Schritte näherten, eine kleine Luke im Tor geöffnet wurde und in dieser ein Gesicht erschien. Was er denn um Himmels willen mitten in der Nacht hier wolle, fragte der Vollzugsbeamte mürrisch. David antwortete, er suche seine Ehefrau: fünfunddreißig, einen Meter achtundsechzig groß, schlank, schwarze naturgewellte Haare, dunkle Augen …

Wie er sich das alles eigentlich vorstelle, herrschte der Wachmann seinen nächtlichen Besucher an. Auskünfte würden ausschließlich zwischen acht und zwölf sowie zwischen vierzehn und sechzehn Uhr erteilt. Und nun solle er machen, dass er fortkomme, sonst bekäme er noch ein Nachtquartier in diesem Etablissement verpasst. Das wäre ihm sogar sehr recht, antwortete David. Die Klappe flog zu und die Schritte des Beamten entfernten sich wieder.

David klingelte noch ungefähr zehn Minuten lang ununterbrochen, aber das Gesicht im Guckloch tauchte nicht wieder auf.

Deprimiert kehrte er zum Taxi zurück.

»Bringen Sie mich bitte in die Lange Straße in St. Pauli.«

Erst als David vor Ferdis Wohnung ausgestiegen und das Taxi fortgefahren war, kam ihm der Gedanke, dass eine Rückkehr in die Wohnung gefährlich sein konnte. Vorher hatte er sich noch absetzen können, aber wenn Ferdinands Behausung tatsächlich observiert wurde, tappte er jetzt vielleicht gerade in eine Falle.

Etwa eine Minute lang stand er wie ein Nachtschwärmer vor der Haustür und schwankte – einen Zechbruder mimend, weil er nicht wusste, was er tun sollte. Dann fiel ihm sein »Schatzkoffer« ein mit den vielen – zwar sorgsam verschlüsselten, dennoch aber wertvollen – Hinweisen, mit dem Diarium seines Vaters, Jasons Träne und dem Abschiedsbrief von Johannes Nogielsky …

Entschlossen steckte er den Hausschlüssel in die Tür und trat ein. Die Flurbeleuchtung ließ er ausgeschaltet. Im Dunkeln schlich er sich die Treppe zum obersten Stockwerk hinauf, was wegen der knarrenden Stufen nicht völlig geräuschlos zu bewerkstelligen war.

Die Wohnungstür hing nur noch halb in den Angeln. Von den Fenstern fiel das Licht der Straßenbeleuchtung herein. Der Anblick schnürte ihm die Kehle zu. Rebekka hatte also auf ihn gehört. Sie mussten die Tür kurzerhand eingetreten haben.

In Ferdis Wohnung selbst sah es aus, als habe eine Granate eingeschlagen. Kleidungsstücke mischten sich mit dem Inhalt von Schubladen, in der Küche lag zerbrochenes Geschirr am Boden, aber von dem Lederkoffer, der Davids wertvollste Schätze barg, fehlte jede Spur.

Plötzlich hörte er ein Geräusch. Es kam von unten, von der Haustür her. Das Licht im Treppenhaus wurde eingeschaltet und eine Stimme schien im Befehlston Anweisungen zu geben … *Also doch eine Falle!*

Vielleicht aber auch nur eine Routineuntersuchung. David musste sich entscheiden. Blitzschnell! In der Wohnung gab es kein Versteck. Also lief er auf den Flur hinaus. Von unten waren Schritte zu hören. Als er vorsichtig zwischen dem Treppengeländer hindurchlugte, sah er aus Uniformärmeln ragende Hände sich eilig nach oben arbeiten.

So leise es ging, hastete David zum Dachboden empor. Das war die einzige Möglichkeit. Schnell öffnete er die Tür: ein verräterisches Knarren. Er lauschte. Niemand schien auf das Geräusch aufmerksam geworden zu sein. Das Knarzen der Treppen unter den emporstürmenden Stiefeln hatte es vermutlich übertönt. Rasch schlüpfte er in den dunklen Raum und schob die Tür wieder ins Schloss.

Er blieb lauschend stehen. Leider konnte er in der Nacht auch nicht mehr erkennen als jeder andere normale Mensch. Wenn er sich im Dunkeln bewegte, war er zwar dank seiner Sekundenprophetie imstande, Hindernissen auszuweichen, aber deshalb wusste er noch lange nicht, wie es in einem finsteren Raum aussah und wo sich vielleicht eine Leiter zum Dach befand. Es blieb ihm nichts anderes übrig, als sich so still wie möglich zu verhalten und zu hoffen …

Nein! Sie kamen die Treppe herauf. Die Verfolger mussten nicht Acht geben. Ihre Stiefel machten auf den Stufen einen Lärm, als wäre die gesamte altpreußische Kavallerie unterwegs. Schnell trat David einen Schritt zurück. Einmal mehr setzte sein Herz aus, als er mit dem Hacken gegen etwas stieß, was da in der Dunkelheit auf dem Boden gelauert hatte. Vielleicht eine Kiste. Auf jeden Fall hatten seine nach vorn, auf die Häscher gerichteten Sinne diesen geräuschvollen Zusammenstoß nicht eingeplant.

Die Tür flog auf und kam erst an Davids Fußspitzen wieder zum Stehen. Im Spalt zwischen den beiden Scharnieren sah er eine schwarze Uniform und eine Mütze mit einem Totenkopf darauf. Hinter dem ersten befand sich noch ein zweiter SS-Mann. Wenn ihm nicht sofort etwas einfiel, war er verloren …

Das Licht ging an, aber der Bewaffnete sagte: »Die Beleuchtung scheint kaputt zu sein. Gib mal deine Taschenlampe, Heinz.« Zwei Sekunden später: »Die ist auch im Eimer.«

Schritte waren zu hören. Schwere Stiefel. Ein Mann trat in den Raum und blieb sofort stehen.

»Was ist das?«, erklang eine entsetzte Stimme. »Ich kann nichts mehr sehen.«

Die Antwort des Kameraden bestand in einem lauten Poltern von der Treppe her. »Verflucht noch mal! Mir geht es genauso. Ich hätte mir fast das Genick gebrochen. Was ist das, Heribert?«

»Keine Ahnung. Vielleicht Nervengas. Dieser Hund könnte sich das Ganze als Rache ausgedacht haben. Komm, bloß raus hier!«

Die Stiefel donnerten wieder die Stiege hinab. David atmete auf. Diesmal nahm er die Blindheit nicht von den Schergen zurück, wie er es im Schwabinger Krankenhaus getan hatte. Irgendwann – wenn die grau gefärbten Zellen in den Augenlinsen sich auf natürlichem Weg erneuerten – würde die Sehfähigkeit zurückkehren.

Nach allem, was er den Worten der Männer hatte entnehmen können, waren sie wirklich hergekommen, um ihn zu fangen. Also hatte der Jesuit die SS eingeschaltet. Rücksichtslosere Jäger hätte er ihm kaum auf den Hals hetzen können.

Durch die Hintertür schlich sich David schließlich wieder in die Nacht hinaus. Er würde nie wieder in dieses verfluchte Haus zurückkehren.

Am nächsten Morgen, kurz vor acht, war er wieder in der Strafanstalt Fuhlsbüttel. Dank seiner außergewöhnlichen

Überredungsgabe saß er kurze Zeit später im Büro des stellvertretenden Direktors. Der Chef arbeite samstags nie, erklärte der stämmige Mann mit der rot-weiß-schwarzen Hakenkreuzbinde.

David schilderte seinen Fall: Er heiße Albert Dean, sei britischer Staatsbürger und suche nach seiner Frau Roberta, die aufgrund eines tragischen Irrtums in der vergangenen Nacht festgenommen worden sei.

»Ist Ihre Frau Jüdin?«

Warum fragen eigentlich alle nur danach? »Sie ist ebenfalls Engländerin.«

»Das wollte ich nicht wissen. Könnte man sie für eine Jüdin halten?«

»Sie hat dunkle Haare, dunkle Augen und einen dunklen Teint – genügt das als Antwort?«

»Wenn Sie sich bitte einen Augenblick gedulden würden, Herr Dean.«

Der stellvertretende Direktor hob den Hörer des Telefons auf seinem Schreibtisch ab und wählte eine Nummer. Als die Gegenseite sich meldete, forderte er die Einlieferungsunterlagen der letzten vierundzwanzig Stunden an. Kaum fünf Minuten später betrat ein Vollzugsbeamter das Büro und legte ihm einen kleinen Stapel von Formularen auf den Tisch. Der diensthabende Direktor überflog die Eintragungen.

»Wie alt, sagten Sie, ist Ihre Frau?«

David antwortete und lieferte noch eine kurze Personenbeschreibung.

Der stellvertretende Anstaltsleiter ließ die Papiere auf seinen Schreibtisch sinken und schüttelte den Kopf. »Selbst wenn sie einen falschen Namen angegeben haben sollte, sie ist nicht bei uns.«

»Wie können Sie sich da so sicher sein?«

»Wir haben nur fünf Neuzugänge. Alle männlich.«

Davids Hand schnellte vor und packte den Stapel Formulare. Dann stand er von seinem Stuhl auf und ging ein paar Schritte zurück, um etwas Distanz zwischen sich und den tobenden, mit den Händen nach ihm schnappenden Direktor zu bringen.

Die Papiere waren schnell überflogen. Der Mann hatte die Wahrheit gesagt. Nun hatte er wieder den Telefonhörer in der Hand, um nach seinem Wachpersonal zu rufen. Dummerweise schien sich die Wählscheibe des Apparats verklemmt zu haben: Nur mit Mühe ließ sie sich bewegen. Und bevor noch der zornige Direktor des Problems Herr wurde, war David schon in Richtung Ausgang verschwunden.

Er hatte schon von ihnen gehört, zum Glück aber noch nie einen von innen gesehen. Die Verhörkeller der Gestapo waren berüchtigt. Nicht wenige Verdächtige, die bei bester Gesundheit dorthin verschleppt worden waren, kamen erst als Leichen wieder heraus. Der Gedanke, Rebekka könne sich in einem dieser Verliese befinden, machte David fast wahnsinnig.

Mit tränenfeuchten Wangen eilte er durch Straßen, die er nicht kannte, vorbei an überraschten Gesichtern, die ihm nichts sagten. Irgendwie fand er dann doch das Rathaus der Hansestadt Hamburg. Es lag – selbstverständlich – am Adolf-Hitler-Platz. Wenn er von offizieller Seite her Auskunft bekommen konnte, dann hier.

Das Rathaus wirkte auf David wie ein riesiger italienischer Stadtpalast – Fenster, Gesimse, Säulen, Giebel, Nischen mit Steinfiguren und noch einmal Fenster. So breit die ganze Fassade war, so hoch ragte auch der große Turm in der Mitte auf: weit über hundert Meter. Das Gebäude war ein steingewordenes Symbol des Reichtums der Stadt.

Durch ein prachtvoll geschmücktes schmiedeeisernes Portal gelangte David zunächst in einen großen achteckigen Raum, der sich direkt unter dem Uhrenturm befand. Von dort betrat er die riesige Eingangshalle des Rathauses, die von den traditionsbewussten Hamburgern »Diele« genannt wurde. Unwillkürlich musste David zu dem Kreuzrippengewölbe emporblicken, das von kompakten Sandsteinsäulen getragen wurde. Das letzte Mal, als er dieses Gebäude – allerdings von außen – bewundert hatte, war Rebekka an seiner Seite gewesen.

Rechter Hand mündete die Diele in einen Treppenaufgang, zu beiden Seiten von Löwen flankiert, die das Stadtwappen trugen. Ein schmiedeeisernes Tor verwehrte Unbefugten den Zutritt zum Senatstreppenhaus. Doch so weit wollte David gar nicht gehen. Er blieb vor einer Pförtnerloge stehen, und während er noch überlegte, ob er nun nach dem Ordnungsamt oder der örtlichen Zweigstelle des Referats für »Rassenhygiene« fragen sollte, fiel ihm wieder ein, dass ja Samstag war.

Als er den Pförtner daraufhin ansprach, sagte dieser erwartungsgemäß: »Kommen Sie Montagmorgen wieder. Vorher ist nichts zu machen. Tut mir Leid.«

Ihm war, als sei seine Seele leckgeschlagen, seine Kraft rann davon. Entmutigt machte er kehrt. Vor dem Ausgang blieb er stehen und kämpfte gegen die Tränen an. Plötzlich ertönte das helle Klingen einer Glocke. Er sah nach oben und erblickte über der Tür eine von schmiedeeisernem Rankenwerk umrahmte Uhr und darüber eine Bronzeglocke, umgeben von Figuren, die David unweigerlich frösteln ließen.

Rechts schlug eine Mutter, mit dem Kind auf dem Schoß, jede Viertelstunde die Glocke an. Links jedoch wachte Gevatter Tod über die Zeit, an seinem blanken Schädel unschwer zu erkennen.

David schauderte. *Meine Lebensuhr!* Als hätte der Künstler das Jahrhundertkind im Sinn gehabt. Jetzt entdeckte er auch einen Hahn zwischen den eisernen Blättern und Blüten, die das Ziffernblatt unter der Glocke schmückten. Auf der anderen Seite saß ein Uhu, der Vogel der Nacht. Hatte nun auch für ihn, David, die Nacht seines Lebens begonnen, eine Zeit der Dunkelheit und Leere?

Rasch senkte er den Blick. Auf der Tür vor ihm befand sich ein kleines weißes Emailleschild mit schwarzen Buchstaben.

STOSSEN

Die Aufforderung musste aus Tagen stammen, als die deutsche Sprache noch nicht in ein Gefängnis aus strengen Regeln eingepfercht worden war. Und Menschen noch nicht in Lagern aus Stacheldraht.

Zornig stieß David die erste Tür nach draußen auf und wenige Schritte später auch die zweite. Nun befand er sich wieder auf dem weiten Vorplatz des Rathauses. Gierig atmete er die frische Luft.

Was jetzt? Er war der Verzweiflung nahe. Man hatte ihm Rebekka entrissen, einen Teil seiner selbst. In der rauen See der Wirklichkeit hatte er sich innerhalb von Stunden in ein Schiff verwandelt, das antriebslos vor sich hin dümpelte und jeden Moment kentern konnte. Wie oft hatte er von der Symbiose zwischen ihm und Rebekka, diesem einzigartigen Menschen, gesprochen! Aber nun erlebte er die schrecklichen Konsequenzen, die sich aus der Zerstörung dieser natürlichen Gemeinschaft ergaben.

Nein, er hatte keinen Sieg gegen Belial errungen. Der Jesuit war der Gewinner. Über den Tod hinaus.

Nach einer schwer zu bemessenden Zeit, die David auf einer Brücke am Rande der Alster zubrachte – einem Lebensmüden ähnelnd, der sich nicht entscheiden konnte, ob er hinabspringen sollte oder nicht –, gelang es ihm endlich, seine Gedanken wieder zu ordnen. Er wollte nicht bis Montag warten, um von amtlicher Seite eine Auskunft über Rebekkas Verbleib zu erhalten und dann vielleicht nur noch ihren Tod bestätigt zu bekommen. Wenn sie wirklich in irgendeinem Gestapo-Keller festgehalten, verhört und gefoltert wurde ... Er mochte nicht weiter darüber nachdenken.

Sean Griffith! Der Secret Intelligence Service. In einem Land der Propagandakulissen konnten vielleicht wirklich nur noch die Spione einer fremden Macht die Wahrheit ans Licht bringen. Andererseits erinnerte sich David noch sehr gut an seine gegenüber Rebekka geäußerten Bedenken. Möglicherweise hockte ein Spitzel Belials im britischen Konsulat. Obwohl sich in David alles dagegen sträubte und er sich von Seans Möglichkeiten, ihm jetzt noch zu helfen, auch wenig versprach, griff er nach dem einzigen Strohhalm, der ihm verblieben war.

Eine halbe Stunde später stand er an der Pforte des britischen Generalkonsulats im Harvestehuder Weg. Dem Wachhabenden sagte er nur zwei Worte: »Code *Stonehenge*.«

In den Augen des Soldaten von der Royal Army flackerte kurz Erstaunen auf – es kam nicht gerade oft vor, dass sich ein Agent mit diesem »Schlüssel« unter den Schutz und die Souveränität des Vereinigten Königreiches flüchtete. Denn nach dem diplomatischen Kodex waren die ausländischen Gesandtschaften für das gastgebende Land fremdes Territorium.

Kurz darauf betrat David das Büro von Sean Griffith. Sein alter Freund war außer sich vor Freude. Er habe schon befürchtet, nie wieder etwas von David zu hören. Sean wollte seinem Besucher gerade freundschaftlich auf die Schulter klopfen, da bemerkte er erst dessen desolaten Zustand: die hängenden Arme, das unrasierte Gesicht, den zerknitterten Mantel …

»Was ist passiert, David? Wie … wie geht es Rebekka?«

Nachdem Sean seinen schwer angeschlagenen Freund in einen gepolsterten Lehnstuhl bugsiert hatte, begann David zu erzählen. In knappen Sätzen fasste er die Ereignisse zusammen, vom *Hindenburg*-Debakel über den Münchener Anschlag bis zur vergangenen Nacht. Er musste sich sehr konzentrieren, weil in seinem Kopf alles durcheinander ging. Auch Belials Bluthund, den Jesuiten, erwähnte er, wenn er auch auf Scarellis abscheuliches Ende nicht näher einging.

Sean schüttelte dann lange einfach nur den Kopf. Seine Betroffenheit war echt.

»Du ahnst nicht, wie mich das erschüttert, David. Ich weiß gar nicht, wie ich diese Tragödie Sabrina beibringen soll. Rebekka war ein so wunderbarer Mensch …«

»War?«, rief David empört. »Du sprichst ja von ihr, als wäre sie schon tot. Ich bin zu dir gekommen, weil ich deine Hilfe brauche, Sean. Wir müssen sie finden und aus Deutschland herausbringen!«

»Du stellst dir das so einfach vor. Es gibt keine Dienstvorschrift, nach der die SS uns mit Durchschlägen ihrer Verhaftungslisten versorgen muss.«

»Ich weiß selbst, dass eure Möglichkeiten sehr begrenzt sind. Sonst hätte ich mich schon in der vergangenen Nacht an dich gewandt. Aber immerhin sind Rebekka und ich britische Staatsbürger. Ihr *müsst* einfach ...«

»David!«, fiel Sean dem verzweifelten Freund streng ins Wort. Das schmale Gesicht des Diplomaten hatte sich zu einer steinernen Maske verhärtet. »Hast du eigentlich eine Ahnung, was für ein Sturm da gerade am Horizont aufzieht?«

»Du meinst wegen dieses angeblichen Überfalls der Polen auf den Sender Gleiwitz?«

»Angeblich? Weißt du etwa schon wieder mehr als wir?«

David schüttelte unwillig den Kopf. Ihm stand wirklich nicht der Sinn nach Politik. »Ich kann eins und eins zusammenzählen, Sean. Auch die Polen sind keine Selbstmörder. Sie hätten nie eine solche Dummheit begangen und Hitler damit den Vorwand für einen Krieg geliefert. Aber es geht hier nicht um Deutschland, Polen oder sonst irgendein Land. Es geht um Rebekka! *Meine Frau.* Ich muss sie unbedingt finden ...«

»Nun beruhige dich doch, David. Du bist ja ganz außer dir.« Sean lief zu seinem Sessel, stützte sich mit beiden Armen auf die Lehnen und blickte ihm tief in die Augen. Leise, aber eindringlich sagte er: »Es gibt etwas, das ich dir sagen muss, obwohl ich eigentlich nicht darüber reden dürfte, aber um unserer Freundschaft willen tue ich es trotzdem: Großbritannien wird dem Deutschen Reich morgen den Krieg erklären. Wir gehen davon aus, dass auch Frankreich sich anschließen wird. Ist dir klar, was das bedeutet, mein Freund?«

David schloss die Augen. *Europa wird wieder zu einem Schlachthaus. Nein, die ganze Welt.* Wenn das Vereinigte Königreich Deutschland den Krieg erklärte, dann hatte das auch direkte Auswirkungen auf das Commonwealth of Nations, zu dem auch Neuseeland, Australien, Indien und Kanada gehörten. Hitler hatte in den letzten Monaten fleißig Verbündete gesammelt. Mit Bitterkeit musste David an Hirohitos *Nihon Koku*, das »Land der aufgehenden Sonne«, denken. Ohne Frage würde sich auch Japan darum reißen, bei der Neuverteilung des Weltkuchens mit dabei zu sein …

»David?« Seans Stimme drang wie durch einen dichten Vorhang zu seinem nur noch träge arbeitenden Geist vor.

»Und wenn die ganze Welt auseinander bricht, Sean: Ich bleibe hier und suche nach Rebekka. Nur ihr Tod könnte mich dazu bringen, dieses Land zu verlassen.«

»Du bist vielleicht ein sturer Kerl!« Sean fluchte. »Ist dir auf dem Weg in mein Büro nicht die Hektik aufgefallen, die hier überall herrscht? Willst du den Grund dafür wissen? Ich werd's dir verraten. Sie *packen*, David. Heute Abend noch wird die Gesandtschaft geräumt, und wenn du willst, kannst du mit nach England reisen. Sobald die Kriegserklärung raus ist, betrachtet doch dieser Irre in der Reichskanzlei alle britischen Staatsbürger als Freiwild. Zum Abschuss freigegeben. In diesem Land gibt es kein Recht des Einzelnen auf eine faire Behandlung. Schon lange nicht mehr. Hitler bringt es fertig und erklärt alle Bürger des Vereinigten Königreiches, die sich morgen noch auf deutschem Territorium befinden, zu Geiseln. Was glaubst du, wie viel Chancen dir dann noch bleiben, Rebekka zu finden? Du hast es mir doch selbst erzählt: Wie ein aufgescheuchtes Huhn bist du durch die Stadt gerannt. Nach spätestens achtundvierzig Stunden hätte man dich verhaftet.«

Sean holte tief Luft. Er hatte laut gesprochen. Eindringlich. Mit aller Überzeugungskraft. Und seine Standpauke schien Wirkung zu zeigen.

David blickte wie ein geprügelter Hund zu ihm auf und erwiderte: »Du hast ja Recht.« Der Attaché wollte schon erleichtert aufatmen, aber da sah er dieses bedrohliche Flackern in den Augen des anderen und mit einem Mal sagte David: »Trotzdem bleibe ich hier. Ich habe Rebekka wiederholt gesagt, dass sie bei mir sicher ist, und ihr geschworen, ich würde ihr beistehen, was immer auch geschieht. Es geht nicht, Sean. Ich kann nicht einfach einen Zug oder ein Schiff nehmen und sie hier allein lassen. Danke, dass du dir für mich Zeit genommen hast.« David erhob sich von seinem Stuhl.

»Aber … Wo willst du denn hin?«

»Das weiß ich noch nicht.«

»David! Du besiegelst damit dein Todesurteil. Es gibt nach wie vor Anlass zu der Befürchtung, dass wir hier bei uns einen Maulwurf haben, aber wir wissen nicht, wer dieser Spion ist. Sollte er dich jedenfalls beim Hereinkommen gesehen haben, dann könnte das Konsulat jetzt schon von Spitzeln umstellt sein, die einzig und allein auf *dich* warten.«

»Das ist mir egal. Wenn sie mich kriegen, sterbe ich wenigstens in demselben Land wie Rebekka.«

Sean streckte die Handflächen gegen David aus und

schüttelte den Kopf. »Nun warte noch einen Augenblick. Vielleicht gibt es ja doch eine Möglichkeit, Rebekka zu helfen.«

Davids Augenbrauen zogen sich zusammen. »Warum sagst du mir das erst jetzt?«

»Weil du mir bisher keine Gelegenheit dazu gegeben hast.«

»Was ist das für eine Möglichkeit?«

»Bitte setz dich erst wieder hin. Diese Angelegenheit sollte man nicht zwischen Tür und Angel besprechen.«

David gehorchte.

»Möchtest du eine Tasse Tee? Ach was … Ich bring dir einfach eine.«

Bevor David widersprechen konnte, war Sean schon aus dem Raum. Als er endlich zurückkehrte, trug er in der Hand ein Tablett mit zwei dampfenden Tassen, Milch und Zucker.

»Entschuldige, David. Hat ein bisschen länger gedauert. Der Tee musste frisch aufgebrüht werden.«

»Schon gut. Könntest du mir jetzt bitte auf der Stelle erzählen, was du mit dieser Andeutung vorhin gemeint hast? Was kannst du für Rebekka tun?«

Sean reichte David eine der Tassen, schaufelte einen Löffel Zucker in die eigene, goss Milch dazu und rührte um. »Milch und Zucker?«

David schüttelte den Kopf. Sein Gesichtsausdruck verriet allerhöchste Ungeduld.

»Also«, begann Sean, »es gibt da einen Anwalt in Hamburg, mit dem wir schon des Öfteren zusammengearbeitet haben.«

David nahm einen Schluck aus der Tasse. Anscheinend kochte in Hamburg das Wasser schon bei achtzig Grad: Der Tee war gar nicht richtig heiß, dafür aber umso bitterer. Während Sean weitererzählte, nahm David nun doch etwas Zucker.

Dr. Lars Sibenius habe schon die Freilassung einer ganzen Reihe von Juden sowie einiger anderer Personen aus deutschen Konzentrationslagern vermittelt. Auch die Nazis seien vor Geldgier nicht gefeit, ganz im Gegenteil. Für Hitler sei ein KZ-Häftling in erster Linie ein Zwangsarbeiter, dessen Wert sich nach der Leistung bemaß, die er erwirtschaftete. War er verbraucht – erfüllte er also wegen Krankheit oder aus irgendwelchen anderen Gründen nicht mehr die geforderten Vorgaben –, wurde er umgebracht. Manche starben auch von selbst. Gegen ein entsprechendes Lösegeld könne ein Leben freigekauft werden, erklärte Sean beschwörend. Der oder die Betreffende durften dann sogar ausreisen …

Mit Verbitterung erinnerte sich David, wie dieses »gut geschmierte Räderwerk« bei der Rettung der Blumenthals versagt hatte – ihr Schicksal war immer noch ungeklärt. Konnte, ja, sollte er diesem korrupten Apparat noch einmal vertrauen, jetzt, wo es um Rebekkas Leben ging? Oder würde er sie dadurch nur noch mehr gefährden?

David war unentschlossen. In seinem Kopf drehten sich die Gedanken wie auf einem Karussell, ständig in Bewegung, aber doch zu keinem Ziel führend. Zuletzt konnte er Seans Ausführungen nur noch mit Mühe folgen. Lag dies an den Strapazen der vergangenen Nacht? Er hatte ja nicht geschlafen, war nur durch die Stadt geirrt, am frühen Morgen, zum Aufwärmen, in eine Kneipe eingekehrt, dann aber bald wieder aufgebrochen, weil er pünktlich in Fuhlsbüttel hatte sein wollen.

»Der Vorschlag mit dem Anwalt ist vielleicht gar nicht so schlecht«, sagte er mit schwerer Zunge. Er fühlte sich wie ein Betrunkener. »Wir …« David schloss die Augen. Fast bekam er die Lider nicht mehr auf. »Gib dem Anwalt Bescheid. Er soll Rebekka finden und sie freikaufen. Ich …«

Ein Schwindelanfall zwang David erneut zum Innehalten. Trotzig stemmte er sich aus dem Stuhl hoch. »Ich werde aber dennoch nicht hier bleiben und …« Mit einem Mal verschwamm Seans Gesicht vor seinen Augen.

»Setz dich bitte wieder hin, David. Du siehst gar nicht gut …«

Seans Stimme entfernte sich immer weiter von ihm. Jetzt wurde sogar das ganze Zimmer zu einem Karussell, drehte sich immer schneller … David sah noch die Lampe an der Decke, dann wurde es dunkel um ihn herum.

Fünftes Buch

Jahre der Leere

Er nennt's Vernunft und braucht's allein
Nur tierischer als jedes Tier zu sein.

Mephisto in Goethes *Faust*

Treibgut

Er kam sich vor, als hätte ihn ein Seeungeheuer verschluckt. Da war ein rhythmisch an- und abschwellendes Rauschen. Es klang wie das Pulsieren des Blutes in den Adern des riesigen Ungetüms. Ein regelmäßiges Stampfen ließ den ganzen Leib der Bestie erzittern. Vielleicht war ja das Ganze nur ein Traum, einer von der Sorte, auf die jeder liebend gerne verzichtet. Allem Anschein nach schwamm das Ungeheuer durch sturmgepeitschte See. David überlegte, welche Möglichkeiten ihm blieben: Er konnte sich von dem Monstrum verdauen lassen, irgendeinen jener heldenhaften Befreiungsversuche starten, die in Alpträumen meistens schief gingen, oder einfach die Augen öffnen. Er entschied sich für die dritte Alternative.

Und erschrak. Er befand sich tatsächlich im Leib eines Seeungeheuers, nur dass dieses aus Stahl und Nieten bestand. Ein Schiff. Kein besonders luxuriöses. Die Kabine, in der er lag, verwöhnte den Reisenden gerade einmal mit einer harten Pritsche, einem Hocker und einem grünlich glänzenden Anstrich auf Decke und Wänden. Ach ja, da gab es auch noch zwei dicke Rohre, die am Fußende der Liege aus dem Boden kamen und sich durch die Decke wieder verdrückten.

David fuhr hoch und schwang die Beine von dem Lager.

Sein Kopf brummte, als sei darin ein besonders emsig arbeitender Propeller installiert. Er schob den Schmerz beiseite, um sich einigen drängenden Fragen zu widmen. Wo war er? Warum befand er sich hier? Und wie viel Uhr war es?

Die letzte Frage ließ sich vergleichsweise einfach beantworten. Seine Armbanduhr stand auf fünf Minuten nach halb zehn, das Datumsfenster zeigte eine Drei und durch das kleine Bullauge an der Bordwand sickerte trübes Tageslicht herein: 3. September, neun Uhr fünfunddreißig. David sprang auf.

»Verräter!«, schrie er und meinte Sean. *Dieser Hund hat mir etwas in den Tee getan. Deshalb schmeckte die Brühe so widerlich.* Mit einem einzigen Schritt war er bei der Tür, in der sich ein weiteres Bullauge befand. David drehte und zerrte an dem Hebel, aber die Tür rührte sich nicht. Dann donnerte er mit den Fäusten gegen den Stahl. *Von wegen Hitlers Geisel. Hier bin ich der Gefangene, auf einem englischen Schiff …*

Unvermittelt stellte David das Hämmern ein. Und wenn es kein britischer Dampfer war? Konnte es sein, dass Sean tatsächlich ein Verräter …?

Ein hageres Gesicht erschien kurz im Türfenster, dann erhaschte David einen Blick auf einen fortlaufenden Matrosen. Gleich würde sich zeigen, wessen »Gast« er wirklich war.

Kurze Zeit später füllte Seans längliches Antlitz das Bullauge. David war sofort wieder bei der Tür und hämmerte wütend dagegen. »Verräter!«, schrie er erneut. »Was ist mit Rebekka?«

Obwohl die Tür von solider Bauart war, wich Sean auf der anderen Seite schnell bis an die gegenüberliegende

Wand des Ganges zurück. Seine Hände signalisierten: Ruhig, alter Junge, nicht aufregen.

David fegte herum und ließ sich auf der Pritsche nieder. Die Stahltür öffnete sich einen Spalt und Seans Gesicht erschien darin.

»Bevor du mir an die Gurgel springst, David, lass mich zuerst erklären ...«

»Was gibt es da zu erklären?«, fuhr David den Diplomaten an. »Du hast mich entführt und ich habe Rebekka im Stich gelassen. Im nächsten Hafen schon werde ich mich wieder nach Deutschland einschiffen.« Er überlegte ernsthaft, ob er mit seiner Gabe der Verzögerung ein Loch in die Schiffswand sprengen sollte, ließ den Gedanken aber schnell wieder fallen, er war kein besonders guter Schwimmer.

»David«, begann Sean noch einmal in beschwichtigendem Ton und betrat vorsichtig die Kabine. »Ich gebe ja zu, dir etwas in den Tee getan zu haben, und es tut mir auch Leid, aber du hast mir keine andere Wahl gelassen ...«

»Was gibt dir das Recht, über mein Leben und das meiner Frau zu bestimmen, Sean?«, brüllte David.

»Das Recht des Freundes«, antwortete der hagere Attaché. »Du warst in Hamburg ja völlig außer dir. In diesem Zustand hättest du Rebekka überhaupt nicht helfen können, eher im Gegenteil. Das Angebot mit dem Anwalt war keine Finte, nur um dich zum Teetrinken zu animieren. Ich habe wirklich noch Dr. Sibenius beauftragt, Rebekka zu suchen und freizukaufen. Er meinte, du müsstest vielleicht einhunderttausend Reichsmark lockermachen, wenn die Sache vorrangig behandelt werden soll.«

»Du weißt, dass ich noch zwei, drei Immobilien besitze.

Sobald ich in London bin, kann ich meinen Anwalt beauftragen, die erforderliche Summe zu besorgen«, sagte David. Er war zwar ruhiger geworden, aber sein Ton nicht gerade herzlicher.

Sean schien ihm das nicht übel zu nehmen. Vorsichtig legte er David die Hand auf die Schulter. »Ich habe dich nur deswegen einschließen lassen, weil ich mir nicht sicher war, was du beim Aufwachen anstellen würdest. Dieser Dampfer hier trägt den Namen *Princess of Wales*. Erste-Klasse-Kabinen wirst du auf dem Kahn allerdings vergeblich suchen. An Bord befinden sich der gesamte Stab des Konsulats sowie über einhundertzwanzig weitere britische Bürger. Du teilst dir eine Kabine mit einem Handelsreisenden aus Cardiff. Sabrina und ich hausen gleich nebenan.«

David nickte mit hängendem Kopf. »Hat … Hat das Vereinigte Königreich Deutschland den Krieg erklärt?«

Sean nickte. »So gut wie. Hitler hat einen Truppenrückzug strikt abgelehnt. Um elf Uhr läuft unser Ultimatum ab. Das französische am Nachmittag um fünf. Der Krieg ist unausweichlich. Hitler hat sich ganz schön verrechnet, sollte er geglaubt haben, die beiden Länder würden weiterhin stillhalten, nur um ihn nicht zu reizen. Ab heute befinden wir uns wieder im Krieg, mein Freund.«

Traurig blickte David in Seans Gesicht. Obwohl er dessen Argumente nachvollziehen konnte, fiel es ihm doch schwer, sie zu akzeptieren. Irgendwie fühlte er sich noch immer verraten. Das Verhältnis zu Sean Griffith hatte mehr als nur einen Knacks erlitten. Im Augenblick fühlte es sich eher nach einem Bruch an. David schüttelte den Kopf.

»›Nie wieder Krieg!‹, haben sie alle vor zwanzig Jahren

getönt, den Völkerbund sogar mit messianischen Erwartungen begrüßt ... Und was ist jetzt? Nein, Sean, nicht *wir* befinden uns wieder im Krieg. *Ich* werde für kein Land dieser Erde je wieder eine Waffe ergreifen.«

David fühlte sich wie ein Stück Treibgut, von den Gezeiten der Geschichte an den Strand geworfen, der wohl eher aus Zufall London hieß. Jene Tiden, die anscheinend regelmäßig große Kriege heranschwemmten und sich dann für eine gewisse Zeit wieder zurückzogen, rissen rücksichtslos alles mit sich. Nur wer sich auf ein hohes felsiges Eiland geflüchtet hatte, konnte hoffen vielleicht nur von der Gischt des Krieges getroffen zu werden.

Den Kriegserklärungen vom 3. September schlossen sich drei Tage später Australien, Indien und Neuseeland an, am 19. dann auch Kanada und Südafrika. Alles entwickelte sich so, wie David es befürchtet hatte. Zwar hielt sich Franklin Delano Roosevelt noch vom europäischen Kriegsschauplatz fern, aber das hatten die Vereinigten Staaten im letzten großen Krieg anfangs auch getan.

Hitlers Plan, den Lebensraum für das deutsche Volk nach Osten hin zu erweitern, schien aufzugehen. Bereits am 7. Oktober posaunte die nationalsozialistische Propaganda den Sieg über Polen in alle Welt hinaus. Das neue Zauberwort hieß »Blitzkrieg« – schnell und zerstörerisch wie ein Blitz werde die »unbesiegbare deutsche Wehrmacht« jeden Gegner niederzwingen. Es war wohl weniger die überlegene Militärstrategie Deutschlands als vielmehr das Ausbleiben der versprochenen Hilfe seitens Frankreichs und Großbritanniens, das dem sich mit Pferden und Säbeln verteidigenden Polen eine derart schnelle Niederlage bereitete.

Um sich das schwedische Eisenerz zu sichern, schickte Hitler seine Truppen daraufhin gleich nach Dänemark und von dort aus in den hohen Norden. Anfang Mai 1940 überrannte die Wehrmacht dann die neutralen Staaten im Westen: Holland, Belgien und Luxemburg. Wieder stand das deutsche Heer in Flandern. Die Nachricht weckte in David die Erinnerung an Nick, seinen alten Schulkameraden, der dort gefallen war. Noch immer trug David dessen Sixpencestück in der Tasche. Damals hatte er dem Sterbenden ein Versprechen geben müssen. »Finde einen Menschen, der für dich die Zukunft verkörpert«, hatte Nick verlangt. Die Erinnerung ließ David zittern. Rebekka war für ihn die Zukunft gewesen.

Die deutsche »Blitzkrieg«-Taktik wirkte sich auf die Verteidiger verheerend aus. Auch große Gebiete Frankreichs fielen jetzt an die Aggressoren. Am 12. Juni kapitulierten französisch-britische Einheiten an der Küste bei St. Valéry, um nicht in den Ärmelkanal getrieben zu werden. »Rache für Versailles« hatte Hitler gefordert, die Jahre der »nationalen Schmach« sollten vergessen gemacht werden. Das unermüdliche Herunterleiern der Dolchstoß-Legende war nicht ohne Folgen geblieben: Die Deutschen jubelten ihrem »Führer« zu.

Großbritannien widerstand währenddessen eisern allen teutonischen Anbiederungsversuchen. Englisches Blut sei ja dem arisch-deutschen ziemlich verwandt, meinte Hitler, aber offenbar interessierte das in London niemanden.

David schon gar nicht. Er steckte in einem tiefen Loch namens Verzweiflung. Der Weg nach Deutschland, zu Rebekka, war ihm verwehrt. Natürlich, irgendwie hätte er sich schon bis dorthin durchschlagen können, aber nach langem Ringen mit sich selbst hatte er einsehen müssen, wie furchtbar richtig Seans Argumente waren. Ohne Hilfe würde er Rebekka nie finden und sie heil aus dem Land herausbekommen.

Damals, in Rom, als Rebekka ihr Unbehagen darüber geäußert hatte, nach Deutschland zu gehen, war er es gewesen, der sie überredete. Großspurig versprach er ihr, sie zu beschützen. Dasselbe hatte er auch einst seinem Vater gelobt. *Du bist nicht mehr als ein Maulheld, David.* Zweimal hatte er versagt. Dieser Gedanke machte ihn fast wahnsinnig.

Nach der Ankunft in London war es David noch bis Ende September gelungen, sich seelisch einigermaßen über Wasser zu halten. Er alarmierte die kleine, ihm noch verbliebene Schar von »Brüdern«, befürchtete er doch, dass es dem Feind irgendwann gelingen werde, sein Schattenarchiv zu entschlüsseln. So gut wie alles war verloren, auch Jasons Träne, in die er so große Hoffnungen gesetzt hatte. Was nützten ihm da noch die beiden Siegelringe, derjenige Belials und der andere vom Finger des Jesuiten Scarelli alias Rasputin?

In seiner Niedergeschlagenheit machte es ihm wenig aus, dass er eines seiner Anwesen verkaufen musste, ein prächtiges Landhaus in Kent. Er brauchte dringend Geld. Jederzeit konnte Dr. Sibenius aus Deutschland die Auslösesumme für Rebekka anfordern. Fünfzigtausend Pfund legte David auf ein für diesen Zweck eingerichtetes Konto an, ein Vielfaches der Summe, die Sean in den Raum gestellt hatte.

Damit waren die vordringlichen Arbeiten erledigt. Und das Warten auf eine Nachricht aus Deutschland begann David immer mehr zu zermürben. Ein um das andere Mal musste ihm Sean versichern, dass er, David, nicht mehr tun könne, als abzuwarten, auf eine positive Botschaft zu hoffen und währenddessen doch versuchen solle, so gut wie möglich über die Zeit hinwegzukommen. Schließlich entschied er sich, London zu verlassen. Telegrafisch benachrichtigte er den Verwalter seines Gutes in Cornwall alles für einen alsbaldigen Besuch vorzubereiten. Anfang Oktober machte er seine Ankündigung wahr.

Stony House gehörte schon seit Generationen zum Besitz der Camdens. Das Herrenhaus verdankte seinen Namen den rund geschliffenen Steinen, aus denen es erbaut war. Die Findlinge stammten von Cornwalls wilder Küste. Der Landsitz lag unweit von St. Ives, knapp fünfzehn Meilen nördlich von Land's End, oberhalb einer hohen Klippe, von der aus man weit auf die Keltische See hinausblicken konnte. Für David war dies genau der richtige Ort, um sich zu verkriechen.

Manchmal saß er dann einfach nur auf einer blau lackierten Bank vor dem Haus oder spazierte zu einer vorspringenden Klippe, eine halbe Meile weiter südlich. Dort gab es einen Felsen mit zwei Sitzmulden ähnelnden Vertiefungen.

Eine für mich und eine für Rebekka. Seine Gedanken drehten sich allein um sie. Wenn sie doch nur bei ihm sein und diesen atemberaubenden Ausblick mit ihm teilen könnte!

Die Klippe wurde bald Davids Lieblingsplatz. Wenn er dort saß, hatte er immer das Gefühl, wie eine Möwe über dem Meer zu schweben. Nicht selten entdeckte er Schiffe weit draußen. Es hieß, die deutschen U-Boote fügten den alliierten Geleitzügen immer wieder empfindliche Verluste zu. Der Nachschub mit lebens- und kriegswichtigen

Gütern aus den Vereinigten Staaten sei durch sie ernsthaft gefährdet. David kümmerte sich nicht darum.

Er ließ sich gehen. Sein Haar wurde langsam wieder weiß, weil er es nicht mehr nachfärbte. Das Rasieren gab er auch bald auf. Irgendwann stutzte er nur noch alle paar Wochen seinen schneeweißen Vollbart, der ihn fast so greisenhaft aussehen ließ, wie er sich fühlte. Es verlangte ihm schon größte Anstrengungen ab, Joshua R. Trevithick Anweisungen zu geben. Der Verwalter des Gutes schaute nun, da endlich wieder ein Herr auf *Stony House* residierte, fast täglich herein und triezte David mit allerlei Fragen. Vielleicht spürte der kleine zähe alte Bursche mit dem grauen Schnauzbart und dem wettergegerbten Gesicht auch nur, dass da ein Mensch war, der Ansprache brauchte.

Zu *Stony House* gehörten weitläufige Ländereien und eine ansehnliche Schafzucht. Erst jetzt wurde es David richtig klar, was für ein Juwel er in dem Anwesen besaß, und er verstand seinen Vater, der immer davon geschwärmt hatte. Diese Erkenntnis bereitete ihm neues Leid. Auf der letzten gemeinsamen Reise des Paares von Tokyo nach New York hatte David sogar davon geträumt, hier mit Rebekka und einer lärmenden Kinderschar zu leben. Dieses Luftschloss war nun endgültig eingestürzt.

Es sollte fast ein ganzes Jahr dauern, bis er wieder zu sich selbst fand. Vielleicht war auch der alte Joshua an dieser positiven Entwicklung nicht ganz unbeteiligt. Mit Rebekkas Hilfe hatte David gelegentliche Seelentiefs immer schnell überwinden können … Doch jetzt quälte ihn die Ungewissheit über ihr Schicksal wie ein glühendes Eisen im Fleisch und machte die Neuorientierung so überaus schwer.

Mitte August 1940 trafen beunruhigende Meldungen

über das Bombardement englischer Städte durch die deutsche Luftwaffe ein. David konnte sich noch gut an den Schock erinnern, den ein deutscher Zeppelin über London der Nation im Großen Krieg versetzt hatte. Nun fielen also wieder Bomben ins Herz des einst so mächtigen Empires. Die Briten antworteten prompt und schickten einundachtzig Bomber der Royal Air Force nach Berlin. Damit hatte der »strategische Luftkrieg« begonnen, der sich nicht gegen feindliche Armeen richtete, sondern gegen die in der Heimat Gebliebenen: Frauen, Kinder, Alte …

Das Ziel der Bombardierungen – bald jede Nacht erglühte der Himmel jetzt unter den Leuchtspurgeschossen der Luftabwehr – war eindeutig die Demoralisierung der Zivilbevölkerung. Doch das Gegenteil wurde erreicht.

Während noch die »Luftschlacht um England« tobte, erwachte David aus seiner dumpfen Lethargie. Aber nicht die beunruhigenden Nachrichten aus einer Welt, die er kaum noch als die eigene ansah, hatten ihm den entscheidenden Ruck gegeben, es war vielmehr eine Art Traum gewesen. Mitten am Tag hatte er ein unheimliches Erlebnis gehabt, das ihm einen heilsamen Schock versetzte.

Wie so oft war David wieder zu der vorspringenden Klippe gewandert, um auf das Meer hinauszuschauen. Dazu nahm er wie immer einen leicht abschüssigen Pfad, der seine volle Aufmerksamkeit forderte, wollte er nicht straucheln und die Felsen hinabstürzen. Fast schon hatte er die halbe Meile bis zu seinem Lieblingsplatz bewältigt, da blickte er kurz vom Weg auf und sah zwei Menschen auf seiner Klippe stehen, einen Mann und eine Frau.

David blieb stehen. Ein Schauer lief ihm über den

Rücken. Das Paar war noch zu weit weg, um die Gesichter erkennen zu können, aber was David sah, war schon beunruhigend genug. Der Mann hatte ein schneeweißes Haupt und einen gestutzten Vollbart. Die Frau besaß rabenschwarzes Haar, das ihr unbändig wie ein Wasserfall über die Schultern stürzte. Die beiden schauten zu David herüber. Sie schienen ihm zuzulächeln. Und dann winkte die Frau in seine Richtung.

»Rebekka!«, hauchte David. Der frische Wind zerrte an seiner Jacke und er konnte nur dieses Paar anstarren, das – ja, das ihn an seinen Traum erinnerte, mit Rebekka einmal dort auf der Klippe zu stehen. War das der Anfang des Wahnsinns? Würde er bald in einer Welt leben, die nur noch aus Halluzinationen bestand, und mit Menschen reden, die nicht mehr lebten?

»Nein!«, schrie David und wandte sich ab, um das schmerzvolle Bild zu verscheuchen. Mit Tränen in den Augen lief er auf dem rauen Pfad zum Haus zurück.

Dieser Traum – oder was immer es gewesen war – konnte nur eine Aufforderung sein. Er durfte nicht länger hier bleiben und warten, bis die Trauer um Rebekka seinen Verstand verzehrte. Solange ihr Schicksal ungeklärt war, durfte er nicht aufgeben. Vielleicht lebte sie ja doch noch …

Von Dr. Lars Sibenius waren über das Außenamt in Whitehall bisher nur zwei Berichte eingegangen. Beide besagten ungefähr dasselbe: Von einer Roberta Dean fehle jede Spur. Auch die anderen Namen, die Rebekka in Deutschland benutzt hatte, waren weder in Konzentrationslagern noch Gefängnissen aufgetaucht. Natürlich konnte Sibenius, bei allem Ansehen, das er als munter sprudelnde Geldquelle bei den Nazis genoss, nicht garantieren, dass seine braunen »Geschäftspartner« ihm die Wahrheit sagten.

Wahrheit! David glaubte nicht, dass Hitler und seine willfährigen Helfer sich besonders viel um die Wahrheit scherten, wenn selbst der neue Premier Winston Churchill neulich den Satz hatte fallen lassen: »Im Kriege ist die Wahrheit so kostbar, dass sie immer von einer Leibwache von Lügen umgeben sein sollte.« Wer konnte schon sagen, ob die Nazi-»Leibwachen« Sibenius überhaupt in die Nähe von Rebekka ließen?

Nein, von dem deutschen Anwalt war keine richtige Hilfe zu erwarten. Jetzt, da Hitler mit seinen Bombardements dem englischen »Brudervolk« eine klare Absage erteilt hatte, wohl noch weniger als je zuvor. Diese Erkenntnis führte bei David zu dem Schluss, doch das Unmögliche zu versuchen. Ein Gewehr würde er natürlich nicht mehr in die Hand nehmen, aber wenn er Rebekkas Schicksal durch diesen Schritt klären, sie womöglich sogar retten konnte, wollte er noch einmal über seinen eigenen Schatten springen. Und mit dem Secret Intelligence Service zusammenarbeiten.

Als David im Zug nach London saß, sah er vor seinem geistigen Auge bereits, wie Väterchen sich die Hände rieb. Von Sean wusste er, dass Lloyd Ayckbourn, sein ehemaliger Berliner Agentenführer, ebenfalls Deutschland verlassen hatte. Nun koordinierte er von London aus die Aktivitäten in seinem wohl bekannten Einsatzgebiet.

Väterchen empfing seinen alten Informanten in einem dunklen holzgetäfelten Büro und schien sich aufrichtig zu freuen. Wie ein Großvater über den Besuch seines

Enkels. »Als Sean mir erzählt hat, dass Sie zu uns zurückkommen, wollte ich es erst gar nicht glauben, David.«

»Ich möchte mir auch vorbehalten, jederzeit wieder auszusteigen.«

Väterchens buschige Augenbrauen zogen sich zusammen. »Dem Vaterland zu dienen ist eine Ehrenpflicht. Wir befinden uns im Krieg. Da sind Zeitverträge …«

»Entschuldigen Sie, Sir«, unterbrach David den hochrangigen Geheimdienstler, bevor das Ganze zu einem Vortrag über Patriotismus ausarten konnte. »Sean Griffith hat Ihnen bestimmt berichtet, was mit meiner Frau passiert ist. Auch wenn das nun in Ihren Ohren ehrenrührig klingen mag: Mir geht es nicht um das Vereinigte Königreich. Ich will so schnell wie möglich wieder nach Deutschland zurück, um Rebekkas Schicksal zu klären …«

So deutlich nun hätte sich David nicht ausdrücken sollen. Durch seine Antwort hatte er nämlich die bärbeißige Seite von Lloyd Ayckbourn herausgefordert. Barsch schnitt ihm Väterchen das Wort ab. »Was denken Sie sich eigentlich, David? Die britischen Geheimdienste sind keine Reiseunternehmen, über die man Besichtigungstouren buchen kann …«

Das hatte David befürchtet. Seine Ohren schalteten auf Durchzug, ließen Väterchens Standpauke wie ein Gewitter vorüberziehen. *Entweder verschreibst du dich ihnen mit Haut und Haaren oder überhaupt nicht.* Nein, zu diesem Preis wollte er sich nicht verkaufen. Er erhob sich von seinem Stuhl.

»Ich habe es mir anders überlegt, Sir. Vielleicht kann ich meiner Frau ja auf eine andere Weise besser helfen.«

Väterchen vergaß den Rest seiner Predigt und hob beschwichtigend die Hände. »Nun laufen Sie nicht gleich weg, David. Ich habe selten so einen fähigen Mann gehabt wie Sie. Ich *kann* Sie ohne richtige Ausbildung nicht einfach nach Deutschland schicken. Sie haben ja keine Ahnung, was Hitlers Abwehr mit Ihnen anstellen würde, sollten Sie ihr in die Finger geraten. Aber wir finden bestimmt eine Lösung, die für Sie und Ihr Land gleichermaßen zufrieden stellend sein wird. Lassen Sie es uns so machen: Ich führe ein paar Telefonate und wir treffen uns morgen um die gleiche Zeit wieder. Dann kann ich Ihnen vielleicht schon ein konkretes Angebot machen.«

David atmete geräuschvoll durch die Nase aus. »Also gut«, sagte er. »Bis morgen, Väterchen.«

»Haben Sie schon eine Unterkunft für die Nacht?«, rief ihm Ayckbourn noch hinterher, aber David hatte das Büro des Oberspions bereits verlassen.

Erfolg und Misserfolg im Krieg hatten schon immer stark von einer reibungslosen, schnellen und vor allem sicheren Kommunikation abgehangen. Im Zeitalter des »Blitzkrieges« galt dies umso mehr. Die Verteidiger sahen sich der Herausforderung gegenüber – bei gleichzeitiger Verbesserung der eigenen Nachrichtentechniken – die Befehle des Gegners abzufangen und zu dekodieren. Schon im alten Sparta hatten die Griechen wichtige Nachrichten verschlüsselt, unter Zuhilfenahme einer Apparatur, die sie Skytale nannten. Seit jener Zeit hatte sich die Kryptografie enorm weiterentwickelt.

Die Government Communications Headquarters gehörten zum Militärgeheimdienst. Der Abteilung oblag die undankbare Aufgabe, die von verschiedensten Abhörstationen aufgefangenen Funksprüche des Gegners zu sammeln, zu dechiffrieren, zu sortieren und zu analysieren. Das

Herz dieser »Staatlichen Nachrichtenzentrale« pochte in Bletchley Park im südenglischen Buckinghamshire und David war dazu ausersehen, dort »seinem Vaterland zu dienen«.

Der Einsatz in Bletchley Park war Bestandteil der Abmachung mit Väterchen. Zunächst solle er sich mit seinen Japanischkenntnissen nützlich machen und dann werde man weitersehen. Natürlich hatte David sich für den Vorschlag anfangs überhaupt nicht erwärmen können. Er wollte nach Deutschland, zu Rebekka. Nachdem Lloyd Ayckbourn ihm aber klar gemacht hatte, dass in Bletchley Informationen aus sämtlichen von den Achsenmächten kontrollierten Gebieten zusammenliefen, ließ er sich breitschlagen. Wenigstens wolle er dann aber in der Abteilung arbeiten, die sich mit den deutschen Codes beschäftigte, verlangte David. In dem darauf folgenden zähen Ringen hatte allerdings Väterchen die Oberhand behalten. Es gab in Bletchley nur wenige Leute mit japanischen Sprachkenntnissen. David sei mit seinem Spezialwissen einfach ein zu gefragter Mann, beharrte er.

Bletchley Park lag inmitten einer fruchtbaren, landwirtschaftlich geprägten Region der englischen Midlands, südlich der Straße von Stony Stratford nach Dunstable, aber nordöstlich von Buckingham. Die streng bewachte Anlage befand sich im Garten eines ehrwürdigen Landhauses, von denen es nicht wenige in der Gegend gab. Jetzt residierte allerdings kein Landadel in dem viktorianischen *Faulkner House*, sondern die oberste Leitung des geheimen Camps.

Davids neuer Vorgesetzter hieß Alan Stripp. Alan leitete die japanische Abteilung. Bevor er nach Bletchley gekommen war, hatte er ein Torpedoboot befehligt. Er war ein kräftig gebauter Mann mit kurzem blondem Bürstenhaarschnitt und einem etwas lethargischen Wesen. Dieser augenfälligen Trägheit und einer Kerbe im linken Ohr verdankte er auch seinen Spitznamen: »Bulle«. Bald aber merkte David, dass Bulles Dickfelligkeit nur Methode war, eine recht erfolgreiche zumal, gelang es dem Offizier doch, die allgegenwärtige Hektik zu dämpfen und manchen Überschwang in gesunde Betriebsamkeit zu wandeln.

Das ganze Camp war in mehrere Blocks unterteilt, die wiederum aus einer Anzahl von Baracken, den *huts*, bestanden. Neben den hölzernen *huts* gab es in Bletchley auch aus Ziegelsteinen errichtete Büros und bombensichere Bunker aus Beton und Stahl, Verbindungstunnel und Luftschutzräume, Wachstuben und Garagen … Irgendwo wurde immer gebaut. Das ganze Lager war wie ein riesiger Organismus, der ständig wuchs, oder wie ein Ameisenhaufen, in dem es vierundzwanzig Stunden am Tag krabbelte und wuselte. Hier wurde nicht nur gearbeitet, sondern auch gegessen und geschlafen. Nur die Privilegierten genossen den Luxus eines Zimmers draußen, in Bletchley oder in einem der anderen umliegenden Dörfer. David gehörte nicht dazu.

Er arbeitete im Block B, wo man sich nicht nur mit den japanischen Codes herumschlug, sondern auch die der italienischen Luftwaffe und Marine zu knacken versuchte.

Die ersten Wochen in Bletchley Park nutzte er zum Knüpfen neuer Kontakte. Das war nicht ganz unproblematisch. Das Camp wurde als »Großbritanniens bestgehütetes Geheimnis« bezeichnet. Unmittelbar außerhalb des Zauns befand sich ein großes Militärlager. In den nahen Wäldern ragten die Rohre von Flakgeschützen durch die

Tarnnetze. Ein erfolgreiches Bombardement der Anlage durch die Deutschen wäre einer Katastrophe gleichgekommen. Dementsprechend streng fielen die Sicherheitsvorkehrungen aus.

Wegen der allgemeinen Geheimhaltungspflicht war es den Mitarbeitern der einzelnen Gruppen sogar strengstens verboten, mit Angehörigen einer anderen Abteilung über deren Arbeit zu reden. David tat es trotzdem. Sehr behutsam, wie immer, wenn er seine besonderen Gaben einsetzte.

Sein vorrangiges Interesse galt natürlich dem D-Block. Hier tüftelte man an Verfahren zum Knacken der deutschen Codes herum. Gerüchteweise gab es da so einige Schwierigkeiten, besonders was den Funkverkehr der deutschen Admiralität mit ihren U-Booten betraf. Weil David nicht annahm, dass man Rebekka unter Wasser gefangen hielt, galt seine Aufmerksamkeit den »festländischen« Nachrichten, die aus den von Deutschen kontrollierten Gebieten kamen.

Der für das Abhören des gesamten feindlichen Funkverkehrs erforderliche Apparat war ein unersättlicher Moloch, der ständig nach »Frischfleisch« verlangte, wie Alan Stripp spöttelte. Im allgemeinen Bletchley-Jargon nannte man die Nachschubkämpen auch »Sklaven«: rekrutierten sie sich doch größtenteils aus Frauen des Womens Royal Naval Service, die einfachste Arbeiten zu verrichten hatten.

Die Kontaktaufnahme zu den WRNS-Mädchen war nicht besonders schwer. Das Interesse einiger der Kandidatinnen ging auch deutlich über eine lockere Plauderei hinaus, wie David mehrmals feststellen musste. Für ihn allerdings gab es eine ganze Reihe von Gründen, sich von erotischen Abenteuern fern zu halten. Der stärkste war zweifellos Rebekka. Es würde für ihn nie eine andere Frau geben.

Die zur »Sklavenarbeit« abgestellten WRNS-Frauen konnten zwar hervorragend tippen, aber nur die wenigsten hatten genügend Überblick, um David brauchbare Informationen liefern zu können – selbst wenn einige von ihnen das wirklich gerne getan hätten. Der Gedanke, dass eine Nachricht über Rebekkas Aufenthaltsort durch die Finger dieser zumeist sehr jungen Schreibkräfte gehen und anschließend als belanglos in einem Archiv landen konnte, war für David schier unerträglich. Deshalb fasste er Ende November einen Entschluss.

Schon einige Tage lang hatte er den hageren Mann beobachtet, der im Camp – trotz aller Geheimhaltung und seiner augenfälligen Jugend – schon eine Legende war. Sein Name lautete Alan Mathison Turing. Angeblich handelte es sich bei ihm um einen begnadeten Mathematiker: Er bastelte an Maschinen herum, die Menschen vor dem Wahnsinn retten konnten. Der nämlich drohte jedem, der sich zehn oder mehr Stunden täglich mit dem Herumprobieren an völlig sinnlos erscheinenden Buchstabenkombinationen beschäftigte, in der Hoffnung, irgendwann die richtige Permutation zu finden, die aus der Chiffre einen Klartext machte.

»Ist hier noch ein Platz frei?«, fragte David in einer entlegenen Ecke der Cafeteria vor dem Tisch des Einzelgängers Turing. Ein spitzes Kinn reckte sich dem Störer entgegen, als wolle es ihn aufspießen.

»Ich habe eigentlich zu tun.«

»Soweit ich sehen kann, essen Sie nur.«

»Das täuscht«, antwortete Turing mürrisch und tippte

sich mit dem linken Zeigefinger an die Schläfe. »Ich arbeite hiermit.«

David stellte sein Tablett auf dem Platz gegenüber von Turing und setzte sich. »Ach. Das klingt aber interessant. Womit beschäftigen Sie sich denn im Augenblick?«

»Sie wollen wohl, dass man uns beide vor ein Kriegsgericht stellt. Oder haben Sie die Vorschriften nicht gelesen?«

David nickte ergeben. »Die springen einen ja hier von jeder Wand an: ›Vorsicht! Feind hört mit.‹ Ich bin nicht Ihr Feind, Alan. Das können Sie mir glauben. Es ist die Wahrheit.«

Verwundert ließ Turing die Gabel sinken. »Woher kennen Sie meinen Namen?«

Jetzt musste David lachen. »Da sieht man mal wieder, was Vorschriften *nicht* verhindern können – Gerüchte kochen da am heftigsten, wo die Verschwiegenheit den Löffel schwingt. Bitte verstehen Sie mich nicht falsch, Alan – ich darf doch hoffentlich Alan zu Ihnen sagen –, aber Sie sind im ganzen Camp bekannt wie ein bunter Hund.«

Der kaum dreißigjährige Mathematiker verzog das Gesicht zu einer säuerlichen Grimasse.

Da David nichts Böses im Schilde führte, konnte er auch mit den Worten der Wahrheit zu Turing sprechen, der sich hierauf zunehmend aufgeschlossener zeigte.

»Ich habe bereits für den SIS in Berlin gearbeitet, als Sie vermutlich noch auf der Universität waren«, erwiderte David lächelnd und zerstreute damit die letzten schwachen Bedenken Turings. Dann erzählte er von Rebekka und traf einen Nerv in seinem Gegenüber, der so viel Offenheit und Wahrhaftigkeit zu honorieren schien.

»Ich interessiere mich zwar weniger für den Inhalt der Nachrichten, die bei uns dechiffriert werden, aber einiges bekommt man trotzdem mit«, begann er nun selbst mit vollem Mund. »Die Nazis schleppen so ziemlich jeden in ihre Konzentrationslager, dessen Nase ihnen nicht passt. Anfangs waren es hauptsächlich politische Gegner, Bibelforscher und ein paar Kriminelle. Dann die Homosexuellen. Später haben sie unter allen möglichen Vorwänden Juden verhaftet und interniert. Schließlich kamen die so genannten Zigeuner dran. Mit ihren Euthanasiegesetzen rechtfertigen sie sogar die Ermordung von Behinderten. Und seit Kriegsbeginn internieren sie Tschechen, Polen, Kriegsgefangene …« Turing beugte sich vertraulich zu David hinüber und fügte leise an: »Wirklich perfide finde ich aber die Ghettos.«

David horchte auf. »Für die Juden?«

Turing nickte. »Ich habe ein paar dekodierte Funksprüche aus Polen gesehen. Die Nazis nennen es ›Aussiedlung‹: Sie schaffen ganze Viehwaggons voll Menschen in die neu eroberten Ostgebiete. In Warschau soll es ein riesiges Ghetto geben und ebenso in Lodz. Die Menschen vegetieren dort unter den erbärmlichsten Umständen dahin. Sie hungern, frieren, sterben an Krankheiten …« Der Mathematiker schüttelte sich vor Abscheu.

In dem Gespräch trat eine Pause ein. David musste das Gehörte erst verarbeiten. *Was ist, wenn sie Rebekka in eines dieser Ghettos »ausgesiedelt« haben?* Verstohlen blickte er von seinem Teller zu Turing hoch, der gerade eine große Ladung Kartoffelbrei in sich hineinstopfte. Dieser junge Mann war für ihn der ergiebigste Gesprächspartner seit Wochen, ein dicker Fisch gewissermaßen, den er nicht wieder von der Angel lassen durfte.

»Und Sie haben also mit der Entschlüsselung solcher Nachrichten zu tun?«, fragte er, als ginge es um Kricket oder eine andere zwar hochkomplizierte, aber harmlose Angelegenheit.

Turing schluckte ein Stück Dosenwurst hinunter und antwortete: »Eigentlich bin ich ja Bombenbastler.«

»Wie bitte?« David sah den Mathematiker verständnislos an.

Der grinste. Die Bildungslücke seines Gesprächspartners schien ihn zu amüsieren. »Sie denken jetzt vermutlich an Bömbchen, wie sie die Deutschen während ihrer ›Operation Seelöwe‹ über unseren Städten abgeworfen haben. Nein, nein, mit derart explosivem Kram will ich nichts zu tun haben. Meine Bomben sind erheblich harmloser. Sie müssen wissen, ich habe schon immer davon geträumt, eine Maschine zu konstruieren, die auf die Fragen eines Menschen ›vernünftig‹ antworten, ja, die möglicherweise sogar selbstständig Entscheidungen treffen kann.«

»So ein Unsinn!«

»Das ist die erste Reaktion der meisten, denen ich das bisher erzählt habe. Als ich letztes Jahr zusammen mit der Government Code and Cypher School nach Bletchley Park sozusagen ›ausgelagert‹ wurde und mit einigen über meine Ideen redete, bin ich auch auf ein paar nachdenkliche Gesprächspartner gestoßen. Man meinte, dass es da schon einige ›Fragen‹ gebe, die man sich gerne schnell und zuverlässig von einer Maschine beantworten lassen würde.«

»Als da wären?«

»Deutsche Chiffren. Japanische oder italienische natürlich ebenso. Aber vor allem die deutschen.«

»Und was ist an den deutschen Geheimschriften so besonders?«

»Die Krauts haben da ein paar hundsgemeine Kästen entwickelt, die uns das Leben schwer machen, zum Beispiel den Siemens Geheimschreiber T52, vor allem aber die *Enigma.*«

»Enigma. Das kommt doch aus dem Griechischen, wenn mich mein Gedächtnis nicht täuscht. Bedeutet ›Rätsel‹ oder so etwas Ähnliches.«

»Das trifft den Kern der Sache ziemlich genau. Schon mal was von Rotormaschinen gehört?«

»Können die fliegen?«

»Nur, wenn Sie eine davon aus dem Fenster werfen. Nein, Rotormaschinen dienen der Verschlüsselung von Nachrichten. Die Dinger gibt es schon eine ganze Weile, aber Anfang der Zwanzigerjahre haben die Deutschen das Konstruktionsprinzip – das übrigens auch von den Amerikanern angewandt wird – auf raffinierte Weise abgewandelt. Die Enigma I, das Basismodell dieser neuen Gerätegeneration, bestand aus einem elektrischen Schaltkreis, der mit drei ›Walzen‹ oder ›Rotoren‹ kombiniert war.«

»Daher der Name ›Rotormaschine‹.«

»Genau. Jede dieser Walzen ist in sechsundzwanzig verschiedene Positionen drehbar – für jeden Buchstaben im Alphabet steht eine. Mit allen drei Walzen zusammen kann man also siebzehntausendfünfhundertsechsundsiebzig Ausgangskonfigurationen für eine Textverschlüsselung einstellen.«

»Hört, hört, der Mathematiker spricht. Bei einem längeren Text über siebzehneinhalbtausend Kombinationen durchzuprobieren dürfte ein ziemlich aussichtsloses Unterfangen sein.«

»Das haben sich die Deutschen auch gedacht. Sie halten ihre Enigma für unbezwingbar.«

»Und Sie nicht, Alan?«

»Die teutonischen Supertüftler haben nicht damit gerechnet, dass ihnen jemand die Pläne für ihre Wundermaschine stehlen könnte.«

»Und genau das ist passiert, nehme ich an.«

Auf Turings Lippen zeichnete sich ein schadenfrohes Grinsen ab. Er nickte. »Die Polen haben das Kunststück fertig gebracht. Übrigens schon eine ganze Zeit, *bevor* Hitler in ihr Land einmarschiert ist. Sie haben kurzerhand die Ur-Enigma nachgebaut, was unseren Schlauköpfen hier, die ebenfalls an die Pläne gekommen waren, leider nicht gelang. Zum Glück arbeiten die Polen jetzt hier in Bletchley mit uns zusammen.«

»Und was hat das alles nun mit Bomben zu tun?«

»Zur Entschlüsselung der deutschen Enigma-Codes haben sich die Polen vernünftigerweise gedacht: Warum nicht die Enigma selbst die Enigma knacken lassen?«

»Das wird mir jetzt ein bisschen zu hoch, fürchte ich.«

»Um es einfach auszudrücken: Sie haben jeweils sechs nachgebaute Enigmas zusammengespannt und die verschiedenen Konstruktionsgruppen mit einem elektrischen Antrieb versehen. Die Codesuche funktioniert jetzt gewissermaßen vollautomatisch. Diese Höllenmaschinen ticken, als stecke eine Zeitbombe drin …«

David legte den Kopf in den Nacken. »Jetzt! Deshalb heißen sie *Bomben*.«

»Präzise. In knapp zwei Stunden können die Bomben tausende und abertausende von Kombinationen durchprobieren.«

»Genial.«

»War es auch. Aber dann entwickelten die Deutschen ihre Enigma weiter und sie tun es noch. Inzwischen gibt es *Billionen* von Kombinationen zur Verschlüsselung eines Textes. Ich will nicht behaupten, dass wir das Problem nicht in den Griff bekommen, auch die Bomben werden ständig verbessert, aber im Augenblick brauchen wir einfach zu lange, um eine Nachricht zu dechiffrieren. Die deutschen U-Boote versenken ein Versorgungsschiff nach dem anderen und wir können nicht reagieren, weil die Bomben vielleicht erst Wochen später die Befehle der deutschen Admiralität oder die Längen- und Breitengrade der Unterseeboote ausspucken. Einige Herren da oben sind schon ziemlich nervös und machen mächtig Druck.«

»Was man auch irgendwie verstehen kann«, sagte David nachdenklich. »Woher weiß eigentlich ein deutscher Kapitänleutnant, wie er seine Enigma richtig einzustellen hat?«

»Das ist leicht zu beantworten. Dafür gibt es Codebücher. In regelmäßigen Abständen oder auch auf Anordnung pickt sich der *Kaleu* einfach die nächste Enigma-Konfiguration heraus, und während unsere Bomben noch am alten Code knabbern, arbeiten der U-Boot-Kommandant und seine Befehlsstelle schon wieder mit einem neuen.«

David kraulte sich nachdenklich den kurzen Vollbart und seine Stimme klang seltsam gedehnt, als er schließlich fragte: »Wenn es nun gelänge, eines der Codebücher zu erbeuten …«

»Vergiss es«, fiel ihm Alan Turing, schon recht vertraulich, ins Wort. »An diese Büchlein kommt keiner ran.«

»Und wenn doch, Alan?«

Der Mathematiker sah David einen Moment durchdringend an, dann antwortete er: »Wer das schafft, wird den dicksten Orden angehängt bekommen, den man im Vereinigten Königreich auftreiben kann.«

»Eine ziemlich miserable Bezahlung, finde ich.«

»Das ist nun mal der Sold für Helden, David. Knackt Großbritannien die U-Boot-Waffe der Deutschen, könnte das immerhin kriegsentscheidend sein.«

David nickte zufrieden und lächelte. »Das gefällt mir schon wesentlich besser.«

Hugh Alexander war das genaue Gegenteil von dem stets etwas abwesend wirkenden Turing.

Während Letzterer in Gedanken immerfort an einer elektronischen Super-Rechen-und-Dechiffrierungs-Maschine arbeitete, für die er vorsorglich schon einmal den Namen *Colossus* ersonnen hatte, war Alexander eher der bedächtige Koordinator, der nie den Überblick verlor und sich scheinbar durch nichts und niemanden aus der Ruhe bringen ließ. In Wirklichkeit zog er die Fäden in der Abteilung, die offiziell noch unter Turings Leitung stand. Alan Turing schien gegen diese Arbeitsteilung nichts zu haben.

»Erzähl Alex von dieser verrückten Idee«, hatte er zu David gesagt, als dieser ihn in seine Absichten einweihte. Genau das tat David nun.

»Sagt Ihnen der Name Canaris etwas, Mr Alexander?«

Der ehemalige Oxford-Professor für Mathematik nahm seine Pfeife aus dem Mund und beugte sich über den Schreibtisch vor. »Wilhelm Canaris?«

David nickte.

Hugh Alexander stieß pfeifend die Luft zwischen den

Zähnen aus. Er war etwas kleiner als David, kräftig, hatte einen graublonden Haarkranz, wache blaue Augen und einen zotteligen Schnurrbart. Weil der Dezember sich in diesem Jahr schon früh mit kalten Tagen eingeführt hatte und Kohlen im Camp Seltenheitswert hatten, trug er einen dicken Pullover unter seinem braunen Tweedjackett. »Wollen Sie etwa andeuten, Sie hätten eine relevante Information über den Chef der Abwehr des Oberkommandos der Wehrmacht?«

David lächelte unergründlich. »Sagen wir einmal, ich habe einen ganz guten Draht zum Admiral. Ich würde gerne im D-Block arbeiten, weil ich jahrelang in Deutschland gelebt und eine persönliche Bindung besonderer Art zu dem Land habe – nichts, was die Sicherheit Ihrer Abteilung gefährden könnte. Denken Sie, es wäre Ihnen möglich, sich für mich zu verwenden, wenn ich Ihnen dafür ein Enigma-Codebuch liefere?«

Die Pfeife, die wieder zwischen den gelben Zähnen Alexanders geklemmt hatte, fiel herab. Zum Glück war sie schon vor fünf Minuten ausgegangen und richtete im Schoß des Abteilungsleiters keinen Schaden an. »Ich würde Ihnen meine Mutter für diesen verdammten Funkschlüssel verkaufen. Nun ja, sagen wir, meine Schwiegermutter.«

»Die können Sie ruhig beide behalten.« *Ich will nur einen Menschen zurückhaben*. »Mir wäre es sogar lieb, wenn Sie sich den Ruhm – immer vorausgesetzt, das Ganze klappt – auf die eigene Fahne schrieben. Ich möchte im Hintergrund bleiben. Denken Sie sich meinetwegen für die Historiker irgendeine nette Geschichte aus.«

»Das wäre das geringste Problem. Leider kann ich nicht allein über eine Operation dieser Art und vor allem dieses Ausmaßes entscheiden. Wir sind hier nur eine technische Abteilung. Was Sie da verlangen, ist Geheimdienstkram allererster Güte. Ich muss erst mit Admiral Durban, meinem Vorgesetzten, sprechen. Aber machen Sie sich keine Sorgen. Spätestens morgen sitzen Sie im Block D.«

Die Nachricht an Admiral Wilhelm Canaris wurde mit einem nur für diesen einen Einsatz entworfenen Code verschlüsselt. Beides – Code und Davids Schreiben – erreichten den hohen Geheimdienstoffizier auf getrennten Kanälen im Abstand von sechs Stunden. Für die Übermittlung gab es Kontaktmänner, deren alleinige Lebensversicherung die Tatsache war, dass selbst in einem Krieg wie diesem die untereinander verfeindeten Parteien immer einen Kommunikationsweg zum Gegner offen halten wollten. Sowohl der Code als auch der verschlüsselte Brief waren mit einem Losungswort gekennzeichnet: *Exterminans*.

> *Hochverehrter Herr Admiral Canaris!*
> *Höchstwahrscheinlich haben Sie nicht mehr damit gerechnet, jemals wieder etwas von »Exterminans« zu hören. Ich hätte Sie bestimmt auch nicht der mit einer neuerlichen Kontaktaufnahme verbundenen Gefahr ausgesetzt, wenn mich nicht besondere Umstände dazu zwängen …*

David hatte in seinen Brief alle Überzeugungskraft gelegt, zu der er – in schriftlicher Form – fähig war. Wilhelm Canaris und sein Mitarbeiter Hans Oster hatten sich im Frühjahr 1937 als ausgesprochen aufgeschlossen gegenüber Davids Zielen erwiesen. Nun musste sich zeigen, ob sich Canaris, der erst kürzlich zum Admiral befördert worden war, seinen Gerechtigkeitssinn bewahrt hatte.

Nach einigen einleitenden Worten, in denen David auf die ganze Unmenschlichkeit des Nazi-Regimes und auf die Schuld oder Mitverantwortung jedes Angehörigen dieses Systems einging, kam er auf den eigentlichen Anlass seines Briefes zu sprechen.

> *Deshalb flehe ich Sie an, dem ganzen Wahnsinn ein Ende zu bereiten. Mit dem Funkcode der deutschen U-Boote könnten tausende, nein, Millionen von Menschenleben gerettet werden. Man hat mir versichert, dass es nicht darum geht, die U-Boot-Besatzungen auf den Meeresgrund zu schicken. Es sollen einzig und allein keine Geleitzüge mehr torpediert werden.*

Damit hatte David seinen Teil des Handels mit Admiral Durban erfüllt. Dem offiziellen Abschnitt fügte er noch eine persönliche Bitte an. Er schilderte das tragische Verschwinden seiner Frau, listete eine Reihe von Fakten auf, die hilfreich sein konnten, um Rebekka zu finden, und machte klar, dass er eine Verstrickung Papens in die gegen ihn gerichtete Verschwörung für mehr als nur wahrscheinlich hielt. Am Schluss flehte er Canaris an, ihm zu helfen.

Nun lag es nicht mehr in seiner Hand, Rebekka dem Rachen der Bestie zu entreißen. Alles, was ihm zu tun blieb, war abzuwarten und zu beten.

Nervenkrieg

Das Sichten, Sortieren und Bewerten von Funksprüchen gehört nicht gerade zu den aufregendsten Tätigkeiten, die man sich vorstellen kann. Deshalb musste David sehr viel Selbstdisziplin beim Durchforsten ganzer Berge von Papieren aufbringen, von denen die meisten eher geringe Bedeutung hatten. Die Anforderung von Verbandszeug, Socken, ja, selbst von Anforderungsformularen erschien ihm nicht unbedingt kriegsentscheidend.

Hin und wieder stieß er bei seiner Arbeit allerdings auch auf Informationen, die es ihm eiskalt über den Rücken laufen ließen. Etwa wenn vom Einsatz von SS-Totenkopfschwadronen in eroberten Gebieten und deren Vorgehen gegen die »jüdisch-bolschewistische Intelligenz« berichtet wurde: Die Menschen wurden massenweise exekutiert. Dieser Vernichtungskrieg begann im Frühjahr 1941 Gestalt anzunehmen, während die Nachschublinien der Alliierten im Atlantik immer mehr unter deutschen Druck gerieten.

Am 29. April – David befand sich gerade in Baracke vier, der Cafeteria – traf eine streng geheime Nachricht aus Deutschland ein. Sie war mit einem Code chiffriert, der in den Baracken drei, sechs und acht für ziemliche Verwirrung sorgte. Bis Hugh Alexander die Meldung auf den Tisch bekam und die Losung »Exterminans« las. Dieselbe Bezeichnung war inzwischen auch zum Namen für die gesamte Operation geworden, von der im Camp nur ganze fünf Personen wussten.

Alexander ordnete unverzüglich die Dechiffrierung mit dem Spezialschlüssel an und schickte einen Sergeanten zur Cafeteria. Derlei Störungen beim Essen waren selten.

David sprang sofort von seinem Essen auf und folgte dem Offizier zum D-Block.

»Ihre Antwort ist da. Sie wird gerade dechiffriert«, begrüßte ihn Alexander. Auch Alan Turing befand sich in dem handtuchschmalen Büro. Als Leiter der Abteilung gehörte er zum engen Kreis der Eingeweihten.

Alexander bot seinen Gästen Kaffee an, aber weil alle wussten, wie der schmeckte, konnte sich keiner zu einem Ja durchringen. Nach ungefähr fünfzehn Minuten kam endlich ein WRNS-Mädchen mit einem braunen Umschlag, auf dem in großen Buchstaben das Wort »Exterminans« stand.

Nachdem die Mitarbeiterin den Raum wieder verlassen hatte, öffnete Turing das Kuvert und überflog den dechiffrierten Text. David sah seine Augen größer werden, dann folgte auch eine verbale Reaktion.

»Ja!«

Es war nur ein einziges Wort, aber ein wahrer Triumphschrei. Alan wollte den Text an Alexander weiterreichen, doch der deutete auf David und sagte: »Das ist ganz allein Pratts Verdienst. Lass erst mal ihn die frohe Botschaft lesen.«

Ungeduldig nahm David das Formular entgegen und las den dechiffrierten Text. Die Nachricht war kurz und knapp. Sie enthielt die zu einem vorherbestimmten Zeitpunkt erwartete geografische Position des deutschen Unterseebootes *U110*. Sonst nichts. Kein Wort über Rebekka. Enttäuscht reichte David das Blatt an Hugh Alexander weiter und verließ den Raum.

Warum war Wilhelm Canaris nicht einmal *andeutungsweise* auf Davids Ersuchen eingegangen? Wollte er ihm nicht helfen? Nein, das anzunehmen erschien angesichts des hochbrisanten Inhalts der geheimen Botschaft ganz und gar abwegig. Jedes deutsche Unterseeboot war mit einer Enigma und der dazugehörigen Liste der Funkcodes ausgestattet. Endlich bestand eine reelle Chance beides in die Hände zu bekommen. Der Admiral hatte – aus deutscher Sicht – Hochverrat begangen. Und damit sein Leben aufs Spiel gesetzt!

Nein, Canaris' Schweigen musste einen anderen Grund haben. Vielleicht konnte er David einfach nicht helfen. Möglicherweise war Rebekka längst zu einer jener Nummern geworden, wie man sie angeblich allen Juden in den Konzentrationslagern auf den Unterarm tätowierte. Die Vorstellung war so ungeheuerlich für David, dass er am liebsten laut aufgeschrien hätte. Nur die Beengtheit in den *huts* – man war nie wirklich allein – hielt ihn davon zurück.

Schließlich war es die strenge Geheimhaltung, die Davids Aufrücken in den Kreis der Helden verhinderte. Die wenigen, die von seinem »unermesslichen Dienst am Vaterland« wussten, begegneten ihm, als schwebe er eine Handbreit über dem Boden, beschirmt von einem Heiligenschein.

Admiral Jethro N. Durban führte unangefochten die – zugegeben kurze – Liste von Davids Bewunderern an. Offenbar musste er mit Väterchen über den »erstklassigen Mann« gesprochen haben, den ihm da der einstige Berliner Agentenführer geschickt hatte, denn wenige Tage nach Wilhelm Canaris' Botschaft rief er David ins *Faulkner House*.

Das Anwesen im viktorianischen Stil glich ein wenig jenen Spielhäusern, die man aus bunten Bastelbogen durch geschicktes Falten und Leimen zusammensetzt.

Wenn man davor stand, sah man links eine Art Türmchen mit einem von Grünspan bedeckten Kupferdach. Dann folgte ein Spitzgiebelelement über dem Haupteingang. Diesem schlossen sich zwei weitere Giebelfronten an. Den Abschluss bildete ein Gebäudeabschnitt, der am ehesten noch einer Ritterburg entnommen schien. Irgendwie passte der etwas steife Admiral überhaupt nicht in dieses verspielte Schlösschen.

»David«, begann der hohe Offizier vertrauensselig, als der ihm gegenüber vor dem gewaltigen Schreibtisch Platz genommen hatte. Das Büro von Admiral Durban war größer als jedes andere in den Baracken. »Ich darf Sie doch David nennen, oder?«

»Selbstverständlich, Sir.«

»Ich habe Sie rufen lassen, weil ich Ihnen eine gute Nachricht mitzuteilen habe.«

David beugte sich unwillkürlich vor. *Rebekka?*

Der Admiral grinste von einem Ohr zum anderen. »Sie werden einen dicken Orden bekommen.«

David schloss die Augen, sank enttäuscht in seinem Stuhl zusammen und murmelte nur: »Nicht schon wieder!«

»Was haben Sie gesagt?«

»Bei allem Respekt, Sir. Aber ich kann bald einen Handel mit den Dingern aufmachen. Eigentlich hatte ich gehofft, eine Nachricht von meiner Frau …«

»Sie könnten dem Dank Ihres Vaterlandes ruhig ein wenig mehr Achtung entgegenbringen«, brummte der Admiral verärgert dazwischen, um jedoch gleich wieder in einen freundlicheren Ton zu verfallen. »Abgesehen von der Auszeichnung wollte ich Ihnen eigentlich noch ein Angebot unterbreiten.«

David horchte auf. »Und was wäre das, Sir?«

»Wir beide wissen – und Sie haben es eben ja noch einmal unmissverständlich zum Ausdruck gebracht –, welch vitales Interesse Sie daran besitzen, als Agent nach Deutschland zu gehen.«

Davids Nackenhaare stellten sich auf. Sein Rücken straffte sich. »So könnte man das ausdrücken, Sir.«

»Der Hinweis, den wir durch Sie bekommen haben, ist zwar noch nicht verifiziert, aber allein schon ihre so überaus engen Kontakte zum deutschen Militärgeheimdienst haben einige Herren im Hauptquartier schwer beeindruckt. Nun, um es kurz zu machen: Es freut mich, Ihnen mitteilen zu können, dass Ihrem Wunsch stattgegeben wurde. In einer Woche dürfen Sie Ihre Sachen packen, denn dann werden Sie in ein Ausbildungscamp für Agenten verlegt, das so geheim ist, dass nicht einmal ich seine Lage kenne. Sie werden einen sechsmonatigen Crashkurs bekommen und anschließend nach Deutschland geschickt. Was sagen Sie dazu?«

David wusste nicht, was er erwidern sollte.

Einerseits war er glücklich, seine Suche nach Rebekka endlich vom Schreibtisch nach draußen, in die richtige Welt verlagern zu können, andererseits bereiteten ihm die sechs Monate Magendrücken. Das bedeutete ein weiteres halbes Jahr der Untätigkeit! Er atmete tief durch und antwortete: »Ich danke Ihnen, Sir. Darf ich jetzt gehen, Sir?«

»Natürlich, David. Ich verstehe, dass Sie diese Nachricht erst einmal verdauen müssen. Sie sind entlassen.«

David war Zivilist, obwohl er für das britische Militär arbeitete. Deshalb sparte er sich ein zackiges Aneinanderknallen der Hacken oder sonstige hektischen Bewegungen, die Untergebene in einem solchen Moment zu vollführen pflegten. Er stand einfach auf und verließ Admiral Durbans Büro.

Am Spätnachmittag des 8. Mai, drei Tage nach dem Gespräch im *Faulkner House*, tauchte Alan Turing höchstpersönlich an Davids Schreibtisch auf. Wie aus dem Boden geschossen stand er mit einem Mal da. »David, es ist noch eine Nachricht eingegangen, komm schnell in Hughs Büro.«

Die sieben anderen Analytiker, mit denen David sich das Barackensegment teilte, verfolgten die beiden mit ihren Blicken bis zur Tür. Jeder von Ihnen hätte wohl gerne gewusst, was für eine Nachricht wichtig genug war, um die Kreise des Mathematikgenies Turing zu stören.

»Kommt«, begrüßte Hugh Alexander die Männer, die inzwischen zu Freunden geworden waren. »Möchtet Ihr einen Kaffee?«

David und Alan schüttelten den Kopf.

»Die Dechiffrierung müsste jeden Augenblick abgeschlossen sein. Diesmal scheint es ein längerer Text zu werden.«

Einige Minuten lang redeten Alan und Hugh Alexander über ihre »Bomben«, ohne dass David besonders viel verstand. Er war ganz froh, nicht selbst an dem Gespräch teilnehmen zu müssen, weil er vor Aufregung sowieso an nichts anderes als die neue Botschaft denken konnte. War dies endlich das erhoffte Lebenszeichen von Rebekka?

Nach scheinbar endlosem Warten brachte eine der »Sklavinnen« den mit dem Namen der Geheimoperation beschrifteten Umschlag. Alan riss ihn ihr förmlich aus den Händen und begann gleich zu lesen. Nach wenigen Zeilen veränderte sich sein erwartungsvoll angespanntes Gesicht. Der neue Ausdruck gefiel David überhaupt nicht.

»Ich glaube, es ist für dich – *persönlich*«, sagte Alan betrübt und reichte ihm den Zettel.

Davids Arm schien ihm nicht mehr gehorchen zu wollen. Nur mit Mühe gelang es ihm, das Blatt aus Turings Hand entgegenzunehmen und dann noch ruhig zu halten, während er den erschütternden Inhalt las.

Exterminans! Teurer Weggefährte!
In den wenigen Gesprächen, die wir 1937 miteinander geführt haben, ist mir klar geworden, dass Sie ein ganz außergewöhnlicher Mensch sind. Umso schwerer fällt es mir nun, Ihnen diese Nachricht zu schreiben: Ich kann Ihnen leider keine Hoffnung machen, Ihre Frau jemals lebend wieder zu sehen.
Ohne Frage möchten Sie die näheren Umstände dieser für Sie zweifellos niederschmetternden Mitteilung erfahren. Wie von Ihnen empfohlen, habe ich meine »Fühler« in Richtung Franz von Papen ausgestreckt. Meine Leute sind zuletzt bei Heinrich Schildmann, dem einstigen Sekretär des Reichswehrministers Kurt von Schleicher, fündig geworden. Einige Zeit nach Schleichers Ermordung hat sich Papen der Dienste Schildmanns versichert. Wieder im Rang eines persönlichen Sekretärs, begleitete Schildmann den ehemaligen Reichskanzler nach Ankara, wo er ihm derzeit noch dient. Wir haben Schildmann zur absoluten Verschwiegenheit verpflichtet und ihm anschließend gesagt, Papen stehe unter dem Verdacht für eine fremde Macht zu arbeiten. Vermutlich sah sich der Sekretär schon als Mittäter einem Exekutionskommando gegenüberstehen – jedenfalls verriet er meinem Kontakt-

mann, Anfang September 1939 unter Papens Dokumenten eine Mitteilung gefunden zu haben, die offenbar nicht für seine Augen bestimmt war. Sie stammte von einem gewissen Antonio Scarelli und enthielt einen Namen, der Schildmann sogleich ins Auge sprang. Das war auch der Grund, weshalb er sich den Wortlaut der Botschaft so genau einprägen konnte: »Habe Pratt ausfindig gemacht. Er bedeutet für den Kreis bald keine Gefahr mehr. Auch seine Frau nicht. In Ravensbrück sterben viele Juden. Manche schon innerhalb einer Woche.« Wie es aussieht, hat Papen von München aus einige Maßnahmen eingeleitet, für die mir kein besseres Wort als »teuflisch« einfallen will.

Es tut mir unendlich Leid, Ihnen keine bessere Nachricht geben zu können. Manchen Menschen bereitet das ungeklärte Schicksal ihrer Lieben größere Pein als die Gewissheit, dass alles Leiden für sie ausgestanden ist. Wenigstens in diesem Sinne hoffe ich, Ihnen einen nützlichen Dienst erwiesen zu haben.

In Hochachtung, Ihr getreuer Freund

Das Papier rutschte aus Davids kraftlosen Fingern und taumelte wie ein welkes Blatt zu Boden. Alan Turing hätte ihm sein Beileid ebenso gut in einer fremden Sprache aussprechen können, die Worte drangen gar nicht bis in sein Bewusstsein vor. Betäubt verließ David das Zimmer, durchquerte einen schmalen Gang und stieß die Tür nach draußen auf. Die tief stehende Frühlingssonne verlieh selbst dem Camp ein freundlicheres Aussehen, aber David erschien das alles nur wie blanker Hohn. Auf der Suche nach einem verschwiegenen Ort taumelte er hinaus auf den Weg, der durch die Baracken führte. Zwischen den

Blöcken B und C hindurch wandte er sich nach Süden, bog vor den Tennisplätzen nach rechts ab und begab sich in einen noch unbebauten Teil des Camps.

Am Ufer eines idyllischen Weihers brach er dann zusammen. Seine Beine gaben einfach nach, er sank auf die Knie und begann bitterlich zu weinen. Sein Gesicht war trotzig nach oben gewandt, als wolle er den Himmel für das anklagen, was man ihm zugefügt hatte. *Ich kann Ihnen leider keine Hoffnung machen, Ihre Frau jemals lebend wieder zu sehen.* Der Satz brannte sich in seine Seele ein. Immer tiefer.

Irgendwann musste David wohl begonnen haben zu schreien. Er konnte sich später nicht mehr daran erinnern. Jedenfalls legte sich plötzlich eine Hand von hinten auf seinen von Krämpfen geschüttelten Rücken, ganz sanft. David wandte sich um, doch seine tränennassen Augen zeigten ihm nur verschwommene Schemen. Dann schob sich ein Gesicht, dessen Züge vage an diejenigen Alan Turings erinnerten, in sein Blickfeld und eine mitfühlende Stimme sagte: »Komm, David, ich bringe dich in mein Quartier. Da bist du ungestört. Und wenn du möchtest, teile ich deinen Schmerz mit dir.«

Flucht

In einem hatte Wilhelm Canaris Recht gehabt. Mit dem Ende der Ungewissheit war auch der Zersetzungsprozess in Davids Innerem zum Abschluss gelangt. Zurück blieb ein monströses, dunkles Nichts. Er hatte den Geschmack am Leben verloren, weil alles für ihn bitter war.

David verzichtete auf die Agentenausbildung. Was sollte er noch damit? Bereits am Tage nach der niederschmetternden Nachricht von Rebekkas Tod kündigte er seinen baldigen Abschied von den Government Communications Headquarters an. Selten hatte Admiral Durban etwas so sehr bedauert wie diese Entscheidung. Aber er respektierte sie. David hatte für den Militärgeheimdienst mehr getan als manch anderer Agent während seiner gesamten Laufbahn.

Etwa einen Monat später gab es eine kleine Gedenkfeier auf dem Brompton Cemetery in London. Für so einen einzigartigen Menschen wie Rebekka war die Trauergemeinde jämmerlich klein, dachte David. Außer ihm standen Sean und Sabrina Griffith, Alan Turing, Hugh Alexander, Admiral Jethro N. Durban und noch sechs oder sieben andere aus Bletchley am Grab. Rebekkas Mutter war nicht mit dabei. Nach dem Einmarsch der deutschen Truppen in Paris stand zu befürchten, dass man sie wie viele andere Juden in die Ostgebiete deportiert hatte, vielleicht in ein Ghetto oder sogar gleich nach Auschwitz oder in eines der anderen Konzentrationslager. David unterdrückte den Gedanken an ausgemergelte, von unbarmherziger Zwangsarbeit geschundene Körper, er wollte sich das Bild seiner geliebten Rebekka von früher bewahren.

Die beiden Totengräber mochten die ganze Zeremonie als bizarr empfinden, schließlich wurde nur ein schneeweißer leerer Sarg beigesetzt. David hatte einfach – und wenn auch nur symbolisch – eine letzte Ruhestätte für seine Frau schaffen wollen, einen Ort der Erinnerung, der Mahnung. Rebekka sollte nicht so einfach verschwinden, als hätte es sie nie gegeben, von niederträchtigen Meuchelmördern ihres Lebens beraubt. Weinend blickte er auf den schwarzen Grabstein, dessen goldene Buchstaben vor seinen Augen verschwammen. Er kannte den Text der Inschrift auswendig.

REBEKKA PRATT
COUNTESS OF CAMDEN

GEBOREN 21.3.1905
GEOPFERT DEM GRÖSSENWAHN 1941

JEDE SEKUNDE MIT DIR WAR MEHR WERT
ALS ALLE JUWELEN DER WELT.

Die in den Stein gemeißelten Abschiedsworte hatte er auf ihrer letzten Reise von Tokyo nach New York gesprochen. Damals war Rebekka voller Hoffnung gewesen. Die Erinnerung daran drohte David zu überwältigen. Er begann zu zittern, während ihm die Tränen in Strömen über die Wangen liefen. Sean und Sabrina umarmten ihn und strichen ihm tröstend über den Rücken, bis er sich wieder einigermaßen im Griff hatte. Dann sah er zu, wie der weiße Sarg zugeklappt und anschließend ins Grab gesenkt wurde.

In diesem Augenblick erinnerte sich David des leeren Sargs eines schottischen Jungen, den er an seinem Hochzeitstag gesehen hatte. *Wie hat er gleich noch geheißen? Jonathan Jabbok …?* Hätte er damals die Hochzeit verschieben sollen, wie es der Schmied empfohlen hatte? Gab es im Leben so etwas wie böse Omen?

David verscheuchte den Gedanken. Er hatte nie an diesen Hokuspokus geglaubt und er würde jetzt nicht damit anfangen. Vor Jahren hatte er zu Rebekka gesagt: *Selbst wenn die Erde sich zwischen uns teilte, wenn der Abgrund des Todes uns trennte, wird unsere Liebe nie zerrissen werden. Das schwöre ich dir.* Ja, er würde sie immer lieben.

Müde bückte sich David und hob einen Kiesel vom Weg auf. Diesen legte er auf Rebekkas Grab, wie es ihre Vorväter schon seit dem Zug des Volkes Israel durch die Wüste Sinai getan hatten. Für David war es eine letzte Geste des Abschiednehmens. Wieder rannen ihm Tränen über die Wangen. Langsam drehte er sich um und ging davon.

Vier Tage später saß David in einer Boeing 314 der Pan American Airlines: der erste Flug seines Lebens. Im letzten Jahr vor dem Krieg hatte die Pan Am mit diesen riesigen viermotorigen Flugbooten einen Liniendienst zwischen Marseille und New York eingerichtet. Inzwischen gab es modernere Maschinen, aber die wurden ausschließlich vom Militär benutzt. Also musste David sich mit einem brüllenden Seeungetüm begnügen.

Seine Abreise aus Großbritannien glich einer Flucht. Er wollte einen möglichst großen Abstand zwischen sich und jene Bestien bringen, die seine Frau ermordet hatten. Die Jagd nach dem Kreis der Dämmerung bedeutete ihm nichts mehr. Er machte sich nicht einmal die Mühe, unter einem falschen Namen zu reisen, sondern blieb bei dem, der auch auf Rebekkas Grabstein stand. Alles andere wäre ihm im Moment wie Verrat vorgekommen.

Der Flug nach New York City dauerte etwa zwanzig Stunden. Nach der Ankunft fuhr David vom Pier aus zuerst in die *Time*-Redaktion. Henry Luce hatte ihm einmal ein Versprechen gegeben, an das David ihn nun erinnern wollte.

Der Eigentümer und Herausgeber des Wochenmagazins

gehörte längst zu den angesehensten Verlegern der Nachrichtenbranche. Luce besaß nicht nur eine sehr gute Spürnase für das, was bei den Lesern ankam, sondern außerdem auch das richtige Händchen für die erfolgreiche Umsetzung seiner Ideen. Schon in Briton Haddens Todesjahr hatte er das Wirtschaftsmagazin *Fortune* ins Leben gerufen und sieben Jahre später *Life*. Auch seine Nachrichtenserie *The March of Time* lief im Radio und in Filmtheatern mit großem Erfolg.

Für kurze Zeit fürchtete David, sein alter Förderer könne inzwischen vielleicht viel zu beschäftigt sein, um sich noch persönlich mit einem seiner Auslandsreporter abzugeben. Charlotte saß nicht mehr am Empfang. Sie habe sich ins Familienleben zurückgezogen, erklärte die freundliche Dame, die nun ihren Platz einnahm, eine schlanke Brünette Mitte zwanzig. Auf dem Tresen stand ein Schild mit dem Namen Sandra Greenwood.

Kurz nachdem Ms Greenwood die Sekretärin ihres Chefs von Davids Ankunft in Kenntnis gesetzt hatte, kam Henry Luce auch schon aus seinem Büro gestürzt. Davids Bedenken waren unbegründet gewesen.

»David, du hier?«, posaunte Henry laut hinaus.

Mit aller Kraft brachte David ein Lächeln zustande. »Ich nehme an, als *Time*-Mitarbeiter bin ich jetzt bei dir unten durch, nachdem ich mich so lange nicht mehr gemeldet habe.«

Henry merkte schnell, dass mit David etwas nicht stimmte. Er legte ihm den Arm um die Schulter und schob ihn in sein Büro. Dort verfrachtete er ihn in einen von sechs Ledersesseln, die um einen länglichen Besprechungstisch herumstanden, und nachdem er Kaffee bestellt hatte, ließ er sich ebenfalls nieder.

»So, alter Junge, jetzt erzähl mal, was dir passiert ist. Du siehst aus, als sei ein Panzer über dich hinweggerollt. Warum hast du eigentlich Rebekka nicht mitgebracht?«

Davids Herz verkrampfte sich bei dieser Frage und er musste sich zwingen nicht die Fassung zu verlieren. Ausführlich berichtete er dann, was in den zurückliegenden Monaten geschehen war. Als er auf Rebekkas Tod zu sprechen kam, schüttelte Henry nur fassungslos den Kopf.

»Nein, das kann ich einfach nicht glauben, David. Und ich bin auch noch so taktlos und ...«

»Ist schon gut, Henry. Du konntest es ja nicht wissen.«

»Ich habe Rebekka sehr gemocht. Sie war immer so natürlich. Keines dieser affektierten Weibsbilder, die sich wer weiß was auf ihre Emanzipation einbilden.« Henry war in mancherlei Hinsicht stockkonservativ, aber seine Direktheit hatte David immer schon gefallen.

»Könntest du dir vorstellen, mich hier für eine Weile zu beschäftigen, Henry?«

»Was für eine dämliche Frage! Habe ich nicht auch Friedhelm Lauser, deinen deutschen Freund, in unserem Büro in Los Angeles untergebracht? Übrigens, vielen Dank für diese ausgezeichnete Spürnase. Und was deine Bitte betrifft: Du weißt, dass in der Redaktion für dich immer ein Schreibtisch bereitsteht. Ich dachte, das hätte ich dir irgendwann schon einmal gesagt.«

»Seitdem ist viel Wasser ins Meer geflossen. Du bist ein berühmter und einflussreicher Mann ...«

»Was hat das damit zu tun?«, unterbrach ihn Henry. »Meinst du etwa, ich vergesse meine alten Leute? Du bist eine *Time*-Legende, David. Ein Pionier der ersten Stunde. Und außerdem noch ein amtlich beglaubigter Held.«

David blinzelte verwirrt. »Wie bitte?«

»Na, hat dir noch niemand von dem Orden erzählt?«

»Welchen meinst du?«

»Hab ihn selbst nur einmal bestaunt. Ziemlich pompöses Ding, das jetzt hier irgendwo vor sich hin staubt, weil du dich so lange nicht hast blicken lassen. Muss wohl irgendwie untergegangen sein, weil Laird das Auslandsressort zu der Zeit gerade an Whittaker Chambers übergeben hat. Jedenfalls kam das Lametta direkt aus dem Vatikan. Trägt sogar das Siegel Seiner Heiligkeit.«

»Ganz schön hartnäckig, der alte Mann«, murmelte David mit einem Kopfschütteln. »Ich dachte, ich wäre dem Ganzen entgangen.«

Henry grinste. »Ich muss die Story unbedingt hören, wie du dir die päpstlichen Sporen verdient hast. Die beigefügte Urkunde ist übrigens auf den Namen François Cournot ausgestellt. Bei deinen vielen Pseudonymen wirst du nie eine Gedenktafel in der Ruhmeshalle des amerikanischen Journalismus bekommen – das Ding würde einfach viel zu sperrig ausfallen. Na ja, macht nichts, für mich bist und bleibst du einer der wichtigsten Autoren des Hauses. Ich kann es gar nicht abwarten, endlich wieder was von dir zu lesen.«

»Du bist sehr freundlich, Henry. Danke.«

»Ist schon in Ordnung. Komm erst mal wieder zu dir. Hast du schon ein Quartier?«

David schüttelte den Kopf.

»Dann wohnst du fürs Erste bei Clare und mir. Sandra soll für dich gleich eine passende Unterkunft suchen. Ach … Du kennst ja meine Frau noch gar nicht!«

»Ich wünschte, Rebekka und ich wären 1935 zu eurer Hochzeit gekommen. Dann würde ich jetzt vielleicht nicht vor diesem Scherbenhaufen stehen, der früher mein Leben war.«

David gönnte sich keine Auszeit wie im vergangenen Jahr, als er auf der Bank vor *Stony House* gesessen und aufs Meer hinausgestarrt hatte. Nun gab es keine Ungewissheit mehr, keine Hoffnung. Deshalb stürzte er sich wie ein Besessener in die Arbeit, um mit ihr die Leere seines Daseins zu überdecken.

Als seine Eltern von Negromanus ermordet worden waren, hatte er – von der überraschenden Offenbarung seiner besonderen Bestimmung überwältigt – jeden Lebensmut verloren. Nun wollte er sich nicht wieder in diesen Strudel aus Verzweiflung und Hoffnungslosigkeit ziehen lassen. Dennoch hatte er das Gefühl, irgendwann doch den Kampf zu verlieren und in dem verhängnisvollen Mahlstrom unterzugehen. Aber noch besaß er einen letzten Rest von Kraft, und bevor dieser nicht aufgebraucht war, wollte er sich auch nicht geschlagen geben.

Etwa zwei Wochen nach seiner Ankunft in den Vereinigten Staaten entdeckte er durch Zufall in der *New York Times* eine Anzeige, die seine Aufmerksamkeit erregte. Da sollte in der West Street, gegenüber von Pier 40, ein Lager- und Bürohaus verkauft werden. Tief in David schlummerte noch immer der alte Plan, in dieser Stadt, die nicht wenige für den Nabel der Welt hielten, so etwas wie ein geheimes Hauptquartier einzurichten. Noch waren seine diesbezüglichen Überlegungen unausgereift, aber im Kampf gegen den Kreis der Dämmerung brauchte er eine schlagkräftige Mannschaft, so viel hatten ihn die zurückliegenden Jahre gelehrt. Vielleicht würde er eine Firma gründen, eine Agentur, die Nachrichten verkaufte –

natürlich erst nach gründlicher Prüfung auf einschlägige Hinweise.

Für die Besichtigung des leer stehenden Komplexes brauchte David nur eine knappe halbe Stunde. Er entschloss sich dann spontan den unscheinbaren Backsteinbau zu erstehen. Den Ausschlag hierfür gaben weniger Vernunftgründe als vielmehr seine Gefühle – der besagte Block lag am Rande von Greenwich Village, jenem New Yorker Viertel, in dem David eine sehr glückliche Zeit mit Rebekka verbracht hatte. Sein ganzes Denken und Handeln war von der Erinnerung an sie geprägt – wie konnte er da diesem Angebot widerstehen? Für den Erwerb der Immobilie verwandte er einen Großteil der als Lösegeld für seine Frau zurückgelegten Mittel. Auf diese Weise, flüsterte ihm eine Stimme tief aus seiner verletzten Seele zu, wirst du Rebekka nicht ganz verlieren.

Die Arbeit in der New Yorker *Time*-Zentrale unterschied sich im Grunde genommen kaum von Davids bisheriger journalistischer Tätigkeit. In seinem Verantwortungsbereich lag – wieder einmal – die Berichterstattung über Japan. Mit Whittaker Chambers hatte er einen neuen Vorgesetzten. Der Senior Editor für Auslandsnachrichten hatte erst kürzlich die Nachfolge von Laird Goldsborough angetreten. Untersetzt, wie er war, und mit ebenso wachen wie winzigen Augen erinnerte er an ein Wiesel mit Gewichtsproblemen.

David überarbeitete des Öfteren Artikel von Otto D. Tolischus, der auch für die *New York Times* aus Tokyo berichtete, und ergänzte dessen Material durch eigene Hintergrundinformationen. Je heftiger der Krieg in Europa tobte, desto größer wurde auch die Gefahr eines Übergreifens des Konflikts auf den pazifischen Raum. Das führte zwangsläufig zu einer stetig wachsenden Anzahl von Berichten aus dieser Weltgegend, was David wiederum sehr entgegenkam, wollte er sich doch mit der Arbeit betäuben.

Nachdem Japan im Jahr zuvor die Burmastraße gesperrt hatte, verhängten die USA Boykottmaßnahmen: Sie kündigten Handelsabkommen und kämpften mit Öl- und Schrottembargos gegen den »gelben Zwerg« im Osten. Die politischen Spannungen zwischen den beiden Ländern wuchsen von Tag zu Tag.

David rechnete mit einer baldigen japanischen Kriegserklärung an die Vereinigten Staaten von Amerika. Vielleicht gingen sie aber auch ähnlich vor wie seinerzeit in der Auseinandersetzung mit Russland, damals hatten Torpedoboote zunächst einen Teil des gegnerischen Geschwaders in Port Arthur versenkt und erst danach war der Krieg erklärt worden.

Immerhin bestand eine gewisse Wahrscheinlichkeit, dass der amerikanische Geheimdienst rechtzeitig Wind von einem derartigen Plan bekommen würde, um die nötigen Verteidigungsmaßnahmen einzuleiten. In Bletchley hatte David einen jungen Verbindungsoffizier der US- Navy kennen gelernt und von ihm erfahren, dass Tokyo sich beim Nachrichtenaustausch mit seinen Botschaften unterschiedlichster Codes sowie einer speziellen Geheimsprache bediente. Für die wissensdurstigen Amerikaner stellte weder das eine noch das andere ein Problem dar.

Im November spitzte sich die Lage dann immer mehr zu. Am 26. des Monats erschien in der *New York Times* ein Artikel von Otto Tolischus über eine Sondersitzung des japanischen Reichstages. David hatte Ottos Stellungnahme per Fernschreiber bekommen und daraus einen umfangreichen Bericht im *Time*-Stil gemacht.

Die Parlamentssitzung sei wegen deren Wichtigkeit vom Tenno persönlich eröffnet worden, schrieb Otto. In seinem Artikel hieß es weiter:

> *Es war ein sehr kurzes Schauspiel. In der Uniform eines Generalissimus kam der Kaiser ziemlich unauffällig durch eine Seitentür herein und stieg zu dem Thronsessel oberhalb des Präsidententisches hinauf, während alle Würdenträger und Abgeordneten im Cut sich stumm verneigten.*

Dann trat Hideki Tojo, ein ehemaliger General und seit kurzem Japans Premierminister, auf den Plan. Treffend beschrieb Otto die heuchlerische Unterwürfigkeit dieses Mannes, dessen Amtsantritt von nicht wenigen als klares Kriegsvorzeichen gedeutet worden war.

> *Tojo näherte sich mit einer Schriftrolle in der Hand dem Thronsessel und stolperte mit gesenktem Kopf ungeschickt die Stufen hinauf, da er in übertriebenem Respekt nur den rechten Fuß vorsetzte und den linken nachzog. Mit beinahe ungeduldiger Geste streckte der Kaiser die Hand aus, nahm die Rolle entgegen und verlas die Botschaft, die wahrscheinlich alle Rekorde an Kürze übertrifft:*
> *»Wir haben den Premierminister angewiesen, dem in Sondersitzung tagenden Reichstag verschiedene Gesetzentwürfe und Haushaltsvoranschläge, die mit der gegenwärtigen Ausnahmesituation zusammenhängen, vorzulegen. Sie sind hiermit angewiesen, Ihre Pflicht zu tun und mitzuhelfen, die Angelegenheiten des Staates in Eintracht*

zu regeln und somit Unseren Wünschen zu entsprechen.«
Die ehrenwerten Cutaways, die während der Verlesung in Verbeugung erstarrt dastanden, haben die Kürze sicherlich begrüßt. Nachdem der Kaiser die beiden Sätze mit seiner klaren Stimme verlesen hatte, stieg er die Stufen herunter. Die Zeremonie war vorüber. Wir gingen nach Hause.

Gut unterrichteten Kreisen zufolge sollte die von Hirohito angesprochene »einvernehmliche Regelung« allerdings keineswegs auf die Lösung etwaiger Differenzen mit den USA, Großbritannien, Russland oder einem der anderen Staaten angewandt werden, deren Politik Japan als Bedrohung seines »großen, vorbildlichen Zieles einer ›Wohlstandssphäre in Großostasien‹«, ja sogar als Gefährdung seiner Existenz begriff.

Der hier angeschlagene Ton gefiel David überhaupt nicht. Er glaubte, das Militärkabinett Tojos predige nur deshalb Krieg, weil keiner den Mut und die Leidenschaft aufbringe, für den Frieden zu plädieren. Wenn der Premier und seine Gefolgsleute von einem »Großostasien« sprachen, dann erinnerte das David fatal an Hitlers Traum der »Gewinnung von Lebensraum« im Osten. Den Vernichtungskrieg des »Führers« zeichnete unbarmherzige Härte aus. Wie würden sich wohl die japanischen Militärs verhalten, wenn ihre Zeit gekommen war?

Die Antwort traf am 7. Dezember 1941 um ein Uhr fünfzig New Yorker Zeit ein. Sie versetzte den Vereinigten Staaten von Amerika einen ungeheuren Schock. Seit alle Kolonialherren aus dem Land fortgejagt worden waren, hatte es keine fremde Nation mehr gewagt, das Territorium der USA anzugreifen. Doch dieses Tabu gehörte nun der Vergangenheit an. Es war von Japan gebrochen worden. In Pearl Harbor.

Um sieben Uhr fünfzig Ortszeit wurde die Marinebasis auf der Hawaii-Insel Oahu von japanischen Unterseebooten und Kampfflugzeugen angegriffen. Die im Hafen ankernden Schiffe waren so gut wie wehrlos. Acht amerikanische Schlachtschiffe und zehn weitere Schiffe wurden versenkt oder schwer beschädigt, zweihundert Flugzeuge zerstört und nahezu dreitausend Angehörige der Navy und anderer Waffengattungen getötet oder verletzt. Allein mit der *USS Arizona* gingen eintausendeinhundert Mann unter. Eigentlich hätte der Angriff sogar die ganze amerikanische Pazifikflotte vernichten sollen, da sich aber viele Schiffe auf See befanden, konnten die Japaner ihr Maximalziel nicht erreichen.

Ein fataler Fehler unterlief ihnen allerdings an diesem Tag, der übrigens in Tokyo, also jenseits der internationalen Datumsgrenze, schon der 8. Dezember war. Damit alles auch seine Ordnung hatte, sollte die formelle Kriegserklärung den Amerikanern »rechtzeitig« *vor* dem Angriff auf Pearl Harbor zugestellt werden. Leider fand sich in der Haager Konvention nirgendwo ein Passus, der die Formulierung »rechtzeitig« erläuterte. Die Militärs meinten, dreißig Minuten sollten eigentlich ausreichen.

Während Admiral Yamamoto die Flugzeuge von seinen sechs Trägern aufsteigen ließ, befand sich in der Washingtoner Botschaft Japans ein schwitzender Sekretär im Gefecht mit der Schreibmaschine. Die vierzehn Abschnitte der in einer verklausulierten diplomatischen Note versteckten Kriegserklärung kamen nur in Raten über den Pazifik. Die Dechiffrierung verlief zudem stockend. Und nun, unter dem immensen Zeitdruck, vertippte sich der bedauernswerte Botschaftssekretär ständig, was ihn – um nicht sein Gesicht zu verlieren – immer wieder zwang von neuem zu beginnen.

Aufgrund dieser und einiger anderer haarsträubender Pannen konnten der Gesandte Kurusu und Botschafter Nomura erst gegen zwei Uhr nachmittags in Richtung State Department aufbrechen. Zwanzig Minuten später überreichten sie Außenminister Cordell Hull in dessen Arbeitszimmer endlich die japanische Note. Zu diesem Zeitpunkt lag Pearl Harbor bereits in Schutt und Asche.

Als David später von all diesen Dingen erfuhr, konnte er sich gut vorstellen, was in Hirohito vorgegangen sein musste. Wegen der ganzen Begleitumstände des Kriegsbeginns hatte eigentlich *er* sein Gesicht verloren.

Für die nachfolgenden Ereignisse spielte es dann nur eine untergeordnete Rolle, dass Hawaii lediglich ein von den Vereinigten Staaten annektiertes Gebiet war, also nicht wirklich zum Herzland der Weltmacht gehörte. Als die Lähmung der ersten Stunden von den Amerikanern abgefallen war, ging ein Aufschrei der Empörung durch die ganze Nation. Jeder, der auch nur aussah wie ein Japaner, konnte von Glück sagen, nicht sofort gelyncht zu werden. Tatsächlich wurde bald jeder dritte US-Bürger japanischer Herkunft interniert. Aus Sicherheitsgründen schaffte man sie größtenteils weit ins Landesinnere. Ihres Besitzes beraubt, in Lagern eingesperrt, büßten einmal mehr Unschuldige für die Torheit anderer.

Danach sollten nur zwei weitere Tage vergehen, bis sich die Vereinigten Staaten im Kriegszustand sowohl mit Japan als auch mit den Achsenmächten befanden. Spätestens jetzt war aus den verschiedenen »Interessen« einer

Hand voll Diktatoren ein weltumspannender Konflikt geworden. Der Zweite Weltkrieg.

Auf Henry Luce musste die Entscheidung wie eine fixe Idee wirken, ausgebrütet vom unreifen Hirn eines Pennälers. David hatte immer von dem tiefen Abscheu gesprochen, den jede Art von bewaffnetem Konflikt in ihm weckte – eine unmittelbare Folge seiner Erlebnisse im Ersten Weltkrieg. Und nun wollte er als *Kriegsberichterstatter* in den Pazifik gehen. Henry verstand die Welt nicht mehr. Es war ja selbst für David schwierig, den eigenen Entschluss mit logischen Argumenten zu begründen. Sein Gefühl hatte ihn vor allem dazu gedrängt. Die Arbeitsexzesse in New York konnten sein Dasein nicht mit Sinn erfüllen. Sie waren nur ein Betäubungsmittel. Vielleicht begann er sogar wieder zu hoffen, seine Bestimmung doch überlisten und an irgendeinem Kriegsschauplatz vorzeitig aus dem Leben scheiden zu können. Er vermisste Rebekka so sehr!

Am 28. Dezember 1941 verließ er von San Diego aus die Vereinigten Staaten in Richtung Hawaii. Als der britische Staatsbürger David Pratt gehörte er zu den drei Zivilisten, die auf der *USS Kansas* als Kriegsberichterstatter mitreisten.

In Pearl Harbor sah er mit eigenen Augen die Zerstörungen des japanischen Angriffes. Hawaii sollte dann auch für David zum Startpunkt einer mehrjährigen Odyssee werden, die ihn fast durch den gesamten pazifischen Raum führte. Er berichtete aus Neu-Kaledonien, von den Fidschi- und den Midway-Inseln und kreuzte sogar in den eisigen Gewässern der Aleuten.

Weil die Alliierten den Krieg in Europa mit höherer

Priorität behandelten, konnte Japan zunächst weite Gebiete Südostasiens und Ozeaniens erobern. Mitte 1942 – die Japaner hatten inzwischen die Philippinen, Indochina, Burma und Niederländisch-Indien besetzt – lernte David einen ziemlich frustrierten Oberbefehlshaber der alliierten Streitkräfte im Pazifikraum kennen, einen gewissen General Douglas MacArthur.

Der Zweiundsechzigjährige aus Little Rock, Arkansas, hatte schon das angenehme Leben eines Pensionärs genossen – Angeln, Taubenschießen, Golf, eben das Übliche –, als der Krieg dazwischenkam und er wieder in den aktiven Dienst berufen wurde. General MacArthur war kräftig gebaut, groß und dunkelhaarig. Sein Gesicht verriet Entschlossenheit, auch wenn er sich nur eine Havannazigarre ansteckte. Er war rundum eine imponierende Erscheinung. Gab er eine Anweisung, dann kuschte jeder. Natürlich konnte er dies in seiner Funktion als Oberbefehlshaber auch erwarten, aber David hegte keinerlei Zweifel daran, dass Douglas MacArthur selbst ohne seine khakifarbene Generalsuniform nur wenig Widerspruch erfahren hätte. Er besaß einfach jene natürliche Autorität, die man selbst auf den besten Eliteschulen nicht erlernen kann.

David machte bald die Erfahrung, dass General MacArthur, wenn man ihn nicht gerade reizte oder enttäuschte, ein sehr umgänglicher Mensch sein konnte. Zwar wurde er hin und wieder Zeuge seiner gelegentlichen Zornausbrüche, aber da stets andere Personen davon betroffen waren, focht ihn das nicht an.

Das erste Treffen der beiden Männer fand Anfang Juni auf den Midways statt. David hatte die zurückliegenden Wochen in Gesellschaft von Admiral Chester William Nimitz zugebracht, dem Oberkommandierenden der Pazifikflotte. Unter den schwimmenden Unterkünften, die er bis dahin schon hatte »genießen« dürfen, war Nimitz' gewaltiges Flaggschiff, die *USS Missouri*, eine vergleichsweise sichere Burg. Vor den Midway-Inseln konnte aber selbst diese Festung David kein rechtes Vertrauen einflößen. Zwischen der Flotte von Admiral Nimitz und den Japanern war nämlich eine mörderische See- und Luftschlacht entbrannt. Der *commander-in-chief* brachte seinem Gegner zehnmal höhere Verluste bei, als die USA in Pearl Harbor erlitten hatten. Allein vier japanische Flugzeugträger wurden von seinem Flottenverband bei den Midways versenkt.

Nach der erfolgreichen Verteidigung dieses pazifischen Vorpostens gewährte General MacArthur David am Ort des triumphalen Sieges ein ausführliches Interview. Aus dieser ersten Begegnung ergaben sich bald weitere, später sogar regelmäßige Gespräche. Zunächst hatten diese noch offiziellen Charakter, aber bald zeigte Davids einnehmendes Wesen auch bei dem hartgesottenen Militär Wirkung. General MacArthur entschlüpften vermehrt Redewendungen wie »Was hätten Sie an meiner Stelle angeordnet?« oder »Ziemlich kniffliges Problem, was? Wie denken Sie darüber?«.

Plötzlich war wieder Davids Meinung gefragt. Und ohne recht zu merken wie, kehrte er langsam ins Leben zurück. Rebekka blieb natürlich unvergessen. Ihr Schicksal erfüllte ihn nach wie vor mit Bitternis und er hatte sogar all seine Kraft aufwenden müssen, um nicht zum Zyniker zu werden. Doch nun nahm er wieder am Geschick anderer Anteil.

Während die Alliierten 1943 mit einer Großoffensive im Südwestpazifik den Japanern Insel für Insel entrissen –

General MacArthur nannte diese militärische Strategie wörtlich »Froschhüpfen« –, wurde über die diversen Kanäle der angloamerikanischen Geheimdienste der Name eines »Superagenten« weitergegeben, der hinter einer vielleicht kriegsentscheidenden Aktion steckte. In den letzten Monaten war es den deutschen U-Booten nämlich zusehends schwerer gefallen, die alliierten Versorgungskonvois auf dem Atlantik zu attackieren. Diese so genannten Geleitzüge waren gewissermaßen Seekarawanen und bestanden überwiegend aus Frachtschiffen und Tankern, eskortiert von Kriegsschiffen. Der britische Geheimdienst hatte einige sensible Informationen erhalten. Die Deutschen, aufmerksam geworden, machten undichte Stellen in den eigenen Reihen dafür verantwortlich. Unmöglich erschien es ihnen dagegen, dass jemand ihre wundersame Verschlüsselungsmaschine Enigma entzaubert haben könnte.

Als die Geschichte vom »britischen Wunderknaben David Pratt« endlich auch General Douglas MacArthurs Trommelfell zum Zittern brachte, spielte der General zunächst den Beleidigten.

»Warum haben Sie mir nichts davon erzählt, David? Da denke ich die ganze Zeit, mich mit einem *Time*-Reporter zu unterhalten, und dabei ist der Mann ein Geheimagent Ihrer Majestät.« Mit den Vornamen sprachen sich die beiden Männer nur an, wenn sie unter sich waren.

»Ich habe meinen Dienst bei den Government Communications Headquarters im Mai '41 quittiert, Dough. Sie wissen doch, meine Frau ist von der SS ermordet worden. Als ich davon erfuhr, habe ich mich ins Privatleben zurückgezogen.«

»Um dann auf amerikanischen Kriegsschiffen über den

Pazifik zu schippern. Klingt nicht sehr überzeugend, David.«

»Denken Sie etwa, ich bin hier, um für die Briten zu spionieren?«

»Ach, Unsinn. Ich weiß auch, wie ungern die eine Seite die Verbindungsoffiziere der anderen in den eigenen Schnüffelstuben sieht, aber am Ende ziehen wir doch alle an einem Strang. Wenn ich mir je bei einem Mann sicher war, dass er kein Spion ist, dann bei Ihnen.«

»Das freut mich, Sir.«

David seufzte. *Wenn es die Geheimdienste nicht gäbe, wüsste man gar nicht, wie man Informationen verbreiten sollte*. Er hoffte nur, nicht irgendwann ein Geschichtsbuch in die Hand zu bekommen, in dem eines der Kapitel mit dem Titel überschrieben war »Wie David Pratt die Enigma besiegte«.

»Ich mag Geheimdienstleute eigentlich nicht besonders«, gestand General MacArthur. Zwischen seinen Zähnen steckte eine dicke qualmende Zigarre. »Obwohl mir natürlich klar ist, dass wir in einem solchen Krieg nicht ganz ohne sie auskommen. Deshalb muss ich gelegentlich auch an Konferenzen mit diesen Leuten teilnehmen. Könnten Sie sich vorstellen, mir dabei hin und wieder als Berater zur Seite zu stehen, David?«

»Ist das ernst gemeint, Sir?«

»Ich scherze selten, David.«

»Das stimmt allerdings. Ich weiß nicht ... Im Grunde bin ich nur ein kleiner Analytiker, der zuerst japanische und dann später deutsche Funksprüche geprüft und ...«

»Sie sprechen *Japanisch*?«, unterbrach General MacArthur seinen Gesprächspartner erstaunt.

»Hatte ich das noch nicht erwähnt?«

»Je mehr ich über Sie erfahre, David, desto geheimnisvoller werden Sie mir. Nein, was Sie in Bletchley Park getrieben haben, ist mir völlig egal. Ich glaube, nicht einmal *Sie* wissen, was in Ihnen wirklich steckt. Das mit Ihren Japanischkenntnissen gefällt mir jedenfalls sehr. Ich möchte, dass Sie mir ab sofort jederzeit zur Verfügung stehen.«

»Darf ich Sie daran erinnern, dass ich Zivilist bin, Dough, noch dazu ein britischer?«

»Das ist mir sch… so egal. Wenn es Sie nicht stört – mich nämlich überhaupt nicht.«

David dachte nur einen Moment über dieses überraschende Angebot nach, dann antwortete er: »Unter einer Bedingung, Dough.«

Der General nahm seine Zigarre aus dem Mund und grinste. »Das ist ja mal was Neues. Sonst stelle ich immer die Bedingungen.«

»Ich möchte gehen können, wann immer es mir beliebt.«

»Auch mitten im Gefecht?«

»Sollte mir in einem solchen Augenblick der Sinn danach stehen: ja, Sir.«

General Douglas MacArthur nickte auf eine Art, wie es nur Berufssoldaten zu tun pflegten. »Abgemacht. Dann sind Sie ab heute mein Japan-Berater.«

Mit dem neuen Aufgabengebiet erschlossen sich David nun Informationsquellen, zu denen er vorher keinen Zugang gehabt hatte. Die meisten Nachrichten waren jedoch eher Besorgnis erregend als tröstlich. Wenn man einmal davon absah, dass Japan im Pazifik und die Achsenmächte auf der anderen Seite des Erdballs immer weiter vor den Alliierten zurückweichen mussten, brachte jeder Tag neue Schrecken.

Der Fortschritt in der Technik machte den Krieg nicht humaner. Das Gegenteil war der Fall. Immer wieder musste David an Web Miller denken, der von der »unfassbaren Widerlichkeit und Sinnlosigkeit des Krieges« gesprochen hatte. Und dennoch hätten wohl selbst die Überlebenden des Großen Krieges nicht geglaubt, dass sich dessen Perversität noch steigern ließ. Das gelang nun Hitler und seinem Gefolge.

Am 20. Januar 1942 hatte Reinhard Heydrich mit Parteifunktionären und Ministerialbeamten in Berlin-Wannsee einen teuflischen Plan unter dem Titel »Endlösung der Judenfrage« ausgeheckt. Was so bürokratisch unschuldig klang, war in Wirklichkeit der Auftakt zur Industrialisierung des Mordens – die Nazis bedienten sich gerne einer vordergründig rationalen Sprache und benahmen sich dann tierischer als jedes Tier.

Konzentrationslager, die – zumindest der Propaganda nach – der »Umerziehung« von Menschen dienten, tatsächlich jedoch nur zur Ausbeutung ihrer Arbeitskraft, wurden nun in hoch effiziente Vernichtungsanlagen umgewandelt. Kaum zwei Monate nach der Wannsee-Konferenz kamen Juden aus südpolnischen Ghettos nach Belzec. Hier wie auch bald in Sobibor und Treblinka wurden Menschen dann wie am Fließband ermordet.

Weil Erschießungen und die – vorzugsweise für die Tötung Behinderter eingesetzten – Giftinjektionen nicht effektiv genug erschienen, hatten die Nazis schnell eine wirkungsvollere Methode ersonnen: die Massenvergasung. Als David zufällig einen Geheimdienstbericht aus Auschwitz-Birkenau in die Hände bekam, war er, so befremdend das klingen mag, froh, Rebekka nicht mehr unter den Lebenden zu wissen.

Auschwitz ist das größte Konzentrations- und Vernichtungslager. Es besteht aus drei räumlich voneinander getrennten Hauptlagern. Bei der Ankunft in Auschwitz II werden die Häftlinge zunächst »selektiert«, das heißt in solche unterschieden, die entweder arbeitsfähig oder der »Sonderbehandlung« zuzuführen sind. Für Letztere stehen mehrere »Duschräume« zur Verfügung, in Wirklichkeit handelt es sich um Gaskammern. Vier davon sind gleich direkt einem Krematorium angeschlossen. Bei den ersten »Probevergasungen« im September '41 wurden sowjetische Gefangene unter dem Vorwand der »Entlausung« in die hermetisch abgedichteten Räume geschickt. Inzwischen wissen wohl die meisten »Selektierten«, was sie in den »Duschräumen« erwartet: Die Häftlinge müssen sich ihrer Kleidung entledigen, Frauen bereits vorher auch ihres (industriell nutzbaren) Haars. Anstatt Wasser tritt Zyklon B, ein tödliches Gas, das sich in der Ungezieferbekämpfung bewährt hat, aus den Duschköpfen. Durch ein kleines Fenster in der Tür vergewissert sich die für die Vergasung verantwortliche Aufsichtsperson, ob alle Häftlinge vorschriftsmäßig den Tod gefunden haben. Daraufhin schickt man andere Gefangene mit Zangen in den Raum, um den Toten die Goldzähne herauszubrechen. Die Leichname werden ins Krematorium geschafft und verbrannt. Die Gesamtkapazität der Vernichtungsanlage in Auschwitz liegt bei 20 000 Tötungen pro Tag.

Durch den »Endlösungs«-Beschluss wurden die Nazis der Last der Einzelverurteilungen enthoben. David war bei der Beschäftigung mit der ganzen Angelegenheit mehrmals ein bestimmter Name aufgefallen: Karl Adolf Eichmann. Der SS-Obersturmbannführer leitete das Referat IV B 4 im Reichssicherheitshauptamt. Er schien ein Technokrat zu sein, keiner, der mit der Pistole herumlief und wahllos Leute erschoss. Eher schon ein »braver« Beamter, der im nationalsozialistischen Tötungssystem akribisch darauf achtete, seine Deportations- und Vernichtungsquote zu erfüllen. Vielleicht war es gerade diese »Banalität des Bösen«, die David beim Studium diverser Geheimdienstberichte auf Eichmann aufmerksam werden ließ. Er legte ein Dossier in seinem – weitestgehend aus dem Gedächtnis rekonstruierten – neuen Schattenarchiv an. Eichmann war für den Kreis der Dämmerung ein idealer Vertreter des erwünschten »neuen« Menschentypus: Mit der Gewissenhaftigkeit eines preußischen Beamten plante, verwaltete und überwachte er die Ausrottung der eigenen Art.

Die meisten Geheimdienstinformationen, die David während der gemeinsamen Sitzungen mit General Douglas MacArthur aufschnappte, betrafen verständlicherweise das unmittelbare Kriegsgeschehen.

Nachdem Hitler den Pakt mit Stalin gebrochen und die Sowjetunion angegriffen hatte, starben seine Soldaten nun in den Weiten Russlands. Wer nicht von gegnerischen Geschossen getötet wurde, erfror einfach. Die Wende hatte sich bereits im Februar 1943 abgezeichnet, als der jämmerliche Rest der sechsten Armee von General Paulus im Kessel von Stalingrad hatte kapitulieren müssen. Von seinen zweihundertfünfzigtausend Soldaten war der größte Teil gefallen.

Einige Tage später rief Joseph Goebbels im Berliner *Sportpalast* den »totalen Krieg« aus. Es sollte eine totale Niederlage werden. Spätestens nach der Landung der Alliierten in der Normandie am 6. Juni 1944 gab es daran keinen Zweifel mehr. Auch neue Wunderwaffen der deutschen Wissenschaftler wie die berüchtigte V2-Rakete konnten für Hitler das Kriegsglück nicht mehr wenden. Angesichts dieser Situation musste er wohl den Entschluss gefasst haben, möglichst viele mit in den Untergang zu reißen. Vielleicht wollte er auch einfach nur seine Sünden vertuschen. Jedenfalls befahl er die Konzentrationslager auszuräumen und deren Insassen in erbarmungslosen Todesmärschen Richtung Ostsee zu treiben, wo die Menschen, die ihm so zuwider waren, in Schiffe gepfercht und mit diesen versenkt werden sollten.

Auch mit denen, die ihm widerstanden hatten, rechnete er ab. Noch war Davids Herz gefühllos, sonst hätte er die Nachricht vom Tode Hans Osters und Wilhelm Canaris' wohl nur schwer ertragen können. Man hatte die beiden bereits nach dem Attentat auf Hitler vom 20. Juli 1944 verhaftet. Nun, nur einundzwanzig Tage bevor der »Führer« selbst die Welt von seiner Existenz erlöste, waren sie von einem Standgericht verurteilt und im KZ Flossenbürg hingerichtet worden.

So total wie der Krieg, den Hitler gefordert hatte, fiel am Schluss auch seine Niederlage aus. Der »Führer« der Deutschen schied am 30. April 1945 aus dem Leben. Angeblich von eigener Hand. Die Umstände seines Todes blieben jedoch ungeklärt. Es ging das Gerücht, Hitler habe sich erschossen, nachdem die sowjetische Flagge von Rotarmisten auf dem Reichstag gehisst worden war. Anschließend habe man, seiner persönlichen Anordnung folgend, die Leiche im Garten der Reichskanzlei verbrannt.

Nun führerlos, wurde aus dem »Deutschen Volkssturm« – einem Millionenhaufen aus Halbwüchsigen, Alten und Kranken – innerhalb kürzester Zeit eine Volksflaute. Zwei Tage nach Hitlers Tod kapitulierte Berlin, am 7./8. Mai 1945 das Dritte Reich.

Leider war damit der Krieg für David und die im Pazifik kämpfenden Verbände noch nicht zu Ende.

»Diese verbohrten Japaner hängen mir allmählich zum Hals heraus.

Offenbar werden sie erst aufgeben, wenn wir den Letzten von ihnen umgebracht haben«, kommentierte General MacArthur den unbezwingbaren Kampfeswillen des Gegners auf die ihm eigene Art.

»Dieser Satz ist ein klassisches Paradox«, sagte David nachdenklich.

»Für die Japaner anscheinend nicht. Sie sollen ja sehr aufmerksame Ahnen haben. Vielleicht unterschreiben die dann die Kapitulationsurkunde. Ich verstehe nicht, dass diese Leute so stur sind.«

David hatte dem General schon oft zu erklären versucht, was einen amerikanischen Soldaten von einem japanischen unterschied. Die Söhne Nippons kämpften für ihren Tenno, einen Gott! Man hatte ihnen von klein auf eingetrichtert, dass es keine größere Ehre gebe, als für diesen zu sterben. Unnötigerweise erinnerte David den Oberbefehlshaber an die Schlacht von Leyte, in der die Japaner einen makabren Anschauungsunterricht über ihre Lebensphilosophie gegeben hatten. Während der erbittert geführten Luft- und Seeschlacht um die Philippinen kam ein »göttlicher Sturm« über die Kriegsschiffe der

Alliierten, den man in Japan *kamikaze* nannte. Wie aus Geheimdienstberichten hervorging, waren junge Flieger ausschließlich für diesen einen und *einzigen* Kampfeinsatz ihres Lebens ausgebildet worden: Mit ihren Maschinen voller Sprengstoff stürzten sie sich geradewegs auf die Schiffe des Gegners. Angeblich hatten auf diese Weise bereits zweitausendfünfhundert Piloten den Tod gefunden. Fanatiker wie Admiral Onishi, der Kommandeur des Kamikaze-Korps, und der Kriegsminister General Anami hatten sogar die Forderung erhoben, Japan selbst solle *seppuku* begehen. Zehn Millionen zum Sterben entschlossener Menschen würden schon ausreichen, um den Feind hinwegzuschwemmen.

»Und wenn sie noch so fanatisch sind, es muss einen anderen Weg geben, als eine ganze Nation auszulöschen«, schloss David seinen Exkurs. Nachdenklich kraulte er sich den Bart.

General MacArthur blickte grimmig drein und brummte: »Vielleicht sollten wir ein Exempel statuieren, ein so abschreckendes Zeichen setzen, dass selbst einem *Kamikaze*-Piloten noch die Hand am Steuerknüppel seiner Maschine gefriert.«

David blickte entsetzt zum General auf. »Was wollen Sie damit sagen?«

»Nichts«, erwiderte General MacArthur schnell, für Davids Geschmack ein wenig zu schnell. »Es war nur so ein Gedankenspiel.«

Nach der verlustreichen Landung amerikanischer Truppen auf der japanischen Vulkaninsel Iwojima im Februar und März 1945 erlebten Nippons Industriestädte, was zuvor schon Berlin, Hamburg, Dresden und vielen weiteren Metropolen in Deutschland widerfahren war: Sie wurden mit Bomben zugedeckt.

Admiral Chester W. Nimitz hatte mit der Einnahme Iwojimas, der bald auch die Eroberung Okinawas folgte, die Voraussetzung für einen Plan geschaffen, der nach Präsident Harry S. Trumans Ansicht dem Krieg endlich ein Ende setzen und damit das Leben vieler junger Amerikaner retten sollte. Jedoch zu einem denkbar inakzeptablen Preis.

Hätte David die Einzelheiten des Vorhabens gekannt, wäre er vermutlich mit der nächsten Versorgungsmaschine nach Washington geflogen und hätte seine ganze Begabung darauf verwandt, den Präsidenten umzustimmen. Aber leider kam alles ganz anders.

»Erinnern Sie sich an unsere Unterhaltung von neulich, als ich davon sprach, vielleicht ein Exempel statuieren zu müssen, um den japanischen Widerstand endlich zu brechen?« Der Oberbefehlshaber der alliierten Streitkräfte im Pazifikraum sprach gepresst, in seinem Mund steckte eine dicke schwelende Zigarre.

David blickte erschrocken in General MacArthurs Gesicht. Sie saßen in Bambusstühlen vor einem Haus oberhalb eines idyllischen Strandabschnitts im Südwesten Okinawas, und während die blutrote Sonne langsam am Horizont versank, warteten sie vergebens auf eine frische Brise vom Meer. Das subtropische Klima der Insel machte es schwer, einen kühlen Kopf zu bewahren. Wer nachts vor Hitze kaum schlafen konnte, wurde eben früher oder später gereizt. Davids heftige Erwiderung hatte jedoch einen anderen Grund.

»Das dürfen Sie nicht tun, Sir! Wenn Sie das Leben tausender unschuldiger Zivilisten opfern, werden irgendwann Sie am Pranger der Geschichte stehen – als Massenmörder.«

»Sie wissen doch gar nicht, was die Stabschefs in Washington planen.«

»Ach, lassen wir doch diese Spielchen, Dough. Sie haben letztens von einem Exempel gesprochen, das sogar einem Selbstmordpiloten das Fürchten lehren würde. Meinen Sie, ich kann nicht eins und eins zusammenzählen? Sie, die Stabschefs, der Präsident, oder wer auch immer, sind auf die phantastische Idee gekommen, ein dermaßen abschreckendes Massaker anzurichten, dass die Japaner einfach gezwungen sind klein beizugeben. Das stimmt doch, oder etwa nicht?«

»Das Wort ›Massaker‹ gefällt mir in diesem Zusammenhang gar nicht, David. Wenn in diesem Krieg jemand zynisch und grausam zu seinem Gegner war, dann die Japaner.«

»Und das gibt Ihnen das Recht, es nun ebenfalls zu sein?«

General MacArthur hatte David noch nie so aufgebracht erlebt. Er nahm seine Zigarre aus dem Mund und breitete die Hände aus. »Was wollen Sie eigentlich, David? Die Japaner haben es sich doch selbst zuzuschreiben, wenn wir nun mit härteren Bandagen kämpfen: Die Bombardements ihrer Städte lassen sie kalt und nach der Potsdamer Konferenz haben sie es abgelehnt, die Waffen zu strecken. Wir können diesen Krieg nicht ewig fortsetzen.«

David beugte sich vor und fixierte den General drohend. »Was haben Sie vor, Dough?«

MacArthur wich dem bohrenden Blick aus, steckte wieder die Zigarre zwischen die Zähne und sah zum Strand hinunter. »Das unterliegt der Geheimhaltung.«

»Ach, kommen Sie, General! Ich habe in den letzten Monaten doch fast nur Geheiminformationen zu hören bekommen. Sie wissen, dass Sie mir trauen können.«

»Tut mir Leid, David. Diesmal darf ich Ihnen nichts sagen.«

»Dann beantworten Sie mir wenigstens eine Frage, *bitte!*«

Der General konnte nicht anders, er musste dem entschlossenen Mann wieder in die Augen sehen.

»Es stimmt doch, dass bei dieser Geheimoperation viele Zivilisten sterben müssen, nicht wahr? Sagen Sie mir wenigstens, wann und wo es geschehen wird.«

»David«, wand sich General MacArthur, »ich hätte mit dem Thema gar nicht erst anfangen sollen ...«

»Sie haben es aber getan, weil das Ganze sogar Ihnen eine Heidenangst bereitet, und das ist gut so. Bitte, Dough, *bitte* sagen Sie mir, wann und wo.«

Der General blickte wieder zu den anbrandenden Wellen hin und knurrte leise. »Am 7. August.«

David blinzelte erschrocken. »Aber das ist bereits in *sechs* Tagen! Wo soll es geschehen?«

»David ...!«

»*Wo*, Dough?«

»In Hiroshima.«

»Was ist es? Ein massives Bombardement? Wollen Sie noch einmal weit über hundert B-29-Bomber losschicken wie letztes Frühjahr bei dem Nachtangriff auf Tokyo? Oder – Sie haben doch nicht etwa ein neues Giftgas ...?«

»Schlimmer, David. Viel schlimmer. Es wird ein kleiner böser Junge kommen. Mehr kann ich Ihnen nicht sagen.«

David hätte am liebsten zu toben begonnen, aber er

wusste, dass ihm General MacArthur in dieser Disziplin überlegen war. Was sollte diese seltsame Bemerkung bedeuten? Wie auch immer, der Oberbefehlshaber würde sein Geheimnis nicht preisgeben. Aber was er erzählt hatte, jagte David einen gewaltigen Schrecken ein. Schlimmer als jedes bis dahin bekannte Giftgas – was konnte das sein? In David entbrannte ein unbändiges Verlangen, diese Katastrophe abzuwenden, und ehe er überhaupt wusste, was er da sagte, war es auch schon heraus.

»Geben Sie mir bitte eine Chance die Sache zu verhindern, Sir.«

General MacArthur lachte einmal kurz und laut auf. Dabei fiel ihm die Zigarre aus dem Mund, direkt in den Schoß. Behänder, als man es von einem Fünfundsechzigjährigen erwartet hätte, sprang er aus seinem Bambusstuhl auf und führte fluchend einen komischen Tanz auf, seinen wertvollsten Teilen immer wieder Schläge versetzend. Als für diese keine Brandgefahr mehr bestand, erwiderte er barsch: »Jetzt sind Sie wohl völlig durchgedreht, was? Seit Pearl Harbor liefern wir uns mit diesen gelben Teufeln die gnadenlosesten Gefechte und Sie glauben, dem Ganzen so mir nichts, dir nichts ein Ende bereiten zu können? *Wie* denn?«

»Indem ich mit Hirohito spreche. Setzen Sie mich unbeschadet in der Nähe von Tokyo an Land, dann sorge ich für alles andere schon selbst.«

»David, ich schätze Sie wirklich sehr, mein Junge. Aber Sie sind komplett verrückt geworden.«

»Kaiser Hirohito ist mein Jugendfreund.«

Zum Glück brannte der abgeknickte Zigarrenstummel zwischen MacArthurs Zähnen nicht mehr, sonst hätte der General jetzt vermutlich den nächsten Feuertanz aufgeführt. So blickte er David nur mit offenem Mund an.

»Ich will mich nicht wichtig machen, Sir«, fügte David erklärend hinzu. »Ich kenne Hirohito wirklich seit meinem fünften Lebensjahr. Einmal habe ich ihm geraten nach England zu reisen und er hat es getan. Als erster und bisher einziger Tenno verließ er sein Land. Ich weiß, wie sehr der Kaiser von seinen Ratgebern abhängig ist. Es ist eher wahrscheinlich, dass ich nichts bewirken kann. Aber um des Lebens vieler Unschuldiger willen: Bitte lassen Sie es mich wenigstens *versuchen*, Dough!«

General MacArthur griff nach dem Stummel in seinem Mund und begann ihn zwischen den Fingern zu zermahlen, während er wieder auf das Meer hinausblickte. Nach einer für David unendlich langen Zeit begann er schließlich zu nicken, erst unmerklich, dann stärker. »Also gut, David. Ich will verdammt sein, aber Sie bekommen Ihre Chance. Und wenn Ihnen gelingt, was Sie da vorhaben, kriegen Sie den gewaltigsten Orden der Vereinigten Staaten noch dazu.«

Aufgetaucht

David fühlte sich wie eine Fliege im Leimtopf. Als kleiner Junge hatte er zwar schwimmen gelernt, hin und wieder war er auch nach einem Gegenstand im Wasser getaucht, aber all das ließ sich in keiner Weise mit dem vergleichen, was er jetzt durchmachte.

Während die *USS Cape Johnson* mit Höchstgeschwindigkeit nach Okinawa gelaufen war, hatte David einen Schnellkurs im Tauchen absolviert. Bei den ersten Atemzügen unter Wasser musste er ständig gegen ein beinahe übermächtiges Erstickungsgefühl ankämpfen. Die Minenräumspezialisten der Navy hatten ihn mit einem *self-contained underwater breathing apparatus* ausgestattet, ein Spezialgerät, das sie der Einfachheit halber nur *scuba* nannten. Dieser Apparat war eine geniale Erfindung, er erlaubte es dem Taucher, sich unter Wasser völlig frei zu bewegen. Entsprechende Atemgeräte wurden erst seit kurzem eingesetzt, vorwiegend von Marinetauchern.

Sobald David an Bord der *USS Cape Johnson* eingetroffen war, hatte Fregattenkapitän Jeremy F. Walters Kurs auf die Bucht von Sagami genommen, die im Osten von einer Halbinsel begrenzt war. Dort, ganz im Süden, lag das Städtchen Miura. David hatte dem Vorschlag einiger Experten vom Marinegeheimdienst zugestimmt, die ihn an einem ungefähr drei bis vier Meilen von der Stadt entfernten Strandabschnitt absetzen wollten. Dort sollte er sich dann selbst eine Transportmöglichkeit suchen, um die Bucht von Tokyo, die sich der Halbinsel im Osten anschloss, zu umrunden und lebend den Kaiserpalast zu erreichen.

Das Unterseeboot war mit voller Kraft durch den Pazifischen Ozean gepflügt: David sollte möglichst zwei Tage vor dem Eintreffen des »kleinen Jungen« in Hiroshima nahe am Strand »ins Wasser geblasen« werden. Als sich die *USS Cape Johnson* der Küste bis auf weniger als eine Meile genähert hatte, musste er sich samt Atemgerät in eines der Torpedorohre schieben lassen. Dann wurde der Deckel hermetisch verschlossen. David kam sich vor wie eine Sardine in der Büchse. Schließlich öffnete sich die äußere Klappe und Wasser strömte in das Rohr. Mühsam kämpfte er sich aus seiner Konservendose hervor.

Bald rann ihm der Schweiß in Strömen über den Körper. Noch nie war ihm eine Dreiviertelmeile Fußweg so lang erschienen. Er kämpfte sich langsam voran. Der mit komprimierter Luft gefüllte *scuba*, ein wasserdichter Rucksack und außerdem noch ein schwerer Bleigürtel hielten ihn sicher am Meeresgrund fest. Aber was hieß schon sicher? Bei seinem unbeholfenen Marsch über Schlick, Steine und Algen konnte er jeden Augenblick auf eine Mine treten.

Schritt für Schritt tastete er sich in Richtung Strand. Da die Sonne noch nicht aufgegangen war, bewegte er sich in völliger Dunkelheit. Wieder ein Schritt. Der nächste würde ihn gegen einen großen Felsen stoßen lassen – sein sechster Sinn hatte ihn noch rechtzeitig gewarnt. Wie in Zeitlupe stapfte er um den Gesteinsbrocken herum.

Nach ein paar weiteren schwerfälligen Schritten bekam David einen Riesenschreck: Eine Mine musste vor ihm mitten auf dem Weg liegen! Er änderte die Richtung. Wenigstens versuchte er es, denn eine plötzliche Strömung trieb ihn wieder zu der Gefahrenquelle zurück. Einen schlimmen Augenblick lang kämpfte er über der Sprengfalle mit seinem Gleichgewicht. Dann stürzte er – wie man eben unter Wasser stürzt. Und im Fallen konnte er sich gerade noch rechtzeitig drehen und sank nur Millimeter neben der Mine in den Schlick.

Nach einigen tiefen Atemzügen rollte er sich von der Bombe fort, richtete sich mühevoll auf und marschierte weiter. Doch wohin?

Zum Glück hatte David einen Armbandkompass dabei,

dessen Nadel und Windrosenmarkierungen in phosphoreszierendem Grün leuchteten. Ohne das Instrument wäre er vermutlich der *Cape Johnson* gefolgt. Hinaus aufs offene Meer.

»Laufen Sie immer stur nach Norden«, hatte Captain Walters ihm eingebläut. Leicht gesagt, wenn man in absoluter Finsternis immer wieder dem Tod ausweichen musste.

Die *USS Cape Johnson* war ein Diesel-U-Boot mit hochmoderner Sonarausstattung, dazu konstruiert, sich aus großen Tiefen unter die Schiffe des Gegners zu schleichen und sie mit seinen Torpedos zu zerstören. An diesem frühen Morgen des 4. August allerdings operierte es in einem Gewässer, das selbst der unerschrockene Fregattenkapitän Jeremy F. Walters fürchtete: Es war seicht, minenverseucht und befand sich in Sichtweite des Feindes. Der U-Boot-Kommandant war alles andere als erfreut über seinen Einsatzbefehl, den er direkt vom Oberbefehlshaber der US-Streitkräfte im Südwestpazifik erhalten hatte, was ihm das Unternehmen aber nur unwesentlich schmackhafter machte. In seinem Logbuch verzeichnete er in der Navy-typischen Weise Tag, Uhrzeit, Monat und Jahr, die Position seines Bootes sowie wichtige Details der Feindfahrt.

> *040425AUG45. 35.03N, 139.41E. Kurs 180. Fahrt 8. Haben »Exterminans« um 0330 gut drei Meilen westlich von Miura und etwa eine Dreiviertelmeile vor dem Strand abgesetzt. Er ist durch eines der Torpedorohre ausgestiegen. Befehlsgemäß haben wir eine halbe Stunde gewartet und dann den Rückweg angetreten. Lt. Wilkins,*

der Dienst habende Sonar-Controller, hat keine Detonation feststellen können. Mir ist es unerklärlich, wie es dieser Weißkopf geschafft hat, auf keine einzige Mine zu treten.

Als David endlich das Ufer erreicht hatte, war er so erschöpft wie nach einem Marathonlauf. Aber er durfte sich keine Ruhe gönnen. Für den Marsch durch das Wasser hatte er mehr als eine Stunde benötigt. Noch blieb ihm genügend Zeit, vor Sonnenaufgang seine Kleidung aus dem wasserdichten Rucksack anzuziehen, die Tauchausrüstung zu vergraben und den Fußmarsch nach Miura anzutreten.

Bis auf den Fürstenring und ein gewisses Dokument hatte David alles, was auf seine wahre Identität hinweisen konnte, auf Okinawa gelassen. Die Kleidung und die – abgesehen vom Foto sogar echten – Personalpapiere wiesen ihn als den Deutschen Hubert Schneider aus. Nach der Kapitulation des Dritten Reiches gab es in Japan keine offiziellen Militärberater oder Verbindungsoffiziere der Wehrmacht mehr, aber einige Überzeugungstäter waren trotzdem geblieben, um den Kampf gegen die Alliierten fortzusetzen.

Der Fußmarsch auf der stockfinsteren Straße nach Miura stellte neue Anforderungen an Davids Sekundenprophetie. Um feindlichen Bombern kein Ziel zu bieten, hatte man in der Stadt sämtliche Fenster verdunkelt und die Straßenbeleuchtung ausgeschaltet. David überlegte noch, wie er am besten an eine Transportmöglichkeit gelangen konnte, als er plötzlich Stimmen hörte.

Er durchschritt eine Kurve und entdeckte die schmalen Lichtschlitze eines getarnten Scheinwerferpaares.

Das Fahrzeug war ein Geländewagen, wie er von Offizieren oder gelegentlich auch von Meldegängern benutzt wurde. Seine Besatzung bestand aus zwei rauchenden Soldaten. Die orangerot glühenden Punkte verrieten ihre augenblickliche Position, sie befanden sich nur wenige Schritte vom Wagen entfernt. David dachte nach. Wie sollte er die beiden überwältigen? Er trug keine Waffe bei sich und wollte auch nicht zwei Menschen töten, nur um an ein Fahrzeug zu kommen.

In diesem Moment sagte einer der beiden Soldaten: »Ich muss noch mal pinkeln.« Der andere – offenbar ein Untergebener – bat um die Erlaubnis, selbiges ebenfalls tun zu dürfen. Dem Ersuchen wurde stattgegeben. Kurz darauf standen beide im matten Scheinwerferlicht ihres Wagens und erleichterten ihre Blasen.

David holte noch einmal tief Luft. *Jetzt oder nie!* Mit wenigen Schritten war er bei dem Geländewagen und schwang sich auf den Fahrersitz. Als die rechtmäßigen Besitzer desselben gerade ihre Hosenställe schlossen, sprang der Motor an.

David musste seine Gabe der Verzögerung nur in geringem Umfang wirken lassen: Bis die beiden endlich ihre Pistolen gezückt und in die Dunkelheit abgefeuert hatten, war er längst verschwunden.

Nach drei oder vier Kilometern hielt er noch einmal an und besah sich mit einer Taschenlampe, die er im Fahrzeug gefunden hatte, die Identifizierungskennzeichen auf dem grünen Tarnanstrich des Wagens. Er konzentrierte sich nur kurz und schon verschwanden die Markierungen, um neuen Platz zu machen. Zufrieden nickte er. Diese Schriftzeichen und Ziffern würden verhindern, dass jemand den Geländewagen als »ausgeliehen« identifizierte.

Manchmal war es ganz gut, dass bei der Armee alles gleich aussah.

Gegen Mittag rollte Davids Geländewagen endlich vor den Kaiserpalast. Zu seinem großen Erstaunen war er während der gesamten Fahrt rund um die Bucht von Tokyo überhaupt nicht kontrolliert worden. Doch nun – wenige Meter von der Nijubashi-Brücke entfernt – hatte seine Glückssträhne ein Ende.

Am Eingang zum grünen Palastbezirk wurde er gestoppt, weniger weil man hier feindliche Spione oder Attentäter fürchtete, sondern vor allem wegen der als lästig empfundenen Angewohnheit japanischer Patrioten, sich in unmittelbarer Nähe des Tennos in die Luft zu sprengen.

Derartige Demonstrationen richteten sich natürlich nie gegen den göttlichen Kaiser selbst, sondern dienten vielmehr dem Zweck, dessen Aufmerksamkeit zu erregen. Schon bei den geringsten Anzeichen einer unpatriotischen Entwicklung konnte es vorkommen, dass tausende im Land sich einen Finger abschnitten und diesen als Beleg ihrer Besorgnis per Post an den geliebten Tenno schickten. Da selbst auf einen wohlmeinenden Monarchen der Anblick von so viel Ergebenheit auf Dauer ermüdend wirken musste, wurde der Eingang zu den Gärten des Palastes scharf bewacht.

David hatte seinen Geländewagen kaum verlassen, als er sich schon von mindestens einem Dutzend Leibgardisten umstellt sah. Fest zupackende Hände legten sich ihm wie Eisenklammern um die Oberarme. Sein unasiatisches Äußeres schien hier einhellig auf Ablehnung zu stoßen. Eindeutiges Indiz dafür waren die blitzenden

Bajonette und die unfreundlichen Gesichter, die man ihm zeigte.

»Wissen Sie nicht, dass dies ein Sperrbezirk ist?«, fuhr ihn ein herbeigeeilter Offizier an. Der Mann hatte etwas von einer Reitpeitsche an sich: Figur, Größe und Worte, die wie Hiebe knallten, alles stimmte. Offenbar erwartete er von einem Europäer nicht unbedingt eine verständliche und zugleich befriedigende Antwort und war deshalb umso erstaunter, als der Fahrer des Geländewagens in akzentfreiem Japanisch entgegnete: »Natürlich ist mir das bekannt. Allerdings dachte ich, Sie seien mit dem Protokoll vertraut. Ich halte mich nur an die Regeln des Hofes, wenn ich die Nijubashi benutze, um dem Kaiser meine Aufwartung zu machen.«

Zweifellos bestätigte David mit dieser Erwiderung nur das bereits stark verfestigte Vorurteil des Offiziers, die Deutschen oder Italiener im Land seien zumindest wichtigtuerisch, wenn nicht gar komplett unzurechnungsfähig. Man würde ihn verhaften, überprüfen und dann entweder exekutieren oder in irgendein Lager stecken. Der Leibgardist machte eine herrische Geste, die wohl »Abführen« bedeuten sollte.

»Halt!«, sagte David streng. »Ich kann beweisen, dass ich im Auftrag des Mikados unterwegs bin. Dazu müssten Sie mich allerdings an meine Brieftasche lassen, damit ich Ihnen das betreffende Schriftstück zeigen kann.«

Die Wachen reagierten augenblicklich: Der Griff ihrer Hände lockerte sich. Mehr noch als der gebieterische Ton hatte sie seine höfische Sprechweise verwirrt, die für normale Japaner fremdartig, wenn nicht gar unverständlich klang.

»Wo befindet sich dieses Dokument?«, fragte der Offizier ruhig, fast höflich. Davids Auftreten hatte auch bei ihm seine Wirkung nicht verfehlt.

Er deutete mit der Nasenspitze auf seine linke Körperseite. »Hier in der Brusttasche.«

Ohne die Augen von Davids Gesicht zu nehmen, griff der Leibgardist zu und zog eine längliche schwarze Ledermappe hervor. Er klappte sie auf, und nachdem er darin weder eine Pistole noch eine andere Waffe entdeckt hatte, bedeutete er seinen Untergebenen die Arme des Gefangenen loszulassen, damit dieser selbst das geheimnisvolle Schriftstück heraussuchen konnte. David förderte nun ein gefaltetes und mit einer Seidenschnur zusammengebundenes Blatt Papier zutage. Seit fast sechzehn Jahren trug er es jetzt mit sich herum, was man dem labbrigen Schriftstück auch ansah. Er war heilfroh, dass er es – bis auf einmal, als Hermann Mielke es für ihn verwahrte – nie aus der Hand gegeben hatte. Jetzt hielt er es mit einem Lächeln dem Leibgardisten hin.

Als der Offizier auf dem gelblichen Quadrat den leuchtend roten Stempel des Mikados entdeckte, schienen seine Knie weich und er selbst um ein ansehnliches Stück kleiner zu werden.

»Bitte öffnen Sie es«, forderte David den Mann auf.

Der sah den Europäer aus großen Augen an.

»Ich bestehe darauf!«

Nervös nestelte der Leibgardist an dem Seidenbändchen herum. Nach einer Weile gelang es ihm, das kaiserliche Empfehlungsschreiben zu entfalten. Als er den Inhalt las, wurden seine Augen noch größer. Dann schien sein Körper vor Ehrfurcht zu gefrieren. Erst nach einer Weile taute er wieder auf. Er bellte die anderen Soldaten an, sie sollten gefälligst ihre Bajonette wegnehmen und nicht mehr »den Gast des Mikados« belästigen. Schließlich verbeugte er sich tief vor David.

»Bitte verzeiht mir mein respektloses Benehmen. Ich wusste ja nicht, dass Ihr ein Vertrauter des göttlichen Mikado seid …«

»Schon gut«, unterbrach David den Leibgardisten, und weil er befürchtete, dieser könne nun seine traditionellen Pflichten allzu genau nehmen, fügte er schnell hinzu: »Und unterstehen Sie sich, jetzt zu Ihrem *wakizashi* zu greifen und *sepukku* zu begehen. Sie haben nur Ihren Kaiser bewacht, wie sich das gehört. Es gibt also keinen Grund sich wegen dieser kleinen Auseinandersetzung von eben das Leben zu nehmen.«

»Ihr seid zu freundlich«, antwortete der Offizier erleichtert.

David durfte jetzt sogar mit dem Geländewagen über die Doppelbrücke Nijubashi fahren. Der Offizier hatte ihm einen »Führer« mitgegeben und mehrfach darum gebeten, diese Geste nicht als ungerechtfertigtes Misstrauen fehlzudeuten.

Obwohl David den Palastbezirk gut kannte, war er für seinen Begleiter doch sehr dankbar. Auf dem Gelände hatte sich einiges verändert. Diese Insel des Friedens und der Harmonie, die er seit seinen frühen Kindestagen kannte, war vom Krieg nicht verschont geblieben. General MacArthur hatte David zum Glück vorgewarnt.

Da die Stützpunkte der amerikanischen Bomberstaffeln nahe an die Hauptstadt herangerückt waren, wurde diese nun bei Tag und Nacht aus der Luft angegriffen. Vielen der japanischen Flakgeschütze fehlte für eine effektive Verteidigung längst die Munition. Bei einem der Bombardements war es zu einem peinlichen Zwischenfall gekommen. Der Kaiserpalast hatte Feuer gefangen.

Schon während der Anfangsphase der Luftangriffe war David nicht müde geworden, General MacArthur vor den Konsequenzen einer möglichen Bombardierung des Tennowohnsitzes zu warnen. Nach einem Aufschrei der Empörung würden die Japaner zusammenrücken, um nur noch entschlossener gegen die Alliierten zu kämpfen. Tatsächlich hatte General MacArthur den Rat befolgt, aber dann hatte sich der Wind quer gestellt. Aus den brennenden Häusern der angrenzenden Viertel waren einige schwelende Papierfetzen in den Palastbezirk getragen worden, worauf die dortigen Holzgebäude Feuer gefangen hatten. Nur die Ziegelhäuser aus der Meiji-Zeit waren stehen geblieben. Alles andere wurde ein Raub der Flammen.

Der Führer dirigierte nun David zu einem Steinpalast, dessen Vorplatz mit Kies bestreut war. Vier Uniformierte eilten dem Geländewagen schon entgegen, bevor dieser noch ganz zum Stillstand gekommen war. Der Soldat an Davids Seite setzte die Wache über den Besucher und dessen kaiserliches Empfehlungsschreiben in Kenntnis. Es vergingen dann kaum zehn Minuten, bis David Hirohitos Bibliothek betrat, wo der Tenno bereits auf ihn wartete.

Hirohito war schon immer schlank gewesen, jetzt aber erschrak David, weil sein alter Freund regelrecht abgezehrt aussah. Die ernsten Augen hinter den Brillengläsern ließen die Spuren sorgenvoller Jahre erkennen. Im Moment blickten sie außerdem ziemlich ratlos drein, weil das Gesicht des Fremden dem Kaiser offenbar nichts sagte.

Seit August 1929 hatten sich die beiden Männer nicht mehr gesehen. David färbte sein weißes Haar nicht mehr. Der sauber gestutzte Vollbart tat ein Übriges, um Hirohito zu verwirren. Mit leiser Stimme begann David die Worte eines Gedichts aufzusagen, dessen erste Verse er vor langer Zeit für seinen Freund geschrieben hatte.

Schön, auf den Rat eines Freundes zu hören.
Schön, sich auch nicht am Tadel zu stören.
Schön, der Weisheit sein Ohr zu leihen.
Schön, der Wahrheit sein Leben zu weihen.
Schön, sich auch nur an der Schönheit zu laben,
Die güld'ner Ball und Schwert für uns haben.

Äußerlich blieb Hirohito unbewegt. David entging dennoch das Leuchten in den Augen des Freundes nicht. Den Leibwachen musste es merkwürdig vorkommen, dass ihr göttlicher Tenno nun seinerseits mit einem Gedicht antwortete.

Die Meere umgeben die ganze Welt
Und mein Herz schreit zu den Völkern der Erde.
Warum denn zerstören
Winde und Wellen der Zwietracht
Den Frieden, der zwischen uns herrscht?

Mit einer knappen Geste entfernte der Tenno alle unerwünschten Zuhörer aus der Bibliothek. Dann wandte er sich mit einem traurigen Lächeln David zu.

»Dich schicken die Götter, David-*kun*. Wie oft habe ich mich in den vergangenen Jahren nach dir gesehnt! Und nun ist mein Wunsch in Erfüllung gegangen. Aber du hast dich verändert.«

»Du solltest dich doch an mein weißes Haar erinnern können, Hito-*kun*.«

»Es ist nicht dein Haar, das mir Sorgen bereitet. Es sind deine Augen. Was ist geschehen, mein Freund?«

Unwillkürlich blickte David zu Boden. Einen Moment lang drohte er seine Fassung zu verlieren, weil der Gedanke an Rebekkas Tod ihn schier überwältigte. Schließlich blickte er ernst in Hitos Gesicht. »Meine Frau wurde vom Kreis der Dämmerung umgebracht. Eigentlich war es Hitlers SS, aber ich bin mir sicher, dass in Wirklichkeit der Geheimbund dahinter steckt. Rebekkas Schicksal hat aus mir den gemacht, den du vor dir siehst, Hito-*kun*. Könntest du an meinem Herzen lecken, würdest du dich vergiften.«

In den Augen des Tennos flackerte Bestürzung und mit ehrlichem Bedauern in der Stimme sagte er: »Das tut mir sehr Leid, David-*kun*. Komm, nimm doch bitte Platz, damit wir miteinander sprechen können. Du musst mir alles berichten.«

Der Kaiser deutete auf einen länglichen Tisch, an dem acht Stühle standen. Die Bibliothek war im europäischen Stil eingerichtet. David nahm Platz, und nachdem Hirohito Tee und etwas zu essen bestellt hatte, erzählten sie einander, was sie in den letzten sechzehn Jahren erlebt hatten. Jeder fasste sich kurz, weil beide wussten, dass dieses Wiedersehen einen ernsten Hintergrund hatte. Das Gespräch mündete unweigerlich in das Thema Krieg.

»Warum Pearl Harbor?«, fragte David.

»Ich habe es nicht befohlen«, antwortete Hirohito.

»Das war mir von Anfang an klar. Aber warum hast du nichts dagegen unternommen?«

»Ich gebe es nicht gerne zu, aber ich war wie die kleine goldene Kugel, die du mir einst geschenkt hast: nur ein Spielball in den Händen der Militärs. Ein paarmal habe ich meinen Unmut zum Ausdruck gebracht, das konnte sie jedoch nie lange aufhalten. Als es Mitte 1937 im chinesischen Wangping zu bewaffneten Auseinandersetzungen gekommen war, hatte ich den Kriegsminister zu mir gerufen und ihm befohlen, die Feindseligkeiten unverzüglich einzustellen, was dann auch geschah ...«

»Ja, und nicht einmal ein halbes Jahr später haben betrunkene japanische Soldaten in Nanking zweihunderttausend Chinesen auf eine Art und Weise abgeschlachtet, für die das Wort bestialisch noch geschmeichelt klingt.«

»Das ist es, was ich meine, David-*kun*. Ich habe nichts davon gewusst. Das musst du mir glauben.«

»Es war im *Reader's Digest* zu lesen, mein Freund.«

»Nicht bei uns. In Nippon wurden die entsprechenden Artikel von den Zensoren entfernt. Und was den Angriff auf Pearl Harbor betrifft, in dieser Angelegenheit bin ich von Admiral Yamamoto ebenfalls hinters Licht geführt worden. Ich wusste zwar, dass ein Krieg mehr als wahrscheinlich war, aber dieser schändliche Überfall hat mich völlig überrascht.«

David schüttelte fassungslos den Kopf. »In deinem Namen haben Orgien der Scheußlichkeit stattgefunden. Es fällt mir schwer, deine Erklärungen zu akzeptieren. Nicht dass ich dir nicht glaube. Du magst im Vorfeld wirklich nichts von all den Dingen gewusst haben, aber wenigstens *hinterher* hättest du doch mit der Faust auf den Tisch schlagen müssen.«

»Es ist nicht so, dass ich es nicht versucht hätte«, verteidigte sich der Kaiser. »Als vor Pearl Harbor eine kaiserliche Konferenz einberufen wurde, hatte ich mir eine Reihe von Argumenten und kritischen Fragen zurechtgelegt, mit denen ich den drohenden Krieg abwenden wollte, aber Marquis Kido – er ist inzwischen mein Geheimsiegelbewahrer – hat sämtliche Einwände ziemlich schnell in der Luft zerrissen. Auf der Konferenz am 6. September plädierten dann alle Militärs für Krieg und verabschiedeten einen rigorosen Zeitplan. Ich habe ihnen daraufhin die Verse vorgelesen, die ich dir eben vortrug. Anschließend sagte ich, diese Worte drückten das aus, was ich immer empfunden habe, ebenso wie mein Großvater, von dem das Gedicht stammt: Liebe zum Frieden.«

»Ein *Gedicht* hast du deinen Untergebenen entgegengehalten?«, wiederholte David ungläubig. »Aber das genügt nicht, Hito-*kun*! Du hättest ihnen *befehlen* müssen, alle Kriegspläne fallen zu lassen.«

»Das habe ich später auch versucht – und einiges mehr, das musst du mir glauben –, aber ich bin wieder getäuscht worden. Diesmal von Shigenori Togo, meinem Außenminister. Er heuchelte mir Friedenswillen vor, während er mit Yamamoto Angriffspläne gegen die Vereinigten Staaten schmiedete.«

»Ich muss dir etwas sagen, Hito-*kun*. Das alles ist zu wenig gewesen. Pearl Harbor hat tausenden von Soldaten und Zivilisten das Leben gekostet, und wenn man bedenkt, was durch den Überfall ausgelöst wurde, wohl sogar Millionen. Du hättest wenigstens den Versuch unternehmen müssen den Angriff zu verbieten.«

David wusste, was seine offenen Worte für Hirohito bedeuteten. Jedermann hofierte ihn. Selbst seine Militärs, die ihren Tenno so schamlos hintergingen, wagten kaum ihm in die Augen zu sehen. Nur sein englischer Jugendfreund nahm kein Blatt vor den Mund.

Als der Kaiser die Vorwürfe etwas verdaut hatte, fragte

er, äußerlich völlig ruhig: »Weshalb hast du dein Leben aufs Spiel gesetzt und bist hierher gekommen?«

»Weil ich dich an Worte erinnern wollte, die ich dir schon einmal vor langer Zeit gesagt habe. Du musst endlich mit der ganzen Macht des Tennos sprechen und den Frieden erzwingen. Außerdem wirst du deiner Göttlichkeit entsagen müssen.«

»Wer verlangt das?«

»Die oberste Führung der alliierten Streitkräfte im Südwestpazifik.«

»Du sprichst von General Douglas MacArthur. Bist du sein Unterhändler?«

»Ich komme aus eigenem Antrieb. Der General hat nur dafür gesorgt, dass ich diesen Palast erreiche.«

»Und General MacArthur verlangt meine Abdankung?«

»Eigentlich wollte er dich nach dem Sieg vor ein Kriegsgericht stellen lassen, aber ich habe ihn davon überzeugt, dass dies mit ziemlicher Sicherheit zu einem neuen Blutvergießen führen würde. Ich weiß, wie sehr dein Volk dich vergöttert. Nein, General MacArthur verlangt von deinem Land die bedingungslose Kapitulation und von dir die Aufgabe der Göttlichkeit.«

»Ich habe mich nie wie ein Gott gefühlt, David. Als mein Palast im Frühjahr in Flammen stand, war ich sogar froh, meinem Volk endlich zeigen zu können, dass ich mit ihm litt. Aus demselben Grund hungere ich auch. Wenn ich den Frieden dadurch herbeiführen könnte, dass ich meiner Göttlichkeit entsage, dann täte ich es auf der Stelle …« Hirohitos Stimme verstummte.

David besaß genügend Informationen über die Lage in Japan, um zu erahnen, was in seinem Freund vorging. Die hiesigen Militärs würden einer bedingungslosen Kapitulation Nippons niemals zustimmen. Das hatte auch Stalin gewusst, als er mit seinen inakzeptablen Forderungen auf der Potsdamer Konferenz die Amerikaner und Briten gegen Japan ausspielte. Für Hirohitos Premierminister Suzuki und den obersten Kriegsrat war die Potsdamer Proklamation schon allein deshalb unannehmbar, weil darin nichts über das zukünftige Schicksal ihres Tennos ausgesagt wurde. Sie weigerten sich strikt einem Abkommen zuzustimmen, das eine Abschaffung des Kaiserhauses zwar nicht erwähnte, aber auch nicht ausdrücklich ausschloss. Die Fronten waren so verhärtet, dass eine Katastrophe unabwendbar schien. Und trotzdem wollte David nicht aufgeben.

»Deinem Volk droht eine große Gefahr, Hito-*kun*«, sagte er leise.

Die dunklen Augen des Kaisers schienen hinter den Brillengläsern größer zu werden. »Was willst du damit andeuten?«

»Ich kann es selbst nicht genau sagen. Jedenfalls haben die Amerikaner irgendeine schreckliche Aktion im Sinn. Unter der Zivilbevölkerung wird es zahlreiche Tote geben. Du hast nicht mehr sehr viel Zeit.«

»Planen die Amerikaner ein neues Flächenbombardement, so wie im Mai?«

»Ich *weiß* es nicht, Hito. Alles, was ich dir sagen kann, ist, dass du bis morgen um Mitternacht Zeit hast, die Bedingungen zu erfüllen. Danach gibt es angeblich kein Zurück mehr. Binnen achtundvierzig Stunden wird der Angriff erfolgen.«

»Das heißt am 6. oder 7. August.«

David seufzte. »MacArthur hat mir gesagt, die Pläne sähen den 7. als Angriffstermin vor.«

»Und welcher Stadt oder Region soll die Operation gelten?«

»Das darf ich nicht sagen.«

Hirohito sah David verständnislos an. »Ich denke, du bist zu mir gekommen, um Menschenleben zu retten.«

»General MacArthur fürchtet, das japanische Militär könnte sich gegen den Angriff wappnen oder versuchen den jeweiligen Ort zu evakuieren. Ich musste ihm schwören, den Namen der Stadt nicht zu nennen. Andernfalls hätte er mich nicht gehen lassen.«

»Was wiegt schwerer, David-*kun*, ein gebrochenes Versprechen oder das Leben tausender von Menschen?«

Eigentlich war das für David keine Frage. *Ich muss ihm ja nicht den Namen verraten.* »Wenn mir der General die Wahrheit gesagt hat, dann wird der Angriff die westlichste Großstadt auf der Insel Honshu treffen, die über einen bedeutenden Militärstützpunkt verfügt.«

Hirohito blickte betroffen zu den Bücherregalen hinüber. »Das kann nur Hiroshima sein. Oder sprichst du von Yamaguchi?«

»Hito, was soll diese Frage? Jeder Versuch, die Stadt zu evakuieren oder mit einem starken Abwehrgürtel zu umgeben, würde nur dazu führen, dass der Angriff dann eben irgendeine andere Stadt in Japan trifft: Fukuoka, Osaka, Kyoto, Nagasaki, Kagoshima. Ich weiß, dass euer Militär schon viel zu geschwächt ist, um sie alle beschützen zu können. Du *musst* endlich die Kapitulation erzwingen und deiner Göttlichkeit entsagen. Nur so kannst du die Katastrophe abwenden.«

Der Kaiser starrte noch immer die Regale an. Langsam begann er schließlich zu nicken. »Du sprichst die Wahrheit, mein Freund. Das spüre ich ganz deutlich. Ich werde sogleich nach Marquis Kido schicken, auf dass alles Nötige in die Wege geleitet wird.«

David atmete auf. »Du ahnst gar nicht, wie erleichtert ich bin.«

Hirohitos Gesicht blieb ernst, ja, es wirkte in diesem Moment fast wie versteinert. Mit einer Stimme, die David erschauern ließ, sagte er: »Vielleicht wirst du es gleich nicht mehr sein, wenn ich dir verrate, wem du mit deiner Warnung möglicherweise das Leben rettest.«

»Was …? Von wem sprichst du?«

»Ich wollte es dir eigentlich schon vorhin sagen, als du von Rebekkas Tod erzählt hast, aber ich hielt dich in diesem Moment für zu aufgewühlt, um die Nachricht verkraften zu können.«

Eine dunkle Ahnung stieg in David hoch. »Es gab nur einen Menschen in Nippon, dessen Tod ich herbeigesehnt habe, und der lebt nicht mehr.«

Kaiser Hirohito schüttelte ernst den Kopf. »Ich muss dich enttäuschen, David-*kun*. Du warst seit 1937 wie vom Erdboden verschluckt, sonst hätte ich es dir schon früher mitgeteilt. Dein Erzfeind ist noch am Leben. Er nennt sich jetzt Kantaro Toyama.«

»*Little Boy*«

Hoffentlich war Kinsaku Nakamura kein *Kamikaze*-Pilot. David saß in der zweisitzigen Mitsubishi-Maschine hinter dem jungen Major und blickte mit einem unguten Gefühl in die Tiefe. Unter ihm rasten die Wogen des Binnenmeers dahin. Hätte Nakamura einen etwas südlicheren Kurs genommen, wäre jetzt wohl Iyo-Saijo da unten aufgetaucht, jenes Fischerdorf, in dem David einst Ohei Ozaki, Toyamas ehemaligen Koch, aufgespürt hatte. Hiroshima war noch ungefähr siebzig Kilometer entfernt. In etwa fünfzehn Minuten würden sie auf dem großen Militärflughafen der Stadt landen.

Vor etwa zwei Stunden war Nakamuras Maschine in Tokyo gestartet, nicht einmal vier Stunden nach Davids Eintreffen im Kaiserpalast. Ohne die Hilfe des Tennos wäre ein Flugzeug samt Pilot nicht aufzutreiben gewesen. Die japanische Luftwaffe war praktisch zerstört und Treibstoff gab es auch so gut wie keinen mehr.

Als David erfahren hatte, dass Toyama noch lebte und ein riesiges Anwesen in Hiroshima bewohnte, war er minutenlang wie betäubt gewesen. Er hatte doch gesehen, wie Belials Lieblingsjünger in seinem Felsenpalast verbrannt war ...! Aber dann schüttelte er seine Benommenheit ab und dachte gründlich nach. Das Letzte, was er damals mitbekommen hatte, war ein von Flammen umschlossener, in Panik geratener Toyama. Irgendwie musste es dem Schurken gelungen sein, sich in letzter Sekunde zu retten.

Diese Überlegung erfüllte David mit Zorn. Toyama durfte nicht ungestraft bleiben. Er hatte einfach zu viele Menschenleben auf dem Gewissen. Hirohitos Informationen stammten von Kidos Geheimdienst und David zweifelte nicht an ihrem Wahrheitsgehalt. Der Kopf der Amur-Gesellschaft lebe streng abgeschirmt als unbescholtener Bürger in Hiroshima, hieß es. Sein neuer Name zeigte wieder einmal einen Generationswechsel an – Kantaro Toyama sei angeblich der Sohn von Mitsuru.

Für David hatte es darauf kein Halten mehr gegeben. Er musste seinen alten Feind finden, bevor der von General

MacArthur angekündigte »kleine Junge« in die Stadt kam.

Das Flugzeug setzte geradezu sanft auf. David bedankte sich bei Kinsaku Nakamura und erinnerte den Piloten unnötigerweise noch einmal an die Befehle des Tennos. »Warten Sie bis morgen um Mitternacht hier auf mich. Sollte ich dann noch nicht zurückgekehrt sein, können Sie allein zu Ihrem Heimatstützpunkt aufbrechen.«

Nakamura bestätigte die Anweisung und wünschte seinem Passagier viel Glück, wozu immer die Götter ihn auch hergeführt hätten.

Kaum der Maschine entstiegen, wurde David von einem Geheimdienstler namens Junzo Yamagishi in Empfang genommen. Yamagishi war ein kleiner Mann Ende dreißig mit spitzem Gesicht und einem dünnen Haarkranz auf dem Haupt. Er gehörte zum Mitarbeiterstab des kaiserlichen Geheimsiegelbewahrers Kido. Sobald David dessen Wagen bestiegen hatte, ein konfisziertes Privatfahrzeug, raste er wie ein Wahnsinniger in Richtung Innenstadt. Er liebe dieses Automobil, es komme ihm fast vor, als sei es ein Teil von ihm, schwärmte Yamagishi.

»Wohin fahren wir überhaupt?«, erkundigte sich David. Seine feuchten Hände umklammerten die Haltegriffe. Am Seitenfenster sah er fremde Gesichter vorbeifliegen.

Der *Kamikaze*-Fahrer antwortete: »Das Anwesen Toyamas grenzt an einen weitläufigen, zu einem Schrein gehörenden Bezirk. Wir haben dort einen geheimen Beobachtungsposten in einem alten Wohnhaus eingerichtet. Sie werden gleich Gelegenheit erhalten, alles aus nächster Nähe zu sehen.«

David wurde gegen die Tür gedrückt, als der Wagen mit

quietschenden Reifen in eine enge Kurve ging. Auf dem Gehweg sprang ein Greis mit Stock erstaunlich behände zur Seite. »Ist es einem Ihrer Leute schon einmal gelungen, das Grundstück zu betreten?«

»Noch nie. Es wird wie die Kroninsignien des Tennos bewacht. Und einen Verbindungsmann in Toyamas Organisation einzuschleusen ist nahezu unmöglich. Die Gesellschaft des Schwarzen Drachen geht mit Verrätern nicht gerade zimperlich um. Es genügt schon der leiseste Verdacht und der Betreffende ist ein toter Mann.«

»Verlässt Toyama manchmal sein Anwesen?«

»Offiziell kaum, die Anlässe dafür in den letzten beiden Jahren kann man an einer Hand abzählen. Vielleicht bedient er sich ja irgendwelcher Tricks oder Verkleidungen, um ungesehen heraus- und wieder hineinzukommen. Wir tippen allerdings auf einen Geheimausgang.«

»Gibt es dafür irgendwelche Anhaltspunkte?«

»Ich habe ja schon den Schrein erwähnt. Der Priester dort ist uns vor einiger Zeit aufgefallen. Er scheint ein Doppelleben zu führen: Tagsüber verhält er sich wie ein heiliger Mann und nachts verwandelt er sich in einen Liebhaber der süßen Lebensart. Wenn es eine geheime Verbindung zwischen dem Garten des Schreins und Toyamas Anwesen gibt, dann müsste der Priester davon wissen.«

David drehte sich nach einer Frau um, die zwei kleine schreiende Mädchen beruhigte. »Wie kann ich den Mann finden?«

»Wenn Sie denken, Sie könnten ihn einfach nach dem geheimen Zugang fragen: Vergessen Sie es.«

»Ich würde das gerne selbst feststellen. Mir stehen da so gewisse Methoden zur Verfügung …«

»Chinesische Foltertechniken?«, fragte Yamagishi interessiert.

»Viel wirkungsvoller. Ich nenne das Verfahren ›Wahrheitsfindung‹!«

»Vermutlich ziemlich schmerzhaft, so harmlos wie das klingt.«

Wieder blieben Davids Augen an Passanten hängen: Eine ältere Frau, ein junges Ehepaar und zwei Kinder im Alter zwischen drei und fünf Jahren liefen neben der Straße her. *Alle diese Unschuldigen! Sie dürfen nicht sterben. Hoffentlich kann sich Hito gegenüber seinem Kriegsrat durchsetzen.* Er seufzte und murmelte leise: »Ein Wort der Wahrheit fügt dem Ohr bisweilen mehr Schmerzen als tausend Lügen zu. Es muss schon den Verstand erreichen, um seine heilende Wirkung zu entfalten.«

Der Shintopriester befand sich inmitten einer Gruppe von Menschen, die aus Kobe angereist waren, um den Schrein zu besuchen. Die Gläubigen standen auf dem mit Steinplatten ausgelegten Vorplatz des Heiligtums, einem schlichten Pfahlbau aus Zypressenholz von etwa fünfundzwanzig Metern Länge mit einem geschwungenen Satteldach aus rötlichen Ziegeln.

David wartete geduldig, bis die Leute ihre Fragen gestellt und der Priester seine Antworten gegeben hatte. Der heilige Mann besaß die Statur eines Sumo-Ringers und einen kahlen Kopf. Sein rundes Gesicht wäre ausgesprochen langweilig gewesen, hätte ihm da nicht diese viel zu kleine Nickelbrille auf der Nase gesessen wie ein silbern schillerndes Insekt. Man musste das Ding einfach anstarren.

Wer den freundlichen Priester so freimütig über seinen

Schrein plaudern hörte, hätte nie gedacht, es mit einem Komplizen Toyamas zu tun zu haben. Offenbar war der Mann nur ein Unersättlicher mehr, den die Gier nach unerlaubten Früchten in Belials Arme getrieben hatte. Wer davon naschen wollte, stellte besser keine Fragen. Leider viel zu viele dachten so. Nur deshalb war der Kreis der Dämmerung so erfolgreich.

Endlich verabschiedeten sich die Besucher von dem Priester. Davids Beine waren schon ganz taub. Er hatte seit sechsunddreißig Stunden nicht mehr geschlafen.

»Entschuldigen Sie«, begann David, als endlich der letzte Pilger gegangen war.

Der Priester wandte sich zu ihm um und lächelte. »Ich nehme an, Sie sind Deutscher. Für einen Ausländer sprechen Sie aber ein ausgezeichnetes Japanisch.«

»Ich könnte mich vielleicht als Berliner bezeichnen. Aber ich habe an vielen Orten gelebt. Mein Name ist Hubert Schneider.«

»Was kann ich für Sie tun, Schneider-*san?*«

David schilderte in eindringlichen Worten sein Anliegen. Dabei ging er in ähnlicher Weise vor wie damals bei Ohei Ozaki. Auch der ehemalige Koch Toyamas war in Wirklichkeit dessen Opfer gewesen. David hatte ihm in Bezug auf seinen Herrn die Augen geöffnet und Ohei daraufhin sofort die Seiten gewechselt. Genau das wollte der Wahrheitsfinder jetzt auch erreichen.

Ob nun Teruzo, Mitsuru oder Kantaro Toyama – ein und derselbe hatte als Kopf der Amur-Gesellschaft unzählige Menschenleben auf dem Gewissen. Er war nicht der Patriot, für den er sich ausgab, der treue Sohn des Tennos, sondern ein Ränkeschmied, der an Japans schmerzlichem Niedergang wesentlichen Anteil hatte. Eigentlich wollte er die ganze Nation in den Selbstmord treiben. David führte Beweise an, erwähnte jene Hörigen, die Toyama nach dem Munde redeten, Admiral Onishi und General Anami zum Beispiel, beide hatten ein nationales *harakiri* gefordert.

Seine offenen Worte blieben bei dem Priester – der übrigens Sumiyoshi Akashi hieß – nicht ohne Wirkung. Je länger David sprach, desto besorgter sah sich der fette Mann um. Schließlich fiel er seinem Besucher ins Wort und flüsterte mit hoher Stimme: »Ich glaube Ihnen, Schneider-*san*. Einiges von dem, was Sie da sagen, habe ich selbst schon geargwöhnt, aber dessen volle Tragweite nicht verstanden. Jetzt wird mir so manches klar. Aber wir dürfen hier nicht weitersprechen. Im Garten befinden sich noch zu viele Menschen. Kommen Sie morgen früh wieder. Um halb sechs. An der Ostmauer des Parks werden Sie eine unverschlossene Pforte finden. Ich erwarte Sie dann hier im Schrein.«

Ohne ein Wort des Abschieds drehte sich der Priester um und lief auf seinen kurzen Stummelbeinen zur Tür des Heiligtums. Als er darin verschwunden war, wandte sich auch David zum Gehen.

Obwohl er erschöpft war, schlief er fast gar nicht. Sein Lager war ein *futon*, sein Quartier der geheime Beobachtungsposten gegenüber von Toyamas Refugium. Er schlug sich die ganze Nacht mit seinen Sorgen herum. Als er um vier Uhr morgens aufstand, blieben ihm gerade noch zwanzig Stunden, um rechtzeitig die Rückreise anzutreten und dem Kaiser zur Seite zu stehen, falls dieser sich nicht gegen die Befehlshaber der verschiedenen Teilstreitkräfte und die Chefs der Generalstäbe im Obersten Kriegsrat durchsetzen konnte. Denn sollten diese die sofortige Kapitulation Japans weiterhin blockieren … Was daraufhin geschehen würde, wollte sich David gar nicht erst ausmalen.

Um seine Lebensgeister zu wecken, aß er etwas in Tee getunkten Zwieback. Dabei wurden letzte Einzelheiten mit Junzo Yamagishi besprochen, der ebenfalls in dem »Observatorium« übernachtet hatte. Kidos Mitarbeiter wollte David unbedingt eine Waffe aufschwatzen, aber dieser lehnte standhaft ab. Kurz nach fünf schlich sich David aus dem zweistöckigen Wohnhaus auf die Straße.

Es dämmerte bereits, so kam er gut voran. Auf dem Weg zum Seiteneingang des Schreingeländes drehten sich Davids Gedanken um Toyama. Seltsamerweise bereitete ihm die Begegnung mit diesem erbitterten Feind erheblich weniger Kopfzerbrechen als jenes »böse Kind«, das General MacArthur *Little Boy* genannt hatte.

Seit dem Tag des Abschieds von Rebekka war eine Wandlung mit David vorgegangen. Er hatte seine frühere Zaghaftigkeit abgestreift und war zu einem beherrschten, unerschrockenen Mann herangereift, der wusste, über welche Fähigkeiten er verfügte. Vorbei war die Zeit, da er seine besonderen Gaben als nahezu wertlos erachtet hatte. Die Siege über Negromanus und den Jesuiten bewiesen, welche Macht in ihm steckte. Dies zu akzeptieren war ihm anfangs schwer gefallen. Er hatte sich sogar vor sich selbst gefürchtet. Doch jetzt näherte sich der Reifungsprozess seinem Ende. Er fürchtete Toyama nicht länger. Auch deshalb hatte er die beiden Schwerter auf Okinawa zurückgelassen.

David folgte der Mauer, die den Garten des Schreines umgab. Er trug eine weite graue Hose und ein dunkelblaues Hemd mit kurzen Ärmeln. Die Nacht hatte Hiroshima kaum Abkühlung gebracht. Als er die östliche Pforte erreichte, war sie wie angekündigt unverschlossen. Er blickte sich noch einmal um, die Straße schien menschenleer, dann schlüpfte er in den Park.

Zügig lief er über die Steinplatten eines schmalen Pfades auf das große Hauptgebäude des Schreins zu. Der Garten war in düstere Stille getaucht. Kein Vogel sang. Nicht einmal ein Windhauch bewegte die Schilfstauden und Bungekiefern, die Büsche und Kirschbäume, die großzügig über das ganze Areal verteilt waren. David beschleunigte seine Schritte. Diese Ruhe gefiel ihm nicht.

Als er ungefähr einhundert Meter vom Schrein entfernt war, hörte er einen Schrei. Nein, es war ein Hilferuf. David begann zu laufen. Unwillkürlich musste er an Rebekka denken. Hatte auch sie damals um Hilfe gerufen, laut und klagend und doch vergeblich?

Mit langen Schritten rannte er an der östlichen Längsseite des Holzhauses entlang. Wieder ein Schrei, doch schwangen nun in ihm Todesfurcht und Schmerz. Als David die südöstliche Ecke des Gebäudes umrundete, sah er einen schnell schmaler werdenden Spalt in dem zweiflügligen Holzportal. Wer ihn da ausschließen wollte, ließ sich nicht erkennen, aber derjenige versuchte, die schwere Tür mit aller Kraft ins Schloss zu werfen.

Jedoch nicht schwungvoll genug. So schien es jedenfalls. Mit einem Mal blieb die hohe Tür stecken. David wusste, dass sie sich noch immer weiterbewegte – aber sehr, sehr langsam nur. Nach wenigen Sätzen hatte er das Portal erreicht. Er wappnete sich gegen einen Angriff, bevor er in die Halle stürzte, aber sein sechster Sinn meldete sich nicht.

In dem großen Raum herrschte graues Dämmerlicht. Es

roch nach kaltem Weihrauch. David blickte sich nach allen Seiten um. In der Nähe stand ein Feuerbecken. An der Wand zu seiner Linken befanden sich hunderte weißer Papierstreifen, beschrieben mit den Wünschen und Gebeten der Gläubigen. Ein leises Stöhnen ließ ihn herumfahren. Rechts von ihm, in einer Ecke, die vom Eingang her schwer einsehbar war, entdeckte er den Priester. Er lag rücklings auf den Bodenplatten. Aus seinem Wanst ragte der Griff eines Kurzschwertes.

Rasch lief David zu dem Verwundeten und kniete sich nieder. »Wer war das?«, rief er in Akashis Ohr. Mit dem Priester ging es zu Ende.

Der drehte David das Gesicht zu und hauchte: »Ba Xun. Er ist Toyamas …« Der Rest der Antwort ging in einem Gurgeln unter.

Der Anblick des Sterbenden entfachte Davids Zorn. Früher hätte er in ähnlichen Situationen vielleicht die Fassung verloren, jetzt dagegen bewahrte er Ruhe. Diese kühle Entschlossenheit bedeutete nicht, dass er seine Gefühle verleugnete, er ließ nur nicht mehr zu, dass sie ihn beherrschten. Er beugte sich wieder zu dem Shintopriester.

»Wo befindet sich der geheime Eingang zu Toyamas Palast?«

Der Sterbende bewegte die Zunge, aber David hörte nur ein Röcheln.

»Akashi-*san*! Toyama soll bezahlen für das, was er dir angetan hat. Wo ist der Eingang?«

Die fleischige Rechte des Niedergestochenen, die bis dahin auf dessen Brust gelegen hatte, hob sich langsam, fiel dann an seiner Seite herab und klatschte auf die Steine. »Da!«, hauchte er.

Der ausgestreckte Zeigefinger des Priesters wies auf eine rechteckige Steinplatte. Sie sah aus wie alle anderen. Nicht einmal die Fugen schienen tiefer oder breiter zu sein. »Wie kann man die Platte bewegen?«, fragte David und wandte sich wieder Akashi zu. Doch der leere Blick des Priesters sagte ihm, dass dieser ihn nicht mehr hören konnte.

Für einen kurzen Moment schloss David die Augen. Der Mann mochte alles andere als ein Heiliger gewesen sein, aber so ein Ende hatte er nicht verdient. *Ich will nicht mehr, dass andere für mich sterben!* Entschlossen drückte er sich hoch und verfolgte mit seinen Augen den ausgestreckten Arm des Toten. Ein Wegweiser, der offensichtlich in die Irre führte …

Mit einem Mal fiel es David wie Schuppen von den Augen. In Gedanken zog er eine Linie von dem leblosen Arm über die Steinplatte hinweg bis zu einer Holztafel an der Wand. Die Täfelung des Raums bestand aus quadratischen Kassetten mit einer Seitenlänge von etwa dreißig Zentimetern. Die Flächen der Tafeln waren weiß lackiert. Jede Kassette hatte eine dünne goldene Umrandung.

David betastete das Holzquadrat, auf das Akashi zeigte. Er versuchte es in die Wand zu drücken. Es zu schieben. Nichts passierte. *Vielleicht muss ich es drehen.* Er probierte auch das aus: Erst im Uhrzeigersinn und dann … *Klick!*

Staunend sah David, wie sich links vom Leichnam des Priesters eine Bodenplatte erst nach unten senkte und dann zur Seite schob. Er hörte keinen Elektromotor summen, nur ein leises Schaben war zu vernehmen. Wie immer dieser Mechanismus funktionierte, er war äußerst raffiniert.

David trat zu dem Loch und blickte hinab. Eine Steintreppe führte in die Tiefe. Der Einstieg war so schmal, dass Sumiyoshi Akashi seinen mächtigen Sumo-Ringer-Leib nie hätte durch die Öffnung zwängen können. Traurig beugte er sich zu dem toten Priester hinunter und drückte ihm die Augen zu. Dann stieg er in die Dunkelheit hinab.

Der Gang war schmal, besaß eine abgerundete Decke und einen Steinfußboden. Gleich neben der Treppe hatte David einen Lichtschalter entdeckt. An der Decke brannten in größeren Abständen verstaubte Glühlampen.

Was würde ihn wohl am Ende des Geheimganges erwarten? Unbemerkt in Toyamas Refugium eindringen zu können, erschien ihm kaum möglich. Der Mörder von Sumiyoshi Akashi war aller Wahrscheinlichkeit nach selbst durch diesen Tunnel geflüchtet.

Davids Plan war denkbar einfach. Er wollte nur an Toyama herankommen, und dazu war ihm jedes Mittel recht. Wahrscheinlich fing man ihn bereits irgendwo am Tunnelausgang ab. Sollten der oder die Angreifer versuchen ihn auf der Stelle zu töten, würde David seine Macht einsetzen. Wollte man ihn festnehmen, um ihn Toyama vorzuführen: gut. Genau damit rechnete David nämlich. Er würde dem Kopf der Gesellschaft des Schwarzen Drachen seinen Siegelring abnehmen und ihn dann auffordern sich den Behörden zu stellen. Und wenn sich Toyama weigerte?

Der Gang knickte nach rechts ab. David ging weiter und stieß nach wenigen Schritten auf eine zweite Steintreppe. An der Wand entdeckte er einen Lichtschalter und einen langen Hebel. David knipste die Beleuchtung aus und schob den Griff nach oben.

Mit leisem Kratzen hob sich über seinem Kopf eine steinerne Falltür. Mattes Morgenlicht drang durch die Öffnung und David konnte eine Holzdecke über sich erkennen. Sonst nichts. Keine Gewehrläufe, Schwertklingen oder Lanzenspitzen zeigten auf ihn. Vorsichtig stieg er die Stufen hinauf. Plötzlich spürte er die Gefahr.

Wie erhofft handelte es sich aber um keine lebensbedrohliche Attacke: Sobald sich sein Oberkörper oberhalb der Öffnung befand, griffen zwei kräftige Hände zu und rissen David wie eine Strohpuppe hoch. Es gelang ihm gerade noch, einen auf die Nierengegend zielenden Hieb abzumildern. Um seinen Gegner nicht zu enttäuschen, keuchte er laut auf. Während man ihn herumdrehte und auf den Steinboden warf, flogen vor seinen Augen die kahlen Wände eines Abstellraums vorüber.

Routiniert wurde er nach Waffen durchsucht. Er trug nicht einmal ein Taschenmesser bei sich. Allerdings schien seine Brieftasche das Interesse des Grobians zu finden: Sie wurde ihm flink aus der Gesäßtasche gezogen. Schließlich berührten kalte Finger seinen Hals – und fanden die Goldkette mit dem Siegelring Belials. Sie wurde ihm abgenommen. Davids Herz begann zu rasen. Sollte er diesen Kerlen zeigen, was es bedeutete, sich mit dem Jahrhundertkind anzulegen? Einen Moment lang spielte er mit dem Gedanken, verwarf ihn aber wieder. Wenn er jetzt einen Kampf riskierte, flüchtete Toyama vielleicht. Nein, er würde den Ring schon wiederbekommen.

Mit dem Gesicht nach unten konnte er die Zahl der Gegner nur schätzen. David glaubte im Herumwirbeln undeutlich vier Personen ausgemacht zu haben – und ein Gesicht war ihm aufgefallen: grimmig, mit einem dünnen langen Schnurrbart dekoriert, vielleicht ein Chinese. Jetzt meldete sich eine raue Stimme, sie musste dem Fleischberg gehören, der da so schwer auf seinem Rücken thronte und ihm den Kopf gegen die Steinfliesen drückte.

»Wer bist du? Was willst du hier?«

»Ich bin ein alter Bekannter eures Herrn und möchte ihn sprechen.«

»Hast du keinen Namen?«

David überlegte kurz. »David Camden.«

Es gab eine kurze Pause, als müsse jemand im Raum diese Bemerkung erst einmal verdauen, dann fuhr die grobe Stimme fort: »Leider kommst du zu einem unpassenden Zeitpunkt. Unser Herr ist nicht zu Hause.«

Diese Nachricht traf David heftiger als der Nierenschwinger. Äußerlich blieb er unbeteiligt. »Nicht so schlimm. Dann komme ich später wieder.«

»Wir haben nicht oft europäische oder amerikanische Besucher hier. Unser Herr wäre sicher sehr ungehalten, wenn wir dich jetzt einfach gehen ließen. Bis er heimkehrt, wirst du mit unserer Gastfreundschaft vorlieb nehmen müssen.«

Das hatte David befürchtet. »Und wann wird er zurückerwartet, Ba Xun?«

Wieder Schweigen. David hatte einen Schuss ins Blaue gewagt, einfach den Namen von Sumiyoshi Akashis Mörder genannt und damit offenbar voll ins Schwarze getroffen.

Mit einem Ruck wurde David hochgerissen und auf die Füße gezerrt. Dann baute sich ein fast zwei Meter großer Chinese vor ihm auf. Der grimmige Ausdruck auf Xuns Gesicht wirkte wie eingebrannt. Er war ein Mann wie ein Baum, mit seinem kolossalen Brustkorb und den muskelbepackten Armen in jeder Hinsicht unerschütterlich. Vom Kopf des Chinesen hingen lange, dünne grauschwarze Haarsträhnen, ähnlich denen, die aus seiner Oberlippe wucherten.

Nachdem Xun seinen Furcht erregenden Anblick auf den »Gast« hatte einwirken lassen, sagte er bedrohlich ruhig: »Mein Herr kommt und geht wie der Wind. Für die meisten ist er nie zu sehen, obwohl sie doch seine Macht spüren. Auch du wirst sie noch zu fühlen bekommen, David Camden. Früher, als dir lieb sein kann.«

Das Gefängnis hatte leider keine Wände aus Reispapier. Diese hier bestanden aus feuchten Ziegeln, der Fußboden war aus Fels. Im Licht einer Tranfunzel hatte David seine neue Umgebung schnell erkundet. Er befand sich in einem unterirdischen Gewölbe, das wohl der Unterbringung von Toyamas »Gästen« diente. Die karge Einrichtung war auf eine fleckige baumwollgefütterte Matratze beschränkt, die schon bessere Zeiten gesehen hatte. Wenn er die Löcher darin richtig deutete, dann hatten sich bereits die Ratten über ein gut Teil ihrer Füllung hergemacht. Der Schlafecke gegenüber stand ein Eimer – die Hygienezone des Etablissements. Das war der ganze Luxus.

Der Kerker hatte eine Höhe von etwa vier Metern, angesichts seiner Seitenlänge von weniger als drei Schritten durchaus beachtlich. David war über eine Deckenluke eingestiegen. Gnädigerweise hatte er nicht springen müssen, sondern eine Strickleiter benutzen dürfen.

Er blickte auf die Armbanduhr, die man ihm gelassen hatte. Seit seiner Gefangennahme waren erst wenige Minuten verstrichen. Wann würde Toyama in sein Domizil zurückkommen? Ja, war überhaupt noch mit seiner Heimkehr zu rechnen, nachdem man erst die Leiche des toten Priesters gefunden hatte? Angenommen Toyama blieb fern und General MacArthurs »kleiner Junge« kam stattdessen nach Hiroshima – David weigerte sich diesen Gedanken weiterzuspinnen.

Die vielen unangenehmen Fragen ließen für ihn die Zeit nicht gerade wie im Fluge vergehen. Er hatte sich ganz auf seine Gaben verlassen. Sich aus einem Gefängnis über der Erde zu befreien wäre für ihn kein Problem gewesen. Er hätte es wie damals in Marie Rosenbaums Küche machen können. Aber hier gab es keine Türen oder Wände, die man aus der Erdrotation ausklinken konnte.

Gegen drei Uhr nachmittags ließ ein Japaner, dessen Gesicht ihm irgendwie bekannt vorkam, an einem Seil eine tönerne Schüssel herab. Er entdeckte Reis mit Muschelsoße darin. David löste das Gefäß von dem Haken und blickte zu dem Mann hinauf, der die Leine schnell wieder einholte. Als die Klappe über ihm zuschlug, fiel ihm endlich ein, woher er seinen Wohltäter kannte.

Ohei Ozaki hatte ihn damals vor sechzehn Jahren Hachiro genannt und ihn als »lausigen Koch« bezeichnet. So schlecht konnte er eigentlich gar nicht sein, wenn er nach so langer Zeit noch immer für Toyama arbeitete.

David kostete mit den beigelegten Stäbchen den Reis. Das einfache Gericht schmeckte annehmbar. Offensichtlich hatte der Hausherr klare Anweisungen gegeben, wie während seiner Abwesenheit mit unverhofftem Besuch zu verfahren war. Oder war Toyama wieder einmal über Davids Absichten informiert gewesen? Hatte er ihn längst erwartet?

Es verstrichen weitere quälend lange Stunden, kein Geräusch drang aus dem Haus nach unten. Draußen senkte sich die Nacht herab. Als der Zeiger seiner Armbanduhr auf zweiundzwanzig Uhr vorrückte, verwandelte sich seine Unruhe in ernste Besorgnis. Nakamura würde auf ihn keine Minute länger als befohlen warten, dazu war er ein viel zu verlässlicher Offizier. Vermutlich hob sein Flugzeug noch vor dem zwölften Glockenschlag des 6. August vom Rollfeld ab.

Nach ungefähr einer halben Stunde hörte David endlich Schritte. Gleich darauf wurde die Luke über seinem Kopf aufgerissen. Das Gesicht von Ba Xun erschien. Er grinste.

»Mein Herr ist soeben eingetroffen und freut sich darauf, dich zu sehen.«

Die Strickleiter fiel vor Davids Füße. Langsam kletterte er aus seinem Verlies heraus. Ba Xun erwartete ihn mit der blitzenden Klinge eines japanischen Kurzschwertes in der Rechten. Zwei weitere Männer griffen nach Davids Armen und zogen ihn das letzte Stück hoch. Der Hüne bedeutete dem »Gast« sich die Schuhe auszuziehen und diese gegen ausgetretene Latschen einzutauschen. Erst dann schoben ihn die beiden anderen Schergen aus dem leeren »Vorzimmer« des Gefängnisses auf einen Gang hinaus. Er wurde zwischen Reispapierwänden hindurch zu einer Treppe und dann in den ersten Stock des Palastes gebracht.

Vor einem Tatami-Zimmer entledigte sich David nun auch seiner Hausschuhe und trat auf Strümpfen in den großen Raum. Aquarelle sowie mehrere Samurai-Schwerter hingen an den Wänden. Auf dem Boden davor standen drei riesige chinesische Vasen. Das Zimmer war durch ein einzelnes Öllicht schwach erleuchtet, das sich auf einem rechteckigen flachen Tisch aus rötlichem Holz befand. Davids Aufmerksamkeit wurde sofort von den Gegenständen angezogen, die im Lichtkreis des Lämpchens funkelten: Er erblickte ein Tintenfass mit Pinsel und einige Bogen Reispapier, außerdem seine Brieftasche, die Kette mit Belials Siegelring und eine Glaskugel von der Größe eines Katzenkopfes …

Jasons Träne! Es war ein Gedankenblitz, aber auch nicht mehr. Schon im nächsten Augenblick bemerkte David die Unterschiede: Diese Kugel hier war völlig klar, zeigte keine besonderen Reflexe, es konnte also nicht die sein, die mit Rebekka verschwunden …

Eine vage Bewegung am Rande des Gesichtskreises riss ihn aus seinen Gedanken. Er löste die Augen von der Kugel und entdeckte in den Halbschatten am Fenster eine Gestalt. Ein Schauer lief ihm über den Rücken. Der große Mann schien völlig in den Anblick des nächtlichen Parks versunken, den der aufgehende Mond großzügig mit seinem silbernen Glanz überschüttete.

»David Camden«, sagte Ba Xun mit einer Verneigung. Der Chinese stand dicht bei dem »Gast«, jederzeit bereit, sein rasiermesserscharfes *wakizashi* zu gebrauchen, sollte David sich ungebührlich benehmen.

Der Mann am Fenster drehte sich langsam um. David hielt den Atem an. Endlich hatte er Gewissheit: Sein Feind lebte noch. Irgendwie musste er den Flammen in seinem Felsenpalast entkommen sein. Ja, es war Mitsuru Toyama, der ihn da aus kalten dunklen Augen leicht amüsiert musterte, derselbe Mann, den er seit Jahren tot geglaubt hatte.

»Camden! Sehe ich etwa einen Anflug von Überraschung auf Ihrem Gesicht?«, begann er die Unterhaltung in perfektem Englisch. Seine Stimme klang belustigt. Mit einer knappen Geste bedeutete er Xun, von David abzulassen. Der Chinese – offenbar Toyamas Leibwächter –

bezog mit dem Kurzschwert in der Hand neben der Schiebetür Posten.

David ließ sich von der Überheblichkeit Toyamas nicht beeindrucken. Anders als bei der letzten Begegnung mit ihm verzichtete er auch darauf, sein Japanisch vorzuführen. Und falls Ba Xun kein Englisch verstand – umso besser. David antwortete in seiner Muttersprache: »Ich muss zugeben, dass ich Sie für tot hielt. Offen gestanden bin ich ein wenig enttäuscht, Sie nun doch wieder unter den Lebenden zu sehen.«

»Das Leben ist voller Enttäuschungen, Camden. Sie haben mir heute allerdings eine freudige Überraschung bereitet, für die ich mich Ihnen gegenüber zu Dank verpflichtet fühle. Wollen Sie sich nicht setzen?« Toyama deutete auf ein *zabuton* neben dem Tisch. Dabei spiegelte sich die Flamme des Öllichts auf seinem goldenen Siegelring.

Die Freundlichkeit seines Feindes war nur Maskerade. Sie spielten ein gefährliches Spiel. Jeder belauerte den anderen. David hoffte, Toyama würde früher oder später in seiner Überheblichkeit Fehler machen. Langsam ließ er sich auf das angebotene Sitzkissen sinken.

Toyama begab sich seinerseits zum Tisch. Er hinkte leicht. Der Chef der Gesellschaft Schwarzer Drache nahm mit steifen Bewegungen auf dem *zabuton* David gegenüber Platz. Für einen langen Augenblick sahen sich die beiden Männer schweigend an. Auf Toyamas Gesicht lag immer noch das arrogante Lächeln.

»Ich nehme an, Ihnen geht es weniger um mich als um diesen Ring da«, sagte David, mit dem Kinn zu dem Siegelring deutend, der samt Kette neben dem Öllämpchen und der Glaskugel lag.

»Das haben Sie ganz richtig erkannt. Der Kreis der Dämmerung hat dreiundsechzig Jahre lang nach dem Ring gesucht. Natürlich wussten wir, dass Sie ihn besitzen, Camden, aber wir konnten ja nicht ahnen, dass Sie ihn um den Hals tragen. Ihr Engländer seid offenbar ein ziemlich abergläubisches Volk.«

David nickte. Jetzt wurde ihm einiges klar. *Deshalb haben sie mich nie direkt angegriffen, sondern immer nur meine Vertrauten!* »Sie dachten, ich würde den Ring – vielleicht aus Furcht – nicht bei mir tragen, sondern ihn irgendwo versteckt halten. Hätten Sie mich umgebracht, wäre er für den Geheimzirkel verloren gewesen.«

»So ungefähr mag es wohl gewesen sein. Dankenswerterweise haben Sie dieses Problem ja nun für uns aus der Welt geschafft. Dabei fällt mir ein – Sie wissen nicht zufällig, wohin vor sechs Jahren einer unserer Brüder samt seinem Siegelring verschwunden ist?«

David mimte den Ahnungslosen. »Sollte ich?«

Toyamas dunkle Augen schienen ihn durchbohren zu wollen. Dann lächelte er mit einem Mal. »Wie auch immer, Lord Belial wird in jedem Fall hocherfreut sein, sein Eigentum wieder an sich nehmen zu können.«

Und damit jene übernatürliche Macht zurückerlangen, die ihn unbesiegbar macht. Ich muss das verhindern! »Wann werden Sie dem Schattenlord die gute Nachricht überbringen?«

Auf Toyamas breitem Gesicht zeichnete sich erneut ein Grinsen ab. »Ich bewundere Ihre Kaltblütigkeit, Camden. Erinnern Sie sich noch an das Angebot, das ich Ihnen vor langer Zeit unterbreitet habe? Ich wiederhole es: Treten Sie auf die Seite des Kreises der Dämmerung. Es ist da ein Posten vakant, den wir Ihnen gerne anbieten würden. Der

Lohn wäre ein tausendjähriges Leben in unermesslichem Reichtum.«

»Vielen Dank, Toyama, aber von tausendjährigen Träumereien habe ich die Nase voll.«

»Schade, dann wird Lord Belial für Sie wohl zum Todesengel werden, wenn er später zu uns stößt. Trotz allem, was Sie mir und dem Kreis der Dämmerung angetan haben, bedauere ich diese Ihre Entscheidung.«

David erinnerte sich des hinkenden Gangs Toyamas. Vermutlich hatte er sich während des Feuers im Felsenpalast an den Beinen schwere Verbrennungen zugezogen. Nachdenklich blickte David auf die Ölfunzel, ein kleines blau glasiertes Keramikgefäß, das einer Schnabeltasse nicht unähnlich sah. Seltsamerweise hatte Toyama seine Schwäche für offene Flammen nicht verloren.

Aber auch sein gefährlicher Scharfsinn war ihm offenbar geblieben. Er deutete Davids Blick richtig, als er nun warnend sagte: »Wenn Sie versuchen sollten, mich wieder durch Ihre Zauberkunststückchen zu beeindrucken, wird Ba Xun Sie auf der Stelle töten.«

»Das würde Lord Belial Ihnen bestimmt verübeln«, antwortete David. Er musste Zeit gewinnen.

»Ich bin sicher, er hätte Verständnis dafür.«

»Wann wird der Schattenlord eintreffen?«

Toyama blickte zum Fenster, durch das der Mond ins Zimmer schien. »Gedulden Sie sich noch zwei, höchstens drei Stunden.«

»Kann man ihn telefonisch erreichen, oder wie nehmen Sie mit ihm Kontakt auf?« David blickte verstohlen zu der Glaskugel hin. *Oder werden Sie ihn »im Lichte der Tränen rufen«, wie es Jason ausgedrückt hatte?*

Toyama lächelte mitleidig. »Ihr Humor gefällt mir,

Camden. Sie werden zwar nicht mehr lange genug leben, um dieses Geheimnis jemand anderem verraten zu können, aber ich werde es Ihnen trotzdem nicht sagen. Doch eines dürfen Sie mir glauben: Wenn ich Belial rufe, dann kommt er auch.«

David musterte Toyama mit unbewegter Miene. *Der Kerl ist einfach zu selbstgefällig. Das macht ihn verletzbar. Ich bin mir sicher, er benutzt die Kugel, um seinen Herrn und Meister herbeizurufen – aber wie? Irgendwie muss ich das herausfinden*. Mit einem Mal blitzte eine Idee in seinem Kopf auf. Er legte das Gesicht in grimmige Falten und sagte: »Ich lasse mich auf keinen Fall noch einmal in dieses dreckige Erdloch werfen. Immerhin bin ich ein Earl. Wenn ich ohnehin sterben muss, dann gleich hier.«

Ehe sich's Ba Xun versah, war David aufgesprungen, hatte sich zu dem Chinesen umgedreht und die Hände wie ein Boxer erhoben. »Komm nur her, duuu …!«

Der Leibwächter betrachtete dies als Einladung und setzte sich mit seinem *wakizashi* unverzüglich in Bewegung. Doch Toyamas Stimme hielt ihn zurück.

»Halt, Ba! Lass ihn. Ich möchte, dass der Großmeister ihn in einem Stück zu sehen bekommt. Bring unseren englischen Gentleman in die alte Waffenkammer. Dort ist er sicher. Anschließend kannst du dich nach unten zurückziehen, bis ich dich wieder rufe. Aber vergiss nicht, hinter unserem Gast abzuschließen.«

Ba Xun verneigte sich vor seinem Herrn, dann blitzte er David aus seinen dunklen Mandelaugen an. »Komm.«

Der Gefangene wandte sich noch einmal Toyama zu, deutete eine Verbeugung an und sagte: »Vielen Dank, Toyama-*san*. Ich weiß Ihr Entgegenkommen sehr zu schätzen.«

Der riesige Chinese zeigte mit seinem Kurzschwert erst zur Schiebetür hin und dann nach links. David verließ das Tatami-Zimmer in die angegebene Richtung. Der Weg führte fünf oder sechs Meter durch einen breiten Flur und anschließend nach rechts in einen schmaleren Seitengang, der an einer massiven Holztür endete.

»Mach sie auf und geh rein«, befahl Xun, als sie den Eingang zur ehemaligen Waffenkammer erreicht hatten.

David gehorchte. Während er nach dem Eisenring griff, sah er den großen Schlüssel, der darüber im Schloss steckte. *Hoffentlich funktioniert es!* Er zog die Tür auf und betrat einen etwa drei mal vier Meter großen Raum. An den Wänden befanden sich hölzerne Halterungen, in denen vermutlich einmal Musketen und andere Waffen gesteckt hatten. Jetzt waren sie leer. Es gab sogar ein Fenster, abgesichert mit dicken Eisenstäben.

Zwei Schritte hinter der Tür drehte sich David um und grinste Ba Xun an. »Hübsch habt ihr's hier.«

Krachend fiel die Tür ins Schloss. Rasch konzentrierte sich David auf den Chinesen, dessen hoch aufragende Gestalt ihm noch vor Augen war. Jetzt durfte er keinen Fehler begehen. Mit zwei schnellen Schritten war er wieder bei der Tür und riss sie mit einem heftigen Ruck auf. Dahinter stand Ba Xun. Er sah aus wie eine Wachsfigur. Seine Augen wirkten trübe.

David huschte hinaus, schloss die Tür sofort wieder und vergewisserte sich, dass der Schlüssel in die Finger des Leibwächters zurückrutschte. Erst dann lief er zur nächstgelegenen Schiebetür im Gang. Schnell und leise öffnete er sie, glitt in ein dunkles Zimmer und schloss die Tür wieder bis auf einen schmalen Spalt, gerade groß genug, um den Kopf hindurchzustecken. Erst jetzt – seit dem Öffnen der Waffenkammer waren höchstens zehn Sekunden vergangen – befreite er Ba Xun von seiner vorübergehenden Erblindung und entließ ihn wieder in die normale Zeit.

Der Hüne schüttelte verwirrt den Kopf. David hielt den Atem an. *Wenn er jetzt noch einmal in die Kammer schaut, dann …*

Das Klacken des Schlosses erlöste David von seinen Befürchtungen. Leise zog er sich in das Zimmer zurück.

Es hatte funktioniert. Kraft der *Verzögerung* war seine Flucht dem Chinesen überhaupt nicht aufgefallen. David sah durch den Spalt der Schiebetür, wie der Riese sich im Vorbeigehen mit der Rechten den Schädel massierte.

Sekunden später erlosch das Licht. Nur der Mond im Fenster beschien noch die Szene. Eine Weile lang lauschte er in den leeren Flur hinaus.

Toyama hatte Xun nach unten geschickt. Vielleicht sollte nicht einmal sein Leibwächter sehen, wie er mithilfe der Glaskugel Lord Belial herbeirief. Denn wenn dieses Wissen in den Besitz der falschen Leute geriet, war der Schattenlord in Gefahr. David musste so schnell wie möglich in Toyamas Tatami-Zimmer zurück.

Auf Strümpfen schlich er sich durch den Gang. Wenig später hatte er wieder den Raum erreicht. Die Schiebetür stand einen kleinen Spalt offen, für David gerade weit genug, um einen Blick in das Zimmer werfen zu können. Auch dort war jetzt der Mond die einzige Lichtquelle.

David sah einen dunklen Schatten und erschauerte. Ein furchtbarer Gedanke fuhr ihm durch den Kopf. *Es ist Belial. Ich bin zu spät!* Aber dann bemerkte er die steifen Bewegungen des Schemens und atmete auf. Es war Toyama, der sich da gerade am Tisch auf einem *zabuton* niederließ. Der Kopf des Schwarzen Drachen hatte David den Rücken zugewandt, so konnte dieser nicht erkennen, was der Japaner mit seinen Händen anstellte. Irgendetwas klimperte leise.

David warf sein Netz der *Verzögerung* über die am Tisch sitzende Gestalt. Hoffentlich war es noch nicht zu spät. Er musste unbedingt erfahren, wie man Lord Belial herbeilockte. Als Toyama erstarrte, schob David die Tür etwas auf und huschte in den dunklen Raum.

Was nun? In dem Tatami-Zimmer gab es keine Schränke, in die man schlüpfen, auch keine Stellwände, hinter denen man sich verstecken konnte. Da fiel sein Blick auf die drei großen Vasen. Rasch lief er zur Wand, hievte das mittlere Porzellangefäß hoch und trug es in eine, von Toyamas Platz aus nicht einsehbare Ecke. Dann kehrte er zu dem verwaisten Platz der Vase zurück und kauerte sich nieder, den Rücken an die Wand gelehnt, die Arme um die Schienbeine geschlungen. Wenn er sich nicht bewegte, mochte sein Schatten im dunklen Zimmer als Ming-Vase durchgehen, vorausgesetzt Toyama blickte nicht direkt in seine Richtung.

Als der Japaner wieder aus seiner Bewegungslosigkeit erwachte, erkannte David, woher das Klimpern von vorhin gekommen war. Mit beiden Händen zog Toyama die Kristallkugel zu sich heran. Dabei berührte sein goldener Ring einmal mehr das Glas, ein helles Klicken erklang. David hielt den Atem an. Endlich würde vor seinen Augen eines der letzten Geheimnisse gelüftet werden, das den Kreis der Dämmerung noch schützte.

Toyama griff nach einem der Reispapierbogen und platzierte mitten darauf die Glaskugel, die sogleich im silbernen Licht des Mondes erstrahlte. David verstand ein wenig von optischen Gesetzen, dennoch war ihm schleierhaft, wie allein durch den Mondschein auf dem Papier ein so perfekter Kreis entstehen konnte. Daraufhin nahm Toyama den Kalligrafiepinsel aus dem Tintenfass und zog den tellergroßen Lichtkreis mit schwarzer Farbe nach. Schließlich streifte er sich den Ring vom Finger und legte ihn oben auf die Kugel. Ungläubig verfolgte David, was daraufhin geschah.

Der Ring begann einzusinken, zuerst langsam, dann zunehmend schneller, eine glitzernde Spur von Bläschen nach sich ziehend, bis er mitten in der Kugel schwebend verharrte. Im nächsten Moment nahm ein kleines Abbild des Mondes auf dem Reispapier Gestalt an, genau auf dem Tuschekreis. Die Spiegelung war aber nicht etwa zweidimensional, sondern wirkte wie eine echte kleine, silbrig funkelnde Kugel. David erinnerte sich an die merkwürdigen Reflexe von Jasons Träne und wappnete sich für das Kommende, aber was er dann zu sehen bekam, ließ ihm dennoch einen kalten Schauer über den Rücken laufen.

Das winzige Abbild des Mondes teilte sich. Zuerst in zwei Lichtkugeln, dann in drei, vier … bis zuletzt zwölf kleine Monde auf der vorgezeichneten Kreisbahn den Kristall umgaben wie einen Miniaturplaneten. Und befanden sich auf den Trabanten nicht auch – schwer zu erkennen von Davids Position aus – dunkle Flecken, kleinen Kratern gleich? Die Gesichter der Logenbrüder! Nur mit Mühe konnte er sich nun noch ruhig halten. Ein Kribbeln aus den Beinen kroch ihm den Rücken hinauf, bis zu den Haarspitzen im Nacken. Aber nicht nur das unheimliche Geschehen drüben auf dem Tisch ließ ihn erschauern, sondern auch die Erinnerung an ein ganz ähnliches Erlebnis.

Lange vor der Entdeckung der Glaskugel im Pergamonmuseum hatte sich ihm einmal ein vergleichbares Bild geboten: während seiner Hochzeitsnacht auf *Blair Castle*. Damals hatte seine Halskette mit Belials Siegelring neben einem Wasserglas gelegen und der Mond zwölf kleine rote Lichtpunkte auf den Tisch geworfen. In derselben Nacht war Negromanus auf dem Schloss erschienen und hatte zwei Menschen ermordet. David hatte offenbar unabsichtlich die rechte Hand Belials herbeigerufen!

Ob es nun diese bittere Erkenntnis oder seine eingeschlafenen Beine waren, jedenfalls rutschte er plötzlich mit dem Rücken die Wand hinunter. Das dadurch hervorgerufene Geräusch war nicht sehr laut und für einen Augenblick schien es sogar, als habe Toyama es nicht gehört, aber dann drehte er sich doch ganz langsam um und fragte mit drohendem Unterton in der Stimme: »Wo bist du?«

David rührte sich nicht. *Kann er mich wirklich nicht sehen?* Die Wand mit den Vasen lag immerhin in tiefem Schatten. Er war so überrascht, dass er zögerte. Dieser Moment reichte Toyama, um zur Wand zu springen und ein dort hängendes Langschwert aus der Scheide zu reißen. Seine Bewegungen waren vielleicht nicht elegant, aber kraftvoll und schnell.

Mühsam kämpfte sich David aus der Hocke hoch. Vom langen Kauern waren seine Beine ganz taub geworden. Zwar hatte er Toyamas Absicht vorausgesehen, doch er wusste nicht recht, wie er reagieren sollte. Verzweifelt sah er zu der Glaskugel hinüber. Vielleicht fehlte ja noch ein Teil des Rituals zu Belials Herbeirufung. Wenn ja, dann musste dem Japaner dieses Geheimnis entlockt werden.

»Du bist ein toter Mann«, sagte Toyama, schaltete die – ja, es gab sie wirklich – elektrische Zimmerbeleuchtung an und näherte sich langsam seinem Gegner.

»Das haben Sie heute schon wiederholt erwähnt.«

»Aber jetzt werden wir das Verfahren abkürzen.«

»Dazu müssen Sie mich erst einmal in die Finger bekommen.«

»Wie sind Sie eigentlich aus der Waffenkammer entwischt?«

»Sie kennen doch meine ›Zauberkunststückchen‹. Gibt es wirklich keine praktischere Methode, um Belial zu rufen?« David deutete auf die Kristallkugel.

In diesem Moment sprang Toyama nach vorne. David hatte es vorausgesehen. Er duckte sich blitzschnell und rollte sich zur Seite, das Schwert sauste knapp an ihm vorbei.

Im Nu war er wieder auf den Beinen. Drei schnelle Schritte brachten ihn zu Toyamas Waffensammlung an der Wand. Bevor der Geheimbündler ihm noch nachsetzen konnte, hatte David ein *katana* aus der Scheide gezogen, wirbelte herum und parierte den Hieb, der seinem Hals gegolten hatte.

»Ich mache Ihnen ein Angebot«, sagte David mit einer Ruhe, die selbst den skrupellosen Verbrecher staunen ließ. »Wenn Sie sich stellen, lasse ich Sie leben.«

»*Sie* lassen *mich* leben? Ha!« Toyama lachte grimmig auf. »Mir scheint, Sie verkennen Ihre Lage, Camden. Ich bin einer der letzten Samurai, die ihr Schwert noch im Krieg geschwungen haben. Noch nie hat mich jemand mit dem *katana* besiegt und einem Engländer wird es schon gar nicht gelingen.«

Mit diesen Worten unternahm Toyama einen neuerlichen Angriff auf David. Seine Füße bewegten sich parallel zueinander, nie kreuzten sie sich, der Gegner sollte keine Gelegenheit bekommen, ihn aus dem

Gleichgewicht zu bringen. David wehrte mehrere Schwerthiebe ab, die mit brutaler Gewalt auf ihn niedergingen. Die beiden Klingen kreischten wie zornige Bestien. Keine Frage, Toyama war ein besserer Schwertkämpfer als er – wenn da nicht die Sekundenprophetie gewesen wäre.

David wollte Toyama nicht töten. Er musste erfahren, wie Belial herbeigerufen werden konnte. Irgendwie. Während er und der Japaner sich umtänzelten, fragte er: »Was wird wohl Ihr Herr und Meister dazu sagen, wenn er hier erscheint und sehen muss, dass Sie ihm die ganze Freude verderben?«

»Er wird noch nicht so schnell kommen.«

Heißt das nun, die Zeremonie war unvollständig, oder meint der Schurke nur, Belial brauche eben etwas länger? »Natürlich, ich habe Sie ja bei der Anrufung gestört. Wie schade!«

Toyama grinste. »Sie wollen mich aushorchen. Netter Versuch, Camden. Leider etwas plump.«

Wieder stürzte der große Japaner auf David los. Er kämpfte mit eisernem Willen. Toyama musste an die einhundert Jahre alt sein, aber er focht wie ein dreißigjähriger Ninja-Meister. Zwar war auch David in besserer Verfassung als jeder andere Fünfundvierzigjährige, aber langsam spürte er doch seine Arme schwer werden. Selbst wenn er Toyamas kraftvolle Schläge voraussah, musste er diese doch parieren. Sein Gegner wirkte von der Konstitution her jünger, war wendiger und ausdauernder als David. Der Kampf tobte unerbittlich hin und her. Ein Wunder, dass Ba Xun noch nicht aufgetaucht war, um seinem Herrn beizustehen.

»Gleich wird es dir ergehen wie deiner Familie«, grunzte Toyama nach einer neuerlichen Attacke. Der

Schweiß rann ihm in Strömen über das Gesicht, aber er schien überhaupt nicht zu ermüden.

David keuchte. *Spricht er von Rebekka?* »Hast *du* etwa meine Frau getötet?«

»Das war gar nicht nötig«, antwortete Toyama mit einem fiesen Grinsen. »Ich habe Bruder Rasputin nur ein paar Hinweise zukommen, ihn einfach von meiner Erfahrung im Kampf gegen die Camdens profitieren lassen.« Toyama spritzte ein ätzendes Lachen in Davids Gesicht.

Der konterte mit einem wütenden Gegenangriff. Wie oft hatte er sich geschworen, nie die Beherrschung zu verlieren, und jetzt war es dennoch geschehen. *Dieser Schurke hat nicht nur meine Eltern auf dem Gewissen, sondern auch Rebekka!* Eine schnelle Folge von Schwertstreichen brachte Toyama zum ersten Mal in ernste Bedrängnis. Er stieß mit Schwung gegen die versetzte Ming-Vase und diese ging mit lautem Scheppern zu Bruch.

Toyamas Rückzug sollte nicht von Dauer sein. Schnell hatte sich der erfahrene Schwertkämpfer wieder gefangen und parierte David geschickt, konterte sogar mit einer Riposte.

»Nur noch ein paar Augenblicke und dein Blut wird an diesem Schwert kleben«, rief der Japaner triumphierend, während er einen neuen Streich gegen den Leib des Gegners führte.

»Oder das deine an meinem«, antwortete David, als er den Angriff abwehrte. Drohend richtet er sein *katana* auf die Brust des Japaners. Mit einem Mal begann sich Davids Schwert von der Spitze ausgehend bis zum Griff rot zu färben. »*Kusanagi*«, hauchte er, in Anspielung auf die mythische Klinge der Göttin Amaterasu.

Der Name des Sagenschwertes und der Anblick der

blutroten Schneide verunsicherten Toyama. Möglicherweise glaubte er sogar schon das eigene Blut auf Davids *katana* zu sehen. Seine Augen waren jedenfalls für einen Moment vor Schreck geweitet. Doch der Schock sollte ihn nicht lange bannen. Das Entsetzen des Japaners würde sich gleich in einem wütenden, alles vernichtenden Angriff entladen.

Toyama hob voller Zorn die Hände über den Kopf. Er wollte sich an dem immer noch vorgereckten Schwert des Gegners vorbeidrehen. Der nachfolgende Hieb konnte den Schädel seines Kontrahenten glatt in zwei Teile spalten.

In diesem Moment übermannten David der Zorn über Rebekkas Tod und sein Selbsterhaltungstrieb: Blitzschnell wob er ein lähmendes Netz um die Arme des Gegners. David musste sein blutrotes Schwert Toyama nur entgegenhalten und der Anführer des Schwarzen Drachen stürzte in die Klinge. Davids *katana* bohrte sich bis zum Heft in Toyamas Brust. Der blickte zunächst ungläubig auf die Hände seines Widersachers und dann in dessen Gesicht. Er ließ das Schwert fallen. Es bohrte sich hinter ihm mit der Spitze voran in den Boden. Erst jetzt ließ auch David seine Waffe los und trat einen Schritt zur Seite.

Toyama sackte auf die Knie. Die Verwunderung in seinen Augen wich Verachtung und abgrundtiefem Hass. »Glaube nicht, du hättest heute einen Sieg errungen«, röchelte der Mörder unzähliger Menschen. »Ich verfluche dich, David Camden! Belial wird dich über die ganze Erde jagen. Nirgendwo wirst du einen Ort finden, an dem dein Haupt in Frieden ruhen kann. Und wenn er dich entdeckt hat, wirst du ein Ende wie das meine herbeisehnen. Aber … es wird dir nicht vergönnt sein. Ich …« Toyama stockte, nur sein Hass hielt ihn noch aufrecht. Mit letzter Kraft presste er hervor: »Ich verfluche dich …!« Dann verdrehte er die Augen und kippte vornüber.

David verfolgte mit Schaudern, wie Toyama auf den Knauf des Schwertes in seiner Brust fiel. Die lange Klinge des *katana* ragte weit aus dem Rücken heraus. Er kippte zur Seite und blieb reglos liegen.

David kniete sich neben seinem Feind nieder und legte die Finger auf dessen Halsschlagader. Diesmal war Toyama wirklich tot. Sein eigener Hass hatte ihn in die Klinge rennen lassen. Plötzlich hörte er Stimmen.

Rasch fuhr er hoch und sah sich um. *Die Ringe und die Kugel!* Mit wenigen Schritten war er beim Tisch, raffte die goldenen Schmuckstücke auf – Toyamas Siegelring steckte noch immer in der Glaskugel –, angelte sich seine Brieftasche, stürzte zur Schiebetür und schaltete das Licht aus. Als er vorsichtig aus dem Raum spähte, sah er schon Ba Xun mit seinen kleinen Gehilfen den Gang heraufkommen.

David dachte nur kurz nach. Er wollte nicht noch mehr Blut vergießen. Also beschloss er zu einem bewährten Mittel zu greifen. Er drückte sich mit dem Rücken dicht neben dem Ausgang an die Wand. Als die Schiebetür mit einem Ruck aufgerissen wurde und der Chinese in den Raum stürzte, schlug er ihn mit Blindheit.

Ba Xun schien zunächst überhaupt nicht zu begreifen, was mit ihm geschah. Seine Hände tasteten nach dem Schalter an der Wand, als könne er damit sein Augenlicht wieder anknipsen. Noch zwei weitere Männer betraten das Zimmer und erlitten das gleiche Schicksal wie ihr Anführer.

Ganz kurz nur wendete David seine Gabe der *Verzöge-*

rung auf die drei herumtappenden Leibwächter an. Er wollte sicher gehen, dass sie ihn nicht zufällig doch noch zu fassen bekamen. Leise schlüpfte er dann aus dem Zimmer, lief den Flur entlang zur Treppe und über diese in den ersten Stock.

Sollte er Toyamas Anwesen auf normalem Weg verlassen? David entschied sich dagegen, stattdessen hielt er direkt auf den Raum mit dem Geheimgang zu. Dazu musste er eine weite Eingangshalle durchqueren, in der noch seine Straßenschuhe standen. Kaum dass er sie angezogen hatte, meldete sich warnend seine Gabe.

David fuhr herum und sah einen weiteren Japaner wie einen wilden Eber auf sich zurasen. Nun, da der Überraschungseffekt dahin war, gönnte sich der kleine Mann einen gellenden Kampfschrei. Dann federte sein sehniger Körper vom Boden ab, seine Füße zielten genau auf Davids Gesicht.

Der duckte sich und machte gleichzeitig eine schnelle Drehung nach rechts. Die fliegende Kampfmaschine krachte über ihm gegen die massive Holzwand. Noch bevor der Mann den Boden berührte, hatte sein Kopf bereits unliebsame Bekanntschaft mit der Glaskugel in Davids Hand gemacht. Letzterer war schon wieder auf dem Weg zum Fluchttunnel, als der Japaner wie ein Mehlsack zu Boden plumpste und besinnungslos liegen blieb.

Ohne weitere Störungen erreichte David den Eingang zum Geheimtunnel. Er betätigte den Mechanismus der Falltür und flüchtete in den unterirdischen Gang. Auf der anderen Seite, im Schrein, fehlte von der Leiche Sumiyoshi Akashis jede Spur. Vermutlich hatte Ba Xun sie beseitigen lassen.

David rannte in den Garten des Heiligtums hinaus und

von dort zur nach wie vor unverschlossenen östlichen Pforte. Wieder auf der Straße, schlug er sogleich den Weg zum Beobachtungsposten des Geheimdienstes ein.

Dort angekommen, fasste David für Junzo Yamagishi in knappen Worten die Ereignisse der zurückliegenden Stunden zusammen. Der Agent ordnete die sofortige Erstürmung des Toyama-Anwesens an. Wie erwartet, wussten weder die Polizei noch Kidos Geheimdienst etwas vom Tod des Shintopriesters.

»Einige ehrenwerte Herren werden bald sehr traurig sein«, sagte David. »Sie werden nämlich keine Bestechungsgelder mehr von der Amur-Gesellschaft kassieren können. Kantaro Toyama ist vor wenigen Minuten verstorben und hat keinen Nachfolger ernannt.«

Yamagishi schien etwas ganz anderes zu beschäftigen. Er starrte schon die ganze Zeit auf die große Glaskugel, die David in den Händen hielt. »Das da ist doch Toyamas Siegelring, nicht wahr?«

David nickte.

»Aber wie ist er in diese Kugel gekommen?«

Ein grimmiges Lächeln umspielte Davids Lippen. »Glauben Sie mir, das wollen Sie nicht wirklich wissen.«

»Wenn dieser Ring aus Toyamas Besitz stammt, müssen wir ihn beschlagnahmen.«

»Das kommt gar nicht infrage.«

»Aber …!«

»Wollen wir den Tenno darüber entscheiden lassen? Er hat diesen Einsatz befohlen. Ich möchte ohnehin so schnell wie möglich nach Tokyo zurück, dann kann ich ihn ja fragen.«

Yamagishi wurde blass. »Nein, nein, schon gut. Ihr Flugzeug dürfte allerdings schon weg sein.«

»Erlauben Sie mir, Ihr Telefon zu benutzen und mich zu vergewissern?«

Natürlich durfte David. Yamagishi sorgte sogar dafür, dass er den zuständigen Offizier an die Strippe bekam. Eine müde Stimme meldete sich am anderen Ende der Leitung. Der Name des Tennos schien selbst tote Japaner aufzuerwecken. Zu Davids Enttäuschung war Kinsaku Nakamura tatsächlich wenige Minuten nach Mitternacht in Richtung Tokyo gestartet. Wegen der Treibstoffknappheit werde es auch in den nächsten beiden Tagen keine Flüge in die Hauptstadt geben.

»Sie müssen doch völlig erschöpft sein«, sagte Yamagishi, als David den Telefonhörer aufgelegt hatte. »Schlafen Sie sich doch auf dem *futon* dahinten erst einmal richtig aus. Wir stürmen inzwischen Toyamas Schlupfwinkel. Ich komme später zurück. Dann können wir gemeinsam frühstücken.«

David dachte über das verlockende Angebot nach. Er war tatsächlich völlig ausgelaugt. Ein wenig Schlaf würde ihm gut tun. Aber dann musste er wieder an Hirohito und seinen Kriegsrat denken. Er blickte auf seine Armbanduhr. Es war fünfzehn Minuten nach Mitternacht. In weniger als vierundzwanzig Stunden lief die Frist ab, die General MacArthur ihm zugestanden hatte.

»Nein«, sagte David kopfschüttelnd, »ich muss so schnell wie möglich nach Tokyo zurück.«

»Und wie stellen Sie sich das vor? Sie haben doch gehört, es gibt keine Flugzeuge.«

»Was ist mit der Bahn?«

»Bis Osaka ist die Trasse praktisch nicht befahrbar. Feindliche Bomber haben mehrere Brücken zerstört.«

»Mit einem Auto könnte ich Tokyo in zwanzig Stunden

erreichen. Wenn ich in Osaka einen Zug bekäme, sogar in erheblich kürzerer Zeit.«

»Es gibt auch keine Autos.«

David sah den Geheimdienstler durchdringend an. »Und was war das für ein Ding, mit dem Sie mich vom Flughafen abgeholt haben, Yamagishi-*san*?«

»Der Wagen ist kriegswichtiges Gut. Er darf nur im Interesse des Reiches eingesetzt werden.«

Davids Antwort fiel bedrohlich ruhig aus. »Was glauben Sie eigentlich, wofür ich ihn brauche? Etwa um eine Fuhre Geishas zu einem Picknick ins Grüne zu entführen?«

Auf dem starren Gesicht Yamagishis erschienen Schweißperlen. »Ich kann Ihnen den Wagen nicht geben.«

»Das wird den Tenno sehr enttäuschen, Yamagishi-*san*. Verfügen Sie eigentlich über ein scharfes *wakizashi*?«

»Wir brauchen alle Fahrzeuge für die Säuberungsaktion auf Toyamas Grundstück.«

»Wie lange werden Sie für die Razzia benötigen?«

Junzo Yamagishi zog eine Taschenuhr aus seiner Weste und ließ den Deckel hochklappen. »Wir beginnen in etwa fünfzehn Minuten. Wenn wir alles so vorfinden, wie Sie es uns geschildert haben, sollten die Bewohner des Hauses in wenigen Minuten kampfunfähig sein. Danach werden sie mit den Automobilen in unser hiesiges Hauptquartier gebracht. Das alles dürfte nicht länger als drei Stunden in Anspruch nehmen.«

David nickte. »Gut. Dann erwarte ich das Fahrzeug bis spätestens drei Uhr dreißig zurück. Voll getankt! Sollten Sie sich verspäten, werde ich sowohl Kido als auch den Tenno über die mangelnde Effizienz der Geheimdienstsektion in Hiroshima unterrichten.«

Es dauerte trotzdem sechs Stunden, bis Junzo Yamagishi und die Limousine zurückkehrten. David war nach der Räumung des Beobachtungspostens durch die Agenten zu gerade mal zwei Stunden Schlaf gekommen. Ab halb vier hatte er sich dann mit der Bezähmung seines Ärgers beschäftigt. Im Licht einer Schreibtischlampe studierte er die Glaskugel mit dem darin eingeschlossenen Siegelring. Dem goldenen Fingerreif war beim Einsinken eine Spur von Luftbläschen gefolgt. Diese im Licht glitzernden Einschlüsse hatten bei Jasons Träne die gesamte Mittelachse ausgefüllt. Hier endeten sie im Zentrum des Glaskörpers, als würden sie wie Kohlensäure noch immer von dem dort stillstehenden Ring aufsteigen. David hatte nicht die geringste Ahnung, wie er das Schmuckstück ohne Gewaltanwendung wieder aus seinem Glasgefängnis herausbekommen sollte. Bei direkter Beleuchtung von oben erschienen kleine Lichtmonde, genauso wie bei der Kugel aus dem Pergamonmuseum. Aber hier wie da sahen die Gesichter – so es denn wirklich welche waren – verschwommen aus, unmöglich, sie zu identifizieren.

Nach einer Weile gab David das Herumrätseln auf. Er wickelte die Kugel in einen Lumpen. Später würde er sie noch gründlich genug untersuchen können. Erst einmal musste er diese Stadt verlassen. Wo Yamagishi nur blieb! Hatte er ihn vergessen? War ihm bei der Erstürmung von Toyamas Anwesen etwas zugestoßen? Oder wollte er sich nur einfach nicht von seinem Rennwagen trennen?

Lange nach Einsetzen der Dämmerung kehrte Junzo Yamagishi endlich zurück. Kidos Mann war untröstlich über die Verzögerung. Er berichtete David über allerlei Schwierigkeiten bei der Überwältigung des blinden Chinesen – der Hüne hatte drei Agenten die Rippen gebrochen. Außerdem habe die Beweissicherung in Toyamas Palast länger gedauert als erwartet. Auf dem Weg zum Hauptquartier sei man einer Militärstreife in die Quere gekommen und es habe einige Kompetenzstreitigkeiten gegeben. Außerdem …

»Sparen Sie sich Ihre Ausreden«, unterbrach David den Geheimdienstler. »Steht der Wagen bereit zur Abfahrt?«

»Es ist nicht mehr sehr viel Benzin im Tank.«

Langsam wurde David wütend. »Soll ich mich etwa auf das Trittbrett stellen und den Wagen mit dem Fuß wie einen Tretroller auf Touren bringen?«

»Ich habe Landkarten besorgt und die Abfahrtszeiten der Züge von Osaka notiert.«

»Ach, der Wagen fährt mit Papier!«

»Benzin ist rationiert. Ich muss …«

»Wo befindet sich das nächste Treibstoffdepot?«, unterbrach David den Mann. Yamagishi musste sein Automobil wirklich abgöttisch lieben, so wie er an ihm hing.

»Nicht sehr weit von hier«, antwortete der Agent kleinlaut.

»Dann los. Dirigieren Sie mich hin. Wir klingeln den Meister des Zapfhahns aus dem Bett, ich zeige ihm ein kaiserliches Empfehlungsschreiben, und wenn er sich dann genauso ziert wie Sie, werde ich wirklich ganz, ganz böse.«

Yamagishi resignierte. Er gab seinen Widerstand auf. Gemeinsam fuhren die beiden Männer zu einem kleineren Treibstoffdepot der Armee. Der Dienst habende Offizier war entsetzt, als Yamagishi ihm erklärte, sie trügen sich mit der Absicht, ihr Automobil aufzutanken, ohne damit gleich anschließend zur Niederwerfung des Feindes auszurücken. Weitere Minuten verstrichen, bis David tatsächlich sein von Hirohito gestempeltes Empfehlungsschreiben hervorholte und es dem störrischen Militär unter die Nase hielt. Der Tank wurde dann zügig gefüllt.

Als Yamagishi zuletzt noch darum bat, im Hauptquartier abgesetzt zu werden, bekam David beinahe einen Wutanfall. Mit eisernem Willen konnte er sich gerade noch zusammennehmen. »Es ist nur ein kleiner Umweg«, erklärte der Japaner. Eine Viertelstunde vor acht setzte sich Davids Wagen endlich in Richtung östlicher Stadtgrenze in Bewegung.

Er schätzte die Entfernung bis nach Osaka auf etwa dreihundert Kilometer. Um den Zug nach Tokyo zu erreichen, blieben ihm also gerade noch sechs Stunden. Für die Strecke musste er mindestens zwei Tankstopps veranschlagen, die ihn kostbare Zeit kosten würden. Wenigstens hatte Yamagishi ihn mit einer Karte der Insel Honshu ausgestattet, auf der alle Treibstoffdepots zwischen Hiroshima und Tokyo verzeichnet waren. Die Straßen seien nicht immer gut, hatte der Agent ungerührt angemerkt. Die Bombardements hätten die Küstenroute an einigen Stellen zerstört, weswegen mit Umwegen zu rechnen sei, aber David solle sich keine Sorgen machen, das Automobil sei sehr solide und könne auch größere Schlaglöcher spielend überwinden.

Zunächst musste David erst einmal die Stadt verlassen. Er überquerte eine Brücke, die den sich träge nach Süden wälzenden Ota überspannte. Der Fluss ergoss sich nach etwa drei Kilometern ins Binnenmeer. Zu seiner Linken sah David die Silhouette eines Gebirgszuges. Hiroshima lag wirklich malerisch, ein Ort, an dem sich Menschen wohl fühlen konnten – wären da nicht die Entbehrungen des Krieges gewesen.

Nachdem er sich zweimal verfahren hatte, gelangte David endlich in die östlichen Außenbezirke der Stadt. Er bog nach Nordosten in jene Straße ein, die, wie er meinte, nach Saijo führen müsste. Irgendjemand hatte – zur Verwirrung eventueller Invasoren – an der Gabelung den Wegweiser entfernt. Kurz hinter der Abzweigung drückte David auf die Bremse und blieb am Straßengraben stehen. Er drehte sich noch einmal um. Wenn er sich wieder verfuhr und womöglich irgendwo in den Bergen landete, würde er nie rechtzeitig in Osaka eintreffen.

Unentschlossen betrachtete er die vor ihm liegende Stadt und seufzte. Er nahm sich wohl besser noch einmal die Karte vor …

In diesem Moment hörte er ein Geräusch. Unwillkürlich blickte er nach oben, zu den Wolken hinauf, die den Morgenhimmel wie blauen Marmor aussehen ließen. Nirgends war ein Flugzeug zu sehen, aber das tiefe Brummen war eindeutig.

»Ich könnte schwören, du bist eine B-29«, flüsterte er und beschirmte die Augen mit der Hand, um besser die Wolken über Hiroshima absuchen zu können. »Wo steckst du nur?« Mit einem Mal entdeckte er etwas.

Hoch oben sah er einen länglichen Gegenstand an einem Fallschirm aus den Wolken gleiten. Eine furchtbare Ahnung beschlich David. Sie kroch aus jenen Tiefen des Unterbewusstseins hervor, die gewöhnlich den Alpträumen als Schlupfwinkel dienten. Er schaute auf die Uhr. Es war ungefähr fünfzehn Minuten nach acht. Die Datumsanzeige stand auf Montag, dem 6. August. Man hatte ihn belogen. Voll bitteren Zorns wurde ihm bewusst, was da – einen Tag zu früh! – so sanft herabschwebte: *Little Boy*!

Im nächsten Augenblick packte ihn nacktes Grauen. Er sah alles voraus. Instinktiv riss er die Autotür auf, um sich mit einem Hechtsprung in den Straßengraben zu werfen. Dort kauerte er sich nieder, kniff die Augen zu und verschränkte die Hände über dem Kopf – und konnte noch hinter geschlossenen Lidern den gleißenden Lichtblitz erkennen.

Danach passierte einige Sekunden lang nichts, bis plötzlich ein ungeheuerlicher Donnerschlag die Stille zerriss, die Erde selbst schien zu zerbersten. In seinem Gefolge raste eine gewaltige Druckwelle über David hinweg. Ohne die Deckung wäre er zweifellos wie ein Papierkarpfen bei einem stürmischen *Koi-nobori*-Fest einfach fortgeweht worden.

Als der gewaltige Sturmwind abflaute, richtete sich David langsam wieder auf. Zuerst bemerkte er, dass der Wagen verschwunden war. Er entdeckte ihn etwa zweihundert Meter weiter unten an der Straße. Die Limousine war zwar verbeult – vermutlich hatte sie sich sogar überschlagen –, die meisten Scheiben fehlten, aber wie durch ein Wunder stand sie auf den Rädern.

Benommen kletterte er dann auf die Straße zurück, um auf die Stadt hinabzusehen. Aus dem Zentrum Hiroshimas stieg eine gigantische Rauchsäule empor, strebte der Stratosphäre entgegen und breitete sich dort kreisförmig aus. Im direkten Einflussbereich der pilzförmigen Wucherung gab es keine Häuser mehr: Sie waren samt ihren Bewohnern verschwunden. Vier Fünftel Hiroshimas waren einfach ausradiert. Nur einige wenige Steingebäude ragten noch aus der wie planiert erscheinenden grauen Stadtfläche auf.

David war fassungslos. Noch wusste er nicht, dass da unten in einem einzigen Augenblick mehr als einhunderttausend Menschenleben ausgelöscht worden waren, dass fast genauso viele an den Folgen radioaktiver Verstrahlung sterben, dass auf Jahrzehnte hinaus Krebs und Missbildungen die Überlebenden quälen würden. Mit Tränen in den Augen erhob er wieder den Blick zu dem Pilz am Himmel. Die Sonne war verfinstert, als wolle sie nie mehr scheinen.

Der Rat der Toten

Es war zum Haareausraufen! Warum nur hatte er die Glaskugel nicht mit aus dem Wagen genommen! David irrte im Dämmerlicht umher und suchte mit den Augen den Boden ab. Hinter ihm brannten die Außenbezirke der Stadt. Als die Druckwelle den Wagen herumgewirbelt hatte, musste der Lumpen mit der Kugel herausgeschleudert worden sein.

Davids Nerven lagen blank. Sein Gesicht war feucht von Tränen. Nicht nur tausende von unschuldigen Menschen hatten sterben müssen, nein, zum zweiten Mal schien er das Mittel zur Vernichtung seines größten Feindes verloren zu haben. Sollte sich vielleicht sogar das Grauen von Hiroshima wiederholen, nur weil niemand dem Kreis der Dämmerung Einhalt gebot?

Niedergeschlagen schleppte er sich zum Auto zurück. Fast hatte er es erreicht, als zu seiner Rechten eine kleine Geröllawine von der Straßenböschung abging. Ungläubig starrte er auf einen hellen Fleck.

Der Lumpen, in den er die Kugel eingeschlagen hatte! Mit wenigen Sätzen war David bei dem zerfetzten Lappen. Einzelne Glassplitter hingen daran, die letzten Überreste von Toyamas »Träne«. Aber wo war der Ring?

David suchte wie wild zwischen den Steinen, kehrte das

Unterste zuoberst. Nach einigen Minuten setzte er sich entmutigt auf die Erde, das Kinn auf die Brust gestützt. Seine Hände waren wund. Endlich holte er tief Luft und stand voll bitterer Verzweiflung auf, um diesem Ort des Schreckens den Rücken zu kehren. Ärgerlich stieß er einen im Wege liegenden Steinbrocken weg – und entdeckte ein helles Funkeln.

Erst wollte es David gar nicht glauben. Alles Glück der Welt schien in einem gleißenden Lichtblitz verglüht zu sein. In seinem Herz gab es keinen Platz mehr für die Freude. Aber schließlich bückte er sich doch.

Ungläubig betrachtete er dann den Ring in seiner Hand. An einem sicheren Ort lag das genaue Gegenstück dazu, einst hatte es am Finger des Jesuiten Scarelli alias Rasputin gesteckt. Der Siegelring schien vollkommen unbeschädigt zu sein. Nicht der geringste Kratzer verunzierte seine Makellosigkeit. Müde streifte David das Schmuckstück auf seine Halskette und rückte es neben Belials Ring.

»Auf Okinawa wartet noch einer von euch«, sagte er mit zusammengebissenen Zähnen. »Das wären dann insgesamt drei. Immerhin ein Viertel von zwölf. Kreis der Dämmerung, mit dem heutigen Tag hast du einen unerbittlichen Gegner bekommen.«

Wie und über welche Stationen er schließlich nach Tokyo gelangt war, wusste er später nicht mehr genau zu sagen. Unglaublicherweise hatte Yamagishis Limousine den Bombenabwurf »überlebt«. Allein die Frontscheibe war heil geblieben, sie hatte nur einen Sprung abbekommen. Wie ein Wahnsinniger fuhr David nach Osten. Immer wieder musste er Umwege nehmen. Die Landschaft flog an ihm vorbei, ohne dass er sie wirklich wahrnahm. Das grauenvolle Bild der verglühten und pulverisierten Stadt wollte nicht von seinem inneren Auge weichen. Er musste immerzu an die Menschen denken, die er tags zuvor noch auf dem Weg vom Flughafen her gesehen hatte, die Paare, Greise, Kinder … Vermutlich waren alle tot.

Den Zwei-Uhr-Zug von Osaka nach Tokyo verpasste David. Erst kurz vor sechs erreichte er den Bahnhof. Den ursprünglichen Gedanken, auch die restliche Strecke mit dem klappernden und quietschenden Schrotthaufen zurückzulegen, ließ er schnell wieder fallen. Weder er noch das Auto verfügten über die dazu notwendigen Reserven.

Deprimiert suchte er sich ein Hotel, zeigte müde das kaiserliche Empfehlungsschreiben vor und wurde in eine Suite einquartiert. Er verlangte nach einem Radio und man brachte es ihm. Im zensierten Rundfunk wurde der Bombenabwurf auf Hiroshima sehr zurückhaltend kommentiert. Man konnte fast glauben, es habe nur eines der üblichen Bombardements stattgefunden, unter denen fast täglich die japanischen Großstädte erbebten.

Im Laufe einer beinahe schlaflosen Nacht gelang es David endlich, sich ein wenig von dem Bann des Rauchpilzes über Hiroshima frei zu machen. Er fragte sich, ob General MacArthur ihn mit Absicht belogen hatte, was den genauen Abwurfstermin von *Little Boy* betraf. Jetzt, im Nachhinein, ergab alles einen Sinn: Der Oberbefehlshaber hatte als Ultimatum Mitternacht, den 5. August, gesetzt und nicht den Tag danach. Wappneten sich also die Japaner auf Grund von Davids Informationen gegen einen Angriff am 7., mussten sie zwangsläufig überrascht werden.

Obwohl David, in streng militärischer Hinsicht, diese

Kriegslist des Amerikaners nachvollziehen konnte, fühlte er sich doch auf schmähliche Weise betrogen. Es ging dabei nicht um ein verletztes Ego, sondern um die schätzungsweise zehn Quadratkilometer Lebensraum, die von dieser schrecklichen Bombe verwüstet worden waren. Abertausende von Menschen hatten dort gelebt. Und waren in Sekunden ausgelöscht worden.

Aber nicht nur dieser Gedanke raubte David den Schlaf. Was würde geschehen, wenn Hirohitos Kriegsrat starrköpfig blieb? Waren die Amerikaner skrupellos genug, um eine weitere Stadt dem Erdboden gleichzumachen? Er musste alles daransetzen, dies zu verhindern.

Am nächsten Morgen um zehn bestieg David den Zug nach Tokyo. Erst auf der Fahrt sank er in einen unruhigen Schlaf, aus dem er immer wieder hochschreckte. Der Zug war auf dem Shimbashi-Bahnhof noch nicht ganz zum Stillstand gekommen, als David schon auf den Bahnsteig sprang. Er wollte so schnell wie möglich zum Kaiserpalast. Vor dem Shimbashi ergatterte er eine Rikscha. Geködert mit ein paar Extra-Yen gab der Läufer sein Bestes und schleppte seinen Gast im Eiltempo zum Palastbezirk.

Mithilfe des Empfehlungsschreibens überwand David dann in Rekordzeit die Distanz von der Nijubashi-Brücke bis in Hirohitos Bibliothek. Überrascht war er allerdings, als der Leibgardist dort eine Tür öffnete, die unter die Erde führte.

»Ein Bunker?«, fragte David den ihn begleitenden Oberst der kaiserlichen Leibgarde.

Der nickte knapp. »Reine Vorsichtsmaßnahme.«

»Kann es sein, dass die Sicherheitsvorkehrungen erst gestern verschärft wurden?«

Der Offizier sah ihn erstaunt an. »Sie wissen von dem Vorfall?«

»Ich war dort, als es geschah.«

Japaner zeigen gegenüber Fremden selten Gefühle, der Oberst machte für David eine Ausnahme und starrte ihn ungläubig an.

»Bringen Sie mich bitte schnellstens zum Tenno.«

Der Offizier ging voraus und sie betraten einen erstaunlich geräumigen Bunker. David wurde in einen schmalen Konferenzraum von etwa neun mal zwei Metern geführt und gebeten zu warten.

Einige Minuten später trat Hirohito in Begleitung seines Geheimsiegelbewahrers ein. Der Kaiser wirkte blass und erschöpft. Dennoch schien er erleichtert, David lebend vor sich zu haben.

»Ich hatte befürchtet, dich niemals wieder zu sehen, David-*kun*.«

»Viele tausende deiner Untertanen werden nie mehr die Gelegenheit haben, *dich* wieder zu sehen, Hito-*kun*. Warum hat Japan immer noch nicht kapituliert?«

An dieser Stelle mischte sich Kido ein. Der alte Berater des Kaisers war auffallend nervös und sein Ton alles andere als freundlich. »Bei allem Wohlwollen, das ich Ihnen gegenüber empfinde, Mr Murray, aber es steht Ihnen nicht zu, derartige Fragen an den Mikado zu richten.«

David wandte sich dem Geheimsiegelbewahrer zu und erwiderte kühl: »Irgendjemand *muss* diese Frage aber stellen, oder wollen Sie, dass morgen mit Tokyo dasselbe geschieht wie gestern mit Hiroshima? Etwas in der Art wird sich nämlich ereignen.«

Jetzt wurde auch Kido blass. Ehe er etwas erwidern konnte, ergriff wieder Hirohito das Wort. »Die Nachricht von der Katastrophe hat mir die Tränen in die Augen getrieben. Erinnere dich meiner Reaktion bei Graf Nogis Tod und du weißt, was das bedeutet, David-*kun*. Wir haben noch keine genauen Zahlen über die Opfer, aber es dürften zigtausende unschuldiger Bürger ums Leben gekommen sein. Ich habe Kido-*san* gestern gesagt, dass wir uns unter diesen Umständen dem Unvermeidlichen beugen müssen. Meine persönliche Sicherheit ist dabei völlig unwichtig. Der Krieg muss so schnell wie möglich beendet werden, damit sich eine solche Tragödie nicht wiederholt.«

Sie hätte gar nicht erst stattfinden dürfen, Hito! David kämpfte eisern um seine Beherrschung. »Entschuldige, mein Freund, wenn ich mich wiederhole, aber weshalb hast du diesem sinnlosen Töten kein Ende bereitet?«

Kido stieß zischend die Luft aus. »Wir sind alle betroffen von dieser Katastrophe, aber gerade wegen der persönlichen Sicherheit des Mikados hat der Kriegsrat der Kapitulation noch nicht zugestimmt. Marschieren die Amerikaner erst in Tokyo ein, werden sie Seine Majestät womöglich vor ein Kriegsgericht stellen und zum Tode verurteilen.«

»Das wird nicht geschehen«, widersprach David. »Ich habe mit General MacArthur gesprochen. Er hat mir sein Wort gegeben.«

»Geschah das vielleicht in einem Atemzug mit der Nennung des Angriffstermins auf Hiroshima?«

Der Schlag hatte gesessen. David antwortete: »Ich würde nie zulassen, dass die Amerikaner Hirohito hinrichten.« Er wusste, wie schwach diese Beteuerung in den Ohren des Geheimsiegelbewahrers klingen musste.

Der Kaiser ging müde dazwischen. »Ich glaube dir, David-*kun*, und ich habe meinen Premierminister Suzuki angewiesen, alles Nötige in die Wege zu leiten, damit dieser Krieg so schnell wie möglich beendet wird. Auch den Premier hat die Nachricht von der Wunderwaffe der Amerikaner schwer getroffen. Er hat mir versprochen, sein Möglichstes zu tun.«

David schloss für einen Moment vor Wut die Augen. »Sein Möglichstes? Hito, das könnte *zu wenig* sein.«

»Gib uns etwas Zeit, mein Freund. Der Kriegsrat muss sich beraten. Eine Erklärung muss ausgearbeitet werden. Selbst wenn wir Tag und Nacht daran arbeiten, wird es einige Stunden dauern, vielleicht auch einen Tag.«

David spürte, dass er im Augenblick nicht mehr erreichen konnte. Er nickte müde.

Hirohito befahl Kido, sich um das leibliche Wohlergehen seines Gastes zu kümmern. Davids Kleidung war verschmutzt, seine Hose am Knie zerrissen. Er sah mindestens doppelt so erschöpft aus wie der Kaiser.

Der Geheimsiegelbewahrer verneigte sich tief vor seinem Tenno und führte David zum nächstbesten Lakaien, an den er den Befehl seines göttlichen Herrn weitergab.

David schlief in dem Bunker wie ein Murmeltier, allerdings nicht weil er sich in einem solchen Schutzbau besonders sicher fühlte, sondern weil er völlig erschöpft war.

Am nächsten Morgen verließ er den kaiserlichen Zufluchtsort in Begleitung Hirohitos über eine Treppe, die im Unterholz des Palastgartens endete. Der Tenno erzählte seinem Freund, dass er sich trotz der Bombardements hier oben regelmäßig ergehe, um jene Ruhe zu finden, die er gerade jetzt so dringend zum Fällen schwer wiegender Entscheidungen brauche.

David hatte sich gleich nach dem Erwachen ein Tagesziel gesetzt. Er musste Hirohito während ihres Spaziergangs zu einem Entschluss bewegen, der das weitere Dasein des Kaisers einschneidend verändern würde. Immerhin würde diese Entscheidung nicht nur ihm, sondern auch unzähligen seiner Untertanen das Leben retten. Nach einigen sorgsam gewählten einleitenden Worten brachte David das Unabwendbare auf eine einfache Formel.

»Der *Gott* Hirohito muss abdanken, damit der *Mensch* Hirohito weiterleben kann.«

Daraufhin schritten der kleine japanische Kaiser und sein hagerer englischer Ratgeber lange schweigend nebeneinander her. David ließ seinem Freund Zeit. Er konnte sich gut vorstellen, was in diesem Augenblick in Hirohito vor sich ging.

Schließlich sagte dieser leise: »Ich habe mich nie für einen Gott gehalten, David-*kun*.«

»Das weiß ich, mein Freund. Aber nun muss es auch dein Volk erfahren. Am besten lässt du unverzüglich eine Rundfunkansprache ausarbeiten, damit deinen Untertanen und den Alliierten gleicherweise die Ernsthaftigkeit deiner Entscheidung bewusst wird.«

»Glaubst du wirklich, das könnte mein Land noch retten?«

»Deine Männer sind für einen Gott gestorben. Sie haben sich mit ihren Flugzeugen auf die Schiffe des Feindes gestürzt, obwohl sie genau wussten, dass sie dabei ihr Leben verlieren. Wenn du deiner Göttlichkeit entsagst, wird gewissermaßen eine Fessel von ihnen abfallen. Ich zweifle keinen Moment daran, dass sie dir auch weiterhin die Treue halten, aber die obersten Militärs werden deine Untertanen nicht länger manipulieren können. Und die Alliierten werden diese Geste ganz sicher zu würdigen wissen. Dein Land hat eine reelle Chance für einen Neuanfang.«

Hirohito dachte lange über Davids Vorschlag nach. Wieder – genauso wie damals am Shimbashi-Bahnhof – hatte der *Wahrheitsfinder* zum Wahrheitssucher gesprochen.

Schließlich nickte Japans Kaiser ernst. »Du hast Recht, mein Freund. Ich werde deinen Rat befolgen.«

Zwischen Entschluss und Tat liegen oft ganze Welten. Als David in Hirohitos Auftrag Premierminister Suzuki und Außenminister Togo aufsuchte, um ihnen den einzig vernünftigen Weg aus der Kriegsfalle aufzuzeigen, sträubten sie sich mit Händen und Füßen dagegen. David bot den Politikern an, selbst im Hintergrund zu bleiben. Wenn es zu einem Friedensschluss kam, sollten sie ruhig den ganzen Ruhm einheimsen. Selbst diese Zusicherung ließ sie noch zögern.

Die beiden verlangten eine Sitzung des Kriegsrates, den man dann auch eilig einberief. David durfte als »Berater des Kaisers« und stiller Zuhörer an der Konferenz teilnehmen. Er wünschte sich allerdings bald, er hätte es nicht getan. Im Laufe der Sitzung traf die Meldung ein, die Sowjetunion habe Japan den Krieg erklärt. Der Fuchs Stalin stahl sich in den Hühnerstall, nachdem die Alliierten bereits sämtliche Türen und Fenster aufgebrochen hatten. Jetzt wollte er sich ohne große Verluste seinen Anteil von der Beute sichern. Kopfschüttelnd verfolgte David, wie man »diese Hinterlist« des einstigen Verbündeten zwar ausgiebig beklagte, jedoch keinen Gedanken an eine Kapitulation verschwendete. Spätabends wurde die Sitzung ohne Ergebnis auf den nächsten Morgen vertagt.

Am 9. August zeigte sich Hirohito höchst erzürnt über die Entschlussschwäche seiner Kriegsherren. David befand sich an seiner Seite, als er gegen zehn Uhr morgens seinen Geheimsiegelbewahrer zu sich zitierte. Kido erfuhr erst durch den Tenno vom Kriegseintritt der Sowjetunion – russische Truppen rückten in die Mandschurei vor. Noch einmal drang er auf einen raschen Friedensschluss, selbst wenn dabei die Potsdamer Proklamation akzeptiert werden musste.

Danach begleitete er Kido zu Suzuki, der sich ebenfalls im Kaiserpalast aufhielt. Nachdem der Premierminister den Willen des Kaisers zur Kenntnis genommen hatte, berief er unverzüglich den Obersten Kriegsrat ein.

Die Mitglieder dieses hauptsächlich aus Militärs bestehenden Gremiums legten auch diesmal alles andere als Eile an den Tag. Vielmehr schien sich der Würdenträger eine seltsame Lähmung bemächtigt zu haben, deren Auslöser die neue Wunderwaffe der Amerikaner zu sein schien. Inzwischen hatte der leistungsfähige japanische Geheimdienst aus zuverlässiger Quelle (einer Rundfunksendung der BBC) erfahren, dass Hiroshima durch eine Atombombe zerstört worden war. Im Wettlauf mit den gestrauchelten Deutschen hätten die Vereinigten Staaten von Amerika damit bravourös als Erste die Zielschnur durchlaufen.

Ungläubig musste David dann zuhören, wie sich die Mitglieder des Kriegsrats zwar ihre Niederlage eingestanden, aber dennoch von »letzten Angriffen«, vom »Kampf bis zum Tod« und vom »Sieg allem zum Trotz!« sprachen. Nur bei Außenminister Togo schien sich Davids Werben bezahlt gemacht zu haben. Er überschüttete die anderen Räte mit eisigen Worten der Wahrheit. Doch japanische

Samurais waren hart im Nehmen. Wie Sommerhagel prallten Togos Worte von ihnen ab. Nichts schien ihren Panzer der Ignoranz durchdringen zu können.

Der Vormittag ging über der Sitzung dahin. Nach einem Mittagessen lamentierte man weiter. David konnte es nicht fassen. Die feuchte Sommerhitze Tokyos lastete über einem absurden Schmierentheater. Dann kam die Nachricht von dem Unfasslichen.

Eine Ordonnanz betrat, steif bis in die Haarspitzen, den Konferenzraum. Sie überbrachte eine Schreckensbotschaft: Eine zweite Atombombe war abgeworfen worden. Diesmal hatte es Nagasaki getroffen. Die Zahl der Opfer musste – nach den Erfahrungen, die man in Hiroshima gewonnen hatte – wohl über dreißigtausend liegen.

David war wie betäubt. Alles hatte sich bis zu dieser Minute genau so zugetragen wie von ihm vorausgeahnt. Wann und wo würde die dritte Bombe fallen?

Diese Frage war alles andere als abwegig, denn anstatt sich endlich die eigene Ohnmacht einzugestehen, zeigten die wohlerzogenen Männer im Obersten Kriegsrat kaum eine Regung. Kein Entsetzen war ihnen anzusehen, weder Furcht noch Empörung, weder Erschütterung noch Mitleid zeichnete sich auf den Gesichtern ab: eine Konferenz von Toten.

Die Sitzung zog sich hin. Die einzelnen Minister der Teilstreitkräfte und die Chefs der Generalstäbe wollten an eine Kapitulation noch immer Bedingungen knüpfen. David wäre am liebsten auf den Konferenztisch gesprungen und hätte laut losgeschrien. Aber er war nur als stiller Zuhörer geduldet. Er wollte jedoch nicht länger unbeteiligt dasitzen, deshalb umrundete er den Tisch, neigte sich zu Shigenori Togo herab und flüsterte ihm ins Ohr: »Ich muss Sie und Suzuki sprechen. *Jetzt!* Wenn Sie sich weigern, gehe ich zu Hirohito.«

Es war ungefähr zehn Uhr nachts. Die Konferenz hatte einen toten Punkt erreicht. Man einigte sich schnell auf eine Vertagung.

David machte dem Premier und dem Außenminister noch einmal den ganzen Ernst der Lage deutlich. Wenn das japanische Volk nicht weiteren Blutzoll zahlen, das Land nicht völlig zerrissen werden sollte, musste ein klares Friedenssignal her. Der Kaiser sei bereit, seiner Göttlichkeit abzuschwören. Das Einzige, was noch ausstehe, sei ein Beschluss des Rates.

Die Politiker reagierten, wie es die alte japanische Tradition verlangte: Sie zauderten.

David hätte sie am liebsten mit den Köpfen gegen die Wand gestoßen. »Jetzt reicht es«, knurrte er. »Bitte begleiten Sie mich zum Tenno.«

Togo und Suzuki zögerten.

»Oder soll ich Hirohito bitten, dass er Sie einbestellt?«

Außen- und Premierminister setzten sich in Bewegung.

Als Hirohito von der Hinhaltetaktik des Kriegsrates hörte, wurde er so wütend, wie David ihn noch nie erlebt hatte.

»Ich werde persönlich an der Sitzung teilnehmen«, sagte er entschlossen.

Außen- und Premierminister sahen sich erschrocken an. War das im Protokoll denn überhaupt vorgesehen?

Zehn Minuten nach Mitternacht begann eine neue Krisensitzung. Diesmal unter den Augen des Tennos. Weil dieser seit dem Atombombenabwurf wie ein Maulwurf unter der Erde lebte, mussten sich die Minister und Generalstabschefs in den schwülen, engen Konferenzraum zwängen. David nahm an der Schmalseite des langen Besprechungstisches Platz. Am anderen Ende stand Hirohitos Thron.

Als der Kaiser den Raum betrat, erhoben sich alle Anwesenden. Kriegsratsmitglieder und Politiker blieben mit vor Ehrfurcht gesenktem Kopf erstarrt stehen und wagten sich erst wieder zu rühren, als der Tenno das Zeichen zum Platznehmen gab. Doch auch diese Sitzung sollte sich nicht von den vorangegangenen unterscheiden. Man diskutierte, schleuderte Friedensbekundungen und neue Kriegspläne kreuz und quer über den Tisch. Umezu, der Generalstabschef der Armee, empfahl eine letzte Schlacht und Toyoda, sein Kollege von der Flotte, sprang ihm bei. Man glaubte wohl selbst nicht mehr an einen alles entscheidenden Sieg, aber allein der Gedanke an eine Niederlage erschien den Militärs offenbar unannehmbar.

Außenminister Togo beharrte auf seinem Standpunkt. Nur die sofortige Kapitulation könne Nippon retten. Böse Blicke wurden aus schwitzenden Gesichtern auf ihn abgeschossen. Das Kondenswasser perlte sogar von der Holztäfelung der dicken Bunkermauern. »Defätist!«, zischten die weisen Staatsmänner zu beiden Seiten des Tisches.

Inzwischen war es zwei Uhr morgens geworden. Premierminister Suzuki meldete sich mit einem vermeintlich spontanen Vorschlag zu Wort. David hatte die Entwicklung der Sitzung vorausgesehen und die allerletzte Möglichkeit gefordert, etwas Ungeheuerliches.

»Meine Herren«, sagte Suzuki, »wir haben jetzt stundenlang diskutiert, ohne zu einem Entschluss zu kommen, und noch immer ist keine Einigung in Sicht. Wie Sie alle wissen, dürfen wir in diesen entscheidenden Augenblicken keine Minute verschwenden.« Er hielt kurz inne und ließ den Blick über die Runde der Versammelten wandern. »Deshalb«, fuhr er fort, »schlage ich vor, den kaiserlichen Rat zu erbitten und ihn als Beschluss dieser Konferenz zu werten.«

Betroffenes Schweigen. *Den kaiserlichen Rat!* Wann je hatte man ihn eingeholt? Der Tenno war doch ein göttliches Wesen. Es gehörte sich einfach nicht, dass Götter ihre Meinung äußerten und sich damit in die Geschicke der Menschen einmischten. Jedenfalls nicht in Japan und nicht für die Sprösslinge Amaterasus, ganz gewiss nicht für Hirohito. Aber er tat es trotzdem. Das erste und vielleicht das letzte Mal in seinem Leben.

Der Tenno erhob sich. Er schwitzte wie alle anderen. David fiel auf, wie nervös sein Freund war. *Sei stark, Hito-kun! Dieses eine Mal. Zieh die Sache durch wie besprochen.* Die Notizen in den Händen des Kaisers zitterten. Vermutlich konnte er sie nicht einmal richtig lesen, weil die feuchten Finger die Schrift verwischt hatten und die Brille beschlagen war. Seine ersten Worte kamen angestrengt und abgehackt heraus. David blickte ermutigend zu ihm hinüber und allmählich wurde Hirohito ruhiger.

»Ich habe lange über die innere und äußere Lage nachgedacht und bin zu der Überzeugung gekommen, dass eine Fortsetzung des Krieges nichts anderes bedeuten würde, als dass die Nation vernichtet und in aller Welt noch mehr Gräuel verübt und noch mehr Blut fließen würde. Ich könnte es nicht *ertragen*, mein unschuldiges Volk länger leiden zu sehen! Nur durch die Beendigung des Krieges kann der Weltfriede wiederhergestellt und die Nation von der Verzweiflung befreit werden, die auf ihr lastet.«

Im Weiteren zerpflückte der Kaiser die Verteidigungsüberlegungen seiner Militärs. Er machte auf die »verhängnisvollen Diskrepanzen zwischen unseren Plänen und unseren Leistungen« aufmerksam. Er wusste so gut wie alle anderen im Raum, dass es nicht einmal konkrete, umsetzbare Pläne gab. Die angeblich undurchdringlichen Stellungen bei Kujukurihama würden von den alliierten Angreifern innerhalb kürzester Zeit überrannt werden. »Wie sollen wir da die Invasion abwehren können?«, fragte er in die Runde.

Der Rat schwieg. Erst als Hirohito vor Schwäche schwankte, entstand Unruhe im Raum. Doch der Kaiser fing sich wieder und holte zum letzten Schlag aus.

»Trauer erfüllt mich, wenn ich an die Männer denke, die mir so treu gedient haben«, sagte er mit bebender Stimme. Noch einmal sprach er offen über seine Gefühle, was vielleicht mehr als alles andere seine tiefe Verzweiflung ausdrückte und die Betroffenheit seiner Zuhörer weckte. Die Anwesenden lauschten ihm reglos, als er das Beispiel einer historischen Niederlage seines Landes anführte – im Jahr 1895 hatte Japan auf Druck Russlands, Deutschlands und Frankreichs die Halbinsel Liaotung an China abtreten müssen – und dann den Bogen zur Gegenwart schlug.

»Trotz alledem ist die Zeit gekommen, in der wir das Unerträgliche ertragen müssen. So denke ich an die Empfindungen, die meinen Kaiserlichen Großvater, Kaiser Meiji, zur Zeit der Triple-Intervention erfüllt haben müssen, beherrsche meine Tränen und genehmige den Vorschlag, auf der vom Außenminister umrissenen Basis die Proklamation der Alliierten anzunehmen.«

Im Klartext bedeutete das die Akzeptierung der Potsdamer Erklärung ohne Wenn und Aber, die bedingungslose Kapitulation.

Hirohito wirkte befreit. David nickte ihm anerkennend über den Tisch hinweg zu. Als der Kaiser den unterirdischen Konferenzraum verließ, erhoben sich alle Anwesenden und verbeugten sich tief.

Endlich war eine Entscheidung gefallen. Der Gott-Kaiser hatte einen Schiedsspruch erteilt, dem sich niemand widersetzen durfte: »Es soll Frieden sein!«

Leider sind scheinbar klare Willensbekundungen für professionelle Bedenkenträger noch nie ein ernst zu nehmendes Hindernis gewesen. Dies sollten bald auch der Tenno und sein englischer Ratgeber erfahren.

Noch in derselben Nacht wurde im Anschluss an eine Kabinettssitzung ein Telegramm nach Bern geschickt, in der die japanische Regierung die Schweiz darum bat, ein Kapitulationsangebot an die USA und China weiterzuleiten. Fatalerweise fügten jedoch die japanischen Politiker in das Dokument noch einen Passus über die Unverletzlichkeit des Tennos ein. Diese, wie man glaubte, unverzichtbare letzte Bedingung sollte tausenden das Leben kosten.

Die Alliierten, allen voran der amerikanische Präsident Truman, hatten von »höfischen Speichelleckern« und dem »Boss-System« – soweit es nicht das eigene war – die Nase gestrichen voll. Von einem am Boden liegenden Gegner wollten sie sich nichts diktieren lassen.

Stalin mochte zwar paranoid sein, war aber dennoch ein ausgekochtes Schlitzohr. Listig nutzte er den mangelnden Einigungswillen der rivalisierenden Kriegsparteien, um noch so viel von den japanischen Reichtümern an sich zu reißen wie nur eben möglich. Während in Washington über die Frage der Abschaffung der Tenno-Monarchie gestritten wurde, starben in China achtzigtausend japanische Soldaten. Sechshunderttausend kamen in die sowjetische Kriegsgefangenschaft. Stalins Armee besetzte die Kurilen und den Südteil der Insel Sachalin.

Sosehr David diese Entwicklung um der leidenden Menschen willen bedauerte, konnte er doch daran nichts ändern. Er glaubte für den Frieden alles getan zu haben, was in seiner Macht stand. Die gefühllosen Männer des Obersten Kriegsrats mussten nun den Tribut für ihre Unentschlossenheit zahlen. Der »Rat der Toten« zögerte die bedingungslose Kapitulation weitere schreckliche Tage hinaus.

In Hiroshima wunderten sich die (noch) Lebenden, warum einige von ihnen auf der linken Körperhälfte braun und auf der rechten schwarz waren. Die Bevölkerung von Nagasaki litt unter eiternden Wunden und Haarausfall. Im »Rat der Toten« begriff ohnehin niemand die immense Tragödie der beiden Atombombenabwürfe und daher hielt sich das Mitgefühl für die Toten und Verletzten in Grenzen. Übrigens verhielt es sich bei den alliierten Staatsmännern nicht viel anders. Betroffenheit war ein Luxus, den sich die Nachwelt leisten mochte, die Gegenwart dagegen lebte von der Gewinnung der Macht.

Am 9. August – dem Tag des Atombombenabwurfs über Nagasaki – war die japanische Kriegsmaschinerie durch den kaiserlichen Schiedsspruch kurz zum Stillstand gekommen, doch die Rangelei um die Unverletzlichkeitsklausel hatte sie erneut in Bewegung gesetzt.

Nach fünf Tagen ließ David noch einmal seine Gabe

der Wahrhaftigkeit auf den Tenno einwirken. Anlass dafür war die Ausstrahlung von Trumans Antwort auf das japanische Angebot über den Sender San Francisco.

Vom Augenblick der Kapitulation an werden der Kaiser und die japanische Regierung dem alliierten Oberbefehlshaber untergeordnet sein, der die ihm geeignet erscheinenden Schritte zur Einhaltung der Kapitulationsbedingungen unternehmen wird.

Weil die japanischen Minister aus dieser Formulierung keinerlei Sicherheitsgarantien für ihren Kaiser hatten herauslesen können, waren sie erneut in Entschluss- und Tatenlosigkeit erstarrt. Nun, am 14. August, redete David daher in Gegenwart des Premierministers Suzuki auf den am Frühstückstisch sitzenden Hirohito ein. Er rief ihm ins Gedächtnis, was sie kurz zuvor erörtert hatten. Der »Rat der Toten« musste vor vollendete Tatsachen gestellt werden.

Hirohito berief unverzüglich eine kaiserliche Konferenz im Luftschutzbunker ein.

Um elf Uhr früh schwitzten die Delegierten wieder in der unterirdischen Betonröhre. Nachdem die Vertreter der einzelnen Waffengattungen ihre Standpunkte wiederholt hatten, nahm Hirohito einen Schluck grünen Tee aus der Tasse, die auf einem Tischchen neben seinem Thron stand, und ergriff das Wort.

Er habe zwar ein gewisses Verständnis dafür, dass Offiziere und Mannschaften abgeneigt seien, vor dem Feind die Waffen zu strecken und das Mutterland kampflos zu übergeben, aber die Fortsetzung des Krieges könne nur zu einem schrecklichen Ergebnis führen: »Ganz Japan wird zu Asche verglühen.« Hirohito blickte ernst in die Runde und stellte eine kluge Frage: »Wie könnte ich dann die Wünsche meiner kaiserlichen Ahnen erfüllen?«

Die Ahnenverehrung war ein wichtiger Bestandteil des Lebens der meisten Japaner. Diejenigen unter den Anwesenden, die sich noch einigermaßen in der Gewalt hatten, verstanden sofort, worauf der Kaiser hinauswollte.

Hirohito fiel das Sprechen schwer. Nach jedem Satz machte er eine Pause und schluckte. »Die Entscheidung, zu der ich gekommen bin, gleicht der, vor der sich mein Großvater Meiji gestellt sah. Ich wiederhole. Wie er das Unerträgliche trug, so werde ich es tragen, und so müssen *Sie* es tun. Es ist mein Wunsch, dass Sie, meine Minister, sich meinem Verlangen fügen und die Antwort der Alliierten ohne Zögern akzeptieren. Das Volk soll von meinem Entschluss erfahren. Deshalb weise ich Sie an, unverzüglich einen Kaiserlichen Erlass vorzubereiten, damit ich über den Rundfunk zur Nation sprechen kann. Schließlich rufe ich jeden von Ihnen zur größten Anstrengung auf, lassen Sie uns die kommenden Tage der Prüfung gemeinsam bestehen.«

David, der die japanische Mentalität wie nur wenige Europäer kannte, erlebte nun etwas Unglaubliches: Die Minister, Militärs und weisen Staatsmänner begannen zu weinen. Er wusste, auch Hirohito hatte in den letzten Tagen Tränen vergossen, doch jetzt blieb er fest. Der Tenno wollte, dass man seine Worte endlich – und wenn auch nur dieses *eine* Mal – ernst nahm. Die Konferenzteilnehmer mussten sich beugen. Dies war Hirohitos größte Stunde.

Der Kaiser von Japan hatte noch nie öffentlich zu seinem Volk gesprochen. So etwas gehörte sich einfach nicht.

David musste ihn in den Stunden nach der Bunker-Konferenz immer wieder beruhigen, Hirohito war sehr aufgeregt. Das Kabinett erarbeitete auf der Grundlage seiner Erklärung vom Morgen eine kleine Rede. Weil eine Rundfunkansprache des Tennos etwas Unerhörtes darstellte, wurde der Text auch drei chinesischen Gelehrten zur Prüfung und Berichtigung vorgelegt. Schließlich war der Erlass ein historisches Dokument von großer Bedeutung. Stilfehler konnte man sich da nicht erlauben.

Kurz vor Mitternacht begleitete David den Tenno in seinem fünfzehn Jahre alten Rolls-Royce zum Gebäude des Kaiserlichen Ministeriums. Wegen eines Fliegeralarms lag der ganze Palastbezirk in tiefen Schatten. Unbehelligt erreichte man das im Sternenlicht dunkel aufragende Gebäude, wo bereits Geheimsiegelbewahrer Kido den Kaiser erwartete. Die Erklärung sollte hier auf eine Schallplatte aufgenommen werden.

Hirohito war so nervös, dass der Tontechniker ihn immer wieder mahnen musste, mit normaler Stimme zu sprechen. David fungierte als Mittler. Der Rundfunkmann brachte es einfach nicht fertig, seinen Gott-Kaiser persönlich zu korrigieren.

Während Hirohito noch eine Ersatzplatte besprach, erschien ein abgehetzter Bote und flüsterte Kido etwas ins Ohr. Der Geheimsiegelbewahrer erstarrte. Mit fahlem Gesicht gab er die Nachricht an David weiter: Unruhen seien ausgebrochen; vielleicht nur ein Gerücht; man könne noch nichts Genaueres sagen.

Sobald der Kaiser die Aufnahme beendet hatte, drängte ihn David, schnellstens in den Palast zurückzukehren. Er hatte kein gutes Gefühl.

Wenige Minuten später stiegen sie an einer Seitentür

des Ministeriums in den Rolls-Royce ein. Kido hatte sich bereits im Gebäude verabschiedet. Die schwere Limousine des Kaisers rollte ungehindert durch die dunklen Haine des Palastbezirks zur Bibliothek zurück. Dort empfing sie eine besorgte Kaiserin.

Nachdem bis auf wenige Vertraute des Kaiserpaares die Hofdienerschaft den Raum verlassen hatte, fragte Nagako verstört: »Was ist geschehen?«

»Wir wissen es selbst nicht so genau«, antwortete Hirohito.

»Es würde mich nicht wundern, wenn die kaiserliche Garde revoltiert«, fügte David mit ernstem Gesicht hinzu. »Sie werden Gerüchte von der bevorstehenden Kapitulation aufgeschnappt und sie als unpatriotische Entscheidung der Politiker fehlgedeutet haben.«

»Aber *ich* habe es so gewollt«, sagte Hirohito erbost.

David sah ihn traurig an. »Sie sind es einfach nicht gewohnt, dass du deine Meinung äußerst, Hito-*kun*.«

Der Kaiser blickte ratlos vor sich hin. Kalter Schweiß stand ihm auf der Stirn. Mit einem Mal sagte er: »Wir hätten Baron Kido nicht allein in seine Gemächer zurückkehren lassen sollen. Er wollte sich zu Bett begeben. Wenn die Rebellen ihn finden, könnte das sein Ende bedeuten.«

Obwohl die Situation alles andere als komisch war, musste David lächeln. Sein Freund, der Nachkomme Amaterasus, schien sich mehr um den eigenen Geheimsiegelbewahrer als um sich selbst zu sorgen. Koichi Kido war ihm in den letzten Tagen eine große Stütze gewesen. Kaum einer hatte sich so wie er für den Frieden eingesetzt. Sollte ihm das jetzt zum Verhängnis werden?

»Kido ist ein schlauer Fuchs. Er wird sich schon zu helfen wissen«, beruhigte David den Kaiser.

Hirohitos Gesicht blieb noch für einen Augenblick ernst, aber dann lächelte auch er. »Du hast Recht. Hoffentlich können *wir* durchhalten, bis der Erlass gesendet wird.«

»Bis heute Mittag kann noch viel geschehen. Die Rebellen werden alles daransetzen, die Schallplatte mit der Ansprache in die Hände zu bekommen.«

Alle im Raum tauschten besorgte Blicke.

Bald trafen Nachrichten ein, die Davids Vorahnungen bestätigten. Von Fanatikern angeführt hatte die kaiserliche Garde den Schlossgraben überschritten und schwärmte im Palastbezirk aus. Glücklicherweise kamen die Rebellen im Dunkeln nicht besonders gut voran. Sie hatten zu wenig Taschenlampen dabei.

»Ich kann es nicht glauben!«, hauchte Hirohito. »Ich glaube einfach nicht, dass mich meine Männer verraten!«

»Werden sie uns töten?«, fragte die Kaiserin seltsam gelassen.

»Ich denke nicht, Nagako-*chan*«, bemerkte David nach kurzem Überlegen. »Ihnen geht es hauptsächlich darum, die Radiosendung zu verhindern. Vor dem Tenno haben sie viel zu großen Respekt. Vermutlich werden sie sich damit zufrieden geben, das Gebäude zu umstellen, damit ihr nicht weglaufen könnt. Größere Sorgen mache ich mir im Augenblick um die Schallplatte.«

Das Objekt der Begierde lag auf dem Besprechungs- und Lesetisch der Bibliothek.

In diesem kritischen Moment bewies Nagako einmal mehr ihren Einfallsreichtum. Sie schüttelte die Angst ab und sagte: »Gräfin Shida könnte die Aufnahme doch hinausschmuggeln.«

David nickte bewundernd. Die Gräfin Sanae Shida war

eine der Hofdamen der Kaiserin. »Ein schlauer Vorschlag, Nagako-*chan*. Die Gardisten werden einer Frau etwas derart Heldenhaftes nicht zutrauen.«

Die Kaiserin bedankte sich für das Lob mit einem schüchternen Lächeln. »Würdet Ihr das für den Tenno tun?«, fragte sie daraufhin ihre Hofdame.

Was sollte die Gräfin schon antworten? Ehrfürchtig neigte sie das Haupt und stimmte mit piepsiger Stimme dem gefährlichen Unternehmen zu.

Nagako erklärte Shida dann genau, was sie tun sollte: die Schallplatte in den Falten ihres Kimonos verstecken, sie durch den Palastgarten zum Hofdamenpavillon tragen und dort in dem Safe verstecken, der sich hinter der alten chinesischen Schriftrolle verbarg.

Gräfin Sanae Shida verneigte sich. »Ich werde noch zwei weitere Hofdamen wecken, damit wir gemeinsam das Geheimnis der Schriftrolle bewachen können.«

»Ihr seid sehr tapfer, Gräfin. Ich danke Euch.«

Mit putzigen kleinen Schritten entschwand die beherzte Hofdame samt Schallplatte.

Niemand im Palastbezirk bekam während der Nacht vor der Rundfunksendung auch nur ein Auge zu. Die Rebellen nicht, weil sie trotz verzweifelter Suche mit immer trüber werdenden Taschenlampen einfach keine Schallplatte finden konnten. Die Bibliotheksinsassen nicht, weil sie Zweifel am Respekt der Aufständischen vor ihrem Gott-Kaiser hatten. Baron Kido nicht, weil er mit Ishiwata, einem anderen Hofbeamten, im Keller voller Furcht auf Rettung harrte. Und etliche Kaisertreue im Palast ebenfalls nicht, weil sie über eine Telefonleitung, welche die Rebellen in ihrer Aufregung vergessen hatten zu kappen, mit dem Marinehauptquartier in Verbindung standen und den Gegenschlag ausbaldowerten.

Bald stürmte General Tanaka, der Kommandeur der Ostarmee, über den Schlossgraben in den Palastbezirk. Er und seine Männer waren hinreichend mit Taschenlampen bestückt, was ihnen die Lokalisierung der Rebellen ungemein erleichterte. Als der General den Anführer der Meuterer, einen gewissen Major Hatanaka, gestellt hatte, schrie er ihn erst einmal in Grund und Boden.

Der Chefrebell nahm die Standpauke mit auf die Stiefelspitzen gesenktem Blick entgegen. Nachdem Tanaka das Hauptvergehen des Angeklagten – Majestätsbeleidigung – wortgewaltig geschildert hatte, zog der belastete Offizier auf vorbildlich japanische Art Konsequenzen: Er entschuldigte sich umgehend für das eigene schändliche Verhalten und das seiner Männer und ließ die Einheiten über den Schlossgraben abrücken. Auf dem weiten Vorplatz des Palastes verbeugten sich dann alle Rebellen ehrfürchtig vor ihrem (unsichtbaren) Kaiser und warfen sich in die Schwerter.

Hirohito hatte seit dem rituellen Selbstmord seines Lehrmeisters, des Grafen Maresuke Nogi, nie rechte Freude an derartigen Ergebenheitsadressen gefunden. Als er daher am Morgen von der Sühnedemonstration seiner Gardisten erfuhr, schüttelte er nur traurig den Kopf.

Nicht wenige seiner Untertanen folgten in den nächsten Stunden dem Beispiel der Rebellen. Ob nun Frustration über die persönliche Fehlleistung und der Unwille, sich vor einem wie auch immer zusammengesetzten Gericht für die eigenen Freveltaten zu verantworten, Anlass zu diesem Massen-*seppuku* gaben oder doch ein Gefühl der Reue, wird wohl nie geklärt werden können. Der Kriegsminister General Anama schrieb vor der Selbstentleibung noch einen Entschuldigungsbrief an den Kaiser. Und bevor sich Vizeadmiral Onishi, der Gründer des *Kamikaze*-Korps, den Bauch aufschlitzte, bat er seine Männer noch um Vergebung dafür, dass er dieses einfachen Todes sterbe.

Als am 15. August 1945 zum ersten Mal die Stimme des Tennos über den Äther ging, lebten daher viele der »Traditionalisten« nicht mehr. Dank einer eilig von der Regierung befohlenen Sonderzuteilung an Strom konnten alle Japaner, die über ein Radiogerät verfügten, dieses auch einschalten. Bei Hirohitos ersten Worten verstummte das ganze Land. Die Menschen verbeugten sich ehrfurchtsvoll vor den Apparaten.

Bedauerlicherweise verstanden viele Söhne und Töchter Nippons nicht, was der Nachfahre der Sonnengöttin ihnen da klarzumachen versuchte. Das lag aber nicht an etwaigen mangelhaften Lautsprechern, sondern war auf die altertümliche höfische Sprache zurückzuführen, derer sich der Tenno bediente. Der Kaiser hatte sich ja noch nie mit seinen »einfachen« Untertanen unterhalten. Den gestrengen chinesischen Stilberatern musste diese Nebensächlichkeit ganz entgangen sein. Geringer an Zahl jedoch als diejenigen, die ihren Gott-Kaiser verstanden, waren die anderen, die auch begriffen, was er ihnen beizubringen suchte.

»Unseren guten und treuen Untertanen kund und zu wissen«, knisterte Hirohitos nervöse Stimme aus den Lautsprechern.

> *Nach gründlicher Erwägung der allgemeinen Entwicklung und der Umstände, die gegenwärtig in Unserem Reich vorherrschen, haben Wir heute beschlossen, die*

augenblickliche Situation durch eine außergewöhnliche Maßnahme endgültig zu regeln. Wir haben Unsere Regierung angewiesen, den Regierungen der Vereinigten Staaten, Großbritanniens, Chinas und der Sowjetunion mitzuteilen, dass Unser Reich die Bedingungen ihrer gemeinsamen Proklamation annimmt …

Die Worte des Kaisers spiegelten sein verzweifeltes Bemühen wider, die katastrophale Niederlage in einem milderen Licht erscheinen zu lassen. »Die Kriegslage hat sich nicht unbedingt zu Japans Vorteil entwickelt«, hieß es weiter. Wie gut, dass die japanische Sprache so vieldeutig war. Doch oft ist der Weg nur Nebensache, wenn am Schluss das Ziel erreicht wird. Hirohitos Ansprache rührte viele seiner Untertanen zu Tränen. Das Volk hörte den Kaiser zum ersten Mal wie einen Vater zu seinen Kindern sprechen, und was er sagte, war beinahe zu schön, um wahr zu sein: Der Krieg war zu Ende.

Ende und Anfang

Die japanische Abordnung hangelte sich unbeholfen das Fallreep zur *USS Missouri* hinauf. Jeder der Diplomaten hätte gern die Kapitulationszeremonie an Bord des Schlachtschiffes schnellstens hinter sich gebracht. Aber Mamoru Shigemitsu, der Leiter der Delegation und frühere Botschafter Japans in London, hatte ein Holzbein. Das heißt, er ging voraus und alle anderen mussten sich seinem Tempo anpassen.

Es war der 2. September 1945, kurz vor neun Uhr. David befand sich bereits an Bord des gewaltigen Schiffes, das ihm von der Schlacht bei den Midway-Inseln noch gut in Erinnerung war. Die *Missouri* ankerte in der Bucht von Tokyo. Nach Hirohitos Rundfunkansprache hatte David mit General MacArthur Kontakt aufgenommen und ihn darüber in Kenntnis gesetzt, dass der kaiserliche Kapitulationserlass keine Kriegslist darstellte. Wenige Tage später, am 26. August, waren die ersten amerikanischen Truppen auf dem Flugplatz Atsugi außerhalb von Tokyo gelandet.

Im Vorfeld der Besetzung des Landes hatte es bei den Einheimischen ernste moralische Bedenken gegeben. Besorgte Familienoberhäupter schickten halbwüchsige Töchter aufs Land oder versteckten sie in Holzverschlägen. Zweifellos würde mit den amerikanischen Besatzern eine Horde sexuell ausgehungerter Barbaren über das Land herfallen. So glaubte man. Als die vermeintlichen Bestien dann kamen, wunderte man sich.

Sie lächelten. Nicht etwa schmierig, um sich mit vorgehaltener Waffe irgendwelche Liebenswürdigkeiten zu erkaufen, sondern freundlich. Die GIs wollten sich beliebt machen.

Nach wenigen Tagen ignorierten bereits die ersten Mädchen die Verbote der Eltern und krochen aus Holzverschlägen und Kellern hervor. Von diesem Zeitpunkt an begann der Siegeszug der amerikanischen Cornedbeef-Dosen und Lucky-Strike-Packungen.

Die Ereignisse an Bord der *USS Missouri* ließen David den Ärger vergessen, den der Oberbefehlshaber der Alliierten ihm kurz zuvor bei einem gemeinsamen Frühstück beschert hatte. Anlass war das Versprechen General MacArthurs, sein Japan-Berater werde in Bälde einen eigens für ihn eingeflogenen »bombastischen Orden«

verliehen bekommen. David hatte seinen Orangensaft quer über den Tisch gespuckt. Auf das Wort Bombe reagierte er allergischer als je zuvor und für Ehrenplaketten, egal welcher Art, hatte er sich ohnehin nie erwärmen können.

Aber jetzt war der Schreck vom Morgen vergessen. David musste sogar schmunzeln, als er die Kapitulationsabordnung an Bord kommen sah. Der japanische Delegationsführer Shigemitsu erinnerte ihn an Balu Dreibein. David nahm sich vor, so bald wie möglich nach Indien zu reisen, um seinen alten Freund zu besuchen – sofern Baluswami Bhavabhuti den Krieg überstanden hatte.

Die meisten Mitglieder der japanischen Abordnung waren hohe Militärs. Sie trugen Uniformen, natürlich Orden, aber keine Schwerter. Mamoru Shigemitsu war Politiker. Er und zwei weitere Zivilisten begaben sich im Cutaway und Zylinder zur Unterzeichnung der Kapitulationsurkunde an einen auf dem Deck des Schiffes aufgestellten Tisch. Exakt um neun Uhr vier signierte er die Urkunde, die Japans Niederlage besiegelte. Damit waren die Kriegshandlungen zwischen dem Land der aufgehenden Sonne und den alliierten Mächten offiziell beendet.

In den folgenden Wochen lebte David im Kaiserpalast. Hirohito litt unter völliger körperlicher Erschöpfung, einer leichten Gelbsucht und Depressionen. Die letzten Jahre hatten ihm mehr abverlangt als vielen anderen Menschen. Eine Selbstmordwelle im Oberkommando von Armee und Flotte machte ihm zusätzlich zu schaffen. David war mit dem langen Schweigen des Tennos über die verheerenden Machenschaften der Militärs ganz und gar nicht einverstanden, er sagte ihm das auch mehrmals, dennoch wollte er jetzt dem *Freund* Hirohito helfen, keinem gescheiterten Monarchen.

»Du darfst dir nie wieder von deinen Höflingen auf der Nase herumtanzen lassen, Hito-*kun*«, sagte er eines Morgens im Dezember. Auch Nagako und der zwölfjährige Thronfolger waren anwesend. »Sicher, als Kaiser sollst du deinem Volk ein Vorbild sein. Das ist eine große Verpflichtung, aber deshalb musst du kein Asket werden und jeglicher Freude entsagen. Erinnere dich doch, wie die Tour durch Europa dein Leben bereichert hat. Nun hast du Gelegenheit, als Botschafter deines Landes sogar durch die ganze Welt zu reisen. Du bist jetzt frei.«

»Ja, wie ein Kanarienvogel, dessen Käfigtür offen steht und zu dem gesagt wird: ›Flieg, wohin du willst!‹ Wohin soll ich denn fliegen, David-*kun?* Ich muss mein Lied singen. Soll ich es draußen tun, wo es der Wind verweht?«

»Selbst hier könntest du es trällern, damit die ganze Welt es vernimmt.«

Hirohito sah David fragend an. »Wie meinst du das?«

»Warum richtest du dir kein Labor im Palast ein, Hito-*kun?* Du könntest dir Krabben, Krebse oder was weiß ich aus der Bucht von Sagami hierher bringen lassen und die Tiere in Ruhe untersuchen. Dann schreibst du ein Buch über deine Erkenntnisse. Ich bin überzeugt, die ganze Welt würde es beachten.«

»Denkst du, das könnte ich tun?«

David lächelte seinen Freund an. »Durch dein Wort wurde der Krieg beendet. Wer sollte dir verbieten, dich intensiver um deine Forschungen zu kümmern?«

Zum ersten Mal seit langer Zeit stahl sich ein Lächeln auf Hirohitos Gesicht. Er sah zu Nagako hinüber, die ihm aufmunternd zunickte. Auch Prinz Akihitos Augen strahlten erwartungsvoll, als hätte David ihm das Angebot gemacht, nach Herzenslust in glitschigen Algen herumzuwühlen.

Hirohito nickte. »Der Vorschlag ist gut, David-*kun*.«

»Das will ich meinen. Du musst noch *eine* Mauer niederreißen, dann beginnt für dich ein neues Leben. Wenn es dein Wille ist, nur noch der *ohoribata*, der ›Ehrenwerte jenseits des Grabens‹ zu sein, gut – aber um das letzte Opfer kommst du nicht herum. Selbst wenn du deine Freiheit aus eigenem Willen beschneidest, musst du es um deines Volkes willen tun.«

Hirohito verstand genau, was David meinte. Und er tat es. Am 1. Januar 1946 ließ er einen kaiserlichen Erlass veröffentlichen.

> *Wir stehen Unserem Volk treu zur Seite und haben den Wunsch, mit ihm stets die Augenblicke der Freude und Trauer zu teilen. Gegenseitiges Vertrauen und gegenseitige Zuneigung haben immer schon die Bande zwischen Uns und Unserem Volk gebildet. Diese Bindungen ergeben sich nicht aus Sagen und Mythen, sie haben nichts zu tun mit der falschen Vorstellung, der Kaiser sei göttlich, das japanische Volk anderen Völkern überlegen und ihm allein bestimmt, die Welt zu beherrschen.*

Damit war es heraus. David atmete auf. *Endlich kann Hito Mensch sein.* Glücklich beobachtete er, wie sich sein Freund Nagako zuwandte und sagte: »Spürst du irgendeinen Unterschied? Wirke ich jetzt menschlicher auf dich?«

»Ich habe mir eine famose Überraschung für dich ausgedacht, David-*kun*. Du bist immerhin der Retter von Millionen Japanern.« Hirohitos Lippen zuckten, als könne er seine Freude kaum verbergen. Seit seiner Rundfunkansprache vor zwei Wochen war er ein neuer Mensch geworden.

Vielleicht sogar zum ersten Mal ein *richtiger* Mensch, dachte David, der sich für seinen Freund freute. Dessen großartige Idee allerdings stimmte ihn misstrauisch. Ihm schwante da schon etwas, das ihm nicht besonders gefiel, und das hörte man seiner knappen Erwiderung auch an.

»Nein.«

»Natürlich bist du das.«

»Ich meinte, tu das nicht, Hito-*kun*. Ich bin immerhin dein Freund.«

»Was soll ich nicht tun?«

»Nun markier nicht das Unschuldslamm. Ich weiß genau, was du im Schilde führst.«

Bei seiner Erwiderung bemühte sich der japanische Kaiser um eine strenge Miene, allerdings nur mit bescheidenem Erfolg. »Ich bin nun zwar kein Gott mehr, aber doch nicht ganz ohne Macht. Wenn du auch nicht direkt zu meinen Untertanen zählst, solltest du dir gut überlegen, ob du dich meinem Befehl widersetzt.«

David verdrehte die Augen zur Decke und seufzte ergeben. »Also gut, mein Kaiser. Dann befiehl.«

Jetzt grinste Hirohito, sogar auf höchst verschlagene Weise. Sein Streich schien ihm ein diebisches Vergnügen zu bereiten. Man konnte es aus jeder Silbe hören, als er David genüsslich verkündete: »Ich habe heute früh beschlossen, dir Japans höchsten Orden zu verleihen.«

Eine Fessel war von David abgefallen. Im Rückblick entpuppte sich der Zweite Weltkrieg für ihn als langer dunkler Alptraum. Im Vergleich zum ersten großen Krieg hatte diese Neuauflage des Massenschlachtens ein Mehrfaches an Menschenleben gefordert, manche sagten, fünfundfünfzig Millionen. Den Nazis war es gelungen, das Töten zu industrialisieren. Der Einsatz der Atombombe hatte zum ersten Mal das Ziel des Kreises der Dämmerung in greifbare Nähe gerückt: die Vernichtung des menschlichen Lebens auf dem Planeten Erde.

In Davids Erinnerung brannte sich der Krieg als eine Aneinanderreihung beispielloser Scheußlichkeiten ein. Alles hatte mit dem Verlust Rebekkas begonnen. Jahre der Leere waren gefolgt. Er konnte den Tod seiner geliebten Frau einfach nicht verwinden. Immer wieder liefen Tränen über seine Wangen, wenn ihn eine Melodie an ihr Klavierspiel oder ein Geruch an ihr Haar erinnerte.

Wer den ernsten, hageren, weißbärtigen Mann nicht kannte, hätte David vielleicht für einen Zyniker gehalten. Aber seine Gefühle waren nicht abgestorben, sie lebten noch, im Kerker seiner Einsamkeit, im Verlies tiefen Schmerzes.

Jede Sekunde mit dir war mehr wert als alle Juwelen der Welt. Dieser Satz – auch auf Rebekkas Grabstein verewigt – hielt ihn am Leben. Sie hatte immer zu ihm gestanden, ihn bis zur Selbstaufgabe unterstützt. Manchmal, wenn die Verzweiflung ihn zu übermannen drohte, hörte er wieder ihre Stimme, als stünde sie neben ihm: *Sollte der Kreis der Dämmerung mir jemals etwas antun, dann darfst du nicht aufgeben, hörst du, David? Das bist du nicht nur deiner Bestimmung schuldig, sondern auch mir. Vergiss das bitte nie, hast du verstanden?*

Ja, er hatte verstanden. Eine Zeit bewegender Erfahrungen lag hinter ihm: Jahre des Wahnsinns, als ihn die Härte seiner Berufung schier zu übermannen drohte, Jahre der

Leidenschaft an der Seite des wunderbarsten Wesens auf Erden und Jahre der Finsternis in einer Welt, aus der das Licht der Menschlichkeit fast verschwunden schien. Er hatte ein hohes Lehrgeld für die Erkenntnis zahlen müssen, dass die Mächtigen durch mahnende Worte allein nicht zur Vernunft zu bringen waren. Doch mit der höflichen Zurückhaltung war jetzt ein für alle Mal Schluss. Um sein Leben machte er sich längst keine Sorgen mehr. Eine Zeit furchtlosen Handelns war nun für ihn angebrochen.

David wollte nicht kaltherzig vorgehen, aber zielstrebig. Auch nicht erbarmungslos, dafür entschlossen. Endlich wusste er seine besonderen Gaben auf kluge Weise einzusetzen. Lord Belial und dessen Geheimzirkel hatten seine Macht zu schmecken bekommen. Negromanus war tot und der Kreis der Dämmerung um zwei Mitglieder beraubt. David fragte sich, ob es die Logenbrüder gespürt hatten, als Scarelli und Toyama starben.

Wie auch immer, sie sollten lernen sich zu fürchten. Er würde wie der Wind sein und der Geheimzirkel nie wissen, woher er kam noch wohin er ging. David würde für den Kreis der Dämmerung zum Fluch werden. Kein Mitglied des Bundes sollte mehr ruhig schlafen können, aus Angst davor, schon bald die nächste Beute des unsichtbaren Jägers zu sein. Von nun an wollte David allein über seinen Weg bestimmen. Viel zu lange hatte er auf die Machenschaften des Kreises reagiert, jetzt würde er *agieren*.

Noch lag ein halbes Jahrhundert vor ihm. In dieser Zeit musste er das Geheimnis der Ringe ergründen, musste endgültig das Rätsel der gläsernen Kugeln lösen. Und wenn ihm dies alles gelungen war, erwartete ihn die letzte, entscheidende Begegnung.

Dann würde er Lord Belial gegenübertreten.

(Fast ein halbes Jahrhundert musste David kämpfen, um die ersten drei Ringe an sich zu bringen. Dabei verlor er beinahe alles, was ihm lieb und teuer war. Aber das macht ihn für den Kreis der Dämmerung nicht harmloser. Ganz im Gegenteil. Nun ist er entschlossener denn je und ein Meister im Gebrauch seiner besonderen Gaben. Wird er während der ihm verbleibenden Lebensspanne den Sieg erringen? Die Antwort auf diese Frage gibt *Der Kreis der Dämmerung*, Teil III und IV.)

Das vorliegende Buch ist ein frei erfundener Roman. Den Kreis der Dämmerung gab es nicht. Soweit historische Personen oder Institutionen auftauchen, werden sie in ein fiktives Geschehen

Der neue Roman des Autors
von DAS JESUS VIDEO

Andreas Eschbach
EINE BILLION DOLLAR
Roman
896 Seiten
ISBN 3-404-15040-6

John Salvatore Fontanelli ist ein armer Schlucker, bis er eine unglaubliche Erbschaft macht: ein Vermögen, das ein entfernter Vorfahr im 16. Jahrhundert hinterlassen hat und das durch Zins und Zinseszins in fast 500 Jahren auf über eine Billion Dollar angewachsen ist. Der Erbe dieses Ver-mögens, so heißt es im Testament, werde einst der Mensch-heit die verlorene Zukunft wiedergeben.
John tritt das Erbe an. Er legt sich Leibwächter zu, verhandelt mit Ministern und Kardinälen. Die schönsten Frauen liegen ihm zu Füßen. Aber kann er noch jemandem trauen? Und dann erhält er einen Anruf von einem geheimnisvollen Fremden, der zu wissen behauptet, was es mit dem Erbe auf sich hat ...

Bastei Lübbe Taschenbuch

»Ein rätselhaftes Volk im Dschungel von Guyana«

Ralf Isau
DER SILBERNE SINN
Roman
768 Seiten
ISBN 3-404-15234-4

Eine junge Anthropologin, getrieben von dem Drang nach Wahrheit. Und mächtige Männer, entschlossen, die Wahrheit um jeden Preis zu verschleiern. Ein gefährliches Spiel. Unerbittlich und mit allen Mitteln geführt: Denn Macht kennt keine Moral.

»Ralf Isau gelingt es, seine fiktiven Ideen mit den realen Ereignissen unseres Jahrhunderts so zu verbinden, dass nach der Lektüre mancher Leser wohl nicht mehr wissen wird, was er im Geschichtsbuch und was er in dem Roman gelesen hat.«
Frankfurter Rundschau

Bastei Lübbe Taschenbuch

Die alte Saga der Loreley, wie sie noch niemand kennt

Kai Meyer
LORELEY
Historischer Roman
464 Seiten
ISBN 3-404-15334-0

Was verbirgt sich im Lurlinberg, den wir heute Loreley nennen? 1320 leben im Schatten dieses Berges die beiden Freundinnen Ailis und Fee. Eine Tages entdeckt Ailis in einem vergitterten Brunnenschacht ein Mädchen, dessen Gesang sie völlig in seinen Bann zieht. Doch schließlich ist es Fee, Nichte des Grafen Wilhelm Katzenellenbogen, die das Wesen befreit und damit eine unwägbare Macht entfesselt, die Schrecken und Verderben über das Land am Rhein bringt. Um die Menschen zu retten, muss Ailis in den Kampf gegen ihre beste Freundin Fee ziehen …

Bastei Lübbe Taschenbuch